屠海

SEA OF SLAUGHTER

北美生物灭绝档案

（16世纪至20世纪）

[加] 法利·莫厄特 著　高见　刘莹 译

FARLEY MOWAT

广西师范大学出版社　GUANGXI NORMAL UNIVERSITY PRESS

·桂林·

屠海——北美生物灭绝档案（16 世纪至 20 世纪）
TUHAI：BEIMEI SHENGWU MIEJUE DANG'AN (SHILIU SHIJI ZHI ERSHI SHIJI)

Sea of Slaughter
Original Copyright ©1984
The Chronicle Media and Communications Co. Ltd.
Chinese language edition © 2023 All rights reserved
著作权合同登记号桂图登字：20-2021-181 号

图书在版编目（CIP）数据

屠海：北美生物灭绝档案：16 世纪至 20 世纪 /（加）法利·莫厄特著；高见，刘莹译. -- 桂林：广西师范大学出版社，2023.4
（自由大地丛书）
书名原文：Sea of Slaughter
ISBN 978-7-5598-5674-6

Ⅰ. ①屠… Ⅱ. ①法… ②高… ③刘… Ⅲ. ①纪实文学－加拿大－现代 Ⅳ. ①I711.55

中国版本图书馆 CIP 数据核字（2022）第 226984 号

广西师范大学出版社出版发行
（广西桂林市五里店路 9 号　邮政编码：541004）
网址：http://www.bbtpress.com
出版人：黄轩庄
全国新华书店经销
广西广大印务有限责任公司印刷
（桂林市临桂区秧塘工业园西城大道北侧广西师范大学出版社集团有限公司创意产业园内　邮政编码：541199）
开本：880 mm × 1 240 mm　1/32
印张：16.875　　　字数：465 千
2023 年 4 月第 1 版　2023 年 4 月第 1 次印刷
定价：98.00 元

如发现印装质量问题，影响阅读，请与出版社发行部门联系调换。

受伤的海豹幼崽躺在冰原上

20世纪初,纽芬兰岛大量浮冰上的海豹被乘着新式捕猎船"远道而来"的猎人用木棍击杀

日渐精良的捕鲸船在远捕中,与大鲸"较量"

晒太阳的海象，没有意识到背后的危险

海象的象牙被拔掉后，依然逃不掉皮和油脂被割掉的灾难

一头雌性北极熊被捕猎者击伤后,熊崽在一旁嚎叫

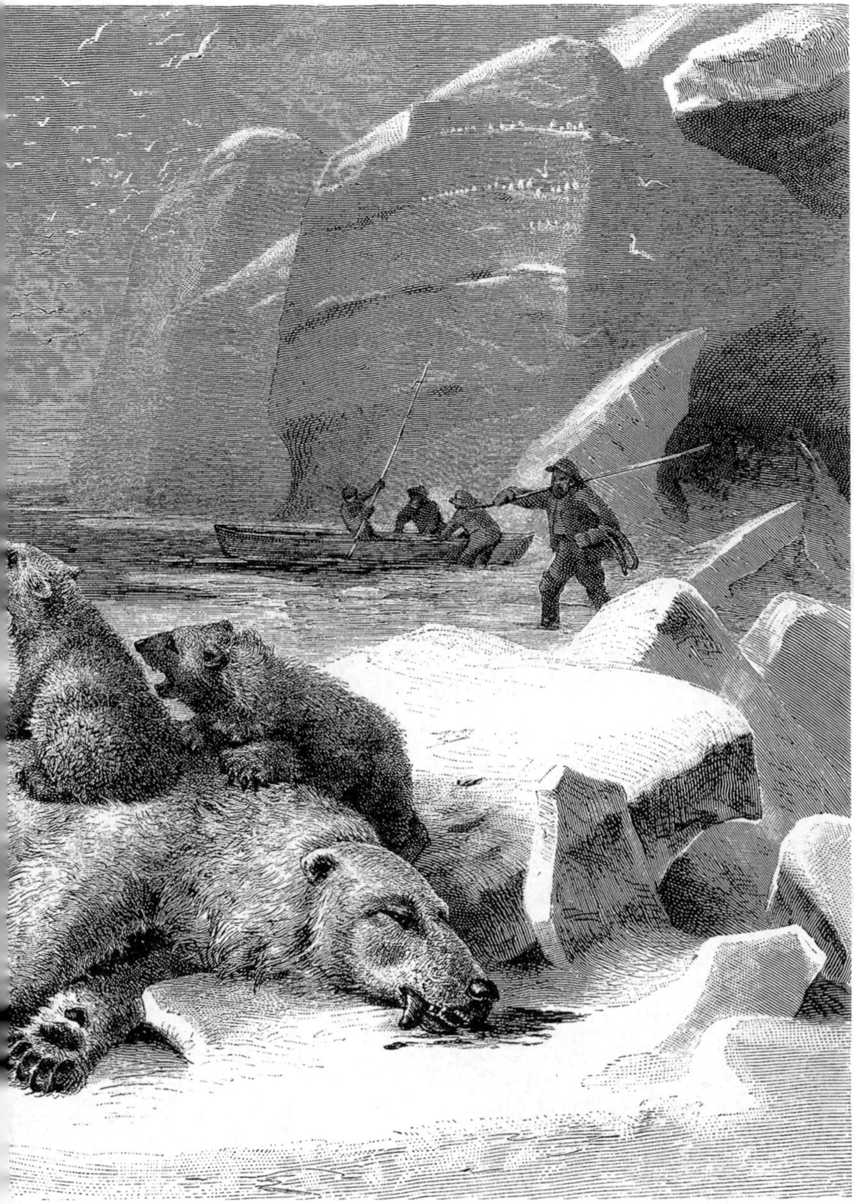

故事的由来

蒸汽船"布罗麦斯戴克号"（*Blommersdyk*）是一艘自由轮，是在"二战"时的船坞里用生锈的钢板焊接而成的，依稀有船舶的样子。1945年9月中旬，它满载着战争末期的纪念品，从安特卫普（Antwerp）起航，驶向加拿大的一家战争博物馆。名义上，我是这批糟糕货物的押运人。当时我二十四岁，是一名退伍军人，正在返家途中，决心将战争中非人的生活忘掉，迫不及待地想回到生机勃勃的世界中去，回到鸟儿依旧歌唱的世界中去，回到大大小小的动物四处跑动、沙沙作响的森林中去，回到有大家伙畅游的宁静的海洋中去，期待在那里得到抚慰。

这一次秋季海上航行极为缓慢。作为船上唯一的乘客，我应年长的船长邀请，大部分时间都是在驾驶舱里度过的。德维特（DeWitt）船长对栖息在海洋里的动物怀有浓厚的兴趣。在发现我和他同样喜欢这些动物之后，船长就想出了一个游戏：我们俩各站在驾驶台一侧，用双筒望远镜观察海面，看谁先识别出一头鲸、一头海豚或者一只鸟。我们一看就是好几个小时，通常都是目光敏锐的老船长让我洋相百出。

我们驶出英吉利海峡的第四天，他突然命令舵手打左满舵，然后对我喊道："它在那喷水！抹香鲸！"

我们的船慢慢靠近一群散开的抹香鲸，我着迷地看着它们。它们在水面上巡游，沿着地平线的宽阔弧线，喷出一团团水雾，以显示它们的存在。我们的船跟随它们航行了一个小时后，船长才恋恋不舍地让货船回到了西行的航线上。

一两天后，一小群蓝鲸从我们的船头游过。它们是线条流畅的庞然大物，就体型和威严而言，无论是在陆地上还是在海洋中，都没有可与之匹敌的动物。又一天，一群海豚追上了我们，它们在船头的浪花里表演水上杂技，让我们乐不可支。当我们驶近大浅滩（Grand Banks）的边缘时，我最早发现北面出现了一团团浓烟般的水柱。船长再次改变航向，朝它们驶去，然后我们就与五十来头瓶鼻鲸结伴而行。它们不仅没有避开我们，反而朝我们游过来，近得都快与船相撞了。一头大雄鲸朝我们喷水，将我们笼罩在带有鱼腥味的水雾之中。

行驶在这条航线上，时间过得飞快。维京礁（Virgin Rocks）隐于水下，而就在离这些礁石不远的地方，我们仅在一天内就发现了十一种海鸟，估计数量得有好几十万只。船在进入贝尔岛海峡（Strait of Belle Isle）时，我们与一列逆向而行的长须鲸擦身而过，它们的队伍颇为壮观。德维特船长高兴地拉响粗哑的汽笛，向它们致意。我们驶过圣劳伦斯湾（Gulf of St. Lawrence）的安蒂科斯蒂岛（Anticosti Island）的东端时，海面上大雾茫茫，风平浪静。一排一排无边无际的鸟儿，大多数是绒鸭和黑海番鸭，中间还夹杂着像仙女般翩翩起舞的瓣蹼鹬，从船头下面飞起来，一掠而过，消失在雾海中。

船停靠在蒙特利尔的码头时，我和船长已经记录下了三十二种海鸟，十种海上哺乳动物，还有像剑鱼、巨型水母和一条巨大的姥鲨等稀奇古怪的动物。这次航行对我来说是从漫长黑暗的深渊驶向光明的生活。

然而，东部滨海却又让我毅然决然地再次回来。1953年春，我和父亲驾着他那艘结实的老式双桅帆船"苏格兰女帽号"（Scotch Bonnet），沿着圣劳伦斯河（St. Lawrence River）驶向圣劳伦斯湾。刚过魁北克市，我们就有一种错觉，以为冬天又来了——图门特海角（Cap Tourmente）下原本绿草茵茵的小岛和长满香蒲的大片沼泽地，此时停驻了成千上万只雪雁，大地像是铺上了一层白色。这些雪雁在此处休养生息，准备进行长途飞行，飞往北极繁殖地。过了加斯佩

(Gaspé)后,我们紧贴着博纳旺蒂尔岛(Bonaventure Island)高耸的岩架下驶过,头顶上一群生气勃勃的北鲣鸟在飞翔。我们在爱德华王子岛(Prince Edward Island)的西角(West Point)与一位捕龙虾的渔民待了一会儿。我们看他用陷阱网捕龙虾,一网就捞起了三百多只绿背龙虾,那一刻我们惊愕不已。

在这次航行中,我们也遇到了许多鲸。一个漆黑的夜晚,在圣劳伦斯湾中部水域,一小群虎鲸光顾了我们。当时,我父亲在驾驶舱里打盹。其中一头虎鲸贴着船边跃向空中,然后它那七八吨重的身体落入水里,引起的震荡就如同世界末日的霹雳。我想从那以后,我父亲再也不在值班的时候睡觉了。

从坎索海峡(Canso Strait)进入大西洋后,我们被飓风的尾巴扫中,船被吹到塞布尔岛(Sable Island)。在那里,几十只好奇的海豹瞪着明亮的眼睛注视着我们。在"苏格兰女帽号"掉头驶回新斯科舍(Nova Scotia),渡过缅因湾(Gulf of Maine),驶向长岛海峡(Long Island Sound)的这段航程中,我们几乎不停地邂逅海上的各种动物。

在接下来的三十年里,我大部分时间都生活在圣劳伦斯湾和大西洋滨海地区。随着时间的推移,我对这个地区的热爱之情与日俱增,感到有责任和义务为它做点什么。为了写一本有关北大西洋海上救援队的书,我花了将近两年的时间与这些救援队队员一起航行在阴沉而又多风暴的海上。我的另外几本书都是写这个地区的,包括那些关于航海时代、早期斯堪的纳维亚人(Norse)的探险,人们猎捕海豹的故事,以及外港渔村的生活方式等内容。

我和妻子在纽芬兰(Newfoundland)生活了几年。我们驾着小帆船,对海岸和周围海域进行了探险考察,到过圣皮埃尔岛(St. Pierre),在拉布拉多(Labrador)逗留过。我在渔场里待了很多天,坐过从四人划的平底船到重达六百吨的拖网渔船等各种船,看着鳞光闪闪的鱼被捕捞上船,从铅笔大小的毛鳞鱼到重达四百磅(约一百八十千克)、仓库门一般大的大比目鱼，种类繁多，难以计数。

1967年，我们驾着这条船，沿河而上，到了安大略省，但发现这片内陆容不下我们，所以我们又折回来，在圣劳伦斯湾的莫德林群岛（Magdalen Islands）那片半月形的沙滩上安了家。在这里我开始跟那些魁伟的灰海豹熟悉起来，我可以和它们一起躺在同一片海滩上晒太阳。也就是从这里开始，我又将自己的探险范围扩大到安蒂科斯蒂岛、加斯佩海岸和爱德华王子岛海岸。同样的也是在这里，我逐渐了解了竖琴海豹军团，它们曾在圣劳伦斯湾中的大块浮冰上和纽芬兰的东北海岸上繁殖过无数的小海豹。这两个地方的繁殖场我都去考察过……也目睹了海豹猎人在这两处海域，对海豹进行的血淋淋的大屠杀。

1975年，我和妻子移居到布雷顿角（Cape Breton），在涛声澎湃的海边安顿下来。但是，现在大海奏出的却是让人忧郁又让人警醒的曲调。在过去几年里，我一直为一种让人心神不宁的景象所困扰，那就是在海洋世界和海岸边缘，我曾经很熟悉的数量众多、种类多样的动物正在减少。海豹、海鸟、龙虾、鲸、海豚、狐狸、水獭、鲑鱼，以及其他许多我已司空见惯的动物的数量都在明显地下降。有一段时间我劝慰自己，这不过是一种过渡性的、周期性的现象。但是，当我查阅三十多年来我对这片水域所做的亲笔记录时，却发现我隐隐的不安得到了残酷的证实。在这三十多年中，几乎所有种类的大型动物和许多种类的小型动物的数量都在明显地急剧减少。

对此我非常焦虑，又去详细查阅了渔民们和在森林里居住的邻居们的回忆记录。他们中有些人已经九十高龄了，即使是他们因记忆模糊而对所作的回忆有所粉饰，以及他们多年来养成的喜好讲奇闻轶事的习惯，他们所作的描述还是使我确信，除了人类之外，所有的动物无论是在数量上还是在种类多样性上都已大幅下降，而且这种情况还在继续。

为了进一步了解这个问题，我又到野外去做进一步调查。我发现，并不只是大西洋滨海地区动物的消亡状况让人难以接受。世界各地的博物学家和科学家们都深感忧虑，他们报告说，除人类以外，其他动物的减少几乎是普遍性的问题，其中许多动物正在加速减少。据说，史密森学会（The Smithsonian Institution）的秘书曾说过，如果目前这种趋势继续下去，到21世纪中叶，除了那些我们出于自私目的而保留下来的动物以外，只有为数不多的"比面包盒子大一点"的野生动物能够幸存下来。

随着20世纪80年代的临近，我思考的三个问题变得越来越严重。如果东部滨海地区的动物在短短一代人的时间里就失去了这么大的地盘，那么从欧洲人开始征服这片大陆以来，动物们失去的地盘又有多大呢？而且，如果这种损失的规模与目前的规模相差无几的话，那么对于这个星球上所有的动物可持续发展来讲，无论是人类还是人类之外的，又意味着什么呢？因为归根结底，生命是相互依存、不可分割的。最后，如果确实是人类造成了动物的灭绝的话，那么在为时未晚之时，我们能做些什么来阻止这种屠杀呢？

我们对现在情况的理解和对未来做出明智规划的能力，都取决于我们对过去的了解程度。因此，为了找到这些问题的答案，我需要一部从西方人第一次在这个大陆留下印记后的博物史。为了找到这本书，我进行了彻底的搜寻。我找到了有关个别动物物种灭绝的书籍，比如旅鸽和大平原野牛，还有一些书列出了濒临灭绝的动物。可我却没有找到一本记录自然界动物整体减少的书籍。

1979年，我无奈地发现，我自己正在编写这样的一本书。这本书耗时五年，从一开始着手编写时，我就意识到必须承认本书有某些不足之处。仅仅用一本书（或是某种生物的一生）是不足以描述西方人（我指的是西方文化的传播者，区别于土著居民）到达北美洲后对整个北美地区动物的破坏的，哪怕是肤浅的描述，也是完全不够的。

总的来说，我将我的研究限定在我最熟悉的地区，即北美东北滨临大西洋地区。这个地区是地球表面上相对较小的部分，但是这里的自然史非常丰富，简直让人难以相信。人类在这里对其他生物造成的破坏是现代人在其整个统治领域内对动物资源开发利用历史的一个缩影，现在这个领域的范围几乎覆盖了这个星球。在我选定的地区发生的事情也正在其他大陆和海洋上发生。

这个地区就是北美洲东部，大致从拉布拉多中部向南至科德角（Cape Cod）附近，向西一直到圣劳伦斯湾和圣劳伦斯河下游地区，包括这些地方的海岸、岛屿，邻近的内陆地区和海洋。在10世纪的最后几十年里，第一批欧洲航海者，即来自格陵兰岛（Greenland）和冰岛的早期斯堪的纳维亚人，到达的地方正是这片区域。他们为其他航海者指引了道路。到15世纪中叶时，来自欧洲本土的冒险家们就开始探寻通向新大陆水域的道路。到1500年时，葡萄牙人、英国人、法国人、巴斯克人（Basque）都已经考察过大部分海岸，并且进入了开发纽芬兰的第一阶段，目前这种开发仍在进行中。因此，这本书的时间跨度就是从1500年左右到现在。

这段时间的人类历史，本质上就是一段对资源开发利用的历史，并且现在仍然如此。因此，这是一个中心主题，但我是站在受害者立场来对待这段历史的。我们人类有代言人为自己的事业做充分的辩护，证明其合理性，但其他动物的代言人却少得可怜。如果我在为动物们代言的过程中，表现出了几分厌恶人类的话，我并不想表示任何歉意。我只想说，我没有责任和义务为现代人类一直以来，并还在继续的灭绝动物行为辩解，哪怕只是说些象征性的开脱或是辩护的话。

本书只涉及哺乳动物、鸟类和鱼类，重点放在海洋哺乳动物上。之所以将大量篇幅用在这些动物身上，主要是因为如果我们改变对"其他野兽"的态度，那么海上哺乳动物似乎是最有可能恢复元气并存活下来的动物。而对于这个世界上的许多陆生哺乳动物来说，人类摧毁了它们的栖息地，因为人类不断膨胀的贪欲，动物的生存空间正被人类挤压。

这本书不是为了讲述动物的灭绝，而是讲述动物数量在总体上大量减少的事实。尽管书中有不少章节讲述了那些确已灭绝的动物的故事，但书中更多的部分是关于那些仍然以独特的生命形式生存下来，但数量却已经减少到惊人的程度的动物，其中许多动物已经减少到只有孑遗物种还存活于世了。它们之所以能够生存下来，是人类以他们认为合适的恩惠和善行给它们的施舍。

  一些读了本书手稿的人发现书中所讲的故事骇人至极，他们不明白我为什么要花五年的时间来发掘出这些恐怖的故事。我希望达到什么目的？毋庸置疑，这本书描述了我们过去的一段血腥历史，它记录了五百年时间里，在这个正遭到破坏的星球上，人类作为最具杀伤力的动物，在一个特定地区所取得的"成就"。但是，如果幸运的话，这本记载了我们在屠杀之海中的残暴行径的书，或许会帮助我们理解对动物生命毫无节制的贪婪所造成的恶果，也许会有助于改变我们的态度，修正我们将来的行为，这样，作为这个世界的一分子，我们才不会成为这个充满生机的世界的终极毁灭者。

目录

第一篇　海鸟和飞禽

一　大海雀　/ 004
二　其他遭受重创的海鸟　/ 032
三　极北杓鹬　/ 045
四　猎鸟　/ 059
五　其他空中鸟类　/ 073

第二篇　肉、兽皮、软毛

六　白色幽灵——北极熊　/ 090
七　棕熊和黑熊　/ 112
八　麝香气味的动物——水獭、渔貂、貂熊和海貂　/ 124
九　野牛的消失　/ 137
十　野生猫科、犬科动物　/ 149
　　猫科动物：美洲狮、猞猁、短尾猫　/ 149
　　犬科动物：爱斯基摩犬、红狐、北极狐、郊狼……　/ 156

第三篇　离水之鱼

十一　鳕鱼王和"帝王之鲑"　/ 174

十二　鲟鱼、鲈鱼、金枪鱼……海里还有更多的鱼吗？　/ 198

第四篇　消失的海中巨兽

十三　较好的鲸种　/ 222
　　　露脊鲸 / 227
　　　被遗忘的鲸种——灰鲸 / 240
　　　弓头鲸 / 249
十四　须鲸　/ 266
十五　小鲸种　/ 299
　　　鼠海豚 / 300
　　　白鲸 / 304
　　　一角鲸 / 310
　　　瓶鼻鲸 / 311
　　　小须鲸 / 317
　　　领航鲸 / 318

第五篇　鳍足目

十六　海洋长牙动物——海象　/ 330
十七　灰海豹和斑海豹　/ 357
十八　冰上的死亡（旧历）：竖琴海豹和冠海豹　/ 379
十九　冰上的死亡（新历）/ 403

后记 / 446
致谢 / 454
参考文献（节选）/ 455
主要物种名对照表 / 471
译名对照表 / 478

第一篇

海鸟和飞禽

在我还小的时候，我就对自然界的种种神秘现象非常着迷。当时，一位亲戚送了我一本一百多年前出版的画册，是博物学家奥杜邦（Audubon）[1]所著的鸟类图谱的重印本。画册里所有的插图都让我着迷，其中有一幅画让我印象最深刻，至今记忆犹新。上面画的动物样貌怪异，有点像企鹅，站在一块让人望而生畏的岩石上。图画配了文字说明（是奥杜邦年代就加上去的），但只提到了这种鸟的名字，以及它不能飞的特征，并且这种鸟已经灭绝。

对那时的我而言，"灭绝"这词除了意味着我再也见不到这种动物外，就没有其他含义了。这些年来，这个词却在我的脑海里烙上了可怕的印记。一想到"灭绝"这个词，我就会联想到奥杜邦画中这种大海雀的严峻形象。

这种不能飞的大海雀，又称为大海鸟，这是它们还存活时，见过它们的人给取的名字。它们与其他鸟类共享海洋世界，但在人类进行海上大屠杀时，它们又是最早的受害者之一。所以，我先讲它们的故事，然后再来探究发生在其他鸟类身上的遭遇。

我接下来会以对比的方式讲述一个鸟类家族的故事。它们曾经自由地翱翔在海洋与陆地之间，其中之一便是极北杓鹬。在大海雀灭绝了一百年以后，极北杓鹬也被彻底毁灭。从欧洲人开始在北美洲猎杀鸟类算起，这两个故事跨越了整整五百年的时间。杓鹬有一些近亲幸存下来，在本篇的第四章会讲述它们的故事。在新大陆东北地区，还有许多其他鸟类曾在这里繁衍生息，我在最后一章里描述它们各不相同的命运。

---

[1] 约翰·詹姆斯·奥杜邦（John James Audubon，1785—1851），美国著名画家、博物学家，他绘制的图谱《美洲鸟类》被誉为"美国国宝"。——译者注

一 大海雀

4月12日,离开普尔(Poole)后的第二十七天。我们到达近海水域,得知这就是后来称之为纽芬兰浅滩的地方。我们本应该从其他迹象中知道这点,似乎所有的飞鸟都聚集在此。它们不停地飞来飞去,多得难以计数,让我们眼花缭乱。在地球上可能没有其他地方能够像这里一样显示出上帝造物的强大繁殖能力了。

这篇18世纪的评论反映了早期欧洲探索者进入美洲东北部时第一次看到如此大量鸟群聚集时的惊讶之情。那里确实是一个处处都是鸟儿的世界:小精灵般的侏海雀,形似燕子的海燕,能深潜的海鸦、海鹦、海雀,翱翔的三趾鸥,能表演特技飞行的鹱,还有暴风鹱、贼鸥、有大翅膀的北鲣鸟,它们共同造就了如此壮观的景象。无论是暴风骤雨还是风平浪静,无论是白天还是黑夜,无论是寒冬还是酷暑,这些海鸟在海面上形成一座座生命之岛,而它们的伙伴们飞翔在空中,形成了仿佛是无边无际、忽隐忽现的云团。

鸟儿们都是捕鱼能手,它们一生中的大部分时间都是在海上、空中和海里度过。它们也会在陆地上短暂地停留,但也仅仅是为了"繁衍后代"。它们对海洋很熟悉,然而其中有一种鸟却显得独特,因为它已经完全放弃了空中的世界。

这种鸟体型硕大、体态优雅。它的背部漆黑发亮,腹部微微泛着白光,颜色对比鲜明,非常醒目。它已完全不能飞行,翅膀已经变成粗短有力的、有羽毛的鳍,更适合鱼儿游水而不是鸟儿飞行。事实上,它可以在深海中劈波斩浪，其速度和灵活性远胜于大多数鱼类。它还可以像一枚光滑的深水鱼雷，发射到三百多英尺（约九十一米）的幽深海底，并在此潜伏十五分钟。在海面上游弋时，它神态高傲，色彩鲜明，很容易就被认出。因为没有来自空中的敌人，也就无需隐藏身形。

它们成双成对地分散在北大西洋浩瀚无边的海洋里，但是偶尔也会成千上万地聚集于食物极其丰盛之地，犹如一支庞大的舰队。每年，它们都要双双登上某块孤零零的岩石或某个荒凉的小岛去繁衍后代，每次只生养一个。在岸上，它们体格高大，站立时可以高达人的腹部。行走时，挺直身子，迈着蹒跚的步子，那摇摇摆摆的步伐同真正的水手行走时如出一辙。在繁殖季节里，它们密集地群居在一起，几十万个鸟巢密密麻麻挤在一起，以至于成年鸟想要走动一下都很困难。

在漫长的岁月里，人们给这种非同寻常的鸟儿取了许多名字。古斯堪的纳维亚人称之为geiifugel，意为"矛鸟"；而更古老的巴斯克人称之为arponaz，意为"大海雀"。这两个名字都是为了突出它那巨大的、有凹槽的鸟嘴特征。西班牙和葡萄牙的航海者们称之为pinguin，肥鸟的意思，指的是包裹在它身上的那层厚厚的脂肪。到16世纪初期，大多数远洋人员，无论是哪个国家的，都采用了后一种叫法，法语中是pennegouin，英语中是pingwen。它的确是第一只真的企鹅。然而在19世纪结束前，它原来的所有名字都被剥夺了，因为它已随着时光的流逝，消亡了。博物馆里那些用现代科学技术制作的灰蒙蒙标本下面贴上了一个标签——大海雀。我将用它灭绝前的名字，即大海雀，来称呼它。（文中也根据情境使用"企鹅"，本节中均指"大海雀"。——编者注）

史前人类的部落零零散散地分布在欧洲海岸上，他们在这里繁衍生息。在这段漫长的时光里，大海雀也兴盛起来。考古学家在西班牙的洞穴壁画和挪威的岩画里都发现了跟它模样相似的东西。南至法国地中海沿岸的新石器时代的贝冢里也发掘出它的骨骸。显然，大海雀对一万多年前的人类生存做出了贡献。然而，我们的祖先捕其为食并没有明显地影响它的分布范围和丰富的数量。直到人类开始从猎人向产业工人转变时，它的死亡数量才开始飙升。

到了公元900年，人类捕杀大海雀的主因不再是为了猎食，而是为了获取它身上的油脂和柔软而有弹性的羽毛，这两种东西在欧洲大部分地方都成了昂贵的贸易商品。在欧洲海岸一带，大海雀遭到人类无比贪婪地猎杀，因此到16世纪中期，只有大西洋东部一些零星的繁殖地逃脱了灭顶之灾。一百年之后，只在外赫布里底群岛（Hebrides）中的圣基尔达岛（St. Kilda）上剩下了一个繁殖地。该岛既荒凉，地势又险恶。1697年，马丁（Martin）先生登上了圣基尔达岛，他给我们留下了这份简明扼要的描述：

> 大海雀不仅是个头最大的，也是神态最庄严的（海雀），全身黑色，眼圈周围带红色，每只眼睛下面有一个斑点，还有一张又长又宽的嘴；它全身直立时看起来威严庄重，翅膀很短，根本无法飞行；它把蛋产在光秃秃的岩石上，如果把蛋拿走，当年它就不会再下蛋了……它在五月的第一天出现，六月中就离开。

在1800年前的某个时候，大海雀彻底离开了圣基尔达岛，从此再也没有回来过。

下面让我们来看看欧洲人涌入新大陆之前一段时间的情况。

黑暗中，两条用树皮做的独木舟停在了一个石滩上，这里后来被称为纽芬兰海滩。一小群人聚集在独木舟旁边，他们热切地凝视着黎明前的天空。慢慢地，光线变强了，在西边的天穹露出了卷须状的云朵，没有要刮风的迹象。这群人互相之间都露出了满意的微笑，也对那个在六月带他们到这里的高个子、黄褐色皮肤的人满意地笑了。

他们划进海浪线，小心翼翼地避开长满海藻的岩石，以免碰到脆弱的船身，此时阳光已经铺满了他们身后的小山丘。海平面上，一串若隐若现的影子开始呈现出一个低洼群岛的轮廓。当两条小船从陆地驶向遥远的群岛时，风向不定的微风使水面泛起涟漪。在幽暗的森林的映衬下，身后那些稀稀落落的住了人的帐篷变得越来越模糊。

在天光大亮时，岛上的居民们离开陆地，开始了一天的捕鱼。渔民们划船激起的层层波浪，反射着炫目的光线，将整个岛屿包围起来。海鸦和海鹦组成一个个方阵在空中飞舞，快如飞箭。在它们上面，成群的雪白的北鲣鸟排成梯队，展开黑色的翅膀，缓慢而沉稳地飞着。燕鸥、三趾鸥和大海鸥在天空中交错飞行，像在做芭蕾舞的燕式旋转。天空处处都有鸟儿飞翔，生机盎然。

两条小船划得飞快，大海上也是生机勃勃。一队队无穷无尽的黑白相间的大潜水鸟，从这个地势低洼的群岛向外涌出，它们不是在空中飞行，而是在水中游。第一群鸟儿从小船旁跃过。船上的人停止了划桨，他们的头领摸了摸挂在脖子上的骨制护身符，护身符上刻的是大海雀的图案。

船上的人向目的岛屿靠拢时，上午已经过去一半了。留在岛上孵蛋或已经孵出幼鸟的群鸟们开始惊慌。不久它们都飞到了空中，数量如此之多，黑压压的一片，好像一场暴风雨就要来临。这支空中飞行的舰队是如此庞大，把阳光都遮住了，鸟群排出的粪便像雨点般掉进海里时，海面上响起嘶嘶的水声。

小船接近岛屿时，鸟群向他们扑了下来，他们就像置身于龙卷风的漩涡之中。这些人跳下水，将船抬到前滩上，稳稳地靠在倾斜的岩石上。鸟儿们紧绷的翅膀飞翔时所带来的气流以及它们的尖厉的叫声，使得这群人难以听清楚彼此之间在喊些什么。

他们弓着肩膀向前挪动，仿佛是感受到了愤怒的鸟群在头顶……和身前的力量。在距离他们上岸之处不到二十英尺（约六米）的地方，一排一排大海雀肩并着肩密密麻麻地站着，仿佛这里矗立着一支数十万的强大军队，几乎覆盖了这座一英里（约一点六千米）长的岛屿。在这个古老的岛屿上遍布着大量的鸟粪，臭气熏天，每只鸟儿都在粪堆的低凹处孵着一颗巨大的蛋。离入侵者最近的鸟儿们一齐转身面对威胁，它们站直了身体，伸出了令人生畏的大嘴。

入侵者们小心翼翼地前行，手里都握着又长又尖的船桨，犹如拿着一支长矛。他们的头领顿住脚，再次摸了摸他的护身符。在嘈杂的尖叫声中，他以低不可闻的声音为他和他的同伴们将要采取的行动表示着歉意。

突然，船桨挥舞起来。随着木棒砸在骨头和肉上的声音，前排的大海雀开始溃散并向后退去，跌跌撞撞地绊倒在后面的鸟儿身上。后面的鸟儿被这样的溃退弄得惊慌失措，它们便愤怒地向旁边的鸟发起攻击。因为这些鸟被推挤着跨越了它们各自小小领地之间的无形边界，于是，捍卫自己的领地变成了比抵御入侵者更为迫切的事情，混乱便开始在集结的军队中蔓延开来。

一些入侵者继续向身前的鸟儿挥动船桨，直到杀死三四十只为止，而其余的人则赶紧把鸟蛋装入用海豹皮做的肩袋中。他们在上岸后不到十分钟就开始撤退，手里拽着被杀死的鸟儿的脖子，身上背着沉甸甸的装满鸟蛋的袋子，走向海滩上的小船。他们把东西装上船和将船推下水的样子，跟小偷一样慌乱匆忙。每个人都紧紧握住船桨，鸟群的喧嚣几乎震得耳朵发聋，恶臭几乎让人窒息。没有一个人回头看一下仍在席卷整个鸟岛的大混乱。

这一幕发生在苏瓦港半岛（Port au Choix Peninsula）上，这个半岛从纽芬兰西部海岸向外延伸到圣劳伦斯湾中。在这一带的诸多土著文化遗迹中，考古学家们一直都在寻找以海洋为生的那一类土著文化遗迹。

从贝冢、生活区，甚至坟墓中发掘出来的大量骨骸表明，岛上的居民主要以大海雀为生。仅从一个墓穴中就发现了两百多个大海雀的长嘴，在另一个坟墓中发现了一个雕刻在骨头上的大海雀的图像。

苏瓦港半岛的居民绝不是唯一一群依赖大海雀生存的人。从格陵兰岛西北部的迪斯科岛（Disco）向南一直到佛罗里达州（Florida）的贝冢中都发现了大海雀的骨骸。无论是在捕鱼的淡季还是旺季，这种大鸟都给大西洋西岸的居民提供了蛋和肉。格陵兰岛上的因纽特人（Inuit）（就像17世纪赫布里底群岛上的苏格兰人一样）把大海雀的油熬出来，再把它的食管吹胀成袋子，将油装进去，再储存起来，以备冬季之需。从拉布拉多至科德角一带的印第安人将鸟肉烟熏或者晒干，可以保存好几个月。纽芬兰的最后一批土著人，贝奥图克人（Beothuk）甚至还将大海雀的蛋晒干，再磨成粉末，冬天做布丁时用。

尽管几千年来大海雀成为一代又一代人的重要生活来源，然而它的种群数量并没有明显的改变。这些早期的各族人从未滥捕滥杀，因而未导致自己陷入无处安身的困境。他们所猎捕的数从未超过他们所需之量。因此，当欧洲人到达这里，他们发现从拉布拉多海岸到科德角处处都散布着大海雀的栖息地。在一些近海捕鱼的浅滩上，这种大潜水鸟的数量多到早期的记录者们只能用"难以计数"来描述它们。

1534年4月的某一天，两艘经常在纽芬兰鳕鱼场作业的布列塔尼人（Breton）的小渔船离开圣马洛港（Saint Malo）出海了，然而它们并不是去捕鱼。一个名叫雅克·卡蒂埃（Jacques Cartier）的人租了这两艘船，对内海进行商业考察。内海是当时法国人称之为大海湾（La Grande Baie）的地方，也就是今天的圣劳伦斯湾。雅克·卡蒂埃当时四十二岁，长着张鹰脸。

这两艘六十吨级的小船顺利穿越了西部海洋，准备在纽芬兰东北部的博纳维斯塔角（Cape Bonavista）登陆。途中，他们遭遇了一堆顺着拉布拉多洋流（Labrador Current）向南漂移的北极浮冰，不得不在圣卡塔利娜岛（Santa Catalina）的渔港避难。在等待浮冰漂走期间，从海上漂来了两艘三十英尺（约九米）长的三桅帆船，但已碎成了几段，海员们将其组装成两条渔船。根据卡蒂埃的记录，风向终于变了，把冰块吹向大海，开辟出了一条沿纽芬兰海岸向北的航行通道。

> 5月21日，我们离港出海……一直航行到鸟岛（Isle of Birds）。浮冰将鸟岛团团围住，但已裂开成一块一块的，阻碍了我们前行。尽管如此，为了猎获鸟儿，我们还是将组装的那两艘船开向鸟岛。岛上鸟类的数量之大，除非亲眼看见，不然简直难以相信。虽然该岛方圆不到一里格[1]，但是岛上处处都是鸟，人们不禁认为是有人将鸟儿存放在这里（等待装船）。
>
> 在空中和周围海面上，鸟儿的数量是岛上的一百倍。有的鸟体型大如鹅，黑白分明，长着渡鸦一样的喙。这种鸟总是待在水里，因为翅膀短小，大概只有人手的一半大，所以不能在空中飞行。然而短小的翅膀却使它们在水中前进的速度与其他鸟儿在空中飞行的速度一样快。这种鸟非常肥胖，让人惊奇。我们称之为大海雀。不到半小时，我们的两艘船上就都装满了这种鸟，沉沉的，就像装满了石头。除开我们要吃的新鲜的鸟肉，每条船上都腌了四五桶鸟。

第二年春天，卡蒂埃再次远征圣劳伦斯湾，并又一次登上了鸟岛。这次是另一个人记录的，但他同样感到吃惊。他补充写道：

> 这个岛上的鸟超级多，法国的所有船只都可以满载而归，完

---

[1] 里格（league），是古老的长度测量单位，通常在航海时运用，1里格等于3.18海里。——译者注

全没有人注意到它们的数量有所减少。为了增加库存，我们装了两船走。

这就是现存的关于欧洲人在北美大陆上与大海雀相遇的最早记录了，但肯定不是第一份。卡蒂埃租用的布列塔尼人的小船向圣劳伦斯湾行驶的航线早在1505年就确定了下来。他所称的鸟岛已是这条航线上一个众所周知的海标。该岛现名梵克岛（Funk Island），是一块三十五英尺高、半英里长、四分之一英里宽的花岗岩板，距离纽芬兰海岸大约三十英里[1]。它的名字是一个古英语单词，意思是一种难闻的臭味。梵克岛不仅位于经贝尔岛（Belle Isle）海峡进入格兰德贝（Grand Bay）的常规航线上，而且也远离那些危险的、处在邻近大陆海岸和近海岛屿边缘的暗礁。由于这些原因，梵克岛，这个鸟儿的群栖地成了归航船只首选的停靠点，船员们在这里将腌好的大海雀装进桶里。然而该岛并不是这个地区唯一的鸟儿群栖地。往东四十英里，在博纳维斯塔湾（Bonavista Bay）的湾口有两个岛，都曾被叫作梵克岛[2]，现在叫作臭岛（Stinking Island）。在西南方向同样也有两个企鹅岛（Penguin Island）。附近的瓦德海姆群岛（Wadham group）中也有几个鸟岛，在其中一个岛上，当地的渔民发现了一座名副其实的存放骨骸的房子。渔民们认为，里面有一部分被烧毁的骨骸是企鹅被宰杀炼油后遗留下来的。纽芬兰东北部的其他地方包括马斯格雷夫港（Musgrave Harbour）外的南企鹅岛和北企鹅岛，还有巴卡列岛（Baccalieu）附近的企鹅岛，这些岛都有类似的遭遇。

---

[1] 三十五英尺约十米，半英里约八百米，四分之一英里约四百米，三十英里约四十八千米。——编者注
[2] 现在提到的梵克岛通常是用的复数形式。复数的"The Funks"是对许多鸟岛的统称，尤其是指纽芬兰东北部沿岸的大海雀栖息地，这种用法是对早期用法的一个延续。——原注

一　大海雀

大海雀的群栖地可能是沿着纽芬兰五千英里（约八千千米）长的大部分海岸线兴旺繁盛起来的。1536年，一支英国远征船队踏上了南海岸。以下摘录自理查德·哈克路特（Richard Hakluyt）写的《英国主要航海志》（Principal Navigations of the English Nation），有节略：

> 伦敦一位叫霍尔（Hore）的船长，鼓动好几位绅士和他一起到美洲东北部考察。他的劝说很有效，许多绅士都乐意和他一起行动。
>
> 他们起航后，在海上航行了两个多月才到达布雷顿角周围（地区）。在这里他们制定了航线，向东北方航行，最后到达企鹅岛。登岛后，他们发现处处都是大鸟，白的、灰的、体大如鹅的，还有不计其数的鸟蛋。他们把大群的鸟儿赶到船上，还带走了不少鸟蛋。他们把鸟肉清理干净，烹饪后吃掉，发觉鸟肉不错，很有营养。

霍尔登上的那座岛，后来被确认是距离纽芬兰南部海岸中间的开普拉许纳（Cape La Hune）十五英里（约二十四千米）的一座岛。葡萄牙人是首先发现这座岛的欧洲人，并给它取了名字，现在仍然沿用。西北海岸的梵克岛也是葡萄牙人给取的名。对那些经南部航线从欧洲到圣劳伦斯湾的归航船只来说，这座企鹅岛给船员们提供了将大海雀装入腌肉桶的便利。

第三个有名的鸟儿群栖地位于圣劳伦斯湾，卡蒂埃于1534年登上了该岛。

> 我们来到……两个岛……陡峭似壁，难以爬到顶上去。这些岛屿完全被鸟类覆盖，它们在那里筑巢，就像田野全被草覆盖一样……我们在一个较小的岛的低处登陆，杀了一千多只海鸦和大

海雀，我们尽量往船上装。一个小时之内就可以装满三十艘这样的船。

这两座山峰顶部平坦，但岩石嶙峋，难以攀登。它们从莫德林群岛东北部向圣劳伦斯湾延伸了十英里。在卡蒂埃所处的时代，一批批的北鲣鸟群在平顶上结巢，因此这两座山峰被称作北鲣鸟群岛（Isles de Margaulx）。那个小一点的岛屿四周都是大的岩石块，这些岩石块刚好处在风暴潮线上，大海雀在此处结巢。

北鲣鸟群岛，现在称为鸟岩（Bird Rocks），除了是一个重要的海标，还是一个方便的"海鸟市场"。过往的船只可以在这里储备鸟肉和鸟蛋。但它也仅仅是附近众多类似的群栖地中的一个。在当时无人居住的莫德林群岛上似乎有好几处大海雀的栖息地。鸟岩充分暴露在过往船只面前，这是其地理环境的局限性。虽然每年都要受到船员们的捕杀，但是鸟群仍然维持了一百多年，这一事实证明了鸟群的密度是非常大的。1620年，萨缪尔·德·尚普兰（Samuel de Champlain）来到鸟岩，他发现鸟儿"数量如此之多，用棍棒就可以打死"。到17世纪末，沙勒瓦（Charlevoix）指出，这些岛上仍然栖息着"许多不能飞的鸟"。

要在东北沿海的其他地方找到大海雀的群栖地是很难的，但是下面这一明显的事实有助于我们解决这个问题，这个事实是：这种大鸟除了每年春天至初夏有四到六周会到岸上下蛋、孵蛋和抚养幼鸟外，其他时间从不上岸，而且很少靠近岸边。因此，当我们发现别的岛曾被叫作企鹅岛或有类似的名字时，那么极有可能这个岛曾经是大海雀的一个繁殖地。

其他的判定标准包括以下内容：

岛上没有诸如狼、熊和人类这种长期居住的大型食肉动物。尽管这些动物偶尔会袭击岛上的鸟类（我们知道印第安人和北极熊都曾袭击过梵克岛），但是这样的袭击对数量达几十万的种群不可能会有多大的影

一　大海雀　013

响。狐狸和水貂等体型较小的动物对这种如鹅一般的体型，并长着大嘴的鸟儿的威胁要小得多。

当然，对不会飞的鸟而言，岛屿必须是便于鸟儿栖息的，但也不一定需要过渡地带。南极企鹅上岸时，可以借着出水的巨大冲力让身体腾空到距离冰面十英尺（约三米）的高度，然后再稳稳地降落在冰面上。群栖地只要比较平坦，没有茂密的植物和树木就行了。因为它们不会飞行，无论它们要到什么地方去都得游过去，所以群栖地需要离渔场比较近，这样成年大海雀可以不花费过多时间和精力就能为幼鸟找到食物。

最后一点是，只有当大海雀在它们的群栖地时，它们才会受到当地人的攻击。因此，只要在人类生活区出现大量的鸟儿骨骸，就可以清晰地判断群栖地应该就在附近。

拉布拉多的大西洋海岸可能并不是理想的大海雀繁殖地，因为在夏季这里有太多浮冰。然而纽芬兰的北部海湾提供了理想的繁殖条件，这里可供二十多个群栖地共存，其中一些还相当大。

纽芬兰西海岸的云雀岛（Lark Island），考黑德（Cow Head）附近的斯特林岛（Stearing Island），群岛湾（Bay of Islands）里（这里有处海岬和一个深海湾，名字都叫企鹅）的格雷戈里岛（Gregory Island），弗劳尔斯科夫（Flowers Cove）附近的格林岛（Green Island），波尔港湾（Port au Port Bay）入口的沙格岛（Shag Island）等岛上，以及圣约翰斯湾（St. John's Bay），似乎都曾有过群栖地。

很显然，纽芬兰南部海岸曾有过众多的大海雀群栖地，包括普拉森舍湾（Placentia Bay）中的维京岛（据报道，17世纪的法国渔民和士兵都曾在此用大海雀的肉和蛋进行补给），圣皮埃尔和密克隆（St-Pierre et Miquelon）附近的格林岛（Green Island）（根据当地的传统推测，18世纪初该岛上还有一些"企鹅"栖息于此），福琼湾（Fortune Bay）湾口的鸟岛，前面提到过的企鹅岛，以及拉米亚群岛（Ramea group）。一位住在拉米亚群岛附近的伯吉奥港（Burgeo）上、混有欧洲人和印第安人血统的老人告诉我,在他的米克马克(Micmac)祖先从布雷顿角迁移到纽芬兰后不久,大概是在1750年左右,最后一批"企鹅"在奥佛尔岛(Offer Rock)上被猎杀了。

圣劳伦斯湾的北岸是鸟儿栖息的绝佳地,在那无数的岛屿上曾一度有好几十个鸟儿栖息地和繁殖地。虽然现在没办法知道有多少是大海雀的,但16世纪的巴斯克捕鲸者在大多数群栖地上都猎杀过这种体型大又不会飞的鸟。对他们来说,这不过是一次小小的宰杀而已。

在圣劳伦斯湾南部,除了博纳旺蒂尔岛外,鲜有合适的海鸟群栖地。然而在1593年,一艘名为"万寿菊号"(*Marigold*)的英国船在"企鹅"的繁殖季里,在布雷顿角岛(Cape Breton Island)上发现了"企鹅"。1750年,那里仍然有报道称这种鸟为"企鹅"。在布雷顿角的米克马克人中流传着一种传说:他们的祖先曾经从卡伯特海峡(Cabot Strait)中的圣保罗岛(St. Paul Island)、切达巴克托湾(Chedabucto Bay)中的一个不知名小岛海狼岛(Sea Wolf Island)上捕杀过大海雀并带走鸟蛋。

由于缺乏合适的场地,新斯科舍大西洋沿岸的群栖地可能相对较少。但是在1758年,当地的印第安人曾将"企鹅"带到哈利法克斯(Halifax)供给殖民者们。这个事实似乎足以证明这里确实有过鸟儿的群栖地。

在新斯科舍的南端芬迪湾(Bay of Fundy)湾口以及对面的新不伦瑞克(New Brunswick)两岸都有许多优良的大海雀群栖地。1604年的夏初,尚普兰在塔斯克蒂群岛(Tusket Island group)时发现大量的海鸟在这里结巢,他的随行人员用棍子就能捕杀它们。他称这种鸟为tangeaux。有些鸟类学家认为这种鸟就是北鲣鸟。但就在尚普兰写的记录的下一页,他描绘的无疑是一个高地上的北鲣鸟群栖地,并称这种鸟为margos(margeaux),也就是法语的北鲣鸟。该岛现名北鲣鸟岛(Gannet Rock),位于塔斯克蒂群岛北面十一英里(约十七千米)处。

塔斯克蒂群岛南部的洛迪岛（Noddy Island）和魔鬼山嘴岛（Devil's Limb）、马凯亚斯海豹岛（Machias Seal Island）以及大马南岛（Grand Manan）的部分岛屿，都有可能是大海雀的群栖地。

早期的记录也证实了在缅因湾的更南边曾一度有大量的大海雀出现。一些现代权威人士坚持认为，这些记录中提到的鸟都指的是在某个极北群栖地上繁殖的候鸟，如梵克岛。他们推测，这些鸟是幼鸟或者是非繁殖的鸟，许多鸟儿在繁殖季被发现并被杀死。

然而，1603年，乔治·韦茅斯（George Weymouth）船长在缅因湾的马斯康格斯湾（Muscongus Bay）湾口的一个小岛上登陆，他发现了"非常大的蛋壳，比鹅蛋还大"。这极有可能是大海雀的蛋壳（大海雀蛋是北美所有鸟蛋中最大的），是印第安人在离海岸十英里（十六千米）处的蒙希根岛（Monhegan Island）或马纳纳岛（Manana Island）的群栖地上收集到的，就像在纽芬兰梵克岛上的贝奥图克人收集鸟蛋那样。

英国水手大卫·英格拉姆（David Ingram）于1568年被困在墨西哥湾（Gulf of Mexico）的海岸上，他向北走到了新斯科舍。他描述过一种鸟："它们的形状和大小与鹅差不多，它们的翅膀上长着绒毛，但是无法飞行。你可以像赶羊一样赶它们。"他很贴切地描述了大海雀以及它在群栖地中的行为。乔斯林（Josselyn）在1670年左右游历新英格兰时，曾这样描述大海雀："行走时摇摇摆摆，没有鸟的样子，翅膀上的羽毛很短，这就是它飞不起来的原因。"大海雀可能是乔斯林遇见的唯一不能飞行的鸟，而且"摇摇摆摆"似乎确切描述了它在陆地上行走的方式，并且大海雀在非繁殖期不会上岸。我认为这充分证明了新英格兰海岸边有大海雀群栖地。奥杜邦回忆道，波士顿地区有一位老猎手曾告诉他，在老人年轻时，在纳罕岛（Nahant）和其他岛上都曾有大海雀存在。

在新英格兰海岸，甚至南至佛罗里达州的印第安人贝冢中发现的大海雀骨骸证实了这个事实：在许多生物学家目前认为属于它们的栖息范围以南很远的地方，曾有大海雀的踪迹。

对横渡大西洋的水手们而言，海鸟群栖地是十分重要的。他们为了生存要像狗一样辛苦地干活，吃的主要是腌肉和硬面包。肉主要是贫瘠多筋的牛肉或马肉，面包烤得像水泥一样硬，还常常会有象鼻虫钻出来。即使是这样几乎难以下咽的主食，也经常供应不足，因为吝啬的船主似乎相信"风和水"就足以养活一个水手。事实上，通常情况下，他们给出海的船只提供的腌肉只够单程食用，而让受尽苛待、饥肠辘辘的水手们在到达目的地后自己寻找食物。除了鱼之外（在寒冷的高纬度地区，如果长期吃鱼，会导致慢性营养不良，因为大多数鱼的脂肪含量低），鸟类群栖地是最方便获得当季食物的唯一来源。

起初，栖息在近海岛屿和小岛上的鸟有十多种，它们大多数都擅长飞行，它们可以，而且经常，在难以攀援的岩架和悬崖峭壁上筑巢。成年鸟在入侵者靠近时往往会展翅飞开，因此，除非耗费大量的子弹和火药，鸟儿很少会遭到大量的捕杀。那么欧洲人捕杀的主要对象自然就落在了更容易接近的鸟类身上，其中大海雀因为个大又膘肥体壮，格外受到青睐。它的蛋也比其他鸟蛋更受欢迎，不仅是因为个大（和人手差不多大），而且因为容易被捡拾。毋庸置疑，只要大海雀活一天，它就是人们可以从商店里买到的最合算的东西。

对卡蒂埃和他同时代人的记录进行分析，我们大致了解到大海雀群栖地遭受破坏的规模是多么大。卡蒂埃租用的渔船长三十英尺（约九米），载重量约四吨。一只成年大海雀的重量为十二至十五磅（约五千克至七千克）。那么这样一艘船能装下多达六百五十只鸟，装满两艘这样的船可能会使一艘六十吨载重量的船的仓储能力吃紧。我们了解到，每艘船装载的量就是这么多。然而，一些在这片海洋航行的巴斯克船的排水量却高达六百吨，可以轻松地装上数千只大海雀，这足够撑过整个夏天，或许也足够在返航途中喂饱水手。

16世纪70年代，安东尼·帕克赫斯特（Anthony Parkhurst）写道："在一座名叫企鹅的岛上，我们把鸟儿赶到一条木板上再把它们赶进船里，船能装多少，我们就赶多少……它们的肉比鹅多。在格兰德贝附近捕鱼的法国人随船只带了少量的肉，但他们一直把这些鸟作为食物储存。"

几年后，汉弗莱·吉尔伯特（Humphrey Gilbert）爵士的船队中有一位名叫爱德华·海斯（Edward Hayes）的船长是这样描述的："在一座名叫企鹅的岛上，有一种鸟正在繁殖，数量多得令人难以置信，它们飞不起来……法国人毫不费劲就将它们捕获……和上盐，然后装桶腌制。"

大约在1600年，理查德·维特伯恩（Richard Whitbourne）写道："这些企鹅大如鹅……它们在一个平坦的岛上繁殖，其数量数不胜数。人们将它们赶到木板上，然后再赶进船，一次就赶了好几百只。似乎是上帝安排这些可怜的小家伙成为维持人类生存的极好的食物。"

上帝创造万物是为了满足人类的需求，这种观点当然不是维特伯恩所独有。这种观点在犹太基督教的哲学思想中根深蒂固，并继续为我们大规模毁灭其他动物提供主要的合理化解释。

不管合理与否，人类对新大陆海鸟栖息地的大规模破坏正在加速进行。这些鸟是渔民和殖民者的主食。莱斯卡伯特（Lescarbot）记录下了1615年左右法国人出现在这个地区时的情况："（人们）从一些岛上猎获大量的鸟儿。岛上的鸭子、北鲣鸟、海鹦、海鸥、鸬鹚和其他鸟类的数量很多，这是很奇妙的，（而且）在一些人看来数量多得几乎难以置信……我们驶过（坎索附近的）一些岛屿，仅在一刻钟内就装了满满一船海鸟。我们只需用棍子把它们打倒，直到我们打烦了为止。"库特芒什（Courtemanche）在1705年曾写及圣劳伦斯湾北岸，在描述了鸟儿群栖地之后又写道："整整一个月，他们都在用带铁头的棍棒屠杀鸟儿，数量之多，令人瞠目结舌。"

18世纪早期，枪支和火药变得便宜了，且更容易买到，于是，对海鸟的屠杀进入了新阶段。1750年左右的这份记载布雷顿角岛情况的记录就证明了这点："春天，鸟儿成群结队地飞到鸟岛上产蛋……每天都要开一千多枪，简直是一场浩劫。"

几个世纪过去了，成年鸟类在进入、离开和生活在群栖地的过程中所遭受的"枪杀"不断加剧。到了1900年，圣劳伦斯湾北岸的枪手们坐在平底船上，仅用一天时间就能击杀"半船货，大概有四五百只的绒鸭、黑凫、海鹦、海鸦和海鸥等"。

就像对成年鸟和半成年鸟的毁灭还不足以骇人听闻似的，海鸟蛋的浪费也在日渐加剧。开始，船员和渔民们只是为了寻找食物，才偶尔袭击一下鸟儿的群栖地，这时的规模还相对较小。正如约翰·梅森（John Mason）在1620年左右记载纽芬兰的动物时所写到的那样："海鸟有白色和灰色的海鸥、企鹅、海鸽、冰鸟、海鹦和其他鸟类……鸟蛋任我们予取予求，味道不错，就跟火鸡蛋或鸡蛋一样。岛上的鸟蛋取之不竭。"

进入18世纪后，一切都开始变化。那时，大西洋沿岸的人口迅速增长，这就为许多陆海"产品"创造了商业市场……在这些产品中就有海鸟蛋。因此捡海鸟蛋就成了一门有利可图的生意。职业捡蛋人就开始在各个海岸搜寻，把他们能找到的每一个鸟儿群栖地都洗劫一空。到1780年左右，美国的捡蛋者将美国东部海岸的鸟岛都扫荡遍了，再也无法满足诸如波士顿和纽约等城市对鸟蛋日益增长的需求。因此，向北部出口海鸟蛋就成为英国殖民地的一桩利润可观的生意。

不出所料，早期大海雀数量极其庞大，它也是最大的受害者。亚伦·托马斯（Aaron Thomas）对纽芬兰的企鹅蛋遭洗劫的情况作了简洁的描述：

> 如果你到梵克岛去捡蛋，要捡到新鲜的蛋，就得遵循以下规则：把这些可怜的企鹅赶离巢穴，用棍子敲打它们，把它们赶得

聚成一堆。然后你就可以像在果园里摘苹果一样从草丛里掏出鸟蛋……这些蛋已经产下一段时间了，不新鲜了，也没什么用了，但是你清理出了一块空地……回去休息一两天……之后你就会发现空地上有大量的蛋，肯定是新鲜的！

如果真如圣基尔达岛的居民所说的那样，大海雀每次只下一个蛋，一旦蛋被毁掉，它当年就再也不下了，那么这种大规模破坏所造成的后果就很容易预见了。

一位英国海军上校调查了纽芬兰的商业性捡蛋情况后，写出了如下报告："人们成群结队地去（梵克岛）捡蛋和羽毛。有一段时间他们获利颇丰，但是由于这场灭绝性的战争，近来，其利润已大为减少。尽管如此，据说有一条船仅一次航行就净赚了两百英镑。"

1887年威廉·帕尔默（William Palmer）参观了梵克岛后，写下了这段后记："早些年里，这个荒凉的岛上一定有大量的鸟类。大海雀、海鸦、刀嘴海雀、海鹦、北极燕鸥、北鲣鸟等无疑都聚集在此，除了现已灭绝的纽芬兰红种人偶尔到岛上来之外，它们从未受到过骚扰。然而自从白人渔民开始劫掠该岛，情况就发生了很大的变化。现在除了北极燕鸥和海鹦外，该岛可以说是个荒岛了。（虽然）大家都知道曾有人一次装了十六桶海鸦蛋和刀嘴海雀蛋运到了圣约翰斯（St. John's），但是我们在这儿却连一打蛋都没见着。"

我们要感谢约翰·詹姆斯·奥杜邦。他清晰地记录了捡蛋生意的情况。1833年6月，奥杜邦到了新斯科舍，在那儿遇见了一群捡蛋人。他们一共捡了约四万个海鸟蛋，正以每打二十五便士的价格卖给一位哈利法克斯的出口商。几天后他上到一个鸟岛时又遇到两个捡蛋人。"他们已经捡了八百打海鸦蛋，并预计能捡够两千打……岛上被弄碎的鸟蛋发出阵阵恶臭，让人难以忍受。"然而直到1840年，奥杜邦在圣劳伦斯湾北岸待了几周后，他才全面见识了这宗丑恶生意的可怕之处。下面是他的叙述，我做了些精简。

无论鸟巢在哪，无论要冒多大风险，捡蛋人的远大目标就是洗劫每一个鸟巢。他们简直就是有羽部落的害虫。在洗劫了鸟巢后，他们要摧毁这些可怜动物的野蛮癖好便得到充分满足。在我目睹了他们的行径之后，我才完全相信他们是多么的残暴。

他们的船破破烂烂的，船舱中发出瘟疫一般的臭味，像停尸房的味道。船上有八位船员，他们把船推下水，然后每人拿着一支生锈的枪坐了下来。其中一个船员划着船桨，小船驶向一个小岛。千百年以来，这个岛都是无数鸟儿的繁殖地。当察觉到邪恶的盗贼逼近时，成群的鸟儿从岩石上飞起，遍布空中，在来犯的敌人头上盘旋、尖叫。

毛瑟枪已装满了铅弹。几声枪响后，死伤的鸟儿有的重重地摔在岩石上，有的掉进水里面。未被打中的鸟儿无奈地在屠杀者的头顶盘旋，而屠杀者却已兴高采烈地上了岸，大步向前。看看他们！看看他们是怎样将幼鸟扼杀在蛋壳里！看看他们又是如何践踏每一颗鸟蛋！他们不断向前推进。当他们撤离这个小岛时，岛上再也找不到一颗完好无损的蛋了。

屠杀者们回到那条肮脏的小船，向几英里外的另一个小岛划去。上岛后，他们又上演了同样的一幕，将每一个能找到的鸟蛋都踩碎。他们就这样干了一个星期，一直到他们登上海岸边的最后一个鸟儿繁殖地为止。然后他们又返回，依次登上每个小岛，收捡在他们上一次登岛后鸟儿所产下的新鲜蛋。

他们装了整整半船的新鲜鸟蛋，接着又划向他们首次登陆的那个小岛。但是出乎他们意料的是，竟然已有人捷足先登了。他们怒气冲冲地跑向那些偷蛋人。先是举起毛瑟枪一阵开火，紧跟着就是对方的回击。只见一个人的头骨被打碎，被抬到了船上；

另一个人的腿中了一枪，走路一瘸一拐的；还有一个人脸颊破了一个洞，感觉牙齿都从洞里漏了出来。可到了最后，争斗还是得到了解决——战利品被瓜分掉。

　　这些人还尽可能地掠夺羽绒。他们简直无所顾忌，连挡了他们道的鸟儿都被全部杀掉。他们还仔细搜寻海鸥蛋、海鸠蛋和海鸭蛋。为了获得羽毛，他们还大量屠杀了海鹦和其他鸟类。他们洗劫的次数如此频繁又毫不松懈，最后这些鸟儿（大多）不得不放弃了它们多年的繁殖地。这样的灭绝之战再也维持不了多少年了。

这种大规模的毁灭行为经久不衰，一直持续到从拉布拉多至佛罗里达州这一带几乎找不到可以劫掠的海鸟群栖地为止。1919年，在《北美鸟类生活史》(*Life Histories of North American Birds*) 这一具有里程碑意义的书中，亚瑟·本特 (Arthur Bent) 博士总结了这种对海鸟的无情掠夺所造成的后果。

"它们的最凶残的敌人当然是人类。人类世代以来大肆捕杀它们，无情地掠夺鸟蛋，直到鸟儿几乎灭绝为止。"

入侵新大陆的欧洲人在"为了人类生存"的幌子下，以可怕的速度屠杀成年大海雀并毁掉不计其数的鸟蛋。然而他们并不仅仅满足于此，很快他们就发现了许多其他利用鸟儿的办法。

16世纪后期，人们对油的需求变得无法得到满足，因此海产动物油的卖价很高[1]。不幸的是，大海雀身上那层厚厚的、用于抵挡北大西洋严寒的脂肪，却可以被熬成优质油。最早利用这种机会的可能是巴斯

---

[1] 当时的矿物油尚不为人所知，而植物油又十分稀少且价格过于高昂。因此大多数的商品油都是从动物脂肪中制得。动物脂肪的主要来源地之一就是海洋，从海洋动物身上提炼出的油一般被称为海产动物油。从后文可以得知，海产动物油是新大陆水域中出产的最重要、最赚钱的产品之一。——原注

克人，他们把它作为在新大陆海洋中庞大的捕鲸业的附带品。但不久之后，其他一些追求渔业利润的国家就将它作为一项可盈利的副业了。

到1600年时，在大多数渔港里到处都可以看到粗糙简陋的鲸油提炼锅。渔民们一有时间、有机会去随意捕获一些能够炼油的动物，这些设备就会被生上火，所以海豹、海象、鲸、海豚……还有海鸟都被用来炼油。由于大海雀个头大，脂肪含量高，容易捕捉，因此一直到它灭绝前，它都是海雀科中的最佳炼油物。1630年左右，尼古拉斯·德尼斯（Nicolas Denys）曾写道："专门捕捞鳕鱼的法国船只返航时经常装有十至十二桶企鹅油。因为得需要几千只大海雀才能炼出这么多的油，所以，这已不再是小本生意了。这个生意也不仅仅是法国人在做，英国人、西班牙人和葡萄牙人的捕鳕鱼船也以同样的规模屠杀着海鸟。在大海雀的繁殖季节里，有些人还专门将船开到偏僻的鸟儿群栖地，架起随船带上的炼油锅。即使在最荒凉的岛上，他们也能够炼油。他们把大海雀的脂肪层剥下来后，用鸟皮和鸟身来添火。有些炼油者更加肆无忌惮，更加残忍，他们将整只鸟用来添火。"亚伦·托马斯在描述18世纪末的梵克岛时，对此加以证实：

> 当你住在这个岛上的时候，你就得不断地进行着可怕的残暴行为，因为你不仅仅要活剥（企鹅的）皮，而且还要活活烧死它们……你带上一口锅，生上火，这火绝对是用不幸的企鹅做柴火而烧起来的。

焚烧鸟儿的尸体来炼油并没有耗尽欧洲人从毁灭鸟群中获利的机会。夏季有大量的小鱼群洄游，如鲱鱼、毛鳞鱼、鲭鱼和乌贼等，虽然在一般情况下它们能够成为鱼饵并满足渔民钓鱼所需之量，但是有时在鱼群的洄游期之间或者鱼群"闯入"海岸之前，却有一个鱼饵的间断期。岸上的渔民很快就找到了解决这种暂时的鱼饵短缺的办法，尤其是在6月和7月。一批一批的掠杀者常常去扫荡鸟岛，无论是成年鸟还是幼鸟，都会被杀掉。然后他们将鸟儿的尸体撕成碎片，挂在鳕鱼钓竿的钓丝上充当主要的鱼饵。

在"企鹅"数量庞大的时候，用海鸟做鱼饵的原料主要就是它了。人们对它的这种毁灭，加上为了食物和油而屠杀掉的"企鹅"，就造成了不可避免的后果。无论它起初的数量是何等庞大，没有哪个物种能够经受得住这种无休无止的大屠杀。到18世纪中叶时，鸟儿的群栖地就只剩下了一小部分，这些群栖地还在不断缩小，并且不断遭受人类的围攻。后来，一场新的灾难又降临到它们身上。

在18世纪的后半叶，醒悟过来的企业家们，其中大多数是新英格兰的企业家，对羽毛和羽绒的需求开始不断增长。他们用羽毛和羽绒来制作床上用品和室内装饰品，销往美国和欧洲。每年春天，连远至南部的切萨皮克湾（Chesapeake Bay）都有成群的双桅帆船驶到纽芬兰和圣劳伦斯湾海岸地区，意图洗劫有群鸟结巢的各个岛屿。一开始，他们把注意力集中在绒鸭身上，不仅将筑巢绒鸭的羽绒洗劫一空，而且还射杀和网捕了成千上万只成年绒鸭。他们的掠夺实在是太残酷了，以至于曾经看似取之不尽、用之不竭的绒鸭群不久就只剩下"毫无价值的残余部分"。然后劫掠者们又将目标转向海鸟群栖地，包括残存的最后一批大海雀群栖地在内。

1775年，纽芬兰当局请求英国停止这种屠杀。"本岛北面毗邻诸多小岛，众多鸟类繁衍生息于此，这于本岛居民储备过冬食物以及作为夏季捕鱼所用之鱼饵皆大有裨益……（本岛居民）此种权益现已几近丧失，盖因众海员近年为取其羽毛、进行交易而在繁殖季节屠戮众鸟……兹恳请全面停止猎杀此岛上的鸟类，唯做食物与鱼饵之猎杀除外。"

十年后，殖民者兼日记作者乔治·卡特赖特（George Cartwright）在他的日记中写下了这样一段具有预言性质的话："一艘船从梵克岛开过来，船上满载鸟儿，大部分都是企鹅……每年夏季都有数不胜数的海鸟（在那里）繁殖，这对那些将船开到那儿并装上鸟儿和鸟蛋的可怜的居民们很有帮助……但近年来，好几条船的船员们整个夏季都待在岛上捕杀鸟儿，他们唯一的目的就是获取羽毛。这种行径已经成为一种习惯。他们造成的破坏程度之大，让人难以置信。如果不立即制止这种行为，整个鸟类将会消失殆尽。"企鹅"的情形尤其如此，**因为这是它们剩下的唯一的繁殖地了**，所有其他邻近纽芬兰海岸的岛屿也都不断遭到劫掠。"（加粗部分是我添加的。）

正如菲利普·托克（Philip Tocque）牧师的评论所揭示的那样，纽芬兰的商人贵族阶层所表现出的愤怒并不是完全出于公心。托克在1800年前写道，"企鹅""在梵克岛上的数量极丰，而被捕杀的数量也极多……成堆、成堆的鸟儿被当作燃料烧掉……因为岛上没有其他燃料。（在羽毛贸易造成企鹅毁灭之前）博纳维斯塔的商人们卖给穷人们的不是腌猪肉，而是把这些鸟儿一百磅一百磅地卖给他们"。

对于当时所发生的一切，亚伦·托马斯的描写更残酷，更形象：

> 在北岸几里格远之处是福戈岛（Fogo Island）、臭岛和梵克岛。它们一般被统称为梵克岛，是因为一登上这些岛，刺鼻的臭味就会扑面而来。我会特别讲讲梵克岛，其他岛上的情况和我在这个岛上看到的是一样的。

> 梵克岛是一个贫瘠的岛屿，上面栖息着企鹅和别的一些鸟儿。这个岛上的鸟儿数量多得让人惊讶，让人难以……置信。只要你的脚一踏上岸，你就会发现上面有成千上万只鸟。鸟儿多到你连脚都没处放。鸟儿们也很懒，一点也不愿意给你让路。

> 如果你为获取羽毛而来，根本就不用费神去杀死它们，只要抓住一只鸟，把最好的毛拔下来就行了。然后把这只可怜的企鹅放走，让它慢慢死去，因为拔毛后，它的皮肉裸露了出来，也被撕烂了。这种方法非常不人道，却是很普遍的做法。

我从住在圣约翰斯的一个人那里得知了下面的情况……"大约二十年前，当这种交易还合法时，我曾两次去往梵克岛。这两次梵克岛之行，我都带了一个人同行。我们在岛上共获取了半吨羽毛，仅捡到的鸟蛋就在圣约翰斯卖了三十英镑。"

现在梵克岛上已经禁止活拔鸟毛，禁止把蛋带出梵克岛，只允许猎获鸟儿来充作捕鱼用的鱼饵。（但是）大约三年前，还有人仍在进行这种羽毛劫掠。他们被发现后，就被抓到圣约翰斯处以鞭刑。尽管如此，我还是听说，每年（仍然）有大量的羽毛遭到盗窃。

此时从另一个地方传来了对灭杀"企鹅"的抱怨。在差不多整整三百年里，这些颜色对比鲜明的鸟儿一直是可信赖的航行标识。看到它们，归航的水手们就知道他们已经驶过了大浅滩，正在靠近一个危险的海岸，那里常常被浓雾笼罩。从航海初期开始，西方国家使用的航海指南类书籍中，就有与1774年版的《英国引水员》(*The English Pilot*)相类似的表述："如果你看到大量的海鸟出现，你便知道自己到了大浅滩，但一定要特别注意有没有企鹅，因为它们不会像其他鸟那样飞离大浅滩，它们一直都待在大浅滩上。"到1792年时，理查德·邦尼卡斯尔（Richard Bonnycastle）爵士向英国当局报告说："由于惨无人道的鸟蛋交易和皮毛交易，大浅滩上的这个可靠航标已经彻底消失。"两年后，伦敦的殖民大臣终于下令禁止为了羽绒交易而毁灭企鹅的这一行为，因为"它们可以补给食物和鱼饵，并且有助于提醒船只他们正在接近陆地"。

然而在纽芬兰，这条禁令不仅下得太迟，而且实际上根本就被忽视了。这里的商人们决定，既然他们无法阻止北方佬猎杀"企鹅"，那么他们最好也紧跟其后。其结果是，到了1802年，北美的最后一个"企鹅"群栖地，也就是那块被称作梵克岛的岩石，被摧毁。

我们的先辈用了一千多年的时间将大海雀从欧洲海洋中毁灭，而现代人只花了三百年就在新大陆实现了这个目标。这也是一场对抗其他动物的战争,且战争还在继续。尽管大海雀的灭绝无疑是人类的一个胜利,可是凶手们,还有作为凶手的继承者的我们,却不敢邀功。

北美的大海雀刚刚追随它们的欧洲兄弟被灭绝,就有人对它们的消失作出了解释。他们认为,"企鹅"天生就是胆小的鸟儿,它们是"选择撤回到"人迹罕至的地区。有些维护这种说法的人甚至认为鸟类的领地一直都是在极北地区。美国的一位鸟类学家在1824年这样写道:

> 大海雀,又称北方企鹅,只生活在地球上纬度最高的地区,凭借本能和自愿,它们来到一个终年覆盖着冰层的恐怖地带居住。通常,它们都出现在寒冷海洋中的大块浮冰上。

在"寒冷的海洋中",无论是死的还是活的大海雀,一批又一批的北极探险者们都没能发现它们的丝毫踪迹。这时,又一种论调出现了,这种论调更为明显地试图埋葬掉任何有关大海雀的记忆,暗示"历史上所谓的大海雀,极有可能是未受过教育的水手和渔夫们虚构出来的一种神秘生物"。证明这种鸟不存在的证据来自有人发现了许多假鸟蛋和剥制的鸟儿标本:这些鸟蛋是用石膏制成的,鸟儿标本是用几种不同种类的鸟皮拼凑而成的。这些东西都是卖给那些容易上当的收藏者们的。

19世纪末期在梵克岛上发现了大量死去不久的"企鹅"的嘴、骨头以及残留在鸟粪中的躯体。人们本能地想将大海雀从历史上抹掉、从良知中抹去的企图因此而遭受了挫败。当这些遗骸被运到欧洲后,在科学界引发了轰动,科学家们贪婪地竟相出价购买。正如当时的一份报纸所报道的那样:"米尔恩(Milne)教授在梵克岛上所得的鸟儿的遗骸被许多博物馆和私人收藏者收购,这对满足人们强烈的欲望十分有益。"

这就是占有欲,它极大地刺激了许多19世纪的富翁们。自然界的珍稀动物之于他们就好比莫奈(Monet)和高更(Gauguin)的作品之于现代艺术品收藏者,具有巨大的吸引力。他们花费大量钱财在世界各地搜寻稀有动物的标本。这是一宗竞争相当激烈的生意,以科学和启蒙的名义,最终造成了数十或数百种本已处于濒危状态的物种灭绝。现在仍然有动物园和自然历史博物馆还肆无忌惮地这么干,所造成的后果也相差无几。

  大海雀并不是神话故事中编造出来的,而是——在不久前还是——有血有肉的动物。这一不容争辩的事实让人们开始重新探讨这个问题:它是怎么消失的?为什么它会消失?许多权威人士仍然坚持认为人类不该为此承担责任,但也有一些人持不同意见。其中一位是丹麦科学家J.斯滕斯特鲁普(J. Steenstrup)教授,他曾在1855年提出了他的观点:"大海雀的消失不能看作是一种迁徙,更不能看作是自然消亡,而应该看作是被灭绝,一场由人类破坏主导而造成的灭绝。"

  这是让人耳目一新的坦率的实话。然而这位善良的教授试图减轻他的同类的罪恶,他还补充说道:"虽然这种鸟儿消失了,但它却协助实现了一个更高尚的目标。因为在很长一段时间内,它为人们在纽芬兰的大浅滩中打鱼提供了必不可少的助力。"还有比这更值得从事的事业吗?当然,这种情绪获得了许多人的共鸣。他们认为任何一种动物或物种,只要曾经满足了人类的欲望,它们的消亡不仅仅是正当合理的,而且还带有一丝高尚的色彩。

  虽然在1800年之后不久,大海雀就从人类的视野中消失了,但是它并没有完全灭绝。全世界都不知道,还剩有一个大海雀群栖地。在这个残存的群栖地上,大海雀的数量大概不超过一百只,它们没有为"高尚的目标"做出牺牲。它们能幸存下来,原因如下。首先,这个群栖地与世隔绝。它们岌岌可危地栖息在四面环海的埃尔德岩(Eldey)上,常年经受风暴和海潮的洗礼。这块岩石在一连串火山岛的最外层,这些火山岛从冰岛的雷恰角(Cape Reykjaness)向西南延伸至大西洋。其次,群栖地上的大海雀数量太少,连当地居民都不认为它值得洗劫。

但是世界上没有一个地方能逃脱那些收藏狂的魔掌。不知怎么的，这个不为外界所知的最后一个群栖地的消息传到了欧洲那些贪婪者的耳朵里。1830年左右，雷克雅未克（Reykjavik）的出口商们开始收到一些信函，有人询问大海雀及其鸟蛋的情况，并对能找到的其中任何一样都愿意出高价购买。最后至少有一位商人抓住了这个珍贵的机会。他名叫西姆松（Siemson）——让我们永远记住这个名字。

西姆松与雷恰角半岛（Reykjaness Peninsula）尖端上的斯塔杜尔（Stadur）和哈佛里尔（Hafnir）的渔民达成了交易。每年春季，只要天气好，渔民们就得去袭击埃尔德岩。到1843年时，已经有大约五十只到七十五只大海雀和数量不明的鸟蛋经过了西姆松之手，最终成为整个西欧收藏者们柜子中小心翼翼保护着的珍品。直到时代变迁，许多这些与世隔绝的自然界珍品才被卖掉一部分。1971年3月4日，冰岛自然博物馆馆长在索斯比（Sotheby）拍卖场参加了一场拍卖。他以三万三千美元的出价拍下了一个大海雀的剥制标本。据推测，这只大海雀就是在埃尔德岩上被捕杀的。这笔钱是通过公众捐赠筹集的。这位馆长还说，他可以筹集到两倍于此的捐款，因为冰岛人对于让这个灰扑扑的、流失在外的遗产碎片回归到这个岛上共和国非常热心。

那些对大海雀灭绝也做出"贡献"的国家，对于重新唤起对大海雀的记忆则不那么感兴趣。在20世纪60年代，纽芬兰的生物学家、海雀科（Alcidae）（学界将大海雀划分到这一科）的世界权威莱斯利·塔克（Leslie Tuck）博士对大海雀的灭绝提出了新的解释——为人类脱罪进行了新的辩解。塔克博士认为，当欧洲人在北美近海地区发现大海雀时，它已经是一个残遗种了。毫不夸张地说，它已经走到了它的进化过程的终点。塔克声称，大海雀的退化已经非常严重，因此早在公元前3000年时，新大陆上仅存的群栖地就只有梵克岛这一个了……当现代人登上该岛时，大海雀已经处于自然衰退的最后阶段。别的不说，这实在是一个漂亮的托词，如此轻松地将责任从迫害者推卸到受害者身上。

加拿大联邦渔业海洋部（Department of Fisheries and Oceans）的一位官员曾表达过加拿大对此事的看法，这个看法也阐明了该部门对于加拿大海洋中残存海鸟的态度："无论曾有多少大海雀，它们总是会离开的。它们肯定消耗了成千上万吨商业鱼类赖以为生的海洋生物。任何管理良好的渔场里都没有它们生存的空间。就我个人而言，我认为我们应该感谢前辈们帮我们解决了这个问题。"

我时常听到这么一种观点，有人坚持维护一种过时的理论，他们认为灭掉"毫无价值的"物种是合理的，这样做有利于其他有商业价值的物种。

1844年6月3日的黎明，晴朗无风，连续几天拍打海岸的汹涌浪潮也退了。斯塔杜尔村的三个渔民，凯提尔·凯提尔松（Ketil Ketilsson）、乔恩·布朗得松（Jon Brandsson）和西格杜尔·艾尔福松（Sigurdur Islefsson）走向岸边，他们的敞篷小船停靠在那里。他们边走边观察着天空和大海，简短地商量了一下，最后一致认为今天的天气非常适合到埃尔德岩去碰碰运气。

没有风对他们来说是喜忧参半。因为没有风他们就得把那艘沉重的船划离岸边十五英里（二十四千米），但没有风又使得他们相信在到达埃尔德岩后他们能够登上那陡峭的圆锥形岩石。海上一直风平浪静。将近中午时，他们爬上了埃尔德岩的峭壁。熔岩的峭壁被海水侵蚀，一团团海鸦和海鸥在尖叫。几年后，他们的一个冰岛朋友从他们那听说这件事，并记录如下：

> 当他们爬上去的时候，看见无数的海鸟中有两只大海雀蹲着。他们便立刻追赶了上去。但大海雀没有显露出丝毫击退入侵者的意思。它们立刻昂起头，展开短小的翅膀，沿着高高的悬崖奔跑起来。它们没有发出惊恐的叫声，只是迈着短促的步伐跑着，速度也只有人步行那么快。乔恩伸开双臂，把一只鸟赶到一个角落

里，很快就牢牢抓住了它；西格杜尔和凯提尔追赶着第二只鸟，在岩石的边缘抓住了它。然后凯提尔又回到这两只鸟刚开始蹲着的斜坡上，看见熔岩上有个鸟蛋，他知道那是大海雀的蛋。他捡起蛋，发现它破了，又把它扔到地上。所有的这一切发生的时间比我讲述的时间要短得多。

荒凉的岩石上躺着一颗破碎的鸟蛋，大海雀就此终结。

二　其他遭受重创的海鸟

当然，对海鸟的大屠杀并不仅限于大海雀，大海雀只是一个遭受灭绝的例子。许多其他鸟类也遭受了同样的重创，只是由于它们的数量巨大，分布广泛，或者是由于它们能够在偏僻之地或人类无法进入之地繁殖，它们才没被毁灭。在北美洲东北通道上住着些海鸟，它们遭受了现代人类的攻击。本章将简述它们的故事。

几乎是从欧洲渔民开发利用新大陆海洋时起，海鸟似乎就被用作鱼饵了。维特伯恩是这样描述16世纪晚期的情况的：

> 海鸟不仅可以让（去纽芬兰）进行交易的人填饱肚子，而且由于食物充足，航船便可以驶向更远的地方。由于海鸟的数量实在是太大了，渔民们甚至把一只鸟砍成四块，挂在鱼钩上当作鱼饵用。因此，那些每年都要出海捕鱼的船在大部分航程中都要用上这种鱼饵。

这样做简直是太容易了。

尼古拉斯·德尼斯在袭击哈利法克斯附近的桑布罗岛（Sambro Island）上的鸟儿群栖地时发现，"各种各样的（海鸟）数量非常多，我和我的船员们砍下树枝当作棒子，就打死了大量的鸟儿……我们都没办法运走。除此之外，没有受伤的鸟儿以及飞到空中的鸟儿形成了一片厚厚的乌云，阳光几乎都透不下来"。

越来越多的人捕鸟用作鱼饵，鸟儿群栖地所承受的压力在逐步增加。1580年，在东北通道捕鱼的船只有三百多艘。到了1700年，捕鱼船的数量就涨到了四倍。1784年，仅深海渔船就有五百四十艘，其中的大部分船只至少在捕鱼季中的一段时间曾将海鸟用作鱼饵。到1830年时，又有另外一支由几百艘新英格兰纵帆船组成的船队在拉布拉多海岸和圣劳伦斯湾中捕鱼，他们大量地将海鸟用作鱼饵。

除了用大船捕鱼，越来越多的种植园主和住在岸上的人们也划着小船，（短期内）在无数的小海湾和海港中捕鱼，他们都经常用海鸟做鱼饵。现在也还有人继续这么干，尤其是在纽芬兰和拉布拉多地区。

1904年，亚瑟·本特博士到莫德林群岛的几个鸟岛考察，他发现这些鸟岛经常遭到寻找鱼饵的渔民们袭击。他们常常利用梯子和绳索攀上悬崖，在一个小时内就能杀死五百多只北鲣鸟。本特注意到有四十只船在鸟岛上捕鸟，北鲣鸟的"皮被粗暴地剥下来，肉被切成几大块"。在20世纪的圣玛丽斯角（Cape St. Mary's）仍然还在沿用另外一种方法。因为圣玛丽斯角的北鲣鸟群栖地位于陡峭的悬崖峭壁上，人们很难攀援上去，所以他们就在浸透水的木板上或是在渔船附近漂浮的圆木上绑上一条鲱鱼。北鲣鸟会从高处向鲱鱼俯冲下来。它们无法及时发现这个骗局，因此会有几十只、几百只北鲣鸟的脖子被撞断。此外，北鲣鸟、海鸦、刀嘴海雀和其他能深潜的海鸟游进细孔渔网里，被困住，然后被淹死。大量的海鸟就这样被捕杀。

甚至连鸬鹚都被当作鱼饵。起初，在佐治亚州的沿岸地区，鸬鹚的群栖地处处可见，但是到1922年时，它们的数量骤减，以至于有段时间人们曾认为普通鸬鹚"作为一种繁殖鸟，在北美已经灭绝了"。

直到19世纪末期，美国和加拿大捕捞鳕鱼的渔民在正式捕捞前还常常开展一次提前的捕鱼航行，他们使用成年海鸟作为鱼饵。主要是用剪水鹱和暴风鹱的肉当作鱼饵，这种方法被称为"杂鱼捕捞法"。渔民们坐在平底小船上，用的钓线有五六英寻[1]长，每根线上挂着很多鱼钩，把鳕鱼肝挂在钩上做钓饵。这样，这两种鹱就被诱杀了。在1884年美国渔业委员会（United States Fish Commission）提交的一份报告中，是这样描述渔民钓鸟的：

> 渔民们从这项活动中得到极大满足，不仅因为它能让人兴奋，而且还因为他们能够钓到大量的鸟儿作为鱼饵，从而获得可期的利润。鸟儿被钩住时，会使劲扑腾，想飞回空中，或者是张开双脚，不让自己在水中被拖走。有时，鸟儿会挣脱鱼钩，但是鱼钩一般都钩得很紧，最后鸟儿还是被拉到船里。渔民们用牙咬碎鸟儿的头盖骨或者用"打鱼棒"来击打它们。渔民们要钓到二百只左右的鸟才会罢休。

有时，剪水鹱是被生擒到船上的：

> 大概有十多只鸟儿被放到甲板上的一只大桶里，然后渔民们用棍子在它们之间搅弄，挑起一场自相残杀的争斗。显然，鸟儿们以为它们的伙伴是死敌，便向自己旁边的鸟发起猛烈的攻击，战争随之全面爆发，然后就是可怕的混战。鸟儿的羽毛四处飞扬，渔民们则在旁边乐不可支。渔民们有时把两只鸟的脚绑在一起，这样鸟儿虽然能够游动，但会互相碰撞，极不舒服。结果就是两只鸟争斗不停，直到一方或者双方都被打死为止。

一直到1949年，纽芬兰的渔民们仍然在捕杀剪水鹱和暴风鹱来做鱼饵。

---

[1] 英寻（fathom），从前英语国家的海图普遍使用"英寻"作为海洋测量中的深度单位，不属于国际标准单位。一英寻约合一点八三米。——译者注

甚至连体型小巧到只有知更鸟大小的海燕（又称凯莉妈妈的小鸡[1]）也不能幸免。"杀死海燕的最常见也是最有效的方法就是用鞭子。将钓鳕鱼的钓线分几段绑到一根五六英尺长的棍子上，就做成了一条鞭子。往海里扔出一大片鳕鱼肝，海燕就被引了过来。当它们聚成密密麻麻的一堆时，鞭子嗖的一声抽下去，拥挤的鸟群中就被抽出一条路来。一鞭子下去就会造成二十多只鸟死伤。一直到杀死四五百只鸟后，这种残忍的行径才会停止。"

因为成年鸟的肉在鱼钩上钩得紧，所以渔民们更青睐捕捉成年鸟。但它们的量却供不应求，因此幼鸟也遭到屠杀。在某些季节里，有些群栖地上的幼鸟几乎活不到成年。纽芬兰博纳维斯塔湾的一位渔民向我描述了他曾参加过的一次鱼饵袭击战：

> 6月末的时候，小海鸦长得肥肥的了。我们七个大人、六个小孩，坐着两只轻便小船，还拿了铁头棍子。太阳刚出来我们就上了岛，然后就马上开始动手了。到处都是小海鸦，密密麻麻的，像狗身上的毛一样多。头顶上飞着成千上万的三趾鸥和老海鸦。太阳出来后，岛上臭气熏天，简直能把鲨鱼给臭晕过去。我们还是动手了。四周响起一片噼噼啪啪的棍子声。一直打到我的手累得举不起棍子为止。我身上全是它们被打中时溅出来的血、碎肉和黏液。我们打得很快，小家伙们把海鸦装进袋子里，拖到船上。这个岛有点小，我们没用上一天的时间就将岛扫荡干净了。我不知道剩下的海鸦还够不够一只狐狸吃。两条船能装五十英担[2]，大约两吨半的东西。我们把船装得满满的。这些鱼饵足够小海湾里

---

[1] 凯莉妈妈的小鸡（Mother Carey's chickens），水手的俚语，指暴风雨中的海燕。Mother Carey 是一个超自然人物，18世纪和19世纪说英语的水手们，把她想象成残忍的威胁海洋的人物。——译者注

[2] 英担（quintal），重量单位，一英担约合五十公斤。——译者注

的每一条船轻松自如地打上两周的鱼。

下面我们来看一下美洲东北沿海地区那些受到威胁的大部分海鸟的状况。

通常被称为海燕的生物,是海洋上无形的幽灵。除了短期上岸繁殖外,它们一直都穿梭于风浪的中心。它们在草皮或泥土下面挖一个浅浅的洞进行繁殖,或者在岩石的缝隙中繁殖,并且它们只有在天黑了才进出群栖地。它们是如此隐秘,以至于人们在走过被草皮覆盖的悬崖顶时,都察觉不到他们脚下有几十万个蜂窝状的洞穴。白腰叉尾海燕至少曾在南至科德角的岛屿和海岬上大量繁殖,但由于现代人以及相关动物的蚕食,海燕的大多数群栖地都已丧失,只有纽芬兰岛上的群栖地除外。根据加拿大野生动物局(Canadian Wildlife Service)大卫·内特尔希普(David Nettleship)的说法,在纽芬兰和拉布拉多地区的海燕数量不确定,但在加拿大东部其他地区和新英格兰地区,海燕的数量仍然在下降。

体型雄伟的北方北鲣鸟曾经是东海岸最令人惊叹的海鸟之一。它有着白色的羽毛,翅膀末梢是黑色的,双翅展开有近六英尺(近两米)宽。即使北鲣鸟在遭受了三百多年的无情屠杀后,奥杜邦于1833年还能这样描述他在夏季登上圣劳伦斯湾中的鸟岛时看到的场景:"最后我们终于发现了远处的一块白色斑点,我们向领航员确认了,那就是我们想要见到的有名的小岛。开始我们以为岛上还覆盖着几英尺厚的雪,当船靠近时,我以为连周围的空中都飞舞着雪片……但领航员让我相信,眼前除了北鲣鸟以及它们岛上的巢穴以外,其他什么都没有。我揉了揉眼睛,戴上眼镜,才看清空中一片奇怪的昏暗是由无数的北鲣鸟形成的。船越靠近小岛,我们就越容易看清由飞舞的北鲣鸟所形成的壮丽云雾:它们时而射向空中,似乎要飞到天上;时而向下降落,似乎要加入下方的羽毛云团;时而向两边散开,横掠过海面。"

在奥杜邦那个年代，据说鸟岛上的北鲣鸟数量有十万多只。当欧洲人首次出现在北美大陆上时，像这样的群栖地有几十个，其中在许多群栖地上繁殖的北鲣鸟至少也得有十万只。到19世纪中叶，在全北美，幸存下来的群栖地就只有九个了。到1973年时，在六个残存的群栖地中总共聚居了三万二千七百对成年北鲣鸟，比最近的1966年的数量少了百分之二十。到了1983年，圣劳伦斯湾中的北鲣鸟数量又减少了百分之十，造成这样结果的主要原因是一种被有毒化学物质污染的鱼，而博纳旺蒂尔岛上的北鲣鸟就以这种鱼为食。

北美洲残存的北鲣鸟数量少、分布区域受到局限，而由于有毒物质的污染、人类不断加强的捕鱼活动以及随着近海石油工业的发展而不可避免地发生的石油意外泄漏等原因，北鲣鸟的数量还会进一步下降，而且有可能是致命的下降。

两种鸬鹚——普通鸬鹚和双冠鸬鹚，以前不仅在拉布拉多中部以南的海滨地区繁殖过，而且也在许多淡水湖泊和河流中繁殖过。它们的数量极其庞大，到17世纪也仍然如此，也许是因为欧洲人认为它们的肉又臭又油腻，不适合食用。然而，自从鸟类成为鳕鱼捕捞业的主要鱼饵后，这两种鸬鹚就开始遭受巨大的损耗。它们聚集在荒芜海岛上的大型群栖地内，或者栖息在茂密的树林里。幼年鸬鹚很容易被大量捕杀，因为它们的肌肉组织纤维多，它们的肉就能牢牢地"挂在"鳕鱼鱼钩上用作鱼饵。

当海鸟肉作为鱼饵的重要性开始减弱时，人类对鸬鹚的屠杀却并没有减缓。20世纪初，许多鱼群的数量明显减少，渔民就断定鸬鹚是罪魁祸首之一，这就导致了人们蓄意灭掉鸬鹚。灭杀的主要方法就是袭击它们的群栖地，所有的鸟蛋和幼鸟都被踩得粉碎，成年鸟也被一一射杀。后来渔民们改进了灭杀的方法，他们将煤油浇在鸟巢中的蛋上，这样蛋壳上的微气孔就被堵住了，蛋里的胚胎因此窒息而死。由于成年鸬鹚不知道这些蛋已经孵不出幼鸬鹚了，它们通常还会继续孵下去，一直到产卵季的末期，可那时已经无法第二次产卵了。

这场针对鸬鹚的战役非常成功。到1940年，在加拿大海域中生存的普通鸬鹚只有不到三千只。第二次世界大战以后，鸬鹚得到了一些保护。鸬鹚种群原本可以因此得以恢复，但事实并非如此，主要是因为渔民们为了赚钱和钓鱼取乐而对鸬鹚恶意迫害。1972年，我调查了莫德林群岛上的一个群栖地遭受袭击的情况，这个群栖地主要栖息着双冠鸬鹚。五名手持.22口径步枪的男子将云杉树林上的成年鸬鹚从巢中射落下来，地上落满了死了的鸟儿，更糟糕的是，巢中和地上还有大量的已死和垂死的幼鸟，它们都是父母死后饿成这样的。

随着鱼类数量不断减少，在一些捕猎和渔业官员的纵容下，人们对鸬鹚和其他食鱼动物的仇杀还会加剧。这些官员仍然荒谬地认为鸬鹚是捕鱼业的巨大威胁。

在整个大西洋沿岸的众多岛屿、海滩和沙堤上，无论是在海水还是在淡水中，曾有无数的燕鸥繁殖地，有四种神奇的、黑顶飞行好手也曾在此繁殖。直到19世纪中叶，它们才受到人类的蓄意攻击。为了给女帽头饰行业供应羽毛，羽毛猎取者洗劫了这些群栖地。燕鸥的翅膀、尾巴，有时甚至是连整张皮都被用来装饰女性的帽子。随后燕鸥遭受的屠戮之重，以致所有燕鸥都变得稀有。但是燕鸥数量不断减少的主要原因是人类的占领使它们失去了结巢地，它们曾繁殖的海滩环境不断恶化，再者有毒化学物质使它们中毒。这四类燕鸥都陷入生存困境，其中玫瑰燕鸥和里海燕鸥的数量已所剩无几，而曾经数量极多的北极燕鸥和普通燕鸥，它们目前的数量正以前所未有的速度下降。

有一种海鸟例外，它似乎能从人类最近的一系列活动中受益。它是一种笑鸥，体型不大，黑顶，曾经在圣劳伦斯湾以南的大西洋滨海地区随处可见，但现在已经相当稀少了。在过去的一百多年里，人字形、环嘴的黑背海鸥和三趾鸥的数量一直在减少。人类大量掠夺这些鸟和它们的鸟蛋食用，但是现在它们的数量却在明显地恢复。荒谬的是，其数量之所以增加，在很大程度上是由于现代渔业对海洋生物大规模地、毫无节制地破坏，因此产生了过量的内脏和腐肉供它们食用。此外，海鸥在人类倾倒入海洋的大量垃圾中，也找到了不少食物。

海雀、海鸠、海鸦和海鹦都属海雀科。海雀科的成员都是出类拔萃的海洋动物，一生大部分时间都是在水面或水下度过，而在空中或陆地上生活的时间则是越短越好。它们大多在繁殖地群居，即使在海上，它们也往往会成群结队地生活。在所有海鸟中，海雀科是在人类手下受害最为惨重的一个鸟科，而且至今仍在受难。

刀嘴海雀看起来很像大海雀，但它的体型只有后者的三分之一大。虽然到目前为止，它因为还具有飞行的能力，所以逃脱了它这个兄弟种群所遭受的命运，但是在它所属的海雀科中，它是数量最少的两个成员之一，另一个有着同样不幸命运的是黑海鸦。

刀嘴海雀通常和它的亲缘海鸦一起混居在群栖地中。以前，在科德角以北都有刀嘴海雀的踪迹，但现在只有在加拿大大西洋沿岸和格陵兰岛的西部海岸才能看到它们的身影。在加拿大现存的五十七个刀嘴海雀群栖地上大约只有一万五千对刀嘴海雀了，这与欧洲人首次见到它们时的数量相比，只是当时的百分之一，这实在是一个微不足道的残余量。

海鸦有两种，一种是普通海鸦，另一种是厚嘴海鸦。在欧洲人首次进入北美大陆时，两种海鸦的总数很有可能是这片海洋中数量最多的鸟儿。从圣劳伦斯湾北部和纽芬兰东部到巴芬湾（Baffin Bay），都有厚嘴海鸦的繁殖地。一直到最近，它在北极的栖息地还很安全，没有受到现代人的侵扰。尽管它的数量在下降，但仍然超过三百万。相比之下，在大西洋东部残存的十多个群栖地中，幸存下来的育龄海鸦数量最多只有两千五百对。

内特尔希普说，"在过去的三四十年里，北大西洋大部分地区的厚嘴海鸦的数量大幅度下降（在加拿大东部的北极地区可能减少了百分之三十至四十）"。导致其数量下降的主要原因稍后将加以详述。但是从这些数字中暴露出一个明显的事实：即使是那些免受现代人侵扰的动物，比如北极厚嘴海鸦，在我们正在塑造的这个世界里，它们未来的命运也是令人担忧的。

最近有报道称，乘坐机动船的猎人们用现代猎枪枪杀了多达四十万只海鸦，其中大部分是迁徙的厚嘴海鸦，这些海鸦每年冬天都生活在纽芬兰和拉布拉多附近的海域。据报道，格陵兰岛人至少又枪杀了二十万只海鸦。对这类海鸟而言，现在人们对它们的杀害程度可能大于以往。

普通海鸦的栖息地曾经和刀嘴海雀的栖息地一样宽广。它的群栖地曾多达两百个，分布在缅因湾、圣劳伦斯湾以及加拿大沿海各省。而现在只有二十六个了，其范围也只限于圣劳伦斯湾北部、纽芬兰、拉布拉多南部，以及芬迪湾中的一个很小的群栖地，这里只有五十对普通海鸦。

个子矮小的大西洋海鹦，长期以来都是漫画和故事中的滑稽角色，现在正处于危急状态。它在西大西洋的繁殖区，现在也仅限于从拉布拉多中部向南至缅因湾北部这个范围。在格陵兰岛海滨地区西部也只有零星的海鹦群栖地。现存的所有育龄大西洋海鹦中，有近百分之七十的数量，大约七十万只，都集中栖息在纽芬兰东南部的威特利斯湾（Witless Bay）中的三个小岛上。现在这里是一个省级鸟类保护区，是大西洋海鹦最后的立足之处，它们曾经有数百万之多。

和暴风海燕一样，海鹦也是密集群居的鸟。它们通常在洞里结巢，这给了它们一些保护，让它们免受自然界食肉动物的攻击，也免受后来的捡蛋人和鱼饵猎取人的攻击，但是这些攻击者还是给它们造成了巨大的伤害。如果这些就是它们所要遭受的所有伤害，它们或许还能生存下去。但是，与海燕的命运一样，它们的大多数群栖地被我们带来的外来动物所摧毁。这些动物包括爱掏洞的野猫、野狗，爱践踏洞穴的绵羊、山羊和牛，还有猪。这些猪将岛上的鸟儿，无论老幼，都吃得干干净净，因而长得膘肥体壮。

在这些动物中还有另一种劫掠者,它们随着欧洲人一起到的北美。1959年的初夏,我来到一个名叫哥伦比耶(Columbier)的险峻小岛。这个小岛几乎是从圣皮埃尔岛附近的海面拔地而起。岛上陡峭、多孔的斜坡上和中间平坦的地方,到处都是蜂窝状的海鹦洞穴。走动时,要想不踩到洞穴是十分困难的。那些已经当了父母却又不善飞行的海鹦从脚下突然飞起,像一颗颗长着羽毛的子弹一样,或是从海面射向岛上,以此抗议我的闯入。它们成群成群地停在海面上等我离开。尽管我只能猜测一下它们的数量,但我肯定,在哥伦比耶岛上至少有一万只海鹦。

那年冬天,一艘破旧的纽芬兰纵帆船开到这个小岛的岸边,船上鼠满为患。船员们上了船,向圣皮埃尔驶去,但老鼠却爬上了哥伦比耶岛。1964年,一位鸟类学家考察了这个小岛,发现只有几十只海鹦在试图抚养幼海鹦。其余的海鹦要么被老鼠撵走了,要么就被老鼠吃掉了。而老鼠的繁殖量已经赶上一个花衣魔笛手[1]的军团了。

早期的欧洲人对海鸟的屠杀规模之大令人难以置信,尽管屠杀方式更加直接,但与海鸟现在正遭受的杀戮相比,还不算很严重。

渔业技术的突破使海鸟正遭受着灾难性的损失。该技术利用人工合成的单丝做成刺网,这种单丝在水下几乎是看不见的,潜到水下的鸟儿在毫不知情的情况下被网住,然后被淹死。

自20世纪60年代末,人们为了捕捞大西洋鲑鱼而在格陵兰西海岸附近采用流网捕鱼以来,平均每年都有二十五万只海鸦被淹死。仅在某一年就有五十到七十万只海鸦被渔网捕杀。在纽芬兰沿岸,职业渔民被迫从海鸟群栖地附近移走了这些新式渔网,因为把网眼中的死鸟取下来要耗费他们大量的捕鱼时间。另一方面,某些"兼职"渔民却故意在群栖地附近布网,目的在于"捕捞"海鸟而不是鳕鱼。被捕捞的鸟包括各

---

[1] 花衣魔笛手(Pied Piper),欧洲民间传说中的人物。他是一位法力高强的魔笛手,身穿红黄相间的及地长袍。当他吹起神奇的笛子,附近的老鼠都会根据笛声的指引而行动。——译者注

种潜水鸟，但没有哪种鸟比海鹦和海鸦遭受的灾难更大。这种愚蠢的毁灭行径似乎永无休止，用我咨询过的一位渔业官员的话说，就是"对此无能为力"。

石油泄漏和浮油也正在杀死无数的海鸟。1978年冬，"库尔德斯坦号"（Kurdistan）油轮在纽芬兰西南部海上破裂时，其装载的大部分燃料油在风浪和海潮的作用下，在海上东漂西荡达数月之久。根据我自己看到的，以及布雷顿角和纽芬兰南部海滩观察人员告诉我的情况，我断定不少于十五万只，甚至可能多达三十万只的海鸟，包括海鸦在内，都成为这次油料泄漏事故的牺牲品。海运保险业人士估计，在大西洋西北海域中每四五年就会发生一次这样的大"事故"，每六个月就会发生一次小泄漏。然而即使是一次小泄漏也会造成十万只海鸟死亡。

如果计划中的北部油轮运输在北极得以实施，大西洋西北部分残存的海鸟大群栖地将会面临致命威胁。生态学家们计算出，如果在兰开斯特（Lancaster）南部的冰封入口处附近发生一次大泄漏，那么北美现存最大的一个海鸟繁殖群栖地会被破坏，甚至会被完全摧毁。凡参与其中的人都承认，从统计学的观点来看，这样的灾难迟早会发生。

然而故事到这并没有结束。

在过去几十年里，包括杀虫剂在内的有毒化学物质造成的海洋污染，尤其是对局部水域造成的污染，一直在加剧。许多鸟类专家确信在圣劳伦斯湾（五大湖排污系统出口），食鱼海鸟数量骤减主要是因为在鸟儿的组织中，尤其是在它们的生殖器官中，有毒化学物质的浓度在不断增加，这导致它们（或是鸟蛋，如果它们还能下蛋的话）不育。自20世纪60年代开展滴滴涕[1]调查（DDT Investigation）以来，随处都能发现这类生物破坏的不可辩驳的证据，但它们都被忽略了。原因显而

---

[1] 滴滴涕（DDT），1939年9月，瑞典化学家米勒在研究中碰到了一种化合物"二氯二苯基三氯乙烷"（Dichlorodiphenyltrichloroethane），对绝大多数生物几乎无害，但对昆虫则是致命的。鉴于化合物名字太长，简称其为DDT，中文译作滴滴涕。——译者注

易见。要是公开承认鱼类正遭受毒害,进而会毒害到鱼类的食用者——鸟类或者人类——我们当中谁还会继续买鱼吃呢?

还没说完。

对从拉布拉多中部向南到佛罗里达州这一带的海岬、海滩、礁石和大大小小的岛屿的勘察表明,这些地方每一百个适合海鸟群栖的场所中,只有三个有鸟儿栖息,有些甚至仅栖息着残留种群。由于人类的入侵,包括建立军事设施以及设立海军和空军靶场等人类独一无二的入侵方式,现有的群栖地被抢占或变成废地,鸟儿的数量将会持续下降。

最后,我们来谈谈海鸟面临的最大威胁:饥饿。

世界上现存的最大海鹦群栖地之一就位于挪威西北海岸的勒斯特岛(Røst)上。早在20世纪60年代末,这个岛上就出现了让人恐惧的现象。虽然每年春天有五十万只雏鸟在岛上孵化出来,但是能够活到可以飞行的雏鸟却越来越少。年复一年,这种神秘的死亡率越来越高。直到1977年,据估计每一千只幼鸟中只有一只可以活下来。后来挪威鸟类学家的一项研究解开了这个谜题,谜底简单得让人害怕。在大西洋东北部,对鲱鱼和其他小型鱼群的过度商业捕捞导致了鱼类数量的锐减,所有以它们为食的动物——包括大一点的鱼和海鹦等海鸟——都在挨饿。1980年,勒斯特岛上几乎所有孵化出来的海鹦雏鸟都被饿死了。当时的一份报告说:"它们被好几百万条(吃腐肉的)甲虫吃掉。成千上万只干枯的海鹦幼鸟像小木乃伊一样散布在岛上……幼海鹦的腹中塞满了砂砾和泥土,这是一种极度饥饿的迹象。"1981年夏天,这幕悲剧再次重演。那年孵出的大多数海鹦幼鸟都没能看到自己的翅膀就已在岛上腐烂,或是变成了木乃伊。

由于商业性捕鱼使毛鳞鱼遭到毁灭[1],由此导致了勒斯特岛上的这种混乱局面在大西洋西北地区多次重演。毛鳞鱼曾是无数其他生活在北美的大陆间通道中的动物的生命来源。而到1979年时,从商业角度来

---

[1] 有关这次大屠杀的详情,请参看第十一章中对钓饵鱼的论述。——原注

看，这种近海鱼群已经被捕捞到灭绝的程度了。沿海的其他鱼类也正经历着同样的灭绝过程。随着毛鳞鱼的消失，海鸟群栖地饱受饥饿之苦，尤其是海雀科属的鸟类。威特利斯贝中的北美最后一个海鹦大群栖地开始遭受惨烈的损失。1981年，在该处被孵化出来的幼海鹦中只有不到百分之四十五能活到会飞的阶段，而这些鸟儿却营养不足，不太可能熬过海上第一个严寒的冬天。这种大规模的饥荒可能始于1978年，尽管当时岛上没有人亲眼证实。毋庸置疑的是，如果人类对毛鳞鱼的捕捞不从根本上进行限制，海鹦、刀嘴海雀、海鸦和其他海鸟种类就会被推向更接近灭绝的边缘。而那些不易为人类所见的许多其他种类的海洋动物，包括二十多种鱼类在内，其数量也会被迫面临剧烈而又危险的下降。

不幸的是，那些在渔业行业和政府部门中的权势人物似乎很乐意让这些海鸟消失。他们给出的理由很简单：如果毛鳞鱼能从20世纪七八十年代的灾难性毁灭中恢复元气，那么只有很少的海鸟种类能存活下来。因此，为了提高整个捕鱼业的效益，应当有更多的可供捕捞的毛鳞鱼。

在过去的几十年里，加拿大野生动物局和渔业海洋部之间一直都在斗争。冲突的焦点在于动物们的命运何去何从：动物是否能够同人类竞争，以分享"海洋物产"。

这是场大卫（David）和歌利亚（Goliath）之间的战斗[1]。然而在这场战斗中，大卫手中既没有能置对于死地的投石器，也没有现代财神的支持。加拿大野生动物局在竭尽所能保护海上动物，而加拿大渔业海洋部则极尽破坏之能事。如果最终的决定权在渔业海洋部门，那么对于这些在东北近海地区数量曾十分庞大的群栖海鸟种群而言，其生存前景极为渺茫。

---

[1] 大卫和歌利亚（David and Goliath），在圣经故事中，大卫是以色列的牧童，歌利亚是腓力斯丁军队的巨人。以色列和腓力斯丁两军对峙时，牧童大卫在上帝的庇佑下，用鹅卵石和甩石鞭击败了歌利亚。——译者注

三　极北杓鹬

昂加瓦（Ungava）的纳斯科比印第安人（Nascopie Indian）称极北杓鹬为疾飞鸟（Swiftwings），因为它具有其他鸟儿难以匹敌的飞行能力。其他土著民族给它取了各种各样的名字，但是没有哪个比巴塔哥尼亚（Patagonian）土著人所取的名字更为贴切。他们用一个词称呼它，根据意思翻译过来就是"奇幻之云"。这是因为在秋天，它们总是一群一群地出现，数量之大，把巴塔哥尼亚的天空都遮蔽了。

从巴瑟斯特因莱特（Bathurst Inlet）向西至阿拉斯加州的科策布湾（Kotzebue Sound）这一带与北冰洋交界的冻原上，住着因纽特人。虽然极地与巴塔哥尼亚相距甚远，但因纽特人也认识这种鸟，并给它取名哔哔啾，以模仿它那轻柔而响亮的啭鸣声，这种啭鸣一响起，就预示着春天的到来。直到1966年时，一位住在富兰克林湾（Franklin Bay）的因努克（Inuk）老人还告诉我，在漫长的冬季里，哔哔啾从遥远的陌生世界返回时的情景：

> 它们突然飞来，好像天上下着大雪似的。在我父亲还活着的时候，他们说冻原上的哔哔啾很多，多得好像行人面前飞腾的蚊子。每一片草丛中都有许多鸟巢和鸟蛋。孵蛋那个月结束时，地上到处都有幼鸟奔跑，看起来好像地上的青苔在动。真的，它们太多了！可当我还是小孩的时候，就几乎看不到它们了。有一年春天，它们没来。

他还说，就在同一年，他的族人听说我们正在打第一次世界大战，进行着不可理喻的自相残杀。在随后的几年里，当哔哔啾再也没有出现时，因纽特人推测，它们也许是在一次莫名其妙的大屠杀中毁灭了。

导致极北杓鹬灭亡的原因就近在眼前，根本无需费力去查找。它在极北地区的繁殖地就没有受到过大自然的侵扰。我也不会相信在它的迁徙途中，有任何海上大灾难能够将它毁灭……其他几种鸟类在这种类似的长途跨海飞行中，并没有遇到过天灾。那么导致它灭亡的原因只有一个：人类对它的屠杀。夏末和秋季在拉布拉多和新英格兰对它的屠杀，冬天在南美洲对它的屠杀，最为严重的是，在春天，它们从得克萨斯州到加拿大途中，人类对它们的屠杀。

上面这段话是20世纪20年代美国鸟类学家协会（American ornithologists）会长A.C.本特（A.C.Bent）博士说的。他一定是鼓足了勇气才说出这番话的，因为这位善良的博士他自己就曾以打猎消遣，并以科学研究之名杀死了成千上万只鸟，其中就包括极北杓鹬。

杓鹬属于鸻亚目，鹬科，统称为涉禽或滨鸟，因为它们大多出没于海岸沿线和浅滩。然而，这些直立、长腿、长颈、鸟喙优美地向下弯曲的杓鹬，在山地草甸、草原、大草原和冻原上生活得跟它在海洋中一样自在。

极北杓鹬是北美三种杓鹬中体型最小的，下面我就用纳斯科比印第安人给它的命名疾飞鸟来称呼它。它站起来只有一英尺（三十厘米）高，重也不过一磅（近五百克），但它绝对是这三种杓鹬中最繁盛的。它们似乎一生都在交配，而且总是密集群居在一起。它们与几百万个同伴生活在一个实际上是紧密团结在一起的部族中。

由于没有哪个地区能够长期为这个庞大的群体提供食物，因此它们就成了一个游牧部族。这个部族所拥有的飞行技术和导航技能使其成员能够在每年漫长而又极为复杂的迁徙过程中享用两个大洲的资源。

迁徙是从冻原上的繁殖地开始的。那里夏季虽然短暂,但漫长的极昼使昆虫和其他小型生物呈爆炸性的繁殖。疾飞鸟的蛋就在繁殖到达最高峰时孵化出来。因为雏鸟在孵化出来几分钟后就能四处跑动、觅食,这时孵化的雏鸟就能找到充足的食物。尽管如此,要养活幼鸟和几百万只已当父母的成年鸟,冻原上的食物还是不够。在筑巢、产蛋、孵蛋这几周内,成年鸟主要靠消耗身上的脂肪来维持生命,这些脂肪是它们在向北迁徙的途中储备起来的。然而在孵出幼鸟后,它们体内的脂肪储量就很低了,在不危及幼鸟生存的情况下,是很难就地补充的。

疾飞鸟逐渐找到了解决这个问题的办法。当幼鸟还没有褪去胎毛时,成年鸟就成群结队地飞走。在我们看来,这似乎有点无情,甚至是残忍的,但事实并非如此。虽然幼鸟还不能飞行,但只要食物充足,它们完全能够照顾好自己,而它们父母的离开正是为了确保食物充足。

早在七月中旬,饥饿的成年鸟就开始飞离繁殖地去寻找食物,它们的飞行队伍排满了整个地平线。由于鸟群的数量庞大而集中,这就需要同样庞大而集中的食物供给。不仅仅是为了满足当前迫切的食物需求,也是为了储备新的脂肪,为它们持续的征程进行补给。

可是它们所需的丰裕的食物补给点并不近在眼前。它们得从西向东横跨整个大陆,飞行大约三千英里(四千八百多千米)才能到达目的地拉布拉多和纽芬兰。那里有广袤的石楠丛生的荒野,上面曾长着(现在仍然长着)一种低矮的灌木,几乎覆盖了几十万英亩[1]的土地。这种灌木丛结出一种多汁的浆果,个头有豌豆般大小,在七月中旬就开始成熟。这种多产的植物在科学界的学名是岩高兰,但是在纽芬兰和拉布拉多的人们不管过去还是现在一直都把它叫作杓鹬浆果。它是疾飞鸟在夏

---

[1] 一英亩约四千零四十六平方米。

末的主要食物。鸟儿们吃得津津有味，喙上、腿上、头上、胸脯上，甚至连翅膀的羽毛上都沾染上浓浓的紫色果汁。

进食的鸟群给人类观察者们留下了不可磨灭的印象。1883年，奥杜邦在拉布拉多南部海岸目睹了鸟群的到来："它们飞来了……鸟群十分密集，让我想起了旅鸽……一群又一群地在我们船四周飞过，飞向附近的山区。"1864年，帕卡德（Packard）博士注意到只有一群鸟飞来："鸟群可能有一英里（一点六千米）见方大小……（鸟儿的叫声）有时听起来像是风在千吨重船上吹过时发出的呼啸声，有时又像是一队队雪橇驶过时铃铛所发出的叮铃声。"1884年，卢西恩·特纳（Lucien Turner）以艺术家的眼光在拉布拉多北部欣赏着它们的到来："鸟群都呈楔形，四边像一团烟雾一样不停前后晃动……或像悬垂的长线，螺旋般上升、旋转……有时领头的鸟儿突然俯冲下来，其后的鸟儿也跟着一起优雅地起伏摆动，聚成浓密的一团，倏尔又飞开铺成一张薄薄的纸片……尔后又变成各种形状，难以描述得尽……（鸟群）又飞落在戴维斯因莱特（Davis Inlet）至圣劳伦斯湾之间的平地上。它们的数量每天都在增加，直到地面上好像全是鸟儿。它们以成熟的浆果为食，短短几天就胖得惊人。"

"胖得惊人"四字描述得非常贴切。鸟儿们在啄食浆果一周后，变得十分肥胖。如果飞行中的鸟儿被枪击中，尸体掉在地上时，就会像熟透了的桃子一样裂开。在拉布拉多和纽芬兰沿岸凡是有人居住的地方，鸟儿的确是遭到了射杀。

18世纪70年代，卡特赖特船长在他的日记中写道，一个猎人用当时简陋的前镗枪，开一枪就得上一次膛，一天可望枪杀一百五十只极北杓鹬（本章中，下文均指极北杓鹬）。一百年后，拉布拉多的猎人使用改良的火枪，一枪就能射杀三十只杓鹬。许多渔民在他们打鱼的小船上都放有已上膛的枪，"当鸟群飞过，就会对其进行无差别射杀"。

这些"加拿大的永久居住者"——当地人是这样称呼自己的，并不是唯一射杀杓鹬的人。19世纪后半段，许多外国人到拉布拉多享受猎杀的乐趣。1874年，鸟类学家艾略特·库斯（Eliot Coues）博士描述了这种典型的取乐方式："有六到八个猎枪手蹲在地上不停地向这些可怜的鸟儿开枪，虽然随时都有大量的鸟儿掉下来，但它们仍然在我们头上飞来飞去，让人心烦。"

如果当地居民嫌火药太贵，或是火药供应不上，他们就会在晚上悄悄潜入疾飞鸟的栖息地，举起牛眼灯，将鸟儿们照得头晕眼花，一动也不能动，然后他们就用棍子、鞭子打杀鸟儿，"数量极大"。在纽芬兰和拉布拉多的外港渔村中，在开始过冬时，没有一家不准备几桶腌杓鹬或熬几桶鸟油。

但也有商业性捕杀。位于桑威奇湾（Sandwich Bay）的哈得孙湾（Hudson's Bay）公司的员工都要把成千上万只杓鹬装入密封的锡铁罐子里，然后再运到伦敦和蒙特利尔，作为一种特色美食来享用。一位曾在19世纪末到过桑威奇湾的政府官员报告说，他看见，在该公司的仓库里挂着两千只杓鹬，就像一串串大葡萄一样，而这只不过是一天里射杀的杓鹬数量。

那么，被抛下的幼鸟又会遭受怎样的命运呢？一旦它们身上的羽毛和翅膀上的肌肉发育成熟后，它们就会飞上高空，来到拉布拉多和纽芬兰的浆果荒原上和父母团聚，完成奇迹般的壮举。

在将近七月末的时候，这些行动一致的鸟群开始离开浆果荒原，不停地向南飞行，其中一些鸟儿会在莫德林群岛上短暂停留。有人看到在爱德华王子岛上曾聚集过好几百万只鸟儿，然后它们沿着新斯科舍半岛向南飞去。

然而处处都有枪手们在等着它们。18世纪60年代，卢嫩堡（Lunenburg）的猎人们只需要开一枪，杀死的鸟儿就可以将一蒲式耳[1]大的圆篮子装

---

[1] 英美旧制计量单位，一蒲式耳约合三十六升。——编者注

得满满的。打下来的鸟儿,要么装罐自己吃,要么拿到市场卖掉。一百年后,出现了一类自诩为打猎爱好者的枪手,加入了对鸟儿的猎杀。一位曾到过爱德华王子岛的英国人并不认为杓鹬"是一种高级的打猎对象"。但是,鸟儿们却提供了一个让人尽兴的机会:"这个季节的天气非常惬意,打猎很轻松,鸟儿们如此美味,这样的活动真是很值得。有时它们在诱饵上盘旋时的动作非常漂亮。有一次我在沼泽地里打中了一只鸟,它的同伴飞走了一会儿,然后又落到这只死鸟身旁,静静地等着,直到我重新装上子弹准备开枪为止。这对头脑简单的鸟儿可能刚从遥远的北方飞来,那里是人类这个残忍贪婪的怪物从未踏足过的地方。它们在爱德华王子岛上的短暂停留使它们受到了教训。"这样的教训太多了,而付出的代价也高得惊人。

八月初,向南飞行的鸟儿犹如涓涓细流逐渐汇成洪流。此时鸟儿们不再踌躇不前了。除了因为恶劣的天气造成的短暂停顿外,这条长着翅膀的河流一直不停向前流动,直到九月初,最后一批鸟离开纽芬兰和拉布拉多。

这些由几百万只疾飞鸟组成的鸟群,通常并不是顺着新英格兰海岸向南飞行,而是沿着纽芬兰和新斯科舍海岸线疾驰,越过宽广的大西洋,径直飞向南美亚马孙河(Amazon River)河口和奥里诺科河(Orinoco River)河口之间的地带。它们简直就是超级飞行员,在这段近三千英里(四千八百多千米)的长途飞行中似乎从不停歇。但就算是恶劣的天气,也不会对它们造成灾难,因为它们可以降落到水面上,等天气转好便又起飞。猛烈的东风有时会使在英格兰上空飞翔的部分鸟群偏离航线,所以会有几十万只疾飞鸟出人意料地落在海滨、沼泽,甚至是农民的草地上。

新英格兰人把这些鸟儿的到来看作是天赐之物。他们称这些鸟为面饼鸟,因为它们实在是太胖了。根据一份19世纪的记载:"它们的到来是每个打猎爱好者和逐利猎人开始工作的信号,几乎所有落在我们海岸上的鸟都遭到了射杀。"19世纪40年代的一个秋天，楠塔基特岛（Nantucket Island）上飞来了大量的鸟儿，数量如此庞大，耗尽了岛上的所有弹药，屠杀不得不"中止"，令当地居民们非常沮丧。科德角的一位打猎爱好者对逐利猎人感到非常气愤，他抱怨道："这些可能飞到这里的鸟儿，即使它们愿意，也不能长期停留，因为它们一落到岛上，就受到侵扰。只要天气转好，有利于迁徙，它们就会立刻飞走。"本特博士记得："1870年左右，那时我还是个小孩子，听我父亲说，他们常常大规模猎杀鸟儿。由于他现在去了天国狩猎场，我给不出猎杀的确切数字。但有一次，他看到一辆货车装了满满一车的'面饼鸟'，这些鸟都是在一天内射杀的。"

当时的打猎爱好者，除了拥有更多的活靶子外，和现在的打猎爱好者并无多大差别。他们曾认为，而且现在还这样认为，出于爱好而打猎不仅不应受到指责，而且对于想成为一个合格男子汉的人来说，还是必备的能力。

好些人出版了书籍，描述他们的战绩，还赞美那些投身于"这项自然、健康的户外娱乐活动"的人的美德。不过，书中的描述有些含糊其辞："杀死"这个词几乎就没出现过，相反，他们的猎物是被"捕获""堆积"，甚至是"拿到手上"。全书都没有血腥之气。重点放在作者的技术、公平竞争意识和绅士风度上，以及他对上帝赋予的自然之美的真心喜爱和赞美之情，这些才是他喜爱这项娱乐活动的真正原因。

当时的打猎爱好者们会详细地记录下他们的打猎成绩。有的是记在自己的"打猎记录册"上，有的是记在他们所属的打猎俱乐部的记录册上。大多数这样的俱乐部拥有或者租借狩猎旅馆，并控制着大片的海滩和沼泽地，专供自己的会员打猎。长岛上的查塔姆旅馆（Chatham Hotel）就是其中之一，纽约的打猎爱好者就常常光顾该旅馆。它向猎手们提供了几乎是无限制的机会，供他们练习射击技术和猎手风范，而射击的对象则是在迁徙途中经常出现在东海岸海滩上的大群滨鸟，包括杓鹬在内。查塔姆旅馆为自己能够使其富有的会员确立并保持"一流、头等的打猎爱好者"声誉而感到自豪。詹姆斯·赛明顿（James Symington）先生就是会员之一。他在俱乐部的记录册上记下了他于1897年秋季里三天的打猎成绩：

绣头（黑肚鸻）	393
杓鹬	55
金鸻	18
喜泽鹬（半蹼鹬）	674
姬鹬	37
花布鸟（翻石鹬）	7
知更鸟（细嘴滨鹬）	149
唧唧鹬（小矶鹬和鸻）	382
总计	1715

并非所有打猎爱好者都出于同样崇高的原因而射杀涉禽。某些人确实是出于这种原因（如果人们能够相信的话），将打鸟当作是射击泥靶的练习。有人曾这样表述过："我习惯在海滩上玩几小时的射击，然后再去（飞靶射击）俱乐部进行友好比赛。就这点而言，没有什么方式比应对那些敏捷的、善躲闪的鸟儿的挑战更能锻炼人的能力的了，尤其是应对鸻科属的鸟儿们的挑战。"

当疾飞鸟南飞的洪流终于抵达南美洲海岸时，它们就消失了。它们之后的活动，人们不得而知。一直到它们再次出现在巴拉圭和乌拉圭，平稳地飞向它们的越冬地——从阿根廷向南一直到巴塔哥尼亚，这一片绵延起伏的南美大草原。从北极繁殖地启程，长途飞行了一万英里之后，疾飞鸟终于在此歇息了下来。

但到了19世纪，这种歇息却变得时断时续。从福克兰群岛（Falkland Islands）北部到布宜诺斯艾利斯，大群的鸟儿处处都受到牧场主、殖民者和打猎爱好者的袭击。他们屠杀鸟儿不仅仅是为了获得食物和取乐，甚至还为了给猪提供廉价的食物。

随着北方春天的来临，活下来的鸟儿们又重新聚集成群，起伏的大草原上空再次充满了扑闪的翅膀。二月下旬它们从阿根廷出发，向北飞行。我们对于这次飞行之旅知之甚少，直到几周后，在得克萨斯湾岸边，鸟群将黎明时的天空遮得黑压压一片。我猜测春季和秋季这两次迁徙，鸟群都飞过南部大陆中心。它们从这些内陆地区广袤的高原大草原上觅食，比如巴西草原。在这里它们几乎不会遭遇有欧洲血统的人，也几乎不会遭受枪杀。

鸟群飞回大陆后，再慢慢向北移动，在正在转绿的大平原上踱着步，享受着春日时光。大平原上丰盛的食物可以让鸟儿们得以从长途飞行中休养生息，并做好脂肪储备，这对它们在极北地区的繁殖地上顺利度过繁殖季节尤为重要。在这个季节中它们偏爱吃昆虫，尤其是蝗虫。杓鹬特别擅长捕捉蝗虫，正如1915年的一份报告所证实的那样："极北杓鹬有吃这些食物的习惯，它的消失，对我们农业是一个明显的损失。在（19世纪70年代）落基山（Rocky Mountain）蝗虫肆虐期间，杓鹬在消灭蝗虫和蝗虫卵方面表现出色。"威勒（Wheeler）先生指出，70年代后期，这些鸟常常聚集在尚未耕种的田地中和蝗虫产卵的地面上。它们将长长的嘴伸到泥土里，把卵囊衔出来，然后吞掉卵里的东西和幼蝗虫，一直到地上完全没有虫害为止……1874年，从一个杓鹬标本的胃里发现了三十一只蝗虫……这些鸟还经常落在已翻耕的田地里，啄食白蛴螬和夜蛾。

劳伦斯·布鲁纳（Lawrence Bruner）教授在描述19世纪60年代末飞临内布拉斯加州的鸟群规模时，提到了杓鹬的食欲对害虫的影响："通常，杓鹬群出现最密集的时间与开始播种玉米的时间刚好一致。大群大群的杓鹬会在新翻耕的田地上和草原上停驻，辛勤地寻找虫子。这些鸟群让殖民者们想起了成群的旅鸽（他们在东方见过），杓鹬也因此被称为'草原鸽子'。鸟群中有成千上万只鸟儿，它们会聚集到一起，形成密密麻麻的一群，有四分之一英里到半英里长，一百码或一百多码宽。如果这群鸟降落到地面上，它们会覆盖四十至五十英亩的范围。"[1]

至少可以这样说，杓鹬对那些试图在平原上种植的殖民者们，尤其是对俄克拉何马州、堪萨斯州和内布拉斯加州的殖民者们做出了至关重要的贡献，但得到的回报却是满满的恶意。这三个州与得克萨斯州一起成为疾飞鸟的巨大屠场。在这些地方，它们曾经并将继续为人类的农业种植提供巨大的助力，但是它们这一种族最终却被毁灭了。

迈伦·斯温克（Myron Swenk）教授描述了它们是怎样被消灭的：

> 在（春季）鸟儿迁徙期间对这些可怜的鸟儿所进行的屠杀简直是骇人听闻，让人难以置信。猎杀者们驾车从奥马哈（Omaha）出发，毫不留情地射杀鸟儿，直到他们猎杀了一车的鸟儿。实际上，货车装得满满的，货车上的餐柜也装满了。有时鸟群异常密集，而猎手们的弹药也十分充足，货车很快且很容易就被装满了。整车整车的鸟儿就被倾倒在草原上，鸟儿的尸体堆积在一起，好像堆了几吨煤似的。人们任由鸟儿的尸体腐烂，而猎手们继续射杀鸟儿，然后装满货车，以此进一步满足他们嗜杀的欲望。鸟群很密集，鸟儿们又很温顺，所以每打一枪，就会有好几十只鸟儿被击中。在一次射杀中，一支前镗枪向一群杓鹬开了一枪，就有二十八只鸟被打落下来。在周围半英里范围内，不时会有一只又一只受了致命伤的鸟儿掉落在地上……鸟群如此密集，当它们转

---

[1] 四分之一英里约四百米，半英里约八百米，一百码约九十一米，四五十英亩约十六至二十公顷。——编者注

向飞行时，随便向它们扔一块石头或其他东西，都能打中。

要靠近这些孵蛋的鸟儿并不困难，甚至能近到二十五或三十五码以内（约三十米以内）。在这个距离，猎手们就等着鸟儿们站起来。鸟儿一站起来，就是第一波齐射的信号。受惊的鸟儿往往会飞起来，在空中盘旋几圈，这就为接下来的开枪屠杀提供了充足的机会。有时鸟儿会重新落到之前孵蛋的地方，这时，攻击又会再来一次。当鸟儿们站起来时，威勒先生用一支气枪一次杀死的鸟儿就多达三十七只。有时猎手们可以看见一群鸟落在两三英里（三四千米）外的田野上，他们会立刻驾着马车赶过去，找到鸟儿，然后继续扫射和屠杀。

请注意，这种屠杀完全是以兴趣爱好的名义进行的！然而到19世纪70年代时，由于逐利的猎手们在东部十分野蛮地枪杀旅鸽（旅鸽曾是野禽市场上的主要商品，人们以为其数量是无限的），所以公众对可食用野鸟的贪欲越来越难满足。

几乎在同一时期，铁路延伸到这些大草原所在的州，这就刺激了堪萨斯州威奇托市（Wichita）的"某些聪明的家伙"用"草原鸽子"的尸体来填补这个缺口。有一批在春天被捕杀、用冰块保存的杓鹬装了几火车皮，它们于1872年被运到纽约。这些鸟以极高的价格被抢购一空，从此就决定了剩余的疾飞鸟被屠杀的命运。

1873年春，在大平原上对杓鹬的残杀迅速发展成为大规模的屠杀。到1875年时，人们再也看不到大批的杓鹬飞过得克萨斯州的上空。1879年春天，有人在堪萨斯州最后一次看到大批的杓鹬群。到1886年时，拉布拉多、纽芬兰、新斯科舍和新英格兰的猎手们困惑不解，想知道这些杓鹬群都去了哪。

这种鸟类曾一度是北美数量最庞大的鸟类之一，对于它们的迅速消失，最广为接受的解释之一是，它们是被西部农民用下了毒的诱饵给毒死的，因为农民们要保护玉米种子免受"这些贪得无厌的害虫们的掠夺"。这种解释是我们对其他物种进行大规模破坏时为自己所做的典型的开脱辩护。这种情形与其他情形一样，是明目张胆的撒谎。它们不但不吃农民的种子，而且还一直都在大力协助庄稼的生长。

这些食虫鸟曾阻止了美国和加拿大西部平原上的虫灾，但人类出于短期利益而灭杀疾飞鸟，几百万只食虫鸟减少到了只能残存的程度。据估计，这样的做法使种粮农民自1920年以来因虫害而遭受的直接损失，以及通过使用化学药剂和其他方式试图阻止虫害侵袭的代价就达一百亿至一百五十亿美元。

代价还没有偿还完，还要继续偿还下去，而且可能要永远偿还下去。不仅仅是大平原上的农民和南美大草原上的农民，还包括我们在内都得付出代价。对极北杓鹬的滥杀是一个典型例子，这不仅表明了现代人的残酷无情，还显示了人类永远无法消除的愚蠢。

在19世纪的最后几年里，杓鹬群所剩无几。它们向北穿越南北达科他州和加拿大的许多草原到达相对安全的马更些河谷（Mackenzie Valley）走廊。一路上它们饱受枪杀之苦。北极沿岸的因纽特人也在盼望着鸟儿的到来。他们也想知道，曾经在冻原上盘旋而下，在地面上堆积得像雪一般厚的哗哗啾究竟出了什么事。

19世纪末20世纪初的时候，纳斯科比印第安人穿过驯鹿出没的荒原，踩在齐踝深的厚厚的成熟浆果丛中时，也想知道，曾在这些高地平原上狼吞虎咽的疾飞鸟群到底出了什么事。

1897年，最后一批杓鹬在哈利法克斯市场上售卖。到1900年时，纽芬兰和拉布拉多的渔民们抱怨说："你无论在哪个地方都吃不到杓鹬肉了。"1905年，一位名叫格林（Green）的打猎爱好者表露出"一种痛苦，所有博物学家、打猎爱好者和美食家们都感同身受的痛苦，因为杓鹬正在迅速消失"，他曾在沙勒尔湾（Bay Chaleur）中的米斯库岛（Miscou Island）上打了几十年的猎。

在巴塔哥尼亚的大草原上，南美牛仔举着链球，徒劳地搜寻着不会再来的鸟群——这些鸟群以往是一团一团地落到地面上的，扔一次链球就会砸死十多只鸟。

尽管疾飞鸟的数量在迅速减少，然而正如本特博士所指出的那样："没有人尽举手之劳去保护它们，等想要保护时已为时太晚。"事实上，本特博士的鸟类学家同行们所做的正好相反。随着杓鹬逐渐变得稀少，它的"标本"价格因此不断上涨。科学家们为了弄到已经寥寥无几的杓鹬的皮，相互之间展开了激烈的竞争。知名的美国博物学家查尔斯·汤森（Charles Townsend）称，1912年秋天，一群由八只疾飞鸟组成的鸟群出现在桑威奇湾，其中七只立刻就被杀死了。其中五只鸟的皮被另一位著名的美国鸟类学家威廉·布鲁斯特（William Brewster）以科学研究之名满怀感激地收入哈佛大学。他把这些鸟皮放入哈佛大学"表皮研究中心"的大量收藏品中。请让我再次引用本特博士的话："1911年和1915年，鸟儿们在内布拉斯加州遭到最后几次射杀。1911年3月11日……弗雷德·吉格尔（Fred Gieger）先生杀死了两只鸟……现为奥古斯特·艾希（August Eiche）先生收藏……1914年，没人见过极北杓鹬，但在1915年4月17日早晨，有一只杓鹬在内布拉斯加州的诺福克（Norfolk）南部被杀死。后来它归霍格兰德（Hoagland）先生所有，他将它制成了标本。"

到1919年，一只疾飞鸟的皮价值三百美元。如此高昂的价格使寥寥无几的残余的鸟儿几乎再无幸存之机。1924年和1925年，在布宜诺斯艾利斯出现的最后两只鸟均被阿根廷国家自然历史博物馆收藏。

那时，本特博士就已经概括了疾飞鸟的"自然历史"："极北杓鹬的故事只不过是又一个更值得怜悯的无辜者遭到屠杀的故事。这种漂亮鸟儿一群一群地出现……它们曾在我们的土地上空疾驰飞行，因为成了人类贪得无厌的牺牲品，便永远地消失了，这实在是一个令人悲哀的事实。"

永远地消失了？还不算……还没有完全消失。1932年，因为密歇根大学要把杓鹬作为藏品收藏，有一只杓鹬便被杀死在拉布拉多海岸边的巴特尔港口（Battle Harbour）。1963年，另一只也在巴巴多斯（Barbados）被收藏。此外，还有人见过几次，并记录了下来。这几次大多是在加拿大西北地区和得克萨斯州，1962年时还有人在这里拍下了一只杓鹬的照片。

仍有少数杓鹬幸存着，至少还有这种可能性。一些权威人士认为幸存的杓鹬可能多达二十只，但也仅仅是幽灵物种罢了。就像死去的鸟儿再也飞不起来一样，它们再也不能扇动那善于疾飞的翅膀，成群成群地在风中驰骋了。

四 猎鸟

在滨鸟和涉禽这两类大鸟科中，极北杓鹬的灭绝可能是最引人注目和最残暴的灾难，但并非就此一例。当欧洲人首次到达北美时，从最小的滨鹬到仪表堂堂的长嘴杓鹬，大约有四十多种杓鹬，它们经常飞到东部滨海地区。它们要么是在迁徙的途中经过这里，要么就是因夏季繁殖而在此停留。无一例外的是，所有的鸟都遭到枪杀、网捕，或是以其他方式遭到大量屠杀，其规模大得令人害怕。

在北美东部发现的三种杓鹬中，数量最多的是极北杓鹬，但是给人印象最深的却是镰嘴鸟，现在人们称它为长嘴杓鹬。尽管它的主要繁殖地在西部大草原上，然而它们却大量地沿着大西洋沿岸的候鸟迁徙路线飞行。

长嘴杓鹬站直时，细长的双腿有两英尺高，晃动着的弯嘴有六英寸长。由于它个头大，叫声尖锐刺耳，因此它在滨鸟类中占据重要席位。然而不幸的是，正是由于这些特征，再加上它的肉美味可口，因此它便成了人们为获取食物而枪杀的首选鸟类。尽管在16和17世纪时，从圣劳伦斯湾地区向南一直到佛罗里达州的迁徙途中，它的数量看上去似乎还很庞大，但是到了18世纪，它已变得稀少，而到19世纪后半叶时，它在北美东部实际上已几近灭绝。

打猎爱好者们在其全盛时期急切地搜寻活着的镰嘴鸟，将它们作为战利品炫耀。本特博士写道："镰嘴鸟真是漂亮的猎物。它的大个头使其成为一个诱人的目标。它很容易就被诱捕。通过吹口哨模仿其叫声，就能把它逗下来。一只受伤的鸟儿的叫声往往会把其他镰嘴鸟吸引过来。它们在天空不断盘旋，直到它们也被杀死。"

这种本能的聚集到受伤伙伴的周围是滨鸟科鸟儿的特性。在我们到达北美以前，这种特性对鸟儿很有用。因为一群受惊的鸟儿会发出嘈杂的声音，四处乱飞，这样就会分散捕食者的注意力，那些本来会被吃掉的鸟儿就有了逃脱的机会。但是，当这种特性对抗持枪的人类时，只会给鸟儿招来蓄意的伤害。正如1906年一名多伦多的打猎爱好者所写的那样："滨鸟想要救助受伤伙伴的强烈愿望实在是一件幸运的事，因为这甚至使一个打猎新手能如愿以偿地射杀到满满一袋子鸟。"

20世纪20年代，本特博士担心镰嘴鸟也许会步极北杓鹬的后尘，走上灭绝之路。在我们这个时代，他的忧虑也许是合理的。尽管这种大杓鹬仍然生活在西部平原的部分地区（我年轻的时候，常常对此惊叹不已），但是由于农业耕种，它们的繁殖地范围已大大缩小，由于非法捕猎，它们的数量也变得稀少。它们继续生存的前景被蒙上了深深的阴影。

杓鹬的第三种，哈得孙鹬，即猎手们称为雄鹬的鸟（现在被称作中杓鹬）。它与个头小点的极北杓鹬相似，但它的分布更加分散。它在北极地区繁殖，沿着太平洋和大西洋海岸以及内陆地区迁徙，因此，与它的同胞相比，它不那么容易遭受大规模灭杀。

我第一次看到哈得孙鹬是在哈得孙湾西岸的丘吉尔港（Churchill）。在当地，人们很少能见到它。我在湿漉漉的沼泽地中经过几天的跋涉，才在一个苔藓丛的鸟巢里惊起一只雌鸟。后来我碰见一位在哈得孙湾公司（The Hudson's Bay Company）工作多年的商人，1870年他从奥克尼（Orkneys）来到丘吉尔港当学徒，当时他才十多岁。他回忆说，刚来的那几年，哈得孙鹬多得不可计数，他和其他学徒还收集了一桶又一桶的鸟蛋，放在鱼胶中，以备冬天食用。他说，他在8月初时看到大群大群的鸟儿聚集在泥滩上，便和一个克里部落的印第安仆人在一个早上用枪射杀了一千多只鸟。他甚至还给我看了一本流水账，上面记下了他被派驻驼鹿加工厂期间所取得的打猎成绩。那密密麻麻的字迹记载了1873年杀死的杓鹬数量，每天两百到三百只不等。他告诉我说："大多数时候打猎是为了取乐，甚至连（拉雪橇的）狗也吃不完这些可怜的鸟儿。"

白人在北极地区进行的杀戮，虽然可能显得骇人听闻，但与发生在南方的屠杀相比，就微不足道了。我前一章提到的极北杓鹬所遭受的屠杀，大多数都同样发生在哈得孙鹬身上，但有一个显著的差别。雄鹬的鸟群一般比较小且分散，栖息的范围也更广，因而能够逃脱其兄弟种群所遭受的密集性屠杀。哈得孙鹬遭受了严重的屠杀，却不是灭绝性的。

幸存下来的哈得孙鹬的种群数量可能已经稳定了。在20世纪60年代，我还住在纽芬兰时，哈得孙鹬就成为当地人都熟悉的鸟儿。每到秋天，鸟儿们狂乱的叫声常常会在浆果荒原上反复回荡，而数量在四五十只的小群鸟儿不断加入进来，啄食杓鹬浆果来填饱肚子。这让人回忆起早期纽芬兰和拉布拉多的天空被大群大群的疾飞鸟和寒鸦遮得黑压压一片时的情景，真让人心酸。

在纽芬兰和莫德林群岛，偶然间我有幸见到了一小群（不超过四五只）另一种"大涉禽"，棕塍鹬。早期的欧洲人在北美东部发现了两种塍鹬。他们注意到这两种塍鹬与杓鹬在外貌和生活习性上非常相似，只是它们的鸟嘴是向下弯曲而不是向上弯曲的。

这两种塍鹬中比较大的那种是云斑塍鹬，它比镰嘴鸟小不了多少。它出现在从圣劳伦斯湾南部向南至佛罗里达州这一带，甚至有可能在这里繁衍过后代。但是作为人类的盘中餐，它们遭到猎人们的急切搜捕。后来到1900年时，作为一种可以换取赏金的鸟类，它们实际上已经从北美地区绝迹。现在大草原上仅有一个残存的种群。

棕塍鹬的大小和极北杓橘相差无几，两者的生活习性也惊人地相似。它们在极北地区繁殖，并都沿着相同的椭圆形路线迁徙。不用说，它们也遭到了类似的蹂躏。但是，在某种程度上棕塍鹬比极北杓鹬更

四 猎鸟

有警惕性。它们飞行时聚成的鸟群规模较小，部分鸟儿明显是飞到无人居住的地区过冬。尽管官方在20世纪20年代中期就宣布滕鹬已经灭绝（和极北杓鹬被认为灭绝的时间大致相同），但实际上，滕鹬还是存活了下来。鸟类观察人士现在将它当作珍稀鸟类，急切地想在鸟类名录里加上它的名字。不幸的是，猎手们仍在非法捕杀它，尤其是在春季鸟儿迁徙期间，经过密西西比河谷（Mississippi Valley）时。此外，滕鹬在其南美洲的部分冬季栖息地中仍遭到合法的猎杀，这里的打猎爱好者们还在继续利用滕鹬救助受伤同伴时喜欢聚在一起的习性。一位旅居阿根廷的英国人写道："以下情况已发生不止一次了：我的枪击落几只鸟。鸟群飞过来，盘旋在落到水中的（受伤）鸟儿上空，它们发出痛苦的叫声，根本不管我已站到明处，然后我继续向它们开枪……鸟儿们挤在一起，子弹就直接射入'棕色的鸟群'，无数的鸟儿就飞不起来了。"

一些鸟类学家还抱有这样的希望：这种鸟可能还会卷土重来。但是棕滕鹬处在不会重来的危险边缘，因为活着的只有几千只了。

在东北海域过夏天的大型涉禽中，有一种叫北美鹬，它的体型和极北杓鹬差不多，但翅膀上的黑白两色组成了鲜明的图案，因而得名红头啄木鸟。至少两百年来，尽管殖民者有组织地收捡鸟蛋以作食用，还在繁殖季节里枪杀成年鸟，但是直到19世纪30年代，北美鹬还常常在纽芬兰以南的大部分大西洋滨海地区度夏。然而，逐利性猎杀和娱乐性猎杀最终打破了这种平衡。到1900年时，本特博士认为："似乎是这种惹眼的大涉禽注定要消失了，至少是从它的北部栖息地消失。在它从前常出没的地方，它已完全停止了繁殖，而在其他地方则几乎被灭绝了。"

幸运的是，在红头啄木鸟险遭灭绝时，人类对它的残害就停止了。现在它正在从灭绝的边缘恢复过来。近年来，在北至布雷顿角岛上出现了小型的繁殖群栖地。尽管它再也不太可能大量繁殖，但至少它不会再面临灭绝的威胁了。

在所有大涉禽中，最炫目的就是蛎鹬。它的体型几乎和镰嘴鸟一样大,身上长着醒目的黑白羽毛,头顶是黑色的,看起来好像戴了一块黑色头罩,从中伸出一张长长的、深橙色大嘴。它个头大,色彩艳丽,与生俱来的尖锐啸声在半英里外都能听见。它曾在从拉布拉多到墨西哥湾的沙滩上成群地结巢。过往的渔民和殖民者们无论在哪里发现这种显眼的鸟,都极为重视它的肉和鸡蛋般大小的蛋。打猎爱好者和业余枪手们也通常将它作为靶子,原因很简单,它太显眼了。

奥杜邦提到过,19世纪30年代,蛎鹬在圣劳伦斯湾出现过,但由于它现在非常罕见,活动范围又局限于从前栖息地的南部地区,所以许多现代鸟类学家都认为奥杜邦一定是弄错了。然而事实并非如此。早在17世纪20年代时,尚普兰偶然注意到圣劳伦斯湾中出现过"pye de mer"(类似于欧洲蛎鹬,法国人仍然知道这个名字)。18世纪70年代,卡特赖特就将蛎鹬列为南拉布拉多的留鸟,与奥杜邦后来所记载的差别不大。

蛎鹬的主要据点之一在弗吉尼亚的科布岛(Cobb Island)上。到1900年时,这个岛上的蛎鹬几乎被灭绝。H.H.贝利(H. H. Bailey)讲述了这一切是如何发生的:"这种个头大,色彩又艳丽的鸟儿很容易成为枪手的靶子。(其他滨鸟)处在春季迁徙高峰时,它却在繁殖……它在大海背面的沙丘上筑巢,而猎手们则天天走在沙丘上,这些鸟就正好在他们行进的路线上。所以,它们不是被枪杀就是巢穴被踩烂。"

随着蛎鹬的数量越来越少,科学收藏者们也在向残剩的群栖地逼近。他们对放在"陈列柜"里收集到的鸟蛋还不满足,他们还想收集成年鸟。其结果是,虽然这种鸟现在已是稀有鸟类,但是在许多北美的博物馆里,"表皮研究"组所收藏的标本却非常完美地展示了这种鸟的特征。

从弗吉尼亚向南,现在还有一些小型群栖地,一些离群索居的成对的鸟儿在此生存繁衍。但是由于现代人对它们祖祖辈辈都生活着的海滩的侵蚀,它们在自然保护区之外的地方艰难地支撑着。沙滩车、气垫船和其他休闲娱乐车辆以及成群的度假者，侵占了昔日蛎鹬的大部分繁殖地。因此，它除了再次成为北美大西洋沿岸的外来珍稀鸟类外，几乎没有别的前途。

大约在公元1800年以前，较小的滨鸟（当时常称为"海滩鸟"）还未受到严重的迫害。由于它们的个头小，只要它们的大个头兄弟能被尽情地射杀，人们就没有理由耗费弹药来对付它们。可是到了18世纪末时，这种情况却在迅速改变。大涉禽已经变得稀少，人类的数量在飞速增长（相应的对猎捕鸟的市场需求也在增长），而枪支、弹药和猎枪弹的价格却在降低。

随着二十世纪的来临，另一种因素使地狱之门开得更大，这将把海滩鸟吞噬掉。北美人日渐富裕起来，而财富衍生出了休闲和纵情娱乐的方式。对于许多（如果不是大多数的话）在使用枪支和射击的传统氛围下长大的美国人而言，娱乐就意味着射杀动物。

"娱乐性"放血就这样开始了，并一直持续到现在。但在19世纪，这种放血被施加到海滩鸟身上，其规模之大，前所未见，今后可能再也无法与之匹敌。原因很简单，大多数的靶子已经被消灭殆尽。

17世纪时，科德角上的殖民者一年中会有两次看到海滩鸟大量聚集的现象。从四月初开始，那看上去似乎是一望无际的科德角沙滩会被盖上一张羽毛毯子。每一天，毯子都在变大，呈现出千变万化的图案，沙滩一点一点地消失。头顶上黯淡的天空常常被新飞来的鸟群分割成一丝丝、一束束的线，然后被遮盖住。它们的数量极大，早期的楠塔基特殖民者形容，它们就像从四面八方都在燃烧的森林大火中冒出的烟雾。

海滩鸟正向北飞去，它们将在一个多月的时间里，用一场连绵不断的翅膀风暴扫荡沙滩。甚至是在夏天，几种留下来筑巢的鸟儿也占据着这些海滩。与那些已经飞走的鸟儿相比，留下来的数量是微乎其微的，却又多到足以为马萨诸塞湾沿岸的世世代代提供大部分肉和蛋。

秋天也是如此。从8月中旬开始，鸟儿又开始大规模迁徙。因为这次有当年出生的幼鸟和春季未飞经此处的成年鸟加入，鸟群就变得臃肿起来。一直到1780年，据说是在9月份的一天，风正往东吹，好几百万迁徙鸟儿翅膀的振动声和各种鸟叫声混在一起，简直可以盖过海浪翻滚拍击的声音。

如此规模庞大的鸟群迁徙并不只是出现在科德角。在圣劳伦斯河的塔杜萨克（Tadoussac）上的沙洲，一直都不是海滩鸟的重要停歇地。但是在17世纪早期，萨缪尔·德·尚普兰在此处看到的迁徙鸟群却给他留下了极其深刻的印象："这里的鸻、杓鹬、沙锥、丘鹬以及各种种类的鸟儿的数量非常多，过去的几天里，三四个打猎爱好者常常打下三四千只鸟，个个都很肥美，很好吃……我和其他几个人靠打猎……打发时间……主要是沙锥、杓鹬和矶鹬，一共打死了两万多只。"耶稣会教士萨嘎德（Sagard）还就此补充说："只要用火绳枪开一枪，就能打死好多鸟儿。因为朝地面上开枪后，沙子冲击出来杀死的鸟儿比枪弹杀死的还要多。有个事实可以证实这点：有人一枪就打死了三百多只鸟。"

海滩鸟编制而成的斗篷披在北美东部的所有海滩上，微微起伏飘动，直到欧洲入侵者把它撕成血淋淋的碎片为止。下面是一份记录的概述，其内容仅限于我们这个时代所犯下的暴行中被牵涉进去的几种鸟。其中大部分内容引自本特博士那本不朽的记录——《北美滨鸟生活史》（*Life Histories of North American Shorebirds*）。

首先我们来看看与欧掠鸟一般大小的红背沙锥（现称滨鹬），这是一种在北极巢居的鸟儿，与许多滨鸟一样，它也在南美过冬。

"这些鸟儿，与其他几种鸟一起，有时汇聚成许多庞大的鸟群，从远处看，像是一大片浓雾……形成壮观而又有趣的景象。猎手们就在这种时候对鸟群进行大肆屠杀。当鸟儿的同伴如骤雨般落下时，整个（鸟群）也跟着落下，或者说是与同伴一起降落到地面上，直到打猎爱好者们完全满足其杀欲为止。"

"鸟儿在长途飞行中，在空中盘旋时，都是密密麻麻地挤在一起，一枪就可以杀死许多鸟……布拉歇（Brasher）先生告诉我，他用双筒枪射击，打下了五十二只鸟……我还知道另一件事：一位陆军军官一枪捕获了九十六只鸟。"

"前些年（在伊利湖南岸）飞过大量的鸟群，据说一枪就能打下成堆的鸟儿……1897年10月29日，我从两群鸟中打下了五十三只……这是近几年以来，离鸟群距离最近的一次射杀。"

大多数打猎爱好者都拒绝承认海滩鸟的消失与他们的射杀有一丝一毫的关系。多伦多的打猎爱好者们用当时广为接受的理由解释：从前出现的众多鸟群之所以消失了，是因为"它们被大量火车头给吓跑了"。

细嘴滨鹬，被猎人们称为海滩知更鸟或红胸脯鸟，在19世纪时曾大量地沿着北美大西洋海岸迁徙。在1850年以前，乔治·麦凯（George Mackay）就曾写道："在查塔姆（Chatham）、纳赛特（Nauset）、韦尔弗利特（Wellfleet）、科德角……塔克纳克（Tucknuck）、马斯基吉特群岛（Muskeget Islands），它们常常群聚在一起，如果想估计出数目，简直是做无用功。人们坐在马车里行驶在科德角上时，常常可以看到大量的鸟儿飞到云端。就是在这个时候，'火猎'这种恶毒的捕鸟方法盛行起来，晚上许许多多的鸟就这样被杀死。杀戮的过程是这样的：两人在天黑后半潮时出发，一人手提着点亮的灯（用来眩晕鸟儿），另一人去抓鸟，将鸟的脖子钳住，然后装入袋中……他们匍匐着向鸟儿靠近……我从一位权威人士那里得知，有一次他在某个春季看到有人用这个方法捕杀了六桶鸟，当时他正站在科德角开往波士顿的邮船的甲板上。在航行途中他还见到有几桶鸟已经变质，被扔进了波士顿海港中。当时鸟儿的卖价是每打十美分，其中有大量的翻石鹬和鸻。这些鸟没有一只是用枪打下来的，全都是用'火猎'这种方法捉住的。"

半蹼鹬，一种像沙锥的鸟儿，逐利猎人和打猎爱好者称它为棕背鸟，也遭到了同样的残害。正如本特博士所记述的那样："过去有大量的鸟儿被枪杀……它们是滨鸟中最无警惕心的鸟儿……很容易遭到诱骗……常挤作一团。它们落在一根粗壮的树枝上,一声枪响后,许多鸟儿都被打中。那些没被击中的鸟儿,没飞多远就听见了似乎是被抛下的同伴的哀鸣(其实是为了诱骗它们,人类模仿它们的鸣叫),便又转头飞回杀戮现场……再次遭到枪杀……没被打中的鸟儿一点也不愿意抛弃死去的和快死的同伴,(只有)一两只逃掉。

"它们的数量下降得非常快……我现在见到它们时,(只有)一只或是小群小群的,不超过十只或者十二只。"

威尔逊沙锥,又称姬鹬,是少数几种仍被列入"可捕猎的鸟儿"之一的鸟类,因此可以被合法枪杀:"(在19世纪后半叶)其数量极其庞大,这从人们经常引述詹姆斯·A.普林格尔(James A. Pringle)的打猎成绩就可以证明。他不是一个逐利猎手,而是一个有绅士风度的打猎爱好者。他以打猎为乐,猎到的鸟儿他都送给了朋友。他给自己的滥杀所找的借口,以及为自己没有杀更多鸟儿所做的辩护是很有趣的。他写道:这些鸟儿只在这里待很短的时间,我对它们毫无怜悯之心,尽情射杀,因为一旦漏掉一只沙锥,你就可能再也看不到它了。1867年到1887年间,他在路易斯安那州自己最喜爱的猎场里击杀了六万九千零八十七只沙锥。但在之后的十年里,他的成绩却下降了,因为他只将猎杀沙锥的总数增加到七万八千六百零二只。他成绩最好的一天是在1877年12月11日。这天,他在六小时内枪杀了三百六十六只沙锥,毫无疑问,他由此创下了一项世界纪录。"

小黄脚鹬,是一种个头相当小的长腿涉禽。本特博士认为不应"将它归入可猎捕的鸟儿之列,尽管我得承认它具有一些可猎捕的特性。有时,它极其温驯。它也很容易遭到诱骗,一再地返回屠杀现场。它的身体太小了,要把一只猎囊装得像样点,就需要杀掉许多这样的小鸟。但是,坐在沼泽地中精心布置的埋伏点上,巧妙地摆放诱饵,展示你的口哨技能来召唤这些生机勃勃、易做出回应的小鸟,却是很有趣的消遣。毕竟,以外出享受自然美景和野生动物的生活习性为借口来进行(娱乐性）枪杀，比起把它当作填饱肚子的手段这种说法要动听得多"。他还补充说，一位著名的打猎爱好者"用他的双筒猎枪朝海滩边歇息的鸟群射击，打死了一百零六只黄脚鹬"。

黄脚鹬并不只是在北方才遭到杀戮。直到1925年时，斯图亚特·丹福斯（Stuart Danforth）还看见它们在迁徙途中飞过波多黎各，它们"温驯得让人吃惊。射杀它们不是消遣，简直就是屠杀……猎手们一枪就能打下二十多只"。亚历山大·韦特莫尔（Alexander Wetmore）博士于1926年到过阿根廷。他说："迁徙队伍中很多鸟儿们的腿都是断的，这就表明阿根廷猎手们对它们绝不友善，这真是让人难过。"

黄脚鹬以及其他任何滨鸟，都强调了这个让人非常不快的事实：大规模地向任何一种海滩鸟"鸟群"开枪都会使鸟儿残废，其残废的数量和已被打死或受了致命伤害的鸟儿数量不相上下。大多数受了伤却仍然飞行的鸟儿注定会在几天内死去，尽管有部分鸟会拖得更久一些。哪怕是残留在鸟儿肌肉组织中的一粒铅弹，迟早也会让鸟儿因铅中毒而死去。

大黄脚鹬，是小黄脚鹬的兄弟，但是据本特博士所言，它却成了更为合法的靶子："大黄脚鹬是很适合猎捕的鸟。在过去的几年里遭到大量枪杀……罗德岛州纽波特（Newport）附近的一个猎手，在八个季节里一共枪杀了一千三百六十二只……汤森博士曾记载过某天从纽伯里波特（Newburyport）运往波士顿的一个货摊的大黄脚鹬就有四百六十三只。我认识的一位老猎枪手，在几年前用击落四十只大黄脚鹬的方式来庆祝他八十岁的生日。"

"遗憾的是，射杀海滩鸟的这种愉快的日子现在不得不受到限制了。射杀海滩鸟曾是早期打猎日子中令人愉快的特别活动，那些日子是我们在科德角度过的光辉岁月……在过去美好的时光里，有滨鸟可杀，并且也允许我们开枪射击，沼泽地和低洼地里处处都有埋伏……用漆过的木头或锡铁皮做成大黄脚鹬或者鸻的样子，放到沙滩上或者泥泞中，射程很近。猎手可以轻松惬意地躺在埋伏圈里，沐浴在初秋温暖的阳光中，抽着烟斗，或沉思或观察周围有趣的东西……突然，过冬的大黄脚鹬的啭鸣将他从梦想中唤醒……他吹着口哨，模仿着鸟叫。鸟儿也应和着，为寻找同伴，盘旋着，越来越近……慢慢地向诱饵飞落，接着就送了命。也许整个鸟群都会陷进来……沼泽地中鸟儿的生活呈现出不断变化的景象，使大自然爱好者充满惊喜。"

"惊喜"之一便是一群被统称为唧唧鹬的海滩鸟，因其在觅食时发出的叫声像小鸡的声音而得名。唧唧鹬包括所有"不重要的小东西"，至少有以下种类：矶鹬、半蹼鸻和三趾鹬。这几种鸟喜欢联合行动，形成的鸟群规模极大。按19世纪早期的一位观察者的话来讲就是："人们几乎不敢估计它们的数目，以免被认为是在说谎。"

唧唧鹬鸟群数量很大，但就单个鸟儿而言，它们的个头很小，重量也只有一二盎司[1]。人们以为，这些无关紧要的小毛球能够逃过它们大个头亲缘们所遭受的大屠杀，但是，随着这些大个子海鸟逐渐遭到毁灭，打猎爱好者、猎食者以及逐利猎手们的枪口也同样残忍地瞄准了它们。

"在没有大鸟儿的情况下，猎手们常常大批量地射杀这些小鸟，必须承认，它们的肉很鲜美。（猎人们）常常在埋伏点用锡口哨将飞过的鸟群召唤下来。一块突出的泥岬……为唧唧鹬提供了一个方便的降落点，却成为它们的死亡陷阱，因为它们在这里会遭到枪弹的扫射。受到惊吓而又莫名其妙的幸存者们腾地一下飞到空中，在死去和快死的同伴上空盘旋，但又遭到几次更为有效的射杀。被击中的鸟儿纷纷掉进烂泥和水里，只有一部分残余的鸟儿逃脱了。

"由于一枪能打下这么多的鸟儿，而且这些鸟儿又肥又好吃，可以烤着吃或做成馅饼吃，因而成了那些猎食者们追逐的目标。随着大个头

---

[1] 一盎司约二十八克。——编者注

滨鸟变得越来越稀少,猎手们要装满它们的猎囊也越来越难。射杀'唧唧鹬'成了一种时髦,甚至连打猎爱好者也这样做……"

"要从密密麻麻的一群鸟儿中打下二十来只鸟,几乎不需要什么技巧……有一次我想吃鸟肉,就出去打这些鸟儿,我开了五枪,打下了八十二只鸟。"

那时候,这种惊喜似乎无穷无尽,但是没有哪一个比得上灿烂辉煌的金鸻带给猎人们的惊喜。金鸻的大小和鸽子差不多,是极北杓鹬的亲密伙伴和知心朋友,它们都有着相同的命运。本特博士的记述里说,它的经历"给我们提供了一幅昔日的野生动物资源遭到无情屠杀、挥霍的惊人画面"。

与极北杓鹬一样,金鸻最初的数量大得让人难以置信。它所遭到的屠杀也同样让人难以置信。奥杜邦描述了1821年春天发生在新奥尔良附近的一场具有代表性的屠杀:"猎人们组成小组,每组二十至五十人不等。他们凭着经验,聚集到金鸻会飞过的地方……鸟群飞近时,每个人之间的间距都一致。他们嘴里模仿着金鸻的叫声。一听到口哨声,金鸻就往下飞,盘旋不停,然后就撞到了枪口上。每个猎人依次射击。有几次我都看到原本有一百多只鸟的鸟群最后只剩下五六只了……这种射杀持续了整整一天。日落时分,当我离开其中一队枪手时,他们和我(在黎明前)到达时一样专注,一心想射杀更多鸟儿。一位离我很近的猎手击落了七百五十多只鸟。我算了一下,射击点上的猎人有二百人,假设每人只打到二百四十只鸟,那么当天就有四万八千只金鸻被击落。"

爱德华·福布什(Edward Forbush)描述了19世纪40年代在楠塔基特岛上的场景:"两个人在一天之内枪杀的鸟儿足以装满一个翻斗车的三分之二(大约一千只鸟)。"二十年后,在1863年8月:"金鸻和极北杓鹬降落在该岛上。数量多到可以遮天蔽日。被枪杀的鸟的数量在七千到八千之间。到1890年时,东部的金鸻已荡然无存,剩下的数量已微不足道,引不起猎人的兴趣。但是就在这一年,两个波士顿的野生动物批发商收到了从西部运来的四十桶货，里面装满了杓鹬和鸽，其中大多数是鸽。

罗伯特·罗斯福（Robert Roosevelt）曾写到他于19世纪60年代在长岛猎杀鸟群的情景："在我们面前的几英亩地上，密密麻麻排着我们渴望已久、无与伦比的金鸽……挤靠在一起的不少于三千只……它们飞起来时发出响亮的喧闹声，我们四枪齐发，作出猛烈回应，然后我们就急急忙忙地去捡拾我们的战利品了。"

著名的博物学家W.H.哈德森（W.H. Hudson）对19世纪后半叶在阿根廷生活的金鸽非常了解："它们九月飞到这里以后，我家附近的平原上满是大片大片的这种鸟儿……（附近）有一个沼泽地，每天中午，金鸽就会成群地聚集在此。它们一群一群地从四处飞过来，就像英国的欧椋鸟一样聚到某个大群栖中心。我常常会骑上我的小马，兴高采烈地疾驰过去看这一壮观场面。在看到鸟儿之前，很远就能听见鸟儿嘈杂的声音。等到了沼泽地，我勒停马，坐在地上，惊奇而又高兴地注视着如此庞大的鸟群……与其说它们是一群鸟，不如说它们看上去更像是鸟儿构成的地面，一片浓浓的褐色……一片生机盎然、活动的地面，同时也是一片声音响亮的地面……就像是，比如说，海面上（或者）是空中，几千根拉紧的铁丝……随着鸟儿的尖叫声起伏振动……但这是无法用言语表达出来的，也是令人难以想象出来的……（然而）随着大草原上人口的增加，这些巨大的鸟群变得越来越稀少。（在我的童年时代）男人要是有一支枪，那简直就是了不得的事。如果放牧的小男孩想要金鸽，他只要用一根一码长的绳子，绳子两端各系上一个铅球，就可以想打落多少就打落多少。"

哈德森是在金鸽的全盛时期见到它们的。然而，在该世纪的最后几十年里，阿根廷猎枪手们对其进行的屠戮，比起春季时金鸽从北美大草原向北极迁徙时遭受的屠杀要逊色得多。到1910年，一些美洲鸟类学家开始怀疑金鸽处于灭绝的危险中。幸运的是，在1916年，美国和加拿大两国禁止在春季猎杀滨鸟，后来又对大多数滨鸟实行整年的全面保护。金鸻的命运就此逆转。

金鸻、唧唧鹬和其他海滩鸟存活了下来。在小型滨鸟中，只有一种，即半蹼鸻，所面临的危险迫在眉睫。它曾是沿圣劳伦斯湾至弗吉尼亚州的整个东海岸一带常见的一种繁殖鸟。尽管在那段滥杀的猎捕时期里，它的数量已减至所剩无几，但后来却成功地恢复了数量，直到近些年，由于人类大量侵占它的繁殖海滩，现在它已被列为濒危物种。在加拿大的大西洋沿岸，还能发现的半蹼鸻最多不会超过三百对。

我们也许会因其他鸟种最后得以生存而受到鼓舞。但是，考虑到潜伏在我们身上的野兽本性，我们应该时刻保持警醒，不远的过去发生在滨鸟身上的大屠杀，很有可能再次针对其他某个生命体而爆发。所以，这种本性应该受到控制。

五　其他空中鸟类

当欧洲人到达东北滨海地区时，他们见到了无数的鸟类，无穷无尽的野鸭、鹅和天鹅。17世纪20年代，尼古拉斯·德尼斯的描述让我们可以一瞥鸟儿数量和种类之丰富："我的随行人员都吃腻了这些野味……他们不想再吃了，无论是雁、野鸭、水鸭，还是鸽、沙锥……（甚至是）连我们的狗都吃得饱饱的，躺在肉旁边（碰都不碰一下）……雁、野鸭和黑雁的数量如此充沛，简直让人难以置信。它们在夜里的喧闹声让人难以入睡。"

在这些庞大的鸟群中有两种天鹅：黑嘴天鹅和小天鹅。黑嘴天鹅，或号手天鹅，在整个北美大陆上繁殖，南至新斯科舍，东到纽芬兰。但今天在马尼托巴省（Manitoba）东部再也见不到它了。现存的黑嘴天鹅数量已减至两千对左右，其中大多数都隐秘地生活在阿拉斯加州和不列颠哥伦比亚省（British Columbia）两地偏远的湖谷中。小天鹅，或啸声天鹅，体型小点，曾经大群大群地沿大西洋海岸迁徙，但是现在即使能在东部滨海地区看到它们，看到的次数却也很少了。

屠杀天鹅不仅仅是为了满足口腹之欲，也是为了获得其胸脯部位浓密的羽毛。这在女帽业和制衣业中被称为"天鹅皮"，享有盛名且价值极高。有记录表明，某一次就有一千多只啸声天鹅遭到屠杀，在剥掉胸皮和羽毛后就任其腐烂。

曾经在东北海滨一带，加拿大鹅、雪雁和黑雁的数量很多，尤其是迁徙季节。但现在在这一带再也见不到雪雁，并且黑雁也在快速消失，其部分原因是作为黑雁过冬的主要食物，大叶藻可能因为海洋受到了污染而神秘死亡。野生加拿大黑雁，即加拿大鹅，仍然存活着，但其数量已经减少到让人伤心的地步。

最初，在东北地区生活着二十多种野鸭，它们迁徙时也会途经此处。早期的记载表明，它们的数量大得惊人。直到19世纪初，大多数鸭类还保持着相对多的数量。此后，它们遭到逐利猎人和打猎爱好者的大肆屠杀，许多鸭类因此被残害到几近灭绝的地步，而且有一种鸭已经被灭绝了。

打猎爱好者和逐利猎人经常躲入沉在沼泽地中或浮在沼泽地表面的猎箱中，用活的诱饵猎捕野鸭。在19世纪，一位逐利猎人用他自己造的这种常见的"藏身之处"，一枪就打下了四十四只黑雁，而在一个冬天里，他可以猎获一千到一千五百只野鸭。

岸边的"埋伏点"上架起了一排排.8口径的猎枪，而可以隐藏在芦苇和灯心草中的方头平底船上也架起了许多可旋转的滑膛枪，它们的口径并不比小型加农炮的口径小多少。这种架在船上的滑膛枪，有的会装上重四分之一磅的炮弹。一发炮弹就能打死或打伤一百多只正在游水的水禽。

本特博士描述了新英格兰的打猎爱好者们最喜欢用的一种打猎方法"打鸭台"："打鸭台是一间小房子或棚屋，里面搭了睡铺供几个人用……沿着岸边建了围墙或栅栏……栅栏上开了窗孔，那几个人就可以透过窗孔射击而不被鸟儿发现。房屋和栅栏被新砍下来的松树枝和橡树枝盖着……这样就几乎看不出有房屋和栅栏了……打鸭台建在海滩上或海滩近海的地方……许多套木制诱饵……被固定在离打鸭台一定距离外的地方……许多活的诱饵，包括半驯化的黑鸭、野鸭和加拿大鹅被关在……栅栏后面的围栏里，有一些是被拴在海滩上……或让它们四处转悠……这一切都安排妥当后，猎手们——我很难把他们称呼为打猎爱好者——就在屋内抽烟、聊天、打牌，或是饮酒，而只留一个人在外面监视着……如果一群鸟……飞落到水塘里，他就招呼其他人，然后他们就在各自的窗孔前各就各位，端起沉沉的枪，准备屠杀。诱饵的嘎嘎叫声将野鸭慢慢地引诱到海滩上……每个枪手都清楚他们该打鸭群的哪一处。他们满怀期待地等着，等到野鸭靠近并聚在一起，然后就会有人发出射击信号。如果一切顺利，大多数野鸭都会掉入水中，或死或残。但是，当惊恐的幸存者在混乱匆忙中飞到天空中时，第二轮枪弹又会打在它们身上，到最后只有少数可以逃脱。"

  本特博士所描述的林鸳鸯遭到的屠杀，代表了它的许多内陆亲缘的命运："虽然林鸳鸯一直都能够抵挡住自然界中天敌的进攻，但它却败于人类一手发起的毁灭大业和文明的蚕食。人类对森林的大规模砍伐和对沼泽林地排水，摧毁了它的筑巢地，使它失去了最喜欢的栖息地。它那美丽的羽毛一直都是猎枪手、收藏者、动物标本剥制者的目标，人们需要用它的羽毛来制作仿鲑鱼皮的纽扣盖。几乎所有发现林鸳鸯窝的人都会情不自禁地把它的蛋带回家孵化，这是因为它们很容易驯养，并成为有吸引力的宠物。林鸳鸯非常温驯，且毫无戒心，因此它们很容易遭到大量射杀，也经常被大量诱捕。早期的所有记录者们都注意到数量一度庞大的林鸳鸯已经减少到只有其鼎盛时期的一小部分了。有些地方曾栖息过数量丰富的林鸳鸯，但人们却不曾知晓，这些地方的林鸳鸯已变得稀少。林鸳鸯在各地都处于濒临灭绝的边缘。幸运的是，在还不算太晚的时候……我们就已关注到这些情况。既然现在已经制定了适当的法律来保护它……它就能免遭灭绝。"

  即使是东部滨海地区最小的野鸭——小水鸭，也没能幸免。正如奥杜邦所讲的那样："对于一名美洲打猎爱好者而言，没有什么事情能比这种漂亮小野鸭的到来更让人感到愉快的了……听！接连两声枪响！到处都是躺着的水鸭，双腿还在颤动。那边有一只野鸭在死亡的痛苦中打着旋。一些翅膀还完好的野鸭迅速而又无声地飞向藏身之处。而有一只野鸭，头上中了一弹，笔直地向上飞去，但因为节拍乱了，又啪一声落在水里。枪手们把枪上了膛……惊恐的野鸭们在整好队后，又飞起来，时高时低，似乎是在很好奇地张望着同伴去了哪里。它们再次飞临危险点，并再次遭到两次射击。要不是天色已黑，屠杀还会持续下去，一直到打猎爱好者们认为稀稀拉拉的鸭群不再值得他们注意为止。用这种办法……我看到一个猎枪手在一天的时间之内打死了七千多只野鸭。"

19世纪和20世纪初的消遣式打猎相当于肆无忌惮的大屠杀。1884年秋天的一个周末，我祖父和他的三个同伴拿着双管猎枪，射杀了一百四十只帆背潜鸭，二百二十七只红头潜鸭，大概两百只斑背潜鸭，八十四只黑背潜鸭，大约六十只水鸭以及其他各种鸟儿。他们的四轮马车装得满满的，载着他们和战利品回家。

尽管消遣性的打猎已经够糟糕的了，但与逐利猎人所造成的屠杀相比，却是小巫见大巫了。19世纪80年代，有好几百万只野鸭、鹅和天鹅在美国和加拿大的市镇公共市场上以及私人屠宰店里售卖，再算上数以百万计由于没有冷藏而变质或由于受伤、死亡而无法找回的野鸭，数量就更多了。这是一桩大买卖，成千上万的逐利商人、批发商和其他中间商都参与其中。顺便说一句，枪支、弹药和炮弹的制造商们也赚取了巨额利润。

在这场产业式屠杀达到高峰时，人们认为每年有八百万只水禽遭到屠杀。到第一次世界大战爆发时，这种大屠杀——春秋两季都有的大屠杀，已经使水禽的数量锐减，十几种甚至更多的水禽被灭绝似乎已成定数。正是在这个关键时刻，加拿大和美国联合制定了《候鸟保护公约》（*Migratory Birds Convention Act*），并于1917年生效，首次为保护水禽和许多其他候鸟提供了一套机制。在第一次世界大战后，春季禁猎令和强制性限猎等措施，开始让大多数野鸭和鹅在某种程度上得以恢复元气。

可是还有一种野鸭，毛色杂而艳的丑鸭，却未能恢复过来，它是否能继续生存下去仍然是个疑问。对于这种花斑拉布拉多鸭来说，保护来得太迟了。起初，人们称这种个头大、有着醒目黑白花纹的野鸭为馅饼鸭。其独特之处在于它的生活地点：它只在美洲的东北滨海地区栖息，在圣劳伦斯湾中的岛屿上、拉布拉多海岸边，或许也在纽芬兰的海岸边繁殖，在新英格兰沿岸，也许南到哈特勒斯角（Cape Hatteras）过冬。它与绒鸭有着很近的亲缘关系，许多生活习惯也相似，同样，它也像绒鸭一样受到新英格兰和加拿大的捡蛋人和羽毛劫掠者的极大伤害。这些人为了得到价值高昂的鸭绒，袭击了绒鸭和馅饼鸭的群栖地，偷走了蛋，毁掉了巢穴，还枪杀了雌鸭。

绒鸭最初生活在东北滨海地区的水域中，它们的数量很多。然而博物学家查尔斯·汤森却不得不这样来描述20世纪初的绒鸭："如果不阻止这种愚蠢的屠杀（猎蛋和羽毛交易），绒鸭的数量将持续减少，直至灭绝。在缅因海岸——绒鸭（现存的）最南端的繁殖地——1905年只有十来对在此繁殖后代……在远处的北方，新斯科舍岸边只有两三（对）绒鸭还在繁殖，而在纽芬兰海岸和拉布拉多半岛上……从前虽然有大量的绒鸭在此繁殖，现在也就只剩下一些残余了……在白人——自然界最大的敌人——到来之前，印第安人、因纽特人、狐狸以及北极熊都尽情享用着这里的丰盛大餐，但对它们却几乎没有造成任何伤害……这种自然损耗对野鸭这个群体几乎没有造成什么影响。然而到19世纪，人们对这些鸟儿栖息地的消耗简直太可怕了，数量庞大的栖息地主人现在也只剩下残余了。"

南部海岸的逐利猎人和打猎爱好者掠夺鸭蛋，为获取羽绒而蹂躏结巢群栖地，在绒鸭繁殖的岛上以及在春秋两季迁徙时枪杀绒鸭，大西洋西岸的绒鸭群和馅饼鸭似乎注定要灭亡了。

幸运的是，绒鸭在北极加拿大地区、格陵兰岛和大西洋的东北部还有姐妹种群，在《候鸟保护公约》实施以后，殖民主义者开始从这些地方向北美引进绒鸭。但不幸的是，馅饼鸭在世界上其他地方并没有姐妹种群。

据美国的报道，1875年，最后一只拉布拉多花斑鸭在纽约被射杀。

此后的科学文献中就再也没出现过与它相关的记载。19世纪80年代,拉布拉多的一些当地居民报告说曾见过它,但从那以后也是再没听说过了。如今,馅饼鸭只剩下四十四张剥制鸭皮,散布在一些博物馆和私人收藏家手中,其中大多数在美国。

商业性捡蛋和羽毛交易都是过去的事了,但是存活下来的海鸭的未来布满阴云,不甚明朗,因为它们也同样面临着笼罩在所有海鸟身上的威胁:失去繁殖地、食物减少、污染中毒、非法捡蛋,以及人们在诸如北极地区和南美部分地区等偏远之地进行的未加控制的猎捕。

还有一个威胁就是每年一度的合法屠杀。1982年,仅在纽芬兰、新斯科舍、新不伦瑞克和魁北克这四地,打猎爱好者的猎囊中就装了八十万只野鸭和十万只鹅。除此之外,考虑到受伤而亡的鸟儿,因吃掉池塘底、湖底和沼泽地中作废的铅弹而铅中毒死亡的鸟儿,我们还得在猎杀数量上多算百分之二十至三十。

一直到19世纪中期,在整个北美大陆的东北部,南至肯塔基州、弗吉尼亚州,北至极北地区的几乎每个湖泊和中等大小的池塘中都至少有一对潜水鸟结巢而居。有几种大潜水鸟非常引人注目,不仅因为其个头大、外形绚丽,更是因为它们的叫声,这种声音真正道出了荒野的本质。

秋天的时候,成年潜水鸟将幼鸟带入海里。当它们汇聚到一起,在纽芬兰至佛罗里达州沿岸一带过冬时,它们的群体数目十分引人注目。但在这里它们却遭遇了不幸。19世纪后半期,用枪打猎不仅成为一种消遣,而且变成了一种狂热的爱好。尽管人们普遍认为潜水鸟不能食用,但它还是成为一种深受欢迎的飞靶。它们的潜水速度如此之快,以至于人们相信它们能够在从枪响到子弹到达目标这一瞬间潜入水中;它们飞行能力如此强大、快捷,以至于每位猎枪手都把它们当作是对其技术的一种充满诱惑的挑战;它们的生命力如此旺盛,以至于只有填充最大的弹药量才能将其当场击毙。所以,它们成为打猎爱好者们最好的标靶。如果要找出一个合理的理由来使人类的屠杀合法化，那么可以这么说——在过去也是如此，当然是极其荒谬的——作为食鱼鸟，潜水鸟对鲑鱼苗和鲑鱼都构成了威胁，因此应当被灭绝掉。猎枪手们为此竭尽了全力，捕鱼爱好者们也不甘落后，他们经常搜寻出潜水鸟的鸟巢，并将鸟蛋摔碎在巢里。

  如今幸存下来的普通潜水鸟的数量只相当于一百年前的一小部分。在一百年前的夏夜，到处都响起它们的叫声，一直萦绕心头。现在，在无数的湖泊和水塘中再也见不到它们的身影了。每一年，它们的数量都会变得越来越少。前两个冬季里，在大西洋海滩上发现了几千只已经死去的潜水鸟，它们是重金属和其他有毒物质的受害者。这些有毒物质被浮游生物吸食，再被小鱼吃掉，然后又汇集到潜水鸟体内，直到毒物剂量高到足以致命。人们有理由担心，在这片大陆的大部分地区，潜水鸟的叫声可能很快就会变得像狼嗥一样罕见。

  在所有鸟类中，最引人注目的是长腿大个头的白鹭、鹮和苍鹭。不幸的是，它们中的许多都身披醒目的羽衣，这使得消遣性猎枪手和追求战利品的猎枪手们抵挡不住猎杀它们的诱惑，臭名昭著的鸟翎交易业也对它们进行了工业开发。在19世纪和20世纪早期，为了装饰女性的帽子，和达到其他类似的时尚目的，它们被成百万地屠杀，其数目难以计数。虽然大多数种类都栖息在我们关心的南方地区，但在东北滨海地区却也曾发现过几种。

  白鹮和苍鹭很像，除了黑色的翼尖、鲜红色的腿和喙之外，它全身都是雪白的羽毛，非常华丽。近期，还没有听说过有白鹮在南北卡罗来纳州以北地区繁殖。早期的文献却表明，情况并非如此。1536年的时候，霍尔的远征船队在开往南纽芬兰和布雷顿角的途中"也看见一些红腿、红嘴的大鸟，比苍鹭还大点"。这种鸟只可能是白鹮。从1593年"万寿菊号"开往布雷顿角的航程记录里，我们得知"当他们查看这个地区时，看见……红腿大鸟"。直到1959年时，在新斯科舍省还有一只白鹮被杀死,这次伤害事件确凿无疑却被列为"意外"。

另一种大型涉禽,即艳丽的玫瑰琵鹭,哪怕在科学文献中也未曾提到在加拿大曾经发现过它。但在早期,它是至少在圣劳伦斯湾一带出现过的候鸟。17世纪中期,尼古拉斯·德尼斯描述过它,并给了它恰当的名字"琵鹭,嘴大约有一英尺长,末端呈圆形,就像烤箱铲一样"。

神情庄严的蓝色大苍鹭,至今仍然是东部滨海地区最显眼的鸟儿,然而我们今天看到的只不过是它昔日丰沛数量的一小部分。直到19世纪,从圣劳伦斯湾向南的大多数江河湖泊边,在许多四面环海的岛屿上,人们可以看到它在树顶上的群栖地,通常有数百个巢穴。直到19世纪70年代,人们还经常能看到在芬迪湾的泥滩上聚集着成千上万的苍鹭,它们组成一个一个的方阵,庄严威武。在新英格兰沿岸的各处潮汐沼泽地和湿地上有很多苍鹭,它们有的是在迁徙途中的候鸟,有的是在此繁殖的留鸟。

似乎直到19世纪中期,当消遣性捕鱼变为一种时髦时,苍鹭才受到严重骚扰。捕鱼爱好者们耗尽了可捕的鱼类资源后,就做出了与他们的同好一样的反应,对那些被认为是竞争对手的动物发起了野蛮的攻击。因为蓝色大苍鹭吃小鱼(尽管所吃的都不是可捕鱼类),并且它们还很显眼,所以人类就对它发起了一场残酷的战争。打猎爱好者们只要一有机会,就会射杀苍鹭,以此来帮助渔民兄弟。苍鹭的群栖地也经常遭受劫掠。苍鹭蛋、幼苍鹭以及成年苍鹭都会遭到屠杀。有一次,佩诺布斯科特湾(Penobscot Bay)中的一个树木繁茂的小岛被一把火烧了,仅仅只是为了摧毁一个苍鹭群栖地。虽然现在官方已禁止猎杀苍鹭,但是那些残存的群栖地还是不断受到骚扰。

有两种鹤曾经在迁徙途中穿过东北滨海地区,并且还可能在此处繁衍过后代。体型最大的一种是美洲鹤,可能也是北美最引人注目的鹤。它站立时有将近五英尺(一点五米)高,腿长,脖子也长。除了翼尖是黑色、面部是深红色外,它周身纯白。人们为了挽救它免于灭绝做出的最后努力唤起了大众的关注，因此，它现在很出名。

16世纪中期的许多文献都证实，美洲鹤和较小的沙丘鹤都常出现在东北部地区。这两种鹤的数量在16世纪和17世纪仍然足够丰富，因此便成为餐桌上的重要食物。即使到了18世纪初，沙勒瓦仍然可以这样说："有两种颜色的鹤，有些是白色的，有些是浅灰色的。用它们做汤，味道很鲜美。"

这种大个头、令人喜爱的鹤也无法逃脱欧洲人的掠夺。它们遭到打猎爱好者和逐利猎人们无情屠杀。到19世纪中期，美洲鹤已灭绝，沙丘鹤在大陆东部的数量也已变得极其稀少。

1955年，美洲鹤只有三十一只。美国和加拿大的自然资源保护主义者经过三十年的不懈努力，到1984年的时候，美洲鹤的数量已经是1955年的三倍了。这些幸存者大多在加拿大西北部的伍德布法罗国家公园（Wood Buffalo National Park）里无踪迹可寻的泥炭沼泽地中繁衍生息，在得克萨斯州的阿兰萨斯保护区（Aransas Refuge）过冬。尽管它们得到了照料和保护，但这个物种的长期生存仍然处于危险之中。

陆地上那些可以被作为食物、供人们取乐、使人发财，或兼具这三种功能的鸟儿，其数量和在沼泽地中、海上的鸟儿数量是一样庞大的。看上去数量极其丰富的陆生旅鸽便是一个最著名的例子。关于它的著述已经太多了，无须我再作补充。但是，关于旅鸽，有一方面却被忽视了。欧洲人刚到北美大陆时，在整个东部滨海地区以及内陆地区，旅鸽数量都非常多。

卡蒂埃于1534年在爱德华太子岛上发现了该鸟。1605年，尚普林考察了缅因湾中的某些岛屿，他说："（岛上）长着很多红醋栗果，因此在大多数地方都见不到别的东西。还有无数的旅鸽，我们抓了相当多的旅鸽。"17世纪早期，乔斯林在新英格兰曾这样写道："旅鸽，有好几百万的旅鸽。我曾在春季看到过一群旅鸽。旅鸽返回南方经过密可马斯（Michaelmas）时，鸽群（绵延）四五英里长。在我看来，鸽群既无头也无尾,看不到尽头,密密麻麻,连阳光都被遮挡。它们的巢连着巢,树与树之间也是由巢连接着,在松树林中绵延好几英里长。但是近些年,其数量大大减少,英国人用网捕捉它们。我在波士顿买了十多只旅鸽,毛也拔了,内脏也去掉了,只花了三便士。"

1663年,詹姆斯·扬(James Yonge)发现纽芬兰的阿瓦隆半岛(Avalon Peninsula)上的旅鸽"不计其数"。1680年左右,拉翁唐(Lahontan)这样写道:"我们决定向斑鸠宣战。它们在加拿大的数量太大了,因此主教大人不得不开除它们的教籍,原因在于它们对地球的物产造成了损失。"

旅鸽在其密集的群栖地上很容易受到伤害。它们遭到枪杀、毒杀,被黑色火药炸死,被火把烧死,还遭到网捕、棍打和屠宰。凡是欧洲人侵者们那丰富的想象力能够想到的任何方法,它们都遭受过。到1780年左右,实际上它们在东北地区已经灭绝了。19世纪,旅鸽在美国中东部地区也遭到最后的灭亡。灭亡的过程让人非常难受,我很不愿意重复它。1902年,最后一批有记载的野鸽似乎是在安大略省的佩内坦吉申(Penetanguishene)遭到枪杀。当欧洲人开始掠夺北美大陆时,迎接他们的是有数十亿之众的旅鸽。1914年9月,地球上的最后一只旅鸽,也是唯一的生还者,在辛辛那提动物园中以俘虏身份死去。

最初,家养火鸡的祖先野火鸡在整个北美东部,至少北至新不伦瑞克的东南部地区的数量很多。它基本上是林地鸟。它们在弓箭面前尚能保全自己,但面对枪炮却无能为力。随着移民点不断向西扩展,新来的移民为了填饱肚子、获得羽毛以及拿到市场上交易,消灭了一个又一个火鸡种群。到19世纪中期,野火鸡在北美东部已被灭绝。虽然人们也在各地做出重新引进火鸡的种种尝试,但通常只有在所谓的猎物养殖场和猎物保护区处于半驯化状态下,这些尝试才会成功。

早期的欧洲人曾碰到两种可猎捕的鸟,它们既让人觉得陌生,又让人隐隐约约感到几分熟悉。其中的一种,有两种体型,英国人称之为

"松鸡",也就是我们现在所称的披肩鸡和枞树鸡。另一种被他们称为"雉鸡"。

后来被称为荒草鸡,与欧洲雉鸡或环颈雉一样大,外形也相似。它们出没在布雷顿角以南到弗吉尼亚州这一带,只要有欧石楠丛生的荒原和大草原,就会有它们的身影。在土著时代,像这样的地带绵延不绝,尤其是在海岸附近。在17世纪70年代,这些个大、肉多的鸟儿(被称为草原小鸡的它们的亲戚勉强在西部存活下来)"在波士顿古老而灌木丛生的土地上,数量非常多,多到干体力活的雇工和仆人都与雇主约定,每周饭桌上的荒草鸡肉出现次数不得超过三四次"。然而这种温和的限制并没有阻止人们对荒草鸡的大规模屠杀。到18世纪后半叶,它们已经成了稀有动物。到1830年时,虽然在北美大陆的荒草鸡已经灭绝,但是在马萨诸塞州马撒葡萄园岛(Martha's Vineyard)上还生存着几百只。尽管人们试图保护它们,但是1916年的一场灾难性的草原森林大火,再加上偷猎不断,最终使荒草鸡的数量减少到无法恢复元气的地步。到1930年时,这种数量曾一度极其庞大的荒草鸡就只剩下一只了。它引起了旅游者和科学家们的极大关注。前来参观的人之多,导致它有好几次都险些被汽车碾过。1932年冬的某个时候,它消失了。至今还有人怀疑它是被某位热切的"博物学家"为了"科学研究"而收藏起来了。

岩雷鸟和柳雷鸟常常大量地出现在纽芬兰、拉布拉多以及圣劳伦斯湾北部海岸一带。每到冬季,它们就聚集成巨大的鸟群,在冰封的荒原上飞行,在云杉林中鸣叫。1626年,纽芬兰东部海岸边里纽斯镇(Renews)上的一个种植园主在一天之内就杀死了七百只鸟。到1863年时,住在贝尔岛海峡的一家人在两个月内枪杀、设陷阱诱捕了一千一百只雷鸟。1885年,拿破仑·科莫(Napoleon Comeau)记下了一群"半英里长、六十至一百码宽、连成一片的鸟群"出现在圣劳伦斯河河口湾的北岸。就在那年冬天,在该地区分散居住的居民们杀死了六万只雷鸟。1895年冬,又有三十万只雷鸟在明根(Mingan)和戈德布(Godbout)之间遭到杀害。

在纽芬兰,当地打猎爱好者和逐利猎人枪杀了数量惊人的雷鸟。而来自美国和加拿大的打猎爱好者们沿着跨岛铁路线扎营,他们加剧了这种屠杀。在19世纪晚期,每个猎人的猎囊中装入三四百只这种鸟是司空见惯的事。

虽然这两种雷鸟仍然存活于纽芬兰,但现在数量已经相当稀少,并且岩雷鸟似乎是只在该省的西部山区中的少数几个地方存活。在拉布拉多内陆也许还能经常见到雷鸟,但是过去雷鸟群在冬天飞往圣劳伦斯湾海岸的场景再也见不到了。

自从欧洲人开始在北美定居以来,食肉鸟就一直被当作敌人。无论是过去还是现在,鹰都被视为"空中之狼",被指责捕杀从人类婴儿到小牛犊的一切动物。除了最小的鹰以外,所有的鹰都被笼统地称为"鸡鹰",因为人们认为每一只丢失的鸡都是被鹰叼走的。猫头鹰被认为是包括家养火鸡在内的群栖家禽的宿敌。除了农民们列出的一条条罪状外,来自打猎爱好者的控诉就更为严厉了。他们要消灭所有的鹰和猫头鹰,因为根据他们的推测,鹰和猫头鹰都喜食水禽和陆地猎禽,就像鸭爱吃鱼一样。所有的大型猫头鹰和雕,以及所有的鹰类,都被当作有害之鸟而遭到枪杀、捕杀、毒杀,在整个北美,尤其是东部沿海地区它们都遭到摧毁。

曾经,整个北美地区都是壮丽的金雕的活动范围和繁殖地。但是在东部,它几乎早就灭绝了,在北美其他地方也只是勉强维持生存。

白头海雕以啄食鱼的腐肉为生,而逐利猎人又在大规模制造这种腐肉,因此它的生存状况要好些。一直到第二次世界大战结束时,它们还以相当大的数量栖息在大西洋沿岸。但之后,这种大鸟就消失了。鸟类学家们注意到,尽管白头海雕筑好了巢也下了蛋,可是蛋很少能够孵出幼鸟。即使孵出来了,幼鸟也多病,经常夭折。一直到蕾切尔·卡逊（Rachel Carson）那本有突破性观点的著作《寂静的春天》(Silent Spring)出版后，人们才了解白头海雕减少的真正原因。这本书披露了产业工人将杀虫剂和有毒物质排放到自然环境中而造成的危害。杀虫剂，尤其是滴滴涕导致白头海雕不育。然而它们并不是唯一的受害者，几乎所有的食肉鸟类都遭受着严重的伤害，一些鸟类，比如游隼，现在已濒临灭绝。实际上，除了一些游隼在接受人工饲养并放归大自然以外，这种高傲的生物已经在北美东部灭绝了。在一个不断充斥着更新更毒的杀虫剂、除草剂和其他致命化学药品的环境里，人们抱着一丝微弱的希望去重建一个正在消失的物种。

可以这样说，在纽芬兰南部的一些地方和布雷顿角岛，白头海雕正在恢复。1984年夏，新斯科舍向美国政府赠送了六只来自布雷顿角的幼鹰，"是为了增加美国国家象征物的数量"。据估计，在美国本土四十八个州，现在只有一千六百对白头海雕还存活着，而最初的白头海雕数目有好几十万只。

杀虫剂中毒和非法捕猎，特别是来自运动爱好者的捕猎，几乎将学名为鹗的鱼鹰灭绝。实际上，北美东部昔日鱼鹰的栖息地上，大约有百分之八十的鱼鹰都被消灭干净了。鱼鹰现在有复苏的迹象，但是如果我们继续让新的污染物充斥陆地和海洋，那么任何复苏都只是暂时的。

宽翼的鹰被称为鸢，它曾经翱翔于森林和空旷地上空，现在的数量已大大减少。然而无知的人们还在残害它们。这些人不明白这些鹰一直都是农民的朋友，因为它们的主食是啮齿动物。飞得很快的鸡鹰的数量现在已经稀少到人类无视它们了。而北美最大的猫头鹰——灰林鸮的情况似乎也好不到哪去。

欧洲人的入侵也使为数不多的几种鸟类受益，尤其是那些食籽雀。它们在开阔的田野和空地上的数量越来越多，但是由于个头太小，就幸免于成为枪口的靶子。然而，大多数栖息在东北地区的以昆虫为主食的小型鸟种，近年来因人类喷洒杀虫剂和除草剂而遭受的损失简直骇人听闻。小鸟直接接触多种化学药剂后会致死，但即使不是直接致死，在小鸟吃了受到污染的昆虫后也会间接致死。食肉动物和以腐肉为食的动物在吃了中毒的鸟类后也会中毒身亡。

1973年春的一个晴朗日子，我漫步在新不伦瑞克省中南部的一片茂密树林里，毫不夸张地说，我没有看到任何动物。花丛中没有蜜蜂的嗡嗡声，也听不到松鼠的吱吱声。搜寻了几个小时，我也没听到一声鸟鸣。后来我才得知为什么这片森林成了一片死气沉沉的墓地。就在两天前，新不伦瑞克省的森林管理部门对这片森林进行了空中喷药，以阻止云杉卷叶蛾爆发的可能。杀虫剂杀死了大多数昆虫，同时也将鸟儿们杀死或赶走了。

在新不伦瑞克、纽芬兰和新斯科舍等大片地区每年都要这样喷药。尽管有充分的证据证明喷药正在大规模地扼杀生命（可能还包括一些人类生命），而且喷药还杀死了它本想控制的害虫的天敌，这无疑是弄巧成拙了。这种每年一次的喷洒持续了三十年，新不伦瑞克还是遭受着严重的云杉卷叶蛾虫害。但是现在几乎没有鸟儿歌唱了。

我们在与鸟打交道的事情上简直是劣迹斑斑，但是还是可以看见几丝曙光。本世纪后半期，越来越多的人对栖息在它们自己生活的世界中的鸟类产生了浓厚的兴趣。春天的时候，成千上万的男人、女人和孩子，来到树林、沼泽地和岸边欢度周末，他们不是来打鸟的，而是怀着惊奇和喜悦之情来观赏候鸟群飞起飞落。

我们似乎正在慢慢学会喜欢这些动物。不是因为它们的羽毛或肉，而是因为它们本就值得喜欢。我们的先辈们在人类和空中飞禽之间设置了鸿沟，也许我们正在缩小鸿沟的距离。如果真是这样，也许我们就有理由去期望，我们能找到一条路，回到那个我们已经失去的世界，在那里，所有生命都一体相连，息息相关。

第二篇

肉、兽皮、软毛

为了逃避人类的追杀，鸟儿飞到高空，鱼儿退居到海洋深处。然而陆生哺乳动物却没有这样的途径来逃离它们自己的同类，这个同类一直都是最残酷无情和最难对付的毁灭者。因此，在已消失和正在消失的动物名单上，出现了大量的哺乳动物种类，也就不足为奇了。

哺乳动物遭受的苦难如此深重，以至于一位当代生物学家这样写道："在北美东部，如果没有人类的协助，任何大型哺乳动物都无法生存下来。"这个拐弯抹角的想法似乎在怂恿我们否认因自己行为所造成的后果。为了避免这种错误理解，这句话可以这样表述：在美洲东部，除了那些人类出于自私的目的而选择保护的物种，每一种大型哺乳动物都被人类毁灭了。我们在后面会看到，这些受到保护的物种种类其实为数不多。

当然，我们的劫掠并不仅仅限于大型的野兽。无论大小，只要能从中获利，或者只要它们似乎是对我们贪婪的胃口造成竞争性威胁，所有动物都遭到了毁灭性的破坏。我们屠杀了大多数动物后，最先得到的收益就是肉、兽皮和软毛，下面就讲讲它们的故事。今天，大部分杀戮的原因不再是以前的那种借口，而是以人类娱乐活动的名义血淋淋地进行着。

六 白色幽灵——北极熊

我十四岁时，作为博物学的初学者，有幸与我的舅爷弗兰克·法利（Frank Farley）一起去哈得孙湾的马尼托巴北部进行了实地考察，舅爷是一位有名的鸟类学家。当时的鸟类学家把大部分时间都用于搜集标本，舅爷弗兰克也不例外。他收集的鸟蛋很出名，我作为他的助手，他当然期望我为他的收藏添砖加瓦。

6月份的一个早上，他让我去海岸看看有没有鹰巢。事实证明，鹰巢少之又少，直到下午我才看见一块猪鼻状的岩石，看起来非常适合老鹰筑巢。果然，在高出海滩五十英尺（十五米）的裂口上有一个简陋的巢。这个巢是用树枝和海藻搭建的，其主人是一对毛脚鵟。当这对巨鸟在我头顶郁郁寡欢地盘旋时，我偷走了它们的蛋，用棉絮包好，装进我的帆布包里。做完这一切，我朝四周看了看。

我身下是奔腾咆哮的冰冷海水，但在东面，灰色海面上却冒出了一个铁锈红的物体，从双筒望远镜中我看到那是一艘搁浅船只的残骸。我立刻将毛脚鵟和蛋抛诸脑后，因为很少有什么东西比一艘残骸更能激发一个男孩的想象力了。这是一艘小型航海货船的前半部分。我爬过那扭曲的钢板迷宫，高高地站到船头的尖角处，然后我发现我并不是唯一的来客。

三只乳白色的熊从不到一百码（九十一米）远的地方慢悠悠地向我走来。领头的那只熊看上去大得令人难以置信，而它的跟班却并不比两只西班牙猎犬大多少。不是博物学家也能认出这是一头母熊和它的两个幼崽，这让我恐惧起来。"千万不要接近带着幼崽的母熊！"这是我所遇到的所有捕兽者和林区居民都再三叮嘱我的箴言。虽然他们说的母熊是北部森林里相对较小的黑熊，但我觉得这个警告肯定也适用于如此从容地向我走来的巨大幽灵。

我想逃跑，但如果一动就会暴露我自己，而我是没有兴趣与熊赛跑的。微风吹拂的方向对我有利，因此我怀着一线希望，这三只熊从我身边走过时不会注意到我正蹲在一条废船里，一副可怜而又绝望的样子。

当它们离废船不到十码（九米）距离的时候，毫无征兆地，这只母熊突然停了下来，后腿着地，支撑着肥大的屁股，伸出前腿以保持平衡，这样它巨大的熊掌就垂了下来，露出又长又弯的爪子。也许是我动了一下，它抬起头，刹那间我们四目相对。它耸了耸鼻子，使劲地嗅了嗅，然后以一种对这么大的一头野兽来说令人吃惊的灵活姿态，用屁股支撑着转过身，朝来的方向一溜烟地跑了，后面紧跟着那两只笨拙的、蹦蹦跳跳的幼崽。

我也同样一溜烟地离开了废船。当我向舅爷弗兰克报告这件事时，我发现由于我冲得太猛，背包中的鹰蛋已经成蛋卷了。舅爷看到鹰蛋破烂的样子很是生气，也不相信我的遭遇。然而当我说服他跟我一起回到沉船上去时（这次带了武器），他看到海滩上的脚印有盘子那么大，他就相信了我的话。他告诉我，他从未听说过一只北极熊带着幼崽大老远地来到南方，他打算向某家专业的科学杂志报告此事。

对于舅爷来说，我的奇遇只不过是一次不同寻常的记录而已。对我而言，这是我与这种动物的第一次会面。它是地球上最魁伟，最不为人所知，受到迫害最惨的动物之一。这场会面让人永生难忘。

北极熊重达一千二百磅（五百四十四千克）以上，身长可达十一英尺（约三米），是现存最大的陆生食肉动物之一。它的敏捷性和力量是无与伦比的。欧内斯特·汤普森·西顿（Ernest Thompson Seton）曾描述过这样的情形：一头北极熊在水中捕获了一头一百磅重的海豹，然后跳上浮冰边缘，"牙齿咬住猎物，就像水貂叼着一条鳟鱼一样"。有人曾看到北极熊在鲸的活动范围内，咬死一头重约两吨的白鲸，然后将尸体拖到潮线以上。

北极熊的寿命很长，能活到四十岁。它在陆地上的行动跟在浮冰上一样自如。它的四肢柔软灵活，在浮冰上行走时很自如，每小时能行走三十英里（近五千米）。它能跃过十英尺（三米）宽的冰河裂缝，攀上近乎陡峭的悬崖和冰峰。它在水中的行动也同样令人咋舌。它身上长着一层脂肪，不仅能够御寒，产生浮力，还能在食物短缺时期维持数周。北极熊身上长着一层厚厚的防水毛皮，能让它禁得起冰冷海水的长时间浸泡，而其他熊科动物在同样情况下往往会冻死。巨大的熊掌直径达一英尺（约三十厘米），像桨一样，能在水中将它那光滑的流线型身体以每小时六海里[1]的速度向前推进。有船只曾遇到过北极熊从最近的陆地精力充沛地游到三百英里（四百八十二千米）之外，而没有任何疲劳的迹象。

我们中的大多数人都是从媒体的陈词滥调中，从照片中熟悉北极熊的。在照片上，一头北极熊在暑热来袭时，闷闷不乐地躺在城市动物园的水泥水池中。这种形象也许是想缓解人类遭受暑热时的不适感。因为它表明了，一头只有长年在冰雪王国中才感到舒适的动物，它所承受的痛苦与人类的汗流浃背相比，人类所忍受的酷热根本不足为虑。照片下配的说明文字告诉我们，这种熊就是北极熊。

北极熊这个名字是历史原因造成的用词不当，是到了19世纪才采用的。此前，这种动物几乎普遍被称为北极熊[2]。罗马人在公元一世纪时就知道这种称呼，这是用以简单区分在欧亚大陆发现的棕熊的。在公元以前的很长时间内，被俘的北极熊就被列为国王和部落首领最引以为

---

[1] 海里(knot)，一海里等于一千八百五十二米。——译者注
[2] 有些海洋民族也称之为海熊或水熊。1774年当科学界首次承认它的存在时，它的命名是用的拉丁文Ursus maritimus（海熊），而不是Ursus polaris（极地熊）。——原注

傲的财产之一。在中世纪，甚至连基督教主教们也在他们华丽的宅邸中饲养北极熊。事实上，自远古以来，在整个欧亚大陆温带地区的北部，北极熊似乎就被尊为神力的试金石。据日本皇室记载，早在公元658年，日本的宫廷中就饲养着北极熊，并且，它们被尊为神的使者。大官们常常会因为得到一张熊皮、几颗熊的牙齿，甚至是一只既大又弯的熊爪而感到满足。因为这三种东西都被认为是具有非凡价值的护身符。

这些北极熊是从哪里捕来的呢？肯定不是北极熊现在栖息的北极地区，因为在远古时代，北极地区还没有被人类发现。所有证据都表明，欧洲的北极熊都是用陷阱捕捉幼熊而获得的。捕捉地在挪威海岸，南至卑尔根（Bergen），或是在波罗的海（Baltic Sea）的波的尼亚湾（Gulf of Bothnia）。东方的北极熊似乎是来自日本的千岛群岛（Kuril Islands）（现在是俄罗斯领土），那里的北极熊残余种群一直存活到17世纪90年代。可是在挪威和波罗的海的北极熊部族却没有这么幸运，在10世纪以前它们就灭绝了。后来，人们捕获的北极熊和北极熊皮先是来自冰岛，然后是格陵兰岛。1253年，亨利三世在伦敦塔里养了一只北极熊，他将之视为自己最宝贵的财富之一。

很明显，以前北极熊的栖息地并不仅限于欧洲或亚洲的极地地区，也不仅限于美洲。事实上，早期向新大陆东北海岸航行的航海者们选出来的，最值得注意的动物就是北极熊。历史记载清楚地表明，这并不是因为北极熊是新奇的动物，而是因为它是最常见的大型哺乳动物之一。

那些讲述公元1000年左右斯堪的纳维亚冒险家驶过拉布拉多海岸和纽芬兰海岸的传说故事中都提到过北极熊，并且只提到这一种熊。托尔芬·卡尔塞夫尼（Thorfinn Karlsefni）为了纪念这种熊，甚至将拉布拉多东南附近的一个岛取名叫北极熊岛。

虽然与1497年约翰·卡伯特（John Cabot）的航行有关的所有资料都丢失了，但当时的一幅显示卡伯特所经之地的地图还是保存了下来。地图上有这样的说明："（此处）有许多北极熊。"后来卡伯特的儿子塞巴斯蒂安（Sebastian）的一次航行也提到了北极熊："他（塞巴斯蒂安）说那里有很多北极熊，它们捕食鳕鱼……熊一头栽进鳕鱼群中……把它们拖到岸边……这就被当作虽然北极熊数量这么多，却没有骚扰当地居民的原因（因为它们有很多鱼吃）。"

早期葡萄牙探险家的许多发现也只是保存在古代的航海图上，其中一种就是所谓的慕尼黑-葡萄牙地图，上面记录了向纽芬兰西面航行的情况："这片陆地……（于1501年）第一次被发现，带回了林中居民和北极熊。"

关于遇到北极熊的最早记录是出现在雅克·卡蒂埃1534年的航行记载中。他在梵克岛上发现了一头北极熊。这头北极熊可能一直在岛上以吃大海雀为生，过着无忧无虑的快活日子。第二天，卡蒂埃的船追上了另一头正在外海上畅游的北极熊，船员们将它杀死。不久以后，在勘察圣劳伦斯湾的时候，卡蒂埃在偏远的莫德林群岛的一个名叫布利翁（Brion）的岛上发现了好些北极熊。几乎可以肯定这些熊是北极熊种，它们尽情享用着栖息在莫德林群岛上的众多海豹、海象和海鸟。

在卡蒂埃第一次航行的两年后，霍尔船长的英国远征船队在纽芬兰南部海岸的一个峡湾中失事。理查德·哈克路特拜访了一些幸存者，他们说他们看见了"好多熊，白的黑的都有。他们杀了一些食用，味道还不错"。值得注意的是，在早期的纪事中，这是第一次提到黑熊。黑熊生活在林中，偶尔才会出现在岸边。然而，霍尔这帮人似乎已经深入该地，他们沿着一个峡湾而上。这个峡湾可能就是今天人们称之为北极熊湾（White Bear Bay）的那个峡湾。

并不是只有一个地方叫北极熊湾。在纽芬兰的地图上点缀着至少二十个北极熊湾、北极熊湖、北极熊河、北极熊洞、北极熊岛等。拉布拉多还有更多以北极熊命名的地点。这些名字证明在整个这片地区这些同名的大块头曾出现过并且数量丰富。

玛格丽特·德·拉·罗什（Marguerite de La Roche）的不幸遭遇

也证实了圣劳伦斯湾北部海岸曾是北极熊出没的地方。1542年，这位年轻的法国贵妇陪同她的亲戚拉罗克·德·罗贝瓦尔（La Rocque de Roberval）乘船去魁北克，打算在那定居。但是在这趟横渡大西洋的长途航行中，玛格丽特和她的情人发生了"不道德"的行为，使罗贝瓦尔大为光火，他便把这对罪人和一名女仆放逐到梅卡蒂娜群岛（Mecatina group）的魔鬼岛（Île des Démons）上。两年后，一些法国渔民在该岛上发现了玛格丽特。她的情人、女仆以及在岛上生的一个小孩都已死去。她告诉我们，她必须应对的几个问题之一便是"像蛋一样白的熊"。

魔鬼岛并不是北极熊出没范围的西端。这个范围至少一直延伸到圣劳伦斯河的河口。事实上，直到20世纪30年代，还有人报告说，有一头年迈的雌性北极熊在萨格奈河（Saguenay River）的源头圣让湖（Lac St-Jean）附近被杀死。

关于北极熊出没范围的南端有多远，大卫·英格拉姆的叙述也许能够给我们一些启发。很明显，虽然他从未到过新斯科舍的北部，但是他却提到了"黑熊、北极熊都有"。甚至在殖民时代的早期，人们认为北极熊曾在南至特拉华湾（Delaware Bay）出没。在18世纪，有一头北极熊在缅因湾中被枪杀。

在特拉华出现的那只北极熊也许只是偶尔的过客，然而在更北面的一些部落所在地区里，北极熊却处处可见。1575年，安德烈·塞维特（André Thevet）在写及圣劳伦斯湾地区时说：北极熊"经常骚扰他们的房屋，（当地）居民挖了许多坑，用树叶和树枝将坑盖上"。这也许是为了隐藏和保护他们的食品。

不是只有当地人才受到北极熊这般骚扰。16世纪在圣劳伦斯湾中捕鲸的巴斯克人也认为北极熊很讨厌。北极熊在鲸油提炼设备四周来回觅食，享受着鲸肉、鲸油，仿佛这些东西本就该它们吃似的。但是，正如安东尼·帕克赫斯特（Anthony Parkhurst）于1574到1578年间在纽芬兰所作的记录一样，北极熊数量过多并非没有优势。他说："到处都是熊……你想杀就杀,它的肉跟嫩牛肉一样好吃。"但是,他又补充说道:"熊(也像当地的狐狸一样)胆子大。中午时分,它们当着你的面把鱼叼走,我想除非万不得已,它们不会伤害任何人。"帕克赫斯特提到的北极熊不仅可以从他对其行为的描述中得到证实,而且还可以从斯蒂芬·帕莫勒斯(Stephen Parmenius)的记述中得到证明。帕莫勒斯于1583年考察了纽芬兰的东部,他写道:"熊也出现在该地的渔人码头附近,它们有时会遭到杀害,从其毛色推测,可能是北极熊。"

北极熊的大胆行为一直都是它最引人注目的特点之一,但对欧洲人而言,却是令人厌烦的特点。然而,北极熊的大胆似乎并不是出于蛮横和傲慢,而是出于一种沉着的自信,相信自己没有可匹敌的敌人,因而可以泰然自若地想去哪就去哪。在以往只与当地人接触时,这种自信是合适的。原始人虽然也可能杀过,并且确实杀过北极熊,但是他们常常避免和北极熊发生冲突。一部分原因是他们认为谨慎小心才是真正的勇敢,另一部分原因是他们对北极熊的钦佩,这种钦佩几近于崇拜的地步。而北极熊呢,它们回报人类的是自己活也让别人活的态度。这种缺乏攻击性的态度似乎让早期的探险者们感到惊讶,但总的来说,探险者们并没有同样地回报北极熊。

当然,在犹太基督教为主导的文化中,人们相信所有大型食肉动物天生就是野蛮凶残的,应该视其为敌人,只要有可能,就要将其消灭。北极熊也不例外。早在16世纪,北极熊就背上了食人者这个可怕的恶名,说它喜欢嚼食人的头盖骨甚于海豹的头盖骨。这类谣言很多。然而真实的情况是只有少量记录表明北极熊曾无端攻击人类,并且,其中一些记录还是可疑的。

北极熊虽然能与土著人和谐共生,但它们却无法与新的人类入侵者共存。在新大陆海岸边避暑的欧洲渔民们(毫不夸张地说)吃厌了鱼,不管是腌鱼还是新鲜鱼,他们都吃腻了,因此他们就渴望吃红肉,而最容易弄到的红肉来源之一就是北极熊或水熊(他们有时这样称呼它)。

从新斯科舍"向下"到拉布拉多，向西到圣劳伦斯河河口，这些地方的捕鱼海岸上的北极熊数量众多，它们招摇过市。它们之所以招摇，不仅是因为从颜色上是如此，而且还因为它们不怎么怕人类。有人出现时，它们既不躲藏也不逃走。相反，它们还故意去找渔民的住处，那嗅觉灵敏的鼻子在好几英里以外就能嗅到人类生活的气息，找到后就毫无顾忌地吃起晒鱼架子上的鱼来，因而惹怒了人。由于这几个原因，再加上它们毛茸茸的皮毛在欧洲是价值高昂的珍品，所以它们很早就成了被消灭的对象。

令人惊讶的是，北极熊的生存延续了很久。但是，到17世纪末，北极熊的数量急剧减少，在纽芬兰南部它已成为一种稀有动物。那时它在该地也得了另一个无中生有的恶名。拉翁唐爵士于1680年是这样写北极熊的："北极熊是可怕的动物……非常凶猛，会在海上攻击载有七八人的单桅小帆船……我只看到过一头……要不是我老远就望见了它，并及时跑回到位于普拉森舍（纽芬兰东南海岸边）的路易斯堡（Fort Louis）中躲避，我肯定会被它撕得粉碎。"

荒谬的是，欧洲人在圣劳伦斯湾南部和东部灭绝北极熊所产生的影响在北部海岸取得了相反的结果。从贝尔岛海峡向西是绝佳的北极熊栖息地，这里的食物极其丰富：冬季和早春有成群的易捕获的竖琴海豹和冠海豹；一年四季都有灰海豹、斑海豹和幼海象；晚春可以从邻近岛屿获取海鸟蛋和幼海鸟；夏秋时节的许多河流中有成群结队的鲑鱼；河口湾中有鳕鱼和比目鱼；陆地上有各种浆果和植物。在土著时代，偶尔还有搁浅的鲸尸体组成的盛宴。

16世纪时，巴斯克捕鲸者开始在圣劳伦斯湾北部海岸作业。随之而来的便是鲸尸体的数量急速增加，以致东部所有的北极熊都享用不完这份馈赠。巴斯克人大肆屠杀巨鲸，造成食物过剩，北极熊的数量因此就呈爆炸性激增。它们的数量变得巨大，整个地区因此背上了恶名——极其危险。

即使这种恶名不是精明的巴斯克人为了使竞争者远离利润丰厚的捕鲸业而编造出来的，他们肯定也将这个恶名广为传播了。位于捕鲸场中心的安蒂科斯蒂岛，因为熊太多而更加臭名昭著。尚普林如是说：1625年以前，甚至连当地人都不愿意靠近该岛，因为"听说岛上有很多危险的北极熊出没"。另一位法国人，萨嘎德神父曾于17世纪30年代乘船路过该岛，他写道："据说安蒂科斯蒂岛上有巨熊出没，它们要吃人。"

然而，捕鲸者提供的长达一个世纪的免费午餐对熊来说却是祸福兼有。17世纪早期，当鲸尸体的供应量逐渐减少时，数量已膨胀的熊不得不为生存而奔波。而且其庞大的数量也引起了法国人对财富的贪欲。法国人早已唆使北岸的印第安人成为皮货商，并为他们配备了枪支。土著人手里有了枪，很容易就战胜了熊。他们也不再以传统的崇敬之心来看待它们了，因为他们知道，熊皮在法国人的贸易站可以换到小饰物和白兰地酒。到18世纪初时，不仅在安蒂科斯蒂岛的北极熊，而且在整个圣劳伦斯北岸生活的北极熊都紧随其纽芬兰兄弟，被彻底消灭。

在贝尔岛海峡及其周围，北极熊坚持的时间要长一些。一直到1707年，法国商人库特芒什发现该处的北极熊仍很常见。但到1766年时，著名的英国博物学家约瑟夫·班克斯（Joseph Banks）考察贝尔岛海峡时，他能找到的唯一的北极熊踪迹就是有人报告称在该海峡的纽芬兰一侧看见过一头雌熊和两只幼崽。

当时在拉布拉多的大西洋海岸边，北极熊仍然能保持其数量不减，因为那里还没有受到欧洲人的大肆侵犯。1775年的时候，摩拉维亚教派的传教士詹斯·芒克（Jens Munk）沿着该海岸向北航行，一直到戴维斯因莱特，并记录了"这里盛产鹿、狐狸、北极熊和黑熊"。在拉布拉多东南部创建"种植园"（一种贸易站兼海豹猎场，以及从事任何能赚钱的事情）的第一位欧洲人是乔治·卡特赖特船长。他给我们留下了一份有关美洲大西洋滨海地区大北极熊的生活及其时代的最好记录。

卡特赖特船长经营着几个鲑鱼渔场，其中一个就在北极熊河边的桑威奇湾中，他之所以称这条河为北极熊河是因为北极熊也在这里捕鱼吃，而且捕捞量很大。下面是他于1778年7月22日到附近的鹰河时所作的记录，我作了些精简。

在上游大约半英里处，我来到一段水流湍急的地段。我在这儿看见几只北极熊在上面的小溪中捕鱼，我就在那等着。不久，一头母熊带着一只幼崽游到岸的另一边，在稍微下面的地方上了岸。母熊直接走进了树林，但是小熊却在一块石头上坐了下来。当时我离它至少有一百二十码（一百多米）远。我朝它开了一枪，将它打倒在地。但是小熊起来后又爬进了树林里。我听到它的哀嚎声，断定它活不了多久了。

枪声把其他熊引了过来。另外一只母熊带着一只十八个月大的小熊向我游来。我朝那母熊的脑袋开了一枪，把它打死了。那只小熊察觉到这一切，一看到我就凶猛地向我扑来。但是这家伙刚要为它的母亲报仇时，我送了它一发很大的铅弹，打中了它的右眼。这发铅弹不仅把这只眼打爆，而且也让熊闭上了另一只眼。它一睁开左眼，就又向我扑来，因为愤怒和痛苦而变得疯狂。当它扑到河岸底部时，我又用另一支枪问候了它。它双眼全瞎了。此时，它整个脑袋都是血。它跌跌撞撞地跑进树林，它的头不停地撞碰每一块石头和每一棵树。

这时我又看见我上方大约六十码（五十多米）处有两只熊刚刚上岸。它们凶狠地看向四周，往树林边走了几码，母熊严厉地瞪着我。我知道向它开枪的危险很大，因为它身边还跟着一只十八个月大的小熊，但是我实在抵挡不住这种诱惑。很幸运，我打中了它的心脏，将它打倒在地。但是它又爬起来，往树林里跑了几码远。很快我就发现它死在了那里，小熊没在它身边。

船长和杰克走了过来，他们说杰克打死了一只之前从我身边过去的熊。这只熊爬上了一个荒凉的小山，死在了那儿。

他们留下来剥熊皮，我向河的上游走去，一直走到一个漂亮的瀑布对面。我坐到一块光秃秃的岩石上，注视着前面的情况，观察着熊的动向，此时我又看到了几只熊。

坐了一会，我的注意力就转到一只个头巨大的老狗熊身上。它从我右边的桤木树丛中走出来，慢慢地向我走来，眼睛盯着地面，鼻子也快挨着地面了。我双肘着地，一直到它离我只有五码（四点五米）远的时候我才扣动扳机。子弹射进了它的脑袋，它就被打死了。但因为河岸是一块平坦的斜面岩石，它翻滚着掉进了河里。

我向四周看了看，又看见另一只同样大的熊，它已半浮出水面。它一看见我就全速向我游来。因为当时我还没有准备好应付它，我就跑进树林，给我那支精准的步枪装上弹药。当我装弹药时，它潜入水中，叼起一条鲑鱼。它不断将鱼抛入空中一两码高，任由鱼落入水中，然后它又潜到水里把鱼捞上来。弹药装好，我便开始进攻。我很快就看见它站在水里，前爪搭在一块石头上，正在吞吃鲑鱼。我蹑手蹑脚地爬过树丛，来到它的对面，一枪打在它的头上，打断了它正享受的美餐。子弹从左眼上方打进去，从右耳飞出来，然后它就倒在了地上。它有一会似乎正经历死亡的痛苦煎熬，但最后还是恢复了力气，在我这边上了岸，跌跌撞撞地进了树林。

我一生中还从未像今天这样对缺乏弹药感到如此遗憾。因为弹药不足，我失去了人类有史以来最好的打猎机会。我相信我本来还能轻松地再杀死四五头熊的。北极熊的数量很多，我数了有三十二只。但实际数目肯定比这还多，因为它们在美餐一顿后，一般都要回到树林中去睡觉。

枪里只剩两发子弹了。我觉得还是谨慎点，就回到船上，等其他人回来。他们很快就回来了，因为他们剥不了第二头熊的皮。虽然熊的身体浮在水上，但是只有熊头搭在平坦的岩石上，即使是熊头，他们也挪不动。我们觉得这头熊得有一千二百磅（五百四十四千克）重，绝不会比这轻，因为它站立时有六英尺（一点八米）高，身体和我见过的最大的牛一样大。这一天的打猎就在失望中结束了，但这又是我经历过的最值得炫耀的一天：我们杀了六只熊，但我们只剥了一张皮。

卡特赖特船长一年四季都能碰到北极熊。1776年4月下旬，他的一个随从"看见近一百头熊走过的足迹，它们刚刚穿过桑威奇湾"。他还记录下了他后来在纽芬兰发现的北极熊。它显然曾在南拉布拉多产过崽，因为卡特赖特不仅准确地写出了产崽时间，而且还提到有幼崽跟着雌熊。在讨论在拉布拉多进行农业种植的可能性时，他得出的结论是，"修栅栏来阻止北极熊和狼的攻击"难度太大，成本太高，而北极熊和狼明显是该地区主要的食肉动物。有趣的是，在卡特赖特那个时代，不仅有大量的北极熊生活在拉布拉多，而且它们还同至少六百个因纽特人，以及数量更多的纳斯科比印第安人和平共处。但是，和在别的地方一样，与欧洲人和平共处又是另外一回事了。

根据传统生物学家们的观点，所有在哈得孙海峡（Hudson Strait）以南的大西洋海岸出现的北极熊，从定义上来说，都是指北极熊，也就是居住在极地的熊。传统观点认为，这些熊在远离陆地的地方猎捕海豹时，会漂浮在北极的冰块上。不管它们愿不愿意，它们会随冰飘到南方，直到身下的冰块融化，它们才被迫游上最近的海岸。跟设想的一样，它们在重新回到陆地后，便开始艰苦跋涉，重返北极家园。对于那些不幸在新斯科舍上岸的熊而言，按大雁飞过的距离来测算，这段陆上行程至少有一千英里（一千六百多千米）。

北极熊徒步游荡的这种假设似乎有一定的合理性，因为在大西洋滨海地区现在能够看到的唯一的一种北极熊，几乎肯定是来自北极或亚北极地区的迷了路的熊。理由很充分，当地的熊在很早以前就灭绝了。

这些在"冰块上漂浮"的熊实际上是像它们的祖先在数千万年前所做的那样，在重演一种古老的非本能的移民模式。现在这一幕之所以没有发生，是因为它们刚刚到达就遭到灭杀。这种可能性遭到传统生物学家们的否定，可是他们的解释却更难以接受。为了解释清楚为何早期南部有这么多的北极熊，这些生物学家说，北极熊每年在冰块上向南方漫无目的地漂流好几个月，然后又好几个月不辞辛劳地沿着岩石嶙峋的海岸向北跋涉，完成这个循环就需要数量极其庞大的北极熊。虽然这种长途旅行对鸟类来说是合适的，但是要完成一年一次这么长的循环，即使像北极熊这么强壮的动物，也会累得筋疲力尽，更不用说它们还得有足够的时间和机会去繁衍后代了。

认为南方没有北极熊的这种观点，其主要论据有：首先，北极熊只能适应极北地区，因此不能生活在其他地方，其次，因为现在只在北极地区发现有北极熊，那么北极熊肯定一直都是生活在北极地区的。那么这些宣称北极熊只适应北极的观点又是怎样的呢？以颜色为例。对于一生大部分时间都生活在冰雪覆盖地区的动物而言，白色确实有很明显的优势，北极熊在冬天是白色的。雪兔和白鼬也是白色，但它们的活动范围却向南延伸到了新斯科舍。到了夏天，雪兔和白鼬会换上新的棕色的毛。而在夏季北极熊的皮毛也呈现出土黄色，很好地伪装了自己，使自己无论是在夏季无雪的北方还是在它可能会去的遥远的南方，都免受在海边海潮线狩猎的猎人的袭击。

另一种认为北极熊适应性有限的假设是：北极熊只能在有大量冰海豹的地方生存，也就意味着这种生存条件只在北极和亚北极地区才有。而事实上，从12月至次年4月，在纽芬兰、拉布拉多南部以及圣劳伦斯湾都曾有过天文数字的海豹出没。而且，北极熊很乐意捕食海豹。在土著人时代，不仅在上述海域中，而且在南至科德角甚至更远的地方，都有大量的灰海豹和斑海豹存在。更具有说服力的是，北极熊的食物并不局限于海豹。事实上，它是动物王国里最有机会主义者特征的进食动物之一。

还有一种观点认为，怀孕的北极熊必须要找到深深的雪堆作为巢穴，因此除了北极地区，北极熊在其他地方是无法繁衍后代的。我们很快就会明白，这种观点也是谬论。事实上，与弓头鲸、海象、白鲸、白狼、北极狐以及其他十多种动物相比，北极熊从来都不是北极的囚徒。现在这十多种动物只能生活在寒带，仅仅是因为它们在其他地方已经被我们灭绝了。

1969年春天，在马尼托巴的丘吉尔港以南四十英里处（离我首次见到北极熊的地方很近），加拿大野生动物局的鸟类学家们对鹅的筑巢地进行了空中搜索。他们惊讶地发现"北极熊数量如此之多，似乎整个地区都受到它们的侵扰"。那年冬天的一次后续调查发现有五十个在泥土中挖的兽穴，都被雌北极熊和它们的幼崽所占据。

这只是近代关于哺乳动物最非凡的发现之一的开端。随后继续进行的调查显示，北极熊的生存"地带"从丘吉尔港向南延伸五百英里（八百多千米），几乎一直延伸到詹姆斯湾（James Bay）的尽头。那里常年居住着至少一千五百头北极熊，其中包括六百头正在繁殖的雌熊。仅这样一个巨大群体的存在就足以让人吃惊了，而更令人惊讶的是，一方面它们生活在南至南拉布拉多地区，另一方面它们又同时生活在草原城市卡尔加里（Calgary）。

几乎同样让人惊讶的是，这么大数量的北极熊种群——大约占世界已知北极熊数量的十分之一——在这么长时间内居然都没有被发现。原因之一在于没有人曾料想过会在如此遥远的南方发现北极熊。而更主要的原因在于北极熊生活的那片沼泽地，被称作哈得孙湾低地，已经被淹没了。这片沼泽地是一片泡在水里的近海冻原，与詹姆斯湾西海岸接壤，向北几乎延伸到丘吉尔港。低地的内陆是长满黑色云杉树的泥塘，这里仅有的陡坡就是偶尔出现的蛇形丘，以及凸起的古海滩和永久冻土丘，北极熊在这些地方挖洞筑穴。由于这片低地里全是水，在夏天根本就进不去。再加上有一道由泥和岩石组成的潮汐滩涂屏障，有的地方，这道屏障离"岸边"有八英里（约十二千米）远，所以，这片低地被认为是从海上最难到达的地方。过去，即使是当地人，对待这片低地就像贝都因人（Bedouin）对待阿拉伯大沙漠一样，对它敬而远之，欧洲商人和捕兽者也都绕过该地区，认为它是一片毫无价值的荒原。

从7月到12月，当詹姆斯湾和哈得孙湾的冰消融后，熊就待在岸上，过着懒散的生活：睡觉、嬉戏、挖洞，吃着浆果、草、海藻、小型哺乳动物、不会飞的鸭子和鹅、鱼和大片潮汐地上的海洋生物。虽然大部分熊聚集在海岸附近，但个别熊也进入了中心地带一百英里（约一百六十千米）处。乘直升机的观察者们看到了一幅奇异的景象：北极熊试图将它们巨大的身躯藏到一簇簇矮小的云杉丛里。

到了11月，除了怀孕的雌熊外，几乎所有的成年北极熊都会向海岸边聚集，等到海上的冰变厚，就可以去猎捕海豹了。1969年11月，一项空中调查发现，大约有三百头北极熊聚集在丘吉尔角（Cape Churchill）附近，而数百头或者更多的北极熊聚集在海岸线上，准备去南方。在人类记忆中，世界上任何一个地区都没有出现过这么多北极熊。

怀孕的雌熊会在安全的待产洞穴里过冬，其中一些巢穴已经使用好几个世纪了。这些在土里挖出来的家还配备好几个洞和通风井。12月底或1月初，幼崽出生了，通常是一胎两个。生下来时光光的，没有毛，还没有成形，个头也只有豚鼠那么大，它们要长到3月底才能离开洞穴。

北极熊在冬季猎捕的海豹主要是髯海豹和环斑海豹，它这时过着游牧生活。通过使用无线电颈圈所做的研究表明，这些熊的游牧生活只是有限意义上的游牧生活。它们冬天的活动范围似乎一般都局限于南哈得孙湾的冰面上，那些受到追踪的北极熊很少到离家几百英里外的地方游荡。换句话说，如果不是为了寻找食物，它们绝不会走得太远。由于食物供应明显充足，这些南方熊一般都比其北极亲戚们长得更健康，体型更大，聚居的密度也更高。

参与过研究低地北极熊的一些哺乳动物学家们私下承认：作为留兽，北极熊可能在西太平洋鄂霍次克海（Sea of Okhotsk）[已知它在千岛群岛、库页岛（Sakhalin）和堪察加半岛（Kamchatka）上繁衍过]、阿留申群岛（Aleutian Islands）、阿拉斯加东南部，甚至沿东北大西洋滨海地区，包括圣劳伦斯湾等地大量繁殖过。鉴于有大量的证据，得出这样的结论是顺理成章的。

17世纪头十年里，欧洲人开始从欧洲大陆向北推进，贪婪地寻找着当时的"黑色金子"——鲸油。不久他们就发现了斯匹次卑尔根群岛（Spitzbergen），到了17世纪中期，就有好几十艘捕鲸船在这个群岛周边的海域中作业。这些船只是之后迅猛发展的船业的先锋。在随后的几个世纪里，它们对海洋哺乳动物的大屠杀是空前的，鲜血染红了北部海洋。在后面几章里我们将会看到这方面的情况。

这场屠杀的主要受害者是鲸、海象和海豹，但是捕鲸者们很早就知道从一头大水熊身上可以炼出多达十二加仑（约三点七升）的优质油。而且北极熊身上的毛皮宽大且蓬松，可以向欧洲贵族们卖出不菲的价钱。贵族们觊觎熊皮，想将其作为地毯铺在他们的宅邸和城堡中冷冰冰的地面上。因此，从欧洲人向北航行伊始，只要有机会，就会被北极熊杀害。但直到近18世纪末，他们才有条不紊地开始猎杀北极熊。部分原因是他们手中的火器命中率还不足以让他们在面对北极熊时有足够的信心。然而到了19世纪早期，由于有了新的杀伤力更大的枪炮，北极熊便成为首要目标。

随着其他海洋哺乳动物被猎杀到极为稀少的地步，人们就加大了对北极熊的追杀。一些船长去了北极熊特别喜欢的地方，有计划地屠杀能找到的所有北极熊。一个相当有效的办法就是在鲸尸体附近埋伏上全副武装的人。有一次，挪威一艘捕杀海豹的船用一条死鲸做诱饵，在东格陵兰岛的浮冰上杀死了三十头他们称之为冰熊的动物。

屠杀的规模每年都在加大。18世纪90年代，在拉布拉多海岸边作业的新英格兰捕鲸船捕杀了他们能找到的每一头北极熊，并与拉布拉多的因纽特人交换熊皮。他们给因纽特人提供枪支，让他们整年都忙于猎熊。到19世纪初，这种猎杀产生了双重影响：由于从捕鲸者那里感染上了疾病，因纽特人的人口数量减少了一半；而因纽特人称为那努克的北极熊，在整个拉布拉多海岸成了一种正在消失的动物。而就在半个世纪前，卡特赖特还在那里发现了大量的北极熊。

不仅仅是因纽特人应当受到指责。越来越多的渔民、猎获毛皮者、商人，甚至连传教士都蜂拥进拉布拉多，他们中的大多数人一看到北极熊就杀死它们。到1850年，能看到的北极熊已经寥寥无几，而且这为数不多的北极熊还常常成为猎枪的目标。有一份记载提到在南拉布拉多的斯喀尔岛（Square Island）有人活捉了一对幼熊，这表明到1850年还有一小部分北极熊仍在此处繁衍，但是不久以后，一头熊都没有了。

曾经生机勃勃、数量庞大、生活在美洲东北通道海岸边的北极熊已经被灭绝了。那时，北极熊栖息的几乎每一个地方都遭到了大屠杀。随着弓头鲸的真正灭绝，北极的炼油者就将目标转向北极熊，这造成了可怕的后果。1906年，一艘挪威船的船员在格陵兰海域中仅一个夏天就杀死了二百九十六头冰熊。在1909到1910年的"捕鱼季"，英国捕鲸船在加拿大东部的北极水域宰杀了四百七十六头冰熊，并将其脂肪炼成油。同时，美国北方捕鲸者在北太平洋也对北极熊造成了同等规模的浩劫。

北极捕鲸的结束并没有让残存的北极熊松一口气。在纽芬兰、拉布拉多、格陵兰岛附近猎捕竖琴海豹和冠海豹的挪威人、苏格兰人和纽芬兰人都会杀掉他们碰到的每一头熊。但是他们并不是唯一给北极熊带来苦难的人。早在1820年，随着一支又一支远征船队北上，一股北极探险的热潮席卷了欧洲和美洲。有些远征队是去寻找传说中的西北和东北通道，有些是试图到达北极，有些是为了科学考察，还有些是为了打猎。所有这些人都理所当然地认为，他们可以用他们认为合适的方式来处置所碰到的任何一种动物。

1909年，欧内斯特·汤普森·西顿这样描述他们是怎样对待北极熊的："去北极的旅行者习惯于尽量捕杀北极熊，这与旅行者是否需要北极熊的尸体无甚关系。近年来，这种愚蠢的屠杀有所增加，因为去北极旅行的人越来越多，他们所携带的武器也越来越具有杀伤力。一位北极探险者告诉我，仅他一个人就杀死了两百头北极熊，却没得到几具尸体。"

作为宣称发现北极的两名美国人之一的罗伯特·皮里（Robert Peary），他的行为非常有代表性。他将诸如北美驯鹿、海象、麝牛和北极熊之类的大型动物当作探险队的主要食品、燃料和衣服来源。在探险的最后阶段，他迫使几十位因纽特人和几百条雪橇狗为他服务，而且他还迫使手下和因纽特人设陷阱用枪捕杀所有的带毛动物，尤其是北极熊，因为它们的毛皮在美国很畅销。

北极远征队对格陵兰岛西北部和埃尔斯米尔岛（Ellesmere Island）上数量本来就不多的哺乳动物施加的杀戮十分惨烈，以致整个地区都没有了大型动物，结果，不少因纽特人被饿死。仅皮里的远征队就至少毁灭了两千只大型动物。事实上，对于许多自诩为探险家的人而言，杀死北极熊获得高分本身就是一种成就。欧洲和美国有钱的猎枪手们驾着私人游艇和租来的船只，进入众所周知的动物避难所，将他们见到的所有北极熊都杀死。

他们中的一些人写下了他们对抗"北部凶猛的白色嗜杀者"的英雄事迹，这种做法创立了一种新时尚。随着20世纪的到来，拥有北极熊地毯成为那些爱慕虚荣者的地位象征。这种地毯上织满了龇牙咧嘴咆哮的北极熊头,由此引发了一场新的商业性捕猎。现在这种捕猎仍在继续,并且由于极高的利润,捕猎程度可能还会加剧。1964年,一张未经鞣制加工的北极熊皮卖到了一千美元,到现在其卖价就更高了。到1964年时,在商业性捕猎和那些为了获取纪念品的捕猎活动中,猎枪手们使用了配有滑雪用具的飞机和履带式雪上汽车。这样的猎捕所造成的破坏之严重,即使是政府中的官僚主义笨蛋们也开始对北极熊的未来感到隐隐的担忧。等到了那个时候,北极熊就成了名副其实的北极熊。除了哈得孙湾的低地外,北极地区是北极熊唯一的生存之地了。

第一届国际北极熊科学研讨会(International Scientific Meeting on the Polar Bear)于次年召开,参与成员是那些拥有北极熊的国家,包括加拿大、美国、苏联、丹麦(代表格陵兰岛)和挪威(代表斯匹次卑尔根群岛),会议旨在探讨是否真的有理由为北极熊感到担心。在专家们得出的重要结论中,有一项是"自17世纪以来,捕鲸者和海豹捕猎者对北极熊的密集性捕杀可能造成了其数量的下降"。但是至于减少到什么程度并未达成一致意见。更荒唐的是,关于还有多少头北极熊还活着,也没能取得一致意见。美国科学家给出的数字是一万九千头,苏联科学家估计有八千头。

关于每年被捕杀的统计数据就更不准确了。加拿大代表认为,在其领土内可能会"接近六百头"。美国主要是打猎爱好者和商业性兽皮猎取者从飞机上对阿拉斯加近海浮冰上的熊进行猎杀,其数据为一千头左右。挪威的专家承认,他们不清楚其国民杀死了多少熊。

除了一个国家以外,其余与会国没有哪个认为北极熊的生存已受到威胁,这个国家就是苏联。十年前苏联就确信北极熊已濒临灭绝,到1957年时,就已对北极熊实行了全面保护。

这次大会之后的十年,在阿拉斯加、格陵兰岛、加拿大、斯匹次卑尔根群岛,尤其是在国际海域的冰面上,北极熊遭到的屠杀有增无减。到1968年时,人们承认每年杀死的北极熊总数为一千五百头,而真正的数量可能远远超过两千头。雌熊每三年才生育一次，而全世界的北极熊总数也不过两万头，对它们进行这样大量的杀戮，有最终灭绝的危险。尽管如此，大多数拥有北极熊的国家对此仍然是漠不关心。

到了1976年，加拿大政府的一份公开声明还坚持认为，北极熊仍然"数量众多，足够……尽管国际上对北极熊的数量下降存在争议，但是在加拿大仍旧有充足的可猎捕的熊"。尽管如此，这份声明还怒气冲冲地继续说道："由于其他国家的限制，加拿大出口珍贵的北极熊皮越来越难了。"这里的限制是指禁止进口已濒临灭绝动物的毛皮，许多西方国家认为北极熊也是濒临灭绝的动物之一。这份声明最后说道："加拿大的立场强调的是健全的管理原则，而不是严格的保护。"

加拿大野生动物局北极熊保护项目组组长认为，禁止捕杀北极熊是"保护主义者的过度反应"。他解释说，如果采取这种方法，会阻止对生物标本（即死熊）的收集，从而使科学家很难进行有益的研究和适当的管理。他还强调，就目前的情况来看，在决定北极熊的未来上，加拿大起着领头作用。

同一时期，加拿大政府的另一份公开出版物中说明了这一"未来"的性质。这份出版物兴高采烈地报告，在国际市场上未加工的熊皮能卖到五百至三千美元。按照科学家们的建议，每年允许猎捕的加拿大北极熊数量为六百三十头。因此，仅熊皮的价值就超过一百万元。再加上向来自美国、欧洲、日本和中东的猎手们收取的各种费用和服务费，这笔费用至少是该数目的一半。良好的商业价值和充分的科学知识就决定了这种猎捕应当继续下去。

这种猎捕仍在继续。虽然美国已于1972年禁止在阿拉斯加捕杀北极熊，当地人为了维持生计而捕猎除外。一年后，挪威效仿苏联，禁止在其领土内捕杀北极熊。但是在加拿大，"猎捕"北极熊仍在继续，在格陵兰岛上也是如此。从1973年起，这两个国家一直垄断着对北极熊的商业性捕杀，利润十分可观。1984年，加拿大允许猎杀的限额大约是七百头，格陵兰岛的限额大约是三百头。日本人现在购买这些"新颖"的毛皮，达到其总量的百分之九十五，而对于特别优质的毛皮会出价到五千美元。韩国人愿意出三千美元买晒干的北极熊胆囊，用作药材。而打猎爱好者们愿意每人支付一万五千美元买到猎杀一头熊的特权[1]。

但也有一些好消息。管辖着哈得孙湾低地的安大略省，在詹姆斯湾的西边建立起了北极熊野生公园，栖息在这里的熊就得到了全面保护。由于旅游者到丘吉尔港参观野生北极熊，马尼托巴省因而收获颇丰，所以该省现已禁止猎杀北极熊，当地人除外。在苏联，熊的数量增加得非常快，有些地方，比如兰格尔岛（Wrangell Island）上的北极熊数量已经接近它们在土著时代的数量了。在苏联，大北极熊的形象已经成为开明保护的象征。在苏联，和其他地方一样，持两种不同观点的人常常发生争执。一种观点是，非人类的生物形式有生存的权利；另一种观点认为，这些动物出现在地球上，只是为了供人类享用，或者可能的话，人类可以用自己认为合适的方式随便使用。

在美洲东北滨海地区一带，北极熊现在只不过是一个正在快速消失的幽灵。自1960年以来，可能有二十多头北极熊顺着浮冰南下，但其中至少有十五头还没到纽芬兰就被挪威的海豹捕猎者拦截，并在"自卫"时将它们杀死。1962年春，一头北极熊躲过海豹捕猎者，走进了纽芬兰西南海岸的罗斯布兰奇（Rose Blanche）外港村。它第一次露面是出现在村子的墓地里，引起了人们的恐慌，大家都逃回自己的屋子里。但是熊并没有理会村民，径直走向海里，然后向港口游去。在港口的入口处，它碰到了两个人，他们驾着一条平底渔船。他们大声喊叫，用船桨敲打船舷，使熊偏离了方向。熊便换了个方向，朝港口对岸游去。两人拼命把船划到他们的渔仓，抓起枪，将熊打死了。那时，熊正

---

[1] 美国现在已经宣布北极熊为濒危动物，禁止进口北极熊皮，这样就可能会阻止那些为了获得战利品的美国猎手们捕杀北极熊。加拿大已经公开表达了对这一规定的愤怒。——原注

站在高潮线那儿不知所措，不知道该往哪走。

最近一次遇到北极熊是在1973年5月9日。一头已经受伤的幼熊走进纽芬兰东部新切尔西（New Chelsea）村的郊外，就在哈茨康坦特（Heart's Content）附近。它并没有对任何人造成威胁，但就像多年来它的同类所遭受的命运一样，它被枪杀了。

一位曾经在场目睹北极熊被杀的人回忆说："它沿着路走过来，看上去就像个血淋淋的大幽灵！"

的确，这是一头巨大的白色幽灵。

七　棕熊和黑熊

从前，有三只熊：一只白熊，一只棕熊，一只黑熊。

我们已经知道了北极熊的遭遇，下面是棕熊和黑熊过去的以及正在经历的遭遇。

如果说曾经在大西洋滨海地区出现过的北极熊已经被时间淡忘，那么另一种曾是北极熊伙伴的巨熊则完全被忘却了。当欧洲人陆续到达新大陆时，一种身形巨大的棕熊在墨西哥至阿拉斯加的大陆上游荡着，它们向东穿过整个大平原，到达密西西比河和马尼托巴省，横跨从太平洋至大西洋的整个北美大陆。由于它并没出现在东部森林地区，所以直到来自大陆南部的入侵者于1800年左右到达密西西比河时，人们才碰到它。但是至少一百年以前，进入哈得孙湾的商人就已经见过这种大动物，并称之为"灰熊"。此后，它又得了许多名字，如银毛尖、弓背、灰北极熊等，但是灰熊这个名字却一直沿用了下来。

之所以称它们为灰熊，是因为覆盖在它那硕大的头上和隆起的厚实肩背上的毛的末梢是银色的，由此形成一层浅灰色或灰色的软毛。灰熊与北极熊都是北美大陆上体型巨大的食肉动物，一头成年灰熊的体重可达一千磅。当它用后腿直立，从七八英尺（两米多）的高度向下盯着人看时，其情景非常恐怖。

这种大熊除了受伤、被逼得走投无路或保护幼崽时有攻击性，通常情况它们对人类都很宽容。在火器出现以前，大多数土著居民都小心翼翼地对待它们，尽量避免激怒它们。然而欧洲殖民者却认为，熊都是天生危险奸诈的野兽，一看到就该杀掉，灰熊尤其加重了他们的敌意。

牧场主们指责灰熊吃了他们的羊和牛,对它残忍地追捕、射杀、设陷阱捕杀或是下毒。无论过去还是现在,这种指责都被严重夸大了。在对此类指控进行调查时,人们往往会发现灰熊通常吃的是自然死亡或是被其他捕食者杀死的动物尸体。可是,即使欧洲移民者接受这个事实,他们也不会改变其对待灰熊的态度。似乎是因为大灰熊有能力挑战人类的统治地位,由此招来现代人类对它比对其他动物更大的憎恨。

在西部发现灰熊之后不到一百年的时间里,凡是有农民定居的地方,灰熊都遭到了灭绝。虽然现在还有灰熊生活在国家公园和一些偏僻的荒野地区,但是它们仍处于危险之中。它们是最受战利品猎手们追捧的奖品之一。这些猎手是一个奇特的种族,他们的主要乐趣似乎就在于屠杀大型动物,然后把熊头挂在娱乐室的墙上,以此作为男子汉气概的可怕证明。

造成大灰熊毁灭的另一个主要因素就是"出于科学目的"而进行大量捕杀。人类以科学之名而犯下暴行的例子说明,灰熊的境遇是难以得到改善的。

在19世纪后半期和20世纪很长的一段时间里,美国的哺乳动物学家C.哈特·梅里亚姆(C. Hart Merriam)博士被公认为是研究北美熊科的"最高权威"。之所以获此殊荣,是因为他终生受雇于美国生物调查所(U.S. Biological Survey),收集和研究灰熊皮和头颅,以便将它们分成一套复杂的种群体系和亚种体系,1918年,他出版了自己的研究成果:

"在我的《美洲熊初步概述》(*Preliminary Synopsis of the American Bears*)中,(我辨认出)八种灰熊和棕熊,其中五种(是科学界尚不知道的,我)不怀疑尚待发现的种类会有已发现的那么多。由于美国生物调查所的辛勤工作,不断收集到标本,再加上许多猎手兼博物学家们通过个人努力补充进来的标本,得到了许多意外的发现……从1910年春开始,一笔由我支配的基金使我能够向猎人和捕兽者们提供足够的奖金，诱使他们去弄到所需的标本。因此，国家（美国）收藏的灰熊标本在稳步增加……现在，收藏量已经远远超过了世界上所有其他全部灰熊标本的总和。

"但是……我们对灰熊的了解还不够全面……在全面了解灰熊的特征和变种之前，在有可能绘制精确的灰熊种群分布范围地图之前，还得杀掉大量在荒野游荡的熊，并将其头颅和毛皮送往博物馆。那些有财力和雄心想捕杀大型猎物的人大可放心……要解决（种类和亚种类）悬而未决的问题，绝对需要更多的素材。"

这位"好心的"梅里亚姆博士成功地将灰熊分成七大种类和七十七个亚种，其中有五十八个亚种都是他发现的。这雄心也够大的。现代科学家们已经推翻了他的大部分发现。而梅里亚姆博士认为的要杀掉更多的"标本"才能准确绘制出的灰熊种群分布范围地图变成了灰熊的墓园分布图。在这些地方，北美大多数灰熊种群的尸骨慢慢腐烂，没有引起任何注意。

尽管如此，在"猎手兼博物学家"的协助下，科学界精心收藏的九千多个灰熊的"研究标本"目前保存在美国的许多大博物馆里，也许会有另一位梅里亚姆博士来对这种已消失动物的种类和亚种重新进行分类。

几百年以来，从广袤的拉布拉多-昂加瓦荒野中流传出关于某种动物的传说，从其中的描述来看，这种动物除了是灰熊外几乎不可能是别的动物。除此之外，还有皮毛商从海岸边的因纽特人和内陆的印第安人那里购买"灰色的""可怕的""灰熊"皮的事实记录。然而由于这些皮毛没有一张落入科学家的手中或是最终进入博物馆的收藏品中，人们就忽视了这些本可以证明灰熊曾在该地区存在的大量证据。

1954年，牛津动物种群动态分布专家C.S.埃尔顿（C.S. Elton）发表了一篇论文，文中列出证据，证明了灰熊不仅曾在拉布拉多-昂加瓦一带的大部分地区生活过，而且现在该地区还可能有灰熊存在。不幸的是，正如埃尔顿在文中所指出的那样："没有一个白人可以肯定地说他看到过土著人所说的活着的荒野灰熊……（因此科学家们）大多就把灰熊的存在和身份确认问题给搁置起来。"

1948年，加拿大国家博物馆的首席哺乳动物学家R.M.安德森（R.M. Anderson）博士就明确否定了该地区出现过灰熊。他说："不可否认，在魁北克或昂加瓦有某种灰熊或大棕熊的传说。但是没有……标本……用以检剖。因此在有熊皮、头骨、熊掌出现之前，我对（它的存在）不抱太大的信心。并且这个标本得有谱系或简要的说明，表明其来源地。"

1974年，安德森的继任者A.W.F.班菲尔德（A.W.F. Banfield）博士仍然在为其前任的尖刻言论辩护。他经过深思熟虑后表示，历史上没有哪种灰熊是拉布拉多-昂加瓦的本地物种。"关于灰熊的传闻，"他隐晦地暗指埃尔顿，"经常误导科学家们，尤其是关于魁北克北部的昂加瓦半岛和拉布拉多出现过灰熊的传说更是如此。"这就是安德森和班菲尔德傲慢地否认灰熊存在的证据的概要。

虽然没有任何文字记录表明早期的欧洲人对棕熊的了解程度，但在1550年左右绘制的《德塞利耶世界地图》（*Descelier World Map*）上，拉布拉多附近岸边的冰面上有两头画得不错的熊，插图说明上有"冰熊"字样。两头熊体型一样大，一头白色，另一头棕色。第三头熊也是棕色的，站在拉布拉多陆地上。众所周知，北极中部的荒原灰熊经常到海中的冰块上去，而北极熊在冰上也非常自在，但黑熊却很少冒险到冰面上。

最早到拉布拉多定居的英国人之一——乔治·卡特赖特船长，记录了当地出现过的一种熊，这种熊跟北极熊和黑熊都不一样。卡特赖特从未进入过拉布拉多内陆，因此并没有亲眼看到过这种奇怪的熊。但是根据他的翻译从土著人那里了解到的情况，他将这种熊描述成"一种非常凶猛的熊，脖子周围有一圈白环"。这与现在该地的印第安人提到的蒙塔格尼和那斯科比的梅赫塔舒大熊的外貌是一致的，它们都是体型巨大的棕熊，在受到挑衅时会非常凶猛和危险。卡特赖特提到的脖子上的白环可能是对灰熊的银灰色毛皮的一知半解。

19世纪，人们对大熊的了解越来越多，也越来越详细。哈得孙湾公司当时在昂加瓦海岸边经营着几家贸易站，而摩拉维亚传教团则在拉布拉多的大西洋海岸开有贸易站。约翰·麦克莱恩（John Maclean）是哈得孙湾公司早期的一个代理商。他在现在的不列颠哥伦比亚为该公司工作四年后，又在昂加瓦湾海滩附近的希莫堡（Fort Chimo）从事了六年的贸易，因此，他对西部灰熊非常熟悉。在他写的一份有关1837到1838年昂加瓦地区的报告中，关于当地的皮毛资源，他列出了其中三种是：黑熊、灰熊和北极地区熊（即北极熊）。在另一本叙述他在昂加瓦贸易经历的书中，他补充道："黑熊会避免碰见人，因此绝不是危险动物。而灰熊则相反，受到'万物之灵'的敬畏……当我们考虑到昂加瓦和'远西地区'之间的宽广地域时，在如此偏僻之处竟然发现了灰熊，似乎令人费解……然而，这里有灰熊是毋庸置疑的，因为我就买过几张熊皮发往英国。"

哈得孙湾公司还保留着在1838—1839年和1839—1840年的冬季皮毛交易利润单。1838年时，公司交易了一张黑熊皮，次年，交易了一张黑熊皮和四张灰熊皮。在哈得孙湾公司其他雇员提交的报告中也证实了麦克莱恩观察到的情况。威廉·肯尼迪（William Kennedy）于19世纪60年代在昂加瓦地区服役。他也说过希莫堡、纳斯科比堡和乔治河（George River）的贸易站收购了许多熊皮，并有多种（西部）灰熊皮在此卖掉。1884年，有人引用一位住在美国的已退休的哈得孙湾公司前代理商米特尔伯格（Mittleberger）先生的话说，当他还在拉布拉多工作时，那里还有灰熊出没。但这个时间似乎应该是19世纪70年代。

南起马库维克（Makkovik），北至纳西瓦克（Nachvak），在这条三百英里（四百八十二千米）的大西洋海岸线上分布着六个摩拉维亚传教团。它们的交易记录表明这些传教士在一百多年里经常做灰熊皮的生意,最后一张皮是在1914年卖掉的。

19世纪后半期,拉布拉多内陆和昂加瓦开始吸引科学考察的旅行者。其中一位是人种学家L.M.特纳(L.M. Turner),他于1882—1884年住在希莫堡。特纳对该地有灰熊非常确定:"棕熊或荒原熊(现在)出现的范围很小,数量也不多,但是其常见程度却足以使印第安人畏惧熊发怒时的凶恶本性。"

加拿大政府地质学家A.P.洛(A.P. Lowe)在1892年到1895年间对拉布拉多中北部和昂加瓦进行了广泛的考察。他证实了那时熊的数量确实已经变得很少。他在报告中写道:"(现在)只能在偶尔的情况下才能得到荒原熊的标本……(但是)毫无疑问这种动物在拉布拉多的荒原上出没……隔一段时间,当印第安人有机会杀死熊时,就会把熊皮拿到希莫堡交易。其他时候印第安人都不打杀熊,因为对于熊的凶猛和大块头,他们都是既敬又怕。

到1894年时,可能只有为数不多的熊还活着。从这年以后,似乎哈得孙湾公司没有进行过任何熊皮交易,而摩拉维亚传教士们只交易过一张熊皮。但是1900年左右,一位名叫马丁·亨特(Martin Hunter)的独立贸易商在安蒂科斯蒂岛上开了一个贸易站,购买了一些大棕熊的皮。按亨特的话说,这些皮的主人"体型庞大,非常凶猛。我买的一张皮有九英尺长七英尺宽,上面留下的子弹孔不下十一个"。这些皮可能是从南拉布拉多运来的。作家、博物学家哈罗德·霍伍德(Harold Horwood)告诉我:"拉布拉多的本地人,不管是白人还是印第安人,非常肯定地说过,(灰)熊曾在远至南部以及东部的米利山(Mealy Mountains)中出没,这是一片位于古斯贝(Goose Bay)和卡特赖特(Cartwright)之间的荒芜崎岖的山脉。"

美国旅行家狄龙·华莱士(Dillon Wallace)在从陆路前往哈密尔顿湾(Hamilton Inlet)之前,于1905到1906年的冬季在希莫堡住了一段时间。他说:"传说中有一种块头很大、性情凶猛的棕熊栖息在乔治河东部的荒原上。彼得·麦肯齐(Peter McKenzie)先生告诉我,许多年前他还驻扎在希莫堡的时候,印第安人给他带来了一张兽皮。乔治河(贸易站)的(商人)福特(Ford)说,大约二十年前,他看到过一张这样的皮。两人都说熊皮上的毛很长,浅棕色的,毛尖为银白色,与北极熊和黑熊极为不同……印第安人一说起它就感到恐惧,坚持说它仍在这一带出没,尽管他们谁也不能肯定地说自己十年来曾见过这种熊。"

埃尔顿认为,在北拉布拉多的托恩盖特山(Torngat)西部有一处人们几乎无法进入的山区冻原三角地带,1900年后,这里还栖息着部分残余的灰熊。1913到1914年冬摩拉维亚传教士得到的那张熊皮极有可能是来自该处。这张皮是在冻原三角地带猎捕驯鹿的因纽特人卖出去的。

人们最后一次见到荒原大熊也许是在1946年。当时加拿大皇家空军的测量飞机在希莫堡西北一百英里左右的开阔冻原上做低空飞行时,飞行员发现了三只熊。三只熊包括"一只大一点的棕熊,后面跟着两只小熊"。飞行员和领航员兼观测员都很熟悉北方动物群。他们确信这三只熊既不是黑熊也不是北极熊。

尽管有这么多证据,科学研究机构却继续否认哈得孙湾东部有灰熊族群:无论过去还是现在都没有。然而,自1975年以来,否认的声音消失了。因为在那一年,哈佛大学的人类学家斯蒂文·科克斯(Steven Cox)在发掘拉布拉多的奥卡克湾(Okak Bay)中的一个18世纪晚期因纽特人贝冢时,发掘出了一个保存完好的灰熊头盖骨。

这是一只雌性幼熊的头盖骨。它具有某些不同寻常的特征,这使得某些专家推测,因其长期与哈得孙湾的兄弟分离,拉布拉多-昂加瓦的灰熊已经演变成一个独特的种类了。也许我们并不能准确地知道那斯科比大熊的死亡是否标志着一种独特生命形式的灭绝,我们所知道的是,出没在昂加瓦和拉布拉多的熊已经永远消失了。

已故的美国动物学家弗朗西斯·哈珀（Francis Harper）博士在拉布拉多游历了很多地方，他认为拉布拉多东北部的灰熊是一个独特的种类。但火器的引入直接导致了它的灭亡。一方面，在引入火器之前，印第安人和因纽特人那时就已经有了攻击熊的手段（商人使他们产生了动力），但实际上并不会使熊受到伤害。另一方面，火器的使用造成了荒原驯鹿的大量死亡。残存的熊大多是依靠北美驯鹿的腐肉为生，由于饥饿和伴随饥饿而产生的疾病，熊的数量遭到毁灭性的减少。

我们过去是怎样的，现在还是怎样。

在国家公园和其他保护区内，活着的灰熊数量还是很大的。然而，即使是在那里，灰熊也不安全了，因为面临着人们不断要求在公园里"禁止养熊"的压力。他们的理由是去公园接触自然的人越来越多，熊对人的安全造成了威胁。

显然，这些人想要的就是无危险接触。毫无疑问，他们会得到的。在美国和加拿大西部的国家公园里，有几十只甚至是上百只熊正在被"处理掉"。有时人们会将其当场击杀。有时人们会设陷阱将其捕捉，再运送到周边地区，而那些地方却没有足够多的食物来养活现存的熊群。有时人们将其扔在公园的边界处，很快逐利猎人们便把它们处理掉。其中有些猎人只拿走熊胆，与北极熊一样，以高价卖给东方国家的买家。

现在无论哪里有灰熊种群，它们都会遭到捕杀。这不仅是打猎爱好者和逐利猎人的行为，而且也是政府项目的结果，其目的在于安抚猎捕驯鹿、驼鹿、麋鹿、鹿、山羊和绵羊的猎人。这些猎人们对这些动物过度猎杀造成的结果就是猎物短缺，但他们却将原因归咎于灰熊和狼，要求将灰熊和狼消灭掉。

甚至是在哈得孙湾西部栖息的残余荒原，熊也不能幸免。虽然名义上它们受到加拿大西北地区（Northwest Territories）的保护，但是人们在"自卫"时可以将其杀死。就我们强加在灰熊身上的罪名而言，任何猎枪手，无论是白人还是土著人，在杀死熊时，都可以保证自己免受法律的制裁。1967年我在加拿大西部旅行时，听说有八只灰熊和若干只北极熊"出于人类自卫"而被击杀，当局没有对其中任何一个案件进行调查。

现存的荒野熊可能不会超过三百只。它们不能或至少是不会在人类活动的地方附近栖息。人类在其曾经的领地上进行大规模的"资源开发"，因此，它们受到的威胁将进一步加剧。在过去的几十年中，似乎有一部分荒原熊从北极大草原迁移到了岩石嶙峋、半月形的切斯特菲尔德因莱特（Chesterfield Inlet）的北部荒原中。也许它们在这里还暂时不会受到骚扰，但由于处在一个荒凉而又艰苦的角落里，只有少数熊有希望生存下来。

人们不禁要问，在未来的某个时候，博学的专家们是否不再争论，无论荒野熊出自何处，它们都不过是一种传说中的生物罢了。

在其乌木般黑亮的皮毛下，庞大而灵活的黑熊在现代人类设计的荒野场景中扮演着双重角色：一方面，它被看作是一个有些滑稽甚至是可爱的动物，尽管如此，它还是会给拿相机拍照的游客带来一种愉快的恐惧；另一方面，那些幻想自己是丹尼尔·布恩[1]的打猎爱好者，从高威力步枪的望远镜下看到的黑熊就成了野蛮的潜在杀手。

荒谬的是，黑熊却因此而成为荒野旅游业的主要支柱之一，同时它也是由"可猎捕的"大型狩猎动物组成的血淋淋的大杂烩的主要成员。

欧洲人第一次踏上北美大陆时，无论从大西洋至太平洋，还是从亚北极的林木线至墨西哥，黑熊的数量都很丰富。塞布尔岛、莫德林群岛等岛屿离海岸太远，这种陆地动物根本无法登上岛去，所以，除了这些岛，黑熊占据了整个大西洋滨海地区。而且，黑熊在这片土地上的数量如此之多，以致早期的殖民者们都称其为"熊灾"。

---

[1] 丹尼尔·布恩（Daniel Boone, 1734—1820），肯塔基州垦荒先驱，也是美国历史上最著名的拓荒者之一。他的冒险精神曾被数百部小说用作素材。——译者注

1750年，一位名叫托马斯·莱特（Thomas Wright）的人在当时尚无人定居的安蒂科斯蒂岛上待了几个月，后来他写了一本小书来叙述这段经历。书中有这样一段："熊是这个岛上的主要居民，数量实在太多了，六个星期内，我们杀死了五十三只熊。如果我们认为合适的话，我们杀掉的熊会是这个数目的两倍……这种熊几乎没受到过人类的骚扰。我们经常从它们附近经过，发现它们一点都不害怕。除了雌熊保护幼崽的时候，它们没有表现出任何攻击我们的意向。"

莱特所观察到的情况让我们得以一窥这种常见的最大哺乳动物在与欧洲人首次接触时的情景。它们对人类既无敌意也不惧怕人类。在新英格兰，后来成为加拿大大西洋诸省的地区以及新法兰西领地的早期记载里，也证实了黑熊的数量丰富是非常普遍的现象。直到1802年，新布伦瑞克圣约翰河（St. John River）的新定居者们还在抱怨熊的数量太多（"树林里熊患成灾"）。他们因恐慌而失去了理性：把牛赶到河中的小岛上；如果没有带枪带斧头的男人陪同，妇女和儿童是不会离开住处的。

黑熊最初的数量是可以估计出来的。1500年左右，在现在的波士顿和魁北克南北分界线以东栖息着十万至二十万只黑熊。由于它们主要生活在森林里，因此在人类早期的海岸勘探和海洋开发中，黑熊的数量似乎并没有减少，但当移民真正开始后，它们的数量便迅速减少。

移民和殖民者们屠杀熊不仅仅是为了获取肉、脂肪和皮毛，而且因为他们认为熊对农业构成了威胁。当地土著人对熊由尊敬慢慢转为敬畏，而新来的移民则对猎杀熊的人保持着敬意。杀熊多的猎人享有很高的威望，被视为移民点的救星，如同印第安猎人被印第安人当成救星一样。移民者认为这些猎人是丹尼尔·布恩的缩影。丹尼尔·布恩是一个贪得无厌的刽子手，杀死了两千多只黑熊，因而在美洲的传说中赢得了英雄的美誉。

和许多其他动物一样，黑熊一直受到诋毁。但是，从统计的数据来看，黑熊肆意攻击人类的报道却十分罕见。艾伯塔省（Alberta）的皮斯河（Peace River）地区是为数不多的与农业有接触的残存熊群出没地之一。至于熊对农业造成的威胁，经过证实的由熊给该地区农民造成的损失，每年平均损失大约万分之一，可以忽略不计。这些损失中大部分都是由于一些熊控制不住对蜂蜜的喜爱，毁坏了蜂房而造成的。而调查发现，那些关于熊杀死牲畜的各种报道只是熊在吃已死动物而已。

在布雷顿角，曾经数量众多的黑熊被有计划有组织地减少到仅有少量存活，并且只能生存在国家公园，因为它们被视为冥顽不化的吃羊兽。熊被杀光了，但羊的损失还在继续，其程度严重到在布雷顿角养羊已经没什么收益了。现在看来，其罪魁祸首是，而且可能过去也一直是未受到管束的家养狗。

总之，要找出确凿的证据来证明黑熊是对人类事业有深厚敌意的动物，不仅现在不可能，而且从来都不可能。尽管如此，人类对熊的残害从未减弱过。1956年，魁北克省政府悬赏买下了四千四百二十四头熊，十美元一头。此外，得分最高的赏金猎人还获得了九千美元的奖金。这些熊大部分是在加斯佩和昂加瓦南部的偏远地区被猎杀的，但在这些地区，黑熊不可能与人类的利益发生冲突。但是，这些奖金却吸引了大批的外国打猎爱好者，主要是来自美国的打猎爱好者。

根据政府野生动物保护部门的官员大胆估计，在整个加拿大东部海域，包括魁北克东部大部分地区和昂加瓦全境，目前黑熊的数量不超过一万只。在爱德华王子岛上的黑熊已经完全灭绝了，其他大多数栖息地也是如此。

黑熊的未来会怎样呢？加拿大政府最近的一份小册子是这样说的："为了能猎熊，管理工作的目标应该是维持偏远地区的黑熊数量以及限制移民定居区黑熊的数量，因为这些地方出现黑熊捕食的问题。黑熊曾被看作不受欢迎的捕食者和令人讨厌的动物，现在却作为一种可以获得奖金的可捕猎动物而迅速受到大众的喜爱……春季狩猎对许多喜欢大型猎物的打猎爱好者特别有吸引力，因为在其他动物都受到保护的时候，他们在春季狩猎期得到了一个猎杀大型猎物的机会……毫无疑问，随着人口数量的增加以及对可捕猎动物需求的增加，黑熊作为可捕猎动物的地位将在未来得到加强。"

从1981年8月多伦多一家报纸所报道的一个很小但很有启发的例子中可以看出这项政策所起的作用："在安大略省的中部和北部，资源保护官员不得不杀掉三十六只黑熊。因为（野生的）浆果成熟期（来晚了），迫使黑熊离开森林，向有人居住的地方靠近。"这些"资源保护"官员们勤勤恳恳地执行当前野生动物管理政策的形象，让我们即使不能一吐为快，也会铭记于心。

"更多的移民定居区"显然是包括国家公园在内的。1950—1978年间，加拿大贾斯珀国家公园（Canadian's Jasper Park）和班夫国家公园（Canadian's Banff Park）的管理员杀死了五百二十三只黑熊，驱离了五百四十七只。这两个大型公园的黑熊数量现在"被认为"只有三百只左右。目前的政策规定，在这些"自然保护区"里的人应该享有特权。而太多的熊，无论是黑熊还是灰熊，显然对"公园游客的娱乐活动"产生了抑制作用。显而易见，人类对野生动物的抑制作用不在考虑之列。

根据加拿大省政府和联邦政府专家的建议，目前加拿大"打猎爱好者可以猎捕的数量"为每年约三万头黑熊。那么可以预料的是，枪手们还可以在特定场合放足够多的血来满足他们的嗜杀欲……但是当最后的黑熊步上北极熊和棕熊的后尘时，打猎爱好者们又会将枪口转向谁呢？可怜的家伙。

八 麝香气味的动物——水獭、渔貂、貂熊和海貂

美国东北部毛皮动物的种群衰落包括了几乎所有具有商业价值的物种，但最能体现这一点的反而是麝香气味动物（之所以这么称呼它们，是因为这些动物身上大多数都有产生麝香的腺体），包括渔貂、白鼬、水獭、貂熊和水貂，其中大多数因又短又密的皮毛而尤其珍贵。欧洲的富人们非常看重这些优质皮毛，将其用于制衣和装饰。因此，这些动物给新大陆的皮货交易提供了长久的基础。

起初，最受欢迎的麝香气味动物是貂。它的大小和一只小猫差不多，身上长有柔软而浓密的皮毛，颜色通常从淡褐色到红褐色，有的也可能差不多全身都是黑色。所有的貂皮都有极高的价值，但是当其毛发颜色变成了相当罕见的黑色，被称为紫貂时，其价格就非常高昂，主要限于皇室使用。

在从冻原边缘向南到新英格兰各州这一带，只要生长有针叶林的地方，就曾出现过貂。作为一种食肉动物，貂的数量是异乎寻常地丰富。当然，只有当它的捕食对象，主要是松鼠、兔子和其他小哺乳动物的数量也同样丰富的时候，貂才会这么多。17世纪中期，乔斯林记录下新英格兰的貂"数不胜数"。直到1749年，两个加拿大人和两个印第安人还在拉布拉多的西北河城（North West River）捕捉了四百只貂。在1902年，一个陷阱捕兽人在安蒂科斯蒂岛一处无人曾打过猎的地方一年之内就杀死了三百只貂。

到18世纪中期时，加拿大的法国人每年出口三万至四万只貂，其中大多数是新斯科舍和新不伦瑞克的印第安人设陷阱捕捉的。同时，纽

芬兰和新英格兰殖民地也在大量出口貂。1768年,卡特赖特船长对纽芬兰的貂是这样描述的:"貂在整个地区的数量极多,在所有动物中,它们最容易被皮货商设的陷阱捕获……貂会追踪人类留下的每一个足迹,会被食物气味吸引,会在房屋周围出没,(因此就)很容易招致自己的死亡。"

进入19世纪,随着人类掠夺强度加大,本来似乎是取之不尽的貂也开始衰落。到19世纪末时,在整个北美东部,甚至在拉布拉多的内陆地区,貂也变成了稀有动物。约翰·罗恩(John Rowan)向我们讲述了19世纪70年代最后这一批敏捷的小动物的悲惨遭遇:"近年来,陷阱捕兽人在油脂做的小球中放入毒药来毒杀貂,油脂可以保护毒药不受天气的影响。有时乌鸦会叼走小球……然后被毒死。之后狐狸会吃下这只乌鸦,最后许多动物都被毒死了,比投毒者所发现的要多得多。"同一时期,托克在纽芬兰写道:"(虽然)以前(米克马克)印第安人捕捉了大量的貂,但是现在却难见到一只。"

在20世纪的头几十年里,人们认为安蒂科斯蒂岛上的貂已经灭绝,爱德华王子岛上的貂也是如此。到20世纪50年代时,貂已从布雷顿角上消失了,在新斯科舍的其余地方也几乎消失,在纽芬兰濒临灭绝(该地的貂种在国际上已被列为濒危动物),在新英格兰的大部分地区消失,在魁北克东部和拉布拉多也相当稀少。

此后,人们采取了一些措施来防止貂的彻底灭绝。现在,貂在纽芬兰和新斯科舍已正式受到保护。在这两省还幸存着一些残余的貂种,有几十只,或者可能有几百只。其他地区,包括新不伦瑞克省(该地的貂已被杀绝)在内,曾引进过貂。但是,仅从貂已丧失其栖息地这点考虑,貂也不太可能恢复到原来数量的一小部分。

柔软优美的水獭是最具吸引力的加拿大本土哺乳动物之一。欧洲人第一次见到水獭时,其数量丰富,性格温顺,因而成为夏季鳕鱼捕捞者和早期移民者的主要食物，但现在已经很稀少了。尽管科学界并没有正式承认这个事实，可是在东部滨海地区似乎只有两种截然不同的水獭了。其中较小的那种，一般为棕色，生活在淡水中，体长很少超过四英尺（约一点二米）；另一种水獭可以长到五英尺长（约一点五米），有时颜色深到近乎黑色，生活在海里和靠近海水的地方。纽芬兰和拉布拉多的居民对这两种水獭区分得很清楚，他们认为这两种水獭不仅长相不同，而且皮毛质量和生活习性也不同。

在布雷顿角半岛，我的房子附近，至少有一只海獭在此生活了几年。虽然我很少见到它，但是在冬天的时候，它会顺着我的足迹，穿过树林。也许它是出来捕食兔子的。它所留下的足迹几乎是"普通"水獭的两倍大。1977年的一个夏日，我正在遛我的三条狗，它从树林里出来，向我前面一百码远的那片地势开阔的海滩走去。狗向它冲去，海獭停了下来，后腿直立起来，等着狗逼近。三条狗感到迷惑不解，在距它几英尺远的地方打着滑停了下来。这时，那只看上去几乎和狗一样大的海獭，若无其事地低下身子，慢悠悠地走到海边，跳入水中，悠然自得地游开了。这只海獭，或者说与它类似的东西，在近岸处潜入几英寻深的水中寻找贻贝和扇贝，然后在一棵云杉树下裸露的砾石滩上将贻贝和扇贝弄碎，吃掉。毫无疑问，这只海獭，还有它的祖先们，在这棵树下用空贝壳堆集成了一个名副其实的贝冢。我从来没在其他淡水水獭身上见过这种行为。

首先遭受欧洲人入侵之害的似乎是海獭。1578年左右，安东尼·帕克赫斯特告诉我们："我们（渔民）到处都可以捕获大量的水獭（像熊一样，多得不计其数），因而可以随心所欲地杀死它们。"17世纪早期，德尼斯写道："其味道和法国水獭的味道十分相似，但区别在于……它们更长、更黑。"早期的评论家都无一例外地用"很常见""大量""数量丰富"这样的字眼，而根据上下文可以清楚地看出，他们指的通常是海獭。卡特赖特在1768年写道，在纽芬兰北部的许多岛上都有海獭占据着。18世纪初，埃克斯普洛伊茨湾（Exploits Bay）的皮货商主要依赖的就是从海中捕获的海獭。

当法国人沿圣劳伦斯水系进入内陆时，淡水水獭就引起了法国人的注意。当时淡水水獭的数量至少和海獭的数量相当。拉翁唐大概在1680年时描述过他与一群印第安人在萨格奈地区共度的一个月："在这一个月中，这些野蛮人捕获了大约二百五十只加拿大水獭，其中最好的……以四五个克朗的价钱卖到了法国。"

19世纪的皮毛交易统计表表明，大量的河中水獭仍然在遭受杀害，但海獭的供应却已经下降到了这样的程度：凡在欧洲皮货市场出现的少量水獭皮毛都只被当作是特别大的黑色的加拿大水獭。在20世纪到来时，这两种水獭都变得稀少了。

水獭的状况得到任何改善的可能性似乎很小。它们不仅要与皮货业的人为破坏行径抗争，而且还失去了并将继续失去更多的原始栖息地。现在能让它们感到安全的地方已经没有几个了。正如加拿大的一位哺乳动物学家在1975年所指出的那样："每年驾着游船的猎人或者在岸上等候麋鹿或猎鸟的猎人都要在湖中以及海岸边杀死许多水獭。这种愚蠢的射杀，再加上大量的捕捉，可能会造成水獭的大量毁灭，甚至会在某些地区造成灭绝。"

这是一种保守的说法。到1975年的时候，爱德华王子岛上的水獭已经灭绝。而新斯科舍和新不伦瑞克的水獭数量已变得稀少，在这两省每年一次的"狩猎季节"中，猎获的水獭数量已从19世纪初的几千只减少到只有五六百只。1976年，整个加拿大的水獭捕杀总数仅为一万六千只，联邦野生动物局（Wildlife Service）认为水獭"已被最大限度地收割"。

现在，在野外见到水獭的人都会觉得自己很幸运。而我们的后代，除了在动物园中看到水獭与许多别的数量一度众多但今不如昔的呆滞同伴外，也许永远也不会知道水獭为何物。

与狐狸一般大的（所谓的）渔貂是一种按比例放大的貂的变种。它和其貂兄一样速度快、敏捷，在树枝顶部行动非常自如。与它的小个子亲戚相比，它更善于躲避，很少会让人类看到自己。尽管如此，由于它的好奇心特别重，所以，它和貂一样，很容易被捕捉。它以豪猪和各种各样的野兔为食。但奇怪的是，它并不吃鱼，实际上，它像猫一样厌恶水。

"渔貂"这个名称显然是用词不当，这让博物学家们困惑了很久。我认为这在于其身份的转换。在后面我们将看到，最初在东北海岸栖息着两种外表相似的麝香气味动物。一种确实是渔貂，很早就引起了欧洲人的注意；另一种是茂密森林中的居民。在移民定居达到高潮时，它们才为人所知。当前者，即真正的渔貂被灭绝时，我认为它的名字就被莫名其妙地转到了与它外貌相似、现在背上这个名字的动物身上了。我们现在称之为渔貂的森林动物，起初被印第安人和早期的英法商人称为pékan或者pekan。

渔貂总是躲开人类，除了皮毛统计表偶然间记录过雌渔貂的卖价很高之外，历史编年史也只是模糊地提到了它。雌渔貂高昂的毛皮价格给渔貂的生存带来了额外的压力。从皮毛统计表上也可以看出渔貂被残忍地猎捕，其数量之大以至于到19世纪末时，东北部大部分栖息地上的渔貂实际上已经灭绝了。

但是渔貂的自然发展过程却鲜有记载，因而没有明确的证据表明，在欧洲人到达北美之前，渔貂曾在纽芬兰栖息过。即使纽芬兰确实曾有过渔貂，但现在它也已经完全灭绝。1900年以前，安蒂科斯蒂岛和爱德华王子岛的渔貂就已灭绝。20世纪30年代之前，新斯科舍省内的渔貂也被灭绝。现在美国东部的渔貂也差不多灭绝了，加斯佩和新不伦瑞克的渔貂数量也已变得十分稀少。早在1935年，一些哺乳动物学家就担心渔貂可能已经在它从前栖息的整个地区灭绝了。

如果我们对渔貂价值的认识不改变，那么它的命运只会是灭绝。第二次世界大战后的几年里，东北滨海地区的造纸业得到迅速发展，随之而来的便是对森林大规模的过度砍伐。到20世纪50年代末，砍伐树木的速度已明显超过了自然生长能够补充其数量的速度。但是要减少造纸业的产量，甚至是使其稳定生产都是不可能的（相反，还必须加大生产），因此必须采取其他权宜之计，以使更多的原材料可以得到利用。

因此相关机构决定应该减少浪费和"更大限度地利用资源"。实现这些理想化的工业目标的方法，就是试图消灭可能对树木造成损害的其他生物，而不管这些生物本就是自然的一员。于是，一场对"森林害虫"的讨伐就开始了。

所谓害虫，就是那些我们认为在我们利用自然资源追求利润时与我们展开竞争的动物。因此，像云杉卷叶蛾这类自古以来就是维持森林群落平衡的一种昆虫，都是害虫；像枫树和桦树之类的硬木，胆敢长在我们渴望用来做纸浆的云杉和松树之间，也得消灭掉。

这场消灭纸浆工业竞争者的战争在加拿大的大西洋地区和新英格兰各州持续进行了三十多年。主要战斗方式一直都是在空中喷洒有毒制剂。成千上万吨像滴滴涕和有机磷酸盐杀虫剂这样的有毒物质已经浸透了森林、田野、河流和湖泊；最近喷洒的硬木脱叶剂中含有臭名昭著的橙剂成分，这就更加剧了其毒性。在越南，这种橙剂曾毒害了植物、动物，同样也毒害了人类的性命。

至于这场仍在进行的化学战所取得的成果，以新不伦瑞克为例，值得注意的是，云杉卷叶蛾尽管遭受了三十年的密集空袭，却依然顽强地存活了下来，依然生机勃勃；但是像下雨一般喷洒的毒药对脊椎动物造成的全面破坏是无法估量的。

被指责造成纸浆供应量减少的生物并不仅限于昆虫和硬木。豪猪和野兔也被认为是害兽，因为它们要吃树皮，尤其是在冬天难以找到食物时更是如此。然而，豪猪和野兔又会被渔貂吃掉。在知道这个事实后，造纸业就要求新斯科舍、新不伦瑞克和魁北克的政府对"可销售"木材区内的所有渔貂进行保护，并将渔貂重新引进到已灭绝的地区。

政府听取了这项请求，并取得了令人高兴的结果：渔貂又重新出现在安蒂科斯蒂岛、新斯科舍和新不伦瑞克两省的部分地区。不幸的是，这种大貂并没有对豪猪和野兔发动人们所期望的灭绝战争来证明其存在的价值，因此，造纸业就对它们失去了兴趣。但是其他人却对渔貂的适度复兴产生了兴趣，各省的渔猎机构也对此做出了回应，开放了渔貂猎捕季节。1976年，在新斯科舍有六十四只，新不伦瑞克有一百七十二只渔貂遭到合法捕捉。这个数字据说占了当年渔貂出生数量的百分之八十。

看起来如果渔貂找不到另一个像造纸业那么强大的支持者，它继续生存下去的可能性是微乎其微的。

如果说渔貂在现代人类中还曾有过朋友的话，那么貂熊则没有。貂熊的个头与一只中等大小的狗一般大，矮矮胖胖，看起来有点像熊。它的爪子粗壮有力，牙齿尖利，皮肤粗糙，肌肉结实，这些都可以保护它免受大多数潜在敌人的伤害。

早期的人类对貂熊的生存没有威胁。当地的土著人对这种强大的"小熊"怀有一种恼怒的尊敬，把它看成是一个爱捉弄人的淘气鬼的化身。貂熊在判定并成功偷袭人类或其他动物的食物贮藏地方面具有非凡的能力。印第安人应对这种挑战的方法不是试图消灭这些偷袭者，而是建造出貂熊找不到的精巧的树上贮藏处。

欧洲人却没有这么被动。当貂熊袭击早期殖民者修建的仓库时，根本就无视那些用原木、泥土，甚至是石块修筑的巨大障碍物，仓库的主人因此非常恼怒。并且，当他们开始商业性猎捕皮毛动物时发现，他们铺设的陷阱线遭到貂熊的巡视。貂熊不仅吃掉了陷阱中的动物尸体，而且似乎是为了故意表示蔑视，貂熊跳过为它们设置的陷阱，然后在上面拉上大便。仓库主人们就更加气愤了。

在欧洲人眼里，貂熊没有任何可取之处。它的肉有麝香气味，又硬，难以入口；它的毛皮也很粗糙，几乎毫无商业价值。所以新来的移民将它看成是印第安魔鬼的化身，把它描绘成一个恶魔般狡诈的凶恶野兽。因此，它就有了野蛮的嗜血欲、贪得无厌的食欲等恶名（它的另一个称号是饕餮），因此就成了一场残忍仇杀的目标。由于貂熊伶俐，能躲过陷阱和枪炮，入侵者们在发现它的致命弱点以前一直都难以战胜它。貂熊非常喜欢腐肉，腐烂程度越高它就越喜欢，所以给它下毒就特别容易。

很重要的一点是，我们要知道"陷阱捕兽者"这个说法有时也不准确。从欧洲人在北美从事皮货交易的初期起，用"下毒者"这个名称来称呼他们是同样恰当的。尽管陷阱和圈套是陷阱捕兽者使用的主要夺命设备，但是他们也非常依赖砒霜、番木鳖碱和其他任何能弄到的毒药来捕兽。到了现在，他们还是在这么干。尽管法律禁止使用毒药，可一些现代的"陷阱捕兽者"已经逐步开始使用复杂而可怕的新式化学杀剂，如加拿大和美国政府机构对付"有害动物和害虫"时常用的那些杀虫剂。

到大概1700年的时候，毒药被认为是消灭貂熊的唯一可靠办法，并且从那以后就一直受到人们的青睐。1948到1949年冬季，我与一个白人陷阱捕兽者在马尼托巴省的北部一起待过一段时间。一天，他发现一个脚印穿过他的陷阱线。脚印很模糊，可能是貂熊的。他立刻就匆匆忙忙地做了几个捕貂熊的"陷阱"。这些陷阱就是在一堆堆腐烂的驯鹿内脏上涂上大量的氰化物。在之后的几天里，我跟着他来到陷阱附近时，我注意到有三只狐狸，一只猞猁，大约四五十只乌鸦，还有附近一个印第安人营地中的两条雪橇狗都死在了诱饵附近。这些动物都是下毒这一行的常见"副产品"。可是我们并没有发现貂熊，可能是因为附近本来就没有貂熊。那年冬天，在赖恩迪尔湖（Reindeer Lake）以北的整个马尼托巴省就只交易了五只貂熊。从前，这片大约二十万平方英里的地区是貂熊的主要领地。

起初，从太平洋至大西洋，从北冰洋海岸以南至少到俄勒冈州和宾夕法尼亚州的北美大陆北部的大部分地区都是貂熊的栖息范围。它不仅是分布范围最广的捕食者之一，也是最兴盛的动物种类之一。如今，从前三分之二以上的栖息地中的貂熊都已经灭绝了，并且在爱德华王子岛、新斯科舍、新不伦瑞克和美国东北地区都已灭绝。在它最初的栖息地，包括拉布拉多、魁北克和安大略省的大部分地区，貂熊的数量已经非常稀少，几乎灭绝。在1676到1677年的捕兽季中，人们在魁北克东面没有捉到过一只貂熊，尽管那时貂熊的皮毛已成为价值高昂的交易商品。

貂熊皮毛具有抑制冰霜晶粒形成的特性。因纽特人和印第安人利用这一特性，用貂熊皮来装饰他们的风雪大衣的兜帽。皮毛装饰的大衣在20世纪60年代初期成为一种时尚，现在已经成为户外冬季休闲活动的重要组成部分，尤其是对那些乘坐雪上汽车的人和其他类似的人来说更是如此。因此，这种以往几乎是毫无价值的貂熊皮，现在却有了巨大需求。到1980年时，一张质量好点的貂熊皮卖价两百美元。而今天，一张未经加工的优质貂皮可以卖到五百美元。明天……谁能预料呢？

有一件事是肯定的：随着貂熊濒临灭绝，它的皮毛会变得越来越少，其价格也会越来越高，因此，貂熊受到的死亡威胁还会加剧。如果我们放任不管，就会一直加剧到其灭绝为止。

正如我所推测的那样，"渔貂"这个名字可能是源于它的一个亲缘种，类似水貂的这种物种与渔貂又大不相同，但是现在已经从地球上消失了。如果不是20世纪从缅因州印第安人贝冢中发现一种尚不为科学界知晓的动物骨头碎块，它也再不会被人们记起。虽然这种动物的骨头比水貂大得多，但它的生活习性却与水貂相似，因此动物学家们将这种未知生物命名为"大水貂"。下面我将试着理清这个物种的真实情况，至少在某种程度上重建这个已消失物种的历史。

早期的欧洲冒险家们在新大陆上发现了许多他们熟悉的动物。在他们不熟悉的动物中，有一种似乎是结合了他们所熟悉的动物的几种特性。从体型和步态上，它让人想起灰狗，而从敏捷性和一些习惯上它似乎更像猫。虽然在颜色上与红狐狸相似，但那又短又浓密的皮毛却又更类似貂。它的头像水獭，在水里生活，沿着岩石嶙峋、裸露的海岸以及遥远的外海岛捕鱼为食。

由于它是一种在海岸边生活的动物，它可能是最早受到欧洲人注意的皮毛动物。它的皮毛兼有水獭皮和貂皮令人称羡的品质，再加上带了一种独特的红色色调，其卖价可能相当高。我们无法知道发现这种不寻常动物的欧洲人是怎样称呼它的。事实上，一些早期的航海者们对于如何称呼它似乎也有疑问。

最早提到这种动物的可能是汉弗莱·吉尔伯特爵士。16世纪晚期，他在一份关于在新大陆建立一个殖民地的提议中提到了它。如前面所述，他在为该项目所做的宣传册子中列出了西部海洋中可开发利用的资源，如海豹、鲸以及马鱼（他指的是灰海豹），他还将一种像灰狗一样的鱼列入其中。由于历史学家们找不到任何一种与上述描述哪怕是有一点点相符的鱼，而且他们也忘记了一点，即对于16世纪的人来说，生活在海水中的动物，包括哺乳动物，都是一种"鱼"，因此他们把这种神秘生物当成是一种异想天开，而不予理会。但是，同样是权威的英国著名博物学家约瑟夫·班克斯为了研究动物区系，于1766年航海到纽芬兰，他在贝尔岛海峡观察到下列情况：

> 大约（九月）中旬的时候，菲普斯（Phipps）先生看到了一种不同寻常的动物……比狐狸大，但大不了多少，在体型和形态上与意大利灰狗最相近，腿长，尾巴长，又尖又细……（它）从海水中冒出来。

班克斯和菲普斯都是有造诣的动物学家，非常熟悉北温带地区动物群,但是他们都认不出这种动物。它与吉尔伯特描述的"像灰狗一样的鱼"惊人的相似,绝非巧合。

早在17世纪,这种动物在新英格兰可能被称为水貂。威廉·伍德(William Wood)在写到该地的动物群时,列出了一份"生活在水中的野兽"的名单,其中有水獭、海狸、麝鼠和一种"貂"。伍德描述它为"因为个头大,所以皮毛好"。显然,他的意思是因为它比普通的貂大,所以皮毛很值钱。这种动物是什么呢?它绝不可能是我们现在所熟悉的貂。现在的貂除了个头小之外,还厌恶水。似乎也不可能是水貂,水貂比任何貂都要小,最多只有两磅(九百多克)重。[1]

早期的法国人似乎很熟悉这种动物,却把它与水獭科动物混为一谈。拉翁唐在描述阿卡迪亚(Acadia)、新法兰西和纽芬兰的软毛动物时这样写道:"冬季棕色水獭"值"四里弗[2]十苏[3]","红色光滑的水獭"值"两里弗"。从其他资料中,我们知道这种带黑色皮毛的海獭有时被列为冬季水獭。所以,拉翁唐似乎是把海獭和淡水水獭都一起归为"冬季棕色水獭",那么另一种因为其个头小就只值一半价钱的"红色光滑的"动物是什么呢?它们是最初的渔貂吗?

这种动物似乎有渔貂的特征,或者说有新英格兰渔貂的特征,直到皮货贸易的主要注意力从已捕杀殆尽的海岸边向西转到毛皮数量仍然丰富的内陆地区为止。也许早在1800年,那些陷阱捕兽者兼商人就将渔貂的名字转移到内陆的这种动物身上,因为它与这种在海岸边生活的动物有相似之处。现在这种动物的肉体已经消亡了,不久它也会从人们的记忆里消失。可以肯定的是,大概就在这个关头,渔貂的数量已经减

---

[1] 由于这两种最小的麝香气味动物,鼬和水貂,个头小,不显眼,分布广泛,因此在欧洲人入侵后,它们就比其个头大的兄弟们生存得更为顺利。然而,与欧洲人初到北美大陆时相比,这两种动物的数量可能仅相当于当时庞大数量的一小部分。——原注
[2] 里弗(livre),大革命前的法国货币本位币单位,1795年法郎正式代替里弗成为法国本位货币单位,1834年其他货币全部退出流通领域,法郎成为法国唯一的货币。——译者注
[3] 苏(sou),古代法国的低面值辅助货币,一法郎等于二十苏,现已不用。——译者注

少到只是最初数量残值的时候，它们开始被称作海貂，一直被叫到灭绝为止。

这种鱼像很多动物，有灰狗、水貂、红水獭、渔貂、海貂。如此繁多的名字给它的身份造成了极大的混乱，因此直到发现它的骨骸，科学界别无选择时才承认它存在过，这也就不足为奇了。但是，还是难以理解为什么博物学家们和社会学家、历史学家们在这么长的时间里竟然忽视了它。要证实它曾经出现在从科德角至拉布拉多中部濒临大西洋通道一万多英里长的海岸线上，是非常容易的。尽管在欧洲人入侵时发动的攻击中，它遭到沉重的打击，但是一些残余种群还是存活到了19世纪。从这个事实就可以推断出它的数量曾经非常丰富。

有记录表明，在18世纪晚期，新斯科舍的白人和米克马克印第安人经常从拉阿沃（La Have）向北至哈利法克斯的许多岛屿上猎捕海貂，并将其毛皮带到哈利法克斯市场上卖掉。有一次，一位米克马克妇女在那里用三张海貂皮，另加一张熊皮换了一夸脱（约一升）酒。

关于它在其栖息地北部出没的情况人们所知较少，但在1776年时，纽芬兰北部的法国殖民者告诉约瑟夫·班克斯："他们时常在黑尔湾（Hare Bay）看到这些动物，和我们交谈过的一位皮货商告诉我们，他记得一张皮卖了五个基尼[1]"。

缅因州海岸似乎一直都是它偏爱的栖息地。有人会带着经过特殊训练的狗定期去海貂经常出没的岛屿。他们之所以白天去，可能是因为人类对海貂的长期迫害使得它们基本上都在夜间出没，晚上出来觅食，白天就躺在洞穴、岩石缝隙或其他类似的庇护处。猎狗很快就嗅到留在石头上的强烈但不难闻的麝香味，然后就把猎人领到它们的藏身处。要是用镐、铁锹和撬棍还不能将它的藏身处弄开，他们就会点燃硫磺或沥青，将它们熏出来。如果裂缝浅，他们可能会用前镗枪将黑胡椒射入裂

---

[1] 基尼（guinea），英国的旧货币单位，一基尼等于一点零五英镑。——译者注

缝中。要是这一切都无济于事，他们就毫不犹豫地塞进炸药，将避难所炸开，尽管这样做有可能会将它炸成几块，其皮毛也可能会变得一文不值。

直到1860年时，每年仍有一些海貂皮在波士顿出售，但自那以后，无论是死的还是活的海貂，都很少能见到了。缅因州关于海貂的最后一条记录是1880年的时候在琼斯波特（Jonesport）附近的岛上一条海貂被捕杀。该物种已知的最后一个幸存者于1894年在新不伦瑞克的坎波贝洛岛（Campobello Island）上遭到杀害。

约瑟夫·班克斯记载下来的这种独特而非凡的动物就这样灭亡了。人们是不会再见到与其类似的动物了。但是，它的某些东西暂时还保留着。从缅因州至纽芬兰的岩石海岸线上，零零散散地分布着许多小岛，这些岛屿曾是海上哺乳动物和海鸟的避难所。

每一个岛屿的名字都完全相同……但现在这些名字却毫无意义了。这些岛屿的名字是：

海貂岛。

九 野牛的消失

欧洲人在新大陆东北地区开发的第一大财富资源是油,第二种是鱼,第三种并不是教科书上所说的皮毛,而是更为普通的兽皮交易。这些兽皮来自大型哺乳动物,可以用来制成皮革。

我们现在处在塑料制品的时代,已经忘了皮革在我们祖先生活中的普遍性和重要性。早期的水手们将皮革用作船上的索具,在某些情况下还会用皮革将小船包上一层。自古以来,它就以各种形式出现在人类的鞋上。几千年来,贵族和农民都会用它做衣服。在上千种手工业、农业门类中,从使炉火熊熊燃烧的风箱,到用于装订珍稀书籍的摩洛哥皮,它都是必不可少的,而且在家庭生活中更是无价之宝。然而,在战争中它的使用量才是最大的。

在15世纪之前,军队士兵不仅穿着皮制的鞋行军,骑着配有皮制鞍座、皮制缰绳的战马,而且每个士兵还拿着皮制盾牌或穿着厚重的皮革盔甲。由于皮革经久耐用,即使在火器大大削弱皮革制品的防御作用以后,皮革仍然受到军方的青睐。直到19世纪,皮革仍被大范围地使用到军用软物上。

在发现美洲大陆之前的很长时间内,用于军服的皮革一直都是专用产品,在西欧被称作黄皮革(可用bufle,buffle,或就是buff来表示)。这是一种特别结实而柔软的黄白色的皮革。这个名字来源于希腊语中野牛一词,反映了古代人对欧洲野牛皮的偏爱。神话中的欧罗巴就是以野牛为原型。

到15世纪中期时,古欧洲野牛以及欧洲特有的另一种野牛,即欧洲野牛（当时用的wisent，后用的bison）大部分已被猎杀殆尽。由于没有更好的皮革，人们开始用劣质的家养牛的牛皮制成黄皮革。除葡萄牙外，其他地方都是如此。在葡萄牙，人们制成的皮仍然与以前的一样好。他们用的是一种进口的神秘动物的皮，葡萄牙人称这种动物为野牛，并把它的特性和生活的荒野当成是一个商业机密，守口如瓶。

葡萄牙人对西非海岸的探险始于1415年，在这期间，他们发现了野牛。这种神秘的动物就是非洲野牛，直到今天它还被称为南非野牛。葡萄牙人将它的皮带回国，然后将它制成黄皮革，以高价销往欧洲各地。

瓦斯科·达·伽马（Vasco da Gama）于1498年绕过好望角（Cape of Good Hope），然后向东航行，在印度马拉巴尔海岸（Malabar Coast）登陆。他在这里见到了一种亚洲野牛，它的皮质与非洲野牛一样令人满意。所以，前面提到的一种野牛就只好和这第二种野牛共用非洲野牛这个名字了。为了与非洲野牛进行区别，在亚洲发现的野牛被称作水牛。它的皮也同样巩固了葡萄牙对黄皮革的垄断地位。

第三种被称为野牛的动物也是葡萄牙人发现的，与发现第二种野牛的时间差不多一致，但发现地却在大西洋西岸。

这种动物就是北美野牛。它的体型非常庞大。一头公牛的体重可达一吨以上，身长十二英尺（约三点六米），站立时肩高七英尺（约两米）。它生活在北美的大部分地方，在从北极圈至墨西哥湾海岸一带它更加悠游自在。

北美野牛的适应性极强。它们占据着令人眼花缭乱的各种栖息地，有亚北极区的云杉沼泽地、高山草甸、大平原、东部大片的硬木林和南部的亚热带森林。北美野牛至少演化出了四个不同的种群：平原野牛、林地野牛、俄勒冈野牛和东部野牛。其中林地野牛栖息在西北森林中，块头较大，毛色较深，俄勒冈野牛是平原野牛兄弟的变种，栖息在山中；东部野牛在这四种野牛中块头最大，毛色最黑，森林覆盖的大陆东半部分都是它的家园。

无论从哪个标准来衡量，这四种野牛的种群数都非常多。与它们在体型上可以媲美的唯一天敌便是诸如剑齿虎和恐狼这类史前动物。野牛的生存期比这些天敌都要长。在土著人占领北美的二万至四万年间，它们也能在土著人面前轻松地保持不败。大概在1500年左右，它们的数量超过了七千万头，可能还是地球上数量最多的大型哺乳动物。

平原野牛的血腥历史相对来说是众所周知的，但东部野牛的血腥历史却被湮没。无论是历史学家还是生物学家似乎都没意识到它的初始数量十分庞大，或者没意识到在欧洲人开始入侵北美时，它是大西洋滨海地区占统治地位的大型食草动物。

东部野牛毛皮呈黑色，栖息在森林里。它不仅是同类中体型最大的，而且还长着最大的牛角；它的皮异常结实，除了最锐利的武器外，任何东西都无法刺穿它。对于当地的弓箭手和长矛手来说（应当记住，在从西班牙引进驯养马之前，美洲是没有驯养的马的），要猎捕这些牛是极其困难的。同时，因为林地印第安人有很多易捕获的猎物供其支配，所以野牛似乎很少受到印第安人的猎杀。可是东北部的印第安人部落由于没有更好的冬季睡袍，有时也会冒险去弄到这种巨大的毛茸茸的牛皮。第一批葡萄牙人可能从东海岸的印第安人那里偷来或交易得来了一些袍子，正是这些袍子使他们注意到，在新大陆他们可以从这种黄皮革中大赚一笔。

1575年前，葡萄牙人一直对北美的黄皮革保持着垄断地位，但后来法国人却得到了风声。1542年，罗贝瓦尔先生顺着圣劳伦斯河向上进行了一次短途航行，他特别提到当地人"也要吃牡鹿、野猪、野牛、豪猪……"之后不到十年，法国人已忙于做野牛皮的买卖了，而到16世纪中叶，他们在野牛皮生意上几乎取代了葡萄牙人。雅克·卡蒂埃的两个侄子在圣劳伦斯河"年复一年地继续与野蛮的印第安人做着野牛皮（以及）野牛牛犊的生意"。法国人将这种生意扩展到了南方。佩德罗·梅内德斯（Pedro Menendez）向西班牙国王菲利普二世写信，抱怨法国人突袭了海岸。他写道："1565年，还有之前的几年，印第安人沿着波托马克河（Potomac River）带来了野牛皮，然后用独木舟沿着海岸运到圣劳伦斯河湾附近的法国人那里。就这样，法国人在两年内获得了六千张牛皮。"

没过多久，法国生产的黄皮革就特别出名了。正如沙勒瓦写到的那样："在已知的世界里，没有（比这种皮）更好的了，这种皮很容易被制成皮革。它特别结实，但又和最好的羚羊皮一样柔软。"布里斯托尔（Bristol）商人托马斯·詹姆斯（Thomas James）说，它和海象皮一样，韧性强。英国从法国进口了大量的这种皮革，用来装备一个个兵团。至少有一个兵团，即著名的布福斯兵团，就是因为其士兵以这种皮革来装备自己而得名。

英国人最初获得这种财富时的份额落后于法国。但是，到1554年时，他们至少知道了到底什么是野牛，约翰·洛克（John Lok）的话就是明证，他说，一头大象"比三头野牛还要大"。到16世纪70年代时，英国人知道了野牛长什么样："这些野兽像奶牛一样大，它们的肉很好吃，皮可做优质皮革，毛非常有用，像羊毛一样……英国人听说与之相关的事物已有十年了。"

安东尼·帕克赫斯特于1574年至1578年间在纽芬兰海域中捕鱼，他结识了几个葡萄牙海员。他们答应带他到布雷顿角并进入"加拿大河"，即圣劳伦斯河。让他恼火的是，他们食言了。不过他从他们那里得知了"野牛"的存在。"野牛……在靠近（纽芬兰）的地方有许多（野牛）栖息在大陆上。"

大约就在这个时候，另一位英国海员约翰·沃克（John Walker）对诺兰伯加（Norumbega），即缅因海岸和芬迪湾地区进行了一次可能是海盗式的访问。当时这一地区正受到法国人的影响。沃克对圣约翰河的下游进行了考察，在这里，他和他的水手们"在一个印第安人的房屋里……发现了……三百张干牛皮,其中大多数都有十八平方英尺(约一点六平方米)大"。我们得知这些牛皮是"一种比(家养的)牛还要大得多的野兽"的皮。沃克将偷来的牛皮带到法国,以每张四十先令的价格卖掉了。在当时这可是一大笔钱。这份报告最后补充道:"大卫·英格拉姆同意这点,(他)形容那头野兽很大,猜想它可能是一种野牛。"

大卫·英格拉姆是一名英国水手,于1568年被约翰·霍金斯(John Hawkins)放逐到墨西哥湾海岸。在之后的两年里,大多数时候英格拉姆是沿着大西洋滨海地区向北行走,去找寻欧洲同伴,同时他也得到了当地居民的帮助。最后他在现在的新斯科舍中部遇到了一个法国商人,和他一起去了法国,然后回到了英国。1582年,他在英国和汉弗莱·吉尔伯特爵士的代理商们见了面,他告诉他们:"(在他走过的沿海地区)有大量的这种水牛,这种野兽有两头牛那么大……像猎狗一样,耳朵长长的,周身还长有长毛。牛角弯弯的,像公羊的角。眼睛是黑色的,毛和山羊的毛一样,又黑又粗又蓬乱。这些野兽的皮卖价很高。"在另一个场合中,有人引用了英格拉姆的话:"一个名叫(诺兰)伯加的地方或城镇……有大量的(野)牛皮。"

历史学家们认为沃克偷的那些皮(可能是诺兰伯加的印第安人收集起来准备跟法国人交易的皮子)是驼鹿皮。但考虑到这些皮有"十八平方英尺"这么大,这种结论是站不住脚的。所谓的平方,是指相邻的两边相乘而得出的平方面积,这就是这种兽皮的售卖方式。即使是把最大的驼鹿皮展开也不会超过十五平方英尺(约一点三平方米)。而现存的个头最大的林地野牛——尽管个头比东部野牛小——其兽皮的大小的确能有十八平方英尺(约一点六七平方米)。[1]

汉弗莱·吉尔伯特爵士对英格拉姆的故事和沃克的航行特别感兴

---

[1] 由于东部滨海地区的野牛灭绝后,法国的兽皮交易就转向驼鹿,但同时又用"野牛皮"这个名字来标记这个产品,所以人们就感到了困惑。——原注

趣，因为在16世纪70年代，他进行了一次冒险，想建立一个殖民地，以期确立英国对纽芬兰、诺兰伯加和新斯科舍的宗主国地位。他必须说服潜在的支持者们，让他们相信这场冒险是有利可图的。他的结论便是野牛就可以做到这点。1580年，他派遣一个名叫西蒙·费迪南多（Simon Ferdinando）的葡萄牙人向诺兰伯加海岸航行。费迪南多从该地区带回在别处被认为是野牛皮的"许多大兽皮"。

这时，法国人开始担心英国人会侵犯他们在黄皮革上的垄断地位。1583年，艾蒂安·贝朗格（Etienne Bélanger）带了一批人从布雷顿角向南航行到科德角，可能是为了阻止英国人的野牛皮交易。据哈克路特说，英国人在次年同弗吉尼亚海岸的印第安人进行了野牛皮的交易。这些可能只是为追求财富而冒险的众多例子中的两个，就像约翰·沃克在诺兰伯加一样，从兽皮贸易当中获了利。

他们的运气可能不太好。到1590年时，即对野牛皮的掠夺程度日益加大持续了近一百年之后，曾在哈得孙河-尚普兰湖（Lake Champlain）山谷一带栖息过的大多数野牛似乎已经消亡了。随着16世纪的结束，阿巴拉契亚山脉（Appalachian Mountains）以东随处可见大量野牛的日子也结束了。对于16世纪东部滨海地区的原住民而言，野牛皮所起的作用就和后来在更远的西部印第安人部落中海狸皮的作用一样，它们成了一种货币，可以用来购买枪支、金属器具、小饰物和酒。东部森林里那些健壮的黑色野牛，被人用尖锐的石头武器攻击时，受到的伤害很小。现在这些人有了枪，它们就成堆成堆地倒下。席卷整个大陆的第一股臭味就是野牛腐烂的尸体散发出的恶臭。

在17世纪的前几十年里，虽然还有大量的东部野牛，但只在远离海岸的内陆地区才有。1612年，塞缪尔·阿格尔（Samuel Argoll）爵士沿着波托马克河逆流而上航行了大约二百英里（三百多千米），到达现在宾夕法尼亚州南部附近。"进入这个地区后，我发现了大量的牛，像母牛一样大。我的几个印第安人向导杀了两头来吃。我发现它们的肉美味可口，也有营养。这些牛杀起来也很容易，它们身体笨重，行动缓慢，也不像荒野里其他动物那么难以接近。""'用枪'杀起来很容易"才是这段话的意思。

简直是太容易了。1624年以后，再也没有有关波托马克河野牛的记载了。在遥远的北部，新法兰西的休伦（Huron）地区，情况也是如此。到1632年时，据耶稣会的萨嘎德神父说，虽然"我们的一些兄弟见过野牛皮"，但是在过去几年里谁也没有见过活的野牛。甚至连塞缪尔·尚普兰也没有赶上看见活野牛，虽然早在1620年他就将野牛与驼鹿、麋鹿一起列为新法兰西的宝贵资源。1650年左右，皮埃尔·布歇（Pierre Boucher）写道："至于被称为野牛的动物，（现在）只在……魁北克向西和向北大约四五百里格才有。"

东部野牛的残余部分仍然在其栖息地的中部和南部继续生存着。因此在1680年，拉萨莱（La Salle）先生记下了它们还出现在纽约、宾夕法尼亚、新英格兰西部，一直向南至佐治亚州等地。大约在1705年，库特芒什还报告说，在伊利诺伊河（Illinois River）河谷中仍然有不计其数的野牛。

在阿巴拉契亚山脉屏障以西，野牛一直生存到17世纪的最后几年。欧洲人在那时沿着野牛踩出深深足迹的小径，从这些隘口蜂拥而入。丹尼尔·布恩是这场入侵的先锋。他和他的同伴们提到过许多像蓝色盐渍的地方，也就是野牛常去舔盐的盐渍地。伸向四面八方的野牛小径在此汇合，这些小径"被踩得很深，就像一座大城市的街道"。

历史书上提到这些人时经常称之为"吃苦耐劳的拓荒者"。他们与其说是定居者不如说是四处游荡的掠夺者，他们的目光都集中在毛皮上，而不是土地上。他们迅速向西蔓延，给所有大型动物带来了毁灭性的破坏。到1720年时，在坎伯兰（Cumberland）和阿勒格尼（Allegheny）山脉的峡谷和幽深之处，被忽略的几个小牛群就是东部野牛仅有的幸存者了。一份纽约动物协会（New York Zoological

Society）的报告指出，到1790年时那些藏在阿勒格尼山脉中的野牛"已经减少到只有一个牛群了，这个牛群也仅有三四百头牛，它们一直都在七座大山的荒野中避难。大山周围都是移民定居点，它们躲在山中人们几乎无法进入的地方，存活了很短的时间"。

时间确实很短。在1799年至1800年的严冬，牛群的数量已经缩减到不足五十头了。它们遭到了穿着雪鞋的猎枪手们的包围。野牛在齐肚深的雪地中无法动弹，站着就被屠杀了。第二年春，在同一地区发现了一头公牛、一头母牛和一只小牛犊。母牛和小牛犊立即遭到枪杀。公牛逃掉了，但没过多久就在一个名叫野牛的十字路口被杀死。

此时野牛的末日已经临近了。1815年，据说有一头孤零零的公牛在西弗吉尼亚州的查尔斯顿（Charleston）被杀死。直到1825年才有关于野牛的报道。那时在阿勒格尼山脉的幽深处发现了一头母牛和小牛犊。野牛一被发现就必定要被杀死。就这样，不仅是东部野牛，就连密西西比河以东的所有野牛遗种都消亡了。

东部野牛的灭绝并没有引起人们的注意，也许是被人忽略了。当时忙于"征服西部"的征服者们已经开始了一场新的屠杀，这场屠杀很快就会变成一场将所有野牛都吞噬掉的毁灭性龙卷风。

根据博物学家兼作家的欧内斯特·汤普森·西顿估计，到1800年左右时，在北美还活着四千万头野牛。它们几乎都在密西西比河谷以西。欧洲人使用武器花了三百多年才处理掉最初的几百万头，而此后却花了不到一百年的时间就将其余野牛灭绝了，在人类对动物所犯下的一长串罪行中，这是最肆无忌惮的一次展示。

出于三个相互关联的动机，平原野牛、俄勒冈野牛和林地野牛遭到了有计划的屠杀。第一个动机是美国人将屠杀野牛作为消灭西部印第安民族的一部分（印第安人的生存依赖于野牛）。第二个动机是屠杀野牛能赚钱。第三个动机是一种可以随心所欲的嗜杀欲。

第一个动机在菲利普·亨利·谢里登（Philip Henry Sheridan）将

军的一份声明中被暴露无遗，这份声明是当时美国政府和军方政策的缩影："野牛猎人在过去的两年里做了很多工作来解决令人烦恼的印第安人问题，比整个正规军在过去三十年里做的还要多。他们正在摧毁印第安人的食物供给。如果你愿意，就送他们枪支弹药，让他们去把野牛杀死、剥皮、出售，直到将野牛灭绝为止！"谢里登后来告诉国会，应该铸造一枚勋章颁给那些牛皮猎手，勋章的一面是一头死去的野牛，另一面是一位死去的印第安人。

大约在1800年时，从商业角度来看，北美东部适合制造皮革的大部分大型陆地动物，包括东部野牛、东部麋鹿、林地驯鹿，甚至大多数地区的驼鹿，不是已经灭绝就是濒临灭绝。[1]然而对各种皮革的需求却从未像现在这么大，而且这种需求还在飞速增长，所以对西部牛群的开发创造了一个赚钱的大好机会。而野牛皮经过加工后上面仍可以保留浓密茸毛，对于这种野牛皮大氅的需求日益激增更刺激了欧洲人对野牛的开发。在欧洲，尤其是在北美东部，野牛皮大氅成为一种时尚，引发了人们对它的狂热收购，似乎每个人都得有一件或多件野牛皮大氅才行。

西部平原上的大规模屠杀加上东部工厂的大规模生产，很快就生产出大量的牛皮制品，从机器的皮带到警察的外套，样样都有。19世纪40年代，每年仅在加拿大东部和美国卖出的野牛皮大氅就有九万件，而这只是野牛遭受致命的毁灭进程中的冰山一角而已。

西顿估计，被杀的平原野牛中，只有三分之一被剥了皮。并且，许多剥下的皮未经加工就用作他途了。比如，会被就地当作油布，用来遮盖干草垛免受雨淋；或者被当作栅栏，将种田拓荒者的牲畜关在里面；或者用作容易更换的屋顶和外墙保护层。

---

[1] 曾在大西洋滨海地区普遍存在、分布范围广的东部麋鹿现在已经灭绝了。分布地带和数量都曾和东部麋鹿相同的林地驯鹿，现在在东部地区已实际上灭绝了。驼鹿在遭受兽皮猎手以及后来的打猎爱好者的残害后，在大部分滨海地区已被消灭了。虽然在有的地方，如纽芬兰，驼鹿还比较常见，但其原来东部的栖息地中有四分之三已经看不到它们的身影了。——原注

野牛的赚钱途径不仅限于大氅和皮革。人们仅仅为了得到牛油，就将数十万的野牛枪杀。牛油被炼成牛脂，在东部工业中大量使用。人们认为牛舌是一种美味佳肴，而有时仅为了得到牛舌，他们就杀掉了不计其数的野牛。除了为了得到牛皮外，进行的最大规模的屠杀就是为了得到牛肉。当时牛肉是铁路工人的主食。这些铁路工人们像蚂蚁大军一样，在平原上"爬行"，身后留下了新铁路那横跨整个大陆的闪闪发光的钢轨。

西顿又估计，到1842年时，每年捕杀的野牛总数达到了二百五十万头，西部牛群在炽热的杀戮狂热中像自己的牛脂一样很快就被融化了。1858年，一位名叫詹姆斯·麦凯（James McKay）的红河贸易商、陷阱捕兽者，骑着马与一群小马走了二十天才穿过一群连绵不绝的野牛，"四面八方，一眼望去，草原上全是黑压压的野牛"。五年后，麦凯穿过的那片野牛群已成为"过去的事情"了。

在遥远的南方，联合太平洋铁路（Union Pacific Railway）于1867年修到了夏延（Cheyenne），穿过了剩下的野牛栖息地带中心。这匹铁马带来了无数的白人猎手，同时把剩下的野牛分为南北两个牛群。

西顿说："1871年，圣达菲铁路（Santa Fe Railway）穿过了南部牛群的度夏场地堪萨斯州，此时野牛的数量已降至四百万头。"紧随铁路而来的是牛皮猎手和打猎爱好者的大屠杀。打猎爱好者们正向西部赶来，只是为了找乐子，就开始参与到大屠杀中。1872年至1874年间，这两方的屠杀者记载杀死的野牛数量为三百一十五万八千七百三十头！有一位被称作卡弗（Carver）博士的打猎爱好者吹嘘自己骑在马上，"在二十分钟的追赶中"杀死了四十头野牛，仅仅一个夏天就杀死了五千头。

把西顿的话换一种表达就是：那实际上是南部牛群的末日。虽然还有一些零零散散的牛群继续存活在偏远的地区，但是它们也遭受了无情的捕杀。1889年，最后一个由四头野牛组成的牛群被一伙打猎的海军军官发现。野牛惊恐万分，向西逃窜。在追赶了好几英里后，一个名叫艾伦（Allen）的家伙朝一头母牛开了四枪。母牛又跑了两英里（约三千米），来到一个湖边，走进深水处，陷入绝境，直至死去。当时一位摄影师拍下了这些胜利者拿着母牛的皮和肉的照片。另外三头野牛也在不久之后被猎杀。

北部牛群的情况也不妙。在1876年之前，严寒的冬季和充满敌意的印第安人阻止了白人的捕杀。但就在那一年，美国军队"安抚"了印第安人，并鼓励想获取牛皮和牛肉的猎手对野牛进行猛攻。然后在1880年，北方太平洋铁路（Northern Pacific Railway）开进了中部地区，这就成了地球上最后一个野牛群的末日。

到1885年时，没有人知道还有没有哪个野牛群还自由自在地活着，但它们依然还在出现。1887年，英国博物学家威廉·格里布（William Greeb）沿加拿大太平洋铁路(Canadian Pacific Railway)游历了西部。他写道："四面八方的路口上都是野牛的足迹，还有在太阳下晒得发白的头盖骨和骨头。在我们停下歇息的一些水塘边，有人收集了一堆堆的骨头和其他头骨，准备卖给炼糖厂和现代肥料厂。"就利润而言，野牛的最后一根骨头都可以赚钱。

1850年至1885年间，美国商人们经手的野牛皮超过了七千五百万张，其中大多数是经过铁路运往东边。铁路对野牛的灭绝起了直接和间接的作用。威廉·弗雷德里克·科迪（William Frederick Cody）被称作"野牛比尔"，他被堪萨斯太平洋铁路公司（Kansas Pacific Railway）雇佣为猎手，捕获野牛肉给该公司的劳工作为食物。他在短短十八个月里杀死了四千二百八十头野牛，因而声名鹊起。

铁路公司也用野牛来招待乘客。当火车驶入步枪射程之内的牛群时，火车就会减慢速度或停下来，然后摇下车窗，邀请乘客用公司精心准备的枪支和弹药去玩一玩。男女乘客都会利用这个机会好好乐一乐。没有人试图利用这些被枪杀的野牛尸体，除了火车乘务员。他们有时会割下一些牛舌，在下一顿饭时端给女士们和先生们，以此称赞他们精准的枪法。

为毁灭野牛这种罪行而辩护的人承认，它们的结局是不幸的，但他们坚持认为这是不可避免的。他们说，为了更有效地利用土地，野牛必须消失。这是现代人用于证明灭绝其他动物具有合理性的另一个令人怀疑的理论基础。那些研究不同栖息地动物的产肉能力和不同食草动物的产肉能力的专家们最近得出结论：西部平原在人类管理下生产出的牛肉从来没有超过，甚至从来没有等同于，该地在没有人类放牧的情况下所产出的牛肉。通过灭绝野牛而代之以牛所取得的成就，不过是用一种不太兴旺、价值不高的家畜来替代更有价值、更加兴旺的野牛罢了。

无论如何，屠杀野牛绝不是为农民腾出土地。在屠杀野牛时，这个借口还没有被发明出来。而残酷的事实是，这个星球上最壮丽最有生命力的动物遭到毁灭的原因无非是我们想要灭掉平原上的印第安人，以及我们对战利品的贪欲……以及嗜血的欲望。

十 野生猫科、犬科动物

猫科动物：美洲狮、猞猁、短尾猫

北美洲的大猫科动物，即美洲狮，是一种黄褐色的长尾动物，从鼻尖到尾尖长达九英尺（约二点七米），重二百磅以上（九十多千克）；它在交配时发出的可怕叫声会让不知情的人感到恐惧。

在西方人到来之前，美洲狮在美洲西部被称为山狮，在美洲南部被称为美洲狮，其栖息范围是新大陆所有哺乳动物中最广的：北至不列颠哥伦比亚和育空地区（Yukon Territory），东至新斯科舍，南至整个美国、中美洲以及南美洲南端的巴塔哥尼亚。美洲东部的美洲狮常被称作美洲豹，在除了纽芬兰之外的加拿大大西洋各省、墨西哥湾以南和佛罗里达州的森林中游荡。

早期的新英格兰人非常怕美洲狮。17世纪20年代，希金森（Higginson）称它们为狮子。大约1634年的时候，威廉·伍德这样写道："至于狮子，我不敢说我亲眼见过，但有些人确定他们在离波士顿不到六里格（约二十八点九千米）的安妮角（Cape Anne）见过狮子。还有些人在林中迷了路，听到可怕的吼声，把他们吓呆了，那一定是魔鬼或狮子发出的……此外，普利茅斯人（在这些海岸边）做过狮皮生意。"

到1720年时，法国人通过与印第安人接触，就已经知道了美洲狮，沙勒瓦在描述它时用的是印第安人给它取的名字：carcajou。

"除了印第安人，北美驼鹿还有其他敌人……其中最可怕的是美洲狮。美洲狮是一种猫科动物,尾巴很长,可以在身上缠上几圈……这个猎手一靠近北美驼鹿就向它扑去,紧紧扼住驼鹿的喉咙,并用它的长尾巴缠住驼鹿,然后咬断驼鹿的脖子。驼鹿没有办法躲过这场灾难,只有在被抓住的那一刻奔到水中……(如果驼鹿做到这一点)因为美洲狮不耐水,它会立刻松开猎物……这个猎手也没有灵敏的嗅觉,所以它会带上三只狐狸一起去打猎,并派它们去侦察。它们一嗅到驼鹿的气味,两只狐狸就会各站在它的一侧,第三只则站在它的后面。三只狐狸配合巧妙,不断骚扰驼鹿,迫使它走向美洲狮处,然后狐狸和美洲狮就一起将它解决……分吃掉猎物。美洲狮的另一个诡计……就是爬上树,蹲伏在向外突出的树枝上,等到有驼鹿经过时,它就扑下去……我们在(其他)哪个时候能看见像狐狸以及美洲狮这样天生就有这么强的本领,这么善于运用技巧的凶残动物呢?"

这让沙勒瓦似乎很容易就相信了美洲狮和狐狸之间配合默契,但事实是,狐狸常常只能清扫美洲狮吃剩的猎物。

尽管美洲狮享有凶名,但它却无法与欧洲人的武器和奸诈相抗衡。在面对一群狗,甚至是一只狗时,它常常会逃开,爬到树上躲起来。这时,即使是用17世纪的原始火枪也能轻松地杀死它。职业捕狮者认为美洲狮很胆小,但它只是希望避免同人类发生冲突。然而,冲突是避免不了的。东北地区的美洲狮、东南地区的美洲豹都受到骚扰和折磨。职业捕狮者通常每杀死一头都能得到奖金,因此除了躲进诸如佛罗里达州的大沼泽、阿巴拉契亚山脉的一些小块地区、加斯佩和新不伦瑞克的那些巨大而茂密的森林这样的避难处外,它们再也无处可躲了。

魁北克的最后一只美洲狮于1863年在索雷尔(Sorel)附近被杀害。它死后,连名字也一块消失了。这个名字再次出现时,却是被用在加拿大西北部的貂熊身上。安大略省的最后一只美洲狮在1884年遭到杀害。20世纪初,人们认为除了佛罗里达州的沼泽地深处还有一些美洲狮在苟延残喘外，在加拿大东部和美国，美洲狮已经灭绝了。[1]

第二次世界大战后，北美东部出现了一个特别的现象。关于美洲狮重新出现在从佐治亚州至新不伦瑞克这一带的传闻开始传开。起初听到的人很少，只是零星几个地方有传言，但最后却流传甚广，几乎人人都听说了。虽然这类的报告已有数百个，但除了其中的四个以外，其余的都未经证实。自1950年左右以来，在东部地区实际上只有四只美洲狮被杀。但其中三只似乎是从佛罗里达的沼泽地走失的，而第四只则是一只逃出来的半驯养动物。尽管如此，人们相信美洲狮仍然存在的愿望还是如此强烈，甚至连一些曾持怀疑态度的科学家也被说服了。

时任新不伦瑞克省东北野生动物研究所（Northeastern Wildlife Station in New Brunswick）所长的布鲁斯·S.赖特（Bruce S. Wright）从1948年就开始调查轰动一时的看见美洲狮的各个案例，到1975年他去世时，调查工作还在继续。那时，他已经收集了三百份报告，甚至还发现了一份他认为是美洲狮的足迹的报告。在赖特1959年出版的一本书中，他坚持认为东部的这种大型猫科动物不仅存活了下来，而且数量可达一百只，主要分布在缅因州和新不伦瑞克省，但向西也可能延伸至加斯佩，向东延伸至布雷顿角。

就我而言，我倒是非常乐意看到赖特的乐观看法得到证实。可是，尽管美洲狮的块头很大，尽管每年有大量的猎人去到假想中美洲狮的栖息地，尽管有越来越多的关于人们在特鲁罗（Truro）市郊这些不可能出现美洲狮的地方见到过关于美洲狮的报告，但残酷的事实是，本世纪没有出现过一例美洲狮被杀的报告，在加拿大东部或缅因州也没有发现一块狮肉，一根狮骨，或一张狮皮。虽然很不情愿，但我不得不得出这样的结论：主观期望会让你对此抱有执念，东部森林中的大型猫科动物

---

[1] 佛罗里达美洲狮和东部美洲狮是不同的种群。到1984年时，有人认为活着的佛罗里达美洲狮只有二三十只了。——原注

现在已是鬼魂了。

据勒克莱尔（LeClercq）所说，大约1680年的加斯佩地区出现了"三种狼。(其中一种被称作）猞猁狼（Loup Cervier），银色毛皮，头顶有两簇乌黑的毛。它的肉不好闻，吃起来还不错。这种动物看上去很可怕，但实际上没那么凶猛"。

人们在重建北美大陆博物史时遇到了十分混乱的情形，而勒克莱尔所称的三种"狼"，正是这种混乱的典型例子。虽然在加斯佩地区确实有三种犬科动物，但无论是猞猁狼还是勒克莱尔所说的三种狼中的另一种即海狼（Loup Marin），都不属于犬科动物。海狼实际上是一种海豹，而猞猁狼实际上就是猞猁。

猞猁，身体粗壮，短尾，长腿，可能在南部并不常见。它的栖息地从美国的北部一直延伸到北极的林木线。早期的皮货商对它的兴趣不大，因为当时的欧洲市场需要的是毛发短而浓密的毛皮。它一开始也似乎没有引起欧洲人太大的敌意，可能是因为它很胆怯，昼伏夜出，人们就很少碰见它，甚至很少知道它就在附近的缘故。

后来，人类对动物胡乱归类的荒谬行为导致猞猁成为受害者。由于英国殖民者找不到合适的名字来称呼这种动物，便采用了法国人给它取的名字——猞猁狼，但他们却将该词讹用为魔王。一句古老的箴言说，给狗加上坏名声，它就永远洗不掉这个坏名声了。这里狗被换成了猫科动物猞猁，箴言也同样有效。虔诚的清教徒认为，任何以魔鬼命名的动物都是人类的敌人，因此，当猞猁被人们赋予了魔王的品性以后，就和山猫一起被列入了被禁动物的名单。

虽然在欧洲人首次到达北美时，在东部滨海一带，至少在南至切萨皮克湾一带，似乎处处可见"魔王"；但是，移居者们只给"魔王"留了很短的死亡前的忏悔时间。到19世纪中期，除了美国北部森林茂密之处外，它在其他地方都被消灭殆尽。那时，它已经摆脱了"魔王"这个称号，恢复成它的欧亚亲缘种的最初名字：猞猁。但是，去除了魔鬼污名并没有减轻人类对它的迫害。因为在几个世纪里，它那柔软、色彩淡而柔和的毛皮已变得十分昂贵，所以到19世纪末的时候，它在整个北美北部遭到了商业性捕杀。

到第二次世界大战开始时，除了在新英格兰北部还零星分布着几十只猞猁外，它在美国已几乎灭绝了，在爱德华王子岛上已全部灭绝，在加拿大沿海其他各省的数量稀少到每年只能诱捕到少量几只，尽管哪怕是在大萧条时期，猞猁皮的价格也已高达四十美元一张。

纽芬兰的情况很特别。该省历史上第一次提到猞猁，似乎是指柯尔特里尔兄弟（The Corte Real brothers）于1500到1501年间在那里发现的"老虎"。到1505年时，至少有一只活猞猁被当作礼物，从纽芬兰运到大洋彼岸送给英国国王亨利七世。其他一些资料里会提到"魔王"（有时是这样称呼它的），这就清楚地表明猞猁在整个纽芬兰都是非常常见的，直到19世纪时，它似乎突然消失了。它消失得太突然，以致有些生物学家断定直到19世纪后期，拉布拉多的猞猁穿越冰封的贝尔岛海峡前，纽芬兰根本就没有过猞猁。

这种误解似乎源于目前的一种观点。这种观点认为猞猁极度依赖各种雪兔，没有雪兔，猞猁就无法生存，因此，在19世纪80年代纽芬兰引入雪兔之前，猞猁不可能在纽芬兰生存下来。事实是，在欧洲人到来之前，纽芬兰猞猁（已经演化成一个单独的亚种）以捕食当地的北极野兔为生，而且活得很好。另外，它也偶尔捕食在岛上漫游的大群驯鹿中失散的小鹿。正是白人对这两种动物的大规模毁灭才几乎导致纽芬兰猞猁的灭绝。而具有讽刺意味的是，正是人类引进了生殖能力强的各种雪兔，猞猁被灭绝的命运才得到反转。

猞猁在纽芬兰保留了一席之地，但在其他地方的命运却很悲惨。大约从二十年前开始，猞猁毛皮被时尚界的权威人士提升到"极其自然的花色毛皮"的高度。猞猁皮的价格立刻飞涨。到20世纪70年代末期，一张好的猞猁皮价值两百美元。由于市场需求十分旺盛，企业家们租用了飞机，将陷阱捕兽者载到以前从未涉足的地方。这些捕兽者们使用陷阱、罗网和毒药把大片地区的猞猁扫荡一空。他们对猞猁的屠杀范围非常广泛，以至于到1982年时，猞猁皮的"产量"急剧下降。根据经济规律，这种短缺会导致价格的急剧上涨。因此，虽然1983年加拿大猞猁的捕捉量只有1982年的一半，但每张猞猁皮的平均价格却上涨到四百至五百美元，单张皮的售价高达一千美元。

猞猁的数量下降得太快，所以安大略省就考虑在1985年实行一次禁猎。在东部滨海地区，猞猁的数量曾经很丰富，但现在已经十分稀少，以至于新不伦瑞克省已宣布猞猁为受保护动物。在新斯科舍还允许猎捕猞猁，因为人们认为还可以找到它。但在过去的几年里，却也只得到为数不多的几张皮。

根据一向乐观的新斯科舍省土地与森林管理局（Nova Scotia Department of Lands and Forests）的看法，据猜测，布雷顿角岛上有"健康的猞猁育种种群"。但在过去的三年里，我只看到过一次猞猁的脚印，却一眼都没见到过猞猁。捕兽者告诉我，该动物实际上已经灭绝了。不仅是在布雷顿角，而且在该省的其他地方也是如此。从商业角度来说，可能除了拉布拉多以外，在北美东部沿海地区猞猁已经被灭绝了。在大陆西部沿海地区，猞猁的情况也并不妙。

短尾猫体重大约二十磅（九千克），是最初在东北地区栖息的三种野生猫科动物中最小的一种，可能也是数量最多的一种。由于它比猞猁更喜欢南方的气候，所以它的栖息地向北只延伸到圣劳伦斯河和圣劳伦斯湾。短尾猫的毛粗糙易断，在皮货贸易中并不值钱，但这并没有使它免受欧洲入侵者的残杀。因为欧洲人认为，野猫是一种贪得无厌、嗜杀成性的动物，它不仅捕杀人类渴望得到的动物，而且也捕杀家畜。

早在1727年，马萨诸塞州就悬赏三十先令捕杀一只短尾猫；到20世纪30年代，赏金还有十美元。在入侵者定居的各个地方，短尾猫几乎都有同样的遭遇。这最终使得短尾猫在以前广泛分布的大部分栖息地中就只有部分残余了。除了美国东部和加拿大沿海各省中的几个森林禁猎区外，短尾猫在大陆东部地区实际上已被灭绝。

由于遭受了几百年的迫害，短尾猫的行踪已变得十分隐秘。直到20世纪60年代晚期，新斯科舍的土地与森林管理局对毛皮动物开展了一次调查，结果表明在新斯科舍中部的荒野地区还存在着一个数量相对较大的短尾猫种群。一经发现，该省就决定将这一资源作为吸引猎手们来该省的一种手段。

这就导致了世界短尾猫狩猎大赛的开始，该比赛以特鲁罗镇为中心。套用一则在美国体育杂志上广泛刊登的广告中广告词来说，就是"这里总是有足够多的猫等着你的猎犬去追捕"。第一届世界短尾猫狩猎大赛取得了巨大的成功。有大约六百只猎犬被放到新斯科舍的森林里，这些狗主要来自美国东部和中部。猎手们开着四驱车或全地形车跟着猎狗，一些更阔气的猎手则用上了直升机。像大多数被猎狗追赶的猫科动物一样，短尾猫也乐意爬到树上躲藏，然后就被猎手们轻轻松松地击杀。但是许多猎手并不立即杀死它们，而是喜欢让它们在树上藏不住，掉到地上，然后让猎狗把它们活活撕碎。

一年一度的狩猎活动最精彩的部分就是将捕获的短尾猫关进笼子里，然后吊在树枝上，上百只猎犬围在树下狂吠。值得注意的是，尽管新斯科舍省的土地与森林管理局禁止私人拥有捕获的短尾猫，但该局的官员却为这个项目提供祭品。

以特鲁罗为中心的狩猎非常成功。据报道，在1969年和1970年冬季，有一千七百二十九只短尾猫被杀害。到1975年和1976年冬季，遭杀害的短尾猫数量上升到一千八百六十二只，另外在附近的新不伦瑞克还有七百五十二只被屠杀，主要是打猎爱好者们干的。然而，随着东部滨海地区的最后一个短尾猫据点被既为取乐也为赚钱的猎手们有计划地摧毁后，世界短尾猫狩猎大赛的辉煌日子正在迅速失色。

犬科动物：爱斯基摩犬、红狐、北极狐、郊狼……

欧洲人首次到达北美大陆时，东部滨海地区栖息着三种犬科动物，还有几种家犬。从那以后，有两种野生犬和大多数当地家犬就消失了，但有一件事却很奇怪，那就是出现了一种新的犬类。在这种犬的兄弟们遭受现代人歼灭的世界中，它有可能给自己找到了生存的空间。

我们先来大概看看家犬的情况。家犬包括因纽特人养的所谓哈士奇、北美大陆印第安人养的几种小型雪橇猎犬和似乎只有纽芬兰才有的一种神秘的会泅水的黑犬。

直到1890年还能在拉布拉多海岸上看到土生土长的爱斯基摩犬。从照片上看，它与北极的爱斯基摩犬很相似，但体型更大点，身上的毛也没有那么厚，这倒是适合生活在气候更温和的地带。由于它赖以生存的人类部落遭到瓦解，它也因此灭亡。直到20世纪40年代，这种狗的杂交后代还残存在拉布拉多的一些定居点，如内恩（Nain）等地，在这些地方它们还可以拉雪橇和驮东西，发挥着有益的作用。在随后的几年里，它们被雪上汽车所取代，到现在，只有一些不被人们需要的癞皮狗还活着，但它们体内混进了多种引进犬类的血统，人们也无法辨认出它了。

北美大陆印第安人所养的几种狗也经受了同样的遭遇。在20世纪头几十年里，似乎没有明显证据能证明它们还存活着。上文提到的三种家养犬中只有一种活了下来，但它已经产生了变异。我能找到的关于它的最早记载出现在1593年驶向卡伯特海峡的"万寿菊号"船的航海日志中。船员们遇到了当地人，"还有他们的狗，黑色的，没有灰狗大，（这些狗）跟在他们的后面"。虽然历史学家们宣称贝奥图克人（纽芬兰的土著人）没有养过狗，但是我却发现大量的证据表明他们养着狗。并且，提到这种狗时，总是说"黑狗"，与大陆印第安人部落养的狗不一样。

这种黑狗可能就是在纽芬兰土生土长的。可以肯定的是，它就是我们现在所知的拉布拉多猎犬、纽芬兰猎犬和其他几种猎犬的祖先。直到20世纪50年代，人们还能在纽芬兰一些偏远的外港看到这种狗，它们从过去到现在一直都被叫作水狗。现在即使还有这种狗，数量也不多了，但是纽芬兰水狗的主要基因成分仍存续着。同它们从前的人类朋友贝奥图克印第安人相比，它们可谈论的东西还多点，因为贝奥图克人已经被纽芬兰的定居者和渔民们灭绝了，没有一个人活下来。

16世纪有两种狐狸栖息在东北滨海地区。红狐，无论毛色是红色还是黑色（或者银色）阶段的狐狸，在被森林覆盖的地区都曾数量庞大，现有的证据表明黑毛狐狸和红毛狐狸一样曾是随处可见。这是帕克赫斯特于16世纪70年代提到的来自纽芬兰的唯一一种狐狸。尚普兰报告说，20世纪初时，海象猎人在塞布尔岛"捕获了大量非常漂亮的黑狐，他们小心地把狐皮保存了下来"。约翰·罗斯（John Rose）说波士顿的狐狸非常多，"有些狐狸全身都是黑色"。甚至在1780年时，卡特赖特在拉布拉多南部一年内捕获的狐狸中就有十六只银狐，二十八只杂色狐（银红色），仅十九只红毛狐狸。和现在一样，黑毛狐皮，或叫银毛狐皮在当时价格高昂，这就导致了在北美洲东部残存的野狐中，这种颜色的变异狐狸已几乎消失。虽然红狐在它以前的大部分栖息地中仍然存活着，但是由于过去几年里时装贸易业对狐皮的需求不断增长，狐狸的数量大大减少，现在红狐已经非常稀少。

白狐的个头较小，比一只正常的猫大不了多少，它的情况比这还糟糕。像北极熊一样，人们现在认为在北极才有北极狐。事实上，它现在正式的名字就是北极狐。然而当欧洲人首次到达北美时，在拉布拉多的圣劳伦斯湾沿岸，甚至是在纽芬兰，北极狐都是一种常见的留兽。

北极狐的体色也同样有两种颜色的变异，即白色和所谓的蓝色变异，而蓝色实际上是灰色。帕克赫斯特告诉我们，在纽芬兰"有好多狐狸，黑色的，白色的，还有灰色的"。我们已经提到过黑狐了。北极狐只可能是现在这种北极狐。灰狐可能指的要么是冬天的"蓝狐",要么是夏天有蓝灰色皮毛的狐狸。因为无论什么颜色的狐狸,在春天蜕毛后,毛色都会变成暗褐色、棕灰色。

北极狐的特点是好奇心强,对人类温驯,这使它很容易受到伤害。我认识一位住在基韦廷(Keewatin)的荒原捕兽者,他每年在离他居住的小屋几十码处就能捕获一百多只北极狐。初秋的时候,他会把几头北美驯鹿的尸体放在他的"院子"周围,其距离远到这些尸体腐烂时发出的臭味不会让人无法忍受。北极狐在秋天和冬天都在冻原上过着游牧的生活,因此臭味会引来方圆数百平方英里之内的北极狐,会有几十只北极狐来吃这些腐肉。他说:"它们会像一群猫一样被踩在脚下,它们是那么温驯。"然后,在11月或12月上旬,当他认为北极狐的毛皮已长到最好时,就会在驯鹿尸体上放上番木鳖碱,接着就可以收获了。

在东北滨海地区,皮货商人对北极狐的屠杀数量超过了当地土生土长的北极狐数量。尽管如此,直到1779年,卡特赖特仍然能够在桑威奇湾杀死二十七只北极狐,占他当年捕获的所有狐狸总数的百分之三十。卡特赖特还指出那时北极狐仍在桑威奇湾中繁衍。甚至到1895年的时候,A.P.洛还说北极狐"在哈密尔顿湾的数量还很多,但是向南至贝尔岛海峡附近,数量却稀少了"。

一些生物学家断言,北极狐从来都不是该地区的留兽,只是在缺乏食物时才被迫从北极南迁,成为在该地过冬的短期来访者。这种看法重复了官方对北极熊和海象最初栖息地范围的解释,同样是谬论。毫无疑问,偶尔有大量的北极狐会向南迁徙。上一次出现这种迁徙是在1922年到1923年的严冬。当时,许多小北极狐在消失了几十年后,重新在拉布拉多南部海岸和纽芬兰北部出现。[1]但是,它们并不是真正意义上的迁徙者,而是避难者。它们可能在春天到来的时候并没有打算返回北

---

[1] 至少有一只北极狐向南行至布雷顿角,因为它在这里被捕获。——原注

极,而是留在了圣劳伦斯湾附近和纽芬兰,一直到几年后最后一只北极狐被捕杀。有充分的理由认为,如果没有下面两个因素,它们有可能重新成功地移民到它们曾失去的南部栖息地。一个因素是人类的直接迫害;另一个因素是现代人类的破坏性造成的间接结果,并且这可能是北极狐首先在南部消失的原因之一。

维克多·卡哈兰(Victor Cahalane)曾在《北美哺乳动物》(Mammals of North America)一书中说过,普里比洛夫群岛(Pribilof Islands)的蓝狐"夏季主要以鸟儿和鸟蛋为食,尤其是(海鸟,因为这些海鸟)栖息在悬崖上,狐狸可以爬上离海浪几百英尺高的陡峭山崖……它们经常叼走死鸟和鸟蛋,将它们贮藏起来……用来喂养正在成长的幼狐。尽管海鸟遭受了这样的伤亡,然而由于鸟儿的群栖地太大,狐狸似乎并未对鸟群产生什么影响"。加拿大北极地区东部的北极狐与纽芬兰的红狐都食用海鸟和鸟蛋。毫无疑问,南部的北极狐在夏季主要依赖海鸟群栖地觅食,而现代人对这些群栖地的破坏对北极狐的生存是个沉重打击。

无论如何,事实是北极狐在其昔日的南部栖息地上已灭绝。除了偶尔有几只北极狐随着北极浮冰向南漂移外(作为北极熊的走狗),现在只在北极和亚北极地区还生存着北极狐。这些向南漂移的北极狐发现自己成了异地的外来客,几乎没有或者根本没有希望逃脱已在那等着它们的枪炮和陷阱。

在这本书中,记录的大部分是动物的墓志铭,这些动物在欧洲人入侵它们的家园后无法生存下来。但哪怕记录下一种成功生存下来的动物,也令人欣慰。

"小狼"是平原印第安人给我们称之为郊狼的动物取的名字。在土著时代,它只是西部的一种动物,在大平原上分布的数量最多,与灰狼共享地盘,却不是次等生物。时间和死亡都证明,它的适应能力很强,在灰狼灭绝很久后,它还继续生存着。郊狼为了生存,在与它最大的敌人的斗争中，首先学会了如何从敌人使用的毒药、圈套、陷阱和枪炮下生存下来，甚至还开始弥补种群的巨大损失。下面是卡哈兰所著的一本书中的节选段。请注意，这本书写于1947年。

郊狼是垃圾工、卫生官员、卫生工程师和灭虫者。除了获得睡觉之地和食物外，它做这一切没有任何报酬……它能迅速终结衰老的、受伤的或挨饿的动物。它是筛选啮齿动物宿主最有效的手段之一，可以使农作物和牧场的损失减少，并降低动物流行病的危险。多年来，它淘汰掉了不适合生存者，让幸存者保持警觉。鹿、羚羊和其他有蹄类哺乳动物之所以能进化成动作迅捷、姿态优美、效率高的动物，主要应归功于郊狼和其他捕食者。要是没有（这些捕食者），它们在其栖息地上不仅会繁殖过多，吃得过多，而且毫无疑问会变得懒惰、肥胖，并患上肝硬化。

据估计，每年在美国、加拿大和阿拉斯加有十二万五千只郊狼被杀死、捕捉或投毒……（但）由于郊狼每窝产的崽多，产崽次数频繁，再加上郊狼聪明机灵、适应性强，尽管受到如此广泛的迫害，它们的分布范围还是很广，数量也在大幅度增加……它们已经蔓延到北冰洋沿岸……以及太平洋……甚至像缅因州和佛罗里达州这样离它们的天然栖息地很远的地方也偶尔会有郊狼到访。在东部，人们定期捕杀"长得像狗一样的奇怪的动物"成为当地报纸的轰动新闻。最终人们认定它是"大尾巴狼"。

尽管郊狼有各种缺点，但它不过是一个聪明的小偷，并常常是哺乳动物世界中很有用、让人很感兴趣的一员。没有了它，西部就不再是现在的样子了。如果没有它的哀歌，平原和沙漠就会寂静无声。不管怎样，我希望郊狼和它的子孙后代永远都会和我们共存。

卡哈兰的愿望并没有得到农业学家、打猎爱好者、猎物管理专家或是政客们的认同。我怀疑至少有部分原因是他们不仅把它视为竞争对手，而且还愤怒于这种动物成功挑战了我们统治所有动物的意图，从而犯下可憎的罪行。如果他们能随心所欲地处置郊狼的话，它早就灭绝了。郊狼现在还活着，并且一直占领着大陆的大片地域，而在这些地域上，人类已设法消灭了大多数其他食肉动物。这就意味着一种让人无法容忍的侮辱。

郊狼于20世纪70年代中期进入了新斯科舍。1982年，它们穿过人造堤进入布雷顿角。现在唯一未发现它们的省份或领地就是爱德华王子岛和纽芬兰岛。我甚至不敢说郊狼永远也上不了这些岛。在南方，郊狼已到达大西洋海岸，从缅因州一直到佛罗里达州。尽管我们对它的敌意已到要置之于死地的地步，但它却处处都在为进行远距离的迁徙而坚持不懈地努力着。

郊狼成功的秘诀似乎难以解释，但我想我知道原因何在。东部郊狼明显比它的西部亲缘种个头更大，颜色更黑。从一定程度上来讲，自从它开始向东部扩展后，靠正常的进化过程要达到现在这种程度，仅仅在一个世纪内是难以实现的。然而，人们很早就知道郊狼可以与跟它个头相当的家犬自由交配。我强烈怀疑，东部人所称的大尾巴狼就是最初的郊狼，就是现在已消失的大灰狼与野狗杂交后的狼种。如今的郊狼实际上是一种新的狗种，它结合了杂交优势与家犬所具有的能洞察人类行为的这种优势。如果真是如此，那么郊狼的成功就是因为它遵循了一句古老的格言：如果你打不过这些杂种，就加入他们吧。

无论它们有何秘诀，对这种坚强、精明、有韧性的郊狼，我的愿望和卡哈兰的愿望是一样的。去年夏天，我在布雷顿角听到了它半夜带着颤音的独唱，这是我离开西部平原快五十年以来第一次听到，离开时我还是个少年。

大约一万年以前，狼（灰狼）还是北半球上仅次于人类的分布最广泛、种群最兴旺的哺乳动物。从日本至印度、欧洲、北非和北美全境，都有许多颜色变异的和亚种的犬狼即灰狼出没。与早期的人类一样，灰狼也以家族或部落为单位，分散居住，没有哪个地方出现过大规模的狼群。每个家族或部落都有自己的打猎范围，广泛分布在极北地区的岛屿，亚热带地区的沼泽地和丛林，温带地区的硬木森林，戈壁滩上干涸的平原，以及阿尔卑斯山（Alps）、喜马拉雅山和落基山等高耸入云的山脉中。

有大量的证据表明，狼和猎人非但不相互敌视，反而彼此容忍，并且还喜欢这种近乎共生的关系，即一方的生存有益于另一方的生存。人之所以杀害狼常常是为了生存，是因为要填饱肚子。有一个公认的事实就是，猎人利用逐渐发达的技术造成的过量捕杀被狼充分利用起来。就在20世纪40年代，在加拿大北极中部地区养殖驯鹿的因纽特人还积极鼓励狼居住、生活在他们的狩猎场里。他们相信这种个头高大的野狗有能力"呼唤"迁徙中的驯鹿。狼似乎很乐意做出回应，因为它们从人类杀死的过剩猎物中得到了好处。

当人类抛弃打猎的传统，成为依靠家畜为生的农民或牧民后，就放弃了他们从前与狼的共情，并在一段时间后，开始将曾经的打猎伙伴视为与自己有深仇大恨的敌人。文明人最终成功地将真正的狼从他的脑海中彻底清除，取而代之的是一个人为塑造的狼的形象，即一个让人们对它产生几乎是病态的恐惧和仇恨、处处充满邪恶的形象。

当欧洲人开始征服新大陆的时候，狼无处不在。但起初狼并没有被认为有多大影响，这可能是因为早期的欧洲人不善于种田，而且他们还不是特别"文明"之故。大约在1574年，安东尼·帕克赫斯特几乎是偶然间提到了狼："我几乎忘记提到这些数量很多的狼了。"詹姆斯·扬于1663年到了纽芬兰，他同样也是偶然间写道："熊和狼……在这个地区的数量特别多。"直到1721年，德尼斯·德·拉·龙德（Denys de La Ronde）在写到爱德华王子岛时，明显是漫不经心地提到"（当地有许多体型巨大的狼"。

事实上，一直到18世纪中期，除了有入侵者定居点的地区外，人们对待狼的态度似乎都不太积极。探险家、毛皮猎人，甚至是渔民似乎都不害怕这种动物，也不认为它们会对人类生命构成威胁。在欧洲人定居下来，打算"驯服这片荒野，将其变成供人类娱乐和使用的真正的伊甸园"之后，有关狼极度贪婪，有着淌着口水的獠牙和血红的眼睛的可怕传说，才开始在这片大陆上出现。

到1750年左右，新大陆的狼正从天然的居民变为贪婪饥饿的怪物。正如新英格兰人所相信的那样："是魔鬼创造了这些怪物来折磨人类。"当时有一个公认的信念：只要狼还在森林、平原、冻原和山谷里游荡，荒野就不可能被"驯服"，新大陆就不可能被"征服"。因此，现代人类就对其同类发动了有史以来最残酷的蓄意灭绝之战。

1877年，菲利普·托克牧师记录下了在纽芬兰进行的这场战争的进展："几年前，这些动物在圣约翰斯附近还常见……通过了一项法令……《杀狼法令》(*The Wolf-killing Act*)，赏金五英镑……随着（人类）人口的增加，纽芬兰森林之王也相应地消失……（直到）人们不再知道它的存在。几乎每个民族的历史都证明，随着人类帝国的扩张，动物王国就相应地遭到侵略和破坏。纽芬兰的历史证明，一些海上居民和羽毛部落在人类的毁灭之下（已经）灭绝了。"

纽芬兰狼是一种非常独特的北极狼亚种，体型健壮，几乎全身纯白。它得了一个具有预示性的名字，贝奥图克狼（Canis lupus beothucus），以示它与纽芬兰土著人贝奥图克之间的联系。白狼作为另一种在"人类毁灭之手"下遭到灭绝的动物，很快就与它同名的人类部落会合了。1911年，人们所知道的最后一只白狼被枪杀。

在这片大陆上，任何地方的狼的经历基本上都是一样的。现代人类在奖金和奖励的刺激下，使用毒药、陷阱、罗网、枪炮以及通过使用先进技术制造的新式武器，包括直升机和杀伤性手榴弹，对狼发起了一场灭绝之战。显然，即使不是全世界的狼，但只有在北美的狼全部灭绝后，这场战争才会停止。

到1984年，除了在明尼苏达州东北部和密歇根州还有几百只濒临灭绝的幸存者外，在纽芬兰、爱德华王子岛、新斯科舍、新不伦瑞克、安大略和魁北克的所有南部地区、加拿大大草原，实际上还有墨西哥以及与加拿大南部接壤的美国各州中，狼已实际上灭绝了。1850年至1900年间，除阿拉斯加外，全美国大约有两百万只狼被枪杀、捕捉和毒杀，猎人们因此得到了奖金。在此期间，一个"捕狼者"带着一袋硫酸番木鳖碱，穿过一个个领地，在一个季节里就可以毒死五百只狼。在欧洲人征服北美的初期，栖息在北美的狼有二十四个亚种和种群。其中有七种现在已经完全灭绝，其余的大多数濒临灭绝。

狼的好名声和恶名声是相互交织在一起的。这里必须说明的是，绝大多数独立的科学见解认为，狼对其猎物的健康快乐起了至关重要的作用；狼对人类生存并无威胁，只是对家畜的损失负有微小的责任，并且在大多数时候，狼甚至不会在人类的定居点和农田附近栖息。我们置之于死地不是因为狼本身的原因，而是因为我们故意地、错误地将它看成是神话中所说的野蛮杀手的缩影。实际上这是我们人类自己内心的映射。

最近发生在不列颠哥伦比亚省的事情就例证了这种有计划地毁灭狼的行径。我们再次使用了我们正在协助"更受人喜爱的"动物繁荣发展这一值得怀疑的观点，在负责资源保护的内阁部长的带领下发动了一场灭绝之战。

"这些'漂亮的动物'在书上、照片上或图画上可能很漂亮，在动物园或精心设计的电影里可能令人印象深刻。但在现实情况下的丛林中，它们却是世上最危险、最邪恶、最残酷无情的杀手之一。与法利·莫厄特（Farley Mowatt）（原文如此）的看法相反，它们不会选择性地捕杀猎物。一群狼会尽可能多地杀死一群动物，通常是把它们撕碎，让它们慢慢死去。"

1983年11月，不列颠哥伦比亚省的环境部部长托尼·布鲁梅特（Tony Brummett）对狼作出了这通指责。布鲁梅特的选区包括该省东北角的皮斯河地区，这里是狼得以立足的最后几片荒野之一。该地区以纳尔逊堡（Fort Nelson）为中心，是那些主要来自日本、德国和美国的大型猎物捕杀者和战利品狩猎者的天堂。这些阔绰的女士们和绅士们的娱乐消遣为纳尔逊堡的汽车旅馆、餐馆和零售商店带来了一些经济利益，也为当地的导游公司和野营用具公司带来了极大的利润。

1983年年中，当有人告知布鲁梅特（他本人就是一个狂热的猎手）越来越多的外国打猎者正在耗尽皮斯河地区的猎物资源时，他与他的选民一样感到不安。缩减人类打猎的规模在政治上是不适宜的，所以布鲁梅特决定消灭人类唯一重要的天然竞争者，它们会和人类争抢北美驼鹿、大角羊、驯鹿和其他能作为战利品的动物。采取这种行动的另外一个好处就是将公众的注意力从真正的罪犯身上移开。简而言之，不仅从肉体上，而且从人们的思想上将狼弄成罪犯和打猎的靶子，这样，猎物缺乏的状况就会得到改善。

布鲁梅特采取的第一个行动就是让他部里的生物学家收集必要的"研究成果"，以证明起诉皮斯河地区的狼具有正确性。这些政府官员们随后就担当起法官和陪审团的角色，按所指控的罪名判决狼有罪，并建议对狼执行死刑。布鲁梅特随即指示该部的渔业及野生动物局的约翰·艾略特（John Elliott）博士来执行死刑，艾略特是起诉狼的首席检察官，也是常驻纳尔逊堡的"野生动物管理主任"。

出于政治原因，艾略特决定不公开宣布这个项目，用到这项事业中的纳税人经费也不会超过三万美元，可是艾略特是不会缺少资金的。加拿大野生动物联合会（Canadian Wildlife Federation）不列颠哥伦比亚分会和不列颠哥伦比亚北方导游协会（Northern B. C. Guides Association）已做好安排，为此提供额外的资金来租用一架直升飞机，以便艾略特搜寻和消灭皮斯河北部地区的狼群。

此时有必要说明一下加拿大野生动物联合会。该联合会于20世纪60年代由狩猎和捕鱼团体成立，以代表其特殊利益。决不能将它与加拿大野生动物局或加拿大自然协会（Canadian Nature Federation）相混淆（尽管这种混淆似乎很容易），前者是联邦政府机构，后者是资源和环境保护主义者团体的一个附属机构。加拿大野生动物联合会在募集资金和寻求公众支持时宣称，该联合会致力于"增加野生动物的数量"。而该联盟没有说明的是，在很大程度上，这种"增加"的目的在于提供活靶以满足其打猎爱好者会员。

我最近收到了来自加拿大野生动物联合会的一套精美邮票，上面绘有花朵、蝴蝶和鸣禽，随邮票还附有一份募捐请求，其中有一句动人的劝告："如果你在寄出的每一张明信片、每一封信或每一个包裹上都贴上这样一张邮票，它们会起很大的作用。它们展示了我们必须共同努力去保护的美丽遗产。使用这些邮票就可以提醒他人，野生动物、资源保护和健康环境的重要性。"

不列颠哥伦比亚省分会对艾略特博士的野生动物数量"增加"计划的协助包括与总部设在怀俄明州的北美绵羊基金会（Foundation for North American Sheep）的合作。这个基金会是一个致力于"增加"野生绵羊的数量，以供人们打猎的类似机构。该会的主席夸耀道，1983年该会花了八十万美元，其中"可观的一部分"用于猎杀加拿大境内的狼、焚烧森林和其他为改善猎羊者猎捕环境所做的努力。其中二十万美元用于支持艾略特博士和布鲁梅特先生的对狼进行管理的项目上。

加拿大野生动物联合会还安排了一千张彩票抽奖，每张彩票一百美元，为艾略特的工作筹集额外资金。这次抽奖活动的头奖是为期十天的津巴布韦狩猎之旅，幸运的中奖者将有机会在那里尽情地射杀非洲动物。

起初，所有这一切都是秘密进行的。但是在一月初，关于如何使用这次彩票抽奖所得的利润的消息被泄露了出来，闹得沸沸扬扬。一位刨根究底的记者后来不仅发现了布鲁梅特的计划内容，而且还发现艾略特博士已经在为此努力工作了。

艾略特待在该地区一位最富有的打猎爱好者的农场里，与外界隔绝。这位富翁也慷慨地向布鲁梅特所代表的执政党社会信用党（Social Credit Party）捐款。艾略特指挥着一支突击队，突击队配有一架直升机，并有几架固定翼飞机的支援。这几架飞机为"一些志愿者"所有，也由他们驾驶。飞机在荒野上呈扇形铺开，他们高兴地称之为"空中猎犬"。当其中一架飞机发现狼群时，飞行员就会通过无线电通知艾略特，然后艾略特的飞机就会飞往目标地点。当这几架轻型飞机把狼群驱赶到一起以阻止它们逃跑时，艾略特就在它们上方盘旋，用自动步枪近距离扫射狼群。如果方便的话，他们会去找到尸体，将价值七十五至一百美元的狼皮送给志愿者，以此酬谢他们的服务。在此事被揭露出来的时候已经有大约三十五只狼被杀了。

当自然资源保护主义者开始集会抗议时，一切都乱了起来。艾略特被传召到该省首府维多利亚（Victoria），布鲁梅特在那里举行了一场新闻发布会。这位部长称该项目只是一个简单的"猎物管理"问题，并证实其目的是"'增加'可用于捕猎的动物数量"。他还将其比作饲养牲畜："在农业上，我们努力饲养更多的动物，这样我们就可以宰杀更多动物。"然后，他温和地宣称，他的部门就在为整个项目提供资金资助，并向众人介绍了艾略特博士。艾略特简单而又动人地解释说，他正在实施一项科学管理保护资源的计划，根据该计划，受影响地区的五百只狼将有百分之八十被"剔除"，以确保大型猎物种群和狼本身的持久健康。当艾略特从自己的研究成果中引用事实、数据和其他内容来证实他的结论时，他看上去就像是聪明、年轻、敬业的科学家的化身。然而，他的"数据库"很快就受到了抨击，因为独立专家们对他的研究方法和结论提出了质疑。其中最一针见血的批评就是艾略特所估计的五百只，并且还打算杀掉其中的百分之八十的狼并没有得到证实。有人指出，这是一个不可思议的巨大数量，如果艾略特真的发现并杀死了四百只狼，他将成功消灭掉这个广袤地区的所有狼群。

艾略特毫不畏惧，又飞回去继续进行他的"增加"计划，而布鲁梅特则去牙买加度了个假，也许是希望在他不在期间，国内的批评会降温。但是批评并没有降温。抗议屠杀狼的热潮席卷了整个加拿大和美国，并波及欧洲。为了给这种激烈的抗议泼泼冷水，布鲁梅特所在的部宣布："出于安全考虑"，进行"剔除"的区域今后将不对记者开放。由于对正在发生的事情缺乏了解，最后公众的愤怒开始减弱，但杀戮仍在继续。

艾略特仍然忙于他的空中之战。到四月的时候，他已经屠杀了三百六十三只狼。毫无疑问，他实际上已经将该地区所有的狼都消灭了。

加拿大野生动物联合会感到很满意，因为他们一定知道不列颠哥伦比亚渔业及野生动物管理局（British Columbia Fish and Wildlife Service）于1983年至1984年冬季在该省的其他地区另外毒杀、射杀或捕杀了约四百只狼。这些"管理"行动，加上商业性捕杀和爱好性捕杀，可能消灭了至少一千四百只"世上最危险、最邪恶、最残酷无情的杀手"。

1984年春，不列颠哥伦比亚的北部邻居育空地区开始为加强该地区的"狼管理"长期项目做准备。官方提醒家长，狼的威胁非常大，天黑后就不应让孩子出门，即使是在首府怀特霍斯（Whitehorse）也应如此。育空地区的野生动物科学家们提议通过大幅升级"狼管理"项目来消除这种威胁。不列颠哥伦比亚的东部邻居艾伯塔省，也在采取同样的行动。1984年1月，艾伯塔省食肉动物管理处（Alberta's Carnivore Management Unit）主任、生物学家约翰·冈森（John Gunson）接受一次采访时留下了这样的录音片段："我不觉得为了增加猎物的数量而对狼进行控制有什么错。狼不纳税，而人要纳税……问题在于如果你想要得到大量的猎物，你就必须消灭狼。"

在阿拉斯加，我们也听到了同样的信息。该州的生物学家已演化出一种复杂的方法来实施"狼管理"项目。通常在夏季用陷阱活捉一个狼群中的一只狼，然后给它戴上无线电发射项圈。冬季到来后，空中猎人只需要跟踪无线电信号就可以"剔除"狼。无线电信号会将他们带到这个叛徒犹大所在地，他们就能够摧毁它所属的整个狼群家族。美国本土四十八个州中唯一拥有存活的即使是遗种的狼群的州是明尼苏达州。受到猎人组织支持的州政府和联邦政府正在为该州自然资源局（Minnesota's Department of Natural Resources）局长称之为"华丽的胜利纪念品动物"的狩猎季扫清道路。

随着1984年进入尾声，在其余那些仍存活有狼群的地区，人们正齐心协力地对"狼问题"采取最后的解决办法。除非举行大规模的抗议，否则这个解决方法极有可能成功。这种抗议可以瓦解由政府部门的猎物管理主任、自私自利的政客，还有那些致力于"增加"猎物供应数量的自封的"资源保护"组织所组成的邪恶联盟。

第三篇

离水之鱼

谚语"海里的好鱼捕不完",使我们相信海里的鱼是取之不尽、用之不竭的。的确,在过去某段时间内这种说法是有道理的。

但现在已今非昔比了。

十年前,雅克·库斯托(Jacques Cousteau)替那些关心生机勃勃的海洋未来的人表达了同样的担忧:由于人类对海洋的利用或滥用,世界上约三分之一的海洋生物已经遭到毁灭。之后的十年里,情况将进一步恶化。我们现在面临着这样一种可能,即在不远的将来,海洋有可能变成"生命沙漠"。

鱼类和海洋无脊椎动物很少获得人类同情,但它们却是这个星球上错综复杂的生命网络中最重要的一环。如果我们忽视过去以及现在是怎样对待海洋居民的,就意味着我们将会面临生存危机。

让人们认清鱼类命运的另一个迫切的理由就是需要讲出真相。在过去的半个世纪里,那些从毁灭海洋生物中获利的人正施展浑身解数,指责其他动物,以逃避因糟蹋海洋而要承担的责任。"离水之鱼"这一篇明确了责任归属,并描述了被人类强加的屠杀之海及其周边动物遭受的悲惨命运。

十一 鳕鱼王和"帝王之鲑"

现在的人几乎不可能明白,从欧洲人开始入侵北美大陆时,新大陆海洋中的鱼类数量多么庞大。对于早期的航海者来说,明白这一点也几乎同样困难。从他们留下的记录来看,由于鱼类过多,他们似乎有些不知所措。

1497年,约翰·卡伯特给大浅滩定下了基调,他是这样描述的:"成群的鱼儿,不仅可以用网,还可以把篮子放进去,用一块石头(加重)就可以捞起(鱼)。"1535年,雅克·卡蒂埃是这样记录圣劳伦斯河下游情况的:"这条河……是人们所看到或听到过的各种鱼儿数量最多的一条河。在渔汛季节,从河口到源头,可以看到各种各样的海鱼和淡水鱼……大量的鲭鱼、鲻鱼、海鲈、金枪鱼、大鳗鱼……许多七鳃鳗和鲑鱼……(在河的上游)还有许多梭子鱼、淡水鳟鱼、鲤鱼、殴鯿和其他淡水鱼。"

1614年,约翰·史密斯(John Smith)船长也同样热情地赞美了新英格兰渔场:"一个小男孩在船尾捉到青鲈之类美味的鱼可够六个人或八个人吃上一天。如果用网,(他可以捕到)几千条鱼……单鳍鳕、大比目鱼、鲭鱼、胡瓜鱼等,用鱼钩和鱼线,想钓多少钓多少……随便哪条河里都有大量的鲟鱼或鲑鱼,或两种都有。所有的这些鱼都可以大量捕捞。"

我们再在这些描述上添加上1680年左右圣劳伦斯河的画面:"这里各种各样的海产数量多得惊人。有鳕鱼、鲑鱼、鲱鱼、鲈鱼、鲭鱼、鲆鱼、西鲱、鲟鱼、小梭鱼、牡蛎、胡瓜鱼、鲻鱼、白鲑……"

本章论述了对海洋生物进行产业开发的实质：在遭受了人类五百年来不断膨胀的贪欲荼毒之后，大西洋西北的几个大型商业性渔场赖以生存的物种已所剩不多。

起初，鳕鱼是鱼王。然而，对于那些将其作为底栖鱼捕捞的人来说，它是整个鱼群中最有价值的一种。本章的第一部分谈的是人类对底栖鱼的所作所为。第二部分谈的是钓饵鱼。在过去，后一种鱼常常以难以计数的几十亿只成群游动，并且所有的底栖鱼和许多其他海洋生物最终都是以它们为主食。本章的最后一部分记述了北美最著名的鱼类之一——大西洋鲑鱼的灭绝。

驶向美洲东北航线的早期航海者遇到过两种陆地：一种地势高且干燥，他们称之为大陆；另一种浸没在三十至一百五十英寻（约五十四米至二百七十四米）的绿色海水下面，他们称之为浅滩。从科德角到纽芬兰的大陆架水域上形成了一个规模空前、繁盛无比的水上牧场。这是一个立体的水上牧场，其水量足以将整个北美大陆淹没一码（近一米）多深。1500年，栖息在这片水域中的生物数量多到世界上其他任何地方都无法与之比拟。鳕鱼就是这个王国的王。

1497年，卡伯特将纽芬兰称为巴卡拉俄斯（Baccalaos），这个名字是发现该地的葡萄牙人给取的，意思很简单，就是鳕鱼之地。彼得·马特（Peter Martyr）（大约在1516年）告诉我们："在（与纽芬兰）邻近的海中，（卡伯特）发现了如此多的……大鱼……叫巴卡拉俄斯的地方……有时它们数量多到停留在了船的航道上。"

新大陆浅滩，尤其是位于纽芬兰以东的大浅滩，曾经是捕鳕渔民的乐土。到1575年时，三百多艘法国、葡萄牙和英国的捕鱼船在那里收获颇丰。汉弗莱·吉尔伯特爵士的殖民冒险队成员对鳕鱼的丰富程度赞不绝口。一位成员写道：鳕鱼的数量"多得令人难以置信，在这些地区航行的人收获甚丰。鱼钩刚一扔出去，马上就能钓上来好些鱼"。他的一位同伴补充道："我们的船在海上停了一小会。趁这个时间，我们摆好鱼钩和鱼线开始钓鳕鱼,然后收线。不到两个小时,我们钓的鱼又大又多,之后许多天我们除了吃鱼,没吃别的东西。"第三位同伴总结道:"海中的鱼数量多得令人难以置信,种类也不少,(尤其是)鳕鱼,仅它就吸引了许多国家的人到这儿捕鱼,它已是世界上最著名的可捕鱼。"

每个人在到达这些让人惊讶的渔场后,都会发现同样的情况,做出几乎同样的反应。1594年,当布里斯托尔"感恩号"(*Grace*)在圣皮埃尔岛躲避风雨时,船上的人"将船停在背风处,我们就用鱼钩在两个小时内钓起了三四百条大鳕鱼,作为船上的食物"。1597年,查尔斯·利(Charles Leigh)在勘察了莫德林群岛后写道:"这个岛的周围任何一处都有大量鳕鱼,我们只花了一个小时多一点的时间就钓起了二百五十条。"

16世纪初,多达六百五十条渔船仅用装上鱼饵的鱼钩和鱼线就在新大陆海洋中捕捞了成千上万吨鳕鱼。正如一位在纽芬兰近海处作业的英国捕鱼船船长约翰·梅森所记载的一样:"岸边的鳕鱼很密集,我们的船快划不过去了。我用长矛就杀死了不少……三个人乘船出海捕鱼,岸上几个人把鱼开膛破肚,并晒干。通常三十天里我们会杀死二万五千至三万条鱼,从(鱼肝)中所得的油就值一两百英镑。"

在该地区的其他地方,屠杀规模也同样巨大。根据尼古拉斯·德尼斯记载,在布雷顿角和圣劳伦斯湾,"几乎每一个港口都停有几条船……每天捕捞的鱼有一万五千至三万条……这种鱼是取之不尽的天赐食物"。

16世纪末时,另一艘渔船的船长理查德·维特伯恩写道:每艘船上的平均载货量为十二万五千条鳕鱼。这些都是原生鳕鱼,长度可达六七英尺(两米左右),重量可达二百磅(约九十千克)。这与现在鳕鱼平均六磅(二点七千克)的重量形成对比。在维特伯恩所处的那个时代,鳕鱼的重量还在十五至二十磅(约六至九千克)之间,而东北航线中捕鳕场的年捕捞量为三十六万八千吨左右。

到1620年时，捕鳕船的数量已超过一千艘，其中许多船每年进行两次捕捞。一次是夏季捕捞，是为制干鳕鱼；另一次是冬季捕捞，捕到的鳕鱼被腌制起来，当作"绿鱼"运回欧洲。尽管遭到巨额捕捞，却没有明显的迹象表明鳕鱼的数量在减少。随着17世纪进入尾声，像拉翁唐爵士这样的旅行家仍在写关于鳕鱼的文章，好像它的数量无穷无尽似的。

"你简直想象不出我们的水手在一刻钟之内捕到了多少鳕鱼……鱼钩刚沉入水底，鱼儿立刻就咬钩……（水手们）除了不停地撒钩、拉钩，根本没时间做别的事……尽管我们从中享受到了捕鱼的乐趣，但还在海中的鱼儿就对船长和几位海员的身体进行了报复。他们最终死于败血病，被我们扔到了海里。"

18世纪20年代，沙勒瓦是第一个暗示这种毁灭性的捕捞可能太过度的人，尽管他的暗示过于含蓄了。首先他告诉我们："鳕鱼的数量似乎和沙粒的数量一样多，"接着他又补充道，"两个多世纪以来，（在大浅滩中）每年都挤满了两三百艘（法国）船。尽管（船这么多），还是察觉不到鱼的数量在减少。但是，有时（在大浅滩中）停止这样捕鱼，也许并不算错。在圣劳伦斯湾（以及）六十多里格（约三百千米）长的圣劳伦斯河中，鳕鱼的数量更多。在阿卡迪亚海岸边以及布雷顿角和纽芬兰的海岸边，鳕鱼数量并不比大浅滩少。这些地方是真正的宝藏之地，出产价值更高，但比在秘鲁和墨西哥捕鳕鱼的花费要低得多。"沙勒瓦并没有夸大捕鳕业的价值。1747年，五百六十四艘法国船、二万七千五百个渔民带回了价值一百万英镑的鳕鱼，这在当时是一笔巨款了。

几乎在同一时间，新英格兰人已经将鳕鱼量较少的南部浅滩捕捞一空，开始转向北部渔场。他们捕捞的热情高涨，到1783年，有六百多艘美国船只在圣劳伦斯湾捕鱼，主要是捕捞鳕鱼，同时也捕捞了大量的鲱鱼。当年，至少有来自各个国家的一千五百艘船只在北美"鳕鱼宝藏之地"竭尽所能地作业。

到1800年时，英国和法国的船只已明显地减少了，但是纽芬兰人、加拿大人和美国人却大大地弥补了这个空缺。1812年，在圣劳伦斯湾作业的船只有一千六百艘。其中主要是美国渔船，还有很多的纽芬兰和新斯科舍的船只在外滩和拉布拉多的大西洋海岸边作业。

那是"白翼"大船队的辉煌时代，捕鱼纵帆船上的船帆铺天盖地。除了这种大船捕鱼，成千上万的近海渔民划着小船也在每个小海湾、港湾中捕捞着鳕鱼。无论是大船上的捕鱼者还是近海渔民，仍然主要使用鱼钩和鱼线这种老办法来钓鱼，因为"鳕鱼过多"的情况仍然存在，不需要使用更复杂的捕捞手段。

1876年，约翰·罗恩登上了"一艘离海岸很近的捕鳕纵帆船……他们在大约三英寻（约一点八米）深的水中捕鱼，我们可以看到海底'铺'着一层鳕鱼。我在大约十五分钟内钓起了十来条鳕鱼。甲板上我旁边的一个人（一名船员）钓起的鳕鱼量是我的三倍，但他还一直在抱怨说这是他遇到过的最差劲的渔汛期"。

在1899至1904年间，鳕鱼的年捕捞量（包括黑线鳕，在海鱼捕捞业中被当作鳕鱼来处理）接近一百万吨。这几年中，仅纽芬兰每年出口的干鳕鱼就达一百二十万英担（六万多吨），相当于四十万吨活鳕鱼。到1907年，纽芬兰的捕鱼量几乎上升到四十三万吨。此时在大浅滩中来自各个国家的捕鱼船有一千六百艘在捕鱼。

但是现在大浅滩上空透出一阵寒意，这阵寒意并不是来自那几乎常年不散的浓雾。鳕鱼越来越难捕捞，似乎每年的捕鳕航程所花的时间都比往年要长一些。在这个节骨眼上，没有人察觉到大浅滩中的鳕鱼可能已遭到过度捕捞。相反，人们却援引了渔民对鳕鱼短缺由来已久的一种解释：鳕鱼改变了游水线路。人们希望它们只是暂时去了别处。

19世纪早期，人们在拉布拉多沿岸甚至北至奇德利角群岛（Cape Chidley）都发现了成群成群的鳕鱼，这就被认为是鳕鱼确实改变了它们的栖息地的明证。然而事实却是，到那时为止，拉布拉多的鳕鱼是尚未遭到捕捞的独特的鳕鱼种群。可是不久，情况就有了变化。到1845年时，有两百艘纽芬兰船只"向北"捕鳕；到1880年时，捕鳕船只已增加到一千二百艘。1880年，三万纽芬兰人（在锚定停泊的船上捕鱼的人被称为"漂浮者"，在岸边基地捕鱼的人被称为"驻地者"）仅在拉布拉多海岸就捕捞了四十万英担（两万多吨）鳕鱼。

不久，拉布拉多的鳕鱼就灭绝了。此后，捕鳕量持续下降，到20世纪中期时，曾经声名远播的拉布拉多捕鱼业就垮了。人们再次试图将拉布拉多鳕鱼的消失归因于鳕鱼的又一次神秘迁徙，但是这一次却行不通了。事实上，鳕鱼王在整个广阔的北大西洋王国中正变得越来越少。1956年，在大浅滩和纽芬兰捕捞上岸的鳕鱼下降到八万吨，大约仅有半个世纪以前的五分之一。

在自然界中，当一种猎物变得稀少时，它的捕食者的数量通常也会减少，这样猎物就有了恢复元气的机会。可是产业时代的人的做法却正好相反。随着鳕鱼越来越少，剩余的鳕鱼所承受的压力却越来越大。新式的、更大更具有杀伤力的船只开始投入使用，海底拖网就像一只巨大的耙在海床上耙过，摧毁了鱼类和其他生物。这种方法几乎完全取代了旧的捕鱼方法。鳕鱼的减少导致其价格不断上涨，这反过来又吸引了越来越多的渔民来捕鳕。20世纪60年代，来自十多个欧洲和亚洲国家的大型拖网渔船和捕鲸加工船组成的许多船队开进了大浅滩，开始疯狂捕杀剩下的鳕鱼种群。其结果是，1962年至1967年间，捕捞上岸的鳕鱼量开始增加，到1968年时已达到二百万吨的高峰。此后不久，整个大西洋西北部的捕鳕业因缺乏可捕的鱼而分崩离析。

加拿大将经济控制范围扩大到近海二百英里（三百多千米），使鳕鱼在加拿大海域中免于灭绝。据保守估计，鳕鱼的数量曾减少到不足最初的百分之二。虽然现在正在增加，但可能远未达到统计学家们预测的增长速度，这是因为他们的任务是维护政府和渔业界政策的正确性。可以肯定的是，只要我们继续对鳕鱼生存时必需的钓饵鱼进行商业性毁灭（本章稍后将谈论这个问题），鳕鱼种群永远也不可能恢复到原来的数量，哪怕只是恢复一点点。

第二次世界大战后，过去主要是由小公司组成的渔业开始出现席卷工业界的规模化的征兆。到20世纪60年代，渔业主要被控制在强大的卡特尔同业联盟[1]或各国政府手中。他们对曾经"取之不尽，用之不竭"的鳕鱼种群遭到掠夺的反应和虔诚的信徒对"底线"这一神圣原则被打破的反应不一样，非但没有利用自己的财富、权力和影响去减少和控制对鳕鱼的屠杀，反而相互之间展开激烈的竞争来捕捞剩下的鳕鱼。当无法找到足够的鳕鱼来维持"盈利"时，他们便四处撒网，寻找任何可以替代鳕鱼让他们保持盈利的鱼类。不管是过去还是现在，其结果都是在人类对海洋进行掠夺的漫长历史中，制造了一场灭绝的"狂欢"。

在了解了鳕鱼的遭遇之后，让我们简单地看看其他几种统称为底栖鱼的商业鱼类在过去以及现在的遭遇。这个话题十分宽泛，所以我就只谈谈纽芬兰和大浅滩水域中的底栖鱼。而底栖鱼在这里遭受到的毁灭，在其他地方也发生了，因此非常具有典型性。

与普通鳕鱼有紧密亲缘关系的黑线鳕，虽然数量从来没有鳕鱼那么多，但是随着鳕鱼数量的减少，大西洋底栖鱼遭受到普遍攻击，黑线鳕首当其冲。以往只是附带被捕捞的黑线鳕，到1952年时，每年遭到捕捞的数量为四万吨。起初，黑线鳕只是葡萄牙和西班牙拖网渔船专门捕捞的对象。这些渔船使用的是网眼很小的拖网，成群的幼黑线鳕和大黑线鳕一起被拖出水面。因为它们太小，没有什么价值，就被简单地铲到船外，这时它们都已经死掉了。

20世纪50年代，加拿大皇家空军飞行员曾在加拿大沿海水域上空

---

[1] 卡特尔同业联盟，由一系列生产类似产品的独立企业所构成的组织，目的是提高该类产品价格和控制其产量。——译者注

巡逻，他向我描述了从空中俯瞰黑线鳕是一番什么样的景象：

> 一天早上，我们发现四五十对（两艘船之间拖着一张大网）西班牙拖网渔船在格林浅滩上作业。那天天气晴朗，我们看见船只离开。我们不明白的是，有些船后似乎有一条尾巴，在阳光下闪闪发光，像一条几英里长的银色纸飘带。于是我们就掉头去看这到底是什么东西。当我们飞临其上空两千英尺（约六百零九米）时，看清了那是死鱼。每条船的船尾上铺开的鱼一定有好几百万条。这些船刚刚将网拉上去，正在对捞上来的鱼进行分拣，太小的鱼被扔出船外，看上去就像五彩纸屑一样。其实这场面挺漂亮的，但是我们的无线电联络员——一位来自卢嫩堡（新斯科舍的一个主要渔港）的清教徒，却非常生气，他认为我们应该炸掉这些混蛋。他们扔掉的是幼黑线鳕，太浪费了。但很显然，这是西班牙船队的常规做法。

1955年，在大浅滩作业的船只捕捞上岸了十万零四百吨黑线鳕，而死掉的和倒掉的可能也有这么多。尽管捕鱼业的人都知道这一点，但没有人出来干预。对幼黑线鳕的屠杀毫无用处，却一直持续着，有增无减。到1961年时，拖网渔船就只能捕到七万九千吨了。不久以后，黑线鳕渔业就垮掉了。到1969年，再也没有人捕捞黑线鳕了。加拿大政府发布的一份报告成了它的墓志铭：

> 自1955年以来，大多数当年的鱼群都没有活下来。这种情况再加上沉重的捕鱼压力……导致黑线鳕的数量下降到极低的水平……短期内，前景不会好转。

事实上，黑线鳕的前景确实不曾好转，在遥远的未来似乎也不会好转。因为在1984年,纽芬兰和大浅滩水域中的黑线鳕仍处于商业性灭绝的状态。在其他地方几乎也是如此。

红鱼是一种长着大眼睛的深水鱼类,它在水中产下小鱼,这种鱼生长缓慢,性成熟也晚。1953年以前几乎没人捕捞红鱼,但到1956年时,在近海浅滩上,红鱼遭到直接捕捞,被捕捞上岸的有七万七千吨。红鱼被当作大洋鲈出售时,利润非常可观,以致许多国家的捕鱼船队集中力量捕捞它。仅在1959年一年就捕捞上岸三十三万吨。随后就是可以预见到的捕捞量的下降——1962年,捕捞上岸的只有八万两千吨。如果不是引进了新型的中层拖网,或者没有在圣劳伦斯湾发现相对未遭捕捞的红鱼种群,这种捕鱼业很快也会垮掉。这又引发了一场新的屠杀。而到了20世纪70年代,由于缺乏屠杀对象,红鱼捕捞业又开始衰落。

到此时为止,几乎所有体型更大、繁殖能力更强的红鱼都已被捕杀,这使得加拿大最杰出的红鱼研究专家E. J.桑德曼(E. J. Sandeman)博士做出这样的预测:"今后几年里,红鱼的前景会很糟糕,红鱼捕捞业会衰落。"

这是非常准确的预测。在我写这本书时,残余的红鱼对商业性捕捞业来说做不了什么贡献了。几乎没有任何证据表明,红鱼的种群数量有任何明显的恢复。

比目鱼包括几种可开发利用的底栖鱼。大西洋西北部的几种比目鱼因为数量众多,所以受损也最严重。这些比目鱼有大西洋庸鲽、拟庸鲽、黄尾鲽和美首鲽。

当轮到比目鱼来满足拖网渔船和捕鲸加工船那贪得无厌的胃口时,所有种类的比目鱼自1962年以来都遭到了灾难性的过度捕捞。在此之前,它们几乎被忽视了。庸鲽身长可达九英尺(二点七米),体重可达一千磅(四百五十三千克)。直到最近才受到捕鱼业的关注。早些时候,渔民们认为它很讨厌,因为它常常吃掉钓鳕鱼的鱼饵,浪费渔民的时间,有时还会损坏捕鳕装备。1812年,在大浅滩执行巡逻任务的英国皇家海军上尉查普尔（Chappell）报告说："无论何时，只要有倒霉的庸鲽碰巧吃掉钓饵，纽芬兰的渔民就会大为光火。在这种情况下，他们为了报复，常常往这些可怜的鱼儿的鱼鳃中刺进一块木头，受到折磨的鱼儿努力把头埋进水里，但因为有木头，它们就只能这样漂浮着。渔民大为解恨。"

在1960年之前，纽芬兰水域的近海渔民们捕捞上岸的庸鲽数量不多，他们会把庸鲽制成腌鱼卖掉。直到1963年，庸鲽才遭到商业性捕鱼船队的袭击。1964年的捕捞量约为二百二十吨，到1970年就跃升到至少四万吨。此后，与其他鱼类的捕捞情况一样，庸鲽的捕捞量下降了。到今天，在曾经盛产庸鲽的海洋中，它已成为珍稀鱼类。

北部水域里几种较小的比目鱼过去是没有商业价值的。在第二次世界大战后有效的大规模冷冻技术被研发之前，它们除了被用作捕鳕和捕龙虾的诱饵，没有遭到过捕捞。甚至到1962年时，所有比目鱼的捕捞总量也不到三万三千吨，其中大部分是被附带捕捞上来的。但1963年时，渔民们开始有意地搜找庸鲽。黄尾鲽和美首鲽也很快就被加入了可开发鱼类的名单。到1966年时，这三种鱼的捕捞量已超过十五万四千吨。随之而来的便是捕捞量呈灾难性下降，这使加拿大一位渔业生物学家于1976年做出了如下谨慎评论：

"对大浅滩的美洲拟庸鲽的大量捕捞使捕捞量每小时都在急剧下降……各种迹象表明，在不久的将来，（黄尾鲽）的总消失量（应为捕捞量）会急剧下降……随着那些从前未开发的（比目鱼）种群的减少，（美首鲽）每小时的捕捞量已大大减少。"

简单地说，这一切意味着比目鱼捕捞业正在衰落。

现在的情况就是这样：捕捞业的行业代言人和科学顾问们都在为一系列新鱼种的潜在利润而欢呼，可以捕捞这些鱼种来替代已处于商业性灭绝的鱼种。这些新鱼种包括深水鱼甚至还有深海鱼，如深海狼鱼、鼠鲨（鲭鲨的另一个很花哨的名字）和一种被称为白斑角鲨的小鲨鱼。受到追捧的还有多刺的鳂和刀鲚（也被称为长尾鳕），它们生活在四分之三英里（约一千二百零七米）深的漆黑的海洋深处。要"收获"这些"资源"就需要新的捕鱼技术，但这对于能往返月球的技术型人类来说并不是问题。看看这些鱼类被冠以什么名字来售卖，倒是更有趣。

有人为了给捕鱼界进行的生物灭绝活动开脱责任，找了一个理由，现在，我们很有必要研究一下。这个理由是：为了增加人类蛋白质的供应，不断加大捕捞量是捕鱼界义不容辞的责任，因为大多数人还生活在饥饿的边缘。

这是赤裸裸的伪善。事实上，发达国家的捕鱼业是迄今为止规模最大、捕捞数量最具有破坏性的，但是起的作用恰好相反。他们捕获的大多数鱼并没有卖给饥饿的穷人，而是卖给了世界上营养最充足、能买得起高价食物的人。西方渔业为了生产高价值（以及高利润）的产品——通常是鱼片，会将捕捞到的鱼进行加工，这就使得其中百分之四十本来可作为人类食物的鱼，要么是完全被浪费掉，要么就被降低等级制作成用作动物饲料的鱼粉或肥料。当然，除此之外还有一个重要的事实，那就是现代商业捕鱼业通过商业性灭绝海洋中一种又一种营养丰富、数量众多的鱼，实际上是在给未来的饥饿人群增加饥饿的负担。

情况有了新的变化：到1939年的时候，从西北大西洋捕捞的大多数底栖鱼都被制成了腌鱼，这种腌鱼保留了被捕捞鱼的百分之九十可食用部分，以贫穷国家买得起的价格卖出，给这些穷人提供了主要的蛋白质来源。在当时，获取利润肯定是渔业界最主要的动机，但从此以后它已不再是渔业界的总目标了。

毫无疑问，在北美东部海岸的海洋鱼类中，数量最多的还是一些小型鱼类，它们被统称为钓饵鱼。它们之所以得此名，主要并不是因为它们为渔民提供了钓饵，而是因为它们是其他海洋动物赖以生存的基本食物，这些海洋动物包括海鳟、鲑鱼、鳕鱼、庸鲽、金枪鱼，还有体型更大的海豹、海豚和鲸。

钓饵鱼常常是成群成群地栖息在一起。大西洋西北最出名的钓饵鱼有乌贼、鲭鱼、西鲱、胡瓜鱼、鲲状锯腹鲱或大肚鲱和毛鳞鱼。鲭鱼在深海繁衍后代，鲱鱼和乌贼在近岸处产卵，一些毛鳞鱼在近海浅滩上产卵，另一些毛鳞鱼在海滩上产卵；而其他鱼种则游到淡水河和溪流中去产卵。

下面是从1600年至近代这段时间内随意摘选的人们观察到的情况，也许从中可以看出钓饵鱼数量极其庞大的迹象：

已故的德·拉·图尔先生（de la Tour）让人给他建了一个鱼梁，他可以用鱼梁捕捞到大量的鲲状锯腹鲱，然后用盐腌起来过冬用。有时捕到的鱼太多，他不得不拆开鱼梁，把鱼扔到海里，不然的话会弄脏并毁坏鱼梁。

划着船，沿着雷斯蒂古什河（Restigouche）而下，看着农民用手网"捞胡瓜鱼"，这真是一幅令人震惊的景象。他们捞起的鱼多得让人难以置信。他们种的土豆大部分都是靠这种鱼做的肥料长起来的。

无数的鲱鱼群，无数的鲱鱼。如果我说我看见一张大围网一次就网上了六百大桶鱼，那些不熟悉北方海洋的人都会怀疑我是在瞎说。常常因为弄不到足够多的盐来保存鱼，于是就把它们当肥料来用了。

一艘美国纵帆船碰上了一群鲭鱼……船员们用鱼钩和鱼线在午夜前就钓到了一百桶鱼……他们胡乱地杀死或浪费掉鱼，但一直都能捕到鱼。在春天的某一周内，胡瓜鱼源源不断地游向不同河流。

几个刚过中年的人说，有一次他们曾看到近岸处有三百条捕鲱船……看到普莱森特贝（Pleasant Bay）中到处都是鲱鱼，船上的人只需要把它们捞起来，就可以把船装满。

当毛鳞鱼游到康塞普申湾（Conception Bay）的海滩上产卵时，我们常常站在及膝深的满是鱼儿的水中，用桶舀鱼儿就可以装满货车，一直到马儿几乎拉不动为止。通常脚会陷入沙中，沙里全是毛鳞鱼卵，踩上去松松软软的。我们舀了很多鱼，都拿去当鱼饵或是给花园施肥。但鱼还是很多，就好像我们根本没碰过它们似的。

洄游的乌贼很多，所有的小船上都装满了抄网来网鱼，都没用大滚钩来钓鱼。海水退潮时，前滩上铺满了乌贼，足有一英尺（约零点三米）厚，离高水位线只有一百步的距离……有一次被潮水冲上来的乌贼太多了，后面的鱼将前面的鱼挤出水面，我们只好沿高潮线将它们从我们的船和船具边铲开。

每年在波托马克河捕捞的西鲱就有两百万磅（约九百零七），大肚鲱四百万磅（约一千八百一十四吨）……19世纪90年代，每年从芬迪湾运往美国的腌西鲱就有两百万磅（约九百零七吨）。

1953年春，在圣劳伦斯湾的一次围网捕鲱中，我们仅在一张网中就捕起了一百万条鲱鱼，这在当时是很平常的事。

尽管胡瓜鱼、西鲱和大肚鲱在产卵洄游期遭到凶猛的攻击，在其他季节也遭到灭顶似的网捕，但这也许并不是造成它们数量下降的决定性因素。现在它们的数量已降至以前最盛时的百分之四或五。而最致命的一击似乎是来自大坝、分水渠、污染以及它们的产卵场遭到人为的改变。无论如何，这三种鱼的现存数量都不足以成为重要的利润来源。它们以前养活海洋中大量捕食鱼类的能力也消失了。在一片几乎是毫无变化的黑暗废墟中，我们看到了一缕曙光：美国当局正在做出努力，使一些有西鲱的河流恢复元气。初步结果看起来似乎不错，人们只希望情况能继续好转。

20世纪到来之前，在加拿大东北海域里的许多商业鱼类都把鲱鱼、鲭鱼和毛鳞鱼作为生存的主食。人类捕捞鱼类最初是为了得到食物,继而是为了得到鱼饵,最后是为了得到各种各样的工业产品,从鱼油到用鲱鱼鱼鳞制作的珍珠光感仿品等,这样的捕捞就大大加剧了这种自然损耗。尽管如此,这三种鱼的数量仍然还很丰富,一直到20世纪60年代人们找到了新的途径来从这些鱼身上获利。这些新途径对鱼的毁灭前所未有。

第一种途径就是为制造动物饲料和肥料而大规模地生产鱼粉。在东北滨海地区大量涌现的臭名昭著的化工厂最初选择的原料就是鲱鱼。[1]早在20世纪60年代,加拿大太平洋海岸的捕鲱业由于过度捕捞而崩溃。大约就在同一时期,纽芬兰工业开发局(Newfoundland Industrial Development Service)得出结论说,当地的鲱鱼资源"未得到充分利用"。用该局局长的话来说:"还有什么能比邀请不列颠哥伦比亚省失业的围网捕鲱者来为我们工作更为合理的呢?"

1965年,第一个化工厂在纽芬兰的南海岸建立。一艘不列颠哥伦比亚省的围网渔船穿过巴拿马运河(Panama Canal),进行了一次长途环航,可以说是为了测试海中的情况。测试非常成功。到1969年时,有五十艘最大、最现代化的不列颠哥伦比亚围网渔船全年都在纽芬兰南部和西部海岸上作业。同一时期,有六家化工厂向天空喷着漆黑、油腻的烟雾。此前,纽芬兰地区每年的捕鲱量平均不到四千吨,此时激增到十四万吨。同时,每年从圣劳伦斯湾南部捕捞上岸的鲱鱼从两万吨增加到三十万吨。

然后,在20世纪70年代早期,鲱鱼开始消失。渔业界的代言人安慰大家说,这些小鱼类可能是改变了迁徙的模式,但毫无疑问的是,它们不久就会回来。鲱鱼并不清楚这些乐观的预测,因为它们曾经数量

---

[1] 为鱼粉生产所做的合理化解释违背了所有的逻辑。作为动物食品,大约需要一百磅活鱼才能生产出一磅牛肉。而作为肥料,两百磅鱼粉产生的植物蛋白不超过三磅。——原注

极为庞大的群体还没有回来。有人怀疑它们还会不会……或者能不能回来。

鲱鱼遭受到的大屠杀只是其中之一。20世纪60年代，新英格兰南部附近开始大规模捕捞鲭鱼，用来制鱼油、肥料和动物饲料（包括猫粮）。到1972年时，每年捕捞上岸的鲭鱼量就高达三十九万吨，但此后不久，鲭鱼就逐渐神秘地消失了。在新英格兰附近的屠杀，再加上在加拿大海域发生的几场类似的屠杀，将从科德角至拉布拉多这一带的东北海岸上曾经数量惊人的鲭鱼洄游群减少到微不足道的数量。

20世纪60年代，日本的围网渔船开始在大浅滩上捕捞近海毛鳞鱼。当这个消息传到加拿大渔业部时，渔业部的官员们断定毛鳞鱼必定是一个赚钱的东西，于是他们决定"开发一项以毛鳞鱼为主的渔业"。由纽芬兰沿岸居民所经营的传统近海渔业，每年捕捞的毛鳞鱼量不足一万吨，现在已转变为国际近海渔业，每年分给国内外船队巨大的捕捞配额。必须说明的是，外国人把他们捕捞的鱼主要用作人类的食物，而加拿大人主要是将捕到的鱼倒进化工厂。1976年，报告的渔获量达三十七万吨，几乎可以肯定地说，这个数字比实际渔获量低得多。到1978年春，近海的毛鳞鱼实际上已被捕捞殆尽了。

但不用担心。在纽芬兰海滩上产卵的近海毛鳞鱼群仍然可以"开发"。此时甚至连这些鱼群也被加拿大公司大量摧毁，其目的不是为人类提供基本食物，甚至也不是制鱼粉，而是为一个奢侈品市场供货。虽然雌雄毛鳞鱼被围网成千上万地捕捞上来，但只有怀孕的雌鱼的卵会被加工处理，然后卖给日本的美食业。大部分被捕捞的毛鳞鱼往往被粗暴地倒掉。

到1983年时，大部分近海毛鳞鱼种群已减少到残余的程度。一些生物学家认为，这种大破坏实际上已经阻止了底栖鱼恢复元气，而且也很可能对纽芬兰海岸上仅存的海鸟的大型群栖地造成致命打击，因为这些群栖地上的鸟儿主要以食用毛鳞鱼维生。还有一些海洋动物学家怀疑，对钓饵鱼进行普遍的大规模的毁灭正严重影响着残存的灰海豹、斑海豹、冠海豹以及几种鲸的生命力。近年来，所有这些动物都被人类残忍地屠杀干净了。

几个月前，我访问过一位愤愤不平的渔业部生物学家（这类专家似乎越来越多），问他对于渔业界不仅将商业性鱼类捕捞一空，而且还将他们的食用鱼群也捕捞一空的做法有何看法。他的一些回答是不能刊登出来的，但其要点可以总结如下：

> 听着！那些混蛋可没想过明天。即使想过，他们也只会想到把钱投到别处，比如为第三世界的人加工狗粮。无论渔业界还是渔业部的人怎样巧舌如簧，他们每个人脑子里想的都只有一件事：赚钱……在海洋渔业都垮掉前，尽可能多地赚钱……海洋正在走向死亡，你们似乎还不知道。

如果鳕鱼是海洋中单调乏味的普通平民（从人类的眼光来看），那么大西洋的鲑鱼就是充满魅力的贵族。然而，这并没有使人类减弱对它的屠戮。

从1865年至1910年间，一位名叫拿破仑·科莫的居民受雇来看守戈德布河（Godbout River）中的鲑鱼。这条河微不足道，位于圣劳伦斯河河口北岸，魁北克省下面两百英里（约三百二十一千米）处。他的雇主是几个蒙特利尔商人和政客，他们租用了戈德布河上的捕鲑专有权。科莫的任务是确保任何人、任何东西都不能从属于那些自封为"戈德布地主"的水域范围内拿走任何鲑鱼，一条也不行。

四十三年以来，科莫和他的助手们在河的上下游以及河口附近水域，对"'帝王之鲑'的那些卑鄙的敌人"发动了战争。"这些敌人包括：白鲸、海豚、海豹、熊、水貂、水獭、秋沙鸭、翠鸟、鱼鹰和潜水鸟。"这些守卫还粗暴地对待他们遇到的人类偷捕者，包括自远古以来，世世代代以捕捞戈德布河中的鲑鱼为生的土著印第安人。

科莫不仅是一条冷酷无情的"看门狗",他还是他所敬爱的主子们的忠实仆人、厨子和向导。他(或者是他的代笔者)曾这样写及他的主子们:"愿戈德布的地主们能永远享受他们高贵的爱好,用他们的科学知识和技艺对抗'帝王之鲑'的狡猾、灵敏和力量。"

科莫是一个一丝不苟的人,他仔细记录了地主们的功绩。尽管他们每年只在这条河上钓两三周的鱼,并且使用的"钓竿"很少超过六根,但在科莫受雇期间,他们一共钓起了一万四千五百六十条鲑鱼,平均每条重十八磅(约八千克),总共钓到的"帝王之鲑"有二十五万八千磅(约一百一十七吨)。

1903年的渔汛期很有代表性。在两周内,约翰·曼纽尔(John Manuel)先生、詹姆斯·曼纽尔(James Manuel)先生、詹姆斯·洛(James Law)先生以及E. A.怀特海德(E. A. Whitehead)上校一共杀死[1]了五百四十三条大鲑鱼,总重量达六千三百三十四磅(约二点八吨)。其中每位捕鱼爱好者钓起的鱼中有五十磅(约二十二千克)被用来烟熏,这样就便于用船运回蒙特利尔,以证明他们高超的钓鱼本领。至于剩下的三吨"帝王之鲑",大多数被扔在戈德布河谷中,任其腐烂,其中一些被用作诱饵来吸引黑熊,然后将其捕捉或射杀,以确保它们不会去抓活的鲑鱼。

对于捕鱼爱好者来说,上面的描述仅仅是他们行为的一部分,不足为奇。在19世纪后半叶及20世纪初,从缅因州至拉布拉多的东北滨海地区的江河中,有四百多个这样的鲑鱼俱乐部。许多俱乐部都租用了河流,享有杀死"帝王之鲑"专有权。俱乐部的成员包括北美大陆的社交界、金融界、军界和政界的精英们,以及国外的尊贵客人,通常都是上层阶级。他们捕杀鲑鱼的规模都与戈德布的地主们捕杀规模相似,或至

---

[1] "杀死"是捕鱼爱好者和商业性捕鲑者惯常使用的动词。——原注

少是这样的规模，一直到鲑鱼所剩无几为止。尽管如此，他们还是屠杀鲑鱼的后来者。

在北美关于大西洋鲑鱼的最早记载是在一份英雄传奇中。该传奇记述的是利夫·埃里克森（Leif Eriksson）于995年航行到文兰（Vinland）的故事，当时他在纽芬兰海岸上的某个地方过冬，记录"这里不缺鲑鱼，并且这些鲑鱼比他们见过的都要大"。

鲑鱼不仅个头大，而且数量非常多，多到怎么描述都不为过。但是想想看，在欧洲人开始入侵北美时，几乎每条河，以及从拉布拉多中北部一直到哈得孙河以南这片地区中奔流入大西洋的大多数小溪，还有那些往西流入圣劳伦斯河水系的尼亚加拉大瀑布的那些溪流，都是无数鲑鱼族群的家园。每个族群的成员都在这些家乡的河流中被孕育出来，度过幼年时代，在大海中度过几年的青春期后又回到河流中繁衍下一代。据保守估计，像这种有鲑鱼生长的河流至少有三千条，它们为整个大西洋鲑鱼种群提供了数十万个产卵地。大西洋鲑鱼的数量可能已远远超过在北美太平洋沿岸发现的几种鲑鱼的数量。

早期的那些描述只能说明鲑鱼起初的数量非常多，但它们已经足够令人印象深刻了。下面是尼古拉斯·德尼斯于17世纪早期写到米罗米奇河（Miramichi River）的情况："大量的鲑鱼进入了这条河。鲑鱼（在）穿过河滩时，跃出水面或落入水中所发出的声音非常大，以致人们在晚上根本无法入睡。（在布雷顿角岛边的切达巴克托湾附近）我发现了一条小河，给它取名鲑鱼河……我在河口撒下围网，网住的鱼多到十个人都拖不上岸……如果不是网破了，鲑鱼一定会把网拖走的。我们装了满满的一船鲑鱼，最小的鲑鱼也有三英尺（约零点九米）长……（在沙勒尔湾）发现一条小河，河里的鲑鱼都特别长，钓上来的鱼中有些长六英尺（约一点八米）。"在说到他游览新斯科舍、爱德华王子岛、新不伦瑞克和加斯佩时，德尼斯列举了十多条这样的河流和小溪，并且都以相似的语调评论了所有这些溪流中鲑鱼的数量都很庞大。

约翰·史密斯报告说，在后来成为新英格兰的那片地方，任何一条河流"都有很多鲑鱼"，这一说法得到了早期的所有英国媒体的附和。法国人对此也同样印象深刻。大约在1650年，皮埃尔·布歇对"许多美丽的河中盛产鱼类，尤其是鲑鱼，那里的这种鱼数量巨大"感到惊叹不已。库特忙什先生在描述他于1705年左右沿圣劳伦斯湾北岸的旅行时，对鲑鱼河做了长篇累牍的描述："两条流入马斯克维尔湾（Muskware Bay）的河流中盛产鲑鱼……瓦西库提湾（Washikuti Bay）中的鲑鱼也很多……伊塔马姆河（Etamamu River）里满是鲑鱼……爱斯基摩河（Eskimo River）中，有很多鲑鱼，个头特别大……布朗萨布隆河（Blanc Sablon River）中也有很多很好的鲑鱼。"

这种鲑鱼过多的现象被认为是新大陆生活中值得注意的一个方面，但直到1700年，人们发现腌鲑鱼在欧洲有销路时，鲑鱼才被当作具有某种商业价值的鱼类。此后，"帝王之鲑"就成为一种价值越来越高的商品。一开始，人们用鱼梁隔断鲑鱼产卵的河流，然后把截住的鱼叉起来堆到岸上。后来人们又用渔网网住河口，但在早期，鲑鱼数量太多，个头又大，渔网经常因承受不住而破裂。在那些尚未经过捕捞的河流中，既不需要渔网也不需要鱼梁就可以捕鱼。1755年，一位名叫阿特金斯（Atkins）的新英格兰人在拉布拉多河口抛锚停船，让船员站在浅水处，用鱼叉叉起游过的又大又白的鲑鱼。他们一直捕捞到船上所有的盐用完为止。

18世纪70年代，乔治·卡特赖特从拉布拉多东南的几条河流中拦截鲑鱼出口。他指出，北极熊河中洄游的鲑鱼非常密集，"随便向河中放一枪都能打到一条鲑鱼"。他和他的三个船员在某个渔汛期里在一条河里就杀死了一万二千三百九十六条鲑鱼。他还深感可惜地说，如果不是腌鱼的盐用完了，他们本可以轻而易举地杀死三万条。1799年，他写道："在鹰河（Eagle River），我们一天就杀死了七百五十条鲑鱼，如果有更多的渔网，还可以多杀一些……仅我一个人在帕拉代斯河

（Paradise River）中杀死的鲑鱼就可以装满一千个中号桶,每条鲑鱼重达十五至三十二磅。"一个中号桶能装三百磅（一百三十六千克）腌鱼,相当于五百磅左右（两百多千克）的活鱼。到18世纪末时,仅英格兰一年就出口五千个中号桶的鲑鱼。据估计,北美渔业界每年出口三千多万磅（一万三千多吨）活鲑鱼。除了这些商业性捕捞,每年都有成千上万的鲑鱼被杀,用作猪饲料、工人的食物或者作为肥料撒在地里。

到19世纪初,在一些人口较多的地区,鲑鱼的数量明显减少。这不仅是因为人类蓄意屠杀,而且还因为人们在河中筑坝修建磨坊池,以及工厂的污染,尤其是皮革厂和炼铁厂的污染。这种工业破坏最早出现在美国东部滨海地区一带。19世纪20年代,一位波士顿人抱怨道:"马萨诸塞州以前挤满了大量的鲑鱼。从1818年起,再也没有哪条河中出现过这种情况……修建堤坝和工厂……几乎使它们从这个联邦州灭迹了。"

19世纪,除了传统的烟熏鲑鱼和盐腌鲑鱼,罐装鲑鱼和新鲜鲑鱼也成了主食,这使得商业性捕鲑大量增加。到1872年时,仅新不伦瑞克每年夏季向波士顿和纽约市场运送的用冰块包装的新鲜鲑鱼就达一百五十万吨。而此时已遭到过度捕捞的新英格兰河流向这两地市场运送的鲑鱼只有象征性的数量而已。而且在那时,罐装鲑鱼不仅被运往北美东部和中部各地,而且也运往欧洲。下面我们简单地看看1870年沙勒尔湾的罐装鲑鱼业的情况:

> 这里的鲑鱼特别大,特别好,湾口的鲑鱼平均重二十磅。捕鲑业非常重要,利润丰厚……捕鲑会持续两个月,我知道有个渔民在这短短的两个月里捕捞了两万磅鲑鱼……虽然从这个海湾出口的鲑鱼总量很难估计,但是数量肯定很大。大部分鲑鱼都制成了罐头,一家美国公司在这里一季就罐装了二十八万磅。早上看着鱼儿被运进罐头厂,这个场面很壮观,一船又一船的刚刚网

捕到的银色漂亮鱼儿被卸下来。有时整条船上的鱼平均每条重二十五磅,我曾在此看到过重达五十六磅的鱼。

与这些并驾齐驱的是消遣性捕鱼的迅速发展。因为这项活动受到了权贵们的认可,那些在社会上装腔作势的人只要能买得起一根组合式鱼竿,就都来模仿这项活动。所有的这些因素加在一起,就无情地摧毁了鲑鱼部落,尽管很少有人愿意承认这一事实,但有先见之明的英国人约翰·罗恩就承认了这点。他于19世纪70年代游历了加拿大滨海地区。

三十年前,新斯科舍的鲑鱼捕捞十分兴旺,但是对于大自然的馈赠十分丰厚之地,人们往往很少会珍惜。对森林资源不珍惜,对鱼类也不珍惜。新斯科舍人似乎是真的很恨鲑鱼。过度捕捞已经够糟糕了,但是把鱼阻挡在江河之外比发疯也好不了多少。数百英里长的河流、溪流和湖泊被水坝隔断,以阻止鲑鱼洄游,其中许多水坝并没有工业价值。慢慢地,当森林被破坏,河流变得贫瘠时,那些本可以轻而易举就保留下来的东西,加拿大人将要花费大量的钱财,付出许多徒劳无功的努力去挽回。

罗恩并不精明,却是一位敏锐的观察者:"最奢华的垂钓者是美国人……他们的鱼竿、绕线轮、假蝇都是艺术品,如果他们愿意告诉你,他们的这些渔具价格也很高昂。他们总是自鸣得意,总是滑稽可笑,总是热情友好,他们到哪都带着手枪和香槟。"

非常明显,随着20世纪的到来,大西洋鲑鱼的末日也到了。1898年,曾在流入安大略湖的河流里产卵的数百万条鲑鱼,最后一只为人们所知的幸存者在多伦多附近遭到网捕。到1900年时,在康涅狄格州和马萨诸塞州以及新罕布什尔州和缅因州的大部分河流中,鲑鱼实际上已经灭绝了。只要有化学工业、冶金工业或制造业把它们的废料倾倒在附近的水域中，鲑鱼就不会再在那里生长。圣劳伦斯湾北岸一带，越来越多的偏远河流中也没有鲑鱼了，因为附近的木材厂和木筏所运送时所产生的锯末、树皮和木屑等腐烂后将鲑鱼的产卵场埋在了下面。在鲑鱼族群仍然恋恋不舍的那些江河中，随着捕捞的加剧，捕鱼爱好者和商业性捕鱼者受到的攻击也变得越来越猛烈。鱼变得越来越少，所以价值就会升高，进而就遭到更加剧烈的捕捞，然后又是鱼更少，价值升得更高……

鉴于它们当时所忍受的以及已经忍受过的掠夺，它们还能继续生存，这本身就是生命的奇迹。然而，在保护"帝王之鲑"免遭人类贪婪的掠夺方面，却不足以成为奇迹。

我觉得无须赘述人类在20世纪上半叶对大西洋鲑鱼造成的浪费。值得注意的是，尽管做出了一些不太稳定的保护姿态（出现得总是太少、太晚），"帝王之鲑"却还是不可逆转地滑向灭绝。当捕鱼爱好者和商业性捕鱼者在谁能得到剩下的鲑鱼的问题上争吵得越来越激烈时，现代技术对残存的鲑鱼造成了两次更具毁灭性的打击。

20世纪50年代后期，美国海军开始派遣潜艇向北潜到北极冰层下面，其中的一艘潜艇有了惊人的发现。在巴芬湾的浮冰边缘下，它遇到了成群的闪闪发光的大鱼群，一番迷惑之后，他们认出，这就是大西洋鲑鱼。这一发现非常重要，因为在此之前，没有人知道大西洋鲑鱼在离开北美大陆海岸之后是在哪里度过它们背井离乡的日子的。

首先利用这个发现的是丹麦人，紧随其后的是挪威人。不久，一队由深海围网渔船和流网渔船组成的船队首次开始在鲑鱼越冬地上屠杀鲑鱼。被捕杀的不仅仅是北美鲑鱼，因为巴芬湾是所有幸存下来的大西洋鲑鱼的栖息地，包括残余的欧洲鲑鱼种群。

那时的北美鲑鱼种群几乎全部限于加拿大的水域中，现在它们又处于双重危险之中。1962年至1982年间，西格陵兰冬季渔业报告说每年渔获量为两万至三万吨，但已知实际渔获量至少比这个数字高出百分五十。同一时期，加拿大渔民在鲑鱼通往产卵河的河道上使用流网，在河口和河岸边使用刺网和陷阱，每年捕捞上岸的鲑鱼量大约为两千吨。对于本已元气大伤的鲑鱼来说，这种过度捕杀所造成的全面破坏本身就超出了鲑鱼所能承受的范围。但这还不是它们所承受的唯一打击。

20世纪50年代，东北滨海地区的林业部门以及省政府和州政府开始大规模地向空中喷洒杀虫剂。这些起初包括滴滴涕在内的致命物质，使鲑鱼的产卵河受到毒害，以致整条河中的鲑鱼群都被灭掉。杀虫剂、落叶剂和其他化学物质的持续使用对有鲑鱼的河流造成了连续破坏，而从高空落下的酸雨又加剧了这种致命的后果。

凡是读过相关书籍的人都知道，酸雨已使美洲东北部的几百条河流、湖泊变成了几乎毫无生机的水体。毫无疑问，除非能很快阻止酸雨并扭转其影响，否则在鲑鱼仍试图产卵的大部分剩余的江河溪流中，它们将无法存活。在新斯科舍省，已经有十二条有鲑鱼的河流因酸雨而消失，而其他更多的河流正受到严重的威胁。

与此同时，加拿大魁北克省的一小队警察被派去剥夺米克马克印第安人在他们祖传的河流中捕鲑的权利，因为在河口捕鱼的产业捕鱼者和在内陆河岸捕鱼的捕鱼爱好者声称他们拥有在该地的捕鱼权。然而，正如一位捕鱼爱好者兄弟会的发言人所说的那样，尽管阻止了印第安人"由于浪费、随意、恶意地使用渔网而导致他们失去了一个拥有鲑鱼的未来"，但是鲑鱼的数量还是如此稀少，却还要遭到捕杀。现在整个新斯科舍、新不伦瑞克和魁北克的某些地区，偷捕鲑鱼已经成为一个有组织、高效的行业。1983年，鲑鱼的黑市价格为每磅十美元。剩下的为数不多的鲑鱼简直太值钱了，人类是不会让它们继续活下去的。

加拿大联邦政府在1983年底公布的数字显示，加拿大的米拉米希河，是最后一条，也是最大的主要产鲑鱼的河流之一，其鲑鱼数量在当年就减少了百分之三十四，从60年代中期以来下降了百分之八十七。加拿大的河流中，产卵洄游的鲑鱼数量普遍都下降了百分之五十。据当时非官方的预测,在80年代结束前,贝尔岛海峡以南的每一条产鲑鱼的河流中,不会再出现"帝王之鲑"了。

可能也有例外。其中一个可能是雷斯蒂古什河。那里的雷斯蒂古什鲑鱼俱乐部拥有该河二十八英里(约四十五千米)的专捕权。俱乐部的长期成员包括波士顿的卡伯特夫妇,纽约的摩根夫妇、惠特尼夫妇、温斯罗普夫妇,目前的成员包括诸如艾克森石油公司(Exxon)董事长等著名的捕鱼爱好者,他们或许还能够继续"享受他们高贵的爱好,用他们的科学知识和技艺对抗'帝王之鲑'的狡猾、灵敏和力量"。但是,他们杀死的鲑鱼可能是在鲑鱼养殖场人工养大的。维持鲑鱼养殖场有两个目的,一是为美食家提供奢华的食物,二是让俱乐部成员继续享受至高无上的乐趣。

十二　鲟鱼、鲈鱼、金枪鱼……海里还有更多的鱼吗？

自从欧洲人第一次踏进新大陆水域以来，我们的祖先遇到过的一些生物几乎全都被忘却了，或者，充其量也只是被当作半神话的生物而留下记忆。

其中之一就是一种不为人所知的动物。在早期它引起了许多关于美人鱼和人鱼的记录，理查德·维特伯恩的记录就是其中之一。1610年，他看见一种"奇怪的动物"在圣约翰斯海港附近游动，他将其描述为有"一绺一绺的头发，垂到脖子"。这种动物肯定不是海象，也不是海豹，老渔民们都很熟悉这些动物。当它靠近维特伯恩的船员们划着的小船时，他们都很惊慌，其中一名船员"在它头上使劲打了一下"。即使这样，它后来还是靠近了其他船只。"是不是一条美人鱼呢？我不知道。"维特伯恩写道："我还是让别人来判断吧。"17世纪70年代，乔斯林描述过来自卡斯科湾（Casco Bay）的一条特里同[1]或人鱼。甚至在19世纪70年代，贝尔岛海峡的一位传教士还记下了圣约翰斯群岛附近的一个渔夫网住了一条美人鱼，他用盐将它腌起来，供好奇的人参观。

虽然像美人鱼这样的动物从未存在过，但让人产生这一想法的海洋哺乳动物却肯定存在。它们属于海牛目，而海牛目则分为儒艮科和海牛科。现存的海牛只生活在温带至热带的水域中，但是直到18世纪60年代（也就是在它们被发现的三十年内）它们才被寻求海产动物油的猎人

---

[1] 特里同（Triton），是古希腊神话中海之信使，海神波塞冬和妻子安菲特忒的儿子。特里同一般以人鱼的形象出现。——译者注

灭绝，而那时，在白令海（Bering Sea）里栖息着一种北方海牛，名叫大海牛。英国博物学家彭南特（Pennant）在他1784年出版的《北极动物学》（*Arctic Zoology*）中写道：这种动物或类似的动物可能是"从北部的某个海湾进入格陵兰海，因为法布里克斯（Fabricus）先生曾在该地区发现一只动物，头被吃掉了一半，其牙齿和（海牛的牙齿）完全一致"。

海牛目动物和维特伯恩笔下的美人鱼一样，都有着信任人类的习惯，所以它们在欧洲入侵者的入侵行动中幸存下来的机会微乎其微。即使在东北滨海水域中确实存在这种动物，凭记忆现在也肯定是记不起来了。

另一种几乎同样容易受到人类攻击，而数量曾经非常可观的海洋动物，似乎在18世纪开始前就已经灭绝了。1535年9月6日，雅克·卡蒂埃的第二批远征船队在库德尔岛（Île aux Coudres）的背风处抛锚停船，该岛位于圣劳伦斯河的拜-圣保罗（Baie St-Paul）海湾。卡蒂埃的抄写员在提到海湾中有成群的白鲸出现后，他补充道："在这个岛周围有数量多得无法估计的大海龟。"当汉佛莱·吉尔伯特爵士撰写一份海洋资源说明书，需要列举东北滨海地区的海洋资源时，他提到了"鳕鱼、鲑鱼、海豹、鲭鱼、海龟、鲸以及马鱼"。1602年，布里尔顿（Brereton）在游历新英格兰海岸时提到他在陆地上和海里都发现了"龟"。他所指的陆地上的龟，几乎可以肯定不是指淡水龟，而是来到海滩上产蛋的海龟。1656年左右，杜克勒（Du Creux）提到魁北克地区的"鱼"包括海龟、海豹和鲸。最后，乔斯林在新英格兰不仅列出了五种"海龟"，而且还从船舷观看"船员……把小船拉起来，捞起各种各样的海龟，极目所见，海里的海龟多得数也数不尽"。

到17世纪末，这种情形再也见不到了。在我们这个时代，无论什么时候，无论在该地区哪个地方，只要出现一只海龟，通常是红海龟或棱皮龟，都会让人们极其兴奋。出现这种情况通常是因为这种不幸的海上巨兽被枪杀或被鱼叉刺死后，巨大的身体被当作稀有物品拖上岸来。

上述只不过是海洋生物群落可能遭受的众多损失中的两例而已。下面要讲的是别的动物的故事，它们在人类手里曾遭受过或现在还遭受着巨大浩劫。这些动物的命运可能就和美人鱼或大海龟一样，湮没在看不清的传说中。

早在1610年，尚普兰就在新大陆的水域中发现了三种古甲鲟。一种是湖鲟，出现在安大略湖、尚普兰湖及其水系，以及圣劳伦斯河河口的潮汐水域中，数量很多。这种鲟是一种大鱼，长四至八英尺（一点二米至二点四米），通常重达一百磅（约四十五千克）。

另外两种鲟是海鱼，它们在海中度过成年期，只有在产卵时才向上游到江河中。其中短吻鲟较小，体长很少超过三英尺（零点九米），栖息在河口湾中。但海鲟的体型巨大，有些可重达半吨。

自古以来，腌鲟肉在欧洲一直很受欢迎。早在1520年，在新大陆水域中作业的法国渔民就开始大量腌制鲟鱼，销往国内市场。同时，鲟鱼又成为渔民、早期的定居者和本地居民的主要食物。鲟鱼无处不在。约翰·史密斯曾报告说新英格兰每一条河都有"数量众多"的鲟鱼。尚普兰提到"（新法兰西地区的）海鲟数量丰富，可以将其销往德国，或者是其他对这种鱼需求量很高的地区，每年可以卖到十万里弗"。

尼古拉斯·德尼斯在列举新大陆财富时重点突出了鲟："有些鱼长八英尺、十英尺（约三米）、十一英尺（约三点三米）、十二英尺（约三点六米），像羊那么肥……身上覆盖着盘子般大小的鱼鳞……鱼肉吃起来和牛肉一样好吃……这种鱼游到河口，在水面上跃起的高度和它们的身长一样……人们用鱼叉捕杀它们……还有另外一种小一些的鱼，但吃起来味道更好。"德尼斯还提到鲟鱼的鱼鳔是做鱼胶的极佳原料。鱼胶是一种透明的胶状物质，被认为有很大的药用价值。

17世纪30年代，威廉·伍德在新英格兰写道："鲟鱼遍布整个新英格兰，但在科德角和梅里马克（Merrimac）的河中能捕到最好的鲟。

人们在这里捕捞了大量的鲟,并将它们腌制起来运往英国。有些鲟鱼长十二英尺、十四英尺(约四点二米)、十八英尺(约五点四米)。"几十年后,乔斯林写及该地区时评论道:"这里这种鱼太多了,在一些河流中,鱼多到一些独木舟或轻型船只来回行驶都变得非常危险。"

1650年左右,皮埃尔·布歇写到湖鲟时说:"我们将在魁北克(上游)捕捞。在所有的大湖中,它们的数量很多……每条鱼都很大,有四英尺(约一点二米)、六英尺(约一点八米)、八英尺长。我在蒙特利尔前面看到人们捕捞了大量的鲟……鲟被腌制后味道十分鲜美,可以保存很长时间。"

尽管在19世纪初期,这三种鲟鱼遭到屠杀的程度都很严重,但是由于鲟的数量太多,又十分高产(每条雌性鲟鱼可产下三百万颗卵),因此直到19世纪50年代,它们仍是大西洋滨海地区最常见的鱼类之一。之后,人们发现北美鲟鱼的卵可以制成鱼子酱,其味道几乎可与俄罗斯的鱼子酱相媲美。同时,工业鱼胶的主要市场也发展起来,美国许多大城市对新鲜鲟肉的需求也在日益增加。所有这些需求相加,即使是对于多产的鲟鱼而言,也是无法承受的。

渔民们使用渔网、枪支、鱼叉甚至炸弹残忍地攻击产卵洄游的大海鲟和它的小姐妹们。1890年,仅在特拉华河(Delaware River)被捕捞的鲟鱼就超过了五百万磅(两千多吨)。到1897年时,一群渔民在阿莫甘西特(Amaganset)一网就捕捞起了三百三十五条产卵洄游的鲟鱼。这种大规模的屠杀导致有孕的鲟鱼也无法获得足够的繁殖空间,因此鲟鱼开始消失。

到了20世纪20年代,用渔业生物学家的话来说,尽管这三种鲟已经变得"异常罕见",但专家们却没有采取任何有效的措施来拯救它们。近年来,有为数不多的幸存者得到了一定程度的保护,但它们昔日产卵的许多河流和河口湾已被严重污染,以致它们孵出的幼鱼无法在其中生存,这一缺憾是无法弥补的。

虽然没有人知道现在在东北地区还有多少鲟鱼存活，但是大家一致认为，现在的数量与我们袭击其栖息的水域之前的相比，仅剩庞大群体的小小一部分。

条纹狼鲈被早期的法国人称为淡水鲈鱼，是在新大陆发现的海洋鱼类中较为引人注目的一种。它们很少游到离海岸超过三四英里（一英里约一点六千米）外的地方，而是喜欢在海滩上巡逻，并将它们的猎物撵到海中。条纹狼鲈最初的栖息地在圣劳伦斯湾至佛罗里达州的海中，在产卵洄游期，它们会游到主要河流和数百条小河流中。这是一种个头大、身体壮实的鱼，通常重五十磅（六英尺长、一百四十磅重的也很常见）[1]。其肉的味道被认为可以和大西洋鲑鱼相媲美。数量之多，让人难以置信。

对早期的移居者而言，鲈鱼是海赐之物。卡蒂埃曾评论说魁北克的鲈鱼"数量庞大"。尚普兰发现在芬迪湾的河流中产卵的鲈鱼非常多，多到"可以装满整个船队"。

至于在新英格兰，约翰·史密斯是这样说的："鲈鱼是种极佳的鱼，无论淡水鲈鱼还是海鲈都一样好……它们的个头非常大，一个鱼头就可以让一个胃口很好的人饱餐一顿。就肉质而言，鲈鱼比牛髓骨美味。它们的数量极其多，我曾见过它们多到停在河里游不动……一次涨潮被冲上岸的鱼能装满一艘载重量为一百吨的船……退潮后（我）看见从一张网中捕捞上来的鱼多到人们似乎可以在其背上踩着走。"

1634年，威廉·伍德对鲈鱼赞不绝口："鲈鱼是这个地区最好的鱼之一。人们会很快对其他鱼感到厌倦，但他们从不厌倦鲈鱼。它是一种娇嫩、漂亮、肥美的鱼，行动快速敏捷。头上有一根骨头，其中的骨髓可以盛满一碟……（接下来，他描述了一整年中捕获鲈鱼的各种方法，在结尾处描述了春季产卵洄游期间人们网捕鲈鱼的场景）……英国人在

---

[1] 五十磅约二十二千克，六英尺约一点八米，一百四十磅约六十三千克。——编者注

高水位时，会带着长长的围网或鲈渔网穿过溪流……潮水退时……（鲈鱼）被留在地面上，有时一网就网住两三千条。这些鱼被腌制起来以备冬天食用或者作为肥料给土地（施肥）……"

在北部水域，鲈鱼的个头似乎要小一些。或许是由于几个世纪以来对鲈鱼的残害，在现代只留下了发育不良的残存鲈鱼。无论如何，到1870年时，约翰·罗恩发现圣约翰河中的鲈鱼只有"二十至三十磅重"。"用鱼叉叉鱼是极好的消遣活动……在六月天气晴朗的夜晚，可以看见弗雷德里克顿河（Fredericton）上游几英里处，有几十条小船在宽阔的水面上疾驰……追逐着鲈鱼群。这些鲈鱼浮上水面，又猛扎进水里，在水里翻滚，然后又潜入水中。人们拼命地划着船，把有倒钩的矛或鱼叉掷到鱼群中……（在圣约翰河上）人们捕杀条纹狼鲈只是为了消遣，（但）……在加拿大的一些河流里，人们用网从冰里捕捞了大量的鲈鱼。有人告诉我，有一个冬季，仅在米拉米希河里就有一百多吨鲈鱼被捕捞起来。"罗恩并没有告诉我们这些鲈鱼的用途何在，但从其他渠道来看，它们似乎主要被用作肥料。

1978年，约翰·科尔（John Cole）出版了一本与鲈鱼有关的书《条纹鱼》（*Striper*），对鲈鱼遭受屠杀的过程进行了概述："谁能估量出有多少鱼被捕杀？……船队在新大陆靠岸时，就发现海港中到处都是银色的条纹鱼在水中翻腾……有谁数过潮汐湾中遭到网捕的条纹鱼呢？它们的身体泛着微光……殖民地的农民们把成千上万的鱼扔进手推车里，再运到玉米地里埋掉。随着这个国家的发展，又有谁统计过日渐壮大的商业性捕鱼业所捕获的鲈鱼的数量呢？他们使用手钓线、曳钓绳、排钩拖网、刺网、定桩网、流网、围网、拖地大网、长袋网、张网、掬网、渔网以及袋网来捕鱼。袋网是特制的，冬天的时候放入结冰的河里。当鲈鱼大群大群地聚集在水底时，袋网就可以困住它们……谁（能）将两个世纪以来那些用手钓线来捕鱼的捕鱼爱好者和为了得到鱼肉而进行捕捞的人造成的破坏制成表格统计出来呢？……他们乘坐五十英尺（约十五米）长的机动游艇钓鱼，或踏着海浪钓鱼。"

没人能回答这些问题，因此永远也不可能有数据记录。但对于条纹狼鲈遭受的大浩劫肯定应该有个道义上的解释，因为它们已经到了无法恢复元气的地步了。现在它们已经匿迹于大多数河流和海岸，可是从前在这些地方的数量却十分庞大。残存的鲈鱼正受到威胁，与其说是我们公开的行为使它们受到威胁，倒不如说是我们对于把水上世界变成死亡之海的漫不经心的态度使它们受到了威胁。科尔又一次讲述了这样的故事：

> 条纹狼鲈在这个国家的东部海岸存活了数百年，现在正濒临灭绝。这种鱼曾经数量繁多，挤满了河流三角洲……条纹狼鲈种群数量在减少，这是不争的事实。对切萨皮克湾和哈得孙河里鲈鱼繁殖量的年度调查……得出同样的结论……作为东北海岸（现存的）百分之九十九的条纹狼鲈的家园，这两处水体的繁殖量在逐年下降。

科尔问道："这是为什么呢？江河湖海里都挤满了几十亿个鱼卵……为什么没有鱼群活下来呢？为什么鲈鱼种群的数量会下降到现在河流和海洋里只有一些年岁大的鱼，它们每年四月份还聚在一起参加一个不育的繁殖仪式呢？"

科尔向我们讲述了原因。这是因为（其证据是无可辩驳的）哈得孙河和切萨皮克湾就像大多数东部海岸水域一样，受到了我们的工业垃圾、家庭垃圾以及农业垃圾的毒害。条纹狼鲈的鱼苗，还有无数其他动物的幼崽，根本无法生存下来。"十年之后，"科尔说，"按目前的下降速度，大西洋近海水域中将不再会有条纹狼鲈游弋……作为一个本可以生存下来的鱼种，它们将会消失。"

被称作蓝鳍金枪鱼的大鲭鱼是所有鱼类中个头最大、进化程度最高、最不寻常的一种。它的身长可达十四英尺（四点二米），体重可达一千五百磅（六百八十千克），其肌肉紧实，呈流线形，似乎是按照最佳流体动力学方案设计出来的，能以每小时接近六十英里（约九十六千米）的速度游动。从某种意义上来说，它是一种"温血"鱼，因为在鳍状鱼类中，几乎只有它能调节自身体温。蓝鳍金枪鱼游水的技艺如同鸟儿在空中飞翔一样。大海里可能没有任何动物能够捕食它……或逃脱它的捕食。一些现代生物学家称其为"超级鱼"，而人类对其独特性的认识要追溯到人类历史开始的时候。显然，史前的洞穴画家和克里特岛（Crete）的迈锡尼（Mycenaean）文明一样，对金枪鱼表示赞美，并且几近敬畏。

古代的海上捕鱼人在任何可能的情况下都会捕杀金枪鱼。多年以来，其他人也一直是这样干的。尽管如此，金枪鱼的生命力顽强，以至于直到三十多年前，它们还能保持总体数量不减少。

西部的蓝鳍金枪鱼在墨西哥湾产卵，但在春季和夏季，其栖息范围会一直向北延伸到纽芬兰。1939年以前，在北美水域中遭到捕捞的仅限于年岁较小的金枪鱼，大多数在二至五岁，重量约为十磅至一百磅（四点五千克至四百五十三千克）。每年的捕捞量为几百吨，捕杀规模小，金枪鱼足以承受。大金枪鱼可以活到三十五岁，几乎没有遭到过捕捞，只有那些买得起或租得起大型摩托艇的少数有钱人在捕捞它们，他们在摩托艇上用鱼竿和绕线轮来钓鱼消遣。

在20世纪50年代，人们对金枪鱼产生了新的兴趣，但这种兴趣却将金枪鱼置于死地。罐装金枪鱼开始受到大众欢迎，这种金枪鱼既供应世界市场上的人类消费，也用来喂养北美富人饲养的越来越多的宠物。因此对金枪鱼的商业性捕捞也在不断增加，但主要捕捞的还是年幼的鱼。至于年长的蓝鳍金枪鱼，它们肩负着该鱼种的生存和繁衍之责，却成了消遣性捕鱼者的目标。成千上万有富余收入的男男女女都参与到这一活动中，使捕鱼量呈现爆炸式增长。他们为了得到胜利纪念品，把钓鱼当作一种娱乐。

到1960年时，每年有一万一千个钓鱼爱好者乘坐租用的小艇出海，希望能将金枪鱼钓上岸，并在其旁边拍照，作为"胜利纪念品"。1979年，一位钓鱼爱好者创下了一项世界纪录，他在新斯科舍的海里捕到了一条三十二岁、重达一千五百磅（六百八十千克）的蓝鳍金枪鱼。此后，人们再也没有见过这么大的金枪鱼，可能永远也不会见到了。

在20世纪50年代捕捞高峰期时，北大西洋的商业性捕鱼每年要捕捞十五万条大蓝鳍金枪鱼，但是到1973年，捕捞量就下降到两千一百条。1955年，仅挪威捕鱼船队就捕捞到一万吨小金枪鱼；但在1973年，该船队只捕捞到一百多条。早些年的时候，葡萄牙渔民用大陷阱网捕鱼，通常每年捕获两万条金枪鱼；1972年，他们只捕到两条。自6世纪起，一直在直布罗陀海峡作业的一张巨大的网，在1949年捕捞到四万三千五百条金枪鱼；1982年，只捕到两千条，而且都是很小的金枪鱼。

从20世纪50年代开始，日本就为金枪鱼提供了最有利可图的市场。最初，日本的金枪鱼是从外国渔业公司购买的。然而，随着快速冷冻技术和深海冷冻柜以及捕鱼船的完善，日本人自己也开始涉足捕鱼业。1958年，当第一艘捕捞金枪鱼的美国大型围网船"银貂号"（*Silver Mink*）（这条船是技术上的奇迹）投入使用后，便很快成为有史以来最成功的捕鱼船。日本、美国和许多其他国家的商业性捕鱼集团纷纷效仿，并且竞相建造更大、更好、更高效的船只。凡是能够发现金枪鱼的地方，他们都去搜捕，其效率高得令人感到恐惧。

金枪鱼捕捞船的巅峰之作是"萨帕塔探路者号"（*Zapata Pathfinder*）。这是一艘二百五十英尺（约七十六米）长的超级围网捕鱼船，注册地是巴拿马。它看上去更像是一艘希腊航运巨头的私人游艇，而不是一艘捕鱼作业船。该船价值在一千万美元至一千五百万美元，配有卫星导航系统，并载有直升机，用来寻找金枪鱼。它还为船长配备了套房，里面设有酒吧、休息室、一张特大号床和镀金浴室水龙头。该船航行一次就能捕捞、冷冻并储存价值五百万美元的金枪鱼，为其船长每年挣二十五万美元的薪资。但该船一共赚了多少钱，不得而知，就如它主人的身份一样，也不得而知。在相互重叠、连锁的公司名下，人们无法看清真正的主人是谁。然而，据金枪鱼捕捞业消息灵通的观察人士估计，在作业期间，"萨帕塔探路者号"的投资回报率每年都能达到百分之百。它及其姐妹船只在攫取这些肮脏的利润的过程中，屠杀金枪鱼的规模之大，以致到20世纪70年代末，这些超级围网船将自己也赶出了捕鱼业。

日本人除了建造大型围网船，还在金枪鱼延绳钓法方面取得了长足的进步。到1962年时，他们每年捕捞的金枪鱼有四十万吨，但到1980年，整个日本的三百艘延绳船仅捕获了四千吨蓝鳍金枪鱼。

20世纪60年代，人们发现，由于污染，大金枪鱼在其漫长的生命中积聚了大量的汞，已达危险程度，这使得大多数西方国家颁布禁止销售金枪鱼鱼肉的法令。有一段时间，环境保护主义者希望幸存下来的大金枪鱼可以因此而幸免于难，能够继续繁衍后代。但这种希望太渺茫了。到1966年的时候，消遣性捕捞金枪鱼的活动受到人们的喜爱，这一年仅在纽芬兰就有三百八十八条大金枪鱼遭到捕捞或杀害。由于这只是消遣性捕捞，拍照后，大金枪鱼就被扔回水里。

然而到1968年时，在国民日益富裕的情况下，日本的美食市场对大蓝鳍金枪鱼的生肉产生了浓厚的兴趣。日本的美食家们并没有被汞含量给吓住（如果他们真的知道的话），他们最终还是以每磅二十五美元的价格来购买大金枪鱼的生肉。而北美的消遣性捕鱼业也借此机会大发横财。

1974年，在自诩为"世界金枪鱼之都"的爱德华王子岛的诺斯莱克（North Lake），出租艇上的驾驶员帮他们的客户运送了五百七十八条大金枪鱼，然后将大部分速冻的金枪鱼卖往日本。这里的向导和小艇出租者们几乎不敢相信他们的超级好运。当没有消遣性捕鱼者来捕捞大金枪鱼时,他们就安放金枪鱼拖网来捕鱼。从消遣性捕鱼者的观点来看,这个过程跟在鳟鱼池中放入带饵的夜间钓线大体上是一致的。

1978年,有三千条大金枪鱼被运到日本,做成生肉。但是到1981年时,在"世界金枪鱼之都"却只捕捞到五十五条大金枪鱼。当年,有人告诉我,金枪鱼"改变了它们的迁徙模式,但肯定很快就会回来"。到本书付印之时,它们还没有回来。小艇出租者正在出售他们的船,或是想方设法地吸引那些热衷于消遣性捕鱼的人,也许是来捕鲨鱼吧?

金枪鱼生肉这宗生意十分赚钱。1974年,控制这宗生意的日本企业家在加拿大渔业部(Canada's Department of Fisheries)的支持和鼓励下,出资在新斯科舍建立了一个独特的"渔场",并允许该渔场在圣玛格丽特湾(St. Margarets Bay)附近使用网捕捉所有能够找到的大金枪鱼。然后,这些大鱼会被转移到水下笼子中的"饲养场",给它们喂食无限的鲭鱼,直到它们达到最佳体重和状态。接着它们就被宰杀、冰冻、空运到日本。1974年,有五十条大蓝鳍金枪鱼享受如此待遇,但在1977年,有将近一千只蓝鳍金枪鱼被捕捉、喂肥、宰杀,然后被送到日本人的餐桌上。这个"渔场"的鱼快被宰完了。在过去的几年里,有时甚至捕捉不到二十条大鱼。很明显,金枪鱼又去了别处!

金枪鱼家族的许多其他成员也笼罩在同样的阴影下。海洋生物学家约翰·蒂尔(John Teal)和米尔德里德·蒂尔(Mildred Teal)在他们所著的新书《马尾藻海》(*Sargasso Sea*)中为蓝鳍金枪鱼写下了墓志铭:"体型较小的蓝鳍金枪鱼,包括中等大小的五至八岁和五岁以下的小蓝鳍金枪鱼,大群大群地生活在一起。在大西洋东部,人们用钓线、鱼饵和鱼钩来钓鱼;在大西洋西部,人们用围网捕捞这些鱼……商业性捕捞的量很大,甚至连重量不足一公斤的小金枪鱼也被捕捞了。一旦大金枪鱼消失,作为商业性鱼类的蓝鳍金枪鱼也将消失……将金枪鱼扫荡殆尽是愚蠢的,但我们却从未让这种情况妨碍我们过度捕捞其他能赚钱的鱼,这类鱼有鲸、龙虾和黑线鳕。"

北大西洋的许多其他大型鱼类也遭到了蹂躏。其中之一就有鲜为人知的剑鱼。17世纪早期，尼古拉斯·德尼斯是这样描述它的："剑鱼是一种和母牛一般大小的鱼，有六至八英尺长（一英尺约为零点三米）……鼻子上有剑状物……大约有三英尺（约零点九米）长，四英寸（约一点二米）宽……无论以何种方式烹饪都很好吃。它的眼睛有拳头那么大。"

最初，东北海岸的大多数渔场里都有剑鱼。在早期人们并不热衷于捕捞剑鱼。然而到了1900年左右，它那美味的肉开始在美国沿海各州受到欢迎。随着冷冻技术的改进，剑鱼排在整个北美大陆逐渐受到喜爱。一开始，人们主要是用鱼叉来捕捉剑鱼，但在第二次世界大战后，随着需求的不断增加，渔民们开始使用延绳来钓鱼。剑鱼的数量从来都不丰富，弥补自身损失的速度也很慢，到20世纪60年代初时，它的数量已经到了稀有的程度。科学家们发现剑鱼体内的汞含量及其他有毒污染物的含量都很高，认为人类食用剑鱼是很危险的。因此美国禁止销售剑鱼，结果是剑鱼的捕杀量减少到黑市就能够消化的水平。

有毒化学物质的大量积累对幸存下来的剑鱼是否有影响尚不清楚，但可以假定的是，对我们人类有害的物质对剑鱼也没有什么好处。无论如何，剑鱼的数量显然仍在减少。

如果我们有可能对鲨鱼的命运表示关切的话，那么下面这个故事至少应该唤起我们对一种遭到残忍捕杀的动物的一些同情。姥鲨是一种真正的大型动物，在现存鱼类中排第二。有人捕杀到一些长三十五英尺（约十米）、体重估计为十五吨的姥鲨。它们体型巨大，还很神秘。人们对姥鲨几乎一无所知，只知道它们对人类完全没有攻击性，它们喜欢成群结队出行，通过鳃耙从海水中过滤出微小的甲壳类动物和其他浮游生物，并以此为食。这种大鱼被称作"懒怪物"，之所以得此名是因为它们习惯于背部没入海面，在海面上慢慢漂游。在与现代人接触时，这种习惯对它们来说却是致命的。

虽然姥鲨的肉对我们没有价值，但它的肝却是有价值的。姥鲨肝重一千磅（四百五十三千克）以上，富含维生素，维生素可以提取出来供人类使用。第二次世界大战后，人们为了获得姥鲨肝，在大西洋东部对姥鲨进行了持久不懈的追捕，实际上，该地区的姥鲨已经灭绝了。在殖民时期，缅因湾中有大量的姥鲨，移居者们为了得到鱼肝油来点灯，在科德角附近杀死了成千上万头姥鲨。自此以后，这种怪物般的鲨鱼就从美国东部滨海地区消失了。

在加拿大东部水域，姥鲨的数量同样也很庞大，在这里，它们并没有遭受严重的捕杀。但是渔民们觉得它们很讨厌，因为它们有时会堵住渔网。因此，加拿大渔业部于20世纪40年代向姥鲨宣战。（在太平洋海岸，渔业部的保护船一开始用鱼叉追捕姥鲨。当发现鱼叉既笨重又很少给姥鲨造成致命伤后，就开始使用步枪，甚至还使用过机枪。然而，子弹对这种庞然大物似乎没有立竿见影的效果，所以，渔业部又设计了一种精巧的武器。这种武器是一个钢制的尖头撞锤，带有弯曲的刀刃，磨得像剃刀一样锋利。巡逻艇装上这种致命装置后，就去搜捕成群的大鱼，找到后就一个接一个地撞击它们，要么将其撕裂，要么在某些情况下将其切成两半。渔业部有一艘巡逻艇在一天内就切开了十八头姥鲨。）

姥鲨的数量减少得非常快，以至于现在在北美大陆的东北滨海地区，在任何一年，只要记录到人们曾目击过二十多头姥鲨，那都是引人注目的事情。

1616年，约翰·史密斯船长是这样赞扬新英格兰的优势的："在任何海湾、浅滩或沙湾中，你都可以尽情地捕捞蛤蚌或龙虾，或者两种都可以捕捞到。"事实上，他描述的是从哈特勒斯角至拉布拉多南部的整个大西洋沿岸地区。

大西洋沿岸滨海地区的浅滩中栖息着二十多种蛤蚌、牡蛎、贻贝、扇贝和海螺，它们为人们提供了似乎是取之不尽且方便取用的自助食品。当地人可以随意取用这些丰富的物产，这可以从那些被草皮覆盖着的贝冢堆得以证实，这些贝冢堆是他们在海边居住地的标记。然而，欧洲入侵者起初只是稍微利用了一下这些丰富的物产，仅将其作为捕鳕的诱饵。

17世纪以前，牡蛎在纽芬兰西部和南部沿海一带的咸水潟湖中消失了。在法国人占领的密克隆岛（Miquelon）上，堆积如山的蛤蜊壳下面是一层一层厚厚的牡蛎壳。在20世纪60年代，当我与那些捕捞鱼饵的渔民们待在一起时，他们还在继续往上面添加蛤蚜壳。可是很久以来，人们再也没有在密克隆的大咸水潟湖里发现过活的牡蛎。莫德林群岛上的情况也是如此。冬季的暴风雨把一堆堆的牡蛎壳冲刷、堆积到海滩上，这些壳是从没有牡蛎生长的海床上冲上来的。

贝类生物学家在思考牡蛎从昔日宽广的北美栖息地上消失的问题时，往往会将此归咎于气候的变化。他们似乎没有意识到这种易于捕捞的牡蛎曾被用作商业性捕鱼的鱼饵。他们除了不知道现在已是奢侈食物的牡蛎曾被以如此愚蠢的方式滥用，同样也不知道这种滑溜溜、湿漉漉的动物是怎样被挂在鱼钩上的。答案非常简单，渔民们将牡蛎煮得半熟就可以了。这个方法可能是从米克马克印第安人那里学来的。米克马克印第安人现在有时还会用牡蛎制作鱼饵，他们认为这是便于获得、鱼儿也难以抵挡的诱惑。

不知疲倦的尼古拉斯·德尼斯让我们得以一窥17世纪新斯科舍和新不伦瑞克部分地区的牡蛎大量繁殖的情况（但现在这两个地区已见不到牡蛎了）："在这个小海湾——马尔格雷夫港（Port Mulgrave）中有一些咸水潟湖，湖里有优质的牡蛎，个头很大，还有大量的贻贝……这里——布谢港（Havre Boucher）也发现了大量的牡蛎和贻贝……在安蒂戈尼什（Antigonish）有特别好的牡蛎，在左边的河口处还有更多……它们就像石块一样相互重叠在一起……在皮克图（Pictou）有特别棒的牡蛎，数量也非常多……有些比鞋还要大……这些牡蛎肥美可口……"从圣劳伦斯湾南部海岸周围一直到加斯佩都有牡蛎。从前，它们的数量很多，但现在却没有了或几乎没有了。

传说爱德华王子岛盛产牡蛎。尽管该岛的牡蛎大多栖息在有限的几个地方，数量也大大减少，但它们还是在该岛存活了下来。在布雷顿角的布拉多尔湖（Bras d'Or Lake）中，曾有多达三十艘的纵帆船同时使用圣帕特里克海峡（St. Patrick's Channel）中的贝类做鱼饵。

牡蛎仅是贝类鱼饵的一种来源。蛤蜊和贻贝也曾被用作鱼饵。19世纪，浅滩上的一些纵帆船一次出航就会装上多达十吨的蛤蜊。蛤蜊起着两方面作用：一方面是作为海外航行的压舱物，另一方面是在船抵达浅滩时用作鱼饵。但是，由于有鳕鱼生长的沿海一带每一个角落都有近海渔民居住，所以他们对牡蛎造成了致命的破坏。对这些人而言，贝类鱼饵随手而得，随便挖一挖或耙一耙，想要多少就有多少，用起来也方便，鳕鱼也十分喜欢吃……而且不花一分钱。

而那些"岸上居住者"，即殖民者和移居者，在恣意毁灭贝类方面也不甘落后。成群的猪常常会被赶到退潮后的滩涂上，对不同大小和种类各异的蛤蜊赶尽杀绝，而猪也就被养得肥肥的。1848年，新斯科舍的印第安人事务专员愤怒地说，这种做法已经"将我们整个海岸上最好的贝类都吃完了"。农民们侵入浅滩，将淤泥、鱼卵和成年蛤蜊都铲进货车里，拉到田里倒掉，不仅将其当作石灰肥来控制土壤酸度，而且也用作粪肥。

在18世纪晚期前，人们食用贝类并不是造成它们大量毁灭的主要因素。此后，大量的牡蛎和蛤蜊，尤其是小蛤蜊（小圆蛤）被运往加拿大和美国的几乎每一个城市和乡镇。但是，对贝类最致命的打击可能来自人们不经意间对其繁殖的海床的破坏。据估计，16世纪就在哈特勒斯角和科德角之间生存的牡蛎和蛤蜊有百分之八十已遭到灭绝，造成灭绝的方式有：家庭、工业和农业造成的污染；开垦潮汐湿地和废渣填埋；因人为侵蚀造成的大量碎屑外流。加拿大滨海诸省的人十分清楚，即使是那些还有贝类生存的海床也受到了严重的污染，所以，从这些地方捕捞的贝类是不适合食用的。

有一种贝类直到20世纪才吸引住我们贪婪的目光,这就是扇贝。它是一种近海动物,一直到20世纪60年代为止,在更靠南的浅水渔场中它的数量仍然非常丰富。此前,它并没有受到过多的捕捞,但在此之后,却遭到了密集性的捕捞。近十年来,其捕捞量已下降到使整个扇贝捕捞业都处于危险之中的程度。在最近几年,直到它从商业角度来看已完全灭绝之前,我们没有任何理由可以期待对扇贝的蹂躏会有所减轻。据预测,到1990年这种危险的情况就会出现。

16世纪后半叶,当安东尼·帕克赫斯特登上纽芬兰东海岸时,他"(用一只鳗鱼叉)不到半天就能捕到足够三百人吃一天的龙虾"。几乎在同一时期,查尔斯·利在布雷顿角写道:"这里的龙虾数量多到闻所未闻,因为我们用一张小拖网一次就网到了一百四十多只。"1629年,新英格兰的种植园里的情况也是如此,正如希金森所说:"龙虾(数量太多了),连种植园里的最小的孩子都可以随心所欲地捞个够、吃个够。至于我自己,我已吃腻了。它们又大、又肥、又美味。我曾亲眼看到过一些十六磅(约七点三千克)重的龙虾,但是其他人……却吃过大到有二十五磅(约十一千克)重的龙虾。"威廉·伍德描写当时当地的情形时补充道:"龙虾的数量多到人们都不在意它们了,人们很少吃(除了印第安人)。印第安人每天都要捕捉许多龙虾,用作鱼饵挂在鱼钩上。在没捕到鲈鱼时才吃龙虾。"

除了印第安人,新来的移居者很容易就懂得用龙虾作鱼饵,并且他们还大规模地采用该方法。1720年左右,从纽芬兰至科德角的近海渔民习惯于在退潮时,派男孩带着双叉鱼叉来到岸边,将被海浪冲上岸的、躲在海草下和石缝里的龙虾刺死,捞够一天用的鱼饵。1794年,亚伦·托马斯游历了纽芬兰,他说:"龙虾的数量多到被用于鳕鱼钓饵……我搭上一条小船去了解了这个情况……我在船上才待了半个多小时,有一个人就钓起了五十九只龙虾。"托马斯还告诉我们,龙虾是移居者喂养家畜的饲料,这些家畜有"鸡、母牛、鸭子、山羊、鹅、猫、小牛犊、猪、驯养的海鸥(用作食物)、绵羊和狗……当我把龙虾的钳子扔给猫时,山羊和狗就会去抢食……当龙虾被扔到地上时,鸡、牛、海鸥和羊都会一起去抢"。在东北海岸一带,普遍都这么做。实际上,直到1940年为止,在纽芬兰的一些偏远地区,猪就是靠吃龙虾喂肥的。

并不只是近海渔民才将龙虾用作鱼饵。早在18世纪60年代,在浅滩作业的纵帆船船员就会定期运送成吨的甲壳类动物,这种做法一直持续到19世纪中期。在岸上,许多殖民者和移居者都拒绝吃他们称之为"穷人吃的肉",但他们还是发现了龙虾的另一用途。1852年,一名加拿大官员写道:"海岸边到处都可以见到龙虾……它们的数量是异乎寻常地多,成千上万的龙虾被用作田里的肥料。每一块土豆地里……都撒满了龙虾壳。每个土豆坑中都有两只或许三只龙虾。"

直到1876年时,龙虾在新斯科舍仍然没有任何商用价值。那时,约翰·罗恩是这样描述殖民者以猎杀龙虾来取乐的情景:"在寂静的夏夜,参加叉龙虾派对是哈利法克斯人的一种时尚。船头上点着一把桦树皮火炬,这样,叉龙虾的人就能看见在海底海藻中爬行的龙虾。"叉龙虾实际上是小孩子们的游戏,"我曾见过两个小孩在一次潮汐中,踩着岩石间的水,手里拿着绑在棍子上的鱼钩,捉到了两百只龙虾"。罗恩还提到了龙虾在农业上的用途:"有一次,我看见在几英亩(一英亩约为四千平方米)的土豆地里,龙虾被用作肥料。为了说明龙虾没有多大价值,我可以提一下,他们把龙虾煮熟后喂猪,却羞于让人看到他们自己吃龙虾。如果房子周围有龙虾壳,这就会被认为是贫穷和堕落的标志。"

19世纪中期,人们发现可以在巨大的蒸汽锅中将龙虾装罐,这样花不了什么钱,人们这才改变了对龙虾的态度。用这种方法生产出的龙虾产品不仅在国内,而且在欧洲都有市场,且利润丰厚。随后就出现了捕捞龙虾的克朗代克[1]现象,虽然这只不过是另一种"淘金热"而已。

大量的龙虾加工厂在新英格兰海岸拔地而起,据说从这些高高烟囱里排放出的烟雾是在与浓雾展开竞争,争相使当地的地标变得模糊。这或许有点夸张,但也并非牵强附会。19世纪60年代,美国海岸上再也没有多余的地方再建一家龙虾加工厂了,于是贪婪的企业家们就开始向北推进,加拿大、英国和法国的工厂也纷纷加入。从纽芬兰到加拿大的大西洋海岸,从头到尾都遍布着这些国家的加工厂。下面我就以纽芬兰西海岸为例说一说龙虾加工厂的情况。

第一家工厂于1873年建立。到1888年时,有二十六家罐头食品厂雇用了一千一百个渔民。其中任意两人一条船每天可以捕获一千只龙虾,所得报酬为微薄的五美元。当年,纽芬兰西海岸的渔民运送的龙虾足以装满三百万个一磅重的罐头。

而所造成的浪费是骇人听闻的。只有龙虾尾部和两个大钳子里的肉得到了利用。龙虾的身体,其中许多是体内有卵的雌虾,被铲回大海,然后又被海水冲上岸,发出一股恶臭,在几英里(一英里约一点六千米)外都能闻到。在19世纪70年代,装满一个罐头平均只需要两只龙虾。但随着对龙虾屠杀量的增加,在年龄大的和个头大的龙虾被宰杀后,开始需要三只才装满一个罐头,然后是四只,最后需要多达八只"小鱼"才能装满一个罐头。此时,只有"小鱼"是唯一还能够随意捕捞的。

到1898年,在西海岸一带有七十家罐头加工厂展开了激烈的竞争。它们从早春到深秋,向天空中喷出黑云杉一般的浓烟。然而到此时,这些工厂一共只生产了一百万个罐头。龙虾的数量在逐渐减少。四年后,

---

[1] 克朗代克(Klondike),是加拿大育空地区克朗代克河两岸的河谷地带。1986年此地发现金子后,随即便出现了淘金潮,人们称之为"克朗代克淘金热"(Klondike Gold Rush)。——译者注

罐头产量下降到三十一万罐，大约是1888年的十分之一。

在东北滨海地区一带，各个地区大体上都发生着同样的事情，事情发生的顺序也相同。只有某些地区例外，较为突出的是新英格兰南部各州，以龙虾基本灭绝而结束。龙虾作为大西洋沿岸最容易捕捉、数量最多的动物之一的日子早就一去不复返了。1885年，加拿大和纽芬兰的龙虾捕捞量达到顶峰，至少为十四万吨，到20世纪20年代初，其数量骤跌到四万三千吨。到20世纪70年代，捕捞上岸的数量下降到大约两万吨。[1]虽然后一个数字自那时以来已经翻了一番，但一些生物学家认为无论是由于人类捕食量加大或是由于某些自然灾难导致龙虾死亡率上升，目前的龙虾仍然处于危险境地，数量少到接近灾难性灭绝。

"资源管理者"希望通过增加产量在两点之间达到一个平衡，一点是要安抚其在政治上和商业上的主子们，另一点是保护甚至巩固一个濒临灭绝的种群。而龙虾是一个经典案例，维持了这种不稳定的平衡。早在19世纪70年代就有人意识到了这种危险。当时，新斯科舍省政府的一位有远见的顾问提出建议，至少在产卵旺季应该禁止捕捉龙虾，但该省的立法机构否决了这项建议。"也许是（因为）施行一次禁捕期，龙虾的捕捉量将大大减少，而龙虾是一笔可观利润的来源，因此，他们采取了一项替代性措施，即捕捞小个龙虾或产卵的雌性龙虾为非法。（但是，）这条法令却并未得到执行。杀鸡取卵的事再次出现在龙虾捕捞业中，捕鲑业和伐木业也出现过类似的情形。"值得注意的是，这些评论是在一百年前写就的，但它不仅适用于过去，也适用于现在。

哈罗德·霍伍德在分析现代龙虾捕捞业时，强调了这种危险：

> 到1982年时，加拿大每年捕捞的龙虾量约为四千万磅，其

---

[1] 这些数字都是活体重量。据报道，1885年装有龙虾的罐头有一亿罐，但装满每个罐头至少需要三磅活龙虾。20世纪20年代的总量是基于大约三千万个罐头加上被售卖的大约五百万磅的活体龙虾。目前的渔获量通常以活体重量来计。——原注

中主要是一磅重的龙虾。再大一点的龙虾太少，在统计上无关紧要。捕捞的这些一磅重的龙虾在龙虾总量中所占比例每年都会有些微的变化，但在整个近海地区，有百分之八十的龙虾接近这个平均数。

在每年逃脱捕捞的那百分之二十的一磅重的龙虾中，第二年会有百分之八十遭到捕捞，此时它们的重量是一磅半。这些龙虾还是太小，无法进行繁殖。事实上，一只雌性龙虾通常要连续三年逃脱每年一次的捕捞才能产第一次卵。因此，平均每一千只一磅重的龙虾中只有四只能存活下来繁衍后代。但是在一些地区，性成熟还得推迟一年，这样，这个比率就下降到每一万只中只有八只能产卵。

基于可靠的实验数据，龙虾生物学家们认为，如果将可捕捞龙虾的最小尺寸增大百分之五十，那么在五年内加拿大的龙虾捕捞量会翻一番。可是困难之处在于你得说服政客们接受这个方案，而他们通常更愿意选择短期利益来取悦他们的选民，而不是长期利益。

只需要五年的时间，龙虾的数量就可以翻一番，并且使它脱离灭绝的危险……但是，在那些有权力实施该方案的人中，有谁真正去关心五年后会发生的事情呢？

我在准备写这本书时，曾与来自三个大洲的海洋科学家们交谈过，他们都是能够自由、独立地发表见解的专家。大家一致认为，不仅仅只有大型动物受到了影响，海洋中的生物正以可怕的速度减少。无论是西方的渔业界战略专家，还是东方的国家规划者，现在都在实施各种方法来捕捞浮游生物。浮游生物是海洋中所有生物最终赖以生存的基本食物，包括种类繁多的微小植物和动物。所有浮游生物都很小，许多只能在显微镜下才能看到。日本和苏联率先开始大规模捕捞磷虾。磷虾是一种甲壳类动物,虽然只有几毫米长,却属于较大的浮游生物。磷虾的数量几乎是无穷无尽的,是数千种更大的动物——从鱼类、海鸟一直到地球上最大的动物蓝鲸——主要的食物来源。如果按照目前计划的规模将磷虾捕捞一空,将对无数处在这个食物链顶端的动物种群造成难以承受的损害。

加拿大渔业海洋部的一位资深科学家笃定地对我说,大规模捕捞浮游生物可能造成的长期结果非常可怕,可能会导致我们过去所依赖的,或者我们希望在将来能开发利用的大多数鱼类全部灭绝。

"虽然这对普遍的海洋生物来说是一场无法想象的灾难,"他补充道,"但这可能是开发潜在的海洋食物的最合理的方法。其优点在于省去了中间环节。这让我们能够使用浮游生物产生的蛋白质和其他营养物质,而不需要先让鱼类、海洋哺乳动物,甚至是鸟类为我们处理和提炼这些物质而造成能量损耗。"

他的结论不太吉利:"这种事情会发生吗?还是只是科幻小说?看看我们过去在渔业产业方面的成功记录吧。只要能赚钱,永远也不要低估我们能做什么,将会做什么。"

第四篇

消失的海中巨兽

许多历史学家认为，捕杀鳕鱼的诱惑不可抗拒，正是这种诱惑把欧洲人吸引到了美洲东北海岸地区。对于英国和大多数法国冒险家而言，在一定程度上确实如此。但是在早期葡萄牙人、西班牙人、巴斯克人和比斯开湾（Biscay）的法国人眼中，绝不仅仅只有鳕鱼，更主要的，还有来自海洋动物身上的油脂。

15世纪末期，欧洲的油料日益紧缺，预示着现代社会将面临的问题。那时，油料主要从陆生动物和植物中提炼，但是这些油料再也无法满足人们的需求。然而，正如许多船员，尤其是伊比利亚半岛（Iberian peninsula）的船员所知道的，海洋似乎蕴藏着取之不尽的油。海豹、海象和鲸天生就有含油量极高的脂肪，可以很容易地被提炼成海产动物油。进入16世纪以后，人类对海产动物油的需求也越来越大，这种油也越来越值钱，所以，越来越多欧洲西南部的船主们开始将获取海产动物油作为其主要业务。

在人们进行海洋大屠杀之前，海洋是鲸之海。三四千万年以前，现代鲸的祖先十分安全地在海洋的怀抱生活，它们的祖先则是在陆地上生活了数十亿年之后才回到海洋。在裸猿出现的许多年以前，鲸是这个星球上组织结构最复杂、最稳定的生物。当欧洲人横跨北大西洋去占领新大陆及其毗邻海域时，统治海洋的是体型最为庞大的鲸。毫无疑问，如果不是因为人类在这里出现，鲸仍将是海洋的主宰。

这些欧洲人大多是奔着海产动物油来的。这些人贪婪捕鲸的历史令人发指，严重破坏了鲸类的生存繁衍。相比之下，现代人犯下的暴行，则是相对温和的了。

十三　较好的鲸种

　　11月份的贝尔岛海峡寒冷刺骨。在北部海岸的一个葫芦形港口边,二十来间简陋的小木屋挤在岩石海岸上。东北风呼啸着吹起漫天雨雪,将覆盖在小木屋顶上的红黏土瓦片吹得"哗啦"作响,又从几条已经抛锚的隐约可见的船上"呜呜"吹过,越过一个堆积岛,呼地一下子扎进贝尔岛海峡。这个堆积岛就像是塞在海港入口的一个塞子。

　　这一年是1565年,这个地方叫布特鲁斯(Buterus)。这个名字是由发现这个地方的巴斯克人取的,他们来自西班牙北部吉普斯夸省(Guipuzcoa)和比斯开省(Viscaya)。这些人沿着纽芬兰北部地区和拉布拉多之间的狭窄水域建立了许多类似的定居点,布特鲁斯只是其中之一,但可能是最大的一个。

　　狂风携着冻雨横穿海港,吹散了弥漫在定居点令人作呕的油臭味,也吹散了遍布定居点的腐烂下脚料的恶臭味。天气真是糟糕透了,棚子里所有的人都冻得缩成了一团,谁也不愿意从没有窗户的棚子里探出头来看看外面的情况。因此,没有人注意到五百吨重的"圣胡安号"(San Juan)船开始随风晃动,拖拽着船锚。这是一艘笨重的宽体帆船,船舷很高。货舱中装满了成桶的油和一袋袋鲸须。在船锚松动以后,"圣胡安号"较宽的一面便迎着风,冲进狂风巨浪卷起的一大堆泡沫之中,朝着堆积岛飘荡。

　　现在,无论什么也没法让它停下来,它撞上了岸边的岩石,发出橡树撕裂一般的声音。然后,在暴风雨的裹挟下,它开始倾斜,漫水,直到船舷也被海水淹没。货舱中沉重的油桶倒了下来,轰隆隆地滚向船的背风面。船体突然倾斜，颠簸得更加厉害了，前后摇摆，直到船头船尾都被海水淹没，才恢复平衡。它开始慢慢地下沉，滑向水下五英寻（约九米）深的安息之处。

至今它仍躺在那儿。

1978年秋季，考古学家在拉布拉多红湾的海底发现了保存非常完好的"圣胡安号"。19世纪在这里定居的纽芬兰渔民，发现海滩上到处散落着松软的红石子，他们以为这些石子是天然的，因此为海滩取名红湾。孩子们用这些小石子作粉笔，在周围的花岗岩上画画。这些新居民根本就不知道这些红色的小石子是已经风化了的黏土瓦碎片，几百年前被人从大西洋对面的西班牙运来修建小木屋、工棚和鲸油提炼厂房顶。这些房子现在已经无迹可寻。他们也不可能知道，在海港底部还躺着"圣胡安号"船的骨架和成千上万头巨鲸的鲸须。巨鲸在这里被屠杀，却让另一个世界、另一个时代的人发财暴富。

巴斯克人是新石器时期一个种族的后裔，是一个充满神秘色彩的民族，从未被印欧语系的入侵者同化。几千年来，他们在比利牛斯山脉（Pyrenees）西侧尽头崎岖的海岸和山脉的堡垒中抵抗着时代的变迁。作为一个被时代遗忘的残存部分，他们一直在这里生活着。在欧洲其他地方，他们昔日的同代人被从东方源源不断涌入的新民族淹没，消失得无影无踪。

在这段与外界隔绝的日子里，他们与海洋维持着一种持久的亲密关系，因此，在漫长的岁月中，他们对海洋及其居民都十分了解和亲近。这是一个极其神秘，与外界隔绝的民族，因为他们及其语言令人费解，所以被外人视为粗鲁的异类。长期以来，他们无法融入这个世界，一直艰难地生活着。直到最近，历史学家们才意识到，他们在早期的海洋开发中起着多么大的作用，正是巴斯克人点燃了这把火，最终毁灭了数量庞大的鲸类。

至少在一万六千年以前，他们就开始对海中巨兽——鲸发动战争。那时候，比斯开湾的"斯特兰特卢珀人"（Strandloper）频繁地坐着独木舟或者兽皮包裹的小船，用尖端为骨头或燧石做成的鱼叉和捕鲸矛捕杀鲸。这些鱼叉和长矛与现在处于新石器文化阶段的楚科奇人（Chukchee）和因纽特人使用的工具非常相似。事实上，英语中的"鱼叉"一词来源于巴斯克语的"arpoi"，是"石尖"的意思，经西班牙语的"arpon"演变成英语中的"harpoon"。

几千年来，他们捕鲸只是为了获取食物，维持生计。但是，早在公元5世纪，比斯开湾人就开始用鲸制品与其他民族进行以物换物了。到10世纪时，他们的交易就已经做得非常好了。因此，巴斯克人是有记载以来的第一批商业捕鲸者。在此后六百多年的时间里，他们一直在这方面占据着绝对的统治地位。

最初，史前的比斯开湾人是从追赶一种鲸中学会捕鲸的。他们的后代称这种鲸为奥塔索塔（otta sotta），也就是我们所知的灰鲸。就体型而言，这是一种很小的鲸，体长不超过四十五英尺（约十三米），重量几乎不超过五十吨。灰鲸喜欢在近海活动，有时候离岸边很近，肚子在水底，脊背就露出了水面。它们冬季在暖水潟湖或者温水湾中产下幼崽，春季的时候，就向北游去，到了仲夏，大多数的灰鲸就可能在挪威海（the Norwegian Sea）和波罗的海上游的冰水里游弋，初秋时节，它们又游回到南方。

人们猜测，在灰鲸春秋季的迁徙途中，当它们在比斯开湾的海浪中翻滚时，最初只有少数勇敢的滨海居民才有勇气去攻击这些海中笨拙的庞然大物。随着最初的尝试获得成功，越来越多人加入捕鲸者的行列，直到后来，比斯开湾沿岸大多数部落都开始经常性捕鲸了。这样持续了几百年，以至于到了14世纪，欧洲海域的灰鲸已经被捕杀得几乎灭绝了。

然而，灰鲸的灭绝并没有让巴斯克人停下他们"进取"的步伐，这种进取精神已经成为在海边居住的巴斯克人的一种生活方式。他们不断追寻新的目标，这预示了现代生活的规律。这次，他们在群鲸中找到了目标。因为在某些季节，大群大群的鲸汇聚在一起，所以被称为群鲸。萨尔达（sarda），就是我们现在说的露脊鲸，体型巨大，有六十至六十五英尺（约十八至十九米）长，七十吨重。它那厚厚的脂肪产出的鲸油是灰鲸的三倍，而且，它的鲸须更多，质量更好。同灰鲸相比，尽管它更喜欢在外海活动，但它仍然要在岸边浅滩交配、生育幼崽。

起初，巴斯克人驾着速度很快、转向灵活的敞篷小船，像从前捕杀灰鲸一样捕杀露脊鲸。在成功地用鱼叉和捕鲸矛把鲸刺死后，他们将鲸尸拖到比斯开湾岸边几十个加工站里最近的一个进行加工处理。然而，由于露脊鲸在近海区域活动的时间有限，用这种方法捕鲸的时间只有三四个月。在中世纪，随着欧洲对鲸制品需求量的不断增长，巴斯克人开始使用能够在海上航行好几天的小帆船，在离海岸一百多英里（一百六十多千米）的范围内捕鲸。虽然他们仍然要把鲸尸拖到岸上进行切割，但是，在外海捕鲸却大获成功，以至于能装下三百个大酒桶的大船也开始在海上不断地骚扰和捕杀露脊鲸。

到1450年，由六十多条巴斯克深海捕鲸船组成的船队在从亚速尔群岛（Azores）到冰岛之间的海域搜捕和追杀露脊鲸，造成的破坏之严重，在16世纪开始前，欧洲海域的露脊鲸也已濒临灭绝。在这个决定他们捕鲸业发展前景的关键时刻，巴斯克人发现，在遥远的北大西洋西部，有一片幅员辽阔，从未被开发过的海域，那里有"有销路的"鲸。

当欧洲人开始征服新大陆的时候，这个地区的海洋里到底聚集了多少种类、多大数量的鲸，是需要极大的想象力才能想象的。其种类和数量至少可以和20世纪前南极洲的鲸相媲美。

在东北滨海地区，鲸的数量之大，活动的范围之广，给早期的航海者们造成了航行的困难。16世纪中期，一位匿名的船员在其记录中抱怨道，在新发现的陆地附近航行，最危险的不是浓雾、冰块，也不是海图上未标注的礁石，而是体型巨大、数量众多的鲸，船只随时都有与之相撞的危险。17世纪早期,一位法国传教士恼火地写道,圣劳伦斯湾中的鲸非常多,"它们不停地游动,以及喷水时发出的响声,影响我们休息,很让人讨厌"。

当"五月花号"(*Mayflower*)1620年在科德角湾(Cape Cod Bay)抛锚时,其船员"每天都看到鲸在我们周围穿梭游弋,如果我们有工具和办法在这里捕杀它们,我们在返航时将狠狠地赚上一笔"。1635年,理查德·马瑟(Richard Mather)第一次到达马萨诸塞湾(Massachusetts Bay),他曾经写道:"看见许多大鲸,向空中喷出的水柱就像烟囱冒出的烟一样,溅起的水花使得它们周围白花花一片……这种(景象)现在已经司空见惯了。"到了1705年,库特芒什先生也这样写道,圣劳伦斯湾北部岸边的鲸"数量之多,离海岸之近,站在岸边礁石上就可以用鱼叉刺杀它们"。

欧洲人刚到北美大陆的时候,圣劳伦斯湾以及从科德角到拉布拉多大陆架一带的海洋生机勃勃,这里是世界上海洋哺乳动物最集中的地区。这片海域除了为这个星球上最集中的海象群体提供庇护,还是难以计数的各种海豹的栖息地。可是与鲸类相比,它们却是小巫见大巫了。难怪早期的欧洲人将去往新大陆的东北航线称为鲸之海。

尽管鼠海豚和海豚也属于鲸科动物,但是在早期,"鲸"这个词的含义却非常狭窄,特指那些能带来商业利润的海上巨兽。因此,"鲸"专门用来指代这样的动物:行动缓慢,能被帆船甚至用桨划的船追上,容易被手持的鱼叉和捕鲸矛击中,出产的鲸油和鲸须有经济效益,最后,死后能够漂浮在水面上。最后一条尤为重要,因为早期的捕鲸者没有能力将沉入海洋深处的鲸捞起来。同样地,在剥取鲸脂肪的过程中或者将鲸拖到岸边加工站的途中,他们也没办法使一头"快沉下去"的鲸漂浮在水面上。因此,修建和管理着布特鲁斯和其他加工厂的巴斯克人将他们捕杀的目标锁定在四种"鲸"上面,并且,他们也只会辨认这四种鲸。他们称之为"较好的鲸种"。

露脊鲸

当第一艘现代欧洲船驶入新大陆海域时，船上的人们就认出了曾经的巴斯克捕鲸船的两个主要目标：灰鲸和露脊鲸。

如果这第一艘船不是巴斯克人的，它的船员发现鲸的消息也会不可避免地传到巴斯克人那里。果然，大约1500年，巴斯克人的捕鲸船就已经开始在北大西洋辽阔的海域里探险了，鱼叉手就已经在西部海域屠杀露脊鲸了。

露脊鲸尽管体型巨大，却相对容易捕杀，经济效益也高。因为它庞大的身躯使它不会受到自然界大多数肉食动物的侵袭，所以没有进化到具有防御意识或长出防卫武器的阶段。它既不需要也不具有很大的加速度，只需缓慢地在大量的海洋浮游生物中行进，进食。海水从长在上颌须板的鲸须缝隙中挤出来，鲸须过滤的效率很高，过滤出的食物使它能够积累大量的富余能量，转化成脂肪储存起来，足以维持生命。露脊鲸的脂肪层很厚，可达二十英寸（约半米），即便是死后，其浮力也足以让尸体漂浮在水面上。它油脂含量高，一头就能提炼出三千五百加仑[1]的优质鲸油。从各方面来看，露脊鲸即便不是最好的鲸种，也是较好的鲸种之一。

鲸之海中浮游生物丰富的水域是露脊鲸的主要避暑地。深秋时节，它们慢慢地向南漂游，聚集在南至佛罗里达州和墨西哥湾一带合适的海湾里繁殖。当它们到达过冬的海域时，脂肪中已经积累了大量的能量，可以让它们很舒服地度过漫长的几个月，直到春天到来。在这段时间里，它们求爱、交配和产崽，不需要吃任何东西。

在3月底或4月初，度过冬季的庞大鲸群，分散成以家庭为单位的小鲸群，以每小时三四海里的速度悠闲地向北方游去。此时，每年一次的浮游生物汇集使得冰冷的海水充满生机，富有营养，它们在近海浅滩

---

[1] 按英制加仑换算，三千五百加仑相当于一万五千九百多升。——编者注

中的春季水草地里边游边吃。大多数露脊鲸向西经过贝尔岛海峡或者卡伯特海峡，最后进入圣劳伦斯湾，在这里享用夏末勃发的浮游生物盛宴。当夏季结束时，它们长得又胖又圆。也许是群居的需要，又或许是属于鲸类的某个秋季节日，它们再次大群大群地聚集在一起，开始向南方漂游。

虽然无法确定巴斯克人首次出现在北美海洋上的时间，但是我们确实知道这个事实：1534年和1535年，卡蒂埃首次进入圣劳伦斯湾，在当时已广为人知。那时候，布特鲁斯这个地方就已经在法国人的海图上被标注成了鲸港（Hable de la Ballaine）。纽芬兰岛的西北角是从欧洲来的船只最重要的登陆地，已经有了一个名字叫卡蓬（Karpont），这个名字是法国人从巴斯克语中的"鱼叉角"（Cap Arpont）借用而来的。此外，在比亚里茨（Biarritz）市政府的档案馆中，现在还保存有1511年颁发的特别许可证，授权法国巴斯克人在新大陆捕鲸。大量资料也表明，早在1480年巴斯克人就已经开始在圣劳伦斯湾活动了。所以，如果我们设想，15世纪末期，疲惫不堪的巴斯克帆船在海上费力地向着拉布拉多南部海岸、纽芬兰海岸和布雷顿角岛行进，应该不会太离谱。顺带说明一下，布雷顿角岛这个名字来源于古代巴斯克人修建的布雷顿角捕鲸港。

很快，整个地区都出现了巴斯克人的捕鲸船。现在使用的海图上仍然保留着几十个地名，它们证实了当时巴斯克人的活动范围非常广泛。西至离魁北克市约一百英里（一百六十千米）的萨格奈河口都能找到他们修建的岸上加工站的遗迹。现在这些加工站长满了苔藓，被风雨侵蚀，有时还被海水淹没。

布特鲁斯加工站看起来是一个典型的西班牙巴斯克人加工站。每年夏天，多达一千人在此居住。每天黎明前，几十条捕鲸船都扬帆起航，如果没有风，就划桨出发，沿海岸两边分散出海，围成一个以布特鲁斯为中心，半径十英里至十五英里（约十六千米至二十四千米）的弧形区域。然后，他们期待着黎明快快到来。所有人都专注地扫视着周围的海面，看有没有代表着露脊鲸的V型水柱出现。一旦在晨曦中发现有鲸模糊的影子，最近的两三条船便立刻冲上去，鱼叉手站在船头，每个船员都拼命地划船，希望自己船上的鱼叉手率先出手。

通常情况下，被选中的目标对靠近的船只只不过是好奇而已。然而，一支鱼叉在初升太阳的照耀下，闪烁着光芒，直击目标。这支邪恶的双倒钩鱼叉刺穿了厚厚的脂肪层，深深地扎进下面的肉里。这头"被刺中的鲸"突然下潜入水，却发现自己被上面的船拖住了。当它浮出水面呼吸时，可能会被第二支，甚至第三支鱼叉刺中。这头鲸的脑海里一定充满了以前从未体验过的惊慌和恐惧。当鱼叉将它紧绷的肌肉撕裂时，它还要承受难以忍受的疼痛。

即便是露脊鲸，经过几个小时的拼命挣扎之后，它强大的力量也会减弱。接着，几艘小船向它靠拢，在它还没来得及换气之前，船上的人用又细又长的捕鲸矛将它刺入水下。终于，露脊鲸在遭到矮子们（指捕鲸者）的致命攻击之后，无助地在海面上翻滚，喷出的水变成了血红色的水雾，随着它的翻滚打转，周围的海水被鲜血染成了黑红色。这头巨大的露脊鲸抬起身子，在最后一阵痛苦地抽搐痉挛之后，倒下去，死了。

此时，一群海鸥早已黑压压地聚集在空中，两三艘船把黑亮亮的鲸尸拖进布特鲁斯港，固定在离鲸油提炼厂几百英尺（一英尺约零点三米）远的一个浮标上。它与几个死去的同伴一起躺在这里，等到海滩上木质滑道中的鲸尸被处理完毕之后，被绞盘沿着油腻的斜坡拖上去[1]。

鲸油火把熊熊燃烧，烟雾缭绕，屠夫们不分昼夜地围在巨大的鲸尸旁边，或切或砍，将鲸脂分成块状，其他人把这一块块鲸脂运送到鲸油

---

[1] 在潮水足够大的加工站，操作会简单一些，通常是涨潮的潮水把鲸尸推上沙滩，待潮水退去，海水淹不到鲸尸后才对其进行切割。——原注

十三 较好的鲸种 229

提炼厂门口。它们在这里又被切成小块，被叉子叉进由熊熊大火烧得劈啪作响、沸腾翻滚的大锅中。人们不时地从锅中捞出结缔组织和碎屑，投进火中。就这样，鲸为宰杀自己提供了燃料。

从它身上剥下鲸脂，从嘴里砍下鲸须以后，捕鲸者会松开绞盘刹车，让赤裸的尸体滑回海里。即使被剥去了脂肪，它仍然会浮在水面上，因为尸体内部腐烂的过程会迅速产生大量气体，使它膨胀成一个恶臭的大气球。这个气球不再被人控制，在潮涨潮落间随风漂荡，与从其他海湾中漂出来的腐烂物体混合，其中大多数都被冲到岸上，给红湾绵延数百英里（一英里约一点六千米）的"藏尸地"添砖加瓦。

库特芒什先生的记录，使我们对海岸边那些令人毛骨悚然的场景有了大致的了解。1704年，在距早已废弃的布特鲁斯加工站只有几英里远的一个小海湾尽头，他发现"大量的骨头像木棍一样被扔在岸上，一根挨着一根……据我们估计，这里至少有两三千头鲸的残骸。仅在一个地方，我们就数出了九十个巨大的颅骨"。

现在，仍然有证据表明当时巨大的杀戮规模。20世纪60年代，一位在纽芬兰西海岸修建高速公路的工程师告诉我，无论挖土机在哪里挖沙滩上的碎石，总会挖出大量的鲸骨，部分路基"用的骨头比石头还多"。他告诉我，"头骨多得很，有的有D-8推土机那么大"。在这条公路竣工后不久，我查看了其中一些取土坑，发现大部分遗骸都是不久前留下来的，而不是经年累月积存下来的。

十六世纪上半叶，圣劳伦斯湾里的露脊鲸如此之多，以至于捕鲸不过是一件极其简单的事情，似乎只是从取之不尽、用之不竭的鲸群中选择，能加工处理多少就杀多少。这个过程大致类似于把一头牛从大牛圈里抓出来宰杀，限制因素不是鲸数量问题，而是工厂的加工处理能力。

布特鲁斯加工站为三个鲸油提炼厂提供原料，它也许只是二十个加工站之一。这些加工站分布在从贝尔岛海峡入口向西沿圣劳伦斯湾北岸进入圣劳伦斯河岸，以及更远的萨格奈河范围内。在沙勒尔湾和加斯佩海岸边还有几个加工站；在莫德林群岛、诺森伯兰海峡（Northumberland Strait）、布雷顿角南部和东部海岸边也有几个加工站；纽芬兰南岸十二个炼油工厂将天空熏得漆黑。总而言之，在巴斯克人"捕鱼业"鼎盛时期，在鲸之海周围大约有四五十个鲸油提炼厂在运转。在北部和东部捕鲸的主要是西班牙巴斯克人，在南部和西部主要是法国巴斯克人，他们一起给露脊鲸带来了一场巨大浩劫。

杀戮的规模还是能够估算出来。我们知道，16世纪简陋的鲸油提炼厂从每头成年露脊鲸身上平均要炼出约三千加仑（约一万三千多升）鲸油，也就是十二大桶。鱼叉手们除了捕杀成年鲸和大鲸，其他的全都看不上眼，至少最初是这样的。我们也知道巴斯克船的装载能力。他们的船有两种：一种是每年春季将人、小船和工具运到加工厂的船，可以运载二百五十桶到五百桶鲸油回去；另一种是大帆船，在仲夏出发向西航行，唯一的目的就是将鲸油运回欧洲。在当时，这些早期的"油轮"算是非常大的船了，有的载货能力可达一千大桶鲸油。

16世纪的记录表明，每年参与捕鲸的巴斯克捕鲸船数量为四十艘至一百二十艘。以八十艘为平均数，每艘船平均载货能力为三百五十大桶，那么每年就有约两千三百头鲸被杀死，但这还不是每年鲸的死亡总数。我们还要考虑母鲸被杀死后饿死的幼鲸，以及那些受了致命伤却没被拖上岸的大鲸，因此还要加上百分之二十。在高峰期（大约1515—1560年），保守估计，每年有两千五百头露脊鲸被屠杀。

16世纪中期，从鲸之海中的露脊鲸身上炼出来的大部分鲸油，都用来为西欧的照明提供燃油，为润滑油和肥皂生产、皮革和黄麻加工，以及食用油提供原料。此外，西部露脊鲸的大多数鲸须被用来制作包括军用头盔的纤维、服装支架、家具和床垫的填充物、刷子的毛、筛网材料、刀柄、角质汤匙，甚至是机械玩具和科学仪器上的弹簧等在内的各种物品。

捕鲸业是一个暴利行业。在一个丰收的捕鲸季，一位巴斯克船主，扣除在船只、工具、船员工资、物资保障上的投入和其他开销之后，还能赚取一笔可观的利润。这不仅是一笔好生意，而且是一笔大生意。到1570年，巴斯克人在许多欧洲国家都设立了独立的办事处，专门处理捕鲸贸易业务。那些财团和公司相互交织在一起，相当于当时的埃克森石油公司[1]，垄断了捕鲸产业。

到1570年的时候，西部露脊鲸被捕杀得只剩下很少很少了，堪比历史遗迹，由此，当时的杀戮规模之大可见一斑。露脊鲸的日子不多了，同样，西班牙巴斯克捕鲸船队的日子也不多了。1588年，西班牙无敌舰队企图入侵英国，结果大部分被消灭掉。被英国大炮和猛烈的风暴送入海底的几十艘船中，就有西班牙巴斯克捕鲸船队的主力，它们应召为菲利普国王服务，为实现其野心葬送了自己。对西班牙巴斯克人来说，这场毁灭性的灾难让他们再也没有能力回到鲸之海。

无敌舰队溃败之后，巴斯克人在新大陆海洋中的捕鲸事业又遭受了另一个更加严重的挫折。在17世纪的前十年里，有人在斯匹次卑尔根岛（Spitzbergen）附近的冰海中发现了一个大得令人难以置信的鲸类栖息地。这一发现为新的捕鲸产业创造了机会，很快就使鲸之海中的捕鲸业黯然失色，并且永远终结了巴斯克人长期以来的垄断地位。

随着屠杀的重心向东边转移，人类对西部露脊鲸的骚扰和迫害有所减缓，但是并没有结束。法国巴斯克人、诺曼人（Norman）和布列塔尼人继续在这里捕杀露脊鲸，而且，加入的人越来越多，他们将圣劳伦斯湾变成了"法国人的湖泊"。除此之外，新英格兰人也在袭击迁徙途中的露脊鲸，他们正在发展"海湾捕鲸业"。

虽然，最开始，这些在海边居住的英国人主要捕杀灰鲸，但是我们很快就看到，一旦有机会，他们也会捕杀更大更肥的露脊鲸。随着越

---

[1] 埃克森石油公司（Exxon），其历史可以追溯到约翰·洛克菲勒于1882年创建的标准石油公司，是世界上最大的私人石油天然气生产商，在全球位居行业领先地位。——译者注

来越多的英国人转入捕鲸业，露脊鲸在大陆海岸一带再也找不到栖身之处。也许幸存者们是在西印度群岛中人迹罕至的小岛和沙洲周围找到了过冬的避难所，并在向南向北迁移的过程中离致命的北美海岸线越来越远。即便如此，也无济于事，因为新英格兰的海湾捕鲸者也在扩大他们的捕鲸范围，他们驾着能在海上航行三四天的半甲板式单桅小帆船，驶入看不见陆地的海洋深处。这些小快船上的船员只要碰见露脊鲸就将其捕杀。尽管这样，在那时候，灰鲸和露脊鲸已经十分稀少，所以，新英格兰人又将猎杀的目标转移到另一种鲸身上。

在四个较好的鲸种里，巴斯克人称之为 Trumpa 的鲸排在第三位，一代又一代的美国捕鲸者称之为抹香鲸。抹香鲸是一种生活在远海的哺乳动物，以深海中的乌贼为食，很少靠近陆地。相对而言，抹香鲸易接近，其脂肪厚度足以使其在死后漂浮在海面上，且适于提炼鲸油。因为它是一种齿鲸，所以没有鲸须，但在捕鲸者看来，它头上那些特殊物质，一部分是轻油，一部分是蜡一样的东西，足以弥补这种不足。早期有些无知的人以为这种物质是它的精子，因此才有了鲸脑油（spermaceti，也称鲸蜡，sperm 即精子）这个名字。无论叫什么名字，它过去是，现在仍然是一种特别细腻的润滑油，价值极高。抹香鲸身上还有一种价值高昂的物质。17 世纪早期，一位作家曾用不怎么讨人喜欢的文字描述这种物质："在这种鲸的内脏中还能发现龙涎香（Ambergrease），其形状和颜色就像牛粪一样。"尽管龙涎香的外观不受人喜欢，但它却是一种珍贵的药用物质和化工材料，尤其是能作为香水的基质。直到 19 世纪，它都和黄金一样贵重。

在外海发现大量抹香鲸的消息极大地吸引了新英格兰捕鲸者。到 1730 年，他们驾驶着全甲板小桅帆船，在南到百慕大（Bermuda），北至大浅滩的范围内追寻抹香鲸。起初，因为船只太小，无法装上鲸油提炼设备，所以当时他们捕杀抹香鲸，几乎只是为了从其头部获得几百加仑的鲸脑油。这种可怕的浪费造成的一个后果就是，在浓雾笼罩的大浅滩上，漂浮着许许多多被遗弃的肿胀的抹香鲸尸体，对横跨大西洋航行的船只安全构成威胁。另一个后果就是，在东北航线中，抹香鲸数量大大减少，几乎完全消失。

在捕杀抹香鲸的过程中，新英格兰人变成了真正的外海捕鲸者。到1765年，多达一百二十艘新英格兰捕鲸船在贝尔岛海峡、大浅滩以及圣劳伦斯湾中"捕鱼"，其中大多数都装备了精油提炼设备。那时，他们捕杀的鲸大多数是我们稍后会讲到的座头鲸，有些是抹香鲸，有些是露脊鲸。抹香鲸是这些新英格兰人的首选猎物。在同一时期，其他的新英格兰人将船开到南方海域去搜寻抹香鲸，但他们只要碰到露脊鲸，也会将其捕杀。

到19世纪初，整个北大西洋海域仅有几千头露脊鲸存活下来。有几年的夏季，一群大约一百头露脊鲸设法在纽芬兰南部荒芜的峡湾中隐藏起来。19世纪20年代，它们还是在这里被纽芬兰和美国的捕鲸者发现了。到1850年，捕鲸者发现了一头孤零零的雌性露脊鲸并将其捕杀。随后的一百年里，在圣劳伦斯湾、纽芬兰和拉布拉多海域，再也没有人看到过露脊鲸。据推测，虽然似乎有几十头露脊鲸仍活着，但它们变得十分谨慎，大概是因为其同类遭到捕杀的缘故吧。

1889年，一艘挪威蒸汽捕鲸船，装备了新式的能发射致命炸药的捕鲸炮，在冰岛南部四处搜索，发现了一群在当时已是传说的露脊鲸。有一头鲸被杀死，另外六头因为恶劣的天气逃过一劫。第二年，这艘生锈的捕鲸船回到这里，发现了其余六头，将它们全部杀死。

1900年，一些生活在长岛（Long Island）上几个分散渔村的人还保持着古老的传统，像他们三百年以前的祖先那样，用敞篷船捕鲸。只有他们才知道，是否仍然还有露脊鲸活着。他们每年有一两次，有时好几年都不会，看到一头"路过的"露脊鲸。如果运气好的话，就将其捕杀。

人类最后一次捕杀到露脊鲸是在1918年。那时一艘蒸汽围网渔船在捕捞鲱鱼。一头雌性露脊鲸和它的幼崽,在阿莫甘西特附近沿长岛海岸向北游。其中一位捕鲸者埃弗里特·爱德华(Everett Edward)在传记《一次愉快的旅行》(*A Pleasure Trip*)中详细记叙了这次事件,我作了些精简。

1918年夏天,最后一头鲸在这附近遭到捕杀。当时正是捕鱼季的高峰期,我和伯特(Bert)花了两天去捕杀鲸,这是有史以来最为昂贵的一次捕猎。伯特一直在海上捕鱼。天刚刚亮的时候,他发现沙洲外面有两头鲸。他划着一条小船来到岸边。太阳刚刚升起时,我听到他在卧室窗户下面喊道:"埃弗,想去捕鲸吗?"

我们划着小船,离开岸边,然后爬上捕鲸船,在依吉布特海滩(Egypt Beach)附近追上了鲸。它们听到螺旋桨发出的声音,开始向外海游去。不久,一头鲸在船头露出水面。伯特向大鲸扔出了炸弹,它在浅水里奋力下潜,当它再次露出水面时,喷出了鲜血。我们在尼皮格水上救生站(Nepeague Life Saving Station)对面追上了这两头鲸。我们带了六到八枚炸弹。只要鲸一出现,我、伯特和菲利克斯(Felix)就在船头轮流扔炸弹,直到扔完。然后,我们又用捕剑鱼的工具处理……我们在捕剑鱼的长矛上绑上一个小桶,这样我们一直都可以看到它。

那头小鲸筋疲力尽,开始安静下来,我划着小船,准备用鱼叉干掉它。在它几乎快死掉的时候,大鲸的头露出了水面,然后又猛地潜入水下。我们的老管理员迅速地用鱼叉刺中了它,我从未见过这么快的速度。可是,系鱼叉的绳子却断了,我们失去了大鲸身上唯一的一根鱼叉。大鲸逃走了,小鲸浮上水面,死了。

我们尾随着大量喷着血游向外海的大鲸,跟了六英里(约九点七千米)。这时,天快黑了,因此,我们又折回去处理小鲸,将它拖到普罗米斯兰(Promised Land)码头。人们蜂拥而至,前来观看这一不同寻常的捕获,许多人以前从来没见到过鲸。我们炼出了大约三十桶油,但一直都没有将它们卖出去,鲸油不再具有市场价值。

到此时,北大西洋东西两面的露脊鲸已经灭绝了,捕杀"活动"高效地结束了。但是在其他海洋,还有分布广泛的其他鲸类,美国捕鲸者把北半球海域的称之为露脊鲸,把赤道以南的称为南方露脊鲸。

新英格兰远洋捕鲸船队在组建后的一百年内就遍布地球各个角落。它的全球目标包括了那些在南大西洋、南北太平洋和印度洋中游弋的露脊鲸。他们勤勉、贪婪地捕杀露脊鲸。在1804年到1817年间,超过二十万头露脊鲸被屠杀,其中大多数在南美洲海岸周围。灾难迅速蔓延,五十年之内,露脊鲸几乎在全世界灭绝。

1852年,一位匿名的美国捕鲸船船长在一封信中概述了这场大屠杀的规模和性质:"在开始捕杀(黑)露脊鲸的时候,巴西浅滩(Brazil Banks)是唯一引起注意的地方……后来是特里斯坦·达库尼亚(Tristan da Cunha)、东海角(East Cape)、福克兰群岛和巴塔哥尼亚,捕鲸船遍布整个南大西洋。有时候,在短得令人难以置信的时间里,一艘船就装得满满当当的。我们看到很多很多鲸,这些大鲸群在之前几百年里从未遭到过骚扰侵袭。不久,鱼叉和捕鲸矛就给它们造成了可怕的浩劫,幸存者四散逃离……有一些留了下来,但它们就像受到追杀的鹿一样变得狂躁,难以接近。是否有人相信它们还会以这样庞大的数量存在?或者说,是否还有人相信它们繁殖生长的速度能够和被杀戮的速度一样快?

在南大西洋的鲸被捕杀殆尽之后,捕鲸船就深入印度洋和南太平洋……我想,从这两个地方开始捕鲸至今,也不过二十年的时间。但是，最初发现的大量鲸现在又在哪里呢？我相信，大多数捕鲸者都会认定，大多数鲸早已被捕杀了……后来，又传出了北太平洋有大量鲸的消息……过了几年，我们的船就横扫了广阔的太平洋以及堪察加半岛沿岸。我们绕着日本转，发现那里的鲸比以往任何时候都多。但这些巨兽已被赶出大海的怀抱，剩下的少数幸存者在惊恐中四处逃窜。

到20世纪初，关于巨兽露脊鲸血腥的长篇故事就几乎结束了。它们在成为人类贪婪追逐的目标之前，是数量最多、分布最广的鲸类之一。快结束了……但并没有完全结束。在无边无际辽阔的海洋世界，零星地散布着小群或者单个的鲸，它们继续活在这个世界上。因为数量少之又少，分布又广，再也不值得人们去搜寻，去追捕了。

然而，尽管露脊鲸已处于濒临灭绝的深渊边缘，它们也得不到人类的丝毫怜悯。现代捕鲸船只要一碰到它们，就将其捕杀。1951年在纽芬兰北部海岸附近发生的一件事，就是一个典型的例子。一艘没有捕鲸执照的船，遇到了一头孤零零的露脊鲸，立即将它杀死了。当这一事件被媒体报道后，该公司的官员辩解说，捕鲸船船长只是犯了一个小错误。该公司甚至还将这头鲸进行了加工，并销售其制品，却没有受到加拿大当局的公开谴责。

即使在国际捕鲸委员会（International Whaling Commission）最终将露脊鲸列入保护名单之后，捕杀仍在继续。1962年，一支日本远洋捕鲸船队在遥远的南大西洋特里斯坦-达库尼亚岛附近海域遇到了几十年来人类发现的最大一群露脊鲸。尽管日本是国际捕鲸委员会的成员，但整个鲸群被当场屠杀和加工。对这种令人憎恶的行为负有责任的人没有受到任何惩罚。事实上，国际捕鲸委员会从未正式承认发生过此事。

直到今天，国际捕鲸委员会的大多数非成员国都在使用日本的设备，并得到日本资本的支持。只要他们发现露脊鲸，就照杀不误。在公海上的非法捕鲸船也是如此。大部分非法产品都被卖到了日本。1984年，一头六十吨的露脊鲸的制品在日本价值五万美元。

罗伯特·麦克纳利（Robert McNally）在他的《如此残忍的大浩劫》(*So Remorseless a Havoc*)一书中贴切地描述了这些特殊的企业家的活动：

> 非法捕鲸船的船主不固定，船的国籍也不明确……最臭名昭著的非法捕鲸船当属"谢拉号"（*Sierra*）……船主是一个南非人，他通过在列支敦士登注册的一家公司控制该船，船上悬挂的旗帜是塞浦路斯的国旗，船长是挪威人，船上装的冻鲸肉贴着"西班牙产品"的标签。
>
> 即使在残暴无情的捕鲸业中，"谢拉号"的杀戮行为也令人发指。为了尽可能多地获得鲸肉，"谢拉号"使用一种带倒钩、没有炸药的金属鱼叉，被刺中的鲸慢慢地流血，在企图挣脱鱼叉的过程中被掏空内脏，通常要好几个小时才死去。鲸死后，只割下主要的肉块，这意味着为了两三吨肉，就得杀死一头四五十吨重的鲸。幸运的是，"谢拉号"不再航行了。1979年，一次爆炸（由一个反对捕鲸组织引爆的）将它送到里斯本港（Lisbon harbour）的海底。但是，现在海上的非法捕鲸船越来越多，步着"谢拉号"血腥杀戮的后尘。

1981年8月31日，鲸的老朋友、鲸类学家彼得·比米什（Peter Beamish）博士，在纽芬兰的博纳维斯塔湾看到一头不熟悉的鲸露出水面，比米什叙述了接下来发生的事情：

> 我们在岸上看见一头种类不明，但非常大的鲸潜入水下。我

们很快地让"罗迪亚克号"（Zodiac）船下水，慢慢地离开海岸，向湾中驶去。鲸潜入水下已经十分钟了。我们熄掉发动机，周围一片寂静。

然后，像一块巨石从潮水中升起一样，鲸慢慢地浮出水面，喷出水雾，它离我们不到十英尺（约三米）远，面对面地盯着我们，与此同时，它"喷水"形成的水雾笼罩着我们。我们既惊讶不已，又不敢相信，我们意识到，在我们旁边，悠闲自得地游弋着一头孤独的、地球上最珍稀的动物之一——露脊鲸。

由于工作需要，我不得不压下心中的极度喜悦，去拍下和记录观察到的每一个细节，但我所感受到的愉悦和兴奋将永远陪伴着我……我们沿着岩石嶙峋的海岸，跟着鲸慢慢西行。它一点也不惧怕我们，甚至有意地做出友好的姿态。夜幕降临，我们也失去了它的踪迹，我真切地感到失落。

接下来的两天，一支船队和两架飞机抱着良好的愿望，试图再次找到这头鲸，却毫无收获。比米什认为，这头孤独的鲸可能一直在寻找一个依稀记得的祖传避暑地。当它发现那里没有同类后，就继续孤独地到别处寻找了。

比米什看到露脊鲸之后，更多更好的消息先后传来。在1982年和1983年间，一次空中搜索发现多达七十头露脊鲸在芬迪湾中避暑。1984年5月，有消息称，在另一次搜索中发现了一个鲸产崽场，有十五头成年鲸和四头刚出生的幼鲸。考虑到非法捕鲸者的因素，研究人员并没有给出精确位置，只是说它在佐治亚州和佛罗里达州沿岸的"某个地方"。

这些发现究竟是表明一个几乎灭绝的鲸群的复苏，还是一个残余鲸群的姗姗来迟，目前还不能确定。但在北大西洋，可能还有多达一百头露脊鲸存活下来，在南大西洋还有另一群规模相近的露脊鲸。而第三群露脊鲸，也就是北太平洋中的最后一群，人们认为它们现在已经灭绝了。

我们感到欣慰的是，在东北滨海地区，这种叫作露脊鲸的大型动物还没有完全消失。然而，除非我们能够提供针对性的保护，否则它们仍然处于随时都会遭遇危险的境地。除非法捕鲸船，现代航运业也威胁着它们的生存。1983年，一头幼鲸因尾巴被一艘船的螺旋桨绞断而丧生。人们怀疑，这艘船是一艘高速航行的军舰。同时，人们还担心，海洋污染和来往船只的增加等因素，都可能使露脊鲸失去最后一个产崽地。尽管如此，只要还有露脊鲸活着，就还有希望。

被遗忘的鲸种——灰鲸

北美洲太平洋沿岸的灰鲸是当今所有鲸中最著名的一种。它们每年都要在下加利福尼亚（Baja California）的潟湖、波弗特海（Beaufort Sea）和楚科奇海（Chukchi Sea）之间迁徙大约九千英里（约一万四千多千米），其中大部分地区离陆地都很近。成千上万的鲸爱好者都会聚集在海岬和悬崖上，怀着敬畏和惊奇的心情，看着这些庞大的海洋哺乳动物队伍悠闲地从眼前游过。

但情况并非一直如此。

在美国捕鲸船1846年发现太平洋的灰鲸之前，它们没有遭到过现代人的毒手，数量巨大。捕鲸者们很快就改变了这种境况。在随后的几十年里，成千上万的灰鲸被他们屠杀，其中大多数是在墨西哥沿岸的潟湖里，雌性灰鲸在此聚集产下幼崽。

因为潟湖很浅，而且几乎是完全封闭的，所以捕鲸者几乎不需要鱼叉和捕鲸矛，而是主要从岸上或停泊的捕鲸船向鲸发射炮弹。他们不必像以前在海上那样必须立即捕捞鲸尸，因为几乎任何一头被炮弹击中的鲸迟早都将死于失血、内部器官受损或者大面积感染。鲸一旦死去，随时都可被捞上岸。捕鲸船只需要每隔一段时间到潟湖走上一遭，把浮在水面上或搁浅的尸体收集起来，拖到鲸油提炼厂就行了。在这里，人们发现被害的大多是雌鲸，它们要么已经怀孕，要么刚刚产崽，正在哺乳期。捕鲸者们才不会费神去理睬那些已成孤儿、没有商业价值的鲸崽。那些鲸崽就会被活活饿死。

捕鲸者们对潟湖里的灰鲸屠杀得十分彻底，到1895年，北美太平洋沿岸一带的灰鲸已经被商业性捕杀灭绝了。而它们栖息在亚洲海域的姐妹族群的境况也好不了多少。韩国捕鲸者迅速地将西方同僚开发的技术用来为自己谋利，大肆地进行屠杀。

尽管如此，仍有一些灰鲸存活了下来，第一次世界大战让它们有了喘息的时间，在这期间灰鲸得到一定的休养生息。但并没有逃过战后捕鲸者们的注意，他们主要使用深海捕鲸船和工厂船。新一轮屠杀开始了。到1938年，在西太平洋捕鲸的挪威、日本和韩国的捕鲸船几乎已经消灭了那里的灰鲸，剩下的也屈指可数。而在美国和加拿大捕鲸加工站作业的挪威和美国捕鲸船就没这么有效率，在第二次世界大战开始的时候，大约有两千头灰鲸还活着。二战以后，灰鲸的价值降低了，在东太平洋海域对它们的商业性屠杀开始减少。但是，科学研究却收紧了套在灰鲸头上的绳索。1953年到1969年间，加拿大、美国和苏联出于科学研究目的，允许杀死五百多头灰鲸。为了给美国渔业及野生动物管理署（U. S. Fish and Wildlife Service）的两位科学家提供数据，屠杀三百一十六头灰鲸，以便他们能够写出一份荒唐的研究报告，标题是：《灰鲸生活史及其生态》(*The Life History and Ecology of the Gray Whale*)。

20世纪70年代早期，国际捕鲸委员会像以往一样姗姗来迟，宣布对残存的太平洋灰鲸进行保护。然而，对于灰鲸来说，这只是一个短暂的喘息期。1978年，迫于美国人、日本人和苏联人的压力，苟延残喘的灰鲸的受保护地位被剥夺了。

许多人看到过活生生的灰鲸。在很大程度上，迫于这些人的压力，至少在东太平洋海域，灰鲸的受保护地位才得以恢复。如果我们真的有足够的怜悯心，使生活在北美太平洋沿岸的灰鲸免遭灭绝，这将是我们对曾栖息在美洲大西洋海域的灰鲸姐妹族所犯下的罪行小小的赎罪。

直到最近，许多动物学家还在否认灰鲸曾经在大西洋中生活过，有些甚至还不愿意接受这样的证据：不仅在大西洋东西两面，灰鲸的数量巨大，而且，一直到17世纪末，灰鲸都在北美东海岸存在，生生不息。对这些权威人士来说，过去，灰鲸从来就没有存在过。

19世纪中期，人们在瑞典一个小海湾岸边发现了一些巨大的骸骨。由于当时科学界对灰鲸还一无所知，所以没人能判断它们属于什么鲸种。过了相当长一段时间，当太平洋灰鲸引起博物学家的注意时，人们才将瑞典海湾的骸骨与灰鲸联系在一起。与此同时，类似的遗骸也在须德海（Zuider Zee）的干涸地带被发现，并由此确定，灰鲸一定曾在欧洲海域中生活过。

但是，究竟是多久以前呢？专家们的结论是，由于似乎没有任何书面证据表明这种鲸在历史上曾生活在欧洲海域，那么，它们可能只存在于某个遥远的史前时期。因此，这些骸骨就被标记为"亚化石"，意指有几千年历史的古董。这就是灰鲸，在灭绝之前，灰鲸一直是巴斯克捕鲸船最喜欢的猎物，现在却被历史遗忘了。尽管有足够的证据证明，历史上灰鲸不但在新大陆存在过，而且数量巨大。

首先，让我们回到1611年。马斯科韦公司（Muscovy Company）派遣"玛丽·玛格丽特号"（*Mary Margaret*）前往欧洲北部冰海区域试探性捕鲸。由于英国人是捕鲸的新手，"玛丽·玛格丽特号"专门从圣让·德吕兹（St. Jean de Luz）带了六位技艺娴熟的巴斯克鱼叉手上船。据该船船长的航海日志记载，他们的部分任务就是教会英国人"如何区分鲸种的好坏，以便在捕杀时，选择好的，撇开坏的"。

他们用巴斯克语将各种鲸列了出来。在"较好的鲸种"里，有一种鲸排名第四。他们这样描述它："与抹香鲸同色，口中有全白的鲸须，但不超过半码长；比抹香鲸肥，但没有抹香鲸那么长。它出产最好的鲸油，但数量不超过30大桶。"

这种描述与灰鲸相符，而与其他已知的鲸种不符。由于主要大鲸种都得到了准确细致的描述，因此，确认它是灰鲸的身份应该毫无疑问。对那时的捕鲸者来说，灰鲸仍然很重要。但是，在当时，大西洋欧洲海域内的灰鲸已经灭绝很久了，那又如何解释巴斯克人描述的这种鲸种呢？圣让·德吕兹——那六个巴斯克鱼叉手被接上船的地方，在当时是法国巴斯克人主要的捕鲸港。而且，我们知道，在大半个世纪的时间里，这个港口的捕鲸船几乎只在新大陆东北海岸"捕鱼"。因此，他们所追寻的"较好的鲸种"之一，一定是灰鲸。

后来，当新英格兰人第一次学习捕鲸时，他们将第一次捕杀到的"鱼"叫作瘦鲸。18世纪40年代，博物学家、马萨诸塞州首席大法官（Chief Justice）、受人尊敬的保罗·杜德利（Paul Dudley）先生给我们留下描述这种鲸唯一现存的记录："它与长须鲸（Fin-back）相似，但是无背鳍，脊背后半部分有几个峰状突，体型似露脊鲸……鲸须为白色，不分叉。"这份描述再次与灰鲸相符，并且，只符合灰鲸的外观。

旧海图上很多岛、礁石、暗礁和海湾都以瘦鲸的特征进行命名，从新斯科舍沿岸、缅因湾沿岸、向南到佐治亚州的美国各州海岸，我就找出了四十七个这样的地名。在我看来，这一点再次证实了在早期历史上瘦鲸在东部沿海地区分布广泛，而且众所周知。萨格港（Sag Harbour）最初的名字就是瘦鲸港，曾经是一个著名的捕鲸港，现在是受人欢迎的旅游胜地。这么多的地方都以一种鲸的名字命名，并延续下来，真是独一无二。出现这种现象的原因就在于，灰鲸曾经喜欢，现在也喜欢在近海活动，因此是岸边的居民经常看到和碰到的一种常见的鲸。我们后面将看到，它们先后遭到当地土著和早期欧洲移民的捕杀。

阿耳冈昆印第安人将他们世世代代居住的地方称为南蒂卡特

（Nanticut），意思是遥远的地方。对这个伸入大西洋、四面环海的岛而言，这个名字很贴切。该岛地势低洼，挡风，岛上大部分都是沙子，沙子上面覆盖着一层薄薄的土壤，长着沙滩草、低矮的橡树和雪松等植物。这似乎是一个不怎么讨人喜欢的居住地。然而，在这里安家的古代人之所以选择这里，不是因为岛上能出产什么，而是这个岛四周的海洋能为他们提供足以维持生计的食物。

从11月狩猎月[1]（Hunter's Moon）月亏之日开始，人们开始等待。年轻人登上北岸高高的沙丘，凝望着海边那飒飒秋风里飘飞的云，或者在偶尔阳光明媚的日子里，目不转睛地盯着波光粼粼的海面。村子里的树皮屋下，男女老少聚集在一起举行仪式，念着咒语，唱唱跳跳，以鼓励和欢迎他们等待的生命礼物的到来。

一天，沙丘上的守望者们先是看到阴沉的海面上升起一两个喷着水雾的喷泉，然后是六个，接着越来越多，总共有二十来个吧。这些水雾像烟一样被秋风吹散，又重新喷出来，直到天黑，整个海面上都是喷泉形成的水波纹。终于，被印第安人称为包达尔（powdaree）的海洋动物，在向南迁徙的途中来到了南蒂卡特。

在接下来的几个星期里，岛上的人们都会看到长长的迁徙队伍川流不息。这些海上巨兽浮出水面，喷水，在浅滩上翻腾的浪花里打滚。它们离海滩很近，人们甚至可以看到它们黝黑发亮的皮肤上，爬着斑驳陆离的海虱和藤壶。但是，它们总是不可阻挡地向南游去，场面蔚为壮观。

它们并不是都能平安地通过这片海域。在它们出现后的第一个晴天，成群结队的小木船就出发了。1605年，在缅因州海岸探险的乔

---

[1] 狩猎月（Hunter's Moon），在收获月之后，秋分后的第一个满月。因为靠近秋分，满月比较亮，利于人们晚上狩猎或者收获庄稼。在美洲的神话和民间传说中，每个满月都有自己的名字。——译者注

治·韦茅斯船长就目睹了这一切。

他们捕杀这种被称为包达尔的鲸的方式很特别。(他们)会描述鲸的外形,有十二英寻(约二十二米)长,如何喷水之类的。他们划着很多小船,跟着首领,用骨头做成的鱼叉刺鲸。鱼叉系在一根又粗又结实的树皮做成的绳子上边。当鲸浮出水面的时候,所有的小船都围拢上来,用箭将其射死。他们将杀死的鲸拖上岸后,所有的首领,他们称之为酋长,都聚在一起,唱起欢快的歌谣。然后首领们开始切割和分发战利品,人手一份。分得的鲸肉被挂在房子上,晾干当食物。

南蒂卡特岛现在的叫作楠塔基特岛的原住民从包达尔身上获取大部分越冬的食物。不仅仅只有他们才这样做,灰鲸迁徙沿途七八千英里(约一万一千多千米至一万二千多千米)的岸上的部落都这么干。但是,考虑到乘坐树皮做的小船去捕杀四十吨重的灰鲸所面临的可怕风险,每个定居点每个季节只不过捕杀一两头灰鲸。一头鲸的肉经过熏制、脂肪经过提炼以后保存下来,足够四五十个人度过整个冬季。

离开楠塔基特岛以后,灰鲸群(我认为包达尔就是灰鲸)慢慢地向南漂游,每天可能只有三四十英里(五六十千米),而且总是离海岸不远。到12月底,领头的灰鲸可能就已经到达佛罗里达群岛(Florida Keys),但是,它们又将去向何方,只能靠猜测了。

我们确实知道,那时怀孕的雌鲸需要寻找一个温暖的浅滩、足够宽敞、可以自由活动又不受暴风雨影响的栖身之处。在佛罗里达东部海岸可以找到这样的海水围场。但是,墨西哥湾东部、北部和西部边缘地带,这样的围场尤其多,这就给灰鲸提供了一个像下加利福尼亚潟湖那样的舒适环境。我断定,这里就是大多数包达尔生产和哺育幼鲸的地方。

2月初，鲸群开始向北方进发，游向夏季浮游生物丰茂的草场。到了4月中旬，它们会再次游过南蒂卡特岛。5月初，在这个缓慢游动的队伍中，领头的鲸就已到了纽芬兰岛南岸。然后，鲸群在这里分成两队，一队穿过卡伯特海峡和坎索海峡进入圣劳伦斯湾，另一队向东，再向北，越过大浅滩。

这些向北越过大浅滩的包达尔后来又去了哪里，至今仍是个谜。如果跟它们在太平洋的同类一样，那么，它们会继续沿着拉布拉多海岸，向北寻找浅海，那里有数以亿计的甲壳类动物。这是一种喜欢在海底活动的小型生物，是包达尔的主食。它们选中的地方可能包括哈得孙湾，尤其是福克斯湾（Foxes Basin）的浅滩和冰岛南部海域。虽然没有确切的证据表明它们曾在哈得孙湾逗留过，但是，在17世纪就有多份报告说，灰鲸曾在冰岛海域出现过。

最初，圣劳伦斯湾的巴斯克捕鲸者并没有对灰鲸造成多大的损失。虽然灰鲸的鲸脂价值不菲，但是，炼出来的油却只有露脊鲸的三分之一。而且，在后面我们将会看到，甚至在鲸遭到毁灭性捕杀之前，巴斯克人就已经发现弓头鲸更有价值，回报率更高。尽管如此，包达尔确实消失了。那么，究竟是谁造成了这样的局面呢？

如果重新审视欧洲人在美国东部的早期历史，消除那些已成为历史的错误，我们可以从中找到答案。关于几个世纪以前在新英格兰地区所发生事件的所有记载，都强调了捕鲸业的重要作用。然而，这些记载也表明，作为捕鲸行业起源的"岸上捕鲸"主要捕杀的是露脊鲸。这一点完全错了。

17世纪中期，当新英格兰人满怀热情地开始捕鲸时，西部海域的露脊鲸已经大幅减少，剩下的已不足以满足一个新兴产业发展的需求。同样清楚的是，新英格兰定居者被吸引加入捕鲸行业，是因为有一种鲸数量庞大，可随时捕杀。这种鲸离海岸非常近，以至于那些没有野心、航海能力也有限的人都能成功地攻击它们。毫无疑问，这些人捕鲸的办法就像巴斯克人的祖先那样，等着"鱼"靠近他们，而不是主动出击。

1632年，一位名叫德·弗里斯（De Vries）的荷兰人，带了两条船和船员来到新荷兰，即长岛海峡边的荷兰人定居点。他记录下了在现在已是美国东部的海岸边第一次捕鲸的过程。海湾里有大量的鲸，在他们到达的几天之内，德·弗里斯的手下就在南湾（South Bay）的封闭水域里杀死了七头。被杀的是哪一种鲸呢？这七头鲸一共只炼出了一百五十大桶鲸油。而一头中等大小的露脊鲸至少可炼出八十大桶鲸油，因此，他们杀死的不可能是露脊鲸。不过，这七头鲸的鲸油产量与灰鲸的产量是一致的。它们的产量让德·弗里斯很失望，他抱怨道："如果只能捕到这种瘦鲸，那捕鲸的成本就太高了。"结果，他放弃了在美国的尝试，荷兰人也没有在新大陆进一步发展捕鲸业，而是将主要精力集中到发展迅速、利润丰厚的北极弓头鲸身上。

这里的鲸在荷兰人眼里无足轻重，却足以激发英国人的贪婪欲望。1658年，托马斯·梅西（Thomas Macy）带领二十个英国家庭，从印第安人手里"买下"楠塔基特岛。他们乐观地在岛上贫瘠的土地上种庄稼，希望有所收获。要么是当年，要么是第二年春天，他们发现一头鲸在岛边的浅水湾里游来游去。他们立即动手，开始捕杀。然而由于他们手脚笨拙，技术生疏，整整花了三天时间才将它杀死。尽管如此，在粗糙地炼出了鲸油之后，他们意识到，他们碰上好事了。

托马斯的一个后裔——奥贝迪亚·梅西（Obediah Macy）在他写的《楠塔基特的历史》（History of Nantucket）一书中告诉我们：这里发现的第一头鲸是瘦鲸，长期以来，岛上的人们捕杀的就是这种鲸。事实上，像岛上的其他沿海地方一样，是当地的印第安人教会了英国人怎样捕鲸。此外，在接下来一个世纪的大部分时间里，英国人雇佣（强迫或许更贴切）当地的捕鲸者从事大多数实质性捕杀工作，为岸边如雨后春笋般迅速增加的工厂提供原料。

到1660年，在新斯科舍和佛罗里达之间的大部分迁徙路线上，瘦鲸被岸上的人们捕杀。1669年，在瘦鲸北迁期间，仅塞缪尔·马弗里克（Samuel Mavericke）一个人就在长岛东端捕杀了十三头。他还说，鲸的数量如此之多，每天都能在港口里看到几头。1687年，在长岛的南安普敦（Southampton）和东汉普顿（East Hampton）的海滩上，七家小工厂炼出了二千一百四十八桶鲸油，而1707年长岛生产了四千桶。一头瘦鲸通常情况下能炼出三十六桶鲸油，而如果捕到一头能炼出四十六桶鲸油的鲸的话，就是丰收了。应该记住的是，一头中等大小的露脊鲸可炼出多达一百六十桶鲸油。

到1725年时，"勤劳的"新英格兰人开始捕鲸才仅仅七十五年，包达尔就迎来了它们的末日。尽管对它们的灭亡负有责任的不仅仅只有英国人——毫无疑问，在圣劳伦斯湾捕鲸的法国巴斯克人已经在夏季捕杀过包达尔，以替代当时几乎已经消失的露脊鲸——但确实是新英格兰人的出现注定了包达尔灭亡的厄运。

包达尔灭绝之后，英格兰人被迫放弃近海捕鲸，不得不转向深海。正如1727年3月20日《波士顿新闻信札报》（*Boston News-Letter*）报道的那样："我们从科德角镇听说，同过去几年一样，这个冬季该地的捕鲸业亏损严重。但是，他们打算开展深海捕鲸业务……现在他们正在装备几艘船，准备在今年春季按照那个危险的计划快点出发。"这"几艘船"就是美国人深海捕鲸船队的先驱。这个船队体量巨大，掠夺成性，骇人听闻。它们在世界各个海洋中大肆搜索，残酷无情地追杀各种鲸。

虽然对灰鲸进行灭绝性屠杀的地点是在美国大西洋沿岸的大部分滨海地区，但是迄今为止最血腥的杀戮发生在科德角和长岛地区。这个地区大片大片的浅滩横跨灰鲸的迁徙路线，使得灰鲸非常容易遭到乘坐小船的捕鲸者们的攻击。因此，该地区完全有权宣称自己是美国捕鲸业的摇篮。同样，这个地区也配得上如此盛名：北美地区的西方人在这里展开了第一次大规模灭绝行动……之后他们还多次作恶，但这里是他们滋生杀戮动机的第一个地方。

弓头鲸

1947年秋天，我在马尼托巴省的丘吉尔港访问。这里是哈得孙湾铁路的北方终点站，位于与其同名的广袤的哈得孙湾岸边。在这个凌乱的小地方，耸立着一个巨大的水泥粮仓，就像一座摩天大楼矗立在一个由地势起伏的冻土地和冰冷的海洋组成的原始世界里一样，不合时宜。尽管那次访问给我留下了深刻的印象，但是，让我记忆犹新的却是另一种海上巨兽。

一天，一阵东风吹过海湾，海水随风起浪，漫天飞舞的雪花，扫去阴霾。我躲在一家旅馆的酒吧里，悠闲地品着啤酒。这时，一个红脸的家伙"咚咚"地走了进来，跺着脚。

"快去政府码头！"他大声喊道："我亲眼看见的！真见鬼，像货车车厢那么大！比两个壮汉还大。伙计们，你们一定要去看看！"

二十分钟后，这个装运粮食的码头上，挤满了当地的大多数居民。这个码头伸入表面已开始结冰的海港。我挤在他们中间，戴上了皮大衣的帽子，以防冰冷的浪花飞溅到头上。三个因纽特人站在我旁边，耸着肩膀。他们来自遥远的巴芬岛（Baffin Island）上的庞德因莱特（Pond Inlet），曾被派往南方学习驾驶技术，然后在美国雷达基地开卡车。我之前见过他们，发现他们孤僻、内向、不善言辞，然而现在他们却几乎无法控制自己的激动和兴奋。我问他们是否看到了吸引我们到码头上来的访客时，他们一边打着手势，一边滔滔不绝地说：

"是的，阿尔维克（Arveq），大家伙！看那边！"

海水翻腾，大家伙出现了。这是一个蓝黑发亮的怪物，有一条倒扣过来的船那么大，在离我们站立的水泥墙不足一百英尺（约三十米）的地方若隐若现。它看上去至少有停泊在码头上那条六十英尺（约十八米）长的拖轮那么大。我听到一阵低沉的，像"呜呜呜噗噗噗"的声音，与此同时，两股像蒸汽一样的水雾被喷到二十英尺（约六米）高的空中,并向我们吹来,使我们闻到一阵热乎乎的恶臭的鱼腥味。那三个因纽特人欣喜若狂。

"好好呼吸!长壮一点!向北游!相信我们!"他们喊道。

那头鲸喷了三次水,然后又弓着身子,像一个巨大的滚动着的轮子一样,潜入海底深处。雪越下越大,很快,一切都笼罩在鹅毛大雪之中。此后,我再也没见过它……但他,抑或是她,却令我难以忘怀。

我和因纽特人一起喝啤酒,他们仍然兴奋不已,我们谈起了这次鲸的来访。他们告诉我,据他们所知,我们刚才看到的鲸,是世界上最大的鲸。在他们父辈那个时代,阿尔维克到处都是。"所有的海湾里,所有的航道上,鲸多得根本数不清。"后来,他们说,大船开始出现在巴芬岛海岸,白人开始捕杀大鲸。现在,庞德因莱特那里的鲸所剩无几。如果有人在几年内能够看到一头,就会觉得自己非常幸运。

我也觉得自己很幸运。阿尔维克,科学界称之为北极露脊鲸(Balaena mysticetus),是须鲸亚目露脊鲸属,是地球上最稀有的动物之一。它的数量可能比其近亲露脊鲸的数量还要稀少。一代又一代的捕鲸者也将它格陵兰鲸、大湾鲸、巨极地鲸或者弓头鲸。

它是巨鲸中的巨鲸,身长超过七十英尺(约二十一米),重达九十吨。但是,在人们带给它厄运以后,它们中很少再有能长到五十英尺(约十五米)或者六十吨的。它的外形就像一个巨大的蝌蚪,跟其他鲸一样,身上裹着一层厚厚脂肪,有时有两英尺(约六十厘米)厚,能炼出七千加仑(三万多升)鲸油。而且,它头上长的鲸须也是鲸类当中最多的——多达两吨重的角质物质。

它的身躯如此之大,以至于后来的捕鲸者都对它感到敬畏。这份19世纪的描述能够证明:"它的口腔差不多有十英尺高,二十英尺长,超过十五英尺宽,能装下三百桶的东西。嘴唇有四英尺厚,仅嘴唇和咽喉部位就能炼出六十桶鲸油。当它进食的时候,嘴唇张开后有三十英尺那么宽,嘴里的鲸须将海水滤出,四分之一英里宽的海水中的浮游生物就成了它的食物。在它循环系统的大血管中流淌着成桶成桶的热血,温度在华氏一百度(约三十八摄氏度)以上,最大的血管直径有一英尺,心脏有三个桶那么大。"

从弓头鲸身上可获得大量的鲸须和鲸油,使它成为目前所有鲸种中最有价值的一种。因此,一旦被发现,它就会遭到捕鲸者最贪婪、最无情的追杀。但是,在捕鲸史上,这一发现却晚得令人诧异。

夏天,从巴伦支海(Barents Sea)东部的法兰士约瑟夫地群岛(Franz Joseph Land),西至斯匹次卑尔根岛以西、格陵兰岛东北部、戴维斯海峡(Davis Strait)、巴芬湾和加拿大东部的北极群岛(Arctic archipelago)一带的大小海湾中,都有弓头鲸巡游。从10月份开始,高纬度地区的日照时间越来越短,北极海域的浮冰越来越厚开始扩张的时候,这些在夏季饱餐浮游生物,长了一层厚厚脂肪的巨鲸,开始壮观地向南方游动。格陵兰岛东部海域的巨鲸,穿过冰岛与格陵兰岛之间的丹麦海峡(Denmark Strait),向西南方向前进。它们没有向欧洲海域迁徙,因为那样的话,就会碰到温暖的墨西哥湾暖流(Gulf Stream)的前锋,它们身上那层超级隔热的鲸脂可能使它们在零上几度的海水中感觉不舒服。我认为,绕过法韦尔角(Cape Farewell)之后,从格陵兰海(Greenland Sea)出来的大规模鲸群会继续向西南穿过拉布拉多海(Labrador Sea),到11月底,顺着拉布拉多寒流,到达贝尔岛的入海口,然后涌入圣劳伦斯湾,在那里度过冬季。与此同时,在戴维斯海峡、巴芬湾和北极诸岛度夏的鲸群,成群结队地向南,通过哈得孙海峡或者弗里和赫克拉海峡(Fury and Hecla Strait),到达福克斯湾或者哈得孙湾,在这里,它们产崽,哺育幼鲸。这里狂风肆掠,洋流汹涌,整个冬季海面都不结冰。

在圣劳伦斯湾过冬的鲸群可能会一直待到3月初。此时,雌鲸已产下十五英尺(四点五米)长的幼鲸,交配也已完成。然后,它们就开始向北行进。开始,它们沿着那些在隆冬时节向南侵入拉布拉多海岸的巨大冰舌边缘行进。随着夏天的到来，逐渐分散的小鲸群随着慢慢融化的浮冰向北、向东或者向西推进，有的甚至钻进浮冰中去吃那些在阳光照耀冰块融化后产生的大量浮游生物。就这样，周而复始，循环往复……直到16世纪。在这之前，欧洲人完全不知道这样的鲸群活动周期。

欧洲人发现新大陆的时候并不知道极地鲸的存在。在16世纪中期之前，大多数欧洲人只是在夏天才到新大陆来。他们不喜欢北美的冬季，秋季也不愿意在咆哮的北大西洋上遭受狂风暴雨的折磨。

尽管如此，迟早都会有船只和船员不可避免地遭遇不幸，要么是船只失事，要么是因为天气反常，提前结冰，被困港口。早期的巴斯克捕鲸船确实在贝尔岛海峡遭遇过这种不幸，这是历史事实。也许大多数陷入如此困境的人都死得很惨，但是，任何一个捕鲸者，只要他能熬过严寒和坏血病的可怕折磨，设法回到家中，都能讲出一个会激起任何一个捕鲸财团胃口的传奇故事。

他会讲到，冬季出现在这个区域的鲸的庞大身躯和巨大数量。巴斯克人、英格兰人、苏格兰人、荷兰人、德国人和美国人经过长达三百五十年持续不断地捕杀，才将格陵兰鲸杀绝。想到这一点，我们就可以对其数量有所了解。大约在1610年以后，这种屠杀被相当好地记录下来。我对这些记录进行分析后发现，当欧洲人首次到达北美大陆时，仅北大西洋中就有十五万头。如果仅有其中一部分在圣劳伦斯湾中度过严冬的话，那么在12月份，大群格陵兰鲸汇集起来穿越纽芬兰与拉布拉多之间的狭窄海峡时，将会创造一个无与伦比的奇观。

但是，弓头鲸真的是在圣劳伦斯湾过冬吗？大多数权威人士似乎对这个问题没什么见解。其中一个典型的例子是，F. 班菲尔德博士在他的新书《加拿大哺乳动物》(Mammals of Canada) 中写，大群须鲸亚目属的露脊鲸ుతన迁到巴芬岛东南部之后就神秘地消失了。他似乎没有考虑过，圣劳伦斯湾可能就是其中多数鲸的目的地，也可能是它们哺育幼鲸和过冬之处。也许是因为从地图上看，圣劳伦斯湾太靠南了，使他相信这个地方不太适合像弓头鲸之类的"北极"动物。

事实上，像适合诸如北极熊、海象和白鲸等其他北极动物过冬一样，圣劳伦斯湾对弓头鲸同样合适。在早前的圣劳伦斯湾中，所有这些动物的数量都是巨大的。随着冬季来临，圣劳伦斯湾中部分海面结冰，但这对北极露脊鲸并没有什么不利，相反，它们可能还会欢迎曾经熟悉的冰块出现。从一片开阔水域穿越到另一片水域时，它们能在北冰洋极为厚重的浮冰之下潜行一个小时，因此，在圣劳伦斯湾中，它们的自由行动不会受到任何阻碍。而且，在它们产崽的关键时期，漂浮的冰块可以保护它们免受恶劣天气和海上狂涛巨浪的侵扰。应当记住，格陵兰鲸或者弓头鲸是一种冷水动物，它们很少像其他鲸种一样要寻找温水地带。很明显，圣劳伦斯湾北部水域非常适合它们，因为拉布拉多寒流的一个分支通过贝尔岛海峡进入海湾，使这片海水变冷。如果将圣劳伦斯湾与太平洋弓头鲸在鄂霍次克海中的过冬地与产崽地进行比较，我们就会发现一系列相似之处。而这些相似之处突出地表明，圣劳伦斯湾是北大西洋弓头鲸理想的过冬场所。

最近，在圣劳伦斯湾北部海岸，通过对古代巴斯克捕鲸站周围动物尸骨堆放地的发掘，也出土了确凿的证据。在露脊鲸的遗骸中混杂着大量的弓头鲸骸骨。

最后一点，在"玛丽·玛格丽特号"船长记载的四种"较好的鲸种"名单中，据其描述，排名第一的无疑就是弓头鲸。但是，一直到"玛丽·玛格丽特号"航行前，无论是巴斯克人还是其他人，都没有在弓头鲸可能出现的欧洲的北极海域捕过鲸。那么，巴斯克人是如何知道这种鲸的呢？他们为什么又把它排得这么高呢？答案肯定是他们曾在鲸之海见过并捕杀过它。从法国人和英国人起初称之为大湾鲸来看，也可以证实这一点。大湾，是法国和英国水手给圣劳伦斯湾北部分支取的名字。

在16世纪60年代，到圣劳伦斯湾北部捕鲸的航行模式发生了显著的变化。捕鲸船仍然像往常一样从西班牙港口起航，打算在7月初通过贝尔岛海峡，那时海峡内狭窄水面上的浮冰已经融化。同过去半个世纪一样，他们一到北岸一带的捕鲸站，就开始捕杀露脊鲸。在以前，船队通常在10月底之前就起锚驶往母港（那时露脊鲸已经游往南方了）。但是现在，巴斯克人却在原地逗留，即使是晚上的白霜和刺骨的西北风也不能迫使他们离开。他们等待着，观察着，尽管看上去鲸之海中已没有猎物了。

11月如期而至，港口开始结冰，巴斯克人还在等待着。终于，在沙托湾（Chateau Bay）最东面捕鲸站的高地上盯着灰蒙蒙海面瞭望的人发现了大湾鲸的先头部队。它们随着拉布拉多寒流向南翻滚，它们跃出海面，开始喷水，天空被冰冷雾霭笼罩着。

每个捕鲸站的船只蜂拥而出，去迎接迎面而来的鲸群。迎着剃刀般锋利的薄冰和冰雾，顶着暴风雪和刺骨的寒风，船员们发动疯狂的攻击。除了急切地杀鲸，他们什么也顾不上了。确实非常急迫，否则后果相当可怕。他们必须迅速地完成屠杀、炼油，然后离开，不然的话，他们将面临一个致命的冬天——被冻死在拉布拉多黑色的海岸上。

这种危险曾经发生过。1577年12月初，冬天来了，一直到第二年春天都没有好天气。岸边的冰结得又快又厚，将巴斯克船队困在港口里，只有几乎不到一半的人逃了出来，他们也许是向西南方向逃入圣劳伦斯湾，然后向东经过卡伯特海峡进入大西洋。然而对大约二十五至三十艘船以及两千多人来说，他们无路可逃。在漫长的五个月里，他们经受了可怕的寒冷，差点饿死，而更糟糕的是坏血病对他们的折磨。在春天到来，海冰解冻，船只可以行动之前，就有五百四十个人死了。虽然这是一次异乎寻常的巨大打击，但它并没有减弱捕鲸财团谋利的欲望。1578年，一个规模更大的船队又回到这里，为了得到大湾鲸身上的鲸油，捕鲸财团把船员们的性命押在了12月份的这场豪赌上[1]。

随着西部露脊鲸数量减少，对其捕杀的速度也慢下来的时候，一场新的屠杀浪潮将鲸之海北部海域染得血红。在西班牙无敌舰队覆灭，巴斯克捕鲸船队失去其中坚力量之前，他们一直在残酷无情地捕杀大湾鲸，唯一的目的就是满足他们心中赚钱的欲望之火。在他们离开后，法国巴斯克人取而代之。据法国探险家尚普兰统计，在17世纪头几十年里，他们每年要提炼价值二十万里弗的鲸油。然而，正如我们已经看到的，巴斯克人垄断捕鲸的伟大时代正快速成为过去。

1607年发生的一件事导致了巴斯克人垄断地位的终结。那年，勇敢的探险家亨利·哈得孙（Henry Hudson）为了寻找一条绕过亚洲其他国家到达中国的通道，驾船驶入了当时几乎不为人知的北极海域。他沿着北极大块浮冰航行了几百英里，发现一个孤岛，将其称为哈得孙停靠地（Hudson's Touches），这个孤岛就是现在的扬马延岛（Jan Mayen Island），他还考察了斯匹次卑尔根群岛的部分岛屿。尽管他没能成功地找到那条通道，但他报告说，在北极海域似乎到处都是体型巨大的"大量鲸"。

这次新发现的相关消息迅速传遍了欧洲西北部的商业中心，引起了相当大的轰动。如果报道属实，那么似乎是在离家更近的地方发现了鲸油产地，其产量至少与巴斯克人统治的大西洋相当。结果就是，先是英国人，然后是荷兰人派船到冰冷的北方海域去调查核实。到1612年，新一轮鲸油开发热潮轰轰烈烈地开始了。

起初，英国人在他们含糊地称之为格陵兰海的地方控制了新的捕鲸场，这片海域包括格陵兰岛以东到新地岛（Novaya Zemlya）之间的北冰洋全部海域。后来，荷兰人开始大规模地捕鲸。在斯匹次卑尔根群

---

[1] 1983年，挖掘机在红湾巴斯克捕鲸站挖出几十具遗骸，死因不明。他们可能死于坏血病。——原注

岛荒凉的峡湾里，英国人和荷兰人之间发生过小规模的冲突或者大规模的激战。但是，与他们共同向弓头鲸发动的战争相比，这实在算不得什么。

到1622年，仅荷兰就派出了三百艘船和一万五千至一万八千人去斯匹次卑尔根冰冷的海洋中"打鱼"，并且还在其中一个荒岛上建立了一个大型的夏季定居点，他们将这个荒岛贴切地命名为史密伦堡（Smeerenburg），意思是鲸脂镇（Blubbertown）。每一季，多达一千五百头弓头鲸的尸体被拖进臭气熏天的港口，剥取鲸脂、炼取鲸油。无数的鲸被捕杀，它们的油被英国人和荷兰人等在遍布群岛的临时捕鲸站提炼出来。

几年之后，鲸油源源不断地涌入欧洲市场，冲垮了昔日巴斯克人的垄断地位。虽然还有一些法国巴斯克人继续在新大陆水域捕鲸，但规模大大缩小了。大多数人不是转向捕捞鳕鱼，就是受雇于荷兰和英国船主，在格陵兰海新发现的渔场捕鲸，充当鱼叉手。

现在，虽然大湾鲸在它们的过冬地享受着暂时的宁静，但它们的避暑地，冰冷的北极海洋却被染得血红。到1640年，弓头鲸，即大湾鲸在整个欧洲北极地区被猎杀。不久，历史又重演了。随着捕杀的加剧，鲸的数量开始减少，争夺剩余鲸的竞争也越来越激烈。1721年，在北极大屠杀开始的一个世纪后，来自六个国家的四百四十五艘捕鲸船搜遍了格陵兰海，结果平均每艘船只成功地捕杀到两头。到了1763年，平均每艘船的捕鲸量下降到一头，而那些被捕杀的鲸所产出的油，也只有最初在斯匹次卑尔根群岛海域发现的鲸的一半到三分之二。

鲸是长寿动物。如果不被骚扰，一头弓头鲸可以活到六十岁左右，而且会一直长，长到七十英尺（约二十一米）长。到17世纪结束时，只有极少的鲸能有这样的寿命。到1770年，一头五十五英尺（约十六米）长的鲸就会被认为是一条大鲸，因为年复一年地捕杀更年轻、更小的鲸已经成为常态。最终，被屠杀的鲸超过一半是"尚未断奶的鲸崽"，即当年出生还在吃奶的鲸。

从格陵兰海捕杀了大量的大鲸之后，荷兰人开始在更远的海域搜寻，直到他们的一些船只绕过了法韦尔角，进入了戴维斯海峡。在这里，他们发现了数量空前的弓头鲸，屠杀又开始了。荷兰人企图垄断这个新的捕鲸场，但英国捕鲸船贪婪地循着鲸油和金钱的恶臭尾随而来。与此同时，刚刚起步但充满活力的新英格兰捕鲸业已经开始向北方进军。大约在1740年，新英格兰捕鲸者发现了弓头鲸过冬的地方。但一开始，他们开发这一区域的努力却遭遇了挫折，因为圣劳伦斯湾在当时还是法国人的殖民地，禁止英国人进入。于是，新英格兰人采取了秘密的方法，分阶段秘密地重新占领了一些古代巴斯克人的捕鲸站，并将新建的捕鲸站隐藏在拉布拉多南边和纽芬兰小北半岛（Petit Nord peninsula）的小海湾中。

由于法国捕捞鳕鱼的渔民只在6月到10月这段时间利用这些海岸和港口，他们不在这些海岸上过冬，因此，新英格兰人只有等到法国捕鳕船队启程返回欧洲之后才能将捕鲸的船员安置在岸上。然后母型船就开往南方，在温水海域捕杀抹香鲸。次年春天，这些纵帆船迎着南漂的极地浮冰，尽可能早地开向北方，以便在法国船队回来之前，将在这里过冬的船员、鲸油和鲸须运走。法国当局要么不知道这里所发生的一切，要么可能知道，却并不怎么关心。

18世纪60年代，英国将法国人赶出该地区后，新英格兰人，主要是新贝德福德（New Bedford）的人们就能够公开地捕鲸了。他们增加了在冬季捕杀弓头鲸的加工站，但并不满足于此，在春天又向北派出捕鲸船，在拉布拉多海中大块浮冰边缘搜寻并捕杀迁徙大军中落后的鲸。这些大多是正在哺乳的雌鲸，它们的幼崽会拖慢它们向北行进的速度。因为雌性弓头鲸不会抛弃幼鲸，所以她们尤其容易遭到捕杀，捕鲸者很早就知道利用这一点了。当看到一头母鲸和她随行的幼鲸时，鱼叉手们首先攻击幼鲸，使其不能行动，而不是立即将其杀死，然后他们就可以腾出手来屠杀母鲸了。

1775年,美国独立战争爆发,新贝德福德捕鲸者被赶出了鲸之海,许多人前往北方,在戴维斯海峡与英国人和荷兰人竞争。

在拉布拉多海岸,因为行事野蛮,他们并不受欢迎。1772年到1773年间,英国皇家海军上尉柯蒂斯(Curtis)被派往贝尔岛海峡,调查对他们的投诉。他在调查报告中说:他们是"无法无天的匪徒,每一次因纽特人与欧洲人的口角都由他们引起……他们像蝗虫一样聚集在海岸上,恣意妄为,干着各种违法的勾当"。

他们的离去也许使当地人松了一口气,但对弓头鲸来说,为时已晚。到那时,弓头鲸在它们的夏季和冬季栖息地被大量捕杀,数量大幅度减少,只剩下几群。到了世纪之交,它们在拉布拉多沿岸极为罕见,以至于长期以来依靠偶尔捕杀一头鲸来维持生活、用鲸须与欧洲人交换货物的因纽特人再也捕杀不到鲸了。

至少从1535年开始,沙托湾一直是贝尔岛海峡一个主要的捕鲸港之一。1766年,富有的英国博物学家约瑟夫·班克斯来到沙托湾。在这里,有人告诉他一个惊人的发现:"去年,在挖掘过程中,我们发现了大量的被小心而又规则地掩埋起来的鲸须……数量之多,那些看过的人说,如果保存完好的话,价值两万英镑……它们应该是丹麦人从格陵兰南部返回时留下的。他们登上这个海岸,留下了几个捕鲸船员,毫无疑问,他们是受到了每年从这里经过贝尔岛海峡,进入圣劳伦斯湾那些鲸的诱惑。我们可以猜想,这些捕获了大量鲸须的幸运的船员就此安顿下来了……像往常一样,直到他们的船回来。由于受到内陆印第安人攻击的威胁,为安全起见,他们将鲸须埋藏起来。极有可能的是,他们中只有一个人知道埋藏地点,以保证他们的财物不受侵犯。直到现在,机缘巧合,我们才能看到它们目前这种腐朽状态。"[1]

---

[1] 另一位观察者估计,这些鲸须重达四十五吨,即,二十至三十头中等大小弓头鲸的鲸须量。——原注

班克斯认为这肯定是将埋藏这些鲸须的人搞错了。没有人听说过丹麦人曾经在拉布拉多捕过鲸。而且，这些鲸须的年代应该不会太久远，因为鲸须和真正的骨头不一样，被埋起来后，很快就会腐烂。这批财物极有可能是由在这里过冬的新英格兰船员埋起来的，要么像班克斯猜测的那样，是为了防备当地土著的袭击，或者更有可能的是，在他们的母型船没有回来接他们时，以防被夏季打鱼的法国渔民发现。

　　到18世纪末，荷兰人从两个世纪的捕杀中获利无数，仅1675年到1721年间，他们就卖出了价值八千万荷兰盾的鲸制品。那时，英格兰、苏格兰和美国北方的捕鲸者在戴维斯海峡为了剩下的弓头鲸激烈地竞争着。然而，在这片拥挤的海域中美国人并没有停留多久。

　　1847年，一艘在北太平洋捕猎残余露脊鲸的美国捕鲸船进入鄂霍次克海，"发现那里聚集了大量的鲸"。对于从未在北方海域捕过鲸的船长来说，他并不熟悉这些鲸。但两年后，当萨格港的一位捕鲸者经过白令海峡时，发现了数量巨大的同一种鲸，他认出这些鲸是弓头鲸的近亲。它们最初被称为极地鲸，实际上是真正的弓头鲸，但属于一个独立群体，分布在北太平洋以及北冰洋的波弗特海和楚科奇海。

　　发现了这片从未被人染指的宝藏之后，几乎每一艘美国捕鲸船都被吸引到这片遥远的海域来。在那里，美国人凭着他们的大胆、机智、技巧，尤其是贪婪，发动了一场足以使荷兰人都相形见绌的大屠杀。美国人只用了五十年就"高效地"消灭了太平洋弓头鲸。他们残酷无情，不分年龄、体型和性别，不放过任何一头弓头鲸。实际上，还有些人专门捕杀鲸崽，虽然一头鲸崽只能产出十桶鲸油，几乎没有或根本没有鲸须。1852年，一位美国船长这样描述他们的捕鲸活动：

> 庞大的联合舰队向北极进发。（我们）在捕鲸港里的所有船只，现在都齐心协力地消灭（弓头）鲸，甚至也捕杀幼鲸……从我两年前来到这儿以后，鲸的数量已经减少了……怎么可能增加

呢?看看从萨迪斯角(Cape Thaddeus)到(白令)海峡的巨大的捕鲸船队吧!他们不分昼夜地驱赶、捕杀……上一季他们捕杀的鲸不可能少于三千头,但是每头鲸的平均产油(量)只有两年前的一半。事实说明了一切,再往北极派遣船只不再有利可图。"

这位船长关于鲸油利润的看法是正确的,其价值已被石油压低了,但是鲸须的利润仍然可观。19世纪中期,制造各种物品如鞭子、遮阳伞、帽子、裤子背带、颈托、手杖、台球桌垫、鱼竿、占卜杖、刮舌器等都要用到鲸须,对鲸须的需求似乎一直在增加,价格也随之飙涨。到1855年,鲸须的价格是每磅两美元,十年后翻了一番。随之而来的是一场杀戮的狂欢,数以千计的弓头鲸遭到屠杀,仅仅是为了它们的鲸须。

从耗时费力地剥取鲸脂和炼取鲸油的工作中解脱出来,捕鲸者几乎可以把所有的时间都用于捕杀。有些船航行一次就带回多达二十五吨鲸须,这一数字意味着至少有三十多头鲸被杀,因为在当时,一头弓头鲸已经很少能够活到可以长出一吨鲸须那么久的时间。

到1910年,人们为了商业目的,将白令海、波弗特海、楚科奇海一带的弓头鲸群灭绝了。说灭绝,毫不夸张。它们在东方的亲缘们也好不到哪里去。

甚至早在19世纪的头几十年里,格陵兰海(也就是开始杀戮弓头鲸的地方)的捕鲸者已经把鲸都杀光了。越来越多的船,这一时期主要是英国的船,开始追杀越来越少、越来越小的弓头鲸。这些年轻的动物还没来得及学会保持警惕,非常容易被人类接近。1818年,赫尔(Hull)公司的一艘捕鲸船,起了一个荒诞的名字——"小天使号"(*Cherub*)。该船由杰克逊(Jackson)船长指挥,遇上了几群幼鲸,一场屠杀随之发生。曾经某个时候,"小天使号"甲板上下的每个角落都塞满了鲸脂,还有十四头根本就没动过的幼鲸尸体被拴在船边上。最后，杰克逊船长不得不砍断绳子，任它们随波漂流,"因此给船主造成损失而感到十分内疚"。杰克逊船长和他的船员们在那一季就杀死了四十七头幼鲸。

没有哪种哺乳动物能经受得住这样长期的损耗，格陵兰海中的弓头鲸也不例外。到19世纪30年代，弓头鲸已经灭绝了，虽然有少数几头可能活到了该世纪中期。然而，使它们灭绝的刽子手们，此时正在他们所谓的西部捕鲸场施展着血腥的屠杀技术。

从17世纪中叶开始，人们就在戴维斯海峡中捕鲸，但是，到1810年，那里的弓头鲸数量就非常少了，捕鲸者们又到北方去碰运气。他们摩肩接踵地挤进巴芬湾南部充满危险的浮冰当中，到了格陵兰西海岸的迪斯科岛。出乎他们的意料，在巴芬湾北部发现了开阔的海域。1815年，部分捕鲸者穿过海面，到达加拿大北极群岛的岸边。他们把这里称为西部陆地（West Land）。在这里，他们闯入了弓头鲸在大西洋中最后一个未被蹂躏的夏季栖息地。

1823年，"坎布宁号"（*Cumbrian*）英国捕鲸船在巴芬岛庞德因莱特附近捕鲸，船上的观察员这样生动地描述了接下来的大屠杀："我们沿着浮冰转向南边，在浮冰的边缘漂浮着数以百计已被剥了鲸脂的鲸尸，方圆几英里的空气中都有这些大堆腐烂尸体散发出的恶臭味。快到傍晚的时候，我们遇到的鲸尸越来越多，钻进鼻子的恶臭味让人无法忍受。"我们要记住，这种情况还是在北极冰冷的天气状况下发生的。

这一次航行，"坎布宁号"杀了二十三头弓头鲸，随行的四十一条船一共割了超过三百五十头鲸的鲸脂，另外大约还有五十头鲸虽然受了致命伤，却没被抓到。

同样，这样的浩劫不可能长久持续下去。1850年，英国船队在巴芬湾中一共只发现和捕杀到二百一十八头弓头鲸。此后，因为鲸的数量越来越少，捕杀量急剧下降。

19世纪60年代，蒸汽捕鲸船替代了大部分的帆船式捕鲸船，其中大多数都是苏格兰人的。然而就在此时，部分美国捕鲸船在蹂躏了北太平洋的鲸之后回来了。1863年春，两艘美国蒸汽捕鲸船强行破冰，进入哈得孙湾，在那里，他们发现了"成群成群的鲸……在哈得孙湾北部，从马步尔岛（Marble Island）至富勒顿角(Cape Fullerton)，到处都是"。

这并不是什么新发现。从远古以来，这片水域就是巴芬湾和北极群岛的弓头鲸过冬、产崽和交配的场地。早在1631年，探险家们就提到过它们在那里出现的壮观景象。一位哈得孙湾的商人在1751年写道："（在哈得孙湾）有这么多的鲸群，在人们所知的世界上其他地方，是看不到的。"

哈得孙湾公司，从来不会错过任何一个赚钱的机会，曾多次尝试开展捕杀弓头鲸的业务，但都以失败告终，主要原因是，这几次尝试都是由没有捕鲸经验的生手干的。美国捕鲸船的到来才使这种情况得到改善。对他们来说，这是最后一个靠鲸暴富的机会，他们也充分地利用了这次机会。从1863年到1865年，他们在哈得孙湾中捕鲸航行一百四十六次，其中有一百次是在湾中过的冬天，或者是将过冬的船员放在岸上。由于一头弓头鲸可以产出价值三千美元的鲸油和一万五千美元的鲸须，因此，捕鲸者之间的竞争异常激烈，对鲸的猎杀也更加残酷无情。

在这里过冬的弓头鲸带着它们的鲸崽聚集在开阔水域，尤其是在哈得孙湾的西北部。虽然驾着小船不容易接近它们，但是可以沿着冰块边缘步行去靠近它们。因此，捕鲸者们用手持枪支代替了鱼叉，朝它们发射杀伤性炸弹，给它们造成严重的内伤。除非立即毙命，否则，被击中的鲸会立即潜入冰块下面。倘若它再次露出水面，通常是在很远的地方，超出了枪手射击距离。据皇家西北骑警队穆迪（Moodie）队长说，他亲眼见证了最后那一段时间的捕杀，至少有四分之三被炸弹击中的鲸没有被找到，由此可以假定，大多数鲸后来都因受伤而死掉了。

这种杀戮的规模之大，到1895年时，只有少数捕鲸船还觉得继续在哈得孙湾"打鱼"是划算的。1908年，最后一艘捕鲸船离开了哈得孙湾，货舱空空如也，一头弓头鲸都没捕到。

1910年夏天，十艘苏格兰蒸汽捕鲸船几乎搜遍了整个巴芬湾，他们一共只捕杀到十八头鲸。由于这还不够支付捕鲸的开支，他们就捕杀一切能捕杀到的动物来弥补，其中包括大约四百头白鲸、两千头海象、二百五十头北极熊和五千头海豹。即便如此，这种额外的屠杀也没使他们盈利。捕鲸结束了。到1914年，当人类陷入自我毁灭的滥杀时，人们认为，东方弓头鲸已经灭绝。

但是，弓头鲸并没有完全灭绝，这并非捕鲸者的过错。有几十头弓头鲸设法躲过了屠杀，却没有逃脱被残害的命运。1919年到1976年间，在加拿大东部的北极海域和格陵兰岛西部海域，有记载的对弓头鲸的袭击事件就超过四十起，其中一些是当地土著为了谋生干的，但更多是在白人居民的指使下发生的，这些人包括政府官员和贸易公司职员。被袭击的弓头鲸大约有一半被杀死，其余大部分受了伤。没有可靠的迹象表明，曾经数目庞大的鲸类，它们现存的少量残余在恢复壮大。而极有可能连现在残余的部分都保不住。

北太平洋中一个相对较大的鲸类逃脱了被蹂躏的厄运。1969年，我参观了鄂霍次克海边上的马加丹（Magadan）。一位苏联的鲸类学家告诉我，上一个冬季进行空中巡查发现了四百头鲸。他估计北太平洋中现存的弓头鲸不会超过两千头。不过，他并不认为这些弓头鲸的数量在增长，因为阿拉斯加东北部的阿留申人（Aleut）和因纽特人正在大肆捕杀它们。

与楚科奇人（以及北极东部的某些因纽特人）一样，在虽然没有几千年，也有好几百年的时间里，许多阿拉斯加的土著部落主要靠捕鲸获取食物。在欧洲人来之前，这里的鲸数量很大，土著人使用的原始工具确保了鲸数量不会因人类的掠夺而减少。然而，现在一切都变了。

如今，世界上最多只剩下几千头弓头鲸，阿拉斯加的土著对它们的猎杀比过去许多年都要频繁。他们不再是为了获得基本的生活物资，而是为了取乐和赚钱。他们还使用现代技术生产的致命武器，一些土著人不再像他们祖先那样使用皮筏和手掷鱼叉，而是使用快速汽艇，全都装备了极具杀伤力的炸弹和枪支。当鲸吃力地穿过浮冰，去往波弗特海和楚科奇海中的夏季觅食地时，他们甚至租用飞机来寻找和跟踪这些鲸群。他们这样做一点都不稀奇。

结果就是弓头鲸一直遭受并将继续遭到毁灭性屠杀。弗洛伊德·杜拉姆（Floyd Durham）博士多年来一直在研究阿拉斯加"土著人"猎杀弓头鲸的情况。他的报告称，"日趋严重的损失"百分之八十是由现代捕鲸方法和武器造成的。他观察到，有一段时间，有三十头弓头鲸，不分年龄，不分性别，都遭到因纽特人的攻击，但没有一头被捕捞上岸。1973年，他亲眼看到一头五十英尺（约十五米）长的弓头鲸和它的幼崽被成功杀死。这头被杀死的母鲸太大，因纽特人无法处理，他们只割取了大约百分之十的鲸脂后，就任凭鲸尸漂走。1977年，只有二十九头鲸被拖上岸，但是另外八十四头被叉死或者炸死后失踪了。

加拿大和格陵兰现在已无条件禁止在其领海范围内捕杀弓头鲸。自从20世纪50年代在鄂霍次克海再次发现来此地过冬的鲸群后，苏联也对弓头鲸实行了全面保护。然而，美国人却认为，允许人们在阿拉斯加海域中继续捕杀弓头鲸是合理的。

最近，环保主义者对在北极海域开采石油和天然气感到担忧，现在已经有一百多口油井在往外喷油了，他们认为这可能对少数仅存的弓头鲸产生影响。预计在几年之内，将会有大量的巨型油轮通过弓头鲸大多数避暑地。油井井喷或者油轮泄漏事故，不仅是概率问题，从统计学角度看，而且是必然会发生的事件。据预测，至少每十年就将发生一起这样的灾难。研究表明，在冰层覆盖的北极海域如果发生事故造成大量石油泄漏，比像"托利·坎宁号"（Torrey Canyon）油轮沉没，或者最近墨西哥湾失控油井巨量漏油这类发生在南方的灾难，对海洋环境及与海洋相关的生命造成的损失要大十倍以上。

  幸存下来的弓头鲸所面临的处境，具有悲剧的讽刺意味。尽管现代人不再蓄意屠杀它们，但人类的工业生产却间接地威胁着它们脆弱的生命。现在，那些土著人已成为西方文明对待生命态度的载体，已不再需要靠捕杀弓头鲸来维持生存了。然而，更可悲的是，他们却还在猎杀弓头鲸。

十四　须鲸

到18世纪下半叶，从东北部通往美洲的航道上大多数鲸中"较好的鲸种"已经灭绝了。尽管如此，那片海域中仍然有许多被早期捕鲸者称为"较差的鲸种"的几种鲸。这些鲸速度快，行动敏捷，不容易被捕杀。它们死后要沉入水下，很难甚至根本不可能被打捞起来拖走。与露脊鲸相比，它们的鲸油产量太少。

在"较差的鲸种"里，有这个星球上最大的动物——蓝鲸。最大的蓝鲸可以长到一百多英尺（约三十米）长，重量超过一百吨。今天，超过八十英尺（约二十四米）长的蓝鲸可能已为数不多了，不过，确实是还有一些。

尽管蓝鲸体型大得难以想象，但无论过去还是现在，它都是一种性格温和的巨型鲸。它的食物是小个的磷虾，巨大的嘴里有一排鲸须，三百到四百片，像筛子一样将磷虾从水中过滤出来。它的体型是完美的流线型，因此体力好得超乎想象，足以驱动它那庞大的身躯以每小时八到九海里的速度在海里巡游，加速以后可以达到每小时二十海里。

在须鲸科里，蓝鲸是最突出的一员。由于大多数须鲸科成员十分相似，直到最近科学家们才就如何区分它们达成一致意见。须鲸科成员包括蓝鲸、鳍鲸、长须鲸以及两种几乎完全相同的鲸——大须鲸和布氏鲸，最后是相对"较小"的小须鲸。长须鲸约八十英尺（约二十四米）长，大须鲸和布氏鲸可达六十英尺（约十八米）长，而小须鲸只有大约三十五英尺（约十米）长。

须鲸科家族代表了所有须鲸的最新种类（也就是说，进化到了最高阶段）。有理由怀疑，它们大脑的智力水平并不落后人类多少，虽然可以肯定，它们使用大脑的主要目的与人类是不一样的。在人类给它们带来厄运之前，它们也是大鲸中数量最多的。

除了大小（每个物种的大小范围都与其相近的两个物种有交叉）和颜色，这几种须鲸在普通的观察者眼里几乎没有区别。事实上，小须鲸之所以有现在这个名字，是因为一位名叫明克（Meincke）的挪威捕鲸者把附近的一群小鲸误认为在远处栖息的一群蓝鲸。正是这个错误给了这个不幸的家伙一个不受欢迎的名字，这个名字就这样长久地流传下来了。

除了蓝鲸只吃磷虾外，所有须鲸的生活习性和活动方式都基本相似。只要有机会，其他须鲸也吃像毛鳞鱼、玉筋鱼和鲱鱼之类的小鱼。所有须鲸都是长寿动物，有些甚至可以活到八十岁以上。它们都是动作敏捷、姿势优雅的游泳健将，其中大须鲸在水下的速度接近二十五海里每小时。所有的须鲸都在开阔的大海上四处漫游，在温带和热带水域过冬，春季就迁徙到更冷的地方（布氏鲸除外），甚至远到北极地区。由于它们对海洋有超强的适应能力，不是特别需要受到保护的"育婴场"，大多数须鲸都在开阔的海域产崽。然而，它们在春夏两季都会靠近陆地，享用浅滩上丰富的食物。在数量繁盛时期，它们群居在一起，非常显眼，因此常常被人们看见。一直到19世纪80年代，一千头以上的须鲸聚集在一起是司空见惯的场面。19世纪80年代，一位名叫米尔恩的船长，指挥着丘纳德公司（Cunard）的一艘班轮，在北大西洋上空的鲸群中穿过，他将其比作"大约有半个县那么宽的地方挤满了'火车头'，所有的'机头'都在喷气，仿佛它们的生命都依赖于这种喷气！"

像许多关系密切的家族一样，须鲸家族中也有一种行为古怪的鲸，这就是座头鲸。它不仅外表奇特，行为也与众不同，是须鲸中最"顽皮"的成员之一。由于它偏好复杂的旋转，身体发生了明显的重大变化。同时，座头鲸还因其创作和演唱"歌曲"的高超能力而闻名，这些歌曲的复杂程度和演奏质量令人回味无穷、难以忘怀。

与同类鲸优美的流线型身材相比，座头鲸稍短、粗壮的身躯似乎是依照透视法缩短的。它的重量可达六十吨，身长有五十五英尺（约十六点八米），两个非常灵活的前鳍，既可用于保持平衡和向前推进，又可作为手臂，求爱时热情地拥抱和爱抚对方。

与其他鲸相比，座头鲸缺乏有目的的前驱力。虽然它的速度可以达到每小时十至十二海里，但通常它每小时只悠闲地游动五六海里。它体型圆胖、速度慢、喜群居、友善，喜欢在近海水域活动，再加上被杀死后会浮在水面这种与其近亲的不同之处，使得它在早期捕鲸者眼里更像是露脊鲸，而不是座头鲸。

从新贝德福德驶出的新英格兰捕鲸者似乎最先断定，座头鲸具有商业价值。早在1740年，这些人就驾着小帆船到纽芬兰海域去追逐露脊鲸、灰鲸、弓头鲸和抹香鲸。但是露脊鲸和灰鲸数量越来越少，弓头鲸在夏天根本就不到这个地方来，而抹香鲸，只有在离岸很远的地方才能找到它们。当这些新英格兰人发现自己周围是不计其数，但却无利可图的须鲸时，他们虽说不上感到恼怒，却肯定是很沮丧的。我们也许永远也不会知道是哪个贪得无厌的船长断定，在这些"较差的鲸种"里面至少有一种会是例外。在1750年前后，当整个船队没有更好的鲸可捕时，就去捕猎座头鲸。

尽管座头鲸在夏天被杀死后通常会下沉，他们还是要捕杀它。当时的船只没有什么机械设备能把这么巨大的鲸尸拖到海面上来，而且在将鲸尸拖往岸边加工站的途中，或者是在船边剥取鲸脂时，他们也没有办法让它浮在水面上，但这没有关系。新贝德福德人利用一种他们说的"爆破"现象，让鲸尸自动来到他们手中。

任何大鲸死亡之后，它的体温不是像人们所想的那样降低，而是迅速上升，这是因为尸体腐烂产生的热量被隔热性能很好的脂肪保留在体内，使鲸尸仿佛变成了一口压力锅。两三天之后，内部组织开始发热腐烂，很快就会产生大量的气体，足以让一百吨重的鲸尸像潜水艇一样浮出水面。这种发出恶臭的尸体不会永远浮在水面上，最终它们会爆炸，有时爆炸强度之大，会将腐烂的组织炸得像软弹片一样四处飞散。然后鲸尸又沉下去，这次就是永远地沉下去了。

新英格兰人很少试图用鱼叉和绳索去捆住座头鲸，他们更喜欢用十二到十四英尺（约三十六到四十二米）长的捕鲸矛去刺杀它。有时候，捕鲸矛刺杀的深度足以致命，即使没有，随后由伤口引发的感染也会令其死亡。在逃离了折磨以后，鲸会生病，死亡，然后沉入海底，开始腐烂，浮出水面"爆炸"，在变幻莫测的海风和潮流中漂流。捕鲸者们指望打捞到足够数量的即将"爆炸"的座头鲸，无论是自己杀死的还是别人杀死的，以回报他们的辛劳。每杀死三头，只要能够打捞到一头，他们就会认为回报已经足够了。

虽然这门生意造成了可怕的浪费，但利润丰厚。在将法国人赶走后的几年里，英国当局在评估贝尔岛海峡入口周围捕鲸场的潜力时发现，这里的捕鲸业繁荣兴旺。据负责这次调查的海军官员报告，1763年，在拉布拉多海岸捕鲸的船主们雇佣了一百一十七条新英格兰单桅小帆船和纵帆船，每条船上大约有十二名船员，在海峡入口方圆三十里格（约一百六十六千米）范围内捕获了一百零四头鲸。至于被杀死而未被捕捞上来的有多少，永远也无法知道。到1767年时，在圣劳伦斯湾、拉布拉多海南部、纽芬兰岛和新斯科舍沿岸一带，有三百条单桅小帆船和纵帆船，四千多人参与捕鲸。尽管他们的首要目标是露脊鲸、抹香鲸和灰鲸，但实在不行，他们也不得不捕杀座头鲸，用它的鲸脂来"弥补航行的开支"。

除了美国独立战争期间和之后的短暂中断外，美国人在鲸之海的屠杀规模一直稳步增长，持续到19世纪初。到那时，灰鲸、露脊鲸和圣劳伦斯湾中的弓头鲸已经灭绝了，东北海域的抹香鲸也几乎被捕杀完了。座头鲸也已遭到严重的摧残，以致美国人在东北海域的捕杀已入不敷出了。1820年前后，这场大屠杀在部分区域暂时停了下来，完全是因为"较好的鲸种"已遭灭绝，或者说残余量已是寥寥无几。然而，捕鲸者对仍在海中漫游的大量须鲸毫无办法。

这种暂停状态持续了大约五十年，在此期间，鲸之海中只有相对较小规模的捕鲸活动，主要是捕杀座头鲸。在纽芬兰南部海岸赫米蒂奇湾（Hermitage Bay）的泽西公司（Jersey company）就是当时的捕鲸者之一。它的捕鲸船每年要捕获大约四十到六十头座头鲸，这些鲸是被捕鲸船上更恐怖的新式武器杀死的。这是一种在金属杆末端装有炸药的枪榴弹，用滑膛枪发射。枪榴弹没有系上绳索，因为使用枪榴弹的主要目的是给已经被鱼叉刺中的座头鲸以致命一击。可是捕鲸者却把它用作对付座头鲸的主要武器，想用它杀死足够多的鲸，在鲸尸浮出水面爆炸后捞到更多，以提高鲸尸的捞取比例。在像赫米蒂奇湾这样的峡湾中，鲸尸捞取率比外海要高很多。尽管如此，泽西公司的捕鲸者们要捞到一头，可能需要杀死两三头。

虽然座头鲸仍遭到人类的蹂躏，但须鲸家族的其他成员仍然处在人类的掠夺范围之外。直到19世纪末，有史以来最残暴、最"富有创造性"的海上掠夺者才终于设计出一种方法，不仅能够消灭须鲸，还能够消灭地球上所有残存的大鲸。一个叫斯文·福恩（Sven Foyn）的挪威人，一个长于搞破坏的天才，发动了这新一轮的屠杀。他长期捕杀海豹和鲸，因无法从数量庞大的须鲸家族身上赚钱而感到挫败。所以，他虽算不上狂热，但专心致志地花了十多年时间去找到并完善了一种捕杀鲸、打捞鲸尸的办法。19世纪60年代，他将自己发明的由三部分组成的捕鲸方法公之于众。

该方法的精要之处就是用一门一吨重的加农炮，将一支巨大的鱼叉深深地射入鲸的要害部位，然后鱼叉顶端的碎裂弹炸开，锯齿状的大块弹片塞满鲸的内脏。同时，爆炸使得隐藏在鱼叉杆里的钢制倒钩向外弹出，牢牢地将鱼叉及其附带的绳子固定在鲸肉上。

后来，一位参加过南极捕鲸远征队的鲸类学家F.D.翁曼尼（F. D. Ommanney）详细地描述了这种残忍的器械在一头活鲸身上产生的效果："我们的猎物（被鱼叉击中后）在大约五百码（约五百米）之外浮出水面，开始无声地拼命挣扎。除了远处海鸟的尖叫声，四周一片寂静。虽然必死无疑，但它依然在挣扎着。如果鲸能发出撕心裂肺的嚎叫，其死亡就不会显得那么可怕。鲸在海水中扭动着，又猛然潜入水下，先是喷出一股血雾，接着鲜血向上喷涌而出，最后冒出血泡，淹没在不断扩大的血海之中。我们甚至听不到它在血色泡沫中翻腾扭动的声音。鲸停止了挣扎，血红的泡沫渐渐消散，我们看见鲸的尸体一动不动地漂在海面上，海鸟在它周围飞来飞去，尖厉地叫着。"

福恩"致命三叉戟"的第二部分是一种小型、快速、灵活性高的蒸汽动力船。船头进行了特别加固，上面架设了加农炮。船上还安装了马力特别大的蒸汽起货机和弹簧滑轮系统。这样，该船就能使被鱼叉刺中的鲸挣扎得筋疲力尽，就像钓鱼爱好者对付上钩的鲑鱼一般，甚至能将一头一百吨重的死鲸从水下两英里（约三千二百米）深的地方拉到水面上。最初，这些船被直截了当地称为"鲸杀手"，而现在，为了照顾公众情绪，它们被称为捕鲸船。第一批"鲸杀手"的速度只能够追上一头正在游弋的须鲸，但在早期，这已经足够了，因为那时的须鲸还没有学会逃避这些残忍的杀手。随着时间的流逝，多年以后，捕鲸船越来越大，越来越快，也越来越有杀伤力。有的船甚至能够开到离岸边基地四百英里（约六百四十千米）的地方，追赶、捕杀并拖回多达十二头体型最大、速度最快的须鲸。

福恩发明的第三部分很简单，就是在鲸被拖出水面后，将一根中空的金属管刺入死鲸的肺或者腹腔，然后通过这根管子注入压缩空气或者蒸汽，使鲸尸膨胀从而产生足够的浮力，然后再将其拖回加工厂。

挪威人在利用福恩的发明武装自己以后，开始建立起一个在商业界令人羡慕的现代捕鲸业。福恩的一位崇拜者告诉我们："1880年，斯文·福恩在挪威芬马克郡（Finnmark）的海岸边开始了全面的捕鲸行动。他很快就大获成功，许多捕鲸船群起效仿。有时一天之内，每条捕鲸船就能捕杀五六头须鲸，将北方鲸场中的须鲸迅速捕尽。这个行业的利润是如此丰厚，勇敢的挪威人在找到一个称心如意的产业后，开始寻找'新的战场和牧场'。"

1880年到1905年间，挪威人加工处理了近六万头在北大西洋捕杀的鲸，其中大部分是蓝鲸和长须鲸。在这25年中，他们究竟杀了多少，就只能估算了。考虑到当时鲸尸的捞取比例，保守估计，有八万头。

到了19世纪末，挪威人十分迫切地寻找"新的战场和牧场"，他们在岸边修建的每一个加工站，都有好几艘杀伤力很大的捕鲸船。这些加工站像瘟疫一样，在凡是有鲸出没的各大洋海岸上"蔓延"开来。鲸之海就是首先遭殃的地区之一。

1897年，卡伯特捕鲸公司（Cabot Whaling Company）在纽芬兰的圣约翰斯成立。这是一家典型的捕鲸公司，极度融合了当地商人的贪婪和挪威人的掠夺本领。公司在赫米蒂奇湾建了一个捕鲸加工站，取了一个非常诗意的名字——露脊鲸站。1898年，这个加工站开始运营，当时只有一艘捕鲸船。在第一个季节里就拖回来四十七头大须鲸，第二年收获九十五头；1900年一百一十一头；1901年增加了一艘船，两艘捕鲸船一起向岸上的鲸切割师傅们交了四百七十二头；1903年，四艘捕鲸船远离露脊鲸站，捕获八百五十头大须鲸，其中蓝鲸、长须鲸和座头鲸的数量差不多。

到1905年，已有十二家挪威纽芬兰捕鲸加工厂在从事着日益扩大的捕鲸业。到1911年时，在圣劳伦斯湾以及拉布拉多海南部至新斯科舍的大西洋沿岸，有二十六家加工厂。成群结队的捕鲸船对鲸的屠杀规模之大，就算是早年在鲸之海中屠鲸的巴斯克人、法国人和美国人，在他们面前也黯然失色。

1905年8月，英国博物学家、艺术家并自称是探险家的J. G. 米莱

（J. G. Millais）受邀到纽芬兰比林半岛（Burin Peninsula）上的圣劳伦斯捕鲸公司（St. Lawrence Whaling Company）的加工厂做客。

捕鲸汽船在傍晚就要出发，因此我稍作准备就上了船。这艘追捕须鲸的小汽船大约有一百吨重，九十五英尺（约二十八米）长，速度也快，每小时十二到十五海里，并且掉头也很容易。船头上架着有前后瞄准器的重型回旋炮，炸药是半磅重的火药。鱼叉有四英尺半（约一点四米）长，上面装着一个菱形的叉头，当定时引信点燃时，叉头就裂开。叉杆上有四个倒刺铁钩，铁钩上系着绳子，引信爆炸后，倒刺铁钩打开，将叉杆牢牢地固定在鲸身上，同时，鱼叉的后半部分打开，飞出一个铁环，铁环上系着一根直径两三英寸（约零点六至零点九米）的结实的马尼拉麻绳。

在"圣劳伦斯号"（*St. Lawrence*）上有船长尼尔森（Neilsen）、大副克里斯蒂安·约翰森（Christian Johanessen）、一个工程师和四个水手，船长是第一炮手。每个水手都可以做任何工作，从射杀鲸到做饭，什么都干。他们都是挪威人，都很开朗、谦虚。我想，只要挪威人作伴，我很愿意在世界上无人涉足的地方航行，猎杀各种野兽。他们是最好的同伴，性格和善，喜欢开玩笑。

夜间，船长决定向右航行，开往格林班克（Greenbank），大约在圣劳伦斯湾以南一百二十英里（约一百九十二千米）的地方。早上九点，我边吃早餐边读狄更斯的小说，听到引擎慢下来的声音，这意味着鲸出现了，于是，我跑上了甲板。

早上的天气很好，明媚的阳光照在海面上，波光粼粼。前方远处升起两道银色的水柱。当船靠近时，我看见这些水柱比长须鲸喷出的要高得多。

约翰森说："这些是蓝鲸，我们今天就杀了它们。"

当我们离两头蓝鲸中较大的那头不到三百码（约二百七十米）

时，它翻了个身，露出巨大的尾巴，然后"使劲地"潜入水下，消失了。

我站在回旋炮旁边时，船长说："那是一头雄鲸，有九十英尺（约二十七点四米）长。"当他前后转动转环，以确保这个武器运转良好，他的眼睛闪着光。从我的表来看，两头蓝鲸潜入水下十五分钟以后，在我们前方大约四分之一英里（约四百米）的地方突然冒了出来，向空中喷出三十多英尺（约九米）高的水雾。

全速前进，然后减速，我们距离这两头正在翻滚的蓝灰色怪物不到五十码（约四十五米）了，它们在快速地游动，尽管速度算不上疯狂。当我们就要开炮的时候，它们从眼前消失了……我和船长目不转睛地盯着碧绿清澈的水下。在很深的地方，我看见一个铜灰色的东西正从我们船下快速地浮起来。船长向驾驶舱的舵手打了个手势，让船离开这个地方。此时，那像幽灵一般的鲸的身影越来越大，直到有我们这艘船那么大时，突然冒出水面，就在我们船边，十码（约九米）以内的水波都向两边散开。不一会儿，这头鲸对着我们喷水，水雾挡住了我们的视线，立刻将我们淋得湿透。我赶忙用手臂护住相机，以便在船长开炮时及时按下快门；从炮筒射出的鱼叉正好插进了这个大家伙肺里。

"快"厨子喊道。他已经冲到甲板上，一只手上还端着一锅土豆。蔚蓝的海面上漂浮着小片血水，我们知道这一炮打中了。接着是一阵短暂的寂静。除了鱼叉上的绳索被拉出来发出"啪嗒啪嗒"的声音，以及水手们轻轻地跑向蒸汽起货机和下面绞索盘的脚步声，其他什么声音都没有。

"那是致命一击吗？"我问船长。

"不知道，先生。"他答道："我想，它还会跑上一段距离。"

果然，开始绳索被拉出的速度很慢，然后越来越快，最后突然从船头冲了出去，速度之快，与船头摩擦之剧烈，我以为绳索会燃起来。

"它开始跑了。"尼尔森船长说着,一把将我从冒烟的绳索旁拉开。"你别站在那里,要是绳子断了,你会没命的。"

我们来到驾驶舱,以便看得更清楚。

现在两条绳子都被拉完了〔大约五百码(约四百五十米)长〕,船长说:"恐怕打中它的部位太靠后了。"

就在这时,船上所有的眼睛都一动不动地盯着五百码外海面上的骚动。顷刻间,鲸出现了,在海面上翻滚着,挣扎着,两个前鳍用力地拍打着海水,激起一团团白色的水沫。它不时地把头伸出水面,张开大嘴,这个深海巨兽正在垂死挣扎。但是,鱼叉已经刺入了它的要害,它的挣扎也只持续了大约两分钟就结束了。它变得越来越虚弱,最后喷出一股细细的鲜血,竖起尾巴,沉没在一个巨大的漩涡中。

把死鲸从水底打捞上来的第一步是收紧松弛的绳索。只需要一个人把索具装上,将绳子绕到一个转动的滑轮上,再用藏在船舱里的一根强大的弹簧来带动滑轮。起初,一切都很容易,后来,在把鲸尸从深处拉上来的时候,绳索一下子就绷紧了。

起货机开动起来了,每向上拉一下,我们可以看到绳索的张力和弹簧的作用,它们可以避免绳索突然受力或者拉得过紧。

这个强有力的绞盘不停地转了半个小时,当炮筒上的细绳被卷上船舷的时候,我们向下看,这个黄灰色的幽灵出现在清澈的海水深处。又过了一会儿,这个神秘的东西露出了真容,大蓝鲸浮出了水面,鱼叉的叉杆深深地插在它身体的一侧。

这时,约翰森将绳子绕到蓝鲸的尾巴上,与此同时,我忙着进行彩色素描,并做一些笔记,记录下鲸刚刚死掉时的情形。这一点对艺术家来说很重要,因为鲸死后,它们身上丰富的色彩很快就会消失。

拴住鲸尾巴的绳子系着一条结实的链子，链子缠住鲸硕大的生殖器，牢牢地系在船头，然后割掉鲸的尾鳍。我们决定去寻找另外一头蓝鲸，因此，这具鲸尸必须浮在水面上。要做到这一点，就必须用蒸汽将它吹胀。我们把一根空心的锋利的捕鲸矛刺进鲸的肚子，矛上一根长长的橡胶管与船上的发动机相连。然后通过这根橡胶管给鲸尸注入蒸汽，吹进足够的蒸汽后，就把管子取出来，用麻屑把孔堵住。

现在鲸尸上稳稳地插着一支长长的鱼叉，鱼叉顶部飘扬着挪威国旗，天气好的时候，在二十英里（约三十二千米）外就能看到这面旗帜。后来，人们把漂浮的鲸尸切割开。

米莱还留下唯一的记录，记载了那时美洲东部航道上活着的和死去的蓝鲸。

蓝鲸与须鲸科其他成员的区别在于它的个头特别大，颜色也特别丰富。所有蓝鲸身体的上半部分是淡蓝色，下半部分是深蓝灰色……在三四月份，大量的蓝鲸向圣劳伦斯湾（南部入口）靠近，被浮冰挡在外面。鲸群在这里开始分散，一群在浮冰裂开后沿（圣劳伦斯湾）湾口而上，另一群沿纽芬兰岛南部海岸向东而去。

蓝鲸搜寻食物时，速度大约是八英里（约十二点八千米）每小时，但当受到惊吓、游动或者被鱼叉击中时，速度可达到每小时二十海里，而且还能长时间地保持这种速度。在吃大群的磷虾时，它侧着身子游动，竖起一个鳍，突然"全速向前"冲刺，同时张开大嘴，慢慢地合上，嘴里大约就有二十桶小虾米。当嘴闭上时，里边的水被挤出来，好像是从鲸须两侧流出的小溪，食物却被留在了鲸须片里边，然后悠闲地将它们吞进肚子。所有的须鲸都这样进食。我曾看到过一头长须鲸,在汽船周围翻滚着,心满意足地大口吃着,根本就不在乎我们的出现,好像我们根本就不存在似的。它居然能避免它的大嘴撞到我们的船,这就是个奇迹。

根据我的观察,蓝鲸每一次深潜,大约在水下待十至二十分钟。露出水面时,它要吐气,喷出一股二十至三十英尺(约六至九米)高的气流和水雾……然后在水面进行八到十二次的短时间潜水,大约四分钟……正是在它短潜的这段时间里,蒸汽船就奋力冲上去,开炮射击。当蓝鲸被鱼叉击中、炸药炸伤后,它会立即下潜,沉入海底。通常,它会快速向前冲,然后浮出水面,在短暂的剧烈挣扎后死去。但是,如果打中的部位太靠后,或者是击中脊椎下面及附近部位(这种情况下鱼叉中的炸弹一般不会爆炸),那么接下来将会是长达数小时艰难的追捕。总的来说,蓝鲸很温驯,如果采取一般的防护措施,人是不会受到伤害的。其价值在一百到一百五十英镑之间。

同其他鲸相比,这种鲸有更强大的力量,耐力也更好。许多曾经追捕过蓝鲸的人都有过某种刺激的经历。1903年,"美洲狮号"(*Puma*)汽船经历过有记载以来最引人注目、耗时最长的追捕。

早上九点,在离普拉森舍六英里(约九点六千米)的地方,"美洲狮号"发现并击中了一头大蓝鲸。蓝鲸立刻变得"疯狂"起来,使劲地喷水,我们根本不可能将船开到足够近的地方再向它发射一支鱼叉。一整天,汽船以每小时六海里的速度半速后退都拽不住它,被它拖着跑。将近傍晚,我们在船尾紧紧地系上了第二根绳子,与系在船头的第一根绳子连在一起,此时,第一根绳子已被拉出去一英里(约一点六千米)了。我们将船掉了个头,全速前进。这似乎激怒了大蓝鲸,它使出全力,把船的后半部分都拖到水里去了,后舱和部分机舱都进了水。我们为了避免危险,立即用斧头砍断了船尾的绳子。整整一夜，这头顽强勇敢的蓝鲸拖着半速后退的汽船以及两英里（约三点二千米）长的绳子向前游。第二天早上九点，这个怪物似乎还和之前一样精力旺盛、非常有力。但是到十点时，它的力量似乎减弱了，十一点，它开始在水面打滚，十二点半时，它终于被船长用捕鲸矛刺死了。这场大战持续了二十八个小时，汽船被它拖着朝圣玛丽角（Cape St. Mary）足足走了三十英里（约四十八点二千米）。

由于蓝鲸体型大，从它身上可以提炼大量的鲸油，一头大蓝鲸可以产出三千加仑（约一万一千三百五十六升），因此，它们就成了挪威人在鲸之海的主要猎物。他们穷凶极恶，表现出惊人的追捕能力。甚至在1905年，挪威船队在一个季节里还能够屠杀二百六十五头蓝鲸。但是到1908年时，一支规模更大的船队却只能找到并成功捕杀三十六头。实际上，从商业角度鲸之海中的蓝鲸已经灭绝了。挪威人转而开始猎杀长须鲸和残余的座头鲸。米莱写下了下面这篇短文，描述了挪威人追杀座头鲸的惨状。

座头鲸对鲸崽表现出非同寻常的呵护。即使受了重伤，它们也会一直在旁边努力保护鲸崽。这种疼爱也得到了鲸崽的回报……尼尔森船长在赫米蒂奇湾捕鲸时，遇上了一头座头鲸和它的幼崽。将鱼叉"固定"在母鲸身上，见它已经精疲力竭以后，尼尔森船长便下令放下小船，以使用捕鲸矛将其刺杀。可是，当小船靠近受伤的母鲸，鲸崽在母鲸周围不停地游动，挡在小船与母鲸之间。每当大副准备用捕鲸矛刺杀时，鲸崽就会进行干扰。只要小船靠近，它就会把尾巴对着船，用尾巴猛烈地拍打海水，令刺杀者束手无策达半小时之久。最后，为避免发生意外，船长不得不将小船召回。然后又朝母鲸发射了一支鱼叉，将它杀死。

这时，忠诚的幼崽游过来，躺在母亲的尸体旁边。此时母鲸被捕鲸矛严重地刺伤，但并未死去。由于其所处的位置，（用长矛）不可能将它刺死，便向它发射了一支鱼叉。

在蓝鲸几乎灭绝、座头鲸减少的数量紧随其后的情况下，长须鲸首当其冲地成了继续杀戮的目标。不知疲倦的米莱给我们留下了这份长须鲸如何死去的记录。

晚上六点左右，我们碰到了几头长须鲸，它们处在大部队的外围，朝四面八方喷着水。我们一头一头地追杀，所有的鲸都变得狂野起来，有一个怪物除外。它紧靠船舷，让我们没办法朝它射击。终于在晚上七点，大副抓住机会朝它开了一炮，却没有打中。他垂头丧气地回到厨房寻求安慰，喝咖啡，吃土豆。七点半的时候，天气非常寒冷，我们正全速追赶一头看起来比其他鲸要温驯一些的雌性长须鲸，斯托肯（Stokken）船长再次站在炮边上。最后，在它最后一次"翻滚"，露出海面时，距离炮口只有十码（约九米）远，船长将炮口向下倾斜，开火，击中了猎物的脊背。

一开始，这头长须鲸还相当安静，然后它开始逃跑，拖着结实的绳子以每小时十五海里的速度狂奔。大约有两英里（约三点二千米）的绳子被拖出去后，我转身问斯托肯船长：

"绳子有多长？"

"大约三英里（约四点八千米）。"他回答得很简洁。

"但是如果三英里长的绳子都被拖完了，怎么办？"

"哦，好吧。"他泰然自若地答道，"那我就止住绳子，看看哪一个更结实，是鲸还是绳子。"

一分钟后，船长下令止住绳子。绳子的拉力突然变得可怕，两英寸（约五厘米）粗的绳子在绷紧，吱吱作响，似乎就要断裂。与此同时，这艘小汽船突然被拖着向前冲，以每小时十二英里（约十九千米）的速度驶过海面。我们向北疾行，汽船在汹涌的波涛中从一个浪尖跃到另一个浪尖，浪花在船头飞溅，我们都极度兴奋。我曾在泰河（Tay）上体验过三四十磅重的鲑鱼被钓起来时雀跃的心情，那是一个垂钓者一生中的巅峰时刻。但是，与我们接下来三个小时所经历的极度兴奋相比，简直是天壤之别。被一头发狂的鲸拖着跑，是一件值得经历并终生铭记的事情。你会觉得你在玩王者的游戏，活得很有劲儿。难怪挪威人总是充满活力。船上的人员，从船长到厨子，都在忙着干自己的事情，每个人心中和眼中都充满激情。这是一个能使最迟钝的呆子都热血沸腾的职业。对于那些个个都是世界上最优秀的水手来说，这才是真正的生活，才有维京人的天性。

这场耗时三小时的激烈比赛开始了。当船长下令："全速四分之一后退"时，勇猛的长须鲸精力旺盛如初。绳子再次被剧烈地绷紧，螺旋桨向后推引起汽船剧烈震动，速度一下子降到每小时十海里。鲸的力量真是大得不可思议。时间一分钟一分钟、一小时一小时地过去，这头大鲸仍然不停地向北逃。三个小时过去了，船长下令："半速后退"，船速降至每小时六海里，汽船和大鲸还在为争夺主动权而战斗。又过了一个小时，这头大鲸明显地体力不支了。当船长下令："全速后退"以后，一切都静止了。此后，人类的机器与野兽的力量又进行了一个小时的拉锯战，然后，我们看到汽船开始后退了。这头长须鲸已经累垮了，再也拖不动了。

然后，我们把绳子松开，提起来放到滑轮上，再缠绕在拉力强大的蒸汽绞车上。蒸汽绞车就像渔夫的绕线轮一样，立刻开始收线。又一个小时过去了，除了发动机单调而又规律的振动声以及蒸汽的摩擦声，其他什么声音都没有。终于，当船跃上一个浪尖,在迎风方向三百码(约二百七十米)的地方,我们看到了那头长须鲸。它在不停翻滚,喷水,累得已经没有力气了,不能拖船,也不能下潜了。

船长下令:"放船下去,把它杀了。"虽然海上波涛汹涌,但是挪威人还是很快地将小船扔进水中,敏捷地从弦墙上跳进小船,我从来没见过有人比他们更灵巧。其他人将已经准备好的桨橹递给两个桨手,同时,大副抓起一根十五英尺(约四点五米)长的杀鲸矛,这一小群人就迅速地向长须鲸划去。

小船慢慢地接近巨大的长须鲸,汉斯·安德森(Hans Andersen)大副站在船尾,手里拿着长矛。桨手们将船掉了个头,向他们的猎物慢慢地退过去。他们在海浪中若隐若现,一会儿被汹涌的海浪淹没,一会儿又出现在那头海中巨兽旁边。这时,它不再可怜地连续翻滚,而是一阵一阵抽搐。它在水中搅动着,恢复平衡之后立即转向这群袭击者,后者全速后退。勇敢的大副一会儿在左边,一会儿在右边,试图靠近并完成致命一击,但总是白费功夫。这头筋疲力尽的长须鲸每次都会扭转颜势,让它的敌人手忙脚乱。海上起了薄雾,天也黑了,海浪越来越大,人与鲸的战斗还在继续。我们已看不到在黑暗中战斗的双方。这时,斯托肯转过身对我说道:

"这真是一头疯狂的鲸,应该给它再来一炮,否则,安德森会受伤的。"他举起手,拉了三次汽笛,示意小船撤回来。几分钟后,安德森笑眯眯地望着我们,手中高举着长矛,长矛上流着血。

"啊,你刺中它了。"斯托肯说。

"对,就在你拉汽笛的时候。"大副笑着答道。不久,小船和船员们都上了汽船。长须鲸翻滚着,在船边用力地摔打着尾巴。这场追杀持续了七个小时。

就这样，须鲸从纽芬兰海域消失了，不像有的辩护者所坚持的那样，它们不是逃到了某个遥远的地方避难，而是进了捕鲸业的炼油锅、压力锅和鱼肉加工厂。

第一次世界大战爆发后，人类集中所有的力量相互残杀，鲸有了短暂的喘息机会。那时，北大西洋中的大须鲸迫切地需要休养生息。自从挪威人1898年开始捕鲸以来，他们在鲸之海中"收割"了超过一千七百头蓝鲸、六千头长须鲸和一千二百头座头鲸。记住，这些数字只是代表被送到加工厂的鲸数量，而那些受了致命伤、因母鲸死亡而被饿死的幼鲸以及因伤口感染而死亡的鲸，则根本没计算在内。

我为什么要强调后面这一点？因为鲸特别容易受到陆生细菌和病毒的感染，它们对这些细菌和病毒几乎没有任何天生的免疫力。人们在谈论捕鲸时很少提到这些死亡因素，甚至在声称能体现捕鲸者造成的损害的官方统计数字中，也经常忽略了这一点。然而，捕鲸者们自己却十分清楚这种感染因素，并从一开始就利用这一点来为自己谋利。

早在9世纪，生活在峡湾附近的挪威人就开始将一群群小须鲸驱赶到长长的峡湾里面，然后用网封住出口。他们用弩发射弓箭，而不是用长矛或者捕鲸矛，去击杀这些被困的小须鲸。那是一种特意在大桶的腐肉里浸泡过的特制弩箭。以"接种"的方式引入鲸体内的微生物毒性非常强，被感染的小须鲸在三四天内就会死亡。在它们肿胀的躯体里，到处都是发烫的坏疽和脓血。当然，这种鲸尸上的肉毫无用处，但它们的鲸脂却完好无损，最后被炼成照明的灯油、焦油以及其他类似产品。直到20世纪初，在卑尔根附近的峡湾中，人们仍然在用这种野蛮的方法捕杀大须鲸[1]。

---

[1] 在我1972年写的一本书《被捕杀的困鲸》(*A Whale for the Killing*) 中，描述了一头大的雌鳍鲸被困在纽芬兰南部海岸的一个小潟湖里，被当作来复枪的靶子，最后死于败血症的情景。——原注

到了1908年，在将北大西洋两岸的大须鲸赶尽杀绝以后，挪威捕鲸船又成群结队地越过赤道，进入南大西洋，不久又从这儿进入太平洋，最后进入印度洋。他们所到之处，岸边的捕鲸加工站不断涌现，数以百万计的死鲸发出的恶臭像瘴气一样蔓延开来。这些屠夫们给热带海洋和温带海洋中的鲸造成的大浩劫史无前例，令人难以想象。在短短几年内，他们将残存的南方露脊鲸捕杀绝迹，对之前从未捕杀过的弓头鲸进行了惨绝人寰的大屠杀，将北太平洋中的灰鲸几乎捕杀殆尽。

但是，这还不够。挪威捕鲸业已变成了一个现代摩洛神[1]，贪得无厌、残酷无情。还有一个大洋等着他们去掠夺。因此，捕鲸船队向更南边进发，他们一路搜索，一直到南美洲尽头。他们在那里发现了一个十分庞大的鲸群。自从四百多年前巴斯克人首次进入鲸之海以来，还从未见过数量如此巨大的鲸群。

1912年，六十二艘捕鲸船从福克兰群岛和南奥克尼群岛（South Orkney Islands）的基地出发，贪婪地对附近海域进行了彻底搜索。那年夏天，他们共向加工厂运送了两万多具鲸尸，其中百分之八十是座头鲸，其余的有露脊鲸、蓝鲸和长须鲸。

因为鲸数量如此之多，所以仅一艘捕鲸船一天之内就可以轻松地捕杀十多头，而且，他们有能力，也经常这么干。有一艘从福克兰群岛出来的捕鲸船从黎明到黄昏，一共捕杀了三十七头。他们在鲸尸上插上旗帜，任其在海上漂荡，等捕鲸船结束捕杀返回时，再打捞上来。也就是说，如果还能找到，就将其打捞。但很多时候是再也找不到这些鲸尸了，要么是因为天黑雾大看不见，要么是被海风和海浪带走了。即便我们仅仅考虑这个原因造成的损失，以及受伤致死和被饿死的幼鲸，屠杀的真正规模都是超乎想象的。

---

[1] 摩洛神（Moloch），是古代迦南人所拜祭的神明。古代迦南人膜拜摩洛最特殊的方式是由父母把自己的子女作为祭品献上，放到火里焚烧，以获得神明保佑。——译者注

加工处理鲸尸时的浪费不亚于捕杀的时候。由于鲸尸太多了，割取鲸脂的师傅们只剥下背部和腹部较厚的脂肪。正如翁曼尼说的那样，"鲸尸被抛在港中，任其漂流。它们漂到岸边，在海滩上腐烂。直到今天（1971年），在南设得兰群岛（South Shetlands）的迪塞普申港（Deception Harbour），以及南乔治亚岛（South Georgia）许多海湾和入海口，到处都是漂白了的鲸头骨、颌骨、脊骨和肋骨围成的堤坝。这是人类贪婪和愚蠢的见证。

这些港口里弥漫的恶臭味也是臭名远扬。但是，就像后来一位美国捕鲸站经理大胆地宣称的："谁他妈的在乎这些！那是金钱的味道，我觉得这味道就是好闻。"

对挪威人来说，这种臭味太好闻了。所以，第一次世界大战结束不久，他们的一些大捕鲸船就向南方更远的地方推进，去发现更大的机会，进行更有利可图的屠杀。当它们进入南冰洋，看见常年不化的大块浮冰时，他们发现了作家赫尔曼·麦尔维尔（Herman Melville）笔下的人类永远无法侵犯的鲸避难所。赫尔曼·麦尔维尔以小说《白鲸》（Moby Dick）一书而闻名于世。他在书中写道："鲸终于能在南极避难所得到庇护了，它们潜到像玻璃一样透明的冰块屏障下面，又从冰原和浮冰之间的缝隙中露出来，在永远都是十二月的南极圈内，蔑视人类的一切追杀。"

然而，不久以后，这个最后的避难所也无法再为它们提供庇护了。当返回的捕鲸船船长报告说发现了几乎是天文数字的须鲸后，无论是南冰洋与岸边基地之间的遥远距离，还是南极极端的恶劣气候，都不足以保护鲸免遭人类残酷贪婪的屠杀。

最初，在这个冰封的大陆上修建加工厂是不可能的，而岛上基地又远在北方，遥远的距离确实是一个问题。然而，1925年，挪威西福尔郡（Vestfold）一位名叫索利（Sorlle）的船长表现出斯文·福恩一样的破坏天赋，发明了一种终极武器，人们用它把世界上仅存的大鲸变成了"硬通货"。

他发明的终极武器就是远洋捕鲸船。这是一种专门为远海作业设计的非常大的船，船尾有一个不渗水的大洞和一个斜面。通过这个斜面，起货机可以将鲸尸拉到一个组合式的漂浮屠宰场和加工厂。即便是第一艘这种船，也够大够结实，足以在任何天气状况下在海上对鲸尸进行加工处理，其储存能力能够保证海上航行六个月以上。每一艘这样的船都是整个捕鲸船队的核心。这个船队在组成上可与海军的特遣舰队相媲美，简直令人望而生畏。它包括新式的捕杀能力更大的捕鲸船、标记鲸尸的浮标艇、将鲸尸拖到加工厂的拖船和给船队进行海上补给的货船兼加油船。补给完毕后，这些货船又将加工厂累积起来的鲸制品运往远方的市场。

即使是索利的那艘原型船也能深入南极海洋，到达南极海洋浮冰边缘附近，后来经过改进的加工船则能到达南冰洋任何地方。有了一天二十四小时不停的生产线，船队便可以全天候屠杀和加工任何能被发现的鲸。此时，地球上的鲸已经没有地方可以逃脱人类为它们安排的命运了。

随后的大屠杀（没有更合适的词来表达了），历史上人类残害其他生物的程度和规模都不可与之相提并论。它可能永远不会被超越，因为在这个星球上再也没有这样大规模聚集的大动物存在了。

1931年，在第一艘远洋捕鲸船首次航行的六年后，在二百三十二艘捕鲸船的配合下，四十一艘远洋捕鲸船野蛮地屠杀南极须鲸。它们悬挂着几个国家的国旗，这些国家的商人们蜂拥而至，企图在这个利润丰厚的行业中分一杯羹。其中包括美国、挪威、英国、巴拿马、阿根廷、德国、日本和荷兰。但是，挪威人是这个屠宰场的主力，这里要么是挪威的船只，要么是挪威人对外出租的船只和船员。

那一年，四万零两百头须鲸，其中大部分是蓝鲸，在漂浮的海上屠场被开膛破肚……冰冷而遥远的南方海洋被鲜血染得深红。

对捕鲸业，以及那些坐在伦敦、东京、奥斯陆、纽约以及其他文明堡垒里的董事们来说，这是丰收的一年。其中一艘远洋捕鲸船，有着一个高贵的名字，"詹姆斯·克拉克·罗斯爵士号"（*Sir James Clark Ross*）经过六个月的南极航行后，停靠在纽约，船上装载的货物中，仅一万八千吨鲸油价值就超过二百五十万美元。

这是捕鲸者的大好时代！

这是鲸的不幸时代！

1904年到1939年间，一共有超过两百万头大鲸死亡，这是现代商业活动为它们安排的命运。

1915年，最后一艘挪威捕鲸船放弃了惨遭荼毒的鲸之海，加入了南大西洋的屠杀。可是，北大西洋中幸存下来的鲸并没有逃过人类的致命打击。随着大西洋中德国U形潜艇威胁加剧，盟国派出越来越多的反潜船，几百艘杀伤力很大的驱逐舰同跟它们不相上下、同样致命、像鲸一样大小的德国潜艇展开战斗。但是，驱逐舰上的新舰员需要训练。人类总归是人类，他们断定拿鲸当靶子就是一个训练舰员行之有效的办法。非官方报告显示，这导致数千头鲸被杀死。其中大多数成了海军舰艇的炮灰，另外的成了深水炸弹的靶子，被炸成没有形状的一团。已知的至少有一个案例，将鲸作为靶子供驱逐舰做撞击训练。可能还有同样数量或者更多的鲸被误认为是敌方潜艇，在"意外"遭遇中死亡，但是却没有人记录下究竟有多少鲸为了海上战争的胜利事业而牺牲。

当停战协定结束了人类之间的相互残杀以及人类对鲸的屠杀以后，商业捕鲸者急匆匆地赶回来"工作"。虽然他们的主要目标是南大西洋和南冰洋中的须鲸，但是战争中发现鲸油可被加工成人造黄油的主要成分，使得其价值不断攀升，导致连北冰洋中残余的鲸也成了诱人的猎物。由此，在1923年到1930年间，又有三个挪威捕鲸加工站在纽芬兰北部海岸和拉布拉多南部海岸重新开工，捕捞上岸一百五十三头蓝鲸、两千零二十六头长须鲸、一百九十九头座头鲸、四十三头大须鲸和九十四头抹香鲸。

与南方的捕鲸业相比,这里的利润虽然很小,但是通过充分利用每头鲸,所获利润还是颇令人满意的。在提炼完鲸油以后,包括肉、骨头和内脏在内的所有剩余东西都被脱水用来生产所谓的有机肥料。霍克斯港(Hawkes Harbour)捕鲸加工站的一位纽芬兰合伙人在阐释一个古老的农民的笑话时,向《圣约翰傍晚电讯报》(*St. John's Evening Telegram*)说:"除了喷水孔以外,我们把鲸的每一寸都变成了钱。"

尽管如此,当1929年经济大萧条来临时,该地捕鲸业的利润降到无法接受的水平。因此,从1930年到1935年,在鲸之海又出现了一个短暂的"休渔期"。可是,1936年,两个加工站重新开张,一个在拉布拉多,另一个在纽芬兰北部,一直经营到1949年。在这段时间里,一共杀死和捕捞上岸一千一百多头长须鲸、四十头蓝鲸和四十七头座头鲸。

数字对人类的想象力影响很小,但是如果以生物量来计算,这些鲸就相当于一万两千头大象,或者将这些鲸肉、脂肪、内脏和骨头堆成像"伊丽莎白女王号"(*Queen Elizabeth*)班轮那么大一座山时,这些数字的意义就体现出来了。与南极正在进行的屠杀规模相比,尽管这种地方性宰杀的规模显得很小,但也绝不是可以忽略不计的。

灾难性的第二次世界大战的爆发,给北大西洋中所剩无几的须鲸造成的折磨,比它们在第一次世界大战中所经受的苦难要可怕得多。巡洋舰、驱逐舰和护卫舰在大西洋灰暗的海面上游弋,其数量最终达到几千艘,杀伤力比二十五年前的那些舰艇大得多。用于探测水下物体的声呐,以及各种各样的新式武器,不仅使它们成为潜艇的致命猎手,而且或多或少也是鲸的致命猎手,因为鲸的回声频率与潜艇的回声频率难以区分。随着海上战争愈演愈烈,被炸弹或者深水炸弹击中死亡的鲸漂浮在海面上,海军官兵和过往商船的船员对此已是见怪不怪了。

这种军事屠杀并没有随着战争结束而停止。从20世纪40年代中期开始，美国海军飞机从在阿根廷、纽芬兰租用的军事基地起飞，常常将鲸作为训练目标，用机关枪、加农炮、火箭炮、深水炸弹等武器攻击它们。1957年，《圣约翰傍晚电讯报》的哈罗德·霍伍德对此进行了调查并曝光。海军当局对公众的强烈抗议先是感到疑惑，继而愤怒。他们指出，所有的海军都经常使用炮火和反潜武器把海洋动物当作射击训练的靶子。他们对那些人谴责这种特别实用的训练手段的逻辑，甚至是动机，提出了质疑。他们指出，大型鲸不仅是极佳的假想敌潜艇参照物，而且还不花纳税人一分钱。海军将领们总结说，几头鲸的死亡对于帮助我们保卫自由来说，只不过是小小的代价而已[1]。

战争技术的进步对鲸产生了另一个更具灾难性的影响。当南极捕鲸船在1946年重新回到"工作岗位"时，他们配备了一套全新的装备，包括精密的通信系统、声呐、雷达、新的导航设备，以及恐吓、迷惑鲸，使鲸迷失方向的电子设备；配备了能操控侦察飞机或者直升机设备的新型漂浮式大加工船（有些船排水量可达三万吨），与那些由退役海军巡洋舰、护卫舰改装而成的捕鲸船一起组成一个船队。其中最大的捕鲸船七百吨重，发动机功率为三千马力，速度可达每小时三十海里，船上还配备发射鱼叉的捕鲸炮，准确性极高。这样全方位的组合确保了只要有鲸进入远洋捕鲸船队的搜索范围，它逃生的可能性微乎其微，接下来便是对它的歼灭。

到20世纪40年代末，大约有二十到二十五支远洋捕鲸船队每年捕杀两万五千到三万头鲸，大多数是南极的蓝鲸。它们的数量已经减少到不足原来的一半。到1950年，原本数量在二十五万到五十万头的南极蓝鲸几乎全军覆没，捕鲸船队又将目标转移到长须鲸身上。据估计，到

---

[1] 20世纪60年代，驻扎在冰岛的美国海军曾吹嘘，将逆戟鲸作为飞机和水面舰艇射击训练的靶子。虽然为这种暴行找的借口是使冰岛渔民受益，但从科学上和经济上却无法证明其合理性。有人认为，有几百头鲸在这种"训练"中丧生，并非全都是逆戟鲸。——原注

1955年，南极海域曾经超过七十五万头的长须鲸只剩下不足十万头了。第二年，捕鲸者们捕捞了两万五千二百八十九头长须鲸，超过剩下的四分之一。

20世纪50年代末，尽管捕鲸行业公布的统计数字已经非常残酷地表明，地球上所有地方的大鲸正在走向末日，但人们并没有采取任何措施来减少杀戮。跨国公司，以及美国、英国、挪威、荷兰、日本和苏联的国家利益集团都十分清楚地表明，他们不仅决心继续屠杀，而且打算扩大规模。正如一位灰心丧气的自然资源保护主义者所言："显然，他们觉得鲸太有价值了，不应该允许它们继续活下去。"

那些年，很少有人站在鲸的立场发出怜悯甚至是理智的呼吁。相反，大量的小说、纪实作品，甚至是专题片相继问世供人们鉴赏。它们不仅为继续屠鲸正名，而且美化这种行径，同时还赞扬捕鲸者们的英雄品质和捕鲸业主们敏锐的赚钱眼光。

同样令人反感的是滥用科学来为大屠杀辩护。1946年，捕鲸最积极的那些国家成立了国际捕鲸委员会，宣称该委员会将致力于保护鲸种群，通过科学管理来规范捕鲸行业。令人惊异的是，大量的科学家被他们说服，他们利用自己的声誉来编造和维护一个令人憎恶的诡计。

国际捕鲸委员会从成立之日起，就只不过是一些企业在各国政府大力支持以及谄媚的科学界的阿谀奉承下放出的烟幕弹。在这种烟幕的掩盖下，世界上的鲸群被有组织地破坏。如果要详述该委员会编造的借口、撒下的弥天大谎、令人恶心的道德观念以及对科学的滥用等行径，本书实在是力不能及。但那些能忍受这些令人不快的细节的人，可以读一读罗伯特·麦克纳利写的《如此残忍的大浩劫》一书。

麦克纳利这样总结那些以自我监管的名义来谋取私利的利益集团的虚伪："自由主义意识形态的一个陈词滥调是，从一种资源中获取利益的企业家会努力保护该资源，以获得长期利润。因此，该论调认为，市场作用有助于环境的保护。虽然这句话可能体现了不错的公关艺术，但捕鲸资本家才不会关心五十年或者一百年以后海里是否还有鲸存在，他们唯一关心的是这些鲸是否能够维持足够长的时间……只要能有所收获，他们就会继续屠杀……市场的力量不会阻止，相反是在推动鲸的灭绝。贪婪只会保护自己。"

当我住在纽芬兰伯吉奥的时候，有一个朋友也是邻居，名叫阿特·巴格斯（Art Baggs），是一位"大叔"。从19世纪90年代起，他就一直在西南海岸打鱼。他还记得八岁的时候第一次看见鲸的情景。那时他跟着父亲坐着一条四人桨的平底小渔船，去企鹅群岛（Penguin Islands）附近的一个近海鳕鱼场捕捞鳕鱼。

当时很艰难。那是一个冬季渔场，离企鹅群岛有二十英里（约三十二千米）远……除了一个个暗礁，其他什么都没有……我们通常星期一划船去那里，一直待到把船上的食物吃完为止……

当时海岸边有几千头巨大的鲸，它们成群地在企鹅群岛享用鲱鱼，而我们只是捕捞鳕鱼。有时只有我们一条船，周围的鲸让我们感觉好像是在一个大船队中间一样。它们从不伤害我们，我们也不伤害它们。很多时候，鲸群里的雄性露脊鲸会在离我们很近的地方喷水，我们甚至可以向它的喷水孔吐痰。父亲告诉我鲸是故意这样和我们开玩笑的。

1913年的冬天，亚瑟（Arthur）目睹了这些大鲸的消失。

早在1900年，挪威人就在开普拉许纳东边修建了鲸脂加工厂，他们称其为露脊鲸厂。孩子，那可真是一个脏地方！他们有两三艘小汽船，船上有发射鱼叉的炮。他们从不闲着。大多数日子里，每条船都会拖回来两三头蓝鲸或者长须鲸，岸上的人很快将鲸尸砍开。十英里（约十六千米）外都能闻到这个地方散发出来的臭味。

还有海上漂浮的鲸尸！他们将大部分鲸脂割下来后，又将鲸尸扔回海中，肉全都变黑了。鲸尸膨胀爆炸的时候，飞得很高，几乎完全腾出海面。有时候，当我在岸边钓鱼时，它们就像一夜之间冒出来的全新的小岛一样突然出现在眼前。我一眼望去就能看见五至十头，每一头上面都挂满了内脏，像一团云一样。

那年冬天，气候恶劣。我不像天气好的年份那样经常去企鹅群岛了。可是我每次去几乎连一头鲸都看不到了。到二月份的时候，一天早上，外面结了霜，一丝风都没有，我在奥佛尔岛附近用拖网捕鱼，听见一声又尖又高的声音，小船都晃动起来了。

我转过头去，看见一头平生所见最大的长须鲸。它看上去几乎和岸边的汽船一样大。它浮在水面上，使劲地喷水。每喷一次，喷出来的血有二十英尺（约六米）高……我看见它后背上有一个大洞，足以放进去一个大桶。

当时我真的有点害怕……我使劲地划桨。当鲸直接朝我游过来时，我却变得平静下来，除了拿起船桨抵挡以外，别无他法。但它却没有游到那么近。它改变了方向，潜入水下，我再也没见到它……此后十五年，再也没见到过它的同类。

20世纪50年代中期，使大多数从没见过大鲸的年轻渔民们感到惊讶的是，长须鲸又在西南海岸边出现了。这个有六头鲸的小鲸群甚至在伯吉奥群岛海域过了冬。亚瑟很高兴，欢迎它们回来。1962年，我和我的妻子来到伯吉奥，他像是鲸主人一般，高兴地领我们去看这些鲸。

常住在这里的长须鲸游弋在群岛之间，以小湾和海峡里的鲱鱼为食。在此后五年的每一个冬季，从12月到次年3月，从我们房子朝向大海的窗户望出去，我几乎每天都能看到它们向寒冷的空气中喷出阵阵白色水雾的景象。由于没有遭到人类的骚扰，它们毫不畏惧，动力小渔船甚至大的捕捞鲱鱼的围网渔船都可以开到离它们几码远的地方。这几年里，我对它们的熟悉程度就如同对附近牧场的牛那样了解。但是，迄今为止，我所见过的最壮观的景象发生在1964年7月一个晴朗的日子。

一个飞行员驾驶海狸式水上飞机正带着我和妻子沿着高耸的岩石嶙峋的海岸兜风，我们飞往伯吉奥东部。这是一个晴朗的下午，天空中没有一丝云彩，飞机下面冰冷的海水异乎寻常地清澈透明。当我们穿过一个宽阔的峡湾入口时，飞行员突然使飞机倾斜，让它慢慢地俯冲。在离海面不到一百英尺（约三十米）的高度时，将飞机拉平，我们就跟海里游动的六头长须鲸平行前进。

它们排成一列，只在水面以下几英尺（约不到三米）向前游动。用水手们专业的话说，它们是在强吃水的情况下游弋。我们估计，它们的速度将近二十海里每小时。飞行员把油门调整到几乎失速的状态，我们绕着它们盘旋。它们清晰可见，好像在空中一样。跟其他鱼的尾巴不同，它们那强有力的尾片是垂直摆动而不是水平摆动。它们的尾片懒洋洋地上下摆动打水，似乎毫不费力。由于没有伴随涡流出现，从飞机上看，是六个非常精致的流线型躯体悬停在碧绿的海洋中，勉强看得见一点点水纹，仿佛它们是由比肌肉和骨头更精妙、更细腻的东西组成的。

它们太漂亮了！

大约十分钟后，它们一起露出水面，喷了几次水，然后下潜入水，仍然是全速向前游动。这一次，它们下潜得很深，发着微光，在我们的视线里越来越小，就好像它们正沿着某个看不见的陡坡往海洋深处滑去。

当时，我们还不知道它们以及它们的同类将陷入更加黑暗的深渊。

长须鲸之所以在西南海域再次出现，是因为纽芬兰以南海域与鲸之海的北部海域不一样。在过去五十年里，鲸之海的鲸被不断地猎杀，而在纽芬兰以南，自从1914年露脊鲸工厂被关闭以后，在一定程度上，这里为须鲸类提供了一个避难之处[1]。

雌性须鲸要长到好几岁后才性发育成熟，然后每二至四年才能生产一个后代。正因为如此，那些数量减少到濒临灭绝的鲸种并没有在半个世纪的暂缓期中恢复元气。然而，有相当一部分长须鲸在第一次世界大战前的大屠杀中幸存下来，它们的数量得以增加，到20世纪60年代早期，达到三千头。在鲸之海南部也栖息着一些抹香鲸和座头鲸，以及因为没有商业价值而免遭捕杀的大须鲸和小须鲸。

到1960年，南极捕鲸的鼎盛时期结束了。蓝鲸被捕杀完了，长须鲸也在迅速消失。显然，转而捕杀个头更小的大须鲸的数量已无法长期满足远洋船队的庞大胃口。到1963年，许多捕鲸队的加工船已被闲置或者转作他用。然而，除了少数捕鲸船被卖给第三世界国家用作海军炮艇外，这些捕鲸船在和平年代并没有什么用。尽管如此，挪威人和日本人都明白，在不得不将最后一艘捕鲸船卖给拆船坞拆成废铁之前，还仍然可以利用世界各个偏远角落出现的这种销路好的小群鲸。

1963年到1964年的冬季，一艘名叫"索瑞伦号"（*Thorarinn*）的南极捕鲸船劈波斩浪，穿过北大西洋冰冷荒芜的海面，驶向新斯科舍的布兰福德（Blandford）。在到达之前，它降下了挪威的旗子，升起了加拿大的旗子，表示其今后将为一家名义上的加拿大公司服务。

"索瑞伦号"是一艘二百英尺（约六十米）长、八百吨重、功率为两千马力的柴油发电屠鲸机器。船上装备了一门九十毫米口径的发射鱼叉的捕鲸炮，这门炮在南方海域夺取了成千上万头鲸的生命。该船可以在距离基地三百英里（约四百八十千米）范围内搜索、捕杀并打捞起

---

[1] 1945年，挪威和纽芬兰联合财团重开了拉布拉多霍克斯港的一家旧的加工厂。1947年，奥尔森鲸与海豹猎捕公司（Olsen Whaling and Sealing Company）在纽芬兰北部威廉斯波特（Williamsport）开业。由于没有受到任何管制，这些公司捕杀鲸残酷无情。到1951年，他们的捕鲸船能够扫荡的水域已被他们"清理得一干二净"了。到那时，两家工厂已加工处理了三千七百二十一头长须鲸和几百头其他鲸。据估计，其投资回报率已经超过百分之九百。——原注

八九头大鲸运回岸边,几个小时内可以再次出动进行新一轮的大扫荡。

"索瑞伦号"上的船员是几位经验丰富的挪威捕鲸者,后来又有一艘姊妹船加入进来。该船归属于卡尔森航运公司(Karlsen Shipping Company),这个名字容易让人误会。我们后面将会看到,这家公司的老板是一个名叫卡尔·卡尔森(Karl Karlsen)的挪威人,第二次世界大战结束后不久他就到了加拿大,建立起一家公司,捕杀竖琴海豹并将海豹皮出口到挪威。该公司生意兴隆,之后在布兰福德这个小村庄建立了一家大工厂。20世纪60年代早期的某个时候,该公司意识到已复苏的长须鲸以及鲸之海南部未遭到捕杀的大须鲸和小须鲸的存在。接着就是一段血腥屠杀的历史。

从1964年到1972年,卡尔·卡尔森在布兰福德的工厂合法地加工了一千五百七十三头长须鲸、八百四十头大须鲸、九十四头抹香鲸,甚至还有四十五头小须鲸。此外,还加工了三头被非法捕杀的蓝鲸和许多低于法律规定尺寸的长须鲸。这家公司从未因违反加拿大法律而受到过惩罚。

这家工厂生产的产品包括专为日本美食市场供应的冷冻"鲸排"和"培根",主要用于生产人造黄油和化妆品基料的海产动物油(鲸油的新名称),用作肥料的骨粉,以及为欧洲和北美宠物食品市场供应大量的劣质肉和下脚料。

不久,卡尔森公司就独享了这最后的鲸盛宴带来的利润。死鲸的臭味和金钱的臭味很快就传到了其他"海洋收割者"的耳朵里。1965年,在纽芬兰迪尔多镇(Dildo),一家挪威人控制的专门捕杀小鲸的公司也开始捕杀大须鲸了。当初,这家公司成立的目的是与日本极洋捕鲸公司(Kyokuyo Hogei)合作,捕杀小须鲸和领航鲸。1967年,日本大洋渔业公司(Japanese Taiyo Gyogyo Company)也紧随其后,与纽芬兰最大的鱼加工商——渔业制品有限公司(Fisheries Products Limited)进行合作,重开了在威廉斯波特的一家旧捕鲸加工厂。

加拿大张开双臂热烈欢迎这种对其资源进行开发的新模式，宣称这是一个持久的加拿大渔业的开始，将会给沿海地区带来巨大的经济效益。为了确保这一点，联邦渔业部宣布将运用诸如最大可持续产量（Maximum Sustainable Yield）等科学原理，来对整个行业进行严格监督和合理管理。依据这个原理，只有盈余数量达到这个值的鲸才能被"收割"。

正如所预料的那样，渔业部门没有进行有效的监督，也没有做出真正的努力来规范捕鲸活动。有关部门所采用的科学管理的依据发挥了作用，但不是保护了鲸的持续生存，而是使捕杀鲸直至灭绝的活动合法化，甚至鼓励这种活动。加拿大完全依靠自己的力量再一次重复了国际捕鲸委员会的卑劣论调。

从1964年到1967年，捕鲸者可以捕杀须鲸的数量和种类没有受到任何限制。1967年，加拿大渔业部门才禁止捕鲸者捕杀蓝鲸和座头鲸，然而此时，这两种鲸几乎都已经灭绝了。渔业部的科学家们依据所估计的某地鲸种群的最高可持续产量，来决定长须鲸的捕杀配额。经过科学计算，地方鲸种群的数量在七千至一万头。

第一次发放的配额是八百头。但是三家捕鲸公司尽最大努力也只捕捞到七百四十八具鲸尸。科学家们得出的结论是，也许，给的配额有点多。他们将1968年的配额降低到七百头。这一次，捕鲸者们倒是想方设法地完成了这个数目，但也只是勉强完成。也许，还是有点多吧，1969年，配额数量减少到六百头，可是捕鲸者们却只捕获了五百七十六头。然后他们又将配额降低到四百七十头，但捕鲸者也只杀死了四百一十八头。1972年，配额降至三百六十头，这一次，经过艰苦的努力，捕鲸者们总算完成了这个指标。

现在，专家们才重新研究了他们的数据，并得出结论，原来长须鲸的数量应该是三千头而不是一万头。于是，他们建议1973年的配额为一百四十三头，其根据可能还是当初的三千头仍然还活着，并正忙于繁殖后代这一假设。

捕鲸者们本可以告诉专家，情况并非如此。在开始的八年里，他们一共加工处理了四千头长须鲸、九百头大须鲸、四十六头座头鲸，至少三头蓝鲸和一头露脊鲸（以及几百头小鲸）。另外可能还有几百头被杀死了却没有被打捞上来。他们已经将鲸屠杀得干干净净了。

渔业部在新闻发布会上所宣称的"前途远大的加拿大新型捕鲸业"已经处于困境之中。1972年春，我向当时已换了一个更优雅名称的加拿大环境部渔业局写信，询问捕鲸业前景问题，我得到以下答复：

"未来的市场情况，以及大西洋沿岸附近鲸数量有限，对加拿大捕鲸加工站而言，继续进行运营可能是不划算的。目前，渔业局的政策是基于现有的科学依据，估算出每年的可持续捕获量，允许加拿大人进行有限的捕鲸活动。"

1972年秋，我以约拿行动（Operation Jonah）加拿大分部主席的身份，与加拿大环境部部长，受人尊敬的杰克·戴维斯先生（Jack Davis）进行了面谈。约拿行动是致力于全面禁止商业性捕鲸的几个国际组织之一。戴维斯不仅对我们的行动表示令人惊讶的赞同，而且还给予积极鼓励。事实上，他相当于承诺，在年底前加拿大会在其领海内禁止商业性捕鲸。我愉快地离开了他的办公室。可是当我与该部的另一位高级官员交谈以后，我的喜悦被泼了点冷水。我记得他是这样说的：

"你来得正是时候，卡尔森的公司因无鲸可捕，即将关门。可是事实上，他倒希望我们关闭他的公司，这样我们就得提供赔偿，并且还要安置他公司的岸上雇员。日本人呢？他们才不想退出不干呢。他们要干到连一头活的鲸都不剩下才肯罢休。尽管这样，你还是可能拿到这个禁捕令的。"

1972年底，禁捕令正式颁布。但是它最初仅适用于大西洋地区的"大鲸"，甚至连哪种鲸会受到保护都含糊不清。只要认为鲸群的数量在"在商业上可行"，未来捕鲸的大门还是打开的。在下一章我们将看到，这种鲸不仅包括小须鲸，还包括领航鲸和白鲸。

然而，这道禁令的实施并没有受到许多官僚和一些科学家的欢迎。后者还可能感到不满，因为这道禁令使他们得不到进行解剖和检验的标本。没有标本，他们就不能收集大量的资料，而这些资料又是促进科学进步的许多至关重要"论文"的依据[1]。渔业部的官员感到不满意，因为该部门正在执行的政策是，加拿大的海洋资源应该被最大限度地开发利用。此外（我们将在第五篇中看到），设法消灭所有可能直接或间接地同商业性捕鱼进行竞争的海洋哺乳动物一直是该局的既定政策。许多鲸和鼠海豚因此受到歧视。这些官僚们甚至认为，这道有限的禁令是对其部门内部信条的干扰；同时，他们还将这一禁令视为危险的开端，尽其所能来破坏它。

20世纪70年代末，渔业局的一位专家声称，发现长须鲸的数量有了显著的恢复，并证实在加拿大海域，仍然有可以捕杀的大须鲸。尽管另一位科学家否认了这种说法，但还是有人提出了"一项倡议"，要求废止禁捕令，这样一家日本捕鲸公司就可以再次开始"捕捞另一种未得到充分利用的资源"。然而，一位同情鲸的人将正在进行的事情泄露出来，因为害怕遭到大规模的公众谴责，这项倡议被认为在政治上是不明智的，至少现在暂时如此。1980年，渔业部进行了又一次试探，他们精心安排纽芬兰渔民投诉，说鲸对渔网等鳕鱼捕捞工具造成无法忍受的损失，因此，应该对鲸数量加以"控制"。但那时，公众舆论已倒向鲸一边，反响强烈，因此，官方只好将一项由日本人出资进行的商业"收割"项目搁置起来。

下面这个事实同样揭示了政府官员们的态度。1982年，渔业部提

---

[1] 1969年至1971年，加拿大联邦渔业部出于科学研究的利益，签发了特别许可证，允许东部海岸的捕鲸者捕杀七十头当时已是受保护的大西洋座头鲸。在该部一位极力反对这项政策的鲸类学家的强烈建议下，这项特别许可被终止，但在终止之前，已经有四十一头鲸遭到捕杀。——原注

名一位加拿大人出任国际捕鲸委员会委员。这位委员是一个成员数量少、难对付的少数派成员之一，在过去十年，顽固地拒绝接受联合国大会关于在全世界禁止商业捕鲸的建议。

像这样的态度和行为，不可避免地引起人们对科学数据的可靠性和用途，以及政府和捕鲸产业在制定管理海洋生物政策时的客观性（即使不是真实性）产生怀疑。因为加拿大对捕杀须鲸的禁令仍然有效，已有少量的长须鲸回到了纽芬兰西南海域和圣劳伦斯湾；从科德角到拉布拉多南部海域也已出现了以家庭为单位的小群座头鲸；东北海岸附近也许有三十多头蓝鲸；在芬迪湾以及沿圣劳伦斯河一直到萨格奈河水域，都有小须鲸和大须鲸在嬉戏玩耍。

只要禁捕令一直有效，残存的须鲸就有希望。然而现在还活着的鲸，只不过是以往大规模鲸群的象征性残余而已。它们与现在已销声匿迹的露脊鲸、弓头鲸、灰鲸、白鲸以及小型鲸一起，曾经使大西洋西北海域成为名副其实的鲸之海。

十五　小鲸种

1954年春天，我和父亲驾着他那条结实的旧双桅船从蒙特利尔顺流而下，进入圣劳伦斯湾，然后通过狭窄的坎索海峡进入大西洋。坎索海峡，也就是当年大家所熟知的狭道，1954年是它最后一年允许船只自由通行。附近的花岗岩山正在被推倒，以便修建一条连接布雷顿角岛和新斯科舍大陆的宽大堤道。当我们抵达这里的时候，只有一个一百英尺（约三十米）宽的豁口，大西洋涨潮的潮水只能从这个缺口冲进来，激流奔腾，发出轰隆隆的响声，击打起团团泡沫，水势之猛，任何船只都无法越过去。

我们将船抛锚，等待水势减缓。这是一个美好的清晨，太阳照在狭道两旁翠绿的新叶上面，反射出的绿油油光线洒满整个森林。我带着一丝敬畏，望着咆哮的海浪，里面有一团乌黑的东西，忽隐忽现。它们来得快去得也快，我无法断定它们是什么。为了看得更清楚，我站了起来。此时，我看见十多头白色肚子、身子像棕色鱼雷一样的东西并排露出水面，呈曲线状跃入空中四五英尺（约一点二至一点五米）高，然后又像从黄油中穿过的子弹一般，迅速而又平滑地扎进水里，每一头都有个子娇小的人那么大。

它们是鼠海豚，体型最小的鲸类之一。我看得入了迷，越来越多的鼠海豚从咆哮的豁口处冲出来，在我们停船处平静的回水湾中停留。突然，一群二十头左右的鼠海豚转向东边，游进豁口处湍急的落水中。

即使是大西洋鲑鱼这种最善于在激流中游动的鱼类，也很难越过这可怕的激流。我猜想，那些小鲸一定会惊慌失措地游回来，然而它们却好像火箭发射一样，加速，迎头冲进了豁口的落水中，消失了片刻，然后跃入空中，干净利落地越过豁口，猛地扎进远处快速流动但水面平静的海水中。后来，它们又优美地转过身来，迅速而敏捷地从豁口处落回激流中。这景象看得我目瞪口呆。

一群接一群的鼠海豚从激流中高高跃起，轻快地转一圈后又落回原处。我看得入了迷。等到潮水开始退却，水势减弱后，它们才失去了兴趣，游戏结束了。它们成群结队地向西，游向狭道的出口。

鼠海豚

在世界各大海洋以及一些淡水湖泊和河流中，栖息着六十多种鼠海豚或其他海豚。在美国东北海域中栖息的大多是远洋海豚，但是有一些种类，包括鼠海豚在内，更喜欢在近海海域生活。经过无数个世纪，大西洋沿岸地区的土著部落对它们非常熟悉，捕杀它们，以之为食。

在历史早期，鼠海豚的数量非常多。16世纪30年代中期，雅克·卡蒂埃就对圣劳伦斯湾中数量众多的鼠海豚进行过评论。罗贝瓦尔于1542年提到，圣劳伦斯河下游"有大量的鼠海豚"。1605年，尚普兰提到："阿卡迪亚沿海，鼠海豚的数量之多，我可以保证，每一天，不论白天还是夜晚，我们都能听见或者看见一千多头鼠海豚从我们的大舢板船旁边经过。"尼古拉斯·德尼斯是这样描述的："鼠海豚总是大群大群地游动，海上到处都看得见它们。它们常常追着诱饵（鱼类）靠近陆地。它们吃起来味道不错。血肠和食用猪肠是用它们的肚子做的，鼠海豚的肉虽然没有小牛肉美味，但比羊肉好吃。"

无论是土著还是欧洲人，只要是为了获取食物少量地捕杀鼠海豚，都不会对鼠海豚的数量产生影响。但是，随着大鲸数量越来越稀少，小鲸种就不可避免地吸引了冷酷精明的商人们的目光。

为了获取鲸油，捕鲸者早在1780年就已经开始在哈特勒斯角地区进行商业性捕杀鼠海豚了。此后，越来越多的岸上工人开着小船袭击鼠海豚群，用滑膛枪向它们猛烈射击。虽然捕捞率很低，每射杀十至十二头才能捞到一头，但是小鲸种的数量太多，即使是这么巨大的浪费，其捕杀也是可以赚钱的。

到19世纪20年代，从南北卡罗来纳州到拉布拉多的数百个渔村在捕捞其他鱼的时候，附带捕捞鼠海豚。然而，其他一些地方的渔民却把捕捞鼠海豚作为其主要业务。在科德角和大马南岛，捕猎者们经常能捕获几千头。更多的鼠海豚在小船的追赶下，整群搁浅在海滩上，然后被刺死，它们身上薄薄的鲸脂被剥下来，送进了鲸油提炼锅。

19世纪，鼠海豚在圣劳伦斯湾北岸一带遭到捕杀的历史，是整个东北滨海地区鼠海豚捕杀状况的缩影。到19世纪70年代，在圣劳伦斯湾十二个主要网捕渔场中，每个渔场每年捕杀五百到一千头。除此之外，许多单干的渔民也在捕杀鼠海豚。拿破仑·科莫给我们留下了一份19世纪80年代的人们如何捕杀鼠海豚的记录："如果天气好的话，两个技术好的人驾着小船，带上一流的来复枪，一个季节就能捕杀五十到一百头。每加仑鼠海豚油值七十五到八十美分。只有脂肪被割下，尸体则被随意地扔在海滩上，有几英里长，其恶臭味道难以言表。"

这种屠杀一直持续到20世纪初。在20世纪前几十年，石油价格变得便宜，并且容易买到，如果不是这样，近海的鼠海豚很可能已经被捕杀得区域性灭绝了。

1914年，出于商业目的的捕杀活动几乎结束了，但是直到现在，渔民们仍然在枪杀鼠海豚。渔民们认为，这些小鲸不仅与他们争抢鱼类，而且还破坏他们的渔具[1]。此外，近年来，在大西洋中用流网捕捞

---

[1] 20世纪70年代，芬迪湾中的帕萨马科迪湾（Passamaquoddy Bay）中新开了一家渔场，为该地区的水貂养殖者提供饲料。虽然没有现成的数据，但是人们相信，有大量的鼠海豚因此消失了。——原注

鲑鱼的渔民，以及在圣劳伦斯湾中捕捞鲭鱼的渔民们每年都要杀死多达两千头鼠海豚，它们被看成是不受欢迎的捕捞附带品，另外，还有几百头死于新式、更致命的单丝鳕鱼网和陷阱网。除此之外，还有数百头被打猎爱好者们开枪打伤后死亡。打猎爱好者们为了取乐，驾着摩托艇追赶海上动物。用其中一位的话说："这样的活动靶子是练习的好靶子，同时还能除害。"

虽然我经常在圣劳伦斯湾和新斯科舍的海滩上看到弹孔斑斑的鼠海豚尸体，但在过去三十年里，却很少见到活的鼠海豚。让我记忆深刻的是，一个夏天的傍晚，在纽芬兰东南端圣皮埃尔群岛的密克隆露天码头，我一个人坐在渔人码头上，盯着我的纵帆船。夕阳照在背上，我感觉热起来了，决定脱掉衣服去游泳。海水冰冷，我正准备掉头回去，这时临海方向一个漩涡引起了我的注意，我目不转睛地盯着。二十多头短弯刀状的背鳍，划破落日余晖映照下玫瑰色的海面，以极快的速度径直向我游来。

我的第一反应是我遭到了鲨鱼的攻击，吓得几乎不能动弹。我踩着水，它们像巨大的鱼雷一样朝我冲过来，然后一个接一个地从我两侧快速地游过去，离得太近了，我甚至都能感觉到它们光滑的身体贴着我游过去，滑溜溜的。

此时，我才弄清楚它们是什么。我认出了鼠海豚的头部、黑褐色的躯干和白白的肚子。它们聚成一群，以极快的速度不停地绕着圈。我不再感到恐惧，好奇地等待着。这一次，领头的鼠海豚整个身子都跃出了水面，像一发巨大的炮弹呈抛物线越过我的头顶，同时，它的跟随者们也依次轮番从我身边飞过，然后，它们就消失了。我游回到码头外端，一直等到天黑，但它们再也没有回来。用水手们的话说，它们发出信号后就离开。

1976年，我最后一次看见活生生的鼠海豚。当时也是春天，我驾车经过坎索堤道。当车接近狭道中所有海上船只必须经过的堤道东端终点时，我看见一群人神情专注地盯着水面。我拿出双筒望远镜扫视附近的海峡水面。它们又在这儿出现了，二十二年前我在相同的地点附近，遇见了同样光滑敏捷的小鲸。

这一次只有七头，它们不再像我曾经为之惊叹的那样以爆炸性的力量破浪前进。在离紧闭的闸门五十码（约四十五米）的地方，它们慢慢地绕着圈，显得犹豫不决。我一边看着，一边纳闷。这时闸门管理员走出控制室，来到我身边。他是我的老相识，寒暄以后，我问他鼠海豚要干什么，他是否经常看到它们。

不，不大常见。在狭道封闸的第二年夏天，有好几百头鲸从海上过来，其中有鼠海豚、大群的领航鲸，甚至有一些大鲸，还有数不清的鲱鱼和鲭鱼。当然，它们没有一个游得过去。大鲸转头回到了大海，而鼠海豚却一直坚持到8月份。它们来了又去，去了又来，每隔几天就回来看看路是否通了。有一天，当东闸门打开时，一群鼠海豚径直钻了进去。当时我还真有点不忍心将它们挡在这儿，但是如果我真这么干了，老板一定会大发雷霆。

在那之后很多年，它们都没有回来过。但是前几年，大约也有这么多的鼠海豚在这儿出现，也许是同一群吧。虽然我不知道它们在想什么，但它们似乎在等什么，它们现在不是也在等吗？"他停顿了一下，瞥了一眼下面的狭道，然后将目光移向那些堤道竣工后修建的正冒着浓烟的新工厂，说道："不管怎样，我希望那些开快艇的混蛋纨绔子弟们不要再去骚扰它们。去年，他们有一整个周末都在追逐它们，听说还开枪打死了几头，只是为了好玩。"

鼠海豚及其几个兄弟种类是否会再次在鲸之海中游弋，而不是以象征性的数量出现，仍然是一个悬而未决的问题。虽然人类对它们的直接杀戮已大大减少，但似乎正在以大规模地污染海洋的方式间接地、无意地伤害着它们。在新斯科舍和新布伦瑞克附近海中的鼠海豚体内，被发现有浓度极高的有毒化学物质，而且，这种伤害似乎还在一天天加剧。

白鲸

还有大量的其他几种小鲸也曾在鲸之海生活。其中最吸引人的是一种十七英尺（约五米）长、重达一吨的乳白色小鲸。它们特别喜欢群居，每个鲸群都有好几百头。人类可以很清楚地听到它们发出的声音，因此，早期的捕鲸者给它们取了一个绰号叫"海洋金丝雀"，现在大家都叫它们白鲸。

因为现在只有北极地区还生存着大量的白鲸，所以，它们被人们归类为北极物种。然而在过去，情况并非如此。当卡蒂埃1535年到达圣劳伦斯河上游河口时，他发现河里有"一种大家以前都从未见过的鱼……头和身子像雪一样白。这条河里有很多这样的鱼。印第安人告诉我们它们非常好吃"。1650年，皮埃尔·布歇发现从萨格奈河口一直到现在的蒙特利尔都有白鲸。"在塔杜萨克和魁北克之间，人们看见，白鲸异乎寻常地多，又长又大，它们在圣劳伦斯河中跳跃，从每头鲸身上至少可以炼出一桶油来。"尚普兰也对"河中大量的白鼠海豚"做了评论，还提到，它们的油品质非常好，能卖个好价钱。

他们的皮也很值钱，用白鲸皮可以制造出优质的摩洛哥皮革。因而，从1610年开始，法国殖民者捕杀白鲸的数量就越来越多。在新法兰西殖民地，捕杀白鲸是最受人们欢迎的特权之一。早期，在将圣劳伦斯河沿岸土地分封给贵族时，通常将捕捞几种鼠海豚的特权或者专有权利也包括在内，尤其是捕杀白鲸的专有权。

1710年，新法兰西的行政长官颁布一道特别法令，授予里韦耶尔韦勒（Rivière Ouelle）的六个庄园主捕捞白鲸的特权。在授予另一位在伊罗奎斯湾（Pointe aux Iroquois）的庄园主同样特权的法令中说：这是"国王陛下的旨意，需要在该地区尽可能多地建这类渔场"。人们满腔热情地服从国王的旨意，到18世纪中叶，在戴蒙特角（Pointe des Monts）和库德尔岛之间至少有八家捕杀白鲸的公司，每年杀死数千头白鲸。

从远古以来，圣劳伦斯河沿岸的印第安人就知道白鲸有一种能力，而科学家们直到20世纪末期才了解这一点。这就是白鲸利用回声进行定位，能够在漆黑的水中"看见"前进的路。史前的印第安人发现，通过干扰这种回声定位系统可以使白鲸迷失方向，很容易将它们捕杀。他们在库德尔岛非常有效地利用了这一点，在那里，成群的白鲸在涨潮时逆流而上，寻找它们的主要食物——钓饵鱼，在退潮时又返回下游。

涨潮时，一旦白鲸游到岛的西边，印第安人就划着小船来到周围浅滩上，插上一排排细细的、有弹性的棍子，每排间隔几英尺（约三米以内），稍稍倾斜一点，一直延伸到岸上。当潮水开始全速退却时，强大的水流使棍子产生振动，形成一道高频回声壁，使向东游动的白鲸明显地以为这是一处无法穿越的、危险的障碍。它们努力避开这个障碍物，有些白鲸就会向岛上游去，游进泥泞的低洼地很快变浅的水中。在这里，站在齐腰深的水里等的人们就会用鱼叉刺死它们。

这种独创性的方法使无数代印第安人获得了他们需要的肉和油。但对于法国人来说，通过这样的办法捕获的白鲸数量并不能使他们满意。他们需要一种可以大规模地屠杀白鲸的方法。沙勒瓦描述了18世纪20年代法国人发明的捕杀鼠海豚，尤其是白鲸的方法。

当潮水退却后，他们把结实的杆子插在泥沙中，杆子之间挨得很近，在杆头把渔网绑成袋状……一旦鲸进了网，就再也找不到出去的路了……涨潮时，它们追赶那些游向岸边的鲱鱼，因为那是它们非常喜欢的食物。随着潮水慢慢退尽，白鲸就会像囚犯一样被困在网中,你会看到它们陷入一片混乱之中,徒劳地挣扎着想要逃出去。总而言之,它们被潮水抛弃了。被困的白鲸数量之多,有时甚至会重叠在一起……有人证实,有的白鲸重达三千磅(约一千三百六十千克)。

正如我前面提到过的,大多数鲸类学家坚持认为白鲸是一种北极动物,而那些在圣劳伦斯湾中发现的白鲸可能只是"过去某个较冷时期的一小部分遗存"。事实上,圣劳伦斯湾中的白鲸原本是现存鲸种当中数量最多的种群之一,它们的栖息地并不仅仅在圣劳伦斯河口一带。1670年,乔斯林记录了在新英格兰地区出现的"海兔"和"逆戟鲸(虎鲸或者杀人鲸)一般大小,全身雪白,在布莱克波因特港(Blackpoint-Harbour)及该河的上游地区出现。我们从未捕到过一头,有些人朝它们开枪,但一无所获"。尼古拉斯·德尼斯提到,在布雷顿角岛和沙勒尔湾,也有白鲸。"靠近岸边的有两种,其中体型大一点的全身雪白,几乎有一头奶牛那么大……它们产油量大。"18世纪20年代,沙勒瓦也记录了他在"芬迪湾阿卡迪亚海岸看到很多白鲸",甚至在1876年,英国旅行家约翰·罗恩写道:"大量的白鲸来到(沙勒尔)湾……有人告诉我,这些鲸中有一种能产出价值一百美元的鲸油。"罗恩还报道说,它们也曾在布雷顿角岛出现过。米克马克人从古时候到十九世纪一直都在芬迪湾中捕杀白鲸以及其他鼠海豚;A. W. F. 班菲尔德博士认为,一直到20世纪70年代,芬迪湾中还有少量残余的白鲸,虽然这种观点有点令人怀疑。总之,很明显,白鲸曾经在鲸之海及其周围差不多每个地方都生活得很自在。

差不多到20世纪中期,在圣劳伦斯湾湾口西北岸以及往上至少到库德尔岛一带,大规模商业性捕杀白鲸的活动还没有长时间地中断过。结束捕杀白鲸的原因与以往一样令人遗憾,那就是剩下可供捕杀的白鲸数量不足,赚不到钱了。

在那段时间，捕杀白鲸能够赚钱是显而易见的。一直到19世纪70年代，在里韦耶尔韦勒的一次潮汐过后，就有五百头白鲸被渔网困住。接下来的二三十年，仅一个从1700年就开始营业的捕鲸加工站，平均每年都要捕杀加工一千五百头。然而到1900年时，捕杀能力已经远远超出河中的供应量，因此只有里韦耶尔韦勒和库德尔岛的一家加工厂还在继续营业。1927年，库德尔岛上的加工厂关闭，里韦耶尔韦勒的那一家一直运营到1944年。那时，即使在旺季也只能捕杀到几十头白鲸。

而最令人厌恶的是，在捕杀白鲸的最后那些年里，如果魁北克政府没有干预，白鲸捕捞业有可能提前十年终结，这样就能够有更多的白鲸存活下来，足够维持一个可以自然存活的种群。1932年，魁北克省开始以在该省水域内捕杀一头白鲸四十五美元的标准发放奖金（这在大萧条时期是一笔很大的数目）。进行这种血淋淋的慷慨奖励的公开理由是，据传白鲸正在对鲑鱼捕捞产业造成破坏。然而隐藏在背后的真正原因是向里韦耶尔韦勒的捕鲸公司提供补贴，使其能够继续经营几年。

因为在曾经有大量鲑鱼的地方，鲑鱼的数量确实是越来越稀少了，官方栽赃白鲸为罪魁祸首的说法使得大家都来捕杀白鲸。即使在停止奖励以后，商业捕鲸者、打鱼爱好者及其向导仍然在尽可能地继续枪杀白鲸，将其作为主业。1955年，一次对圣劳伦斯河北岸渔民的问卷调查显示，过去十年里，他们以白鲸是偷猎鲑鱼的害兽为借口，捕杀了大约两千头白鲸。1974年，生物学专业研究生让·劳林（Jean Laurin）研究圣劳伦斯湾中剩余的白鲸（他估计，当时还存活的不超过一千头），在幼鲸频繁出没的小海湾旁边的悬崖上观察时，碰到了猎枪手。幼鲸一露出水面，他们就进行随意射击。当劳林做出努力希望结束这种愚蠢的杀戮时，遭到了联邦和省当局的回绝，每一方都说另一方才有对此事的司法管辖权，从而拒绝采取任何行动来保护白鲸。

并不是所有的政府部门都如此卑鄙地对待白鲸。那些不熟悉马尼托巴省地形的人可能会感到奇怪，那里怎么会有一群白鲸。小群的白鲸曾经遍布在哈得孙湾西岸附近，两百多年来，它们遭到了哈得孙湾公司的商业捕杀。20世纪初，由于海产动物油贬值，白鲸捕捞行业也随之衰落。但是第二次世界大战以后，新型企业家又让白鲸捕捞焕发了生机。他们在丘吉尔河（Churchill River）河口发展起了一种十分赚钱的白鲸捕杀业务。这里是白鲸主要产崽地和抚育场。他们在这里把鲸宰杀以后，用火车把肉运到南边一千多英里（约一千六百千米）的大草原，当成水貂食物卖掉。从1949年到1960年，丘吉尔河边的加工厂共加工处理了五千多头白鲸，此外还有差不多同样数量的白鲸被杀，但它们要么没有被打捞起来，要么就是因为这些小型食品罐头厂无法处理而将其扔掉了。

在20世纪50年代，我先后三次目睹了这种血腥的屠杀。由弦外发动机驱动、猎手们操纵的大型运货船，大多数还装备了老式.303口径线膛炮，在几百头白鲸栖息的河口浅水区往来穿梭，向它们射出无情的炮弹。根据季节不同，射击的目标包括怀孕的母鲸、正在哺乳的母鲸和鲸崽。如果一发炮弹很快就对白鲸造成了致命伤，枪手们就用鱼叉将其叉住，拖到岸边。如果白鲸只是受了点轻伤，通常就会逃掉。由于可射杀的目标太多，枪手们很少浪费时间和精力去追赶受伤的白鲸。

有一次，我看见两条小船上的三个枪手向一群大约有三十头的密集的白鲸群至少发射了六十发炮弹。这群白鲸事先被赶进了浅水区，完全不能潜入水下。虽然这是一次近距离的连续射击，却也只捞起两具鲸尸。

20世纪60年代初，水貂饲料市场垮掉，其原因将在本章后面提及。但是丘吉尔河上的捕鲸者们一点都不气馁，开始将鲸厚实的内皮制成罐头，当作一种外国风味的点心出售给那些负责制作鸡尾酒会蜜蜂巧克力外皮的人们。1970年，人们发现哈得孙湾中的白鲸遭到严重的汞污染，不适合人类食用，这种恶行才结束。汞污染是那些流入哈得孙湾的河流沿岸的采矿场和纸浆厂造成的。可是，丘吉尔河上的捕鲸者们仍然没有泄气，又寻找其他途径从捕鲸中获利。其中之一就是将白鲸的外皮用作制造高级时装的皮革。但到目前为止，最令人震惊的创新之举则是试图把白鲸作为促进北方旅游业的主要工具——不是将白鲸作为一种供游客观赏的动物，而是将其作为打猎爱好者的靶子。

1973年，我收到一份制作精美、配有插图的广告传单，上面极力宣扬从射杀白鲸过程中能获得快感——惊险刺激的追逐，捕杀两吨重的海上怪兽，充满了冒险和兴奋。我立即火速赶往马尼托巴省省长办公室，面见省长爱德华·施赖尔（Edward Schreyer）。我跟他讲了这样的事情，他承诺立即调查。不久以后，他领导的新民主党政府禁止在马尼托巴省水域捕杀白鲸，无论是商业性的还是娱乐性的。尽管加拿大联邦政府宣称对所有海洋哺乳动物拥有司法管辖权，从而拒绝承认这一禁令；尽管这一禁令在省内被谴责是对企业经营自由的无理干涉，但是马尼托巴省政府还是单方面做出了禁捕的决定。

施赖尔开明的行动使白鲸和丘吉尔河流域的人民都受益。自1973年以来，丘吉尔河流域附近的白鲸数量不断增加，每年夏天都有数百位自然界爱好者来这里旅游，观赏活生生的"海上金丝雀"。越来越多的当地居民和商家从这种新途径中赚得盆满钵满，比以往丘吉尔港被鲸血染红的那些年多得多。

但是，圣劳伦斯湾中的白鲸却没有这么美满的结局。1973年夏，两名杰出女性——莱昂内·皮帕德（Leone Pippard）和希瑟·马尔科姆（Heather Malcolm）志愿帮助约拿行动，试图拯救加拿大水域中仅存的各种鲸。皮帕德和马尔科姆承担起研究圣劳伦斯湾中的白鲸的工作，以获取数据，从而发起保护白鲸的运动。为了达到这个目的，好几个夏天她们都住在萨格奈河口附近的一辆野营车中，将睡觉以外的时间都用来观察鲸，可是她们的努力却遭到某些空谈理论的科学家嘲笑。皮帕德回忆道：其中有一位科学家，"当我们告诉他，我们要在此研究白鲸后，他当面嘲笑我们，说如果我们回家，每人生六个孩子，学到的东西会更多"。

一位老人告诉皮帕德，他在年轻的时候，鲸的数量"和圣劳伦斯河的浪花一样多"。尽管有很多证据表明从前白鲸的数量很多，但到1975年时，似乎很难找到这种研究证据了。当这两位女性进行普查时，她们失望地发现还活着的白鲸已不到三百五十头，而且它们的数量仍在逐年减少。皮帕德向联邦政府发起设立的加拿大濒危野生动物状况委员会（Committee on the Status of Endangered Wildlife in Canada）递交了一份报告，并于1983年6月，满意地看到该报告被接受。与此同时，从1979年起，圣劳伦斯河中幸存的白鲸得到了名义上的保护。但是无论在当时，还是现在，这种保护的效果都令人怀疑。

在很长一段时间内，人们拒绝对这个惨遭蹂躏后可怜的幸存者给予帮助。当我试图找出原因时，我得到的官方答复令人心寒而又发人深省："一个已经灭绝的种群无论如何都没有实际价值，它的灭绝不会给我们带来问题，也不会给人们造成痛苦。而且，这种物种灭绝后空出来的生态位通常会被另一种有利于人类福祉和繁荣的物种填补。"

当然，对于圣劳伦斯湾中白鲸最终能否生存下来，联邦渔业海洋部似乎并没有过于乐观。该部目前预测"以现在减少的速度，圣劳伦斯湾中的白鲸将会在两年内消失"。人们不禁会想，渔业海洋部更愿意哪一种物种来填补这个空缺出来的生态位呢？

一角鲸

一角鲸（Narwhal）是白鲸在北极和亚北极海域的亲密伙伴，以雄性一角鲸脑袋上一根特别长的牙而闻名，因此被称为"海上独角兽"。直到19世纪60年代，因纽特人还经常看见一角鲸，有时候，他们甚至还在南至拉布拉多中部海域捕杀一角鲸。但从此以后，一角鲸就从那片海域消失了，它们的遭遇同其他受到威胁的小鲸种一样悲惨。在欧洲北极地区，它们曾经是很常见的，现在已彻底灭绝了，只出现在格陵兰岛西部海域和加拿大东部北极地区。在这些地方，它们遭到当地猎人的残酷掠夺（主要是为了得到它们的长牙，古董收藏家和东方国家的药剂师出价每磅五十美元进行收购），有人认为其现存数量不足两万头，并在逐渐减少到无法恢复元气的不归路上渐行渐远。

瓶鼻鲸

这是小鲸种里最引人注目，同时又是最不为人所知的一种。它是一种深海动物，其西部族群在新斯科舍和新英格兰海岸附近过冬，然后迁徙越过大浅滩，夏天在远至北方冰原的边缘地带度过。通常情况下，它们生活在人类视线之外，直到大约一个世纪以前，它们还没受到人类的骚扰。由于一些现在已被遗忘的原因，它们的第一批人类敌人——19世纪的英国捕鲸者，给它们取名切尼·约翰鲸（Chaney John）。今天，我们知道它们有一个不怎么可爱的名字——瓶鼻鲸。

瓶鼻鲸是一种齿鲸，与鼠海豚和海豚同属一科，但它能长到三十五英尺（约十米）长，八吨重，其食物主要是深海鱿鱼。它非常强壮、精力充沛，可能是世界上潜水能力最好的哺乳动物。有记录表明，曾经有一头约翰鲸被鱼叉刺中后，几乎是垂直下潜，将鱼叉上的绳子拖出了四分之三英里（约一千二百米）长，两小时后，在差不多同一地点浮出水面，仍然生龙活虎。

夏季，尽管瓶鼻鲸在北方海域中大量存在，但在19世纪70年代鱼叉枪出现以前，它对捕鲸者来说，几乎没有价值，它既难以捕杀，而且下沉得很深。然而，它还是有一点点经济效益的，弗里乔夫·南森（Fridtjof Nansen）在格陵兰岛东部海岸附近巡航时的亲眼所见就是佐证。

我们看到很多瓶鼻鲸，通常它们静静地漂浮在船头前面或者船尾后面，或者成群地在船底下钻来钻去，然后又围着船游动，从各个角度打量我们。

我很遗憾地说，我们好几次试图用高速猎枪射杀它们，但它们却并不理会，然后我们决定集中火力齐射。

三头瓶鼻鲸在船后方朝我们径直游过来，其中一头在离船二十码（约十八米）的地方停了下来，一动不动地浮在水面。枪手们并排站在船尾甲板上，数到"三"时一齐朝它连续射击。但是那头鲸把尾巴高高地竖起，用力地拍打水面，然后就下潜消失了。被子弹打下来的一些脂肪漂在海面上，海鸥们很喜欢。

显然，那头鲸对我们的子弹并不怎么担心。我们后来看到它仍然勇敢地和其他鲸一起游动。无论它游到哪里，海鸥就在哪里聚集。毫无疑问，海鸥们在那里发现了鲸带血的脂肪。我们是通过这一点才确认是同一头鲸的。

船长建议放下一条小船，看看我们能接近它们到哪种程度。于是，我们放下小船，朝两头躺着一动不动的鲸划去。我们可以靠得很近，几乎用桨就可以碰到它们。突然，它们扬起尾巴又重重地拍在水面上，溅起的水花淋湿了我们的小船，它们消失不见了。不久，它们又浮出水面，靠近我们，绕着小船游来游去，从各个角度仔细地观察我们。然后它们歪着身子躺在水面下，瞪着小眼睛看着我们。

有一次，船长用钩具钩住了一头鲸的尾巴，它翘起尾巴，又猛地放下，然后潜入水中。我们向前划一点，它们就跟着游一点，六头鲸在我们船边，一会儿在前，一会儿在后，总是离我们很近。非常明显，它们对我们也极为好奇。

不可否认，我们真希望有一种工具能将这些大家伙拴住，否则它们一定会像拉车的马一样狂奔不止。马库森（Markussen）就给我们讲过他的经历,他曾经在"海盗号"(Viking)上拴住过一头这样的鲸。

"我不忍心看着船周围的这些鲸脂在海上年复一年地无人问津。"他说道,"噢,有一天天气晴朗,我看到周围有很多瓶鼻鲸。于是,我在小船上装配上鱼叉,又拿了三条捕鲸索以备万全……噢,我们很快就遇到一头漂亮的鲸,在船的正前方露出水面。当我将鱼叉刺进它身体的时候,它使劲地拍打水面,然后沉入水下,绳子被很快地拖出去,甚至可以闻到绳子烧焦的味道……第一根绳子被拖完了,很快,第二根绳子也被拖完了,然后第三根,速度和前两根一样快。"

"第三根绳子拉完后,它将小船往水下拉,一刻也不停,船开始下沉,我们在水里挣扎。"

"船上的人拼命叫喊,他们不会游泳。我告诉他们安静下来,给他们每人一支桨,让他们抓住不放。"

"幸运的是,'织女号'(Vega)上有汽船,马上开过来把我们拖了上去。"

"但是,这头鲸很难对付,总是待在水下。尽管海水很清澈,我们整天都在瞭望台上仔细观察,希望看到我们的船。但是,船和鲸都看不见了。它肯定不会再出现在我们面前。"

"丢失这么好的一条船,我感到很心痛。"

"好吧,我不会再用另一条船去冒险,但我想,仇肯定是要报的。第二年,我带了一些装石油的空桶,把三个这样的桶绑在三根新的捕鲸索上,放在船底备用。"

"然后,我们又出海了。我刺中了一头鲸,它以同样的方式潜入水下。第一根绳子拉完时,我们将第一个桶扔到海上,但它还是像之前一样立马将桶拉到水下。接着,第二根绳子也被拖出去了,我们又把第二个桶扔下去,但它跟第一个桶一样沉入水中,很快地消失了。同时,第三根绳子同样被快速地拖出去,好像我们根本没有用桶似的。"

"最后,我们将第三个桶也扔下去了。但是,我敢赌上性命,它也会和前两个桶一样,飞快地沉入水里。就这样,我们失去了鲸、捕鲸索和油桶,再也没见着它们。这头鲸再也没有在我们的视线所及的范围内出现过。"

"谁会想到这头鲸有这么大的劲呢?总之,在那之后,我放弃找它了。"

大约在1877年,瓶鼻鲸几乎绝迹了。一些在西北鲸场捕鲸的苏格兰人开始使用炸弹矛和手榴弹来捕杀瓶鼻鲸。如南森发现的那样,它们的友好和好奇心使他们成为很容易捕杀的对象。而且,它们的家庭观念很强,不会抛弃鲸群中任何一头受伤的成员。第一个捕杀瓶鼻鲸的苏格兰人——戴维·格雷(David Gray)船长这样说:

它们喜欢群居,四到十头组成一群,我们经常同时看到很多群。成年雄鲸经常结成一群,但是有时也能看到幼年雄鲸、雌鲸、鲸崽和领头的老龄雄鲸在一起。

它们毫无戒心,游到离船很近的位置,在周围和船下面游动,直到好奇心被满足为止。只要受伤的同伴还活着,它们就不会将其抛弃;但如果它死了,则会立即弃之而去。如果在最先被攻击的鲸死掉之前,我们能再刺中一头鲸,通常我们就能捕获整个鲸群,即使在失去对它们的控制之前,一般也能捕获十头,有一次是十五头。

1882年,格雷指挥邓迪捕鲸船"日食号"(*Eclipse*)在拉布拉多北部海域杀死了二百零三头瓶鼻鲸。此后,它们越来越受到追捧,成为疯狂追捕的目标，尤其是刚刚装备了斯文·福恩发明的能发射鱼叉的捕鲸炮的挪威捕鲸船。到1891年，七十艘挪威捕鲸船在猎杀它们。此后一直到20世纪初，挪威人平均每年捕捞上岸的就有两千头，而被刺中后丢失的更多。这种累积的破坏如此巨大，以致到1920年，捕鲸者们只能找到和捕杀两百至三百头。至此，由于回报不足，这种捕鱼业就被放弃了。

瓶鼻鲸之所以没有被彻底灭绝，是因为为数不多的幸存者分散栖息在辽阔的海洋里，使捕鲸者再也找不到值得捕杀的数量了。然而，瓶鼻鲸却能够找到彼此。在接下来的半个世纪里，它们的数量开始增长。如果给它们足够的时间，它们的数量最终可能会恢复到以前水平，但这是不可能的。

正如我们在前面看到的，20世纪二三十年代，挪威捕鲸者将其有致命性破坏力的注意力转向南极地区，在那里大量屠杀大型鲸。然而，随着血腥的屠杀到达顶峰，又因为可捕杀的大型鲸匮乏而开始衰落时，越来越多的挪威人回到离家更近的海域捕杀"二线"鲸。虽然小须鲸是他们的主要目标，但是效率高得惊人的挪威人发现，在西部海域又出现了一些瓶鼻鲸可以捕杀，于是也开始捕杀瓶鼻鲸。第二次世界大战并没有使挪威人的捕鲸活动停止，而是在德国人的庇护下仍在继续，但是他们将其活动限制在了挪威附近海域。因此，作为深海鲸类的瓶鼻鲸遭到捕杀的并不多。可是，当战争结束时，挪威的捕鲸船又向深海进军。

挪威人装备了新一代速度极快、效率极高的小型捕鲸船后，首先将死亡和破坏带到苏格兰海域，然后向西到法罗群岛（Faeroes）、冰岛、格陵兰岛和美洲的东北航线，一路上继续蹂躏着寥寥无几的瓶鼻鲸群。

1962年，我登上了苏格兰北部瑟索港（Thurso）一艘挪威人的小捕鲸船。船长，同时也是这艘七十英尺（约二十一米）长的捕鲸船的枪手，兴奋地向我解释了他的生意的本质。

我们的船就是一个肉铺，你可以这样叫它。我们装好必备的物品，从卑尔根出发，一直向西，直到发现有鲸。小须鲸是最好的，瓶鼻鲸其次，但如果我们捕杀不到足够的数量，还有逆戟鲸和领航鲸。

我们用精良的五十毫米口径炮击中鲸后，就把它拖到船边。如果个头不大，就把它拖上甲板；如果很大，就用吊索将其捆住，使之保持平稳，然后小伙子们穿着防滑的靴子，拿着切刀，跳进水中。你知道的，我们的冷藏室不大，因而，我们只砍下主要的肉块：肉排，里脊，还有可以烧烤的肉。其余的呢？鲨鱼也要吃晚餐的吧。

我又询问了一下鲸肉的市场情况，得知小须鲸在挪威能卖出很好的价钱。有些挪威人喜欢鲸肉胜过牛肉，但是瓶鼻鲸的肉只适合做宠物食品。当捕获量超过国内市场的需求时，就把冷冻的鲸肉运往贪得无厌的日本市场。

与第一轮相比，瓶鼻鲸遭到的第二轮破坏相对要轻一些，只是因为可以捕杀的数量少了很多。然而，这一轮捕杀却更彻底，导致北大西洋中的瓶鼻鲸几近灭绝。1962年到1967年间，卡尔·卡尔森的捕鲸船队在新斯科舍的布兰福德海面杀死八十七头瓶鼻鲸。但是在该公司后面继续营业的五年里，一头也没见到。1969年到1971年，挪威远洋捕鲸船队在加拿大大西洋海岸附近搜寻，主要目标是小须鲸，附带杀死了大约四百头瓶鼻鲸。但是到1972年，他们就只能找到和捕杀十七头了，随后很多年，一头也没找到。

根据一位加拿大鲸类学家的观点，1977年后，按照国际捕鲸委员会的规定，尽管北大西洋瓶鼻鲸享有"临时受保护的地位"，瓶鼻鲸仍然逃脱不了注定成为继北大西洋灰鲸之后，第二个遭人类毒手而灭绝的鲸种。

小须鲸

鲸类学家和渔业管理专家把包括瓶鼻鲸、逆戟鲸、领航鲸和小须鲸在内的四种鲸幽默地称为"小鲸四重奏"。挪威捕鲸者是这四种鲸的主要掠夺者，小须鲸无论是过去还是现在，都是他们最重要的掠夺对象。

应该记住的是，三十英尺（约九米）长、十吨重的小须鲸是须鲸科中体型最小的成员。研究鲸的科学家在小须鲸的数量问题上是出了名的保守派，他们直到20世纪50年代才承认，栖息在南方海洋中的小须鲸超过二十五万头，在北大西洋中有超过十万头。因为它体型小，所以在第二次世界大战之前，小须鲸遭到商业性捕杀的程度非常轻微。但当人类结束了相互屠杀之后，就轮到小须鲸遭殃了。

1946年，一群挪威商人来到纽芬兰，提议在那里发展小鲸种捕捞业。他们的提议受到了热烈欢迎，一年之内就在特里尼蒂湾（Trinity Bay）南迪尔多村（South Dildo）建起了一家现代化的加工厂——北极渔业（Arctic Fisheries）。特里尼蒂湾是纽芬兰的一个主要海湾，几百年来，以大量的鲸栖息于此而闻名于世。加工厂配备了两艘现代化的屠鲸船，主要生产人造黄油所需的海产动物油，以及销往欧洲和日本的冻肉。在后来很多年里，北极渔业成了日本人的子公司，最初主要捕杀小鲸，同时也捕杀大鲸。虽然逆戟鲸和瓶鼻鲸稀少，但是大量的小须鲸和领航鲸弥补了这一不足。由于小须鲸比领航鲸更大，因而更值钱，所以是屠鲸船的首选目标。

1947年到1972年间，该公司只加工了一千多头小须鲸。然而，尽管南迪尔多村的公司以捕杀小鲸为主，其杀戮的小鲸数量也只是全世界的九牛一毛。1953年到1957年，挪威人在北大西洋捕杀小须鲸一万六千头。之后，年捕获量开始下降，到1975年，仅捕杀到一千八百头。随着北大西洋东部最后一批残存的小须鲸被拖上加工船油腻的甲板，年捕获量还在继续下降。

虽然要估算出被杀死的小须鲸总量有点困难，但是，众所周知挪威捕鲸船的损失率是百分之二十，结合1939年到1975年有报道的捕捞上岸总数大约是七万五千头，那么可以算出，到现在为止，北大西洋中小须鲸的死亡总数一定远远超过十万头。

在现代的小须鲸屠杀场，北大西洋并不是唯一引人注意的地方。1969年，南极的远洋捕鲸船队开始捕杀小须鲸，以取代当时在南方海域中已基本灭绝的大鲸种。在随后三年里，挪威、日本和苏联的南极加工船一共加工了近两万头小须鲸。这是在遥远的南方，最后一次狂欢的开始。当这场捕杀快结束时，南极地区的捕杀很快就会结束，不是别的原因，而是因为缺乏可捕杀的鲸，那片冰冷而遥远的海洋将重归安宁，但这只是死去的和逃离的鲸的安宁而已。

鲸之海中的商业性屠杀终于结束了。对于那些执着的观鲸人士来说，在适当的地点、适当的季节，有可能在鲸之海中看见几头最后幸存的小须鲸。如果我们人类能够克制自己，不再攻击它们，那么小须鲸仍然有可能逃出灭绝的漩涡。

领航鲸

大约在1592年，一位名叫皮特鲁斯·普兰修斯（Petrus Plancius）的制图师绘制了一幅新法兰西和新大陆的地图。与当时的许多地图一样，这幅地图上画有一些人们生活片段的插图，其中一幅详细而生动地描绘了人们在纽芬兰东部海岸捕鲸的场景。

这幅插图的背景是一个深水湾，前景中满是小船，每条船上有两个人。这支小船队刚刚将一群小鲸赶到微微倾斜的海滩上，有几个船员用捕鲸矛一样的标枪攻击已搁浅的鲸，岸上的人们在忙着割取鲸脂。远处，一家鲸油提炼厂向空中喷出一股巨大的黑烟。这些鲸，同那些船差不多大小，前额突出。根据其尺寸和环境，只能认为它们是领航鲸。这幅插图，稍作修改，同样可以很好地体现几千年以前或者是20世纪50年代的捕鲸场面。

光滑黝黑的领航鲸是群居动物，一个部落里各种年龄、不同性别的几百头聚在一起生活。它们能长到二十英尺（约六米）长，两三吨重，长着漂亮的鸽灰色喉斑，前鳍长且灵活，前额突出，大小同西瓜一般，像是装满了油一样。这种独特却不漂亮的特征是它们回声定位系统的一部分，给它们带来了一个不太高雅的名字——巨头鲸，尤其在纽芬兰，这个名字非常流行。

领航鲸的主要食物是一种很小的、成群的、数量多得难以想象的枪乌贼。这些小枪乌贼一年中大多数时候都生活在远离海岸的深海里。领航鲸就在深海里追赶它们，潜入漆黑的水下，下潜深度和瓶鼻鲸不相上下。然而，在夏季期间，枪乌贼会游向岸边交配、产卵，它们会径直游到海滩上，有时甚至会进入咸水潟湖和淡水溪流。领航鲸会无所畏惧地追赶它们，因而使自己面临搁浅的危险。

当小鲸追赶枪乌贼进入浑浊阴暗的浅水滩时，经常会发生意外的搁浅。也许是因为疾病，也许是因为某种身体缺陷，有时领头的鲸无法运用它的回声感知系统，成了聋子和瞎子，从而搁浅。一头搁浅的鲸通常无力自救，领航鲸也不例外。其他的成员，已习惯于跟随它们的"领航员"，或者是为了帮助困境中的同伴脱险，常常一哄而上。在一片混乱中，整个部落全部搁浅。如果涨潮，或者海浪足够高，有一些可能会逃出来，否则，它们就只有死路一条。

在史前时代，这种意外对岸边的食腐动物，包括人类在内，一定是非常有好处的。最终，我们的祖先意识到，他们不必被动地等待神的恩赐，而是可以主动设法让这类事故经常发生。于是，赶鲸就出现了。

当领航鲸群追赶枪乌贼进入北欧的峡湾或者如同死胡同一般的海湾后，大批皮筏子或独木舟就会从岸边蜂拥而出，试图挡住鲸的逃生之路。人们敲打着空心的圆木，大声地尖叫，用船桨敲打船舷，用力地将海水搅出泡沫。后来，人们又使用号角和铃铛。

制造这种喧闹声的目的是使鲸惊慌失措，不顾一切地向岸边逃去；同时，这种噪音还会干扰它们精密的声呐感应能力，从而无法察觉前面浅滩带来的危险，等察觉到时，为时已晚，无法回头。一旦被驱赶的鲸在浅滩里无助地翻滚，这些小船就会冲上去，猎手们野蛮地用鱼叉、捕鲸矛，甚至剑刺，让尽可能多的鲸动弹不得。

欧洲人捕杀北美领航鲸可能始于16世纪早期，到了皮特鲁斯·普兰修斯生活的那个时代，在地图上证明此事已变得十分重要。到18世纪，在纽芬兰东北海岸边的深水湾中，以及其他南至科德角一带适合赶鲸的地方，渔民们已将赶鲸作为一项传统的季节性职业。有些纽芬兰人还找到了一个赚取额外利润的办法，他们用巨头鲸的鲸油替代更值钱的海豹油，卖给贪婪的圣约翰斯商人。这是一个骗子反被骗的经典案例。

如果这种赶鲸的规模小，仅限于当地人，那么对于仅在纽芬兰海域就聚集了六万头左右的鲸而言，它们的种群数量就不会受到威胁。除了19世纪80年代，在科德角海滩每个季节中赶鲸捕杀达两千头以外，直到20世纪中期，在整个东北航线海域，年捕杀量似乎很少超过两千头。即使到了后来挪威人捕杀小鲸的初期，也没有使领航鲸遭受大的损失，因为挪威人只有在附近没有比它更好的鲸可捕杀时，才会屠杀领航鲸。

但是，在20世纪50年代，一切都变了。

人们将记住，纽芬兰于1949年加入加拿大。约瑟夫·斯莫尔伍德（Joseph Smallwood）宣称自己为此事立下了汗马功劳，并成为加拿大这第十个省的首任总理。他曾经是一个劳工组织者，在1950年，摇身一变成为一个企业资本主义的信仰者。斯莫尔伍德决心使纽芬兰工业化，为此，他派出使者，带着财政支持、免费使用土地、税收优惠以及其他凡是能够说服或吸引新企业来纽芬兰投资的诱人条件，跑遍了西方世界。也许其中一个最诱人的条件就是可以不受限制地开发纽芬兰的自然资源。

在那些带着从建造机枪兵工厂到建造避孕套工厂计划来到纽芬兰的商人中间，有一位大陆水貂农场主的代表。他向斯莫尔伍德解释说，水貂养殖的主要基地在西部几个省份，那里气候适宜，又能获得廉价的野马肉，因而利润丰厚，但当时正面临困难。他说，野马几乎全都变成了水貂的饲料，农场主们不得不高价购买从丘吉尔河运过来的白鲸肉。他建议将水貂产业迁至纽芬兰，使该省成为世界高级皮毛生产中心。

斯莫尔伍德对这个主意非常满意，肯定它比建设避孕套工厂更有魅力。当他询问来客有什么要求时，对方告诉他，只要纽芬兰支付农场主东迁的费用，免费提供土地，为修建养殖场提供补贴，并保障水貂养殖所需肉类的无限度供应，这些就足够了。虽然斯莫尔伍德很乐意默许这些条件，但他对肉类的供应多少有些不确定：肉从哪儿来呢？这位代表说："噢，从领航鲸身上去取，这是一种在目前来说对大家都没有益处、没有为加拿大赚到一分钱的动物。"

"太棒了！"斯莫尔伍德说，"那就把水貂带来。"

由于纽芬兰已成为加拿大的一部分，它的海洋资源属于联邦政府的管辖范围，因此必须征求渥太华方面的意见。联邦渔业部热情地接受了这项提议，同时还委派该部的科技专家评估领航鲸的"库存量"，并起草一个"收割"领航鲸的管理办法。

一切都进行得很顺利。唯一的问题就是如何最有效地"收割"这些鲸。"令人高兴"的是，迪尔多鲸加工厂的老板们在这方面非常配合。

他们创造性地将老办法和新技术结合在一起。当给北极渔业供货的三艘捕鲸船没有出去捕杀座头鲸、长须鲸、大须鲸和小须鲸的时候，他们利用这个空闲时段去到离迪尔多三十英里（约四十八千米）远的特里尼蒂湾，搜索那里的领航鲸群，有时候可以发现七八群。通过熟练地使用水下超声波发射器，加上发动机和螺旋桨震耳欲聋的噪音，使鲸产生混乱并感到恐惧，然后捕鲸船就能将领航鲸群赶往特里尼蒂湾的尽头。

在新港（New Harbour）、查珀尔阿姆（Chapel Arm）和老肖普

（Old Shop）的出口附近，他们选定了三个屠鲸的海滩。接到赶鲸开始的信号后，这些地方的渔民们就会驾着各式各样的捕鲸小艇、动力小平底船、延绳钓船以及尾部挂着发动机的运动艇，在海上等候。通过无线电联系，大家随时了解赶鲸的进展。当捕鲸船刀刃般的船头在浮着泡沫的海水中进入人们的视野后，渔民们和岸上的人们都做好了迎接这些领航鲸的准备。此时，这群被驱赶的领航鲸完全迷失了方向，好像一群筋疲力尽的乌合之众，毫无主意，惊慌地逃窜。

在离选定的海滩一英里（约一点六千米）处，捕鲸船将赶拢的鲸群"交付"给渔民们，此时，他们的渔船像"击球手"一样，已在鲸群身后围成了一排曲线。用一位受雇于联邦渔业部，为其撰写宣传材料的记者的话来说："恐怕这是捕杀过程中最刺激的一个阶段，也肯定是最嘈杂的时候。船员们在巨头鲸前后穿梭，敲鼓、用船桨打水、扔石块、大声喊叫，制造出巨大的噪音，而敞开的排气马达断断续续的噪音则压倒了一切声音……鲸群继续被赶往海滩边的浅水中，拼命挣扎的鲸搅起的泥浆让人睁不开眼睛……鲸最后被捕鲸矛刺死。"

这种捕杀并不像描述的那样干净利落。有的鲸可能被十多岁的男孩们用绑在棍子上的刀刺上几十次。对海滩上那些浑身溅满鲜血的屠夫们来说，有时发现正在被他们大卸八块的鲸居然还活着，一点也不会感到惊奇。这些被捕杀的鲸因为自身体重几乎完全无法动弹，当切刀割开它们的肉时，它们只能痛苦地收缩尾部。

而更加残忍的做法是将活鲸留在海滩上。当太多的鲸搁浅、被困在那里，而剥鲸者又无法及时处理时，就用拖拉机或者马队将它们拉出潮汐的最高线，"让它们活着"，然后把它们晾在那里。如果天气凉爽或是阴天，它们可能苟延残喘三四天，在屠夫们终于抽出时间来处理它们之前，慢慢地死去。

1951年夏天，也就是新式捕鲸的第一季，捕鲸取得了巨大的成功。虽然当时纽芬兰只建了两个水貂养殖场，而且没有冷冻或者肉类储存设备，但并没有对这次的成功有影响。到夏天结束时，至少有三千一百头领航鲸在迪尔多附近的沙滩上被屠杀，其中大多数都腐烂了。仅从不到一百头的鲸尸上取了肉，甚至连这些肉的大部分，在被用作水貂食物之前就已经变质了。

这个巨大的屠宰场中能完全被利用的东西，就是领航鲸头上圆形隆起部位里的几百加仑轻质黏性油。这种油即使在温差范围很大的情况下也很稳定，同抹香鲸的油一样，被用作精密仪器和制导导弹及弹道导弹的润滑剂，价格非常昂贵。

到1955年时，情况有所改观。修建了可以储存鲸肉的冷冻厂，用渔网安装了浮式"畜栏"，因此，每次赶鲸后来不及处理的鲸可以在"畜栏"活到"被拖上岸，在生产线进行处理"为止，这样做，至少减少了浪费。但是，杀戮的规模并没有降低，而且还在逐年增加。到1956年，仅一个季节就捕杀了一万头，令人震惊。

现在，水貂产业正蓬勃发展，利润丰厚，连纽芬兰省长本人都成了一个养殖场的股东。文明世界中所有时尚而富有的女人们都穿上了由纽芬兰变种水貂皮制成的最新款颜色柔和淡雅的貂皮大衣。不幸的是，即使养殖场在扩大规模飞速发展，它们也无法完全消化被捕杀的领航鲸。尽管如此，由于领航鲸鲸油产量得以增加，这种过度屠杀也被认为是合理的。

看起来领航鲸似乎在人类的生活中有了自己的位置和价值。然而，情况开始变坏，1957年捕杀了七千八百头，之后，领航鲸群的数量莫名其妙地减少了，到1964年，只捕捞到三千头。可是，据渔业部的专家说，这种下降只是表面现象，实际情况并不是这样的。他们解释说，这种下降可能不是由于过度捕杀造成的，而是由于"水文因素的改变"导致领航鲸的主要食物枪乌贼暂时改变了迁徙模式。专家们预测枪乌贼很快就会回来，并且会把领航鲸也带回来。同时，他们还建议用小须鲸肉来饲养水貂。人们调侃道，这个文字游戏很有趣[1]，值得把它发表在古板的专门研究人口动态的研究简报上。

在后来的某个时候，枪乌贼果然回来了（其实它的迁徙是周期性的），但是，大规模的领航鲸群却没有回来。它们回不来了，因为它们已经被杀光了。仅仅十年间，就有超过四万八千头死在了特里尼蒂湾的海滩上。人们不禁会想，有了这个数字，渔业部的管理专家和科学顾问们一定会得出一个合乎逻辑的结论，立即叫停屠杀还为时未晚。但事实上，他们并没有这样做，令人费解。

1967年，总共有七百三十九头领航鲸被杀死，到1971年，下降到六头！

到此时为止，曾经使纽芬兰海域，以及（在迁徙过程中经过的）南至科德角的海洋充满生机和活力的领航鲸类实际上已经灭绝了。这不是偶然事件或者计算误差，而是人们以现代社会所谓的最神圣的标志——以粗俗的利润的名义进行的蓄意谋杀。

在这场令人胆寒的大规模屠杀行动中，甚至没有一个人受到指责，也许是因为这种事情发生在世界上更"先进"的国家的缘故吧。在这些国家，这类罪行很容易被经济决定论合理化。然而，可以肯定地说，如果是一个新兴非洲国家仅仅为了向奢侈品贸易提供象牙而屠杀六万头大象，这种行为将会被视为野蛮的暴行，遭到强烈谴责。

补充一点，以为后记。由于艾伯塔省的野马、丘吉尔河的白鲸和纽芬兰的领航鲸被捕杀殆尽，对此负有责任的水貂养殖业主们再一次面临不能维持足够利润水平的困境。他们一度用小须鲸肉饲养水貂，但随着小须鲸的灭绝，又缺乏其他可利用的哺乳动物替代品，他们不得不用鱼充当水貂的饲料。这样的食物养出来的水貂毛皮质量满足不了眼光挑剔的妇女们对优质毛皮的需求。因此，纽芬兰巨大的水貂产业泡沫破裂

---

[1] 水貂（mink）和小须鲸（minke）在发音和拼写上有细微的不同。——译者注

了,是被毫无节制的贪婪欲望刺破的。

就这样,人们根据各种鲸的经济价值,从最大到最小,将其一个一个地捕杀完了,将鲸之海变成了屠杀之海。几种鲸类动物在被人类贪婪欲望驱使的放纵屠杀中灭绝了,故事也就结束了。

尽管残存的鲸数量已不多,不再具有任何重要的商业价值,屠鲸的热潮也渐渐退去,但是,由于人类本性存在,即便是分布广泛、零零散散的幸存者,也逃脱不了人类贪婪的掠夺,除非它们得到全世界的保护。

无疑,这是人类为自身犯下的罪行进行赎罪时所能做的最起码的事。

毫无疑问,这种罪行是邪恶的。

第五篇

鳍足目

哺乳动物中有两个庞大的家族以海洋为家。鲸是一个，另一个我称之为鳍足目。这个家族的成员包括海豹、海象以及其他后肢已退化成鳍状的哺乳动物。同鲸相比，鳍足目是海洋世界的后来者。然而，它们在大海里生活的时间，比起有记载以来人类生存于地球上的时间，要漫长得多。

长期以来，人类对鳍足目动物的了解，要比对鲸的了解多得多。这主要是鳍足目动物的大多数成员与在陆地上生活的人类保持着密切的联系。我们给它们取的名字足以证明人类对它们的熟悉和了解，举几个例子：海马、海牛、海狼、海象、海狮等。

当欧洲第一批冒险家航行到通往新大陆的西北航线时，他们发现海里到处都是鳍足目动物。它们包括五个主要的种类，其中之一就是巨大的海象。另外两类是灰海豹和斑海豹。这两类总是成群结队，生活在各海岸边，在海滩和岛上繁衍后代，成了那里的"永久居民"。剩下的两类是竖琴海豹和冠海豹。这两类一直生活在与众不同的环境里面。夏天，它们在极北地区的海洋里游弋，从冬天到春天，它们大量地聚集在圣劳伦斯湾以及纽芬兰北部海域，在漂浮的大块浮冰上产下幼崽。它们都是冰海豹，很少主动上岸。

远古时代，鳍足目动物的数量一定大得惊人，仅冰海豹就应该不止一千万头。

当欧洲人开始对新大陆东北沿海地区进行掠夺性开发时，这五种动物都成了满足人类贪婪欲望的牺牲品。一类已彻底灭绝，一类数量急剧减少，人们一度认为它们已在北美地区灭绝了。另外残存下来的三类，过去一直遭受并将继续遭受人类的毒手。如果不及时叫停，它们也将在劫难逃。

殊不知，有一些权威人士——那些被寄予厚望去节约使用"我们的动物资源"的人士——像我们将要看到的，却积极参与了最终灭绝鳍足目动物的行动。

十六　海洋长牙动物——海象

所有的岛屿都笼罩着一层神秘的面纱，但很少有岛屿像塞布尔岛那样变幻莫测。塞布尔岛离新斯科舍大陆海岸一百英里（约一百六十千米），孤悬于波涛汹涌的大西洋之中。它像一轮新月，片片沙滩银光闪闪。在干燥的陆地上，是不会有这样的景象的。海面下看不见的浅滩沿着弯弯的月梢向外蜿蜒数英里，形成两把大弯刀，吞没过数不清的人和船，因此收获一个阴森的绰号：北大西洋坟场。

这是它不光彩的一面。然而，当欧洲航海前辈们最初发现这片若隐若现的海岸时，这里还是一个物产丰富、充满生机的天堂。那是16世纪初美洲新大陆被发现时，塞布尔岛的景象。

六月，一阵阵东北风吹过，高高的天空中飘浮着一簇簇卷云，恶劣天气即将来临。但顷刻之间，太阳又厚着脸皮钻了出来，炙烤着这个无人涉足的无名小岛。

不安分的大海卷起阵阵海浪，冲刷着乳白色的海滩。像弯刀般耀眼的海滩，被零零散散的斑块弄得失去了光彩，这些斑块纹理粗糙、凹凸不平，每一个都有几英亩（一英亩约四千零四十六平方米）大。靠近一点仔细观察后会发现，这些斑块原来是成千上万头硕大的圆柱形的动物。它们紧紧地挨在一起，看上去就是一个整体。它们大多数懒洋洋地仰躺着，被太阳晒得昏昏欲睡，十分惬意，连它们那暴露在外的肚子被晒得发红也不在乎。

这种动物长着两只凸出的眼睛、又长又细的胡须，脸上双颊和颚骨处深深的皱纹纵横交错，这种外形不禁让人想到漫画《毕林普上校》

(Colonel Blimp)里的很多形象。除此之外,每一只动物,不论年龄和性别,都长着一副向下弯曲的、光亮的乳白色獠牙。这副獠牙有人的前臂那么长,根部有手腕那么粗,给这些重达三千磅(约一千三百六十千克)的雄性动物增色不少。獠牙在阳光下熠熠生辉,赋予其主人一种原始蛮荒的气质,一旦惹怒它们,可能爆发出可怕的力量。这就是海象,海洋中长着獠牙的动物。

这些海象貌似凶猛,但它们像中年度假客一样密集地挤在长长的海滩上,尽情享受生活的那种坦然神态,同样惹人喜欢。有些海象悠闲地躺在沙滩上,有些在翻滚的海浪边冲刷着晒得黝黑的皮肤,同时警惕地注视着在海浪中嬉戏的小家伙们。

自从它们的祖先在数百万年前放弃在陆地上生活,水就成为它们的生存之本。生于海洋,长于海洋,这些动物已然成了海洋的一部分。如果不是为了产崽、交配和晒太阳,它们是不会离开海洋的。

成年海象身长十四英尺(约四点二米),肌肉发达,皮肤坚如铠甲,在海洋世界里无所畏惧。除了为保护家人而暴怒以外,它们好群居,也容易亲近。作为鳍足目这个大家族的一员,它们和睦相处,数量众多,无法计数。从北美洲大西洋海岸边的科德角,到太平洋边的夏洛特皇后群岛(Queen Charlotte Islands),都有它们活动的踪迹。它们可以毫不费力地潜入海洋深处,以海床上的牡蛎、贻贝、蛤蚌以及巨大的海螺为食。吃饱喝足以后,它们悠然自得地躺在阳光普照的海滩上享受日光浴,过着令人羡慕的生活。

这就是五百多年前欧洲人第一次到达美洲大陆时,看到的海洋长牙动物生活的情境。

几年前,在列宁格勒的南北极研究所(Arctic and Antarctic Institute)的博物馆,有人递给我一块古老的雕刻精致的骨头,沉甸甸的。负责接待我的楚科奇地区的考古学家和我玩起了猜谜游戏,问我这是什么东西。

"象牙？"我大胆猜测，"也许是大象牙，也可能是哺乳动物的牙？"

"对，象牙。这是剑柄，从通往波斯的那条古代商贸之路的阿斯特拉罕（Astrakhan）挖掘到的，大约是5世纪时期的东西。如你所说，但这是莫尔斯[1]的牙。你知道吗？在那个遥远的年代，海象牙比象牙还要值钱。"

我不知道这些，兴趣一下子就被提了起来。随后，我的朋友给我看了一段有关9世纪一位俄国王子的记载。这位王子被鞑靼人抓获，需要的赎金是一百一十四磅（约五十一千克）黄金……或者同样重量的海象牙。我了解到，从耶稣诞生到公元1600年，海象牙是文明社会中最贵重、最令人孜孜以求的商品。由于海象牙质地坚硬，便于携带，以及其天然的"铸锭"形状被作为货币使用，或者被加工成贵重的装饰品。

"海象的牙齿，"他自言自语道，"在两千多年的历史长河中，成了北欧和许多亚洲地区的白色黄金。真是不可思议，这个大怪物竟成了财富的巨大源泉。"

象牙不是海象身上唯一有价值的东西。用一英寸（约零点三米）厚的老龄雄性海象皮制成的皮革非常坚硬，可以抵挡步枪弹，防穿刺能力胜过黄铜。因此，数百年来，海象皮是盾牌制造商和战士的首选材料，价格自然昂贵。

海象皮还有其他用途。将整张海象皮进行螺旋式切割，可以制成长一百码（约九十米）、宽一英寸（约二点五厘米）的绳子，再用海象油浸润以后，这种绳子的韧性极好，非常耐用，可与现代用植物纤维制成的绳子媲美。长久以来，海象皮制成的绳子一直受到人们的青睐，是北方船队船上绞索的首选。

北方船队还依赖另一种海象制品：经过煮沸、蒸发海象油而制成

---

[1] 莫尔斯（morse），是海象之前的一个名字，在其他语言中使用，唯独在英语里几乎不再使用。——译者注

的一种柏油似的物质。这种黏糊糊的黑色物质，可用于密封船只的接缝，保护船壳免遭虫蚀。在985年，一位冰岛商人比亚德尼·和卓复松（Bjarni Herjolfsson）乘坐"诺尔号"（Knorr）船前往纽芬兰，这是第一艘成功横渡北大西洋的船只。毫无疑问，该船就用了海象皮做索具，用海象油熬制的柏油密封接缝。

　　海象不仅被北方人利用。从新石器时代贝冢中发掘出来的年代不清的骨头证明，海象曾经生活在南至比斯开湾的海域，并且，似乎在2世纪，海象还曾在英吉利海峡生活过。但是，随着人类人口的增加和捕杀技能的提高，滥捕滥杀海象的现象非常严重，导致在南方海域生活的海象渐渐消失。最后一头波罗的海的海象在7世纪被捕杀。在接下来的几百年里，谋取海象牙和海象皮的猎人们大肆捕杀海象，使它们在北海（North Sea）、法罗群岛、奥克尼群岛和设得兰群岛（Shetland Islands）一带绝迹。在9世纪，一位名叫奥克瑟（Octher）的挪威探险家说，在欧洲的极地海角——北角（North Cape）以南，几乎见不到海象的踪迹。海象越来越稀少，其价值就越来越高，因而也就被捕杀得越来越厉害。到了10世纪末期，甚至连挪威国王也难以弄到足够的海象皮去覆盖他们龙头长船的船舷上排列的木质盾牌。

　　到了13世纪，在欧洲大陆，海象仅存于俄罗斯北极地区巴伦支海的茫茫冰海之中。它们将慢慢成为传说中的动物。当时一位年代史编者是这样记载的："在北边，有一种鱼，和大象一般大，也许是因为它撕咬凶猛，因而得名海象。只要它们看见岸上有人，它们就会发起攻击，突然扑上去，用利齿将人撕裂……这种鱼头部似公牛，毛发浓密如稻草……它们用獠牙把身体支撑起来，像爬梯子一样，爬到岩石上面去吃沾满露水的草……它们很快就在岩石上睡着了，然后渔夫们争分夺秒地干起来：他们从尾部开始动手，把皮和脂肪剥开，将剥开的皮系上结实的绳子，再把绳子另一头捆在岩石或大树上，然后用投石器朝它的头部砸石块。大鱼被用绳子拉起来又沉下去。这样反反复复，最后大部分皮都被剥下来了。它渐渐地筋疲力尽、惊恐万状、奄奄一息，成了一只珍贵的猎物。尤其是獠牙，被斯基泰人（Scythians）、莫斯科人、鞑靼人和其他俄罗斯人视为珍品。"

在欧洲，尽管海象的数量已经极少了，其形象成了许多神话故事的素材。但是，海象牙和海象皮却时常出现在欧洲大陆的市场上，价格不断上涨。这些海象产品来自遥远的地方，这本身就带着一些神秘的色彩。

神秘的图勒岛（Thule），欧洲的极北之地，在公元前几百年就若隐若现地耸立在欧洲西边的地平线上，在9世纪早期，被四处掠夺的北欧海盗霸占，他们称之为冰岛。在那里，他们发现数量庞大的海象，贪婪地将它们捕杀，变为白色的金子。很快，海象数量减少，开始供应不足，他们就前往西部和北部遥远未知的地方，在格陵兰岛发现了新的海象部落。11世纪后，正是通过这个位于已知世界边缘的前哨基地，海象产品被源源不断地运往欧洲市场。

然而，格陵兰岛地处欧洲西部边缘，气候恶劣，风暴肆虐，气温极低，海象捕猎者们难以适应，几乎无法安全地生存下来。他们的定居点越来越少，最后完全消失。15世纪末期，运往欧洲的海象制品越来越少。就在这个节骨眼上，欧洲人在大西洋西部海域又发现了大量的海象。

究竟是谁发现了这些海象仍然是个谜。也许是葡萄牙人加斯帕尔（Gaspar）和米格尔·科特·里尔兄弟，他们曾在1501和1502年到美洲东北沿岸水域进行了考察。无论如何，非常肯定的是，与他们一同航行的佩德罗·雷纳尔（Pedro Reinal）绘制了一张海图，上面标出了新斯科舍海岸外一个叫圣克鲁斯（Santa Cruz）的岛屿，其实就是塞布尔岛。无论是谁发现的，都不会忘记这片蜿蜒的沙滩曾经是海象大军的家园。

塞布尔岛，中心位置隆起，两边向外延伸，有二十英里（约三十二千米）长。这是一个巨大的水下高地，不仅有丰富的鱼类资源，海底"牧场"上还有大量的软体动物，世界上没有几处水生贝壳类动物的海床能与之匹敌。但是，据了解，有一处与之相当的海床（我们后面会看到），直到18世纪中期都还能养活十万只海象。由此，我们可以得出一个合理的结论，塞布尔岛及其附近海岸至少曾栖息着十万头海象。早期经过这里的船只，必须从这些光溜溜的庞然大物中间穿过，它们抬起脑袋，扬起湿漉漉的獠牙，无所畏惧地望着外来的不速之客。

在塞布尔岛发现大量的海象，意味着发现了会带来巨大财富的海产动物油，就像我们现在发现北海和阿拉斯加油田一样，同样可以激发人们贪婪的欲望。人们对海象的掠夺，不遗余力、毫不留情。

除非偶尔风平浪静的时候，否则，前往塞布尔岛将是极其危险的。岛上没有避风港，在那里进行海象"捕捞"作业风险很高。但人们顾不了那么多，仍然驾船向塞布尔岛进发，希望在5月或6月初到达，那时正是海象上岸产崽的时节。一次航程要一个月或更多时间，期间要经受狂风巨浪和浓雾的考验。因为危险随时可能出现，即使岛上低矮的沙丘已依稀可见，已经非常疲惫的船员们也不得不继续颠簸几天，等待天气好转。到那时，小船才能顶着汹涌的海浪，把猎人和工具送上岛。人和工具一旦上岸，船就马上快速离开这惊涛骇浪，驶向陆地海岸的避风港。船员们在那里捕捞鳕鱼，度过夏季剩余的时间。

登上塞布尔岛的人发现他们已置身于生命的乐园，生机盎然。大海中到处都是海象、海豹、海豚和鲸。海鸟展翅飞翔，鸣叫声在空中回荡，不绝于耳。从岛中央延伸出来的咸水潟湖中，尽是嬉戏的野鸭，它们的窝半掩在沙丘的草丛中，人们很难从中穿过去。一群群龙虾、蛤蚌、鲱鱼和鲭鱼在潟湖里和海岸附近游动。直到欧洲人到来，它们才"见识"到人类的残酷和血腥手段。

这里其实还是适宜居住的。虽然也有恶劣天气，但夏天的气温温和适中，大多数时候阳光灿烂。岛上没有陆地上那令人讨厌的蚊蝇，雨水池中有淡水。尽管没有树木生长，但千百年来，潮水把海上漂浮的木头冲上来，堆积在海滩上。岛上到处是黑莓、小红莓和野豌豆。在早期，夏天到岛上的观光客，可以享受这田园牧歌般的生活，但对于那些后来为海象油而来的人来说，这里的生命就都是已死的了。

经过千难万险送上岸的器具主要有：铁榔头、斧头、双柄矛、剥皮刀、黏土砖、大铜锅以及成捆的橡木板和柳条。大铜锅就架在沙滩上挖出来并用黏土砖砌成的火坑上，制桶匠将橡木板用柳条箍成装油的桶。用帆布和浮木搭建起的棚屋稀稀落落地分散在沙丘的避风处。

匆匆忙忙地把一切准备就绪之后，捕杀海象的师傅们就带着一帮人到海边去了。长长的海滩洒满了阳光，放眼望去，挤满了密密麻麻的海象。

有关当年塞布尔岛上的捕杀活动是如何进行的，现在已找不到第一手资料。但好在我们有关于熊岛（Bear Island）的记载。熊岛位于挪威以北三百英里（约四百八十二千米），一艘英国马斯科韦公司的远航船1603年在那里发现了一个从没见过的欧洲海象群。船员乔纳斯·普尔（Jonas Poole）有以下记载：

> 我们看见一个海湾，就靠过去抛锚，还没有把船帆收拢，就看见许多海象在船周围游动。我们听到巨大吼声，好像有几百头狮子在咆哮。看到这么多像猪一样的海怪挤在一起，真是新奇。
>
> 看看它们是一回事，但要把它们弄死，完全是另一回事。所有人对海象一无所知，坦率地说，还有点害怕。
>
> 最后，我们朝它们开枪，不知道它们是会迅速地跑掉还是会朝我们冲过来。
>
> 然而，用那个时代的枪炮来对付这种头颅硕大、皮如铠甲的动物，基本上没有任何作用。
>
> 有些海象如果仅是伤了点皮毛，最多就是抬头望望而已，然

后继续躺下休息。有些即使身中五六枪，也能遁入海中，逃之夭夭。这些家伙的力量令人难以置信。钢弹打光了，我们就用鸟枪打瞎它们的眼睛，然后来到瞎眼的这边，用斧头劈开它们的脑袋。我们竭尽全力，也才杀死十五头海象。

十五头海象的獠牙和油，足以刺激马斯科韦公司的胃口。第二年派去捕杀海象的船员，已有人向他们提前专门传授了在岛上捕杀海象的方法。

去年，我们只是用子弹射击，根本没想到标枪能刺穿它们的皮肉。现在我们发现，只要掌握要领，就能刺进去，否则，就算使出浑身解数，也刺不进去，即使刺进去了，也可能刺到骨头上，弄不好还会被海象用前肢击打，长矛会被弄弯甚至折断。

逐渐摸索到一些经验，有了感觉以后，普尔的船员杀死了四百头海象，带回了十一桶（约两千三百加仑，即八千七百零六升）海象油和几桶象牙。到了第二年，这些人就成了专业人士。一天，乔纳斯·普尔带着十一个人，沿着有海象的海岸边绕过去，大约每二十码（约十八米）留下一人，把海岸围起来。这样，"被包围的海象一头也逃不掉"。

然后，一字排开的猎手们向岸上围过去，刺向海象的喉部或者腹部，杀死的不少，杀伤的更多。海象群一片恐慌，疯狂地朝大海方向逃窜，直到被追上来的利刃和挥舞的斧头砍倒。

不到六个小时，我们已经杀死了六百到八百头海象……十天来，我们干得很辛苦，共收获了二十二桶海象油和三大桶海象牙。

在普尔首次造访熊岛后的两年里，海象数量已由最初的一两万头，急剧下降到所剩无几，已不值得专门去捕杀了。相比之下，塞布尔岛上的海象数量是如此巨大，完全能够让一年一度的有丰厚利润的海象捕杀维持两个世纪。

葡萄牙人第一次来到塞布尔岛的几十年后，该岛暂时脱离了他们的控制，成为一位名叫让·安格（Jean Ango）的人的财富宝地。让·安格是勒阿弗尔（Le Havre）颇具实力的海霸，曾在1510年到1515年间，多次派出远征队前往塞布尔岛。后来，另一位葡萄牙商人兼冒险家若昂·阿尔瓦雷斯·法贡德斯（João Alvares Fagundes）夺回了该岛的控制权。到16世纪80年代，法国人又掌控了该岛。

塞布尔岛新的法国"主人"是布雷顿的一位企业家，人们尊称他为罗什-梅斯古埃雷斯（Roche-Mesgouez）侯爵。他的得力副手是一位船长，叫谢弗·奥斯特尔（Chef d'ostel）。他们使人们有机会了解那些致力于"发现新大陆"的人以及他们的所作所为。

罗什信誓旦旦，保证要代表法国国王去发现、占领并控制新大陆的整个东北海岸，并引导野蛮的异教徒皈依上帝。为此，他获得了纳瓦拉（Navarre）的亨利国王颁发的特许证，被任命为总督兼中将，负责管理纽芬兰岛、拉布拉多、诺兰伯加，尤其是非常重要的塞布尔岛。

仅仅靠口头许诺要干一番大事业，恐怕不足以获得如此慷慨的恩准。有证据表明，那是通过巨额贿赂获得的。当罗什获得特许时，他几乎要破产了，所以也就无所畏惧。他利用新获得的总督大权，接管了一批从布雷顿和诺曼监狱送来的囚犯，表面上是要发配他们到新大陆去当殖民者，实际上是把囚犯们在法国的自由权利换成了硬通货——劳动力。他的计划进行得非常顺利，并且又干了一次，这次接管了二百五十名囚犯。他留下了其中四十名被定性为"阴沟里的垃圾"的囚犯，把自由卖给"稍好"的囚犯……以此换取足够的黄金来装备他的远征队。

他为实现宏伟目标而装备的船队，由两艘小渔船组成。四十个戴着镣铐的"殖民者"，在十几位雇佣兵的枪口下，依次走进又黑又臭的船舱。奇怪的是，总督没有把航行路线指向那片归他管辖的广阔大陆，而是驶向了塞布尔岛。一旦天气状况允许，他就让这些"殖民者"、卫兵和监工带着不多的物资上岸。然后，他就和谢弗·奥斯特尔朝大陆海岸驶去。在那里，他们可以钓鳕鱼。到秋天的时候，径直返回法国。回到法国以后，这位总督无耻地宣布，由于气候条件不好，除了塞布尔岛以外，其他地方都不可能建立定居点。事实上，这是一个非常成功的骗局，罗什实现了他的目的——独占塞布尔岛及其丰富的海产动物油和海象牙。

从以下事实可以判断这个小岛给他创造的财富。在法国海港每卸下一桶油，法国政府就补贴他一埃居[1]。在1606年罗什去世的时候，仅这项补贴就有两万四千埃居。根据季节和海象个头大小，一般要两到四头海象才能产出一桶油。以此推算，在罗什垄断该岛的八年期间，他的奴隶们至少捕杀了五万头海象，还有难以统计的海豹。

谢弗·奥斯特尔每年都要例行公事，去视察"殖民地"，顺便送去补给，运走货物。1602年他没有去。接下来的冬天，囚犯暴动，杀死了卫兵和监工。据说，当1603年再到塞布尔岛时，他只看到十一个活着的囚犯。很有可能是他和随行的船员出于报复，追捕并屠杀了大多数囚犯。

后来的材料记载，暴乱的囚犯受到非人的对待。当那十一个肮脏不堪的囚犯穿着用海豹皮自制的衣服，戴着手铐被带到亨利国王面前接受惩罚时，国王竟然被他们讲述的苦难遭遇打动了。国王不仅释放了他们，还赏给每人五十埃居作为补偿。罗什和谢弗·奥斯特尔对此恩惠有何反应，不得而知。

罗什的继承者们将在塞布尔岛的垄断地位一直延续到1630年。之后，他们不得不与来自马萨诸塞湾的英国捕鱼者兼殖民者共享塞布尔岛的财富。英国人不打算在海岸上建设加工厂，只满足于抢劫海滩上的法

---

[1] 埃居（écu），是法国古货币的一种。13世纪三四十年代由法王菲利普六世铸造，最初为金币，这种埃居称大埃居（Gros Ecu）。路易十三于1641年将埃居改为用银铸币，这种埃居称为小埃居（Petit Ecu），这里提到的埃居即银制埃居。——译者注

国据点。在1641年的一次抢劫中,他们收获了四百副海象獠牙,在波士顿卖出了相当于现在一万美元的价格。在当时,海象牙仍然是白色的黄金。新英格兰人也来分一杯羹。除了在塞布尔岛抢劫,他们还对自己领地范围内有海象出没的海滩进行了彻底的扫荡(向南好像已延伸到了科德角)。结果到1700年左右,新斯科舍南部的海象似乎已经灭绝了。据记载,最后一头海象是1754年在马萨诸塞湾被杀的,它可能来自遥远的北方,在此迷了路。

在这毫无节制的捕杀面前,塞布尔岛上再多的海象也无法幸存。在1680年到1710年间,春天来了,在蜿蜒的塞布尔海滩上,却再也见不到那些大动物了。成千上万头大动物聚集在温暖的沙滩上沐浴阳光的壮观场景永不复现了。

此后的一百年里,塞布尔岛带着几分传奇色彩静静地躺在那里,水手们感到畏惧,不敢靠近它。直到19世纪初,岛上才建了几处灯塔,驻扎了一队救生人员。有时候,寂寞的救生员骑着疯狂的矮种马在沙滩上巡逻,偶尔会看见从变化的流沙中露出来的海象骨架。那些成堆的巨大骨架,看上去就像远古时期留下的一样,让人以为它们属于一个远在欧洲人首次横渡大西洋之前的时代。

昔日浩浩荡荡的海象大军,不仅被塞布尔岛的沙滩掩埋,也从人们的记忆中消失了。最近的历史,很少或者根本不会提到曾经栖息在这里的长牙动物是怎样以及为什么灭绝的。然而,一夜之间,塞布尔岛又一次赫然出现在人们的视野中。岛上和岛外矗立着巨大的钻井塔,钢钻深深地插入海床,探寻葡萄牙人在五百年前首次发现的宝藏——石油。

塞布尔岛的海象数量确实庞大,但这里也只不过是一个远离自己"王国"的群体罢了。这个海象王国真正的中心在圣劳伦斯湾。这个内陆海的南部是一个直径二百英里(约三百二十千米)的环形盆地,东边是布雷顿角岛,南靠爱德华王子岛和诺森伯兰海峡,西接加斯佩半岛(Gaspé Peninsula),莫德林群岛耸立在其中心地带。

这个盆地的浅海水域汇聚了丰富的洋流，与来自圣劳伦斯河以及大湖区水系养料丰富的淡水连成一片。在原始状态下，这里拥有世界上最富饶的水生贝壳类动物，盛产牡蛎、软壳蛤蜊、沙蛤、圆蛤、剃刀蛤、扇贝、月螺、鸟蛤以及其他肉质软体动物，为海象提供了取之不尽、吃之不竭的主要食物。此外，在周围海岸绵延数百英里的沙滩上有足够的空间，供大量海象在那里交配、产崽或者只是在夏日的阳光下打盹。

但是，众所周知这类动物现在只生活在寒冷的极地海洋中。它们过去可能生活在北极圈以南一千三百英里（约两千零九十二千米）、纽约以北不到四百英里（约六百四十三千米）的这片水域里吗？这是可能的，事实也是这样。这里是大西洋西部海象王国的中心地带。

西班牙巴斯克人可能是16世纪头十年首批到达这片中心地带的欧洲人。之后，其他国家的人很快就跟进了。大约在1519年，在塞布尔岛捕杀过海象的若昂·法贡德斯进入海湾探险。接下来，我将再现他当时看到的情景。

他驾着轻快的帆船，从卡伯特海峡或者坎索海峡进入海湾后，向西慢慢穿过诺森伯兰海峡，经过树木茂密的新斯科舍海岸，然后是新不伦瑞克，悄悄地进入港口，右边是爱德华王子岛的海滩和红褐色泥滩。不论陆上、空中，还是水里，一片生机勃发的景象。

海峡里涌动着数以亿计的鲱鱼和鲭鱼，它们成群结队、前呼后拥地游在一起，构成一个巨大的生命群体。密密麻麻的海鸟在空中盘旋，然后朝着鱼群俯冲下去。捕食诱饵鱼的鳕鱼从水底冲上来，海面一阵涌动，好像海底火山喷发一样。成千上万的灰海豹瞪着黑色眼睛，看着帆船驶过。大大小小的鲸群在水中游弋，帆船有时也得让路。

然而，最令法贡德斯感兴趣的还是那庞大的海象军团，它们成群地聚集在海岸上、沙滩上、泥泞的浅滩里，或者在缓慢前行的帆船周围翻滚。它们瞪着眼、昂着头，到处都是，像刚刚被采伐的森林里的树桩一样整齐。

帆船驶出海峡，从南部入口进入沙勒尔湾，海象的数量更多了。它们挪动着臃肿的身体，来到希皮根（Shippegan）和米斯库低洼的岛上。昏昏欲睡的海象群，使得那片数英亩（一英亩约四千零四十六平方米）的黄色沙滩和翠绿草地都变成了黑色。

现在，帆船向东南方向驶入盆地的开阔水域。经过一天的航行，可以朦朦胧胧地看见远处地平线上，有一些低矮的隆起物。随着帆船逐渐靠近，才发现这些隆起物原来是一连串树木繁茂的岛屿，正面是红砂岩的悬崖。看不见尽头的海岸线反射着阳光，将这些岛屿连在一起。这里就是莫德林群岛。法贡德斯在这里看到了大西洋西部海象王国的核心区。

莫德林群岛包括九个主要岛屿，一条宽阔的海滩将其中七个连接起来，形成一个宽阔的咸水潟湖。连起来的岛屿有四十英里（约六十四千米）长，面向大海的海滩和环绕潟湖的海滩总长超过一百二十英里（约一百九十二千米）。莫德林群岛与最近的陆地被六十英里（约九十六千米）宽的开阔水域隔开，像塞布尔岛一样，这片群岛在欧洲人来之前还无人涉足。这里有可以避险的潟湖、茂盛的草地、树木葱茏的小山、无边无际的海滩，在充满生命活力的海洋中间，这个群岛是水鸟和海洋哺乳动物的天堂。在北半球，还找不到能与这里媲美的地方。

这里的确是海象的天堂。据保守估计，在欧洲人第一次登上海湾中心地带的群岛前，这里至少有二十五万头海象。或者，用对入侵者更具体的话来说，那就是超过三十万吨的新鲜血肉……和脂肪。

在法贡德斯来到莫德林群岛前，该岛似乎牢牢地掌控在巴斯克人手中，但他仍然在其他地方找到了赚钱的机会。1521年，他在家乡维安纳（Vianna）联合几个商人成立了一家公司。根据曼努埃尔国王的授权，该公司可以在新大陆的八个特定区域进行开发。八个地方全都是岛屿或者群岛，其中五个是海象的主要栖息地，它们是位于布雷顿角岛切达巴克托湾的马达姆群岛（Île Madame）、圣皮埃尔和密克隆、纽芬兰南部海岸的伯吉奥群岛、塞布尔岛和爱德华王子岛。尽管特许证上没有明确指出开发什么资源（一般是出于商业秘密的原因），但明确规划了一家肥皂厂。我们知道，大概在这个时期，用于生产肥皂的橄榄油的"霸主地位"受到海产动物油特别是海象油的挑战。毫无疑问，他们在打海象的主意，主要靠它为公司创造利润。

法贡德斯在爱德华王子岛建立了一个常年居住的地方，这是自挪威人以来，已知的又一个欧洲人在北美建立的定居点。大约十年后，这个定居点遭到破坏，法国人指责这是印第安人干的。但有迹象表明，欧洲人将自己犯下的血腥罪行强行栽赃到土著人头上。有足够的理由怀疑，是法国人自己搞的破坏。当时，他们正开始咄咄逼人地侵占葡萄牙人和西班牙巴斯克人在圣劳伦斯湾中的"白色金矿"。

1534年和1535年，雅克·卡蒂埃两次航行到圣劳伦斯湾。我认为，这两次著名航行的主要目的是，法国人对早期布雷顿水手称之为海象的那种长牙兽产生了兴趣。不管怎么说，他考察了许多海象栖息地。此后不久，他指挥布列塔尼人强行将葡萄牙人从那些地方撵走。早在1570年前，法国人就独占了诺森伯兰海峡、圣皮埃尔和密克隆、爱德华王子岛和沙勒尔湾的海象栖息地，他们还牢牢地控制了莫德林群岛。到1580年，富饶的莫德林群岛成了卡蒂埃两个侄子的封地。1591年，他们特许圣马洛的一位企业家拉考特（La Court）在那里猎杀海象。

就在这一年，英国人终于意识到，从新大陆的海象身上可以获得财富。9月初，来自布里斯托尔的私掠船"快乐号"（*Pleasure*）在锡利群岛（Scilly Isles）巡航时，瞭望哨发现了两艘驶往英吉利海峡的船，"快乐号"冲过去，追上了那艘较小的船，将其缴获，带到了普利茅斯（Plymouth）。

这艘船叫"博纳旺蒂尔号"（*Bonaventure*），是拉考特的船，正从大西洋西部一个英国人还不知道的地方返航。船上的人说那个地方叫拉梅群岛，其实就是莫德林群岛。从"博纳旺蒂尔号"上搜出四十大桶海产动物油，大量的兽皮和獠牙。这些东西是船员们那个夏天屠杀一千五百头海象的收获，价值一千五百美元。在当时，这是一笔可观的财富。这一下子就激起了英国人的兴趣。

经过审讯，船长说："这个岛……方圆约二十里格（约一百一十一千米），有些地方平坦，也有浅滩。每年四五六月份，成千上万的鱼上岸产崽。鱼很大，有两根大獠牙，它们的皮像牛皮，从不抛下幼崽，幼崽的肉像小牛肉的味道。五个这样的鱼肚子就可以加工出一大桶油，油味芳香。如果用这种油来生产肥皂，可能西班牙的国王要烧掉他的一些橄榄树。"

对上面的情况，不知疲倦的英国航海编年史的编撰者理查德·哈克路特做了补充："这些动物大如公牛……兽皮像牛皮一样宽大……皮革加工师认为这种皮是制作轻型盾牌的优质原料……牙齿以每磅八个格罗特[1]三先令的价格，卖给英国的梳子和刀具生产商，而最好的大象牙只能卖到一半的价格……布里斯托尔一位技艺高超的医师叫亚历山大·伍德森（Alexander Woodson），他给我看了一根从'探险号'取来的那种动物牙齿。他非常肯定地告诉我，他用这种牙作为治疗病人的辅助药物，其抗毒作用不亚于独角兽的角。"

英国人嗅出了其中的味道，热情高涨，也想靠海象发财，却没人知道这些宝藏所在岛屿的方位。为解决这个问题，他们雇佣了一位法国巴斯克人斯特万·德·博卡尔（Stevan de Bocall）当导航员。1592年春天，导航员带着两艘船朝宝岛驶去，其中一艘到达目的地，结果发现"所有的好位置和港口……都已被圣马洛的布列塔尼人和圣约翰·德鲁兹（Saint John de Luz）的法国巴斯克人抢先占据。船长不敢贸然闯入，只得空手而归"。第二年，博卡尔再次领航，依然被拒之门外。

---

[1] 格罗特（groat），英国古代货币的一种，1格罗特等于4便士银币，17世纪停止流通。——译者注

最后在1597年,一个伦敦商人财团装备两艘武器精良的船,"机遇号"(*Chancewell*)和"希望号"(*Hopewell*),并派去夺取拉梅群岛,赶走法国人,建立永久定居点。下面是"希望号"船长利(Leigh)所作记录的简述。

6月14日,我们到了鸟岛(Island of Birds)——莫德林群岛的一部分,看到大量的海象在岩石上酣睡。我们驾船向它们靠拢时,它们都跳进海里,疯狂地追赶我们,我们幸运地逃脱了。18日,我们到了拉梅群岛,将靠近哈罗巴利诺(Halobalino)的港口时,我们先派大船进港,结果港里已经有了四艘船,圣马洛和西比布洛(Sibiburo)各两艘。随后,我们的"希望号"立刻进港,为了我们大家的安全着想,要求其他船的人,和平地交出武器弹药。

他们拒绝了我们的要求。于是我们派船去收缴了他们的武器。当我们的人登上停泊在一起的那四艘船时,遭到了火力抵抗。但我们很快就控制了局面并取得胜利,然后,我们的人就开始抢巴斯克人的两艘船。

后来,我们的船队发生了内讧,多数人决定将其中一艘船带走,但未获成功,因为那四艘船得到了来自另一个港口同胞的支援。第二天凌晨,他们聚集了至少两百个法国人和布列塔尼人,准备和我们干一仗,这些人制定过管理这片海滩的三项条例。我们已看清楚了这一点,对方一开始进攻,我们就发射数百发小炮弹还击。他们还有大约三百个野蛮人,随时准备袭击我们。

许多印第安人被法国人从美洲大陆上抓来,干捕杀海象的肮脏工作。

对船长利来说,现在该求和了。他派两个人上岸去谈判,结果被法国人抓起来。法方强硬要求他用偷来的弹药去将两人赎回。利只得服从，只是抗议说他收缴武器弹药完全是出于好意，没有恶意，但谁也不相信他说的话。当他想离开海港时，法国人拒不让他起锚。他只得砍断缆绳，船在海里的障碍物中间左冲右突，结果还是搁浅了。他只得等待黎明涨潮。当他最后终于排除困难起航时，法国人在岸上喝倒彩。

将近两百年来，英国人一直努力尝试进入圣劳伦斯湾捕杀海象，屡告失败，利的航行标志着这些努力的结束。这倒不是因为遭到法国人的抵抗，而是因为在17世纪头十年里，英国人在熊岛，后来又在斯匹次卑尔根，找到了属于自己的海象栖息地。

整个17世纪到18世纪，圣劳伦斯湾实际上掌控在法国人手里，成了法国人的"内湖"。捕杀海象是这里最赚钱的行业之一。他们在莫德林群岛和米斯库岛上建立了永久性工厂，冬天也有工人。夏天，各地的海象加工站一片繁忙，炼油锅不停地冒着热气。这些地方包括诺森伯兰海峡沿岸、爱德华王子岛海岸、安蒂科斯蒂岛、位于纽芬兰西海岸的苏瓦港（Port au Choix）的考黑德（最初名为Sea Cow Head）、圣乔治湾（St. George's Bay）、圣劳伦斯湾北部海岸的明根群岛（Mingan Islands）和七岛湾（Seven Islands Bay），甚至远至圣劳伦斯河上游，距现在的魁北克市不到六十英里（约九十六千米）的库德尔岛等等。此外，大西洋海岸以及新斯科舍和纽芬兰岛上的海象栖息地经常地遭到破坏。这种血淋淋的生意如此有利可图，据萨缪尔·德·尚普兰估算，新法兰西属地每年的捕捞海象、海豹及相关活动，可赚五十万里弗。在那时，一里弗大致相当于一英镑，即一个工人一月的薪水。

年复一年，捕杀强度不断升级……带来不可避免的后果。随着各地海象栖息地的不断减少，海象也就慢慢地灭绝了。到1680年，圣劳伦斯河沿岸的海象栖息地全部消失了，1704年以后，圣劳伦斯湾北岸的人们再也没看到过海象。到1710年，塞布尔岛乃至贝尔岛海峡以南整个大西洋沿岸的海象栖息地，已无海象踪迹，剩下的只有累累白骨。

只有中心地带的海象群苟延残喘到了18世纪上半叶。然而到1750年，到米斯库岛参观的人们看到的只有剩下的骨头，"无数的骨头构成了一个人造海滩……比起谋杀者，惨遭捕杀的海马（海象）留下了更加经久不衰的历史遗迹。"

1763年，英国征服加拿大，爱德华王子岛的第一任英国总督上任。他的首要任务就是保护海象，但为时已晚。屠杀浪潮已将曾经在广阔殖民地栖息繁殖的海象大军消耗殆尽，单单一个总督已无力回天。

现在，莫德林群岛是大西洋西部海象王国唯一的栖身之处。1765年，年轻的皇家海军军官哈尔迪曼（Haldiman）上尉，被派往这里调查捕杀海象的情况。他的报告介绍了在圣劳伦斯湾捕杀海象的有关情况，是有关该事件现存的唯一资料。我将其进行了一些精简和编辑：

> 捕杀海象的地方，我们叫作艾柯里斯（Echouries），离大海一百英尺到六百英尺（约三十米至一百八十米）不等，向后延伸到沙滩最上方。这是一个天然的斜坡，有的地方还比较陡，笨重的海象竟然能爬上去，真有点不可思议。
>
> 捕杀海象的方法是这样的：大量海象聚集在海岸下边，后面还跟着很多从海里出来的海象，为了获得空间，后面的海象就用獠牙推前面的，后面的又被跟在更后面的往前推，直到离水面最远的海象被推上岸，这样一个推一个，最后的也能上岸找到一席之地。如果它们没有遭到骚扰，通常就会睡觉。
>
> 当捕杀场挤满了海象，或者能够阻断三四百头海象后路的时候，十到十二个人手持十二英尺（约三点六米）长的木棒，准备在夜幕降临的时候动手。屠杀在晚上进行。最重要的是观察风向，确保风是从海象那边吹过来，这样捕猎手才不会被发现。
>
> 猎手们沿着海岸围过去，离捕杀场三四百码（约两百七十米至三百六十米）时，五个人带着木棒，匍匐前进，爬到海象群的

侧面，靠近近海的高高的沙丘，多数海象都在上面睡觉。这样做的原因在于，一旦这些离岸最远的海象发现一丁点不对劲，它们就会转身往海里退。在这种情况下，根本无法将它们挡住。如果不被其踩死或者淹死，就算走了大运。

一切准备就绪，开始攻击。第一个人尽量模仿海象相互用獠牙推对方一样，用木棒轻轻地打一下前面海象的屁股。然后又继续用同样的方式打另一头海象，使它朝岸上前进。他的另一位同伴在旁边观察，保护他免受伤害。

他们一直这样做，一直将海象赶到捕杀场的另一边。通过这种方式，在海象群中开出一条通道，他们称之为"杀口"。这段时间里，他们保持着最安静的状态。但现在，他们突然开始扯开嗓门大喊大叫，发出尽可能大的声音惊吓海象，同时也给同伴发出动手的信号。所有人都沿着"杀口"排成一排，用木棒驱赶着海象，不让他们朝大海逃窜。从沙坡顶上往大海逃窜的海象被沙坡下面受到毒打的海象群挡住了退路，两大群海象碰撞在一起，相互踩踏，一堆堆的海象有二十英尺（约三点六米）那么高。

猎手们拼命地挥舞着木棒，打得这些野兽精疲力竭，无力逃生。然后它们被分成三四十头一群，被驱赶到离捕杀场一英里（约一点六千米）的地方，然后被杀死，被割去脂肪。

从技术的角度看，哈尔迪曼对"杀口"的描述，是符合事实的，但还缺乏屠杀的气氛。还需加上这样的描写：可以想象，在月黑风高的夜里，逃窜的海象发出雷鸣般的嚎叫，数百头被困在岸上惊恐万状的巨兽痛苦地咆哮着。只有在屠杀结束时才点燃火把，熊熊的火焰在风中跳动着，照亮现场。还可以想象一下，去开辟"杀口"的猎手们是什么感受，他们匍匐在地上，心里十分清楚，任何时候都可能被那黑黝黝的庞然大物压成一滩肉泥。我们仿佛看见，他们在到处都是野兽粪便的沙地上不停地打滑，跌跌撞撞，心里不停地咒骂着，使出人类微不足道的力量，疯狂地击打海象的头和躯干，躲开一头，又竭尽全力地去打另一头。

人员伤亡事故时有发生，但关于这些不幸客死异乡的人，却少有记载。他们的死换来了一桶桶满满的动物油和欧洲人鼓鼓的钱包。莫德林岛上的一位老人回忆，他祖父曾讲过这样一件往事：有一次，猎手们正在海象群中匍匐前进，风向突然变了，七个猎手有的被当场压死，有的被顶伤，断胳膊断腿的，最后被海象群卷进水里，葬身大海。

在一个季节里，一个捕杀场可以开辟四个"杀口"，但因为海象极其敏锐的嗅觉，真正的杀戮要在至少一英里（约一点六千米）远的地方进行。这是非常有必要的，这样，活下来的海象才闻不到腐烂的尸体发出的臭味，也才会再次上岸。哈尔迪曼告诉我们，只有将海象赶到与海岸足够远的捕杀场，才能达到这一目的。海象被猎手们驱赶着，在干硬的泥地和软绵绵的沙地里艰难前行，不管它们的力量多大，很快都会被折磨得筋疲力尽。尽管被人用棍棒捶打，被猎狗撕咬，它们拖着笨拙的身躯，还是要四五个小时才能走完那段漫长的死亡之路。有些小海象即使没有死在最开始的混乱当中，多半也会死在路上。它们产油不多，价值不高，因此，无关紧要。偶尔死去一头小海象，倒是给猎手们提供了些新鲜的肉。最后，海象被赶到捕杀场时，已无力反抗了。它们耷拉着脑袋，静静地躺着，沉重地喘着粗气。

海象的脂肪一旦被割下来，就会融化，值钱的油将渗入泥土里浪费掉。所以，只能一头一头地宰杀，炼油锅才够用。即使两口炼油锅二十四小时不间断地工作，也需要好几天才能把一次捕获的海象处理完。在这期间，曾诱惑海象上岸享受阳光的太阳，却在无情地折磨它们。太阳毫不留情地炙烤着它们，海象喝不到一滴水，饥渴难耐，无比痛苦，厚厚的皮被烤焦、裂开，血水和油水顺着起伏的肚子流下来，生命随着血水慢慢消逝。

终于，有人给它们带来了解脱。在哈尔迪曼的时代，一般是将直径一英寸（约二点五厘米）的钢弹打进海象的头部。但是，这种办法常常只能将它们打晕。这无所谓。即使海象还活着，也能将皮剥下来。在秋天的时候，海象的脂肪至少有六英寸厚（约十五厘米），被干干净净地割下来，切成小块，放进沸腾的油锅。裸露的尸体被留在原地，同其他数百具尸体一样，慢慢地腐烂在肮脏油腻的泥沙中，只剩下大片血迹斑斑的骨头，臭气熏天。

在早些时候，海象牙被小心地从头骨中砍下来。但到了1760年，海象牙基本上都被忽略了，因为大量的大象牙从非洲和印度涌入欧洲市场，使得海象牙一文不值。19世纪初，莫德林群岛上的一位商人以每头海象一美分收购了岛上所有能找到的海象牙。那个夏天结束的时候，莫德林岛上的人从以前的捕杀场收集到超过两吨海象牙。然而，这位商人已无法为这昔日的宝物找到市场，只得把它们当作压舱的东西装进一艘纵帆船运走。

欧洲市场变化莫测，到1760年，海象皮的价格下降，已不值得人们辛苦费力地去捕杀海象。海象油成了抢手货。在1767年，从春天捕杀的一头中等大小海象身上熬出的油，可卖到二十美元（1984年的价格），而一头在秋季捕杀的肥大的海象所产出的油，可卖到六十美元。在18世纪70年代结束时，价格翻了一番。然而，亘古不变的是人类贪得无厌的本性。

随着海象油价格不断上涨，海象遭到更加无情的杀戮；杀戮越激烈，数量越少，价格越高，陷入了恶性循环，最终的结局就是海象的灭绝。

1762年，英国当局授予两位波士顿人——汤普森（Thompson）先生和格里德利（Gridley）上校在莫德林群岛及附近海域的海象捕杀垄断权，这是对残余海象的致命打击。格里德利曾陪同海军上将莫里诺克斯·舒尔丹（Molineux Shuldan），带着一支小型舰队，在英法战争最后阶段去过莫德林群岛。舒尔丹被眼前的情景震惊了,"岛上每个捕杀场都有七八千头海象"。而精明的格里德利看到的,却是成千上万磅的银币装进他自己和朋友的腰包。到了1765年,他已完全相信,海军上尉哈尔迪曼在报告里对那个年代的描述是绝对真实的:"莫德林群岛可能是北美地区捕杀海象的最佳地方,其数量多得不可思议,用尽可能客观的方法计算,其数量高达十万头,甚至更多。"

在岛上的第一年,格里德利的工人仅够在岛上十一个捕杀场中的三个捕杀场工作。尽管如此,他们还是屠宰了两万五千头海象,炼出了一千桶海象油。第二年,他聘请了阿卡迪亚的二十个法国家庭,他们以前在爱德华王子岛和诺森伯兰海峡干过海象捕猎工作。

1767年到1774年,格里德利的公司从纽芬兰的圣约翰斯向欧洲出口海象油,申报的总价值是一万一千英镑,相当于1984年的二十五万美元。至于有多少海象油是从新英格兰的港口运走的,已找不到相关记录了。

格里德利和汤普森找到了他们的"黄金国",但别人可不愿他们独吞。征服了新法兰西以后,掠夺成性的新英格兰船队就涌入圣劳伦斯湾,也想发一笔横财。不久,他们就发现了海象群。他们奉行自由经济原则,并不在乎格里德利对该地区的垄断。他们不仅在莫德林群岛附近海域捕杀海象,而且对岛上的捕杀场发动突袭。

哈尔迪曼写道,"新英格兰的船只靠海岸很近,经常向捕杀场附近的海象开枪,有时是不了解情况,但有时是故意的。有一艘单桅帆船的船长,发现布利翁岛海岸有大量的海象。他千方百计地想捕获它们,但都未成功。后来,他竟然想出一个馊主意,从捕杀场后面的岸上朝海象射击。结果,收获了十八到二十桶海象油,同其他人一起分掉了。但是,海象从此就放弃了那个捕杀场,再也没有回来过"。

到了1774年,上百艘新英格兰的船在莫德林群岛海域捕鱼,主要捕捞鲱鱼和鳕鱼,如有机会,也会捕杀海象。岛屿的主人气急败坏,感到非常委屈。他报告说:"他们野蛮、不计后果地……将它们赶走,令它们不能在这里繁衍后代。"新英格兰人用这种方式捕猎海象,造成极大的浪费。在水中被射杀的海象,每十二头中只能捞上来一两头,余下的多数,看伤势严重程度,要么运气好点被打成残废但还能苟活,要么就慢慢死掉。

面对这些不速之客的竞争,格里德利只有加倍努力,争取把剩下的海象都收入囊中。他雇佣或强迫更多的劳动力为他工作。最后,有五十个阿卡迪亚家庭和一帮无法无天的新英格兰"码头痞子"为他效力。随之而来的必然是血腥的大屠杀。在1780年,他仅在一个海岸就开辟了四个"杀口",捕杀了两千四百头海象。

1798年,流传着一个谣言,"海象被屠杀殆尽,濒临灭绝"。纽芬兰总督派遣皇家海军克罗夫顿(Crofton)上校到莫德林群岛去进行调查。他的报告非常简短,并做了结论:"本人非常遗憾地通告,这些岛上的海象已被斩尽杀绝。"

两年后,19世纪的开端,一个春天的早晨,天气晴朗。一些阿卡迪亚人到莫德林群岛南边的拉巴辛(La Bassin)海滩挖蛤蚌做鳕鱼饵料。离空荡荡的捕杀场一百码(约九十米)远的地方,一个巨大的头颅突然间从翻腾起伏的海浪间冒了出来。所有人都站直了身子,朝海里望去。那是一头海象,獠牙在阳光照耀下闪闪发光。他们从没见过这么长的獠牙。海象在波涛中稳稳地站着,像矗立在海中的岩石一样,与岸上的人们对视着,目光炯炯,让岸上的一些人感到紧张和不安。然后,它又潜入大海,消失了。

此后,在曾经的海象王国中心地带,人们再也没有见到过海象。

1800年以后,贝尔岛海峡以南已没有海象了,甚至在拉布拉多海岸以北,少数存活的海象也已是珍稀动物了。一位不愿具名的官员透露,关于海象的失踪,魁北克政府19世纪中期的会议文件中是这样说的:

海象曾在圣劳伦斯湾的沙滩上悠闲地沐浴阳光，自由自在地呼吸。但是，随着法国人、英国人和美国人先后向它们发起残酷的屠杀行动，到19世纪初，它们差不多已被杀得一干二净了……现在，除了在拉布拉多海岸、哈得孙海峡和哈得孙湾，几乎再也见不到它们的踪迹……在圣劳伦斯河以及圣劳伦斯湾海滩的沙砾中，时常有海象牙暴露出来，这是那些动物留下的最后一点遗骸。它们的遭遇帮助人类积累了财富。但是，各级政府的漠不关心和缺乏远见以及商人的利欲熏心和贪得无厌才是海象灭绝的主要原因。

没有任何地方的海象有安宁之日。19世纪下半叶，海象藏身在遥远的北方，依然逃脱不了英国、美国捕鲸者的攻击。他们先是将北极冰海中有商业价值的鲸扫荡干净，接着就将枪口和捕鲸矛转向别的任何一种有利可图的动物。海象，当然是首当其冲。

海象皮又值钱了，因为有人用海象皮做自行车坐垫的原材料。为生产供富有的女性使用的卫生间配件，又出现了对海象牙的需求。海产动物油的价格继续上涨。因此，一些捕鲸者就前往北方，专门捕杀海象。1897年，英国人将斯匹次卑尔根群岛附近的鲸和海象捕得精光，然后向东，在遥远的法兰士约瑟夫地群岛发现一群从未遭到外界骚扰的海象部落。不到十年时间，他们就将这个海象部落杀光了。在格陵兰岛，奥利弗·哥德史密斯（Oliver Goldsmith）在他的《动物世界》（*Animated Nature*）一书中告诉我们："捕鲸者们一次可以杀死三四百头（海象），而且……沿着那些海岸，白骨随处可见，堆积如山，它们成了贪婪和奢侈的牺牲品。"

在北美洲的北极地区，情况同样糟糕，甚至更糟。从1868年到1873年，那个地区的捕鲸者平均每年捕获六万头海象，而在海上被枪击的海象捕获率只有四分之一。在北极西部，捕杀的规模与东部不相上下，尤其是在白令海峡、楚科奇海和波弗特海。1869年到1874年间，据估计，美国捕鲸者捕获了十五万头海象，炼出四万桶油，被杀死的海象是被捕获的两倍。

这样的肆意屠杀，给以海象为主食的北方土著人造成了饥荒。这些不幸的人总算得到新英格兰捕鲸船一位叫贝克（Baker）船长的理解和支持。有一次，贝克船长在阿拉斯加海岸遇险，多亏了因纽特人的帮助，他和他的船员才幸免于难：

"我想对新贝德福德的船主和船舶代理人说，如果他们的船肆无忌惮地追捕并杀掉所有的海象，这必然会造成世代以海象为生的土著民族的灭亡……尽管仅为了因纽特人的利益，而放弃每年可收获一万桶油的'事业'，似乎显得很荒谬，会遭到和蔑视……但是，请那些嘲笑者睁大眼睛看看，因为自己的罪行而给别人造成的不幸……我坚信，那个不能持久的'事业'必将遭到良心的谴责，人性的魅力将唤醒每一位基督徒的良知。"

贝克船长真是个不切实际的乐观主义者。事实上，没有什么能够阻挡捕鲸者，还有那些所谓的"好"市民去追逐利润。根据他们自己的记载，到1920年，他们一共杀了两百万到三百万头海象，使太平洋的海象数量减少到几万头。因此而造成北部海岸土著居民的生命损失，没有人做记载，他们的痛苦与别人有什么关系呢？

对北部海象的屠杀，不仅仅是出于经济目的。大约从1890年到1920年，酷爱打猎的美国和欧洲的百万富翁们，以"私人科学考察"为幌子，聚集在从斯匹次卑尔根岛到埃尔斯米尔岛的广阔海洋中，实际上是在比赛，看谁能杀死更多的北极动物。这些"绅士们"仔细地记录下他们用高级猎枪所进行的破坏活动，海象是他们的主要目标。其中一位曾经到过格陵兰岛西北海岸，他引以为豪的是，在短短三周时间里，他打死了八十四头公海象、二十头母海象，还有许多幼崽。他还承认，他打死的不止这个数，对于那些尚不能确定是否死了的海象，他没有记载——这是一个具有良好体育道德和体育精神的优秀运动员所不允许的。

当欧洲人开始进入北美时，也就是现在的加拿大东部和美国东北部地区，那里至少生活着七十五万头海象，另外还有大约二十五万头栖息在北部海洋中。到了1972年，北美东部地区海象总数在五千到一万头，而且全部退缩到北极和近北极海域。尽管海象受到了官方的保护，但人们为了获取海象牙，还在捕杀海象，其数量依然在逐渐减少。如今，海象牙又流行起来，是高档纪念品和工艺雕刻的原材料。1981年，数吨从北美非法获取的海象牙进入国际市场，每磅（一磅约合四百五十四克）售价高达一百五十美元。美国联邦野生动物管理局（U. S. Federal Wildlife Service）在阿拉斯加一天之内就查获了一万磅海象牙，这至少要杀死七百五十头成年海象。在这前后许多被砍掉脑袋的海象尸体被海浪冲到阿拉斯加对面的西伯利亚海岸，为此，苏联专门照会美国国务院，谴责这种杀戮行为。

然而，海象的生存前景并非完全黯淡无光。无论如何，苏联采取了有效措施保护活着的海象，这使得巴伦支海和东西伯利亚海（East Siberian Sea）的海象慢慢恢复到了之前的数量。20世纪早期，兰格尔岛的海象被俄罗斯人和新英格兰人捕杀得几乎快灭绝了。如今，它们在严格的保护下，已经增加到差不多七万头了。苏联生物学家认为，这个数量已接近以前的数量。即使在阿拉斯加水域，为海象牙而"猎取海象头"的现象仍时有发生，但海象数量还是在增加。

但是在北极海域之外的大海中，绝大多数海象已变成了堆堆白骨。

这一堆堆有些年头的白骨！

在莫德林群岛的科芬岛（Coffin Island）上，靠近老哈里村（Old Harry），有一个地方仍然被称为海象道（Sea Cow Path）。这是一处天然的山谷，从美丽的东角海滨（这里曾经是群岛上最大的海象捕杀场）穿过起伏的沙丘，向内陆延伸，通向直径有四分之一英里（约四百米）、像碗一样的洼地。这个洼地曾经是干涸的，但现在从附近潟湖涌来的水，已将它浅浅地淹没。

一个阳光灿烂的夏日，我蹚着水走遍了这个洼地。脚下踩着的不是沙砾，而是一层骨头。潮水退去，我挖了一个坑，想看看是什么样的状况。一直挖到有三英尺（约零点九米）深，在那臭烘烘、黑糊糊的腐殖层里，我铲到的仍然是碎骨头。这是成千上万头海象的遗骨。这个地方就是海象道的尽头。

然后，我在附近沙丘的斜坡上休息，一只大蓝鹭在潟湖岸边踱来踱去。远处，空荡荡的海滩上，海鸥在飞溅的浪花中叫着，附近树丛散发出阵阵芳香。这是上天的恩赐，令人心旷神怡。我懒洋洋地抓起一把滚烫的沙子，看它们从我指缝中溜走……感觉手里有东西……我把它拿在手里，原来是一颗已锈蚀的步枪子弹，有一颗小李子那么大。在我掌心里，我感觉它是那么沉重……眼前的景象模糊起来，变幻着，最后暗淡下来。

黑糊糊的炼油锅下，熊熊燃烧的火焰，滚滚浓烟直冲了无生气的天空。海象油锅咕噜咕噜地冒着泡。我被灼热的空气包裹着，数百吨腐烂的肉、血和油散发出的恶臭味汇聚在一起，直往我鼻孔里钻，恶心难忍。数千只海鸥和乌鸦刺耳的、沙哑的叫声交织在一起，仿佛织就了一块血迹斑驳的裹尸布，在脚下这块死亡之地不停地旋转、延伸、变幻。半裸的小孩、瘦弱的男人、驼背的女人，他们汗流浃背、满身油污，被呛人的烟雾弄得肮脏不堪。他们或砍、或劈、或切、或削，把冒着热气的脂肪从剥了皮的尸体上割下来。有的尸体还在颤抖，好像仍在做生命最后一次挣扎。枪响了，鸟群受惊，瞬间飞了起来，尖叫着、盘旋着，然后又落到地上，觅食……

那颗子弹的铁锈被我捻得粉碎，苍鹭蓦然惊起，僵硬而又吃力地飞起来，朝着大海的方向，越过沙丘，飞向拉格兰德（La Grande）捕杀场。那里，开辟出了最后一条"杀口"。

十七　灰海豹和斑海豹

1949年，年轻的渔业研究员迪恩·费希尔（Dean Fisher）有一个巨大的发现，这是许多生物学家在做田野考察时梦寐以求的。迪恩·费希尔受聘于加拿大联邦政府，研究新不伦瑞克省米拉米希河中的鲑鱼。当时他正在调查鲑鱼和斑海豹之间的关系。炎热的八月，海豹常常上岸在河口的沙洲上休息。费希尔就选了这样的一天，他通过望远镜数着躺在沙洲上的海豹。

他很快就注意到，有个别海豹与众不同，体型远远大于一般的斑海豹。他感到很蹊跷，朝它们靠近，将望远镜对准其中一只仔细观察。真是不敢相信，他意识到，他观察到的动物，正是很久以来一些生物学家认定已在北美地区灭绝的那种动物。

费希尔在那天重新发现的动物，被科学界称之为灰海豹。早期到达新大陆的法国人称之为海狼。之所以这样叫它们，不是因为它们有狼的特性，而是因为它们的叫声听起来像远处狼群的嚎叫，诡异得让人害怕。因为当时这种海豹数量多，这个名称就用来泛指各种各样的海豹。后来，法国人和英国人称其为灰海豹，这个名称更能体现其特征，因为这类雄性海豹的轮廓特别像马。这个名称最广为人知，所以我在书中也采用这种叫法。

在欧洲人入侵北美时，主要有四种海豹频繁出没于欧洲大陆的西北航道。它们是：冠海豹、竖琴海豹、斑海豹和灰海豹。尽管冠海豹和竖琴海豹数量最多，但它们在新来的欧洲人眼里并不重要。它们只在冬天和早春出现，而且即使在那时，它们也待在离海岸很远的大海上，人们很难看到。而灰海豹和斑海豹却不一样，常年成群结队地栖息在北美大陆的东北沿岸，随处可见。

灰海豹比斑海豹大得多。一头成年雄性灰海豹身长达八英尺（约二点四米），体重八百磅（约三百六十千克）。一般的雌性灰海豹虽然只有七英尺（约两米）长，但与斑海豹相比，仍然是个庞然大物。斑海豹，不论性别，身长都不超过五英尺（约一点五米），体重与普通成年人差不多。

灰海豹喜群居，多配偶。它们往往在1月和2月间，大量聚集在从拉布拉多到哈特勒斯角的陆地和无数岛屿的海岸上，在那里产崽，抚育后代。到17世纪中期，有的海豹群非常庞大，它们发出像狼似的嚎叫，几英里（一英里约一点六千米）外都听得到。

在其他时候，灰海豹也喜欢聚在一起，组成一个多达几百头的欢乐群体。它们一起在近海水域觅食，然后在咸水潟湖和河口的沙洲上沐浴阳光，晒得昏昏欲睡。它们有着与其亲缘——海象一样的偏好，它们甚至在同一个地方产崽，只是季节不同而已。

斑海豹，欧洲人称之为普通海豹，在纽芬兰被叫作"多塔"（dotar）。现在，它们大多数以小家庭的形式残存下来。它们本来也很合群，一群群分散在南北卡罗来纳州以北至北极地区的海湾、河口和水湾中。它们在淡水中生活也很自在。1800年以前，有一群斑海豹栖息在安大略湖，在圣劳伦斯河上游的大瀑布下过冬。这群海豹的最后一个成员于1824年在安大略湖南岸的文森特角（Cape Vincent）被捕杀。毫无疑问，斑海豹也曾在许多汇入大西洋的大河中安过家，但是欧洲入侵者很快就将它们赶了出去。由于遭到捕杀，它们被迫改变生活习性，逐渐养成了现在这种分散生活、在偏远地方偷偷产崽的生活习惯。

雅克·卡蒂埃的匿名记录员给我们提供了最早的直接介绍灰海豹的参考资料。1535年卡蒂埃的第二次远征队沿着圣劳伦斯湾西北角海岸航行时，部分人员划着小船进入现在的穆瓦西河（Moisie River）的河口,去考察一种"鱼,外形像马……在这条河中,我们看到很多这样的鱼"。卡蒂埃将这条河命名为切瓦克斯河(Rivière de Chevaulx)。继续向西,在彭蒂科斯特河(Pentecost River)口,远征队发现"大量的海马",记录员告诉我们,往西一直到现在魁北克市印第安人的村庄,沿途还有更多"海马"。

卡蒂埃的记录员还记录了另一种较小的海豹,显然就是斑海豹。然而,这位来自圣马洛的企业家最感兴趣的却是"海马"。他很快就意识到,从这种体型巨大、被脂肪裹住的动物身上熬出来的油是能赚大钱的。

我们已经了解到,在欧洲人掠夺新大陆的前几百年里,北美东北地区最值钱的东西之一就是海产动物油。为了获得这种油,有的人专心致志地捕鲸,有的人捕海象,而这两种捕猎都要求相当高的技术和较大的投入。但捕海豹对这两方面都没有什么要求,任何一位新手都能杀死海豹。只要有一条船、一帮人和一口炼油锅,就可以靠海豹油发一笔财。另外,海豹皮也相当值钱[1]。

因为斑海豹体型小,炼不出多少油,起初就被人们忽略了。到1630年,据尼古拉斯·德尼斯记载:"除了印第安人,很少有人去捕杀斑海豹。"然而,它们不幸的日子迟早会来的。同时,灰海豹的不幸遭遇是其他海豹难以比拟的。

1580年,汉弗莱·吉尔伯特爵士在兜售他的殖民化冒险事业时,发行了一本小册子,将"马鱼"(灰海豹)列为新大陆最具开发价值的资源。在1593年英国"万寿菊号"船简要的航海日志里,特别提到这次远征发现"大量的海豹",尤其是在布雷顿角岛西海岸,仍然还有残

---

[1] 西班牙人尽管可以肆无忌惮地掠夺西印度群岛和墨西哥的财富,但也不愿放过猎捕海豹获取利润。哥伦布第一次到达美洲后不到十年,西班牙人便开始捕杀加勒比海中友好的僧海豹来炼油。他们的后继者继续贪婪地对僧海豹狂捕滥杀,现在,僧海豹已经彻底灭绝了。——原注

存下来的灰海豹在那里生活。据南安普敦港务手册记载，到1610年，纽芬兰每年夏天都要进行海豹捕杀活动，能捕获的只有灰海豹和斑海豹。萨缪尔·德·尚普兰几年前在考察新斯科舍南部以及芬迪湾和缅因州海岸时，就注意到许多的岛屿上"挤满了海豹"，还听说印第安人冬天的时候要捕杀小海豹。这里提到的海豹，肯定都是灰海豹。

新英格兰殖民者最早尝试的商业活动之一就是捕猎海豹。捕猎的效率之高，在他们的后代眼里，简直就是传奇。他们冷酷无情，在海豹产崽的季节，突袭一连串海豹产崽的岛屿，杀掉所有的幼崽，以及尽可能多的成年海豹，很快就将自己岸边的灰海豹作为有利可图的商品杀得干干净净。之后，他们就向北扩张。到17世纪中期，尼古拉斯·德尼斯强烈谴责新英格兰人侵入他的势力范围——莫德林群岛，这里巨大的潟湖里有成千上万的灰海豹。德尼斯曾暗示，他设计出一种新的更有效的方法来捕杀海豹。但是，作为一个谨慎的商人，他不愿透露更多细节。

在欧洲人中，法国人最先成为新斯科舍南部地区的永久居民，他们和新英格兰人一样贪婪。德尼斯在关于灰海豹捕猎的记载中写得很清楚。"海豹的产崽期大约在二月份前后……它们来到岛上，寻找产崽的位置……奥纳伊（Aunay）先生派人从罗亚尔港（Port Royal）乘小船出发，去捕猎那些海豹。他们手持硬棒，将岛包围，大海豹逃进海里，小海豹竭尽全力想跟上，结果被人拦住，当头挨了一棍，当场毙命……几乎没有小海豹能够逃过此劫……他们有时一天就要杀死六七百头，甚至八百头海豹……三四头小海豹才能熬出一桶油。新鲜的油像橄榄油一样，气味很好闻，可以食用，燃烧效果也不错。"

17世纪末，迪尔维尔（Diereville）先生在阿卡迪亚目睹了这种杀戮，他触景生情，提笔作诗一首。除了诗行中的一些古英语表达以外，这首诗仿佛就出自今天一位海豹捕猎观察者的手笔。它的结尾是这样的：

猎人双手持棍棒,
登上小岛脚步响。
猎物惊恐心头慌,
东奔西突逃生忙,
跳进海里仍慌张。
无论猎物逃何方,
惨遭棒击在路上。
长幼雌雄全一样,
棍棒挥舞砸头上。
瞄准鼻子来一棒,
可怜海豹把命丧。
不是死亡就是伤,
一言难尽惊恐状。
六十分钟短时光,
数百尸体躺地上。

  大西洋沿岸有很多灰海豹,而圣劳伦斯湾更多。在这里,法国人一年四季都可以捕杀海豹。他们甚至将印第安人的捕猎区据为己有。这样的事件在语言中反映出来并流传下来。其中一个例子,米克马克语中有一个地名叫"阿什诺特贡"(Ashnotogun),意即(为了捕猎海豹)此地禁止通行。

  沙勒瓦对捕猎海豹有这样一段描述:"这种动物有一个习惯,它们在涨潮时随潮水进入河流。当猎人们发现河流中有大量海豹出没时,就用木桩和渔网把河流围起来,只留一个口子让海豹进入。涨潮时,海豹从这个口子进去,然后口子就被关起来。潮水退了以后,海豹就露出水面。这样,捕杀海豹就是一件轻松的事了……有人告诉我,有一位水手某一天非常惊讶地发现一大群海豹……他和他的同伴们一起，共杀死九百头。"

17世纪中期，新法兰西地区的殖民者在印第安人的捕猎方法的基础上进行了改良。他们在浪涛滚滚的圣劳伦斯河灰海豹上岸的必经之处修建密封堰。这种新方法效果极好，回报率很高，拥有这样一个海豹梁，就等于有了一台印钞机。

到了17世纪末18世纪初，毫无节制的捕杀将圣劳伦斯河里的海豹消灭殆尽，海豹捕猎手只得去寻找新的地方。有些人沿着圣劳伦斯湾北部海岸向东搜寻。1705年，库特芒什先生带领一支考察队，考察了安蒂科斯蒂岛与贝尔岛海峡之间的海湾北部区域。考察队的备忘录中记载了外人尚未发现的一片海岸。它让我们有幸一窥处于原始状态的灰海豹王国鲜为人知的状态："瓦斯古提湾的海豹与其他地方一样多。卡里布河（Caribou River），这里的海豹……数不胜数。埃托马姆河，这里的海豹数量比以前提到的任何地方都要多。勒托加姆河（Netagamu River），海豹不计其数，各个岛屿的岬角和岩石上，比比皆是。从勒托加姆河到大麦斯卡蒂娜（Grand Mescatina），所有的岛上都是海豹。在哈哈湾（Ha Ha Bay），我两天时间就用步枪打死了两百头。"

这次考察是在夏天进行的，结合回忆录中有关这些动物生活习性的描述，我们可以肯定，这些海豹不是竖琴海豹和冠海豹，而是灰海豹，混杂着一些斑海豹。1705年，肯定有数万头海豹聚集在圣劳伦斯湾北部海岸。

和海象一样，灰海豹也有许多处聚居地。在夏季，数量庞大的海豹群就汇聚在这些地方，包括科德角附近的海滨、塞布尔岛、密克隆岛、米斯库岛、爱德华王子岛以及莫德林群岛。这些地方都拥有浅浅的潟湖、沙滩以及邻近富饶的渔场供它们觅食。早期的欧洲人把如此庞大的动物群视为天赐的动物油宝库，一个接一个地处理。首先遭殃的是海象，随着海象在南边的栖息地先后被"根除"，灰海豹就接替海象下了油锅。到1750年，夏季聚在一起的大多数大海豹被野蛮地杀得精光，只剩下了尸骨残骸。

也有一些地方的海豹群死里逃生。塞布尔岛那弯刀状的沙滩延伸得太远，太危险，大多数捕猎手乘小船是很难到达的。在18世纪50年代，有人说岛中央那个很大的潟湖中（当时仍然与大海相通）有"大量的"海豹。米斯库岛上也还栖息着一定数量的灰海豹。自古以来，每年秋天都有一百个左右米克马克家庭聚集在米斯库岛上捕杀海豹，为越冬储备肉类和油品。但无论如何，幸存下来数量最大的海豹群，可能在莫德林群岛上。

1765年，一位英国海军军官受委派前往莫德林群岛，调查捕猎海豹的情况。他也发现了其他一些值得注意的情况："尽管没有固定的海豹捕猎的方法，可能这样反而更有好处。在海伍德港（Haywood Harbour）和朱庇特港（Jupiter Harbour）之间的潟湖，非常适合安装渔网。经常看到两三千头海豹被围在潟湖里，在浅滩上嬉戏或者睡觉。"

18世纪后期，对海产动物油的需求持续增长，以及随之而来的海象和鲸的先后灭绝，使供油的重担落到海豹的肩上。18世纪80年代，灰海豹成了人们争相追逐的对象。有位新斯科舍人叫杰西·劳伦斯（Jesse Lawrence），在塞布尔岛建了一座永久性工厂，以便他和工人们能够在气候恶劣、船只不能靠岸的海豹繁殖季节里捕杀海豹。当然，别人不可能让他长时间独享这有利可图的好事。嗅觉灵敏的马萨诸塞商人听到了一点风声，就迫不及待地派船在春天天气稍好的时候向塞布尔岛进发。这些新英格兰工人不仅见海豹就杀，还洗劫了劳伦斯的工厂，掠夺了他整个冬天积累下来的海豹油和海豹皮，最后还把他赶出了塞布尔岛。

19世纪20年代，新斯科舍殖民政府在塞布尔岛上建了两座灯塔和一个救生站，同时也建立了所谓的动物保护法规和秩序。然而，这种人道主义措施丝毫没有减轻海豹的苦难。根据托马斯·哈里伯顿

（Thomas Haliburton）的说法，到1829年，灯塔管理员和救生员全都变成了狂热的海豹捕猎者。塞布尔岛再也不是海豹夏季的聚居地了，"尽管海豹还是会到岛上来……繁殖后代"。哈里伯顿绘声绘色地讲述了管理员在繁殖地屠杀成年海豹的情形："每个人手持五六英尺（一点五至一点八米左右）长的棍棒，棒头加装了钢制的东西，一头像钉子，另一头是刀刃……那帮人冲到海豹与大海之间的位置，挡住退路，开始攻击……每人找准一头，用钢钉那头猛击海豹的头部，然后用刀刃那头猛砍，直到把海豹打翻在地……海豹被撵走了……直到第二年才会再来。"

莫德林群岛上海豹的遭遇，同塞布尔岛上海豹的差不多。所不同的是，莫德林群岛上很早就住着以打鱼为生的人，他们之前被带到这里捕杀海象，改捕海豹很容易上手。到1790年，这里每个聚居区都有炼油的设备，捕海豹成了岛上最赚钱的职业。迁徙途中的竖琴海豹、冠海豹和斑海豹，如果被他们遇到，也难逃厄运。但数十年来，岛上的捕猎手们还是以捕杀灰海豹为主。一年四季，大量的灰海豹在潟湖和海滩上被杀死。冬季，在海豹栖息地还要增加一次屠杀，小海豹和母海豹被残忍地杀害。不久，只有远离海岸而且很难靠近的鸟岩和戴德曼岛（Deadman Island）上，才有几处海豹繁殖地。

到19世纪初，一头大灰海豹的油值七八美元，相当于当时一周的薪水。因此，捕杀海豹变得越来越猖獗，仅在1848年，从莫德林群岛就运走两万一千加仑（约九万五千升）海豹油，差不多都是从灰海豹身上熬出来的。

到19世纪60年代，灰海豹在以前大部分活动范围内已经绝迹了。无情的供求规律带来了灾难性后果——动物越稀少，掠夺越激烈，动物油越值钱。1886年，北部海岸一头中等大小的灰海豹的油可卖到十一二美元，皮还要多卖一点五美元。

多亏那不幸的竖琴海豹代替了灰海豹，成为油商们的主要猎物，否则的话，灰海豹将毫无疑问地步海象后尘，在东北滨海地区灭绝。到

19世纪中期，除了个别零散的捕猎者之外，大多数捕杀者都集中精力去捕杀竖琴海豹了。当然，如果见到灰海豹，他们肯定不会放过。那些幸存下来的灰海豹，变得非常小心谨慎，分散在不同的地方，已不值得人们专门去搜寻。因此，进入20世纪以后，它们渐渐淡出人们的视线，销声匿迹。这对它们来说，算是幸事。

在欧洲人首次接触灰海豹时，到底有多少灰海豹？谁也说不清楚。但通过仔细研究所有的资料——地图、海图、书面记录以及老水手们的回忆录，我们可以得到一些线索。我确信，从南边哈特勒斯角到拉布拉多海岸的哈密尔顿湾，曾经至少有两百个的灰海豹繁殖地，海豹数量在七十五万到一百万头之间。到1850年，其中有些繁殖地每年有两千头小海豹出生。在很大程度上，灰海豹灭绝的原因是人们有组织的系统性捕杀。这仍然是新一代自然资源管理者要面对的问题，灰海豹的最终命运掌握在他们手里。

在欧洲人入侵新大陆的前几百年里，斑海豹比它的亲缘们要幸运得多。因为它体型小、产油量低，又很分散，所以逃过了大规模的商业捕杀。但它们并不是完全平安无事，毫发无损。随着越来越多的欧洲人到大西洋沿岸捕鱼和定居，他们捕杀斑海豹来获取食物和家庭用油，用它们的皮来制作靴子和衣服。斑海豹最终失去了许多它们曾繁衍生息并且相对安全的海湾和河口。后来，随着海产动物油的价格飙升，贵如黄金，渔民们以及小规模捕海豹的猎手开始猎杀斑海豹赚钱。例如，在1895年，一位叫法夸尔（Farquhar）的船长带着一帮人去了塞布尔岛。经过一个夏季的捕猎，他们残杀了岛上绝大部分斑海豹，使得斑海豹从塞布尔岛上消失达十年之久。

进入20世纪，斑海豹仍然生活在它们最初的活动范围之内，只是数量少了一些。那时，从油井开采出来的矿物油开始取代动物油，广泛用于工业，海豹油的价格随之下降。这似乎让斑海豹，还有少数残存的灰海豹，有了休养生息的机会。

但是，事实并非如此。人类对这两种海豹的看法发生了改变，既然它们不再为人类带来效益，那就是人类利益的威胁。到20世纪初，曾经有数量巨大的大西洋鲑鱼由于遭到滥捕，数量急剧减少，捕鱼业的利益受到严重威胁。很快，渔民们向省政府和联邦官员施加强大压力，要求采取措施控制鲑鱼急剧减少的趋势。然而，上帝赋予了人们捕鱼的权利，也赋予了那些有钱有势、有影响力的捕鱼爱好者随心所欲捕杀所有鲑鱼的权利，谁也无权干涉。

政客们又耍起了老把戏。他们派出几个手下为鲑鱼危机找一个合适的"罪魁祸首"，最好是可以弄死却又不犯法，同时又可以为那些真正因贪婪造成严重后果而不承担责任的罪人来"背锅"的替死鬼。

这很简单。他们顺手就把斑海豹抓来当了"背锅侠"。斑海豹被污蔑为渔民们的竞争对手。公众不需要知道政府人员了若指掌的事实：斑海豹几乎不吃游来游去的鲑鱼，因为鲑鱼速度快，又敏捷，斑海豹追不上它们。

1927年，加拿大联邦政府正式宣布斑海豹为一种有害的、具有破坏性的动物，同时指控斑海豹对鲑鱼造成了严重破坏，并悬赏捉拿它们。最初的赏金是每头五美元，这在当时是非常慷慨的，因为这已经超过了斑海豹的商业价值。猎人们只需要将斑海豹的嘴部交给渔业管理员或者地方官员，就可以获得赏金。其实，大多数长官们根本无法确认猎人们交上来的那团血肉模糊、连毛带软骨的东西，到底是斑海豹的还是其他动物的嘴部。为了获得赏金，猎手们见海豹就杀，包括残存下来的灰海豹，一概不放过。

这场对斑海豹的战争，使得生活在海岸边大多数身强力壮的男性都去杀海豹挣赏金，有的把这当作一种有报酬的消遣活动，有的则当成增加经济收入的手段。经济大萧条的到来及其造成的经济困难，使渔民们更加积极地参与其中，不久就演变成了一场广泛的"反海豹运动"。对海豹来说，结果是毁灭性的。到1939年，在加拿大以及与美国毗邻的绵延海岸线上，海豹基本上已被杀光，甚至有渔民抱怨，连杀来吃的海豹都找不到一头了。

尽管如此，有少量斑海豹和灰海豹在非常偏僻遥远的地方苟活下来。第二次世界大战的爆发，给了它们喘息的机会和繁衍的空间。它们充分利用了这段难得的间隙，到1945年，可能有两三千头灰海豹和上万头斑海豹了。它们都试图重返它们祖先生活过的地方。

但这是绝对不允许的。即便说曾经有过结束这场对海豹的邪恶战争的想法，也不会有任何结果。因为必须从政治上来看这件事：东部海岸的渔民们已经把捕杀海豹的赏金视为一种永久性补贴，谁将赏金取消，谁就有失去选票的危险。所以，赏金非但没被取消，反而翻了一番。只是现在要获得十美元赏金，就得用斑海豹的下颚来交换。这一改革非常必要，因为有些唯利是图的捕猎者，多年来一直用海豹的其他部位来假造海豹嘴部。这一变化带来了意想不到的效果。由于成年灰海豹的下颚明显比斑海豹大很多，猎人们也就对灰海豹失去了兴趣，灰海豹的数量得以慢慢地增长。

渥太华渔业部的官员们似乎对迪恩·费希尔在1949年重新发现灰海豹这件事并不高兴。接下来的二十年中，人们发现灰海豹越来越多，引起了一阵恐慌。一位渔业部官员回忆说："这有点让人吃惊，我们已经减少了灰海豹的数量，也相信斑海豹即将消失，这也正是业界所希望的。灰海豹的回归带来了一个问题，我们花了好一段时间才找到解决办法。"

二月的一天，天气晴朗，空气清新。新斯科舍海岸几英里（一英里约一点六千米）之外，一座怪石嶙峋的小岛如同镶嵌在波光粼粼、浩瀚无边的冰面。一架大型直升机在上空盘旋，一百多头象牙白的小海豹分散在黑色的岩石上，呆呆地望着头顶上面隆隆作响的幽灵。小海豹旁边以及冒着水汽的浮冰缝隙之间，几十头成年海豹也在恐惧中向后仰起了明晃晃的脑袋。

直升机降落在岛上，飞机门"哗啦"一声被推开，几个人穿着臃肿的军用皮大衣，在加拿大环境部环境保护处（Conservation and Protection Branch）两位身穿制服的官员带领下，迅速地跳到冰冻的地上。六人全部都配备了大口径步枪或者打击海豹的"标准"棍棒。

他们迅速散开，冲过去抢占海豹与结冰的海岸之间的位置。母海豹紧张地朝结冰的海面快速逃跑，还不时转头去看嗷嗷惊叫的小海豹，然后又犹豫不定地往回跑。断断续续的枪声把它们吓得魂飞魄散，惊恐万分。一连串子弹射进无力反抗的肉体，有些受伤的母海豹拼命冲到岸边，浑身抽搐，踉踉跄跄地跌进冰缝，消失在黑暗的深渊。有的母海豹被当场打死在岛上，有的临死都还在给小海豹喂奶。

小海豹对它们周围小天地里所发生的暴行几乎没时间做出反应。零星的枪声中又夹杂着像木棍刺进甜瓜时"嚓、嚓、嚓"的声音，听起来毛骨悚然。那些官员以及雇来的猎人们挥舞着大棒，非常熟练地将所有发现的小海豹的脑袋砸得粉碎。

这帮人干起来得心应手，整个行动完成得干净利落。自1967年以来，他们一直在偷偷地干着搜寻、消灭灰海豹栖息繁殖地的勾当。从那时起，在加拿大海域，每年国际上臭名昭著的屠杀灰海豹活动的前两个月，这些联邦政府的雇员都在忙于进行消灭灰海豹的秘密战斗。他们是代表现在的渔业海洋部干的，这是解决"死灰复燃"的灰海豹所造成问题的方法之一。

在整个北美洲，只剩下五个主要的灰海豹繁殖地了，全部都在加拿大的管辖范围之内。它们是位于新斯科舍沿岸的阿梅特岛（Amet Island）、坎普岛（Camp Island）、哈特岛（Hut Island）和远离本土的塞布尔岛，以及诺森伯兰海峡的浮冰上。最后一处可能是最近才形成的，这是曾经在布雷顿角岛西部海岸附近岛屿上栖息繁衍的海豹拼命努力的结果。它们只不过是希望找到一处安全的地方繁衍后代，希望这个地方不会被环境保护部门变成它们的葬身之地。在莫德林群岛的戴德曼岛上，那处较新的繁殖地实际上已经不存在了。在科德角附近的马斯基吉特群岛，有一群遗留下来的灰海豹繁殖种群。但自从1964年以来，有记录的只有十一头小海豹。

1981年，我去了布雷顿角岛南部海岸外的哈特岛，看到荒芜的沙地上满是海豹残骸和腐烂的尸体，其中大多数是小灰海豹。而大部分成年海豹是大概还在哺乳的雌海豹。这些大大小小的海豹，全都死在受环境保护部门指使的刽子手下。在过去的17年中，这些人轻车熟路，每年冬天都要去一趟哈特岛，将那时出生的小海豹消灭干净。直到1983年底，在其他所有的海豹栖息繁殖地，同样残暴的屠杀场面每年都在上演。只有诺森伯兰海峡不断漂移的浮冰上那个繁殖地是个例外，偶尔可以躲过飞机和直升机的侦察。

只有海上一百英里（约一百六十千米）以外的塞布尔岛上，才有一群灰海豹，相对来说，它们可以比较安全地生产和哺育后代。之所以说是相对的，因为即便是在这样一个遥远的地方，在海豹产崽的季节，也会遭到为政府服务的生物学家们的伤害。多年以来，他们一抓到小海豹，就给它们打上标签，现在还在这么干。因受到惊吓、感染，被母海豹遗弃的小海豹死亡率很高。但塞布尔岛上的小海豹所遭受的远不止这些。人们会定期杀死一批幼年和成年海豹，制作科学研究用的标本。到1984年春天，就已经有八百六十五头海豹为科学献身。

塞布尔岛上的海豹群之所以能被"允许"生存下去，原因之一在于，它作为一个开展科学研究的实验室，科学家们在很大程度上必须依靠它，搜集数据，发表论著，从而名利双收。另外，在该岛附近发现了天然气，并且该岛因野马众多而闻名，所以，塞布尔岛受到公众的高度关注。在别的地方进行的秘密屠杀，在这里就不那么容易掩人耳目。一旦被发现，必将引起环境保护主义者的强烈抗议。当然，这种抗议声音对于渔业海洋部的官员们来说并不是那么重要。他们现在已经批准，在某个不确定的时间，大概就是公众注意力被吸引到别处的时候，在塞布尔岛上对灰海豹进行"有限的淘汰"。

策划这个行动的理论依据在于，塞布尔岛上的海豹数量在增加。但没有人认识到，这种增加只是表面上的。实际情况是许多海豹在死亡的威胁下，被迫离开大陆上的繁殖地，来到了塞布尔岛。

"有限的淘汰"无疑是令人无比厌恶的官腔，是野生动物资源管理者们为了掩盖其上司和商业大亨的真实意图而专门设计的一套说辞。将这套说辞用到灰海豹身上，是令人恶心的欺骗和莫大的讽刺，因为它实际上意味着肆无忌惮的屠杀，将灰海豹在加拿大海域中斩尽杀绝。如果仔细阅读渔业海洋部的内部统计资料，这一点更是昭然若揭。据我统计，自1967年实施"有限的淘汰"以来，至少有百分之九十在塞布尔岛以外出生的灰海豹被环境保护处杀掉，这个部门的名字跟他们的行为完全南辕北辙，令人匪夷所思。1967年到1983年间，在对海豹栖息地的袭击中，超过一万六千头小海豹和四千头成年海豹被消灭。这已是被公开承认的事实。

谎言的背后，真相如此残酷，足以引起人们对政府公信力的质疑。一个文明社会的政府机构，怎能如此公然屠杀生命？目的何在？好处何在？

我要求渔业海洋部对此作出解释，他们的答复又使用了新的术语，其中"精华部分"让人不寒而栗："海豹妨碍了捕鱼业最大限度的增长，对其他自然资源的合理开发和经济健康高速发展产生了不利影响。对这样的不利因素，必须运用经过科学验证的管理方法来加以处理。我们就是这样做的。"

为了给这项相当于处决令的政策辩护，渔业海洋部罗列了灰海豹三条具体的罪状：第一，它们对近海渔民的捕鱼工具和捕获量造成了极大的破坏和影响；第二，它们吃掉了大量的鱼，这些鱼本来应该由商业渔民们收获的；第三，它们传播了一种叫鳕鱼蠕虫的寄生虫，降低了鳕鱼片的零售价格，给渔业造成沉重的负担。所有这些罪状都极度似是而非，而且多数明显都是不真实的。让我们来一一驳斥。

捕鱼一直以来都是一项有风险的事业。损失渔具是预料之中的事，并已经相应地做了核算。事实上，各种海豹对渔具造成的损失不到总数的百分之一。其他的损失是由风暴、过往船只、蓄意破坏、鲨鱼甚至水母等造成的，渔网被粘在上面的水母堵塞，最后被排山倒海的潮水卷走。

根据本身就很可疑的数据，渔业海洋部断定，灰海豹每年要吃掉五万吨有经济价值的鱼（1980年的数据），大约是加拿大东海岸渔民们年捕获量的百分之十。但通过分析，但凡有一丁点价值的鱼都算上，被灰海豹（但未得到证实）吃掉的不超过两万吨。另外，假定前面所列的吨数只是活鱼的重量，即所有捕获鱼的重量，而商业捕获的重量是按加工后的重量进行计算的，即只有包装出售的那部分重量，而1980年加拿大商业捕鱼者捕获的鲜鱼总量将近一百二十万吨，这样一来，被灰海豹吃掉的鱼的商业价值占比不到百分之一点六。

有些统计数据被故意歪曲，以混淆视听。渔业海洋部的这些数据就是这样设计的。这一点可以从该部的两位资深海洋生物学家亚瑟·曼斯菲尔德（Arthur Mansfield）博士和布莱恩·贝克（Brian Beck）先生发表的一句话中得到证实。这句话发表在《加拿大渔业研究委员会技术报告》（*Technical Report of the Fisheries Research Board of Canada*）上，是这样说的："获得的数据表明，两种最有商业价值的鱼，鲱鱼和鳕鱼，几乎没有受到灰海豹多少威胁和破坏。"

关于最后一条罪状，我们需要知道这样一个常识：丝线一样的鳕鱼蠕虫，有的寄生在海豹（和其他一些动物）的消化道里，有的寄生在鳕鱼的肌肉组织中。这种蠕虫本身并不会给人体健康造成危害，但它确实会让鳕鱼的外观不那么好看。但鱼类加工厂的老板早就知道如何处理这个问题。像用灯光检查鸡蛋一样，操作人员用类似的方法来检查鳕鱼片，然后把蠕虫清除掉。

至于鳕鱼蠕虫这一问题是否给加拿大二十亿美元的渔业产业造成了沉重的经济负担,可以从以下事实来判断。1978年,东海岸三十家主要的渔业加工厂雇了六十五人来专门处理鳕鱼蠕虫的问题,这些人多数都是女性临时工。我想补充的是,这六十五个工作岗位,对于长期缺乏就业岗位的加拿大东部省份来说,无论是过去,还是现在,都是非常急需的。

这还不是全部。1979年,享有声望的国际勘探理事会海洋哺乳动物委员会(Marine Mammal Committee of the International Council for the Exploration of the Sea)在丹麦召开会议,对鳕鱼蠕虫问题的所有证据进行了探讨,并得出结论:"我们不敢说如果海豹的数量减少,鳕鱼感染蠕虫的可能性就小了。"

渔业海洋部用同样的罪名指控竖琴海豹、冠海豹和斑海豹。然而,斑海豹再也不能对加拿大的经济状况构成任何可以想象的威胁。从1926年到1954年,当时的悬赏捕杀已使大约二十万头斑海豹减少到不足三万头。渔业海洋部对这种大规模的破坏效果仍不满意,他们竟然将赏金翻倍。这一政策造成了严重的后果,根据政府的生物学家统计,到1976年,整个加拿大东部海域仅存活着不到一万两千七百头斑海豹,其中大多数在既没有渔民也没有选民、荒无人烟的偏僻海岸附近岌岌可危地活着。

1976年,经过半个世纪的"管理",联邦政府认为,在消灭海豹这种物种的事情上已卓有成效,赏金也不再具有经济上和政治上的作用,因为几乎没有人会费心费力地去捕杀寥寥无几又变得非常谨慎的斑海豹了。然而,令人震惊的巧合是,他们几乎同时得出结论,对灰海豹的"有限的淘汰"并未迅速地将其消灭。因此,赏金并未取消,只是将悬赏对象从斑海豹转移到灰海豹了。

这种转变并没有给斑海豹带来休养的机会,因为支付赏金的官员辨别不出幼年灰海豹和成年斑海豹的颚骨的差别。此外,新一轮的赏金增加到二十五美元，这样慷慨的奖赏使得猎人们又争相加入新一轮屠杀这两种海豹的行列当中。

1976年，有五百八十四头灰海豹的颚骨和未公布数量的斑海豹的颚骨被上交换取赏金，但这个数字仅占实际捕杀数量的五分之一。渔业海洋部的官员们很清楚，采用赏金制度的好处之一是，每打死并回收一头海豹，就会有好几头沉入海底或受伤死亡。1976年7月，渔业海洋部的工作人员询问了十八位渔民，他们说开枪射中了一百一十一头海豹，有的打伤，有的打死，只回收到十三头。当然，这些数字不会出现在官方的统计数据中。但很明显，1976年支付的赏金意味着至少一千五百头，甚至多达两千头灰海豹被杀。

虽然这种以赏金为动力的捕杀在1977年和1978年有所增加，但仍然不能让渔业海洋部的部长满意。1979年，赏金再次翻倍，每头海豹达到五十美元。为进一步刺激猎人们的胃口，如果捕获一头身上有烙印的海豹，再追加十美元；如果尸体上有标签，再加五十美元。那一年，在反常的"死亡博彩游戏"中，三千多头灰海豹被屠杀。

如果挑选一些枪法好又有责任心的射手，大屠杀也许还不会这么触目惊心，但情况并非如此。尽管渔业海洋部虚情假意地坚持，只有"真正因海豹而蒙受经济损失"的渔民才允许开枪射击，但实际上沿岸各省的任何居民，只要拿得起枪，都可以杀海豹挣赏金。例如，任何一个新斯科舍人，只需要花五美元购买一张非商业捕鱼许可证，再花一美元获得一张全年携带和使用步枪捕杀海豹的许可证，就可以合法捕杀海豹。数百人就这样获得了许可证，捕海豹既可取乐，又可赚钱。他们见海豹就开枪，不管什么种类，只是为了好玩，偶尔会打中一头灰海豹。既然他们有使用步枪的权利，即使在禁止捕杀其他动物的季节，他们也会利用这种权利在海豚、鲸、野鸭身上练习枪法。我甚至亲眼看到有人把金枪鱼当作靶子。

1979年，我极力劝说渔业海洋部撤销赏金政策，并例举了一些与之相关的滥用行为。我得到的答复是：正在就此事进行评估论证。第二年，我向此事的负责人、渔业海洋部部长罗密欧·勒布朗（Roméo LeBlanc）先生呈交了一份详细而充分的捕杀海豹的报告。四个月之后，他给我答复，大意是：他和他的科学顾问都对现状感到满意，没有什么可担心的。他以一句非同凡响的话结束了回信："我们的政策力求使可捕捞鱼类和海洋哺乳动物的数量达到一个科学的水平，以保证加拿大人日常和有限制的捕捞，同时还要确保这些有价值的海洋资源的良好状态。除此之外，我部别无他求。"

从1976年开始，血淋淋的赏金政策加上在栖息繁殖地进行的"有限的淘汰"造成的累积破坏，到现在已有五万头灰海豹（还有几千只斑海豹）被杀。真是难以理解这些"有价值的海洋资源的良好状态"是如何得到保证的。

1981年春天，《濒危物种贸易国际公约》（*International Convention on Trade in Endangered Species*）年会在欧洲召开。法国代表指出，全球范围的灰海豹和斑海豹都已陷入绝境，他提议将这两种海豹列入《公约》附录二。该附录规定"不准利用濒临灭绝的动物"。

加拿大政府拒绝支持这一提议。

加拿大政府的立场至少与其推行的政策是一致的。长期以来，加拿大政府拒绝与美国合作。美国早在1972年就对斑海豹和灰海豹采取了全面的保护措施。现在，勒布朗选择采纳加拿大大西洋渔业科学咨询委员会（Canadian Atlantic Fisheries Scientific Advisory Committee）的建议。这个连名称都很笨拙的委员会，把推行政府的政策作为主要任务，提出如下建议："要稳定或进一步减少灰海豹的数量，一个短期的策略就是，在未来两年内，（每年应该）杀掉八千到一万头灰海豹。"

渔业海洋部不遗余力地执行了这项建议。1982年有一千八百四十六头灰海豹在繁殖地遭到"淘汰"，1983年有记载的是两千六百九十头（其中包含一千六百二十七头小海豹和九百二十七头成年雌海豹）。尽管如此，离设定的目标还很远。事实上，在加拿大沿海水域中，根本就没有那么多灰海豹。如果将"有限的淘汰"的政策扩大到塞布尔岛——灰海豹最后的避难所，委员会的目标可能将更容易达到。

毫无疑问，勒布朗所领导的渔业海洋部的意图就是将塞布尔岛上的繁殖地纳入"有限的淘汰"范围。但是，当时渔业海洋部面对国际社会的强烈抗议（这个问题后续章节将有所涉及），不得不对淘汰竖琴海豹和冠海豹的政策进行辩护。考虑到这个问题，对屠杀塞布尔岛上的海豹这件事实行自由裁量，至少在目前，是比较明智的做法。

从1981年以来，我每年都要对加拿大东部几个代表性区域内的斑海豹和灰海豹进行调查，我不能亲自去的地方，有十分称职的博物学家替我调查。下面是一些有代表性的抽样结果。

早在20世纪50年代末期，我对密克隆岛上的格朗港（Grand Barachois）做了几次考察。在海豹的"仲夏聚会"上，我看到三百多头海豹，多数是灰海豹，其余的是斑海豹。1983年，四位观察员两天才发现不足一百头灰海豹和斑海豹，有的还可能被数了两次。在这个法国的岛屿上，这些灰海豹被非法猎杀，其颚骨交易一直非常活跃。它们被走私到纽芬兰或者新斯科舍，在那里换取政府的赏金。

20世纪60年代和70年代初，我到莫德林群岛避暑，花了很多时间观察灰海豹。在60年代早期，它们还算自在，没受到什么骚扰，对人类也非常温和友善。有一次，一群海豹在海滩上懒洋洋地晒着太阳，我游过去，装作海豹的样子，爬上岸，向它们靠拢。我竟然能够和三十多头成年灰海豹紧挨在一起，在我怯生生的目光中，它们简直就是庞然大物。突然，一架低空飞行的飞机把它们惊动了，它们摇摇晃晃地步入大海。我瞬间被吓得慌了手脚，不是怕被咬几口，而是害怕这群像压路机一样的动物把我压扁。幸运的是，我趴在地上，它们都刻意避开了，以免踩到我。

当我第一次登上莫德林群岛时，灰海豹有几百头，并且数量还在慢慢增加。但是，随着赏金和"淘汰"政策的实施，它们实际上已在杀戮的狂欢中灭绝了。1979年，雅克·库斯托参观这里时，对此感到憎恶。

多年来，爱德华王子岛上的游客时常抱怨，海滩上的海豹死尸臭气熏天。对游客来说，有一段海滩还不安全，打在海豹身上的子弹到处反弹。后来，在岛上旅游局的压力之下，联邦当局不得不在旅游旺季禁止在岛上为赏金狩猎。然而，我们最近的调查记录显示，在近一百英里（约一百六十千米）的海滩上，只有十九头灰海豹和两头斑海豹，其中五只已死于枪伤。

在19世纪的大部分时间里，米克马克印第安人每年秋季都会聚集在米斯库岛上，捕杀海豹，为过冬准备食物和衣服。1965年，还能经常在岛上见到灰海豹。我的一位同事最近去了该岛，连一头海豹都没有看到。岛上的渔民告诉他，去年大约捕到十二头，但现在已经非常稀少了，没人愿意再费力去捕杀它们。

过去几年，我一直住在布雷顿角岛东南海滨。第一次去的时候，夏季的任何一天，从窗户望出去，都能看到二三十头灰海豹。但现在，如果能在某个月看到两三头，我就认为我的运气不错。

然而……

1984年1月26日，多伦多《环球邮报》（Globe and Mail）刊登了一篇文章，标题是"科学家认为，海豹死灰复燃"。文章包含这样一些论断："渔业研究人员一致认为，现在的海豹数量比过去多。（联邦政府）灰海豹和斑海豹研究专家韦恩·斯托博（Wayne Stobo）说，'在过去十到十五年间，灰海豹的数量急剧增加'……他还说，'随着人们减少海豹捕杀，在北大西洋中的鲨鱼数量也明显下降'。因此，海豹的数量在增长……渔业海洋部高级政策顾问丹·古德曼（Dan Goodman）说：'渔业部门官员正面临着越来越大的压力，需要淘汰一些海豹来控制其数量。'估计灰海豹的总量在三万到六万头……"

各级政府在撒谎时都从容自若。我与许多海豹专家交换过意见，没有人相信现在还活着的海豹比以往任何时候多；也没人认为鲨鱼是北大西洋海域中海豹的主要捕食者；即使最乐观的人也不相信加拿大海域中灰海豹的数量会超过三万头；有人估计，还不到这个数量的一半。有位专家挖苦道，古德曼先生可能是"心不在焉"，想到的是全世界还活着的海豹数量。

事实终归是事实，光明总会照亮黑暗。1983年1月，渔业海洋部的一个官方咨询机构，海豹和海豹捕猎议员委员会（Parliamentary Committee on Seals and Sealing）向勒布朗的继任者皮埃尔·德巴内（Pierre de Bané）建议："终止淘汰海豹，因为本委员会认为继续实行'有限的淘汰'毫无理由和根据。除此之外，我们重申，作为控制海豹数量手段的赏金制度是不人道的，毫无益处。"

这一直率的建议，加上当年广泛的反对捕杀竖琴海豹的运动，似乎产生了一些效果。1984年初，渔业海洋部宣布本年度只"淘汰"三百头小海豹。然而，在繁殖地停止大规模捕杀海豹仅仅只有这一年时间。这只不过是渔业海洋部的伎俩而已，丝毫不会改变他们继续推行灭绝海豹的整体战略。赏金杀戮将一如既往地施行。另外，有证据表明，在新不伦瑞克南部，赏金捕杀的范围已再次悄然扩大到斑海豹头上。

有人在精心策划，打着"独立渔民组织"的旗号，企图提高赏金。其他的建议也在公开地响应这种企图。我认为，这根本就是出自渔业海洋部之手。有人建议，加拿大应该像爱尔兰那样，即将海豹捕杀权出售给外国的捕猎者。东海岸的捕鱼组织也在强烈要求进行"全民捕海豹"活动，"得分"最高的"好公民"将被授予特别奖励，并将举行庆功会，以表彰那些为"帮助加拿大渔业摆脱日益严重的威胁"而做出贡献的人。

1984年5月14日，加拿大发布的通讯稿清晰地透露了正在谋划的事情。

渥太华方面透露,"淘汰"海豹迫在眉睫。据省渔业部部长约翰·利弗(John Leefe)说,新斯科舍和联邦政府有关部门已就"淘汰"灰海豹的可能性讨论了几个月。

利弗先生周五表示,在东海岸附近海域,海豹每年要吃掉一百五十万吨鳕鱼,并传播一种寄生虫,降低了鳕鱼的价值。因为加工商拒绝购买从塞布尔岛附近捕捞的感染了这种寄生虫的鳕鱼,而该岛是灰海豹的一个主要繁殖地。

"利弗先生还说,新斯科舍省政府希望尽快组织捕杀海豹行动。但是,渥太华方面不同意,担心引起负面舆论。纽芬兰和魁北克的商业捕杀海豹活动,惹怒了反对捕杀海豹的组织,他们掀起了让英国人和美国人抵制加拿大产品的运动。

利弗呼吁:"渥太华和四个大西洋沿岸省份(即新斯科舍省、新不伦瑞克省、爱德华王子省和纽芬兰省),应该加入淘汰海豹的行动。"

他说:"如果新斯科舍省能够单方面处理这个问题,渥太华方面将很满意。"但是该省没有权力这样做。二十年前只有几千头灰海豹,现在据估计,已经增长到了大约十万头。

很显然,加拿大海域的斑海豹和灰海豹继续生存下去,不可依靠政府机构、资助人及其唯命是从的办事员来制定和执行开明的、实事求是的政策,而只能依靠代表灰海豹开展持续斗争的独立自发的动物保护组织。这是一个多么残酷的事实!

十八　冰上的死亡（旧历）：竖琴海豹和冠海豹

卡尔塞夫尼带着斯诺里（Snorri）、比亚德尼及随行人员沿着海岸朝南航行。他们航行了很长一段时间，最后进入一条河，这条河最终汇入大海。河上有一个大水塘，他们在水塘岸边驻扎下来，整个冬天都住在那里。

第二年春天的一个早晨，很多皮艇从南边划来，密密麻麻的，就像是散落在海上的木炭。双方靠拢之后，就开始进行物品交换。

附近有几头北欧牛，公牛从树林里窜出来，大声吼叫。斯克林斯人（Skraelings）被吼叫声吓坏了，他们冲到自己的船上，划船跑了。一连三个星期，他们都没露面。突然，从南边又来了一大帮人。卡尔塞夫尼和他的手下拿出了鲜红的盾牌，做好防御。斯克林斯人从船上跳下来，双方短兵相接，打了起来。

弗雷迪斯·埃里克斯多蒂尔（Freydis Eriksdottir）从门里出来，看见卡尔塞夫尼和他的手下正在逃跑。她想跟他们一起逃走，但因为有孕在身，跟不上。此时，斯克林斯人朝她逼近，她看见面前一个死人身旁有一把出鞘的剑，便一把抓起剑。她改变了逃跑的想法，用剑刃拍打自己的胸脯。斯克林斯人被这一情景吓了一跳，急忙跑回船上，划船走了。

现在，卡尔塞夫尼和他的部下们都很清楚地认识到，虽然这个地方美丽迷人，但因为斯克林斯人的骚扰，生活将充满恐惧和不安。他们决定离开这里。他们沿着海岸向北航行，意外看见五个穿着皮马甲在海边睡觉的斯克林斯人，便把他们都杀死了。

这是一个古老的北欧传奇故事的梗概。它讲述的是发生在大约一千年前的故事。当时，一支来自格陵兰岛的北欧探险队，试图在纽芬兰西海岸立足。由于同他们称之为斯克林斯人的当地土著发生了冲突，他们的愿望未能实现。在此后近一千年中，斯克林斯人的身份一直是个谜。

有人曾经认为他们是印第安人，但现在我们知道，他们不是印第安人，而是具有所谓多尔塞特文化背景的因纽特人。他们来自极北地区，最后在气候相对温和的圣劳伦斯湾附近安家落户。同样地，这里温和的气候吸引了许多北极动物，例如弓头鲸、白鲸、海象、北极熊等。圣劳伦斯湾能满足它们的需要。

斯克林斯人的生活与海豹息息相关，以捕海豹为生。正是圣劳伦斯湾及附近海域中数不胜数的海豹，特别是竖琴海豹，吸引他们在这里安家落户。在北美沿岸，哪里有大量的竖琴海豹，斯克林斯人就在哪里住下来，生根发芽，开枝散叶。在巴芬湾周围、戴维斯海峡两岸、加拿大北极群岛的东部岛屿之间，沿着拉布拉多向南一直到卡伯特海峡，依然能够找到斯克林斯人居住的遗迹。通过在贝冢堆中发现的具有典型细石器特征的石头工具，特别是贝冢堆的成分，很容易辨认这些遗址。这些贝冢堆主要由腐烂的有机物和海豹的骨骸构成。在恩格利（Englee）、雷角（Cape Ray）和舒瓦港，有的贝冢堆非常大，一层早已腐烂的海豹尸骸，看起来油腻腻、黑糊糊的，混杂着厚厚的海豹骨头，给人一种这里曾经发生过大屠杀的印象。但那只是一种时间流逝给人的假象。这些堆积起来的残骸，是一代又一代人为了生存捕杀海豹的结果。竖琴海豹是他们的主要食物来源。

就整个海豹家族来看，成年竖琴海豹体型适中，大约三百磅（约一百三十五千克）重，五英尺半（约一点七米）长，介于较小的斑海豹和较大的灰海豹之间。竖琴海豹是一种冰海豹，一生中大部分时间都在浮冰上或者浮冰周围度过。它水性极好，可以下潜至少六百英尺（约一百八十米），能在水下或者冰下游很长的距离，潜水达半小时之久。

竖琴海豹家族由各具特点的三个分支组成。第一个分支栖息在欧洲北部的白海（White Sea）、巴伦支海，第二个分支生活在格陵兰岛以东的格陵兰海，第三个分支也是数量最大的一部分生活在大西洋西北海域。第三个分支是我们最为关注的一部分，夏天的时候，竖琴海豹在北至霍尔海盆（Hall Basin），距北极不到四百英里的范围内避暑，在纽芬兰岛东北沿岸和圣劳伦斯湾中产崽。这样每年迁徙一圈，竖琴海豹要游五千英里（约八千米）以上。

这些大西洋西部的竖琴海豹，在北极海洋结冰之前几周，就开始了它们的秋季大迁徙。它们一群群达成千上万头，结队向南游动，形成一支连绵不绝的队伍，一直到拉布拉多海岸，这支队伍曾经多达数百万头。到11月下旬，领头的海豹群就已到达贝尔岛海峡。队伍在这里分道，数量最大的那一支穿过贝尔岛海峡，沿着圣劳伦斯湾北部海岸一路向西前进。1760年秋天，一位法国商人曾亲眼见到竖琴海豹经过纽芬兰北端的情景，其壮观场面从他的记录中可略知一二。他写道，"整整十个昼夜，从海岸到天边，整片海里全都是海豹"。有一年，这群海豹向西，一直到了库德尔岛，离魁北克市仅几十英里（一英里约一点六千米）。但是，现在剩下的海豹很少能够越过沙格奈河到更远的地方。

在贝尔岛海峡分道以后，另一支队伍朝西南方向前进，然后消失在远方。有些生物学家认为，它们到了大浅滩，分散在那里过冬。但是人们找不到确凿的证据来证实这种说法。也许最有可能的解释是，这些快速游动的海豹沿着纽芬兰东部海岸一直游，然后通过卡伯特海峡进入圣劳伦斯湾。我猜想，在那以后，它们沿着纽芬兰西部海岸向北，将自己的生命作为礼物送给在那里等待着的斯克林斯人。

但这只是一种推测。即使在有了电子眼、电子耳、海面上到处都是渔船的今天，从1月到2月下旬，那群浩浩荡荡的海豹究竟去往何方，仍然不得而知。

在冬季的几个月里，在拉布拉多寒流的影响下，北极浮冰一条一百英里（约一百六十千米）宽的巨大冰舌向南不断延伸。到2月中旬，浮冰塞满了纽芬兰东北海岸，然后挤着穿过贝尔岛海峡，与圣劳伦斯湾中的冰块汇合。

在没有经验的人眼中，这片漂浮的浮冰是生命的禁区。它笼罩在浓雾之中，是一片白茫茫的荒芜世界，在汪洋大海的惊涛骇浪中起伏颠簸、冲撞、破裂，经受狂风暴雨的洗礼。然而，在2月底、3月风暴来临之际，大批的海豹军团，却出现在这个冰冻的混沌世界。

在2月中旬一个难得的晴天，如果驾驶飞机在这片浮冰上低空飞行，也许，在浮冰的裂缝处，你会看到一点点生命的迹象，一些海豹湿漉漉的后背在阳光照射下微微闪光。除此之外，周围是一片空荡荡的不毛之地。几天之后，奇迹似乎就要出现。

1968年2月下旬的一天，我乘坐一架轻型飞机，在高度一千五百英尺（约四百五十米）的空中巡航。我朝下望去，无边无际的浮冰上面，挤满了待产的海豹。我问旁边的生物学家有多少海豹，他只能耸耸肩。

即使有空中摄影技术的帮助，科学家也只能粗略地估计一块较大的浮冰上有多少待产的竖琴海豹。他们主要依靠待产海豹分散的范围来进行估算。普遍认为，每平方英里（一平方英里约二点五九平方千米）有三四千头成年海豹，其中多数是雌海豹，以及差不多同样数量的小海豹。因为雄海豹通常都在水里或者潜入水下，所以根本无法计算它们的数量。更难的是，待产海豹所占的面积也只能进行大概的估计。那天，我们飞越的那块浮冰中心部分有大约十二英里（约十九千米）长，至少六英里（约九千米）宽。横七竖八的海豹在冰块上不规则地排列着，像一个巨大的变形虫伸出无数的伪足。我们粗略估计，这一块浮冰上就有五十万头海豹。

然而，相比曾经生活在这里的海豹来说，这个数量根本不值一提。1844年春天，一百多艘纽芬兰捕海豹船，在拉布拉多东南海岸附近一块海豹产崽的浮冰上捕海豹。这块浮冰长五十英里（约八十千米），宽二十英里（约三十二千米）。最保守地估计，这块冰上有超过五百万头海豹。有一点可以肯定的是，海豹猎手们收获了差不多七十四万张海豹皮，其中绝大多数都是从刚出生的小海豹身上剥下来的。

大西洋西部的竖琴海豹在两个分离的区域里产崽。一处是漂浮在纽芬兰东北海岸附近的浮冰，被称为"前方"（Front）；另外一处就是圣劳伦斯湾。在"前方"有两个界限分明的海豹群，圣劳伦斯湾里有两个或者更多的海豹群。在每一个海豹群中，雄性海豹或在一块块浮冰之间的水道里嬉戏玩耍，或结伴躺在冰块边缘；而雌性海豹则分散在冰原上，各占一个地方产崽，抚养唯一的后代。

关于新生的竖琴海豹幼崽，已经无须赘述。它们的形象经常出现，几乎没有人不熟悉它们。这些模样可爱眼睛大大的小家伙，已经成为动物保护者这类人群的象征。他们深信，人类必须悬崖勒马，停止对动物进行毁灭性摧残。因此，用海豹幼崽做象征是一个非常明智的选择。

雌性竖琴海豹只给幼崽哺乳大约两周时间，期间幼崽不仅因此体重增加了三倍多，而且长了一层两英寸（约五厘米）厚的脂肪。之后，母海豹就不管它们了，让它们自力更生，自己则去和等候在附近的雄海豹交配。这时，海豹幼崽那层浓密柔软的胎毛开始脱落，脱毛期的海豹幼崽被人们形象地叫作"破夹克"。几天之后，胎毛脱完，海豹幼崽长大了，皮肤成了斑驳的银灰色，这个阶段被称为"杂色期"或"幼海豹"。五六周大的时候，幼海豹会第一次大着胆子下水，很快就学会游泳，并开始学习在海洋中谋生的本领。这期间，它们靠消耗储存在体内的脂肪和蛋白质维持生命。

春天慢慢过去，成年海豹享受了快乐，完成了繁衍后代的任务，它们再一次大规模地聚集在一起，这些被称为"换毛海豹群"。一连几天，甚至几周，庞大的竖琴海豹群簇拥在一起，晒太阳，换毛。我们可以认为它们是在进行社交活动。这是竖琴海豹一年一度的节日庆典，是在一年繁殖期结束、新一轮循环开始之前进行的。

4月底，在春日阳光的照耀下，巨大的冰舌开始慢慢融化。节日结束了，成年海豹开始了返回北极海洋的漫长旅程。它们出发后一两个月，幼海豹也成群结队地踏上第一次向北迁徙的征途。它们各自前行，在寂寞的漫漫旅途中，内心深处有一个声音在召唤，指引它们朝着祖祖辈辈的避暑地前进。

巴斯克捕鲸者可能是最早知道大西洋西部有大量竖琴海豹的欧洲人。他们冬天在新大陆入港停泊的时候，曾经看到过迁徙的海豹蜂拥进入贝尔岛海峡。

法国殖民者可能是最早捕杀海豹的欧洲人。他们17世纪中期就在圣劳伦斯河下游河谷地带定居。我们曾经看到，他们最初捕杀的是灰海豹。随着越来越多的人向东扩张，进入宽阔的河口海岸，他们发现了另一种海豹，这种海豹出现在1月份，多得不可思议。

这种银灰色动物头顶是黑色的，像戴着一顶帽子，身上的黑斑像竖琴一样。它不像斑海豹和灰海豹，从不进入河口，也不到岸边的岩石上玩耍，它就是竖琴海豹。捕获竖琴海豹唯一的方法似乎只能是坐在小船上朝它们射击。效果不好的步枪加上结冰的海面，使这种方法捕获率很低，而且非常危险。然而，有些猎手认为值得去冒险，因为每头竖琴海豹都有厚厚的一层脂肪，炼出的油和一头较大的灰海豹差不多。所以，竖琴海豹被殖民者视为珍品，称之为"混合海豹"，与最初的海豹或者灰海豹，区别开来。

这种海豹数量极大，却比较难捕获，这令捕猎手很受挫，垂头丧气。后来，法国人终于找到一种大规模屠杀它们的办法。17世纪上半叶，有些冒险者沿着圣劳伦斯湾向东对一些未知区域进行考察时，遇到了最出色的海豹捕猎手——因纽特人。那时，因纽特人在西至安蒂科斯蒂岛的地方过冬，以海豹为食，竖琴海豹是他们的主要猎物。没有枪，他们就将海豹皮织成网，安放在岛屿之间狭窄的水道里捕海豹。

法国人善于从土著人那里学习捕猎技巧。他们很快就开始织网安网，这种网捕的办法效果极佳，很快就带来丰厚的经济回报。魁北克和巴黎当局忙着出售新的庄园领主土地权。到1700年，领主土地权一直卖到了东边的明根岛。每一份买卖转让证的措辞都清楚地表明，一个地方的海豹捕杀垄断权是诸多权利中最有价值的。

法国人向东的进一步扩张遇到了阻碍，不是因为海豹不多，而是因为他们将自己的利益与印第安部落的利益混在一起，从而引起因纽特人的反感。双方矛盾越来越激烈，甚至发生了流血冲突，任何一方都不敢到明根群岛以东的圣劳伦斯湾海岸过冬。这种状态一直持续到18世纪初。

要解决问题，就得换一种思路。贝尔岛海峡一带，长期以来就由来自法国的捕鳕鱼渔民控制着。尽管他们在那里也与因纽特人发生过流血冲突，但在这里过冬的法国人在必要的时候可退回到用木头搭建的堡垒中，堡垒有大炮保护。这样一来，在1689年，他们建了两处领地庄园，涵盖贝尔岛海峡两岸拉布拉多和纽芬兰海岸，主要从事海豹捕杀活动。

那时，捕猎竖琴海豹的利润极丰厚。为了剔除因纽特人对圣劳伦斯湾北岸的控制权，法国人联合印第安人，共同发起了对因纽特人的战争，并取得了胜利。1720年，一连串的庄园从塔杜萨克沿圣劳伦斯湾北岸一直延伸到贝尔岛，然后沿拉布拉多的大西洋海岸向北到哈密尔顿湾。另外，沿着纽芬兰的西海岸，在已消失的斯克林斯人曾占据的地方，建立了许多海豹加工站。

法国人逐渐掌握了海豹的迁徙规律，捕猎方式随之变化，也变得更加复杂。在安蒂科斯蒂岛东边，有两个季节可以捕猎海豹。一个是冬天，这时成群结队的海豹群从贝尔岛海峡涌进来，沿着海湾北部海岸向西迁徙；另一个是春天，成年海豹开始向北游去，到浮冰上换毛。捕海豹的网也有了变化，不再单纯地用筛网将海豹缠住，而是使用围网。这些网越织越大，操作更为复杂，一张网就要十几个人来操作。在岸上，用绞车来升降网的出入口，可以将进网的海豹全部捕获，然后从容地将它们杀死。

到18世纪中期，从新法兰西殖民地来的好几百人在捕杀竖琴海豹。法国殖民地每年要出口五百吨海豹油，这需要捕杀大约两万头成年竖琴海豹。捕海豹真是日进斗金，人们争先恐后地大力发展这门赚钱的生意。一位去过新法兰西殖民地的人，忍不住发出警告：

> 大力发展海豹捕猎，是否对殖民地有利，这是个问题……相反，如果同时进行大规模捕杀，将会在短期内给这种动物带来致命的打击，这是符合逻辑的结论。它们一年只产下一头幼崽，春天捕杀季节正是海豹的繁殖季节，秋季是海豹的受孕季节。所以，大量的捕杀必然会导致这种动物灭绝，同时，也将导致这个行业衰败。

不出所料，没人理睬这个警告。事实上，由于相互竞争，激发了人们捕杀海豹的迫切欲望。纽芬兰东部的英国殖民者常常在夏天划着小船到北部海岸去捕捞鳕鱼和鲑鱼，但在18世纪早期，他们发现法国人在小北半岛（纽芬兰北部的半岛）捕杀竖琴海豹，于是他们也开始捕竖琴海豹。很快，英国人就在福戈（Fogo）和圣母湾（Notre Dame Bay）建立了长期的定居点。在这里，他们冬天捕海豹，夏天捞鳕鱼和鲑鱼。

英国人还给这个行业带来了新的机会。他们发现，在春天成年海豹向北迁徙出发以后，刚脱完胎毛的海豹和未成年海豹还要在北部的海湾里逗留几个星期。他们就划着小船，在稀疏的浮冰中间朝小海豹射击。

射击法和网捕法都大获成功。早在1738年，仅福戈岛上零零散散的居民就运出去价值一千二百英镑的油和皮，这需要杀掉七千多头海豹。英国人发现捕杀竖琴海豹可以赚大钱，奋起直追，以他们独有的方式赚取那血淋淋的金钱。这时，竖琴海豹已无路可走逃。

在这个时期，法国人和英国人对于竖琴海豹的数量规模以及竖琴海豹本身都没有多少了解。在很长一段时间里，他们甚至还不知道脱完胎毛全身斑驳的小海豹就是竖琴海豹。他们也不知道这些海豹远离陆地后的生活状况。他们认为漂浮的大冰原充满了危险，不愿意冒险去探索一番。只要冰原中心地带的海豹不受侵犯，不管人们捕杀海豹的规模多大，也只是在边缘地带发生的，对整个海豹家族来说，影响微乎其微。但是，由于命运的捉弄，加上人类的本性，这种情况没有维持太久。

18世纪中期某一年（可能是1743年）初春，长时间反常的温暖天气，加上暴雨的影响，使得伸入拉布拉多海岸的巨大冰舌过早融化，变薄。当超过百万头需要产崽的雌性竖琴海豹到达这里的时候，浮冰已破裂、散开、融化，它们根本找不到合适的地方生产。它们的时间不多了，万般无奈的情况下，只得冒险爬上只能承受它们体重的冰块，生下小海豹。当时，海豹群已不像往常一样在一块巨大的浮冰上产崽，而是像谷壳一样分散在连绵数千英里（一英里约一点六千米）破裂的碎冰块上。

大规模的集体产崽后一两天，从东北方向来的风暴咆哮着席卷了这个区域。浮冰周围巨浪滔天，冰块被抛上浪尖，又陡然掉落，相互碰撞、挤压。无数新生的海豹幼崽和一些雌海豹被撞死，还有许多还没学会游泳的海豹幼崽被巨浪卷走，淹死。还活着的海豹，待在迅速融化破裂的碎冰块上，被无情的狂风巨浪带向南方。3月中旬，这些碎冰块又沿着博纳维斯塔湾海岸堆积起来，上面有成千上万的幼海豹。

几个英国渔民早已在那布满岩石和礁石的岸上建立了一处永久据点，以便在冬天捕杀成年竖琴海豹，在春天捕获小海豹。当时，海湾里结满了冰，向外延伸，根本看不到开阔的水面，他们失望透顶。除非冰块再次被风吹向大海，否则船只无法捕猎。就在这个时候，也许是因为看到某些生命的迹象吧，一个胆大的家伙冒险闯进这混沌的冰冻世界，发现了零星的还未蜕毛的小海豹。

不出几个小时，所有身强力壮的捕猎手都争先恐后地爬上那极其危险又不稳定的冰块。趁浮冰还足够厚实且没被风吹离海岸的时候，他们将成千上万张血淋淋、带着脂肪的小海豹皮搬到岸上，然后把脂肪从皮上剥下来，扔进炼油锅，熬出很多优质的海产动物油。

据记载，博纳维斯塔人开始根本不知道他们杀的是什么动物。后来有人看到一头海豹幼崽在吸雌性海豹的奶，他们才恍然大悟。

曾经有许多这样的"春季，海豹幼崽诞生后就被屠杀"，每一次都在纽芬兰的历史上留下深深的烙印。1773年，捕猎手在圣母湾的浮冰上杀了五万头海豹幼崽。1843年，浮冰挤进了特里尼蒂湾和康塞普申湾，捕猎新手借此杀掉了八万头海豹幼崽。但是，最野蛮的大屠杀发生在1861年，六万头海豹幼崽在哈密尔顿湾被杀死，另外还有超过十五万头在博纳维斯塔湾丧生。1872年，甚至圣约翰斯的居民也涌向港口那边的浮冰，杀死大约十万头幼崽。

让人烦恼的是，这样的意外横财大约要等二十年才有一次。但是，有白色黄金的光芒给他们引路，纽芬兰人必然会去寻找海豹的老窝。

搜寻开始了。这时，猎手们不知道海豹的繁殖地到底有多远，他们只知道海豹在北方无边无际的冰上产崽。早在18世纪70年代，就有人开着捕鳕鱼的开放式大船去茫茫冰原的南部边缘搜寻。由于这些船太笨重，又不坚固，不能在浮冰的间隙中行驶，也很难在冰上拖动，他们造出了一种轻巧的双层方头平底船，两个人就可以将它拖上冰面。这种船最初是为了射击迁徙中的海豹而设计的。但随着时间的推移，猎手们驾着这种船越来越深入浮冰之中，从而学会了在危险的冰上航行的技能。

1789年，在一块已经漂到比以往更南边的浮冰上，这一帮冰上猎人终于遇到了一小群待产的海豹。接下来的几天，这些驾着冰上轻舟的猎手们杀死了两万五千头海豹幼崽。寻找主海豹群的行动有了新的动力。

随着经验越来越丰富，这些意志坚定、不轻言放弃的猎手们开始意识到，要想找到主海豹群，必须有坚固的船，一方面能抵挡冰块的撞击，另一方面船上要有足够的空间保护船员，抵御严寒和暴风雪。因此，他们又造出了一种经过加固、有四角帆的双桅船，又称恶霸船。它前部宽，非常坚固，重约四十吨，前后都装了甲板，能容纳十二名船员。

这种恶霸船能在海上航行一两周，那些经历了各种恶劣天气的船员也只能坚持这么久。然而，尽管这种船能够进入巨大冰原周围三四十里格（三十米左右）范围内稀疏的浮冰当中，也可以顺便捕获一些在主海豹群以外出生、落单了的海豹幼崽，但它就是到不了那"黄金国"——海豹的老窝。

为了找到"黄金国"，有人建造了更大的船。1802年，一艘船向北航行，这是一艘全甲板的纵帆船，五十英尺（约十五米）长，双层木板结构可抵挡冰块。虽然他们离主海豹群还遥不可及，但他们收获还是很大。1804年春天，一百四十九艘恶霸船和纵帆船从北部海湾起航，捕杀的海豹幼崽不多，但射杀了七万三千头迁徙途中的幼海豹和成年竖琴海豹。那一年，网捕还收获了四万头。

从一开始，搜寻主海豹群就付出了巨大的代价，人员伤亡，船只失事。1817年一场猛烈的风暴，不仅摧毁了海豹繁殖场地，还使许多北方的外港变成了废墟。当年，猎人们只收获了五万张带脂肪的海豹皮，却付出了惨重的代价，至少二十五艘船被冰块挤碎沉没，近两百人被冻死。

幸存者没有被吓倒。他们又造出更大更坚固的船，向大冰舌深处逼近。1819年，他们终于找到了一直以来苦苦追寻的东西。那一年，冰层格外开阔，强劲的东北风把主海豹群产崽的冰块吹到离纽芬兰海岸不到一百英里（约一百六十千米）的地方。猎手们发现这群海豹时，乘坐的是一种新型船只：一百吨重的抗冰加强型双桅帆船，可容纳五六十个人。发现主海豹群，就等于为即将上演的大屠杀拉开了序幕，遗憾的是，似乎没留下任何记录。1840年，J. B. 朱克斯（J. B. Jukes）教授乘坐"托帕斯号"（*Topaz*）前往主海豹群所在地，他的所见所闻就权当一种记录吧。我将他的报告简化了一些。

我们穿过一些稀疏的浮冰块，小海豹分散在上面，所有的人都跳下船，杀戮、剥皮、搬运。然后，我们进到一个湖，水面开阔，派出五艘方头平底船。船上的人与冰上的人汇合，把整头海豹或者带脂肪的海豹皮拖上平底船，运回到双桅帆船上。这样，当天黑下来，不能继续干下去的时候，船上已经有三百头海豹，甲板就像屠宰场一样，一片狼藉。

小海豹被高高地堆在一起，这些小家伙看上去像小羊羔一样。在那血糊糊脏兮兮乱七八糟的尸体堆里，有一头可怜的小海豹还没有死，昂着头，不停地挣扎，发出支支吾吾的叫声。我再也忍受不了这种惨状，拿起一根绞盘棒，走上前朝它头上砸去，结束了它的痛苦。有一个人用鱼叉把一头小海豹钩起，它那凄厉的叫声就像一个极度痛苦的婴儿发出的哭声，有时尖叫，有时抽泣……我还看见一头还活着的可怜的小海豹被剥皮，皮剥完了，光秃秃的肉体在血泊中抽搐……另一头小海豹扭动着它那雪白、毛茸茸的身体，头上淌着血，挣扎着想要呼吸，想再看看这个残暴的世界，不过一切都是枉然……我看到的都是鲜活的生命啊……令人窒息，这恐怖的场面常常萦绕在我的梦中。

第二天，天一亮，所有人都跳到冰上，忙着屠杀四面八方的小海豹。它们沐浴着朝霞，躺得很分散，方圆二十码（约十八米）内只有六到八头。猎手们手持鱼叉，肩挂拖绳，发现海豹就猛击其头部，把它们打死或者打晕后，就开始剥皮。他们用鱼叉钩着一捆带脂肪的皮从冰上拖到船上。在这凹凸不平的破冰上，拖着六张皮行进，也是很沉重的，有时候还要从一个冰块跳到另一个上去。他们一般是两三个人一起，在遇到难过去的地方，或者有人掉进水里时，可以相互帮一把。

我留在船上当船长的助手兼厨师，把拖过来的海豹皮提上船。到了十二点钟，我们站在有膝盖那么高的海豹皮堆里，海豹皮连着脂肪，沾满了血，还冒着热气。到了晚上，甲板上铺满了皮，齐围栏那么高。

猎手们回到船上，手上和身上散发着血腥味和脂肪的臭味，急匆匆地喝一口茶或吃上一块奶油饼干，一颗颗汗珠顺着脸颊不断地往下滴。他们用拇指抹黄油，双手擦去脸上的汗水，把液体、固体和血水混在一起。不过，这里一片忙乱，人们还很兴奋，没时间去想那些恶心的事情。吃过丰盛的茶点之后，猎手又赶忙去寻找新的猎物。补充一点：每张皮值一美元。

就在这段时间，数百头成年海豹从浮冰间的水道和冰洞中探出头来，焦急地寻找它们的孩子。偶尔有一头海豹很快地爬上冰块，去寻找自己来不及带走的小宝贝。然而，剩下的是一滩血水和支离破碎的残骸，母海豹怎么能辨认出谁是自己的孩子呢？我在甲板上向它们开枪，但没有打中。不管打在什么部位，只要没有打中它们的脑袋，它们都可能逃脱，有机会活下去。

那天傍晚，落日的余晖蔚为壮观，辽阔的冰原反射阳光，有些刺眼。斑斑血迹玷污了皑皑冰雪，一道道鲜血染红的小径标记着入侵者的足迹。

"托帕斯号"返航时，带回了四五千张海豹皮。然而，在1819年首次发现主海豹群的那批船运回了差不多十五万头海豹幼崽。那"丰收的一年"总计运回二十八万头大大小小的海豹。毁灭竖琴海豹家族的烈火烧得正旺。

这里必须离题，纠正一个错误观点：被捕杀的海豹数量基本上与收获的海豹皮数量一致,这一观点对那些"管理"海豹的人很有帮助。事实上,即使是用网捕海豹,这种观点都是不对的,因为大多数被网套住的都是怀孕的海豹,每死一头,就等于一尸两命。

至于用枪捕杀海豹,这种观点更是站不住脚的。在繁殖季节前,海豹比较肥胖,但还不能完全浮在水面上。所以,在开阔水域被枪杀死亡的竖琴海豹,至少有一半沉入水底,捞不到。另外,多数海豹被枪打伤后会潜入水中,不知去向。繁殖季节之后,不论性别,海豹体内的脂肪已基本消耗完,如果被枪击中当场死亡,百分之八十以上将葬身海底,同样捞不起来。

一个多月大的幼海豹脂肪不多,还不能浮在水面上,往往在开阔水域遭到猎杀。目前,即使猎人使用现代的步枪,其打死海豹后的回收率也只在七分之一到六分之一。未成年海豹的回收率比成年海豹要高一些,因为它们的脂肪消耗少,还有一定的浮力,尽管如此,沉到海底的损失还是很大。在加拿大北极地区东部和格陵兰岛西部水域,沉入海底的海豹比例也很高。在20世纪40年代,当地猎人每年运回岸上两万头竖琴海豹,仅是他们击毙的海豹的百分之三十。近些年,这些地区的年出货量下降到了每年大约七千头。

在冰上枪杀竖琴海豹的损失率也同样大。雌性海豹产崽期间,雄性海豹聚集在浮冰边缘,这里也是雄性和雌性海豹换毛期聚集的地方。因此,枪击这里的海豹,必须做到一枪毙命,才能有所收获。即使那样,它们也会拼命挣扎,全身肌肉痉挛,滚入水中,沉入深渊。但是,很难做到一枪毙命。即使是亚伯拉罕·基恩(Abraham Kean)船长,一个坚定支持海豹捕杀的纽芬兰人,也承认他的手下至少要杀掉三头成年海豹才能捡回来一头。基恩船长曾在春季到冰上捕猎六十七次,创造了运回超过一百万张海豹皮的业绩,为此被授予大英帝国勋章。曾在20世纪50年代末去过"前方"冰原的哈里·利利(Harry Lilie)博士说,他所陪同的纽芬兰海豹猎手,每击中五头才能捡回一头。1968年4月,我搭乘由加拿大政府的科学家租的一艘挪威船到"前方"去。科学家们从换毛的海豹群中收集标本，专门聘请了经验丰富的挪威猎手为他们打海豹。尽管这样，回收率也只有五分之一。在捕杀海豹幼崽的过程中，回收率仍然很低。关于这一点，我们将在后面讨论。

现在，事实已经非常清楚了，运回岸上的海豹绝不可能与所杀的海豹相等。请各位读者记住这一点。

1819年以后，纽芬兰又掀起了捕杀海豹的狂潮。外港的人们仍然在用渔网和步枪捕杀海豹，但与圣约翰斯、特里尼蒂湾和康塞普申湾的商人和船老板们比起来，就黯然失色了。这些人贪得无厌，为掠夺主海豹群，心无旁骛，竭尽全力。大量的新型船只出现在海面上。到1830年，每年春天都有将近六百艘双桅帆船、三桅帆船和纵帆船，以及大约一万四千名纽芬兰捕猎手前往北方浮冰。这包含了北部海岸地区绝大多数身强力壮的男子汉。

接下来就是毫不留情、斩草除根的大屠杀。当时捕海豹的主要目的是获取海豹油（这时，海豹幼崽的皮根本不值钱）。人们以为，捕海豹的人为了自身的最大利益，不会宰杀刚出生的海豹，至少要等它们有十到十四天大，身上长了厚厚一层脂肪以后再杀。人们还指望他们对母海豹手下留情，至少也要等它们产了崽，将小海豹喂养"长大到具有商业价值"以后再杀。

但是，他们对大小海豹都不放过，格杀勿论。

在船老板疯了似的催促下，每位船长都想方设法率先到达主海豹群区域。结果，船队起航一年比一年早。当船队到达目的地时，要等上两周时间，海豹才聚集在一起产崽。这些猎人无所事事，就对在浮冰边缘和冰块间隙水道里成群的竖琴海豹下手。后来的无差别杀戮，夺走了成千上万数不胜数的母海豹的生命，包括它们肚子里的小海豹，以及以后还将产崽的后代。

那些成功产下幼崽的母海豹的遭遇一样悲惨。不同船只的船员之间竞争相当激烈，唯恐小海豹落入他人之手，船长便派人去杀死刚出生的小海豹，甚至出生仅一两天的小家伙也在劫难逃。但小海豹的脂肪不多，为了弥补这种野蛮而且愚蠢的行为造成的损失，他们用棍棒或者步枪杀死遇到的所有母海豹，不管它们是正在产崽、即将产崽，还是正在哺乳小海豹。

每位海豹猎人的口号是"绝不给别人留下任何东西"。他们少得可怜的报酬是按百分比计算的，以船上海豹脂肪的多少为基础。所以，每个人都想尽办法让附近的其他船运回更少的脂肪，越少越好，最好空手而归。

"浮冰运送（海豹皮）"是另一种残酷的竞争手段，同样能造成毁灭性的后果。"浮冰运送"就是海豹猎手每次"攻击"之后，不用自己把猎物拖回船上。船长将船员分成几个战斗小组，他们的任务就是以最快的速度覆盖最宽阔的冰原。每组中分工明确，有的人专门剥皮，边跑边剥；另外的人负责收集每个屠杀区域内还冒着热气的海豹皮，把它们堆在方便移动的浮冰上，用竹竿插上标记自己公司的旗帜，然后又往前赶。这样的战斗小组十到十二个小时要在冰上行进好几英里（一英里约一点六千米）。他们从一堆走到另一堆，身后留下一道道鲜血染红的足迹，相当刺眼。

从理论上讲，母船应该尽量紧跟在海豹捕杀船后面，要么在浮冰中闯出一条路，要么由船员拖着前进，以便靠近时，收取附近冰块上的海豹皮。而实际上，即使后来按破冰船规格建造的、以蒸汽为动力的海豹捕杀船，也很难完成这样的任务。1897年，在海豹繁殖的主要区域，五艘蒸汽船由于无法靠近，只得放弃了大约六万张海豹皮。1904年，单是"艾瑞克号"（*Erik*）蒸汽船就放弃了八十六块浮冰上总计约一万九千张皮。在那个时代捕海豹船经常要放弃一半浮冰上的海豹皮。如果船员在离母船很远的冰原上作业，遇到了风暴，一张皮都捡不到也很正常。他们认为这样的损失并不算什么大事，因为后面还有更多海豹幼崽。

有时不仅海豹皮丢了,船也沉了。由于冰块碰撞和挤压,船身破裂,船只下沉,成千上万张海豹皮也随之沉入海底。但是,对于那些坐在纽芬兰和英国城市的会计室中指挥控制捕猎海豹的产业大亨们来说,这点损失简直微不足道——与他们所获取的利润相比,这些损失可以忽略不计。

从1819年到1829年,平均每年收获差不多三十万张海豹皮,如果把那些没计算到的加上,我们可以估计,每年至少有五十万头海豹被屠杀。1830年,五百五十八艘船驶向"前方",带回来五十五万九千张皮。第二年春季,增加到了六十八万六千张(一位权威人士说是七十四万三千七百三十五张)。即便按这两个数字中较小的来算,真正被杀的海豹也超过一百万头。人类贪婪的火焰咆哮着,要吞噬一切。

这一章用了这么长的篇幅来讲竖琴海豹的遭遇,并不意味着它们是这浮冰世界里唯一的海豹。它们与另一种体型更大的海豹和睦相处,共同生活在这片天地里。这就是冠海豹,因为成年雄性头部前端有一个能充气的囊——像一顶帽子而得名。

因为竖琴海豹喜欢群居,如果把它们比作冰雪世界的"城市居民",那么冠海豹就是"乡村居民"。一般来说,冠海豹的繁殖地由一个个比较分散的独立小家庭组成,每个家庭有一头雄性、一头雌性和一头幼崽。冠海豹喜欢栖息在北极多年的积冰上,这些积冰比竖琴海豹所栖息的那种平坦易碎、仅积一年的浮冰厚得多,坚硬得多。

冠海豹是一夫一妻制,有强烈的领地意识,非常疼爱它们的孩子。面对敌人,雄性和雌性冠海豹绝不会逃走。如果捕海豹的猎手靠得很近,一头或两头成年冠海豹可能会向他扑过去。雄性冠海豹身长超过八英尺(两米多)、八九百磅(三四百千克)重,长着连狼都要羡慕的牙齿,虽然体态笨重,但在冰上行进起来和人奔跑的速度不相上下。然而,威尔弗雷德·格伦费尔(Wilfred Grenfell)博士告诉我们,冠海豹不是现代海豹猎人的对手。

　　冠海豹在保护幼崽时表现出巨大的力量、无畏的勇气和舐犊之情。我曾经看见过一家三口同时死亡。四个手持木棍的人杀了这一家。但在此之前,这头雄性冠海豹咬住木棍,左右挥舞,将这几个来犯之敌赶出了浮冰……后来,为不耽误蒸汽船起航,他们用升降机把这头老海豹吊上船。看起来,它已经死了。然而,刚吊到栏杆位置,绳子断了,它掉到了海里。也许是冰冷的海水刺激了它,它苏醒了过来,只见它又爬回那块浮冰上,斑斑血迹表明这里刚进行了一场战斗。冰块边缘离水面差不多六英尺(接近两米),它硬是一跃而上,就落在刚刚它家人遇难的地方。那几个人立即跑了回去,用几发子弹将它击毙。

　　一直到19世纪,猎手们都很少捕获冠海豹。这种动物体型庞大,力气也大,用网是套不住的。它们也很勇猛顽强,在开阔海面上,当时可用的武器很难将它们打死。由于捕获的冠海豹很少,有的生物学家就断定,这种动物很稀少。尽管没有弄清楚竖琴海豹确切的数量,冠海豹的数量也不会比竖琴海豹少,但当它们与竖琴海豹一起惨遭屠杀时,数量的确减少了。

　　纽芬兰人开始搜寻竖琴海豹繁殖后代的地方时,就预示着冠海豹黑暗时代的到来。竖琴海豹的繁殖地通常位于拉布拉多东南海岸之外的巨大冰块深处,冰块边缘是多年的极地浮冰,坚硬而又高低不平,形成了一道天然屏障。只有当大风和温暖天气使浮冰软化裂开时,木质的捕海豹船才能到达竖琴海豹聚集的区域。这些船在浮冰边缘被困数天,停滞不前。就在此时此地,他们遇到了冠海豹。

　　对于那些不屈不挠要捕杀冠海豹的猎手来说,收获是很大的。首先,冠海豹的幼崽,背部是色泽鲜亮的蓝黑色绒毛,腹部呈银灰色,有

"蓝鲸"的绰号。与竖琴海豹幼崽的皮毛不同,"蓝鲸"的皮毛即使经过当时的鞣制方法处理之后也不会褪色。因此,冠海豹幼崽的皮相当值钱。另外,它们的产油量是竖琴海豹幼崽的两倍。通常情况下,杀死一头小冠海豹,就能同时杀死它的父母,它们一起能熬出好几头成年竖琴海豹那么多的油。

早在1850年,纽芬兰的捕海豹船就经常密集地捕杀冠海豹。哈罗德·霍伍德的研究表明,19世纪末期,运回岸上的海豹皮中,多达百分之三十是冠海豹皮。

冠海豹也在圣劳伦斯湾中的浮冰上产崽。那里浮冰的环境较好,使得它们更容易遭到海豹猎人的攻击。1862年春天,驾着纵帆船来自莫德林群岛的海豹猎人在五天里屠杀了一万五千到两万头冠海豹。几年之后,纽芬兰一艘三桅帆船在圣劳伦斯湾中航行一番,便满载着冠海豹返航了。

大规模的商业捕杀给冠海豹家族带来了极大的灾难。当海豹猎人扫荡竖琴海豹的繁殖地时,大多数雄性和相当比例的雌性竖琴海豹还能够侥幸逃脱活下来,这多少还能够弥补失去小海豹所造成的损失。但是,当海豹猎人袭击一个冠海豹的繁殖地时,冠海豹几乎无一幸免,这个繁殖地上的冠海豹就此灭绝。

尽管现在的科学文献都认为冠海豹是"一种相当稀有的物种""少而分散""比竖琴海豹少得多,而且一直如此"。然而,只要仔细分析海豹捕猎史,不难看出,它们曾经不仅数量大得惊人,而且完全是因为人类的肆意杀戮才变得如此稀少。

1830年到1860年这30年,被纽芬兰人称为海豹捕杀的"辉煌时期",他们对此还有些怀念。这段时间,大约一千三百万头海豹被捕获,遭到屠杀的至少是这个数字的两倍。对于那些掌控海豹相关产业的人来说,这的确是一个辉煌的时代。这"永垂青史"的大屠杀为许多纽芬兰的商业王朝聚敛了物质财富,使其能够繁荣至今。

捕杀海豹的目的经常变化，但没有一个对海豹有利。首先，圣劳伦斯湾中有个地方是竖琴海豹和冠海豹的繁殖地，以前被忽略或者根本无人知晓，现在却遭到纽芬兰越来越多的船队不间断地攻击。

其次，成年海豹，尤其是冠海豹的皮大部分用来生产制造工业用皮带，价格非常昂贵。用未成年的冠海豹皮加工而成的皮衣，在高档服装贸易中总能卖到很高的价格。现在，竖琴海豹幼崽的皮也有销路了，不是因为发明了保持皮毛不褪色的鞣制处理工艺，而是有人发现：刚出生或者未出生的竖琴海豹幼崽的皮毛不会褪色。19世纪50年代初，一位纽芬兰企业家将这样一批竖琴海豹幼崽的皮运到英国，生产出来的皮手套、披肩以及其他的女性装饰品非常柔软、洁白，贵妇们几乎无法抗拒，争相抢购。这就是时尚皮毛行业对小竖琴海豹皮需求的开端，发展到现在成了一个价值近千万美元的行业。然而，直到第二次世界大战之后，一家挪威公司发明修复各种小海豹皮工艺之前，市场对小海豹皮的需求几乎全靠捕杀尚未出生的小海豹来满足。自然而然，这使得宰杀怀孕竖琴海豹的暴行日渐猖獗。

人们需要不断地完善和探索利用原材料的方法和手段，以获取更大的利润，现代经济才能发展和进步。这是不言自明的道理。到19世纪60年代，人们对于海豹的"产品研发"极富创造性，一度供不应求。海豹皮毛十分畅销，用途很广，既可以做女式夹克，也可做铁匠的风箱。海豹油的用途更广泛，既可以做成机动车润滑油，还可以充当橄榄油的替代品。这个产业创造出了大量的财富，不过，大部分都落到了商业巨贾的手中，只有少数进了普通渔民的腰包。渔民中也有少数人暂时性地发了财。格伦费尔博士就讲到一个人，他在拉布拉多一个偏远的海湾用网捕鱼。

在一个小村子里，一位叫琼斯（Jones）的人专门用网捕海豹，发了财。他派人去魁北克买了一辆四轮马车和几匹马，还特意修了一条路供马车行驶。整个冬天，他连续举行宴会，从加拿大请来一位私人音乐家助兴。不久前，我被请去为他的孙辈们设计衣服。

灭绝海豹的大屠杀并不局限在北美洲。早在18世纪初，苏格兰和英格兰捕鲸者在欧洲北冰洋海域向西航行时，在格陵兰海的西部冰原（West Ice）上，发现一个庞大的竖琴海豹和冠海豹群正在产崽，这个地方靠近人迹罕至的扬马延岛。在这片海洋中，只要有足够的弓头鲸，海豹一般就不会受到骚扰。但是，到18世纪中期，格陵兰岛东部海域的鲸数量急剧减少，一艘船能捕杀几头鲸来支付它的航行费用就算运气很好了。在这个时候，捕鲸者就将目光投向了西部冰原和戴维斯海峡里的竖琴海豹和冠海豹群。

像纽芬兰人一样，他们也费了一番工夫，才学会在冰上捕杀海豹。1768年春天，十几艘英国捕鲸船在西部冰原作业，每一艘都装载了约两千头冠海豹和竖琴海豹。不久，德国人、丹麦人、荷兰人，当然少不了挪威人，都加入这个开发"活着的油田"的行列中。在19世纪到来之前，他们每年都要收获二十五万张海豹皮。

西部冰原的毁灭狂欢可以与19世纪在纽芬兰海域对竖琴海豹和冠海豹的屠杀相提并论。1850年，从西部冰原运回大约四十万头海豹；第二年，纽芬兰海域和西部冰原的捕获量加起来超过一百万头。

在西部冰原，贪婪不仅夺去了海豹的生命，也让人类自食其果。1854年春天，英国捕海豹船"猎户座号"（Orion）船长派一群人到一堆向上隆起的冰块上去，那里有一群看起来像冠海豹的东西。走近一看，原来是一堆遭遇海难的丹麦海豹猎人的遗骸，共七十具，旁边是数百头刚出生的小冠海豹的尸体。当时这些在劫难逃的人试图用这些海豹的尸体筑起一道屏障，以抵挡那利刃般的极地狂风。

与纽芬兰人在"前方"的情况一样，争夺海豹皮和脂肪的竞争愈发激烈，迫使西部冰原上本就越来越少的海豹不断后退，逃到了那块天然的保护区。在这里，再不怕死再勇猛的船长也鞭长莫及，只能望洋兴叹。船只失事和人员伤亡数字飙升，捕获量却开始下降。有一段时间，捕杀海豹的"辉煌时代"似乎就要到头了。

还是英国人找到了摆脱困局的办法。1857年，赫尔捕鲸公司"戴安娜号"捕鲸船，装备了新式的蒸汽发动机，冒险进入西部冰原，返航时装了满满一船的海豹脂肪。"戴安娜号"（*Diana*）还从两艘遭遇风暴被困在冰块中的捕海豹船上救出了八十人。这次航行确实值得。"戴安娜号"四十匹马力的发动机，带动一个笨重的铁螺旋桨，尽管不算先进，功率还不够大，但它毕竟是征服冰原的"敲门砖"。后来，一大批这样的船蜂拥而至。

英国的"坎伯当号"（*Camperdown*）和"波莉尼亚号"（*Polynia*）是第一批在纽芬兰海域碰运气的蒸汽动力船，于1862年试航驶向"前方"。结果，只捕获了很少的海豹，但它们至少还能脱险。因为当时浮冰的情况太糟糕了，约五十艘帆船被撞沉。可是，这并没有让圣约翰斯的捕海豹巨头们吸取教训。1864年，又一个天气恶劣的季节，至少有二十六艘纽芬兰捕海豹船被损坏。这一次才让那些巨头们真正地吸取了教训。

后来，蒸汽动力船很快地替代了其他船只，并很快地展现了它们的效率。1871年春天，在圣约翰斯满是油污的码头上，十八艘船就卸下了二十五万张海豹皮，那年纽芬兰全年的卸货量达到五十多万张，按现在货币的价值计算约为一千二百万美元。在纽芬兰的经济结构中，捕海豹成为仅次于捕鳕鱼的第二大产业。

蒸汽动力船在冰面上速度快，破冰能力强，一个春季往返"前方"几趟是很平常的事情。第一趟运回大小竖琴海豹，第二趟运回大小冠海豹和竖琴海豹，第三趟甚至第四趟运回换毛的竖琴海豹。"艾瑞克号"曾往返三趟共运回四万头海豹。

随着蒸汽动力船的出现，屠杀的效率得到大大提升，但捕杀方法并没有多大改变。1877年，菲利普·托克牧师撰写的一篇文章证实了这一点。"捕海豹就是不断地血腥杀戮。你看到，这边一堆海豹，被鱼叉戳中，不停地抽搐，在即将死亡的痛苦中翻滚挣扎，鲜血染红了冰面。那边还有一堆，生命的火花还未完全熄灭，就活生生地被剥了皮和脂肪，那撕心裂肺的哀嚎令新手不寒而栗，不敢触摸。"

当蒸汽动力船在"前方"巨大的冰舌和圣劳伦斯湾的冰原深处摧毁海豹的避难所时，其他帆船就在浮冰外围搜捕。同时，不常出海的人就在近海区域里开船枪杀海豹，只要发现有海豹繁殖地，就朝那里奔去。网捕的渔民们每年都要捕获八万头成年竖琴海豹，被杀死的大多数是怀孕的母海豹，它们在朝南迁徙的途中遇害。

各种各样的捕杀方法，是现代人类智慧的颂歌，他们将聪明才智用来搞大规模破坏，同时，也向世人证明了大西洋西部海域的冰海豹家族顽强的生命力。虽然在1871年到1881年的十年间，冰海豹家族每年被杀死一百多万头，但是，它们仍然坚强地活下来了。

但是，竖琴海豹和冠海豹两个种族都在迅速地衰落。1881年到1891年这十年，平均捕获量减少了一半，之后还在继续下降，直到19世纪末20世纪初才有所好转。按照海豹捕捞行业的说法，这是因为坚决执行了海豹开发的一个基本原则，按照这个原则的说法，减少供应带来的却是更加无情地捕杀。

1900年以后，随着大型动力充足的钢壳破冰汽船以及连发步枪投入使用，捕获的投入产出比得到极大的提高。此外，船队配备无线电报，可以在捕杀过程中相互协作。这样，在第一次世界大战之前，纽芬兰平均每年捕获二十五万头海豹。一战前半个多世纪，海豹猎手都靠捕杀海豹为生。如果不是第一次世界大战爆发，捕海豹产业还可以兴旺几年。

到第一次世界大战结束时，大多数新式的钢制捕海豹船已被敌军击沉,而那些浮在水面的蒸汽动力船已破旧不堪,不敢再到冰原去捕海豹了。另外,战争期间海豹油价格猛涨,高得离谱,战争结束时已跌落到战前的价格以下水平。很快,随着经济大萧条的到来,海豹油只能维持微薄的利润。尽管还有人在捕杀海豹,但规模已大不如从前。1939年第二次世界大战爆发,捕海豹产业也就基本结束了。

当战争双方在欧洲和北大西洋地区打得热火朝天的时候,海豹终于有五年的时间能够比较安全地繁衍哺育它们的后代。到1945年,战争开始时出生的雌性海豹也能够自己生养后代了。这样一来,大西洋西部的竖琴海豹和冠海豹家族的数量出现了一百年来第一次小幅的增长。

战争的结束并没有再次激起北美对商业性捕杀海豹的兴趣。当时,纽芬兰的捕海豹船队只有两艘了,其他的都已经改行了。纽芬兰岛上的资本家更愿意将资金集中用于重建大浅滩的捕鱼船队。

这场规模巨大的海豹大屠杀,给极少数商业大亨积累了巨额财富,给普通人的回馈却是寥寥无几。成千上万普通的海豹猎手与被他们杀掉的数千万头海豹一起死去。在早前那个黑暗时代,因为人类永无止境的贪婪和掠夺,无数的人与海豹失去了生命。往事不堪回首,现在,就让那个黑暗时代和不幸遭遇成为回忆,留在心底吧。

十九　冰上的死亡（新历）

在北欧，冒险家卡尔塞夫尼乘着"诺尔号"前往新大陆，到蕴藏着巨大财富的海洋中去淘金。大约一千年以后，他的一位后裔也怀揣着同样的梦想，寻着先辈的足迹到了新大陆。这个人我们其实已经讲述过了，他就是卡尔·卡尔森。卡尔森从事捕鲸活动，实现了他的抱负，成就非凡，是他的祖先想都不敢想的。

"二战"后的欧洲，满目疮痍，百废待兴。动物油极度匮乏，使得海洋动物油价格飞涨。挪威人——效率最高的海洋掠夺者，抓住了这个机会，迅速做出了反应。海上战争刚刚结束，他们就拼凑出几条船，进入附近的白海，捕杀竖琴海豹。他们确实名不虚传，效率极高，最后苏联不得不下令禁止他们捕猎。但是，挪威人却迫不及待地建起了新型船只，就是我们在前面捕鲸章节见过的多功能捕鲸船。无论距离有多远，它都具有在任何海域捕猎海洋哺乳动物的能力。

那些被建造来主要捕杀海豹的新型船只一投入使用，就立刻朝西航行，第一个目标就是格陵兰岛东边的西部冰原。早在19世纪60年代，挪威人就在那里称霸一方，控制了海豹捕杀产业。1939年之前，他们在那里大肆捕杀竖琴海豹和冠海豹，以致在二战停捕期间，这两种海豹都没有恢复元气。残存下来的海豹在面对卷土重来的屠杀时，很快就灭绝了。

快速血洗了竖琴海豹家族以后，现代北欧地区的海盗循着动物油和金钱的味道，调转船头，驶向遥远的西部。于是，1946年，一家新公司在新斯科舍悄无声息地成立了，并取了一个毫无恶意的名字：卡尔森航运公司。很少人知道这是一家挪威人的公司,其真正目的并排从事航运业,而是在加拿大海域捕杀鲸和海豹。同样,很少人知道,这家公司将成为新一轮屠杀海洋动物的"急先锋",其残暴野蛮的程度,绝不亚于曾在新大陆海域中进行过屠杀的任何人。

注册成为加拿大的一家公司,卡尔森航运公司将享有诸多好处和便利——可以获得联邦和省政府的补贴。而更重要的是,外国公司可以在加拿大所辖海域,特别是在圣劳伦斯湾中,不受任何限制地捕杀海豹和鲸。

不久后,卡尔森航运公司就在新斯科舍的布兰福德经营一支由挪威人打造并管理的捕杀鲸和海豹的船队,专门捕杀圣劳伦斯湾中的海豹。与此同时,另一支挪威本土的捕海豹船队出现在纽芬兰附近的"前方",因为在"前方"产崽和换毛的海豹群一般在公海聚集,不受任何国家的限制和监督。

看到在自己祖祖辈辈捕杀海豹的地方出现了外国人,加上海豹油价格不断上涨,激发了纽芬兰人贪婪的欲望,他们重操旧业,到浮冰上去捕杀海豹。1947年,他们重新组织了一些人组成一个捕海豹船队。这个船队主要由以前捕捞鳕鱼和从事海岸贸易的小型机动船构成,一点都不起眼。与十四艘崭新的挪威船相比,这个船队就相形失色了。1950年,这批挪威船在"前方"捕杀海豹,而卡尔森公司的船队则在圣劳伦斯湾中忙碌。那一年,挪威人收获了二十万张海豹皮。第二年,收获翻了一番,这是自1881年以来从未有过的捕获量。新一轮屠杀的火焰越烧越旺。

挪威船队并不满足于捕杀冰上产崽的母海豹和小海豹,以及换毛的成年海豹,他们还一路追杀向北迁徙的海豹群,远至格陵兰岛西部海域。被追杀的海豹通常都会回到南方,在第二年春天繁衍后代,然而,大多数海豹永远都没有这个机会了。在一年之内,新一代的北欧海盗在海里和冰上杀死约三十万头成年海豹,仅运回六万张海豹皮。

如此大规模的血腥杀戮，将竖琴海豹和冠海豹从1919年以来增长的数量全部消灭。按照大卫·萨金特（David Sergeant）博士的说法，到1961年，西部海域的竖琴海豹已减少到一百七十五万头，大约是十年前的一半。

纽芬兰人哈罗德·霍伍德在杂志上发表的《冰上的悲剧》(Tragedy on the Whelping Ice)，是最早对当前正在发生的大屠杀进行公开抨击的文章之一。在深感担忧的萨金特和霍伍德等人的敦促下，加拿大和挪威政府第一次表态，要保护海豹。[1]两国政府同意确定一个捕海豹的起止日期，以确保其最大程度地繁殖幼崽，它们宣布成年海豹的捕猎活动必须在5月5日前结束。然而，这个时间之前，挪威人追杀向北迁徙的海豹已经结束，因此并没有什么实际意义。并且，成年海豹已不是海豹猎手的主要目标。

20世纪50年代后期，挪威化学家发现一种加工处理海豹幼崽皮毛的新工艺，可以使柔软丝滑的毛不脱落。用这种工艺生产的皮毛使西方富裕国家的时装市场活跃起来。1952年，卸在码头上的一张带脂肪的海豹幼崽皮仅值一美元，其中大部分还是脂肪的价值；但到了1961年，就值五美元了，其中皮就值四美元。一个海豹猎手在一处海豹繁殖地一天连杀带剥皮，可以轻松地处理一百多头海豹幼崽。由此可见，捕杀海豹的利润有多大。1962年，人们对海豹皮的狂热席卷了时装界，欧美国家的高雅女士争相购买，海豹幼崽皮的价格涨到了七点五美元。那年春天，人们趋之若鹜，疯狂地冲上浮冰，把加拿大东部竖琴海豹和冠海豹的繁殖地变成了血流成河的屠宰场。海豹猎人们剥了三十三万张竖琴海豹和冠海豹的皮，其中超过二十万张是海豹幼崽的。

鉴于后面发生的事情，有一点需要强调才公平。在二战以后到目前

---

[1] 在1949年成为加拿大的一个省之前，纽芬兰是一个独立的国家。之后，加拿大联邦政府负责管理"前方"和圣劳伦斯湾中的海豹捕猎活动。——原注

捕杀海豹的这段历史中，加拿大人扮演着卑贱的角色，所起作用较小。大多数情况下，加拿大人干的是报酬低廉的屠夫和搬运工的差事，帮助外国人破坏加拿大的资源。这并不是什么新鲜事。一直以来，加拿大总是心甘情愿地放弃自己的自然资源，而为自己的公民换取工作机会，如挑水工、伐木工之类。

加拿大联邦政府和各省政府尽其所能地帮助挪威人。为挪威捕海豹船队提供从空中侦察浮冰的服务，海岸警卫队的破冰船随时为挪威的捕海豹船提供协助。其中最大的帮助或许是，加拿大联邦政府拒绝执行动物保护法规，因为这将妨碍挪威人在冰上肆无忌惮地进行捕杀，追逐利润。

20世纪60年代，那些梦想一夜暴富的企业家像秃鹫一样聚集在浮冰上面，所谓的海豹捕猎变成了名副其实的屠杀狂欢，这个比喻一点都不夸张。1962年春天，有些捕海豹船开始用直升机将猎手们送到遥远的浮冰上，并运回海豹的皮和脂肪。第二年，随着海豹幼崽皮价格涨到十美元，数十架轻型飞机在空中对圣劳伦斯湾中的海豹发起攻击。这些飞机装备了滑雪板和低压轮胎，可以在冰上起降。

这些飞机多数属于飞行员个人所有。这些空中"吉普赛人"此前对捕海豹之事几乎一无所知，却热衷于参与这种快速杀戮活动。作为飞行员兼老板的这些人从莫德林群岛、爱德华王子岛雇佣了一些当地人，在黎明时分就把他们送到海豹产崽的地方，其余的时间就不间断地将海豹皮和脂肪运回岸上。

空中的飞机、冰上的猎手和海上的船队展开了激烈的竞争，浮冰上一片混乱。仅有的那点良知和规则意识早已被抛到脑后，无所顾忌。空中猎手甚至抢劫海上船队堆放在冰上的海豹皮和脂肪，很多飞机返回基地时机翼和机身上弹痕累累。竖琴海豹的繁殖地惨不忍睹，一片狼藉。1963年一位曾在圣劳伦斯湾飞行过的飞行员，向我形象地描述了当时的情景：

我们必须像海上的海豹猎手那样凶猛，才能有所收获。竞争太激烈了，人们挥舞着棍棒和屠刀。我不得不到夏洛特敦（Charlottetown）网罗一帮经常在酒吧出没的地痞无赖、游手好闲之徒。他们什么都不懂，也什么都不在乎，只想赚些快钱。

很多飞机在周围飞，发出的轰鸣声，就像一部战争影片……哪里有一块能撑得住飞机的浮冰，就降落在哪里。我想，所有的母海豹都被撵下冰水里去了，不管它们是否产崽，没人在乎。我们只想要幼海豹，那里正好有数以百万计的胖乎乎的小东西。

早上八点左右，我就把那帮家伙送了出去，等着他们给我搞来第一批货。唉，那帮蠢货。他们把幼海豹的脑袋砸得稀烂，皮咋办？皮也不会剥。我浪费了大半个上午来教他们。最后他们还是损失了一大半。

每个人都想方设法超过别人。有些家伙不停地跑来跑去，"砰砰"地砸幼海豹的脑袋，砸完一头又跑去砸另一头，生怕被别人抢了先，就是不停下来剥皮。这一切，只有眼见为实。

有一次，我降落在一块松软的浮冰上，差点损失一架飞机。我只有猛轰油门，才将飞机飞了起来，然后降落在不远的地方。那里正好有一帮人在杀海豹，他们朝我挥手，要我飞走，但我还是降落了。我从来没见过那种场景。他们似乎并不想把海豹杀死，只是将海豹的一只脚提起来，然后用刀剖开肚子，再把皮撕下来。真恶心！幼海豹疯狂地挣扎，他们就在它身上连割十几刀，皮子肯定报废了。没关系，再杀一只看看。

所见所闻，永远都忘不了。你见过吗？一头被剥了皮的幼海豹被人踢进水中，它竟然还挣扎着上来了。当然，那一季，我弄到了一大堆海豹皮。后来，我再也没干过了，太野蛮了，受不了。

绝大多数飞行员后来继续干，而且越来越多人加入他们的行列。两周的生活虽然艰苦，充满危险，但可以获得超过一万美元收入。1964年，海豹幼崽的皮涨到十二点五美元一张，这又引发了前所未有的屠杀狂潮。那年春季，天上至少有六十五架轻型飞机，几架直升飞机，地上的数百人以及海上的船队，联合攻击圣劳伦斯湾中的海豹。残酷的竞争使得海豹猎手没有丝毫的怜悯之心。即使最好的猎手都变成了被驱使的机器，为了超越对手一刻也不停歇，浪费和抛弃了许多幼海豹。

那年春季，从圣劳伦斯湾运走八万一千头海豹幼崽。到底有多少被杀死，谁也说不清楚。但当时的亲历者一致认为，当年出生的海豹幼崽被全部消灭了。在飞机上不去的"前方"，情况同样糟糕。估计有百分之八十五的新生海豹被挪威船队杀死。在"前方"，捕猎者都是技术熟练的专业人士，所以损耗相对较小，这可以算作唯一的可取之处吧，如果可以这样讲的话。

与此同时，海豹制品越来越多样化。用成年海豹银灰色的皮制成的女士滑雪后穿的软靴、男士穿的靴子和运动夹克十分畅销。结果，人们在一年一度捕杀竖琴海豹和冠海豹的幼崽工作结束以后，又继续捕杀成年海豹。特别是在拉布拉多南部海岸，用网捕海豹又盛行起来。连以前从未骚扰过海豹的渔民也开始在大铁钩上挂诱饵来捕杀海豹了。更糟糕的是，一群群成年的、年轻的人坐在各种各样的船上，用.22口径的轻型步枪射杀海豹，但是这种枪很难将海豹一枪击毙。有一位在纽芬兰北部鱼肉加工厂工作的会计告诉我，击中和死亡的比率是十比一，他曾经被卷入捕海豹的浪潮并用枪射杀过海豹。

自19世纪中期以来，海豹还从未遭受过如此无情的掠夺。据报道，1963年，大西洋西北部被捕获的海豹达三十五万二千头。之所以用"据报道"，因为人们认为挪威人运回的海豹总是比公开承认的多得多。如果按最保守的损耗比计算，那年被猎杀的海豹肯定接近五十万头。第二年春季，被杀的海豹数量几乎同样巨大。

1964年夏天，每一位从事这一行业的人都清楚地意识到一个残酷的事实：海豹将注定因为商业捕杀而灭绝。竖琴海豹家族在大西洋西部的群落，从最初的一千万头（估计的数字各不相同），减少到了一百万多一点点。至于西部冰原的竖琴海豹，幸存下来的不超过二十万头。苏联人也加入这场贪婪而毫无节制的屠杀当中，他们为了从西方世界海豹皮产品的热潮中赚取利润，在白海肆无忌惮地捕杀竖琴海豹幼崽。

挪威、加拿大和苏联政府负责渔业管理和保护的部门对发生的事情一清二楚。它们的科学家都向这些部门汇报了有关情况。平心而论，大多数科学家都预测，如果浮冰上的屠杀不立即停止，竖琴海豹和冠海豹将最终走向灭亡。

挪威和加拿大政府对这些警告置之不理，而苏联政府在1964年秋禁止在白海用船捕杀海豹。人们要求加拿大也采取同样的措施，但加拿大渔业部门的发言人却声称，竖琴海豹的数量非但没有减少，反而在增加。而且，他们从来就没有考虑过要干涉自由经济，这就让企业从"合理开发一种对加拿大经济极为重要的资源"中获得合法的利润。

挪威政府也作出了回应，指出，"前方"和西部冰原的海豹都栖息在公海，任何人无权干涉捕海豹船在那里的活动。挪威不会采取措施，对在公海上的"捕鱼"自由进行限制。

在此之前，世界人民对所发生的事情一无所知。如果不是那次特别具有讽刺意味的事件使得大西洋西部的竖琴海豹和冠海豹两大家族命运发生了转折，这种状态将一直持续下去，直到这两大海豹家族被彻底毁灭。那是1964年，蒙特利尔一家叫阿尔泰克（Artek）的小公司与魁北克旅游局签署了一份合同，该公司将拍摄一部介绍美丽的魁北克省风景名胜的宣传片。在拍摄完一般的内容之后，制片人想要拍摄一些特别的内容以增加宣传片的吸引力。剧组中一位莫德林群岛的居民提到了每年春天在那里捕海豹的事，这正对上了导演的胃口。1964年3月，剧组团队来到了莫德林群岛，拍摄了一段在古代开拓时期魁北克省的场景，展示在冰原上恶劣的环境中，人类与自然进行着原始而刺激的斗争。

结果，这段短片足够刺激，但又极度血腥。它不仅用远景如实地展现了莽莽冰原上被鲜血染得深红的雪水，这是捕杀海豹的明显标志；还抓拍到了猎手们折磨海豹的种种细节：他们手持带钢钩的棍棒，钩起也许是动物王国里最可爱的小生命；还有令人窒息的特写镜头：一只可爱的小动物被活剥的场景。

当加拿大广播公司通过法语电视网播出这部宣传片时，观众反响异常强烈，于是他们决定配上英文字幕在全国电视网播出。其实，字幕是多余的，惨无人道的画面就已经令人作呕，何须解说。

许多电视观众，包括美国观众，义愤填膺，怒不可遏。人道协会（Human Society）和防止虐待动物协会（Society for the Prevention of Cruelty to Animals）在当地的分支机构弄到了录像带，在全国各地的教堂地下室、社区大厅和学校中放映。加拿大国会议员和联邦渔业部被"淹没"在民众愤怒的讨伐声中，数千民众表示强烈抗议，要求立即禁止屠杀海豹幼崽的行为。魁北克旅游局惶恐不安，竭力压制这部宣传片的影响，但为时已晚。

这部宣传片的录像带流传到了国外，在国外又被复制、传播。在当时的西德，法兰克福动物园的伯纳德·格奇梅克（Bernard Grzimek）不仅让它在全欧洲播放，还发起了一场广泛的讨伐运动，迫使加拿大政府"停止屠杀暴行"。狼狈不堪的加拿大大使馆工作人员常常被围攻，抗议信、恐吓信像雪片般飞来。正如一位很不高兴的海豹捕猎业发言人说的："这下要大祸临头了。"

确实是这样。一直支持海豹捕猎业的加拿大和挪威政府试图压制声势浩大的群众抗议，但适得其反，抗议活动反而更加激烈。一位联邦政府的雇员说："把可爱的海豹幼崽形象同我们所看见的放在一起，虽然那其实只不过是一麻袋血和内脏被丢在冰面上，但这事就很难理性地处理。如果我们一直捕杀的是小鱿鱼，我们就站得住脚了，只不过现在杀的却是海豹幼崽。"

加拿大政府当局气急败坏,开始反驳。他们污蔑那些谴责屠杀的人被蒙骗、当滥好人、自私自利。渔业部门组织专家来宣传"事实真相"。其发言人矢口否认商业性捕杀海豹中存在虐待行为,"这样的指责是对诚实勤劳的渔民毫无根据的诋毁"。他们坚持认为捕杀海豹这个产业是加拿大经济持续发展的一个重要支柱产业,一直受到合理地、人性化地经营管理。

渔业部部长H.R.罗比肖（H. R. Robichaud）说:"海豹捕杀行业一直受到严格管理。"他紧接着介绍了要求海豹猎手遵守的第一条规定。他宣布,为了减少捕杀海豹的人数,1965年春季开始实行海豹捕杀许可证制度,船主和飞行员老板要交二十五美元才有权"收割"竖琴海豹和冠海豹。另外,为了保护和维持海豹总量,规定圣劳伦斯湾的捕杀定额为五万头。渔业部将派人监督执行各项法规。最后,为了反驳虐杀海豹的事实,渔业部专门请来动物保护组织的代表,并将他们送到圣劳伦斯湾中的浮冰上进行监督,这样就可以让他们自己和全世界都相信,捕杀海豹的过程是考虑得很周到的。

给捕杀海豹的船只和飞机发许可证是一个拙劣的伎俩。即使要交许可证费,如果不限制许可证的数量,这点费用起不到任何限制作用。1965年,所谓渔业部官员的监督,也只不过是清点用飞机和船只运回来的海豹皮数量罢了,这样的清点非常粗略,因为最后的总数只超过配额四千头。观察员被周到地安排在捕杀季的第二周到浮冰上监督,自然是没有什么虐待行为了,因为在前四天就已经把定额完成了。十艘大船,六十多架飞机早已将在圣劳伦斯湾中产崽的海豹群扫荡得干干净净。

最后,五万海豹幼崽的定额只在圣劳伦斯湾中有效,也只适用于大型船只和飞机。捕捞新手、小船主、猎枪手和网捕者到处都可以随意捕杀海豹,不论大小。由于有加拿大和挪威政府的共同协定,"前方"的屠杀依然猖獗如故，连装模作样的监督和限制都没有，更不用说真正意义上的了。

如果没有碰上这位态度强硬、永不妥协的人，罗比肖先生的这些"烟幕弹"很可能会奏效。这个人就是布莱恩·戴维斯（Brian Davies），生于威尔士，三十五岁时移民加拿大。1964年时，他靠当实习教师养活自己，同时还在新不伦瑞克省的防止虐待动物协会兼职。

戴维斯看了阿尔泰克公司拍摄的宣传片后，感到深深的不安。但他并不完全相信，这么耸人听闻的事件竟然发生在自己移民的国家。怎样才能弄清楚事件真相？只有一个办法。于是他决定亲自到冰上去看看。

"也许听起来有些浮夸，但我在那里的所见所闻确实改变了我的生活。"几年之后，戴维斯告诉我，"只有亲自到了现场，目睹所发生的一切，任何语言都无法描述那种野蛮行径。坚决不能容忍这样的事情再继续下去了，必须有人来制止它。我对自己要做的事情深信不疑"。

以后几年，戴维斯遭到政府当局、捕海豹业界和一些媒体的嘲弄，骂他利欲熏心、自私自利、道德败坏、品质恶劣。然而，他又深受各地动物爱好者的拥戴，他们把他奉为神明，并称他为当代"阿西西的圣弗朗西斯"（St. Francis of Assisi）[1]。戴维斯发挥自己卓越的才能，主要通过新闻媒体来开展拯救海豹的斗争。他几乎以一己之力，使眼睛含情脉脉、乌黑发亮的海豹幼崽形象成为动物保护的象征，以此反对人类社会对动物世界固有的、无情的、自私的看法。他不辩论，而是以情动人。他相信，只有这样才能击败那些共同对付他的恶势力。这些势力不仅疯狂地恶意诽谤、肆意污蔑他及其拥护者，还企图通过挖苦和嘲弄，在狂轰滥炸之中将他连同屠杀海豹的真相统统淹没。

二十五美元的许可证没有起到任何限制作用，这一点在1966年就

---

[1] 阿西西的圣弗朗西斯，又称圣方济各或圣法兰西斯，天主教方济各会和方济女修会的创始人，是动物、商人、天主教会运动以及自然环境的守护圣人。——译者注

得以证明。那一年，一百多架固定翼飞机和直升机参与了圣劳伦斯湾的海豹大屠杀。飞机和轮船在非常短的时间内就完成了定额，"收割"了五万头海豹。那年春季，从圣劳伦斯湾运回的海豹幼崽增加到八万六千头，还有一万八千头成年海豹。

这一次，观察员在开始捕猎海豹的当天就到达现场。观察员小组由罗比肖先生率领的政府官员和安大略省人道协会的代表组成，多伦多大学的生物学家道格拉斯·平洛特（Douglas Pimlott）博士作为独立观察员也参加了这个小组。尽管平洛特报道说他看到三位海豹猎手在冰上用棍棒打死了五十九头海豹幼崽并将它们遗弃，但考察小组还是发布了这样一份联合声明："（我们检查了）数百头海豹幼崽的头骨……是船上和飞机上的人杀死的。对这些兽尸的检查表明，大多数是头部遭到器械重击导致颅骨碎裂。我们认为，这些动物当时已被击昏，完全失去了知觉，感受不到丝毫痛苦。"

然而，在那年春季，浮冰上不只有一个官方的观察小组，戴维斯也去了现场。与他同去的是一位有资质的兽医专家伊丽莎白·辛普森（Elizabeth Simpson）博士。她报道说，她所检查的海豹幼崽尸体中，有一半以上是活着被剥皮的。

这样就开始了各种各样的人道主义和动物保护机构之间极不光彩的论战。一方极力维护官方的观点，即海豹幼崽即便死得不幸，但至少没有痛苦；另一方坚持认为，很多海豹幼崽死得非常痛苦。

当新闻媒体和社会公众将注意力集中在圣劳伦斯湾中的大屠杀时，其他地方的海豹猎手依然一如既往地进行着杀戮。1966年春季，十三艘挪威船和七艘卡尔森公司的船只从"前方"运回十六万头竖琴海豹幼崽。他们还至少捕杀了四万五千头成年竖琴海豹和两万五千头冠海豹，超过那里的冠海豹总数的三分之一。

那年秋天，预感到"前方"的大屠杀迟早会被公众发现，为摆脱干系，加拿大政府策划，名义上将该地区的捕海豹权划归北大西洋渔业国际委员会（International Commission for the North Atlantic Fishery）。该委员会由加拿大、挪威和丹麦政府的一些官僚和科学家组成，其在动物保护方面很少或者没有采取措施。如果这些措施会对商业性捕鱼产业造成影响的话，这个委员会早已声名狼藉。

渔业部也颁布了一些新的保护圣劳伦斯湾海豹的措施，如禁止夜间捕猎（即使再玩命的莽夫也不敢在夜间上冰），以及禁止捕杀待产的母海豹，除了海豹猎手认为需要自卫的时候。这些法规的有效性在1967年的捕猎中清楚地反映出来。尽管圣劳伦斯湾海豹幼崽捕杀定额仍然是五万头，但实际的卸货量超过十万头，大多数是竖琴海豹幼崽。这是第二次世界大战以后，在圣劳伦斯湾中捕杀数量最多的一年。在"前方"，二十三万两千头竖琴海豹和冠海豹被捕杀，同样，大多数都是海豹幼崽。

1967年的大屠杀结束以后，罗比肖先生对新闻界发表讲话。他首先抨击了反对捕杀海豹的活动分子，批评"他们的人数越来越多，声势越来越大"。他说："布莱恩之流发起的越来越激烈的运动正在国内外抹黑加拿大的形象，不得不对其保持警惕。"接着，他对记者表示："1967年，加拿大的海豹捕猎行业是世界上管理最严格的，有各种法规，规定了击打海豹幼崽的棍棒类型和规格，以及枪杀成年海豹的枪支弹药的型号。法规还明确强调，必须在动物死亡之后才可开始剥皮和脂肪。同时，我们还采用捕海豹许可和识别制度。另外，对捕海豹的船长和飞行员有特殊要求，敦促他们遵守各项法规。"

罗比肖部长最后说："我坚定地遵循一条基本原则，就是在为了我们的福利而开发利用任何一种动物时，必须最大限度地注意，以最人道的方式对待它们，让它们能够永远繁衍生息。这是我们为自己设定的目标，在'收割'大西洋海豹资源的过程中，我们达到了这一目标。"

1968年春天，我和摄影师约翰·德·维瑟（John de Visser）前往圣劳伦斯湾，观察"世界上管理最严格的海豹捕猎行业"。这是一次恐怖的经历。有一次,德·维瑟看到一个从飞机上下来的猎手向一群三十多头海豹幼崽劈头盖脸地打过去,打死六头,打伤好多头,他抛下猎物,又跳到另一块冰上。我有两次看到海豹幼崽被活剥时苏醒过来。还有一次,一位从船上下来的猎手将一只舍身救子的母海豹打死,我警告他,他却冲我咧嘴一笑,答道:"我们得保护我们自己,不是吗?"

我与布莱恩的小分队成员,以及安大略省人道协会(Ontario Humane Society)的汤姆·休斯(Tom Hughes)先生带队的另一派"官方"观察小组交换了意见。休斯固执地坚持,他长期以来称之为"捕猎海豹"的行为,"与其他管理良好的屠宰场一样,都是人道的"。我同渔业部官员、科学专家以及普通的海豹猎手们交流过看法。我认为,这场屠杀是一次毫无节制的"破坏狂欢",是那些为了谋取高额利润的人所为,他们准备实施或支持任何程度的野蛮行为。但是,无论如何,乘飞机捕杀海豹的猎手罪恶滔天。

我问一位渔业部的高级官员,为什么政府部门不禁止引发公众广泛批评的空中"狩猎"行为?他随意地答道,这样做是不明智的。他指出,飞机老板是独立的加拿大商人,任何不让他们进入圣劳伦斯湾冰原的企图,在政治上都将遭到强烈反对。

无论如何,挪威人倒是在设法取缔这些空中猎手。他们采取了一个简单的权宜之计,即降低海豹幼崽皮的价格,因为他们是唯一的买主。1967年,挪威人将价格降到六美元,期望以此打消空中猎手赚取可观利润的念头。这一招有一些效果,但还没达到预期。于是有人广泛散布消息说,明年的最高价仅两美元。这样一来,除了少数人之外,其他的空中猎手都主动放弃了。然而,在1968年,轮船和飞机的定额完成之后(主要靠轮船),买主以每张六美元的价格收购了新手的海豹皮。夏洛特敦一家报纸贴切地说,飞机"参与收割海豹"的时代结束了。

到圣劳伦斯湾去了一趟之后,我才确信,虽然虐待残害海豹的问题依然严重,但最严峻的问题是,面对如此大规模的肆意捕杀,海豹能否生存下去。

罗比肖现在已让位给新任部长杰克·戴维斯了，这是一位与众不同的政客。他并没有完全因为先入为主的偏见而封闭起来，似乎我有可能说服他重新考虑渔业部对海豹的政策。我曾与副部长罗伯特·肖（Robert Shaw）探讨过这一问题，他让我充满信心。1969年初，有人告诉我，部长将采取措施制止海豹家族的流血事件。然而那年春天，三十万头海豹被杀。

戴维斯部长建立了一个海豹特别咨询委员会。当这个委员会向他证实竖琴海豹和冠海豹数量在急剧减少，需要紧急保护时，他立即表态，提议1970年禁止在圣劳伦斯湾捕杀海豹幼崽，并推动与挪威政府达成一项关于限制在"前方"捕杀海豹幼崽的有效协议。

随之而来的是一片哗然。

戴维斯部长受到海豹捕猎行业和大西洋沿岸省份政客的"夹攻"，渔业部的高级官员和一些科学顾问也不支持他，他的地位岌岌可危。这些人站在了北大西洋渔业国际委员会一方，连减少捕杀量都不同意，更不用说禁止捕杀海豹幼崽了。挪威政府也否决了禁止其国民在"前方"捕杀海豹幼崽的协议，这给了他致命一击。戴维斯部长被逼到绝境，只好放弃保护海豹的措施。如他的副部长所说，"只好退回来养伤"。

1970年，捕杀活动照常进行。圣劳伦斯湾的五万头海豹定额也没有变化。由于没有空中猎手，主要由挪威的公司完成定额。"前方"没有定额，北大西洋渔业国际委员会没有执行任何限制政策。由于海豹数量显著减少，挪威船队只收获了大大小小各种年龄的竖琴海豹、冠海豹皮二十五万七千张。当时，只有挪威的船队还在结冰海域作业。

现在，布莱恩·戴维斯及其支持者在加拿大国内外已具有相当大的影响力，动物保护运动的保守派都与他们脱离了关系。布莱恩毫不气馁，成立了自己的组织——国际爱护动物基金会（International Fund for Animal Welfare），加倍努力争取世界舆论的支持，反对正在进行的大屠杀。到1970年中期，他取得了成功，"海豹事件"让渥太华处境非常尴尬。在这个时候，已是众矢之的的渔业部被并入刚刚成立的环境部。在它退出历史舞台之际，还以环境部的名义颁布了一套新的海豹保护条例。

从那时起，任何未经许可的飞机都不得在竖琴海豹和冠海豹产崽的浮冰上方低于两千英尺（约六百米）的空中飞行，也不得在产崽海豹群半海里范围内降落。这条法令后来经过修订，规定在繁殖季节任何飞机在有海豹的半海里范围内降落都是非法行为。环境部的发言人解释，这项内阁法案（其实并未经过国会讨论）不仅要终止从空中猎杀海豹，而且要保护海豹在产崽和哺育后代期间不受飞机打扰。

加拿大国内外不知内情的人对这项新规定高度赞扬。实际上，它带有讽刺性和欺骗性。1968年以来，用飞机捕杀海豹已经成为历史，并没有复苏的迹象。所以，飞往海豹产崽浮冰区域的要么是政府授命的科学家、官方委派的观察员和渔业部门官员，要么是反捕猎抗议者、新闻媒体、独立科学家和调查人员。第一类人员有权随时随地去"打扰"海豹，而第二类人，一般说来，是不允许进入海豹产崽区域的，实际上，整个圣劳伦斯湾和"前方"到处都有单独出没的海豹，因此整个区域都不准进入。

简而言之，这一专横的限制不是为了保护海豹而颁布的，而是一种使社会大众无法了解冰上发生的事情真相的手段，目的是保护海豹猎手（他们在击杀海豹母子的时候，是不会打扰它们的）、海豹捕杀行业和加拿大政府。

奇怪的是，杰克·戴维斯成了环境部部长，他并未因政治上受挫而就此消沉。在颁布新的海豹保护条例那年，他正式成立了众议院海豹与海豹捕猎咨询委员会（House of Commons Advisory Committee on Seals and Sealing）。1971年1月，该委员会中有两位受人尊敬的独立科学家向国会提议，最晚1974年禁止所有捕杀海豹的活动，至少此后六年内不允许任何人捕杀竖琴海豹和冠海豹，以增加其数量。戴维斯部长同意落实这些提议。

此后在渥太华发生的事情不得而知，然而，结果却是非常清楚的。垂头丧气的部长宣布这种明显涉及国际的商业性问题，加拿大不宜单方面采取行动。所以，加拿大将本国海域中所有竖琴海豹和冠海豹的前途问题，交给北大西洋渔业国际委员会决定。这完全就是换汤不换药。

北大西洋渔业国际委员会在保护"前方"海豹群和格陵兰岛东海岸日渐减少的海豹方面毫无建树，这时却高调宣布了一项《竖琴海豹和冠海豹保护议定书》(*Harp and Hood Seal Protocol*)。根据议定书，将在准确的生物数据基础上，对大西洋西部海域的海豹设定一个总的捕猎定额，作为"科学管理"的一个手段。这不仅可以确保海豹不会进一步减少，而且还能使竖琴海豹和冠海豹的数量增长到从前。

1971年，北大西洋渔业国际委员会设定了第一批圣劳伦斯湾和"前方"的海豹捕猎总定额，船只的捕获量是二十万头，岸上人员捕获量为四万五千头，加起来只比上一年的卸货量少一万八千头。捕猎季结束时，猎手们共运回二十三万一千头。尽管他们想尽办法去完成法定的定额，但最终只能捕获这么多。由于人们没有完成定额，北大西洋渔业国际委员会只得削减定额，因此，1972年的定额减少到十五万头。但这一年一共捕杀运回来十三万六千头海豹。第二年，他们还是没有完成定额。

现在，海豹幼崽供不应求。1974年，每张海豹幼崽皮涨到十二美元。这又刺激了海豹捕猎行业，他们增加船只和人手，想方设法完成十五万四千头的定额。1975年，海豹幼崽皮价格疯涨到二十二美元一张。据报道，那一年共捕获到十八万头海豹，包括一万五千四百头冠海豹，完成了新设定的一万五千头冠海豹定额。

1975年是值得关注的一年。一次航空摄影调查显示，圣劳伦斯湾和"前方"的成年竖琴海豹总数不到一百万头。据联合国粮农组织

（Food and Agriculture Organization of the United Nations）发表的一篇大卫·拉维涅（David Lavigne）博士撰写的论文，年龄在一岁左右的海豹不到八十万头。这些数据引起了动物保护组织和反捕猎海豹组织的极大关切，他们迫使北大西洋渔业国际委员会作出回应，将1976年的定额降低到十二万七千头。

海豹捕猎行业对定额调整置之不理。一支由八艘挪威的船和七艘卡尔森公司的船组成的庞大船队，与岸上的人一起，利用第二个"良好的冰期"，收获超过定额四万头的海豹。不用说，他们没有受到任何惩罚。

到现在，再迟钝的人也清楚地知道，北大西洋渔业国际委员会是挪威和加拿大政府的"替罪羊"。它的主要作用是将公众的愤怒从加拿大和挪威政府身上引开。其实，两国政府完全有责任和义务控制海豹捕猎行业，并保护还活着的海豹平安无事。

加拿大和挪威政府以及海豹捕猎界竭尽全力隐瞒屠杀海豹的真实情况，而他们的对手则同心协力地将事实真相公之于众，社会公众的愤慨情绪持续高涨。《周末杂志》（*Weekend Magazine*）的特约编辑西尔弗·唐·卡梅伦（Silver Don Cameron）是反捕海豹的一位观察员，应布莱恩·戴维斯的邀请，和其他几位记者一起于1976年春季奔赴"前方"。布莱恩决定对海豹保护条例提出质疑。卡梅伦对此事的报道于当年5月发表，题目是《猎杀海豹：道德的游戏》（*The Sea Hunt: A Morality Play*）。我将其浓缩，简写如下。

戴维斯的一位支持者告诉我，"直升机管理条例禁止那些去援救海豹的人在距离海豹半英里的范围内降落，海豹们正在遭受毒打致死。条例就是这样保护海豹的"。没有一家租赁公司愿意冒昂贵的直升机被没收的危险，国际爱护动物基金会只得自己购买一架直升机，戴维斯还学会了驾驶。他的计划是让其他四架租来的直升机降落在离猎场较远的地方，然后用他的贝尔直升机将乘客送到捕杀地点。如果有人阻止，他就宣称他既是加拿大公民又是英国公民，他是在十二海里以外的公海执行任务，不受加拿大法律的管辖。

早上七点半，金色的阳光洒满了冰冻的海港和白雪皑皑的树林。直升机起飞了，列队朝北飞过纽芬兰最北边的小渔村。我们很快就到了浮冰上空，这是一幅极为壮观的景象：一块块圆盘状的浮冰在潮汐中打着旋，相互冲撞挤压，裂缝参差不齐，冰块之间的水道上有一层薄冰，像是蒙上了一层薄薄的塑料膜。

这是一个美好的早晨，晴空万里，阳光灿烂，没有一丝风，驾驶舱里很温暖。戴维斯在驾驶飞机，我坐在旁边。在贝尔岛以北，我们看见冰上有两条船，他急速下降去查看，但没看见海豹。我们继续飞，另外四架直升机像几只巨型蚊子，悬停在辽阔冰原上空。

突然，远处地平线上冒出来三艘船，非常分散，几乎看不见彼此。它们正忙着捕杀海豹。有特许证的直升机开始下降，离最近的那艘船还很远。布莱恩飞得更近了，好观察下边猎杀海豹的情况。我们可以看到黑色皮毛的母海豹以及白色幼崽扭动的身体轮廓，以及船附近白色冰块上的道道血印。

布莱恩将飞机降落在离那艘来自哈利法克斯的"北极探险号"（*Arctic Explorer*）船（这是卡尔森公司的船）两百码（约一百八十米）远的地方。海豹的惨叫声在空中回荡，一道道长长的血迹伸向远处，在那里，海豹被装上船……一头母海豹，就在我面前十英尺（约三米）的地方。

它有三百磅（一百三十六千克）重，有规律地前后晃动，朝天昂起头，恸哭不已。它的腹部旁边有一堆紫红色的肉，是它孩儿的残骸。我看着它，它停止了哭号，不再出声，似乎在竭力克制着。它不停地前后晃动着。

这就像一个战场。目光所及之处,冰上溅满了鲜血,还活着的海豹幼崽大声地哀嚎着,它们的母亲已逃到水里去了。朦朦胧胧的远方,杀手们在刺眼的白光中上下挥舞着棍棒。我们一行在冰上蹒跚前行,不时停下来从通气孔往下看,母海豹机警地逃走了,像芭蕾舞演员一样灵巧优雅。被剥了皮和脂肪的海豹幼崽残骸,大小与一块大烤肉差不多,被击碎的脑袋上鼓出来两只眼睛,死死地瞪着我们。

到处都是刚收拢的一堆堆带脂肪的皮,一面面小红旗在肉堆上飞舞。四个猎手负责这一片区域。他们朝一只海豹幼崽围过去,母海豹朝他们冲过去一两次,然后就溜进水里。猎手举起血淋淋的棒球棍似的棒子,像敲闷鼓一样,"砰砰"两下,海豹幼崽的脑袋就开了花,深红色的鲜血从眼睛、嘴巴和鼻子喷射而出。海豹幼崽全身抽搐,垂死挣扎。这时,其中一个猎手拔出一把长刀,一块磨刀石,开始磨刀。

他从海豹下巴开始,顺着肚子剖一条口子,一直到后鳍,被剖开的海豹像拉开拉链的钱包一样,果冻似的脂肪还在颤抖,内脏在寒冷的空气中冒着热气。

我们朝一面旗子走过去,看到了一个非常恐怖的场景:一头母海豹的头已被打得粉碎,嘴巴被打歪,被打裂开的脸还在抽动,虽然活着,却已经奄奄一息了。和我们同行的女士们大惊失色,有的在尖叫,有的在哭泣,还有的怒不可遏,她们冲向附近的杀手。

丽莎(Lisa)哭喊道:"打死她吧!别再让她受折磨了!"

猎手们拒绝了她的要求。按法律规定,今年还不允许这么早就杀死成年海豹,除非它们干扰了猎手的工作,他们才可以"自卫还击"。一个猎手对丽莎说:"你拿一根旗杆,去杀死她吧。"

一架渔业部的直升机轰隆隆地降落,丽莎冲过去,朝动物保护官员挥手,喊道,"这里有一头母海豹……"

　　官员走过去看了看,但他说:"我对此无能为力,我没有枪,也不是医生。"然后就飞走了。大家都不知所措。我们只好去追赶猎手们,留下那头海豹在那里痛苦不堪。

　　我们所看到的捕猎海豹场景,和用大铁锤打小猫相差无几,这不能叫作"打猎"。老天似乎在嘲讽人间的暴行,浮冰紧紧地挤在一起,阳光明媚,暖洋洋的。颇为壮观的海豹群永远令人难以忘怀:浮冰的各个角落,每条裂缝中都有母海豹和海豹幼崽藏身其中;浮冰间的水道和冰洞中,黑黝黝、滑溜溜的脑袋冒出来,观察着周围,然后又整齐划一地潜入水中。在这片无边无际的冰天雪地上,生机蓬勃。

　　当天晚上,卡梅伦一行返回到陆地上,加拿大皇家骑警将戴维斯的直升机扣留并指控他违反了《海豹保护条例》(*Seal Protection Regulations*)。另外两架属于绿色和平组织(Greenpeace)抗议运动的直升机也被扣留。卡梅伦的文章发表以后,新任渔业部部长罗密欧·勒布朗在接受采访时保证,他坚决执行国家法律,保护海豹。为确保目标得以实现,他计划严格管理海豹捕猎行业,除了合法的海豹猎手。

　　他说到做到。1977年6月,一项新的《海豹保护条例》颁布。该条例规定,任何人以任何方式干涉合法的海豹猎手的经营活动,都将被视为触犯法律并遭逮捕。同时还宣布,渔业部的动物保护官员将全权代表和平治安官,佩戴武器,实施该条例。

　　同年,加拿大宣布对近海两百海里范围内的海域拥有统治权。这样,大西洋西部的海豹及捕海豹活动就都纳入了加拿大管辖范围内,适用于加拿大的法律。

　　重新收回对海豹的"管理"权后,勒布朗领导的渔业部发表了一个声明,阐述其意图:"加拿大的海豹管理政策与其他的海洋生物资源管理政策保持一致，即以人道主义的方式'收割'这些资源，'收割'的程度以遵循合理保护原则为基础，容许海洋动物数量保持稳定持续增长，以保证该物种的生存。同时还要考虑各个物种之间的竞争及食物链的关系。"最后一句话使得渔业部关于海豹管理政策的真实意图欲盖弥彰。前一年该部门的一个出版物上就有一篇文章隐晦地抨击了这种政策。这篇文章由该部高级公务员M.C.默瑟（M. C. Mercer）撰写，文章还暗示将要发生的事情："海豹捕猎行业可能要提出一项主张，要求减少（竖琴海豹）的数量到一个较低水平。"

与表述出来的目的恰恰相反，这项政策的隐蔽意图就是将所有栖息在商业捕捞海域的各种海豹减少到成为"遗迹"的程度。

我们已经清楚地看到，这项政策在过去和现在是如何被运用到灰海豹和斑海豹身上的。至于竖琴海豹和冠海豹，渔业部存心利用海豹捕猎行业作为实现其目的的工具。

并不是所有的雇员都支持这项政策。一位出于明显的原因不愿透露姓名的人士说：

> 部长通常只是一般的政客，按专家意见行事，想的只是权宜之计。真正制定政策的是那些懂点科学的副部长及其助手们。记住，这是渔业部，在加拿大，从经济地位和经济价值来说，海豹在鱼类面前一文不值。还要记住，自从20世纪60年代以来，大西洋西部所有重要渔场的动物资源都由于商业性捕捞而急剧减少，动物的自然繁殖能力远远跟不上人类的消耗，所有主要动物的数量都在减少。
>
> 渔业加工商和沿海各省的政府官员一直在大声呼吁，并抱怨联邦政府不作为。但他们应该冷静下来，如果减少捕杀量，将惹上更大的麻烦，找不到两全其美的办法。曾经有一段时间，我们指责俄罗斯人和东方集团的捕鱼船队。但在加拿大划定了两百海

里的海域主权之后，还有什么理由骂人呢？

这就是海豹的作用。长久以来，我们一直把海豹与鲑鱼、鲱鱼的数量减少联系在一起，指责海豹，以致我们中的一些人开始相信它们真的是罪魁祸首。无论如何，把海豹弄来背黑锅并不难。海豹是很合适的对象，因为在布莱恩搅局之前，没有人在乎它们。对勒布朗来说，他进退维谷。如果他尽其所能保护鱼类资源却不能说服渔民，来自东部的他和自由党（Liberal Party）将陷入大麻烦。但如果他真的让渔民们相信捕杀海豹是至关重要的，他又将遭到动物保护主义者的猛烈攻击。

我想，他两害相权取其轻。他认为通过让海豹猎人自己公开承担责任，就可以平安逃过反捕杀海豹人士的攻击。我们中有些人对此感到失望，但有什么办法呢？这是部长的把戏，我们只能按他的规则来玩。

我问他，已经急剧减少的海豹是否曾经或仍然是造成渔业衰败的一个因素？他回答：

如果你也能像变戏法一样篡改一下数据，你就可以自圆其说。你也可以找出各种证据将鸟类列入捕杀清单，说它们因为经常被吸入喷气式飞机的发动机而对航空安全造成威胁。没有确凿的证据表明海豹曾给鱼类构成严重威胁。事实上，有充分的证据证明，作为海洋生物群不可分割的一部分，海豹的存在对许多商业鱼类的繁殖非常重要。这样说吧，在19世纪，即使用老式的捕捞方法，鳕鱼的捕捞量也是现在的两倍多。而那时有上千万头海豹呢。

渔业部的研究表明，大西洋西部出生的小竖琴海豹已下降到不足二十三万头，这表明有繁殖能力的雌性竖琴海豹不超过二十五万头。这一结果预示着灭绝海豹政策将要获得成功。如果每年都消灭大多数海豹幼崽和向北迁徙的幼海豹，以防止海豹数量的增长和更换繁殖地，当目前这批成年雌性海豹丧失繁殖能力后，竖琴海豹家族将最终灭绝。有专家预测，如果海豹捕猎行业继续捕杀海豹，这一"问题的解决"可能在1985年就会实现。

要确保这项政策的成功，还需要保证海豹产品有利可图的市场环境。问题就在这里，反捕海豹人士正在世界各地发起抵制海豹产品，特别是抵制海豹幼崽毛皮产品的运动。

我们已看到，勒布朗和他的前任们总是通过强制推行一些蛮不讲理的法规条例，将海豹屠杀同公众隔离开来，从而"洗白"屠杀活动，以此应付公众的抗议运动。现在，渔业部正在组织一场由政府资助的大规模运动，来诋毁抗议者的行为和动机。同时，还试图说服社会大众，对海豹幼崽的捕杀是人道的，而且管理恰当，是对可持续发展的自然资源的合法利用。

在密集宣传攻势的掩护下，勒布朗领导的渔业部作出了自重新直接管理海豹以来的第一项管理决定，将北大西洋渔业国际委员会设定的1976年十二万七千头的竖琴海豹捕猎定额增加到1977年的十七万头（请记住，这只是运上岸的数量，而不是实际杀死的数量）。这项决定无视加拿大国会海豹与海豹捕猎咨询委员会的建议，该委员会坚持认为，十四万头定额是竖琴海豹所能承受的最大绝对数量。

尽管那年报告的卸货量是十五万五千一百四十三头，印证了国会海豹与海豹捕猎咨询委员会的判断，但勒布朗再次提高1978年的定额到十八万头。1978年和1979年的捕获量均未超过十六万头，勒布朗仍然没改变主意。1980年，猎手们干得不错，收获了十七万二千头。值得一提的是，被捕获的大多数都是小竖琴海豹。

最后这次的捕获量并不能说明海豹数量在增加，而渔业海洋部和新成立的北大西洋渔业组织（North Atlantic Fisheries Organization）——

其前身是声名狼藉的北大西洋渔业国际委员会，却坚持认为海豹数量增加了。这是由于勒布朗的渔业部（这个部门也发生了翻天覆地的变化，现在被夸张地称为"渔业海洋部"）施加了越来越大的压力。通过实行联邦政府补贴，鼓励建造几十艘有捕海豹能力的多用途渔船，使得更多的纽芬兰人、莫德林群岛人以及圣劳伦斯湾北岸的渔民们加入近海捕海豹的行列，于是捕捞量增加了。20世纪70年代后期，政府对海豹捕猎行业的技术支持力度也大大加强，不仅使用了预报冰情的新方法，还运用了空中侦察技术，既能准确定位海豹群位置，又能引导捕猎手前往。更多的加拿大海岸警卫队和渔业巡逻船被派去协助捕杀海豹。

同时，渔业海洋部关于海豹在增加的观点受到了越来越多人的质疑。1979年初，该部两位资深科学家W. D. 鲍恩（W. D. Bowen）博士和萨金特博士抱怨说，北大西洋渔业组织以及勒布朗的官员们所估算的海豹数量过于乐观。同年，美国海洋哺乳动物委员会（U. S. Marine Mammals Commission）委托英国约克大学两位动物种群动力学专家约翰·贝丁顿（John Beddington）博士和H. A. 威廉姆斯（H. A. Williams）完成了一项独立调查研究。他们的研究报告得出结论：北大西洋渔业国际委员会或者北大西洋渔业组织的研究人员一直在夸大竖琴海豹的繁殖率，高出实际的三分之一。

作为回应，渔业海洋部竟然将1980年的定额再次提高，真是厚颜无耻。

尽管这些灭绝计划仍然在按部就班地推进，却遭到反海豹捕猎运动人士的强烈反对。布莱恩的组织仍然站在最前面，抗议活动几乎得到了所有主要动物保护组织的支持。但需要指出的是，加拿大野生动物联合会不仅没有表示支持，还公开支持捕海豹。越来越多的科学家忧心忡忡，他们对北大西洋渔业组织和渔业海洋部随意歪曲事实的做法感到震惊，因而也大声疾呼。这使得反对捕杀海豹的声音更大了。

到1980年底，勒布朗似乎意识到抗议运动不仅镇压不住，也遏制不了,将最终成功地结束加拿大海域的海豹捕猎活动。捕杀海豹在欧洲受到舆论的强烈谴责,欧洲市场对海豹皮制品需求量越来越小。这是反海豹捕杀的抗议活动取得成效的确凿证据。甚至在加拿大国内,一次非正式民意调查显示,至少有一半的加拿大人反对一年一度的海豹大屠杀。

考虑到这些情况,勒布朗及其官僚们决定充分利用剩余的时间做最后一搏。1981年,渔业海洋部对海豹发起了一场全面战争。

北大西洋渔业组织和渔业海洋部富有创造力的统计学家们(他们实际上是一伙的)超常发挥,炮制了一些数据。这些数据显示,尽管近年来遭受大量捕杀,竖琴海豹幼崽的数量却几乎增加了一倍,每年接近五十万头。他们在公布这些数据的同时,还做了可怕的"海豹紧急状况"预测,如果海豹迅猛增长的趋势得不到有效遏制,将给整个大西洋西北地区的渔业经济造成毁灭性伤害。必须采取非常手段,防止这种灾难的发生。

灾难确实发生了。

虽然北大西洋渔业组织将1981年在"前方"和圣劳伦斯湾的海豹定额非常慷慨地设定为十八万三千头,但每一位海豹猎手心里很清楚,这个定额是完不成的。北大西洋渔业组织在故意激励他们要"全力以赴"。挪威和加拿大人同样不遗余力,充分利用这难得的机会,但他们只捕杀到了二十五万头,其中大多数是海豹幼崽。北大西洋渔业组织公布,挪威和加拿大海豹猎手在圣劳伦斯湾、纽芬兰和拉布拉多沿岸加拿大管辖的海域中,总共捕杀了二十万一千一百六十二头海豹。然而,加拿大统计局(Statistics Canada)报告,1981年,仅加拿大就出口了二十二万四千张海豹皮。这两个数字不包含被杀死而未回收到的海豹。遭到杀害的海豹太多了,挪威的收购者也买得太多了,结果只得丢弃两万多张海豹皮。然而,他们却没有任何损失,加拿大政府为他们丢掉的海豹皮"买了单"。人们有理由相信,渔业海洋部数年来一直用纳税人的钱去补贴海豹捕杀行业，为供大于求的海豹皮买单。

在勒布朗看来，圣劳伦斯湾中一些供海豹产崽的浮冰被大风刮到爱德华王子岛国家公园的海滩上，给在其他方面都非常成功的"有限的淘汰"造成了损害。当幼海豹栖息的浮冰靠近海岸时，渔业海洋部的官员急不可耐地给当地两百个渔民发放了捕猎许可证。这些人大多数从未杀过海豹，也没剥过海豹皮，有人专门给他们传授了捕杀海豹的基本方法。在维护法律和秩序的护卫队员把这个区域管制起来，将媒体人士和反捕海豹的抗议者清除出去之前，有些记者和抗议者目睹了海豹幼崽被屠杀（包括海豹幼崽被活剥），这场屠杀毫无节制，效率很高，非常彻底。当反映这些暴行的影片在全世界播出时，抗议浪潮此起彼伏，一浪高过一浪。

布莱恩·戴维斯充分利用这个机会，聚焦了血淋淋的屠杀，发起了新一轮反对商业性捕杀海豹的运动。他还联合其他几个动物保护组织，建立了一个强大的游说团队，极力说服由十个国家组成的欧洲经济共同体（"欧盟"的前身）禁止进口幼小海豹的皮毛。随着1981年行将结束，这个引人关注的倡议似乎要起作用了。当初对此满不在乎的加拿大政府也开始慌了。巴里·肯特·麦凯（Barry Kent MacKay）在《多伦多星报》（*Toronto Star*）的"当代"专栏中描述了1982年初的事态。

> 欧洲经济共同体议会……将（很快）考虑一项禁止小竖琴海豹和小冠海豹产品的议案……加拿大政府派了税收资助代表，试图让欧洲各国议会的成员们相信，捕海豹是大多数加拿大人支持的一个习俗，是加拿大经济的重要组成部分。如果禁止这一产业，将被视为与加拿大人作对的偏执行为。
>
> 当然，这完全是一派胡言。由于捕海豹行业干的桩桩"好事"，渥太华收到的抗议邮件比其他任何时候都多。关于捕海豹的问题从来没进行过全国公投。我所见到的支持捕海豹的人，要么

是出于不合逻辑的情感原因,要么是对政府支持捕海豹的宣传深信不疑,而没有意识到多数都是误导和虚假的宣传。

为了给游说者造势,联邦政府最近增加了配额……以给人留下海豹数量在增长的印象,但可以肯定,加拿大的游说团队不会提及……加拿大的独立科学家和外国科学家不赞同联邦政府的数据,并担心海豹数量在下降……

毫无疑问,这些说客会喋喋不休地说,海豹吃掉了大量的鱼,给加拿大商业性捕鱼业造成了严重损失。然而事实却是,鱼类的减少完全是商业性捕鱼业狂捞滥捕造成的。

我想,加拿大代表一定会忘记提到,海豹在产崽期是不进食的,在其他时候,主要还是吃远离纽芬兰渔场的非商业鱼类。即使放开对竖琴海豹和冠海豹的管制,也不会对商业鱼类资源产生重大影响。

欧洲人了解不到这样的情况,加拿大政府拒绝公布用于管理、监督和促进捕海豹的费用。

没有人会知道,捕杀海豹对加拿大的经济贡献仅相当于两家麦当劳餐厅。

欧共体不会知道,加拿大公民和外国游客遭到攻击,他们拍摄的捕杀海豹的录像被联邦警察偷走了。他们也不可能知道,一些加拿大公民因试图观察、拍摄和抗议捕杀活动而被监禁并处以重罚。

欧洲人不会知道,管理捕杀海豹的法规未经国会通过,而是以枢密院令的形式公布,主要目的是阻止人们对狩猎活动进行观察。如果人道主义者违反这条法规,必将遭到严惩,而如果捕杀海豹的人违反法规,通常可以逍遥法外。

游说者们请欧洲人相信加拿大驻伦敦高级专员的话"一棒就将海豹击毙,然后放血,从生理上讲,活剥海豹是不可能的事"。

该专员的话简直是无稽之谈。

1982年3月11日，正当一年一度的屠杀开始之际，欧洲经济共同体议会在斯特拉斯堡（Strasbourg）召开会议，最后以一百六十票对十票通过一项决议，呼吁成员国禁止进口幼海豹皮毛。由于议会主要起咨询作用，还需要欧共体特派员（EEC Commissioners）和部长会议（Council of Ministers）最后决定是否执行这一决议。他们不会马上作出决定。然而，决议本身就已让罗密欧·勒布朗气急败坏。他一改谨慎从事的风格，贸然宣布，如果商业捕杀海豹遭到禁止，政府机构将像他们曾经对灰海豹和斑海豹所做的那样，以保护渔业的名义亲自接管"淘汰"政策。

真相终于大白！

不久，皮埃尔·德巴内接替勒布朗担任渔业海洋部部长。我不知道勒布朗的勃然大怒是否与此事有关，或许他只是在斗争中筋疲力尽了呢。

1982年的春季大屠杀照常进行。现在有些抗议者在不知不觉中被诱导，都称其为"淘汰行动"。北大西洋渔业组织和德巴内部长的科学家估计当年有五十万头海豹幼崽出生，然而，猎手们只能够找到、杀死和运回六万九千头。数据如此悬殊让人难堪。盖洛普民意测验（Gallup Poll）的结果也让人尴尬：百分之六十的加拿大人现在希望停止屠杀海豹。

更令这位新部长不安的是，欧共体的特派员极有可能执行议会的决议：禁止进口海豹皮。加拿大的高级官员对此发出了不太体面的威胁，声称这一决议的执行，势必会导致欧洲国家在加拿大海域中的捕鱼活动受到限制甚至遭到取缔。有人引用加拿大总理皮埃尔·特鲁多（Pierre Trudeau）的话说，加拿大将考虑采取报复行动。这让欧共体环境特派员们陷入了进退两难的境地。他们收到成员国大约五百万人签名的请愿书,要求执行进口禁令。在卡尔-海因茨·纳杰斯(Karl-Heinz Narjes)特派员的领导下,他们决定将本应在7月做出的决定推迟到9月,这是几次推迟中的第一次。

一方面,1983年伊始,欧共体特派员受到来自国际组织越来越大的压力。它们是欧洲动物保护组织(Europgroup for Anima Welfare)、地球之友(Friends of the Earth)、绿色和平组织、国际爱护动物基金会、人民保护濒危物种基金会(People's Trust for Endangered Species)、世界动物保护协会(World Society for the Protection of Animals)、英国皇家防止虐待动物协会(Royal Society for the Prevention of Cruelty to Animals)。另一方面,加拿大和挪威政府也给他们施加极大的压力。更糟的是,有些欧共体成员,特别是法国和英国,开始站在加拿大政府一方。

1983年2月28日,最后欧共体环境委员会(EEC Enviromental Council)硬着头皮指示其成员国禁止进口海豹幼崽的皮毛。该禁令又附带了与加拿大和挪威政府谈判后达成的两项协议,直到1983年10月才生效,有效期两年。

渔业海洋部即使不满意,也应该感到欣慰了。该禁令对1983年的"淘汰行动"没有任何影响,而且也不是永久性禁令。另外,我们以后会了解到,该禁令有漏洞(故意这样的),其种种限制只是一纸空文。

德巴内先生领导的渔业海洋部对盟友的表现有些不满意。欧洲的海豹皮主要采购商和加工商——卑尔根的克里斯蒂安·里伯(Christian Rieber)宣布,鉴于整个欧洲自发抵制海豹产品,以及之前积压了大量存货,1983年将不采购竖琴海豹幼崽的皮,采购小竖琴海豹和成年海豹的皮不超过六万张。里伯在加拿大的供货商卡尔森公司和卡林诺公司(Carino)都证实它们的购货量不会超过六万张,价格只是去年的一半。

尽管面临这样的挫折和困难,德巴内先生领导的渔业海洋部仍然千方百计地确保在那年春天最大限度地捕杀海豹。它给出十八万六千头竖琴海豹和一万两千头冠海豹的定额去刺激海豹猎手。该部门期望现有的市场会好起来，新的市场会出现。有人告诉莫德林群岛的海豹猎手，希望他们明白卡尔森和卡林诺公司公布购买限额只不过是一种策略，运上岸的每张皮都会有市场，并能卖出好价钱，哪怕渥太华方面拿出补贴也要做到这一点。纽芬兰省渔业部部长吉姆·摩根（Jim Morgan）对本省的海豹猎手提出令他们激动的目标，以捍卫他们的"传统生活方式和文化"。他还要求猎手们必须杀死至少十万头海豹，以挽救鳕鱼捕捞业免于崩溃。他还答应给卡林诺公司提供五十万美元补贴购买海豹皮。

戴维斯的国际爱护动物基金会自成立以来，每年都派观察小组前往圣劳伦斯湾观察捕猎，今年也不例外。这次的小组成员包括来自多伦多人道协会和美国动物保护研究所的代表。这个小组的基地设在爱德华王子岛省的省府夏洛特敦。在捕杀季节到来之前，他们已经几次前往冰上的繁殖地考察。虽然捕杀季开始之前，这种考察是合法的，但他们还是遭到了渔业保护官员的非难、骚扰和警告，要求他们离开。

1983年3月8日早晨，观察小组被汽车旅馆外一帮人的喧闹声吵醒，大约有六十到一百个当地渔民和一群纽芬兰海豹猎手，这帮人杀气腾腾，态度冷淡。他们要求国际爱护动物基金会的考察小组（当中有几位女士）要么在当天下午五点之前自动离开爱德华王子岛，要么"被塞进垃圾袋扔出去"。不论这些威胁是否真实，几天后，当该小组试图在萨维奇港（Savage Harbour）把一艘小船放下水时，他们遭到另一伙人的袭击，船和货车遭到了严重损坏。

其他的麻烦事还很多。同年3月22日，"切斯特号"（Chester）和"特克温切号"（Technoventure）捕海豹船进入圣劳伦斯湾的冰上繁殖地，开始捕杀海豹幼崽。"切斯特号"属于卡尔森航运公司，"特克温切号"为卡林诺公司捕海豹。这两艘船在这里只忙碌了两天，第三艘船出现了。这是一艘老式的拖网船，叫"海洋守护者2号"（Sea Shepherd II），上面有海洋守护者协会（Sea Shepherd Conservation Society）的五位女士和十六位男士。这是一个激进组织,由保罗·沃森(Paul Watson)领导,他敢跟海盗捕鲸船短兵相接,名声大噪。3月24日星期五的凌晨,"切斯特号"上的海豹猎手下船开始作业,他们挥舞棍棒打死海豹幼崽,然后剥皮,连续杀了好几片繁殖地,鲜红的泥浆在朝阳的照耀下闪闪发光。恰在这时,"海洋守护者2号"穿过浮冰直奔他们而去。

"海洋守护者2号"的到来并不出人意料。几天前,沃森就警告说,一旦发现有人屠杀海豹幼崽,他的组织将直接出面干涉。"海洋守护者2号"一直遭到加拿大政府船只和飞机的跟踪,先是挡住了圣约翰斯港口,没有发现捕海豹船,就朝圣劳伦斯湾驶去。3月23日晚上,"切斯特号"和"特克温切号"收到沃森来了的警示,虽然"特克温切号"发动机出了故障,但并没有耽误它急急忙忙地向哈利法克斯逃离,而"切斯特号"却拒不撤退。

"切斯特号"的海豹猎手,很多都是纽芬兰人,惴惴不安地望着沃森的老式渔船拉着尖厉的汽笛向他们逼近。当两船之间只有一条船那么宽的距离时,沃森放下舵,走出驾驶舱,站在锈迹斑斑的舰桥一侧,向"切斯特号"发出最后通牒:要么立即停止捕猎,要么他的拖网船从正在屠杀海豹幼崽的冰上撞过去,"切斯特号"将自食其果。

"切斯特号"强硬的船长还是怂了,决定不碰沃森的霉头。他拉响了汽笛,让他的猎手们赶快上船。这条消息通过无线电在空中传了出去,几艘载着海豹猎手从莫德林群岛驶来的小船只好小心翼翼地开回港口。在清晨的阳光照耀下渐渐平静的海面,多么生动。两艘船停靠在浮冰边上,周围很安静,只有海豹幼崽呼唤母亲的叫声。突然,直升机可恶的"隆隆"声打破了这里的平静。

此后的二十四小时,渔业海洋部和加拿大皇家骑警队的直升机和军队的跟踪飞机一直在"海洋守护者2号"上空轰鸣盘旋。加拿大海岸警卫队庞大的破冰船"约翰·A. 麦克唐纳号"(*John A. Macdonald*)从远处破冰斩浪开过来，停在离沃森的船很近的地方。它用无线电、喊话和旗语等方式命令沃森将船开往莫德林群岛的默莱斯角（Cape Aux Meules），但沃森不予理会。只要"切斯特号"不走，"海洋守护者2号"就不走。皇家骑警队一架直升机企图将一队武装人员空降到"海洋守护者2号"船上，但看到甲板上布满了带刺的铁丝网，也就不敢轻举妄动了。

3月26日，星期天，这起"粗暴干涉加拿大普通民众谋生权利"事件通过武力得到解决。三百五十英尺（约一百零五米）长的"麦克唐纳号"高高耸立，横亘在"海洋守护者2号"船头不让其离开。另一艘破冰船，"威廉·亚历山大爵士号"（*Sir William Alexander*）带着加拿大皇家骑警队一支应急反应小分队也加入进来。以下是"海洋守护者2号"上一位志愿者的描述。

"威廉·亚历山大爵士号"朝我们船尾撞过来，从右舷滑过。起重机吊起一个重物使劲摆动，将我们船上带刺的铁丝网全部毁掉。一颗烟幕弹扔在甲板上，水管对着舰桥窗户和发动机排气口猛喷。然后放下一块跳板，配备了手枪、突击刀和撬棍的特警队员冲了过来，高耸在我们面前的"麦克唐纳号"船头站了一排手持自动步枪的骑警队员，几架直升机在上空盘旋。特警队行动迅速，五分钟之内就将我们全都铐上手铐，押到甲板上站成一排。

"囚犯们"被关在破冰船没有暖气的船舱里，先是被送到新斯科舍的悉尼，再用军用飞机运到加斯佩。在那里，他们被指控违反海豹保护条例而被关进监狱。1983年12月21日，魁北克省法官伊冯·梅西埃（Yvon Meicier）宣判，因非法进入距海豹捕杀地半海里的范围，沃森和他的同党有罪。沃森被罚款五千美元，监禁十五个月；轮机长被罚四千美元，监禁三个月；其他人员每人罚三千美元，价值二十五万美元的"海洋守护者2号"船被没收。

与之形成鲜明对比的是,那年春天,八个新斯科舍捕龙虾渔民将两艘巡逻艇上的渔业保护官员赶下船,然后火烧巡逻艇致其沉没。这八个人只被指控有海盗行为,被判缓刑,强制进行社区劳动服务,以代替罚款和损失赔偿。

1983年春季"淘汰行动"的结果,对渔业海洋部的"海豹管理"政策来说,并不是什么好兆头。自1946年以来,第一次没有一艘注册的挪威超高效捕猎船出现在捕猎现场。只有两艘加拿大船到了"前方",其中一艘有渔业海洋部的特许。显而易见,这些年反对屠杀海豹幼崽的抗议活动,使大家反感、痛恨这种屠杀。在可预见的将来,海豹皮毛不会有新市场,旧市场也难以复苏。挪威人的仓库里,卖不出去的皮毛堆积如山,他们认清了形势,按照之前的警告,只出1982年一半的价格收购1983年的皮。这年,圣劳伦斯湾和"前方"竖琴海豹的总捕获量只有上一年的三分之一多一点点[1]。

尽管如此,皮埃尔·德巴内声称,他相信这个"产业"一切都很好。他坚定地断言,1983年春季,一头海豹幼崽都没被杀,并对欧共体不会批准其进口禁令充满信心。另外,他相信,既然反捕海豹人士再也无法用血淋淋的海豹幼崽形象这样的方式去激起公众的愤慨,并攫取资金赞助,抗议运动很快将偃旗息鼓,草草收兵。同时,由于1983年的海豹皮价格太低,加拿大联邦政府正计划向海豹猎手补偿一百万美元。德巴内没有向纳税人讲清楚这笔补偿的必要性。因为东海岸的渔民对捕海豹已逐渐失去了兴趣,如果没有这部分渔民,渔业海洋部为了维持一年一度的大屠杀找的最有说服力的理由——许多沿海居民靠捕海豹为生——将毫无根据。这里我要指出,加拿大海豹猎手1982年的人均

---

[1] 现在,为政府服务的大多数科学家终于承认,冠海豹的数量已经到了濒危的程度。因此,给了它们休养生息的机会。由于"前方"捕海豹业的崩溃,1982年的捕猎季,在加拿大海域仅收获了一百二十九张冠海豹毛皮。——原注

收入不到八百美元。

尽管德巴内部长和他的顾问们对海豹捕猎产业还抱有乐观态度，他们正面临的形势却异常严峻。尽管加拿大游说团在最后一刻还在极力劝说，但欧共体还是在1983年10月1日宣布禁止进口竖琴海豹幼崽和冠海豹的法令生效，为期两年。同时，对于渔业海洋部解决海豹问题的"最后方案"，更大的潜在障碍开始显露出来。

早在1982年3月，布莱恩·戴维斯和国际爱护动物基金会的其他负责人就得出了一个极不情愿看到的结论，即使欧共体执行禁令也不足以终止海豹捕猎的活动。因此，他们着手准备更大胆、规模更大的行动，就连布莱恩的支持者也怀疑这个行动是否真的可行。他们的想法不过是发动消费者抵制英国进口的所有加拿大鱼类产品。

国际爱护动物基金会发言人向我解释："英国是加拿大鱼类产品第二大消费市场，对英国的销售总值平均每年达一亿美元。我们决定，如果有必要，我们能够改变这一切。如果加拿大一意孤行，继续屠杀海豹，我们将让它得不偿失。"

国际爱护动物基金会的计划不是什么秘密。1982年9月，布莱恩就明确地告诉渥太华方面，如果他们继续屠杀海豹，将采取行动。最初，渥太华的官员们似乎对这个"装模作样的敲诈勒索者"所说的不屑一顾。1983年1月，国际爱护动物基金会在英国的支持者向加拿大大西洋沿岸省份的渔业部部长们寄去了大约十五万张请愿卡，表示如果当年春季的捕猎活动如期进行，他们将抵制加拿大鱼类产品。渥太华的官员们对此依然无动于衷，仅将其视为恐吓，不予理会。

当1983年的"淘汰行动"如宣传的那样照常开展时，国际爱护动物基金会与英国的海豹保护组织开始了联合行动，后者是一个综合性团体，由八个主要的动物保护和动物福利组织组成。又有海豹幼崽被杀害，尽管德巴内矢口否认，但反捕海豹抗议者尤其愤怒。

国际爱护动物基金会一位成员告诉我："虽然有海豹保护条例，但我们基金会、绿色和平组织和海洋守护者协会都有确凿证据表明幼海豹仍然遭到屠杀。我们不知道具体数目，但我们怀疑肯定很多。所以，我们全力推进抵制活动。我们决心要像屠杀者用棍棒猛击幼海豹的脑袋一样，让抵制运动狠狠地打击加拿大的经济。"

在有史以来所有动物保护组织发起的抵制运动中，这是最好的一次，最初预算是投入一百万美元。1983年9月，运动开始。第一阶段主要是针对进口加拿大鱼类产品的英国批发商展开，由公众补充进口加拿大鱼类产品批发商名单。10月，第二阶段开始，信件和卡片如雪片般飞向主要连锁商店。这两次行动巧妙地运用了新闻媒介，分布广泛的广告和街头剧团，并得到它们的大力支持。

这场运动是有意分阶段实施的，每一阶段本可能达到说服加拿大政府停止商业性捕杀海豹的目的。然而，几个月过去了，尽管德巴内部长面临的压力越来越大，却非但没有表现出任何妥协的迹象，反而更加嚣张。12月，当纽芬兰省渔业部部长宣布，1984年的"收割"行动将照常进行时，国际爱护动物基金会便全力以赴，无所顾忌了。

1984年2月7日，英国最大的连锁超市——拥有四百六十五家零售店的特易购（Tesco）决定遵从消费者用数万张抗议卡片表达的抵制愿望，同意将所有加拿大鱼类产品下架，并在捕猎海豹活动停止前，不再购买此类产品。这算是取得了突破性进展。显然，其他几家主要的英国公司后续迅速跟进，这才是明智的做法。

这真正对加拿大与英国的渔业贸易产生了威胁，加拿大在惊慌之余开始了反击。一方面加拿大驻伦敦高级专员斩钉截铁地否认还在杀害海豹幼崽；另一方面，德巴内指责国际爱护动物基金会的负责人明明知道已经停止捕杀海豹幼崽，却故意"散布谎言"说没有停止。

为了证明"淘汰行动"的合理性，渔业海洋部面临着越来越大的压力，只得大造舆论，发布大量新闻，新闻媒体也尽职尽责，将其刊登出来。《环球邮报》一月底刊登了一篇题为"科学家认为，海豹死灰复燃"的特写就是典型例子。文章开门见山:"今天,大量海豹遍布加拿大东部的海滩和浮冰,这一情形令渔民们紧急呼吁捕杀海豹,以控制其数量。"文章的其他部分全是渔业官员赤裸裸的辩解之词,一个自称为加拿大海豹捕猎人协会(Canadian Sealers Association)的组织发表声明支持这些辩解。在纽芬兰省政府五十万美元和加拿大联邦政府五万美元的资助下,这个协会宣称其宗旨是"向政府施加压力,同意定期捕杀海豹"。

用渔业海洋部发言人伊冯·比罗(Yvon Bureau)的话说:"加拿大的海豹每年要吃掉四百万吨鱼,相当于加拿大近海一年的商业捕鱼量。"这个可怕的数字没有任何科学依据。是哪一种海豹?这些被吃掉的鱼是否具有商业价值?这些鱼是在大西洋、太平洋还是北冰洋被吃掉的?对于这些问题,他闭口不谈。尽管文章标题提到了科学家,但文章却没有引用任何海豹专家的结论,甚至连听命于政府的萨金特博士都没提到。萨金特博士否认了竖琴海豹对加拿大渔业造成重大影响的指控。

2月初,德巴内的发言人宣布,1984年的"淘汰行动"按计划进行,卡林诺公司同意收购至少六万张海豹皮,海豹幼崽的皮一概不要。尽管证据不足,但有理由相信,卡林诺公司将获得政府补贴。

2月底,就在"淘汰行动"即将开始前几周,国际爱护动物基金会又扔出重磅炸弹。布莱恩·戴维斯宣布,除非停止捕杀海豹,否则将发起第二轮抵制加拿大鱼类产品的运动,这一次,将在更大的美国市场进行——五百万封邮件将直接送往消费者手中,请每位消费者给大量出售加拿大鱼类产品的食品公司寄去一张抗议卡。其中最引人注目的是麦当劳和汉堡王的连锁店。

这一次加拿大不敢掉以轻心。加拿大内阁中也出现了极大的分歧,外交部部长和贸易部部长提议永远终止捕杀海豹。销售量达十多亿美元的渔业产业危在旦夕,德巴内的处境越来越孤立。

3月5日,外交部部长兼副总理阿伦·麦克依陈(Allan

MacEachen）公开宣布，加拿大正在考虑终止东海岸的商业性海豹捕猎活动。他说："我们还没有作出最终决定，但我们正在考虑应该做些什么。"德巴内随即做出反应，他发表个人声明，称终止海豹捕猎意味着"向敲诈勒索者和骗子投降"。同一篇新闻的后记发人深省，该后记报道："其他政府官员（渔业海洋部的官僚）说，终止捕猎之后，随着海豹数量猛增，政府要重启一年一度的'淘汰行动'将会更加艰难。"

内阁的激烈讨论持续了好几天，结果内阁大多数成员还是只能让德巴内一意孤行。因为大家都知道，1984年下半年将举行联邦选举，执政的自由党急需赢得大西洋沿岸地区的每一个席位。

德巴内的言论越来越具有煽动性。媒体报道称，他在提到抗议者时说："那些靠敲诈勒索和说谎而作为的人是我能想到的最为卑鄙的罪犯，这帮人试图断绝渔民的生路，这是他们必须承担的另一项罪名。我们怎能视而不见?!"为了提振海豹猎人日渐低落的热情，德巴内宣布正在日本开拓海豹毛皮新市场，并强烈暗示，海豹皮的价格将再次获得政府的补贴。

3月8日，德巴内发表最过激的言论，他坚称，捕杀海豹幼崽行动已接近尾声，所以欧共体的禁令是多余的。讲话最后，他警告："我们不要忘记抗议运动中对手是谁，我们的对手是敲诈勒索者，是骗子，是狂热分子，所以理智的辩论是不能让狂热分子信服的，我宁愿称之为法西斯分子！"

第二天，海豹"淘汰行动"即将开始，他又一次抨击抗议者是大骗子，并再次否认了1983年有海豹幼崽遭到捕杀的说法，声称1984年也不会有海豹幼崽被捕杀。德巴内告诉众议院，他已得到美国主要的鱼类产品买家的保证，他们不会屈服于抵制加拿大鱼类产品的压力。然而，奇怪的是，德巴内部长及其官员们说不出一家不顾抵制运动保证收购加拿大鱼类产品的公司的名字。相反，英国两家主要的食品连锁店正准备将加拿大鱼类产品下架。

一些跟德巴内部长关系紧密的盟友也开始与他分道扬镳。曾经大张旗鼓支持捕杀海豹的不列颠哥伦比亚省渔业协会（British Columbia Fishing Association）主席电传德巴内，紧急要求他禁止捕杀任何年龄的海豹，因为英国的抵制运动已对该省鲑鱼罐头出口造成了影响，甚至连加拿大海豹猎人协会都不幸地意识到，其绝大多数成员的收入主要来源于鱼类出口贸易。现在该协会反戈一击，建议部长禁止捕杀海豹。德巴内气急败坏，拒绝了建议。

德巴内又一次露出自己的真面目。有报告称，莫德林岛上的人在屠杀海豹。3月9日，国际爱护动物基金会派一架直升机从爱德华王子岛出发，前往圣劳伦斯湾中部进行核实。机上除了飞行员，还有三名摄影师。飞行距离很远，当飞机返航时油料不足，就决定在莫德林岛机场降落加油。

飞机平安着陆，但埃索石油公司加油站的工作人员拒绝给飞机加油。五个旁观的人走近直升机，威胁飞机和乘客。飞行员急忙起飞，飞到离海岸不远的浮冰上。他们在那里用无线电向加拿大交通部汇报了这一情况，并请求在返回爱德华王子岛一百英里（约一百六十千米）的飞行中护航。

联邦交通部答复，莫德林岛上的魁北克省警察局将作出安排，保证飞机安全加油，并要求飞行员返回莫德林岛机场。飞行员别无选择，只好照办。机场有三十几个莫德林岛人在闹事，两个警察无动于衷，没有采取制止措施。机场再次拒绝加油，有几个当地人开始撞击飞机两侧，机上的人只得弃机，跑到候机楼寻求保护。他们在那里被围困了好几个小时，最后在被迫交出当天的胶卷和录像带后，才获准坐当地一架飞机离开。

直升机留在了那里，虽然名义上有八位省警察和五位皇家骑警队员保护，但飞机还是在当晚遭到了严重破坏。第二天夜里，一百多个男子和年轻人挥舞着铁链和铁棍又将飞机破坏一通，这架价值三十五万美元的直升机和里面价值两万五千美元的摄影器材被彻底毁坏。

尽管有几位参与破坏活动的人向新闻界坦陈确有其事，但警察还是差不多两个月后才提出指控起诉。6月9日，十五人被控恶作剧、恐吓以及偷窃机上紧急无线电信标。所有人都不认罪，并被要求出席9月的第一次听证会。

德巴内先生对此事的反应是非常大度的。"我非常理解渔民的反应，当他们看到自己的生计受到抗议者的威胁时自然会有所行动。而那些抗议者，一年中只来抗议一周，其余的时间则拿着公众的筹款住豪华酒店。"

西方世界对此事件感到愤慨。然而，在渥太华，更多的内阁部长联合起来反对渔业海洋部，企图说服一意孤行的德巴内叫停海豹捕猎行动，但无功而返。有首相的支持，德巴内是不会改变主意的。据一位观察家说，就连正常的支持捕猎海豹的讨论，如为了渔业的发展需要减少海豹数量之类的讨论都被取消。"部长们被告知，不能对抗议活动妥协，政府不能开先河，让外界的意愿凌驾于部门内部决定之上。换句话说，不能承认渔业海洋部有错，所以，不能让步。"

3月16日这天，真相大白，事实证明渔业海洋部大错特错。曾为联邦渔业海洋部进行过海豹数量和其他考察研究的大卫·拉维涅博士接受一家报社记者的采访。当被问到1983年是否有海豹遭到屠杀时，他请记者注意纽芬兰渔业海洋部门的官员们编写的一份报告，上面列出了清单，五千六百零九头海豹幼崽、三万五千头幼海豹和两万五千头成年海豹被剥皮。

这一发现暴露出欧共体进口禁令的漏洞。尽管在过去任何时候，这五千六百零九头海豹幼崽都会被北大西洋渔业组织和渔业海洋部归为不满三周的海豹幼崽一类，但是，它们现在被重新划分了类别，比如"刚好可捕杀的海豹幼崽""可剥皮的海豹幼崽"或者"换毛期海豹幼崽"。对德巴内先生来说，不幸的是，没有人告知圣约翰斯的官员们这个瞒天过海的伎俩。

尽管使用了新的分类标准和命名办法，但铁的事实摆在面前，加拿大海豹猎手还在继续剥不满三周的海豹幼崽的皮，其中大多数都还没断奶，正在蜕去出生时雪白的绒毛。至于幼海豹，泛指所有三周到一岁的竖琴海豹，在1983年遭到屠杀的幼海豹只有少量超过三周龄。该报告公布后，反捕杀海豹的抗议者编了一个具有辛辣讽刺意味的谜语："什么时候海豹幼崽不是海豹幼崽？德巴内说不是就不是。"

在回答另一个问题时，拉维涅博士这样表达他的观点："过去两年（关于海豹捕猎）出现的大量的错误信息并不是出自抗议者之手。"这样保守的说法算得上经典。

德巴内的处境继续恶化。3月20日，影响力很大的加拿大渔业理事会（Fisheries Council of Canada）主席罗恩·布尔默（Ron Bulmer）再次要求禁止捕杀海豹幼崽。该理事会成员公司的出口量占了加拿大鱼类产品出口量的百分之九十以上。布尔默说："时代在变化。"

时代确实在变化。加拿大贸易部对国际爱护动物基金会在美国组织的抵制运动的影响进行了评估，结果令人不安。再加上一些其他因素，加拿大捕鱼产业正面临着严重的销售问题。国际爱护动物基金会的直升机在警察眼皮底下遭到毁坏，加上渔业海洋部对继续捕杀海豹幼崽闪烁其词，对缓和国内外公众的情绪毫无作用。

执政的自由党还在犹豫不决，在野的保守党显然看到了曙光。保守党的一位渔业批评家呼吁国会全面禁止捕杀不满一周岁的海豹。他说："现在，是时候承认反对捕杀海豹的抗议者有巨大的号召力，公关战役也以我们失败而告终了。现在，是时候禁止捕杀未成年海豹了。"

当然，他的话未引起政府的重视。3月17日，《纽约时报》驻爱德华王子岛的一位记者采访了几位渔业官员。他们承认，毫无疑问，在莫德林群岛，刚出生几天的海豹幼崽遭到屠杀。渔业海洋部的一位发言人声称，捕杀这些海豹幼崽是为了补给生活物资，不是为了销售。他还蛮横地说，如果加拿大海豹猎手为了补给食品捕杀海豹幼崽，从来都不算违法。

这样的言论无异于火上浇油。3月28日发生的事更不能平息公众的愤慨情绪。那天，两位绿色和平组织成员驾驶轻型飞机前往圣劳伦斯湾的浮冰上空，试图拍照确认那里发生的事。虽然他们宣称他们按照海豹保护条例的要求，飞行在两千英尺（约六百米）的高度之上，但他们随后还是被逮捕，飞机被扣押。

似乎连大自然也积极行动起来，要挫败渔业海洋部的"海豹管理"方案。一支由十一艘船组成的舰队从纽芬兰北部港口出发，离海岸不远就被浮冰包围起来。连续的东北风将冰块吹到海岸，船队没有任何办法，无法动弹达六周之久。这些冰块太厚了，海岸警卫队的破冰船都无能为力，解救不了被困的船只，只得靠政府出钱雇佣直升机给船队提供补给物资来维持生活。直到5月中旬，冰块开始融化，他们才得以脱困。1984年春季，没有一艘船能到达"前方"的海豹繁殖地。

结果，到5月底海豹捕猎结束时，二十万头定额只完成了两万三千头。渔业工作人员将其中大多数归类为幼海豹，然而，虽然不是大多数，还是有很多只有几周大的海豹幼崽。

1984年的春天将被载入史册。对海豹猎手来说，这是一百五十多年来最糟糕的一年，而对海豹来说，却是最幸运的一年。

在这场屠杀中，被捕杀的冰海豹数量大幅减少，是谁的功劳？又是谁的过错？毫无争议，功劳应该属于那些不遗余力的动物保护组织，是它们掀起了世界人民对海豹捕猎行业以及支持捕猎的政府机构的抗议浪潮。对这些反对捕猎海豹的团体来说，这是多年艰苦斗争的胜利。

对德巴内先生及其官员和支持者来说，这是耻辱的失败。然而，这场海豹保卫者与海豹屠杀者之间的较量并没有结束。加拿大渔业海洋部认为，它只不过是输了一场战斗，它已在酝酿新的战略。为了获得一点喘息的机会，1984年6月，德巴内宣布成立皇家调查委员会（Royal

Commission），专门研究海豹捕猎产业，以及它的需求和存在的问题。在此期间（它们希望）凶猛的抗议浪潮会随着战争的胜利慢慢消退，渐渐平息。（像罗密欧·勒布朗一样，皮埃尔·德巴内辞职后，被任命为加拿大参议员，以奖励他的贡献。）

皇家调查委员会是长久以来就存在的一种制度设计，当加拿大政府陷入进退两难境地的时候，往往就会启动这项制度，这样既可以拖延时间，又可以转移注意力。这样的委员会一般需要数月甚至数年进行调查，而最后的结论通常是无关痛痒或者早已过时的。这个新成立的皇家委员会由魁北克上诉法院（Quebec Court of Appeals）的法官艾伯特·马洛弗（Albert Malouf）先生牵头，有九位成员，其中六位是"外行"。可以预见，这个委员会肯定会因循守旧、按部就班地开展工作。在皇家调查委员会进行调查审议期间，渔业海洋部可以摆脱重重压力，对改变海豹捕猎政策的要求不作回应。另外，当委员会公布调查结果并提出建议后，渔业海洋部将自行决定是否接受和采纳调查结论和建议。

毫无疑问，加拿大计划继续"淘汰"竖琴海豹、斑海豹和灰海豹（还有冠海豹，如果它们的数量开始恢复的话）。纽芬兰省渔业部部长詹姆斯·摩根（James Morgan）得到渥太华的默许，将二百五十张海豹皮样品送到"远东一些对此感兴趣的公司，供它们鉴赏评价"。摩根希望，在1985年春季捕猎之前，在远东开拓出稳定的市场（他主要指日本），秋天签订正式购销协议。

渔业海洋部继续对海豹进行诽谤，污蔑它们破坏了商业捕鱼。该部对西德尼·霍尔特（Sydney Holt）博士对海豹的权威性评估置若罔闻，西德尼·霍尔特博士是著名的海洋生物学家，是联合国粮农组织渔业资源司（Fisheries Resource Division）前司长。西德尼·霍尔特博士尖锐地指出："在全世界，经过独立科学家们认真严肃地研究、分析和评估的科学证据中，没有一个案例能够证明'淘汰'海洋哺乳动物对鱼类资源有好处。"

当本书付梓时，自由党还在执政，以后是否还会继续执政，真的无关紧要。[1]渔业海洋部将继续我行我素，除非在其政策对加拿大政客们极为不利时，他们才不得不解散这个官僚机构。

如果要拯救美洲东北海岸海豹王国残存下来的海豹，需要像国际爱护动物基金会这样的一些组织进行百折不挠、锲而不舍的斗争。国际爱护动物基金会最近正在开展阻止加拿大鱼类产品出口到美国的抵制活动，并决心坚持到底，直到加拿大政府正式同意结束"淘汰行动"。多少年来，"淘汰行动"将大海这个屠场上的冰原染得血红。

现在，冰海豹的血泪史就此告一段落。

---

[1] 本书于1984年首次出版发行。1984年9月4日，自由党在大选中遭遇惨败，保守党以压倒性优势获胜执政。——译者注

后记

我坐在窗前,窗外是浩瀚的大西洋。这本书终于写完了。它带着我回顾了这么多动物血淋淋的悲惨遭遇,现在到了终点。本书开篇提出的问题已经有了答案。

在我们的时代,生命正在消亡。

我望向窗外,海湾里的海水汹涌澎湃;南边,海天相接的地方更远处,北大西洋起伏的波涛拍打着北美大陆的东部海岸。昔日的画面又浮现在我眼前。

海上,一群群大大小小的鲸喷着水,从到处涌动的鱼群中穿过,激起层层波浪;空中,铺天盖地的北鲣鸟、三趾鸥以及其他飞禽自由地飞翔;脚下,岩石嶙峋的绵延海岸上,海豹簇拥在一起小憩;海滩上,不知疲倦的滨鸟扑腾着翅膀;海湾里,海底是蛤蚌、贻贝和龙虾的世界;大群绒鸭的脑袋攒动,像漂浮的岛屿;海象那弯刀状的獠牙熠熠发光,犹如跳动的火焰……顷刻间,一切都消失了。

我回到了现实世界。

无垠的天空中,浩渺的大海上,连绵曲折的海岸边,一只海鸥在孤独地翱翔,这孑立的身影仿佛这苍茫空旷的舞台上一粒漂浮的尘埃。

当我们的先辈开始开发这块大陆时,他们深信新大陆的动物资源取之不尽、用之不竭。他们怎么也想不到,这相互依存、关系错综复杂的生命体是有限的、脆弱的、很容易受到伤害的。如果要为前人辩解,至少可以说,他们对自己所进行的疯狂掠夺和屠杀所造成的不可避免的后果,几乎一无所知。

我们今天还活着的人们，对于我们所进行的生物大屠杀及其造成的可怕后果，可不能找如此的借口来开脱罪孽。现代人有足够多的机会去认识生物世界的复杂性和相关性。如果硬要拿"无知"当借口，这种"无知"就是恣意妄为、蓄意谋杀。

在这块大陆上，人类进行的屠杀延续了五百多年，这是不容否认的事实。长期以来，我们人类总是与别的动物作对，是它们不共戴天的敌人。但现在，至少有迹象表明，我们人类总算有了一点愿望和良知，眼光也看得长远了，不再为了满足眼前的需求和欲望而大肆掠夺，正努力重新融入这个生命共同体。

人类慢慢回归理性。虽然从控制人类世界的那些人和机构的行为及态度中还找不到证据，但是，在普通个体和团体组织的行为中可以发现一些迹象。他们无比憎恨和厌恶人类对动物世界的暴力掠夺和破坏，并开始排斥沦落到没有人性的杀手。

要使地球上现存的生命能够延续下去，人类必须清晰地认识到，人类与其他生命的存在不可分离；人类必须充分地认识到，作为地球上有史以来最强大、最具杀伤力的物种，人类肩负着义不容辞的责任；人类必须坚决地为自己犯下的滔天罪行改过自新，将功补过。

如果我们能坚持下去，终有一天，能成功地让人类重拾人性……那时，屠杀之海将重新成为生命之海。

二十年前，我写下了上面的话，以为后记。现在，写下这篇"后记"，让我们看看，发生了多大变化。

海鸟和飞禽

曾经在海岸上空遮天蔽日的海鸟越来越稀少，尽管不像过去那样大幅减少，但是每一种滨鸟的数量还在减少。有一半以上的滨鸟物种面临着危险，受到威胁，至少有一种，即笛鸻，似乎注定了将像极北杓鹬一样灭绝。

大多数滨鸟的数量仍在减少，它们的繁殖场地不断遭到破坏；面临大量的海洋污染（特别是石油泄漏事故频发，虽然官方对此予以否认），人类的捕鱼活动导致它们赖以生存的海洋小鱼减少，同时它们还遭到打猎爱好者、商业性捕鱼者、鱼类养殖户和滥捕滥猎者的骚扰。

偏远地区的鱼鹰和白头海雕生活得还不错，它们被看作大自然威严的象征，这可能是人类愿意赞赏和保护它们的一部分原因吧。

许多小型鸟类，尤其是食虫类，数量急剧减少。部分原因可能是由于在热带和亚热带地区，人们快速地采伐森林，使得它们失去了冬季栖息地。然而，国内公众，尤其是农业和林业从业人员，持续地使用杀虫剂和除草剂，仍然是一个重要原因。莫厄特环境研究所（Mowat Environmental Institute）在布雷顿角的研究中心在过去二十年间研究了至少四十三种夏季在该岛生活的鸟类，它们的数量都减少了，有些甚至少了百分之八十。

鸭子、鹅和其他鸟类的数量普遍下降，有些下降的幅度还很大。如果保持不久以前的下降水平，有的种类还可能维持生存。

肉、兽皮、软毛

依据所谓的科学方案，曾经被当作猎人和打猎爱好者奖品的大型哺乳动物都受到了保护，以便为那些喜欢血腥活动的人提供充足的靶子。因此，只有少数的大型哺乳动物面临灭绝的威胁，但是，也有一些明显的例外。比如白尾鹿，仍然维持着以前的残余数量。

20世纪90年代，皮毛动物似乎获得了新生。环境保护运动结束了对皮毛动物的屠杀。有的人穿着用动物毛皮制作的服饰来彰显其时尚、财富和威风，这种做法真令人憎恶。然而，现在看来，这股潮流似乎已被逆转。但环境保护运动越来越遭到很多国家的排斥、政府部门的忽视以及工商界的诋毁。事实上，皮毛动物本身就有濒临灭绝的危险。

目前毛皮贸易的复苏就说明了这一点。仅仅几年前，像水獭这样的动物还没有被认为值得捕杀，因为它们的毛皮在市场上没有销路。而现在，皮草又流行起来，正如一位猎人在电视上欢呼的那样："现在我们可以发财了！"人们贪婪的欲望与日俱增，水獭和其他毛皮动物在劫难逃。的确，许多从事毛皮服装贸易的人将毫无疑问地日进斗金、财源滚滚，而许多刚刚从几百年的蹂躏中恢复过来的毛皮动物将再次面临危险。

笼罩在毛皮动物头上的乌云有了裂缝，它们还有一丝存活下去的希望。虽然郊狼是加拿大西部的一种动物，却在20世纪60年代，找到了通往大西洋沿岸的路，现在分布在包括纽芬兰在内的所有沿海省份。从某种意义上说，它取代了该地区内很久以前就已经灭绝了的狼。显然，郊狼在"我们"的世界找到了它的生态位。除非对它采用包括赏金、毒药和空中捕猎在内的全方位屠杀手段，否则，它仍可能存活下来，甚至在大西洋地区繁衍生息。但是，警钟已经响起。猎鹿者、部分农民以及那些天生就不能容忍与其他动物共存的人，已经开始要求将大西洋沿岸各省的郊狼消灭干净。

离水之鱼

1983年，加拿大将其管辖权延伸到离岸两百英里（约三百二十千米）的范围，这使我对延缓大规模地屠杀鱼类抱有希望。但是，我错了。外国船队对鱼类资源的掠夺立刻被加拿大国内更有效率的渔业公司取代。

在接下来的十年里，由于大多数鱼类被捕杀，加拿大在整个大西洋海域的捕鱼业崩溃了。

自1983年以来，大西洋沿岸和近海水域几乎所有主要的商业鱼类，包括鳕鱼、黑线鳕、绿青鳕、比目鱼、无须鳕、鳐鱼、大比目鱼、红鱼、金枪鱼、鲑鱼，甚至鲨鱼（正如捕鱼业微妙地指出的那样），在经济上都已经"无关紧要"了。

没有令人信服的证据表明它们有复苏的迹象。根据新斯科舍生物学家黛博拉·麦肯齐（Deborah MacKenzie）的说法，对诸如毛鳞鱼和鲱鱼等钓饵鱼的破坏，造成存活的食肉鱼类包括鳕鱼和鲑鱼慢性营养不良（也可称为饥饿），这种状态让它们连生存的希望都没有，更不用说复苏了。

在更大和更有价值的鱼类遭到破坏之后，我们现在正毫无节制地大肆捕捞剩下的海洋生物。蜘蛛蟹，由于名字好听，被重新命名为雪蟹，就是一个最好的例子。十年前才有机构开始在大西洋海域对蜘蛛蟹进行商业性捕捞，有迹象表明，它正在步鳕鱼的后尘，很快就会消失，被人们遗忘。在我们账本的利润栏中，它的名字将被另一种注定要灭绝的海洋生物取代。

很明显，任何可以被加工成人类食物、牲畜饲料、鱼粉、化学饲料原料或者化肥的东西都不能幸免。任何东西，包括浮游生物这一所有海洋生命的必需品，都可能被巧取豪夺。

一位持不同意见的科学家的话，可以非常好地总结我们对这场正在进行的大屠杀的态度。我在1983年进行了引用，他坚持匿名，这一要求相当合理。

"对那些混蛋来说，不要讨论明天的事……无论从事渔业或者渔业海洋部的人怎样巧舌如簧，每个人的心里只有一件事：赚钱……在海洋渔业崩溃之前，尽可能多地赚钱。"

或者，他还不如说：每个人只想着在海洋变成一片死海之前，赚钱。

海中巨兽

尽管一些意志坚定的人为保护它们付出了艰辛的努力，但也只有少数残余的大鲸还存活在这个世界上。许多鲸种的数量锐减，以至于它们曾长期存在的事实遭到严重怀疑。例如，现存的露脊鲸仅有七八百头；而北极露脊鲸，或者叫弓头鲸，不超过一千头。虽然名义上受到保护，这两种鲸仍然遭到捕杀。人们用商业捕渔网捕杀，或者开着轮船（包括高速前进的军舰）撞击露脊鲸；阿拉斯加和加拿大北部的土著人用爆炸鱼叉或者反坦克步枪捕猎弓头鲸，主要是为了消遣玩乐，同时也展现对北极资源的政治所有权。

所有种类的大鲸都在急剧减少，虽然占行业主导地位的国际捕鲸委员会默认这一事实，但挪威和日本还是在继续大规模地进行商业捕鲸活动。他们得到一些小国的支持和恣惠，这些小国经常为了维护自身的利益而允许其进行非法捕鲸。只要捕鲸业还有利可图，日本就会继续捕杀鲸，尽管日本政府的官方立场是捕杀鲸完全出于科学研究的原因，但在很大程度上，科学一直是而且将继续为商业服务。

因此，所有的鲸，无论大小，仍然面临着危险，并且因为污染、海洋军事活动和商业航运，特别是使用炸药和高功率声呐、大规模地过度捕捞导致食物供应减少等遭受严重损失。大规模地过度捕捞正在将这个星球上的海洋变成一片无差别的屠杀之海。

冰上的死亡——鳍足目

大西洋西部地区灰海豹的再次出现算是为数不多的好消息之一。20世纪40年代中期，人们认为灰海豹已在加拿大水域绝迹了。我们不知道的是，有少数灰海豹幸存了下来。第二次世界大战爆发，人们集中力量对付彼此。趁着这个短暂的喘息机会，灰海豹有了一定数量的增长。20世纪50年代，当它们的存在再次被发现时，政府部门和渔业行业采取一致行动来消灭它们,理由通常是它们在掠夺本该属于我们的鱼类。然而,尽管联邦渔业部实行赏金政策,渔业部的官员们每年拿着枪和棍棒袭击它们产崽的场地,灰海豹仍然顽强地坚持下来,现在可能有几千头了。它们的未来应该比较安全了。除了灰海豹之外,竖琴海豹和冠海豹这两种海豹,被渔业行业和政府部门指控,说它们是渔业产业崩溃的罪魁祸首,是"恢复商业鱼类资源"的最大障碍。

谎言重复一千遍就变成了真理。这种指控在公众当中已深入人心,管理者们可以放心地策划对海豹的屠杀。

在20世纪90年代有几年时间,大西洋两岸人道主义运动的短暂兴起,迫使加拿大停止屠杀剩下的海豹。后来,那个弥天大谎卷土重来,占据了优势,屠杀活动又开始了,而且变本加厉。最大规模的屠杀海洋哺乳动物,也许包括对陆地和海洋上任何大型哺乳动物的屠杀,每年春天都在圣劳伦斯湾和纽芬兰北部海域上演。从1998年到2002年,据渔业保护官员的统计,一百四十万头不分年龄的竖琴海豹和冠海豹——其中包括数十万头还没断奶的海豹幼崽——被屠杀。这个统计数字虽然惊人,但还不包括非法捕杀、被猎枪打死或受致命伤而未收获到的海豹数量,而用猎枪捕杀是这次屠杀的主要手段。如果把这些额外的死亡因素考虑在内,被捕杀的海豹总数将上升到至少两百万头,甚至可能还会大大地超过这个数字。

渔业海洋部及其省级机构声称,竖琴海豹的数量呈爆炸式增长,目前已超过五百万头(独立评估机构将这个数字修正为少于三百万)。为了抑制这种"爆炸式"增长态势,除恶劣冰季和其他自然因素致死以外,每年还必须"淘汰"三十五万头。为此,联邦政府给海豹捕猎行业设定了一个"允许捕杀总量"标准,以后三年可捕杀九十七万五千头海豹。然而,这个标准几乎没有得以强制执行,近年来实际捕杀的数量经常超过这个标准。

正在发生的事情不言自明。如果算上自然损耗、未纳入统计的杀戮造成的间接死亡，以及在格陵兰和加拿大北极水域每年至少十五万头被杀死的海豹，似乎可以肯定，这样的死亡速度将很快导致海豹的彻底灭绝。

这是否会使曾经数不胜数的鳕鱼、鲑鱼以及其他消失的物种重新聚集在这个屠杀之海？抑或是给我们屠杀生物的血腥历史再记上触目惊心的一笔？

致谢

在写作本书过程中，得到几位科学家和专家的指导，获益良多。但是，我并不是全盘接受他们的修正和批评。同时，我对出现的任何事实性错误以及对事件的阐述承担全部责任。

在此，我要特别感谢圭尔夫大学（University of Guelph，又译贵湖大学）生物科学学院副教授，D. M. 拉维涅博士，感谢他对有关海豹和海象的章节内容仔细而富有启发性的点评；感谢加拿大野生动物服务局海鸟研究部的 D. N. 内特尔希普博士，他在海鸟的有关章节中给予了大量帮助；感谢北极生物站的爱德华·米切尔（Edward Mitchell）博士对鲸和鼠海豚章节的批评和建议；感谢加拿大野生动物服务局候鸟科数量调查部主任史蒂夫·温特（Steve Wendt）博士为有关鸟类而非海鸟的章节提供了相关材料；感谢加拿大野生动物服务局前研究人员尼克·诺瓦科夫斯基（Nick Novakowski）博士对陆生哺乳动物章节的点评；感谢渔业海洋部的 D. J. 斯卡拉特（D. J. Scarratt）博士对鱼类章节的评论；感谢国际爱护动物基金会的顾问史蒂夫·贝斯特（Steve Best）先生提供动物保护运动的有关信息。

编撰本书似乎是一件无法完成的工作，我衷心感谢提供帮助的人士，他们是：艾伦·库克（Alan Cooke），他曾在斯科特极地研究所（Scott Polar Institute）工作，负责本书的历史调查；拉姆齐·德里（Ramsey Derry）承担了编辑的艰巨任务；玛丽·艾略特（Mary Elliott）承担本书各版本的文字录入工作；还有哈罗德·霍伍德、杰克·麦克利兰（Jack McClelland）和彼特·戴维森（Peter Davison），在我艰难地写作这本书（这是我写过难度最大的书）的过程中，他们给予很多我鼓励和建议。

参考文献（节选）

由于篇幅所限，本书参考的很多科研文献未列入其中。

Adams, A.L. *Field Notes and Forest Rambles with Notes and Observations on the Natural History of Eastern Canada*. London: H.S. King, 1873.

Alexander, J. *Salmon Fishing in Canada, by a Resident*. London: Longman; Montreal: B. Davison and Son, 1860.

Allen, Elsa G. "Nicolas Denys, a Forgotten Observer of Birds." *The Auk* 36 (1919).

Allen, G.M. "Dogs of the American Aborigines." *Bulletin of the Museum of Comparative Zoology, Harvard* 63 (1920). ———. *Extinct and Vanishing Mammals of the Western Hemisphere with the Marine Mammals of All Oceans*. American Committee on International Wildlife Protection Special Publication 11 (1942).

Allen, J.A. "The Extinction of the Great Auk at the Funk Islands." *American Naturalist* 10 (1876): 48.

Allen, K.R. "A Note on Baleen Whale Stocks of the Northwest Atlantic." *International Whaling Commission Report* 20 (1970).

Allen, R.L. *A Life Table for Harp Seals...* International Council for the Exploration of the Seas (1974).

Allingham, E.G. *A Romance of the Rostrum*. London: H.F. and G. Witherby, 1924.

Anderson, R.M. "Catalogue of Canadian Recent Mammals." *Bulletin of the National Museum of Canada* 102 (1946).

Anspach, L.A. *A History of the Island of Newfoundland: Containing a Description of the Island, the Banks, the Fisheries, and Trade of Newfoundland, and the Coast of Labrador*. London: 1819.

Aubert de la Rue, E. "Le territoire de Saint-Pierre et Miquelon, étude de géographie physique et humaine." *Journal de la société d'américanistes* 29 (1937): 239–372.

Audubon, J.J. "The Eggers of Labrador." *Ornithological Biography*. 6 vols. 1835.

Banfield, A.W.F. "The Distribution of Barren-ground Grizzly Bear in Northern Canada." *Bulletin of the National Museum of Canada* 166 (1961): 47–59.

———. *The Mammals of Canada*. Toronto: 1977.

Banfield, A.W.F., and N.S. Novakowski. "The Survival of the Wood Bison... in the Northwest Territories." *National Museum of Canada Natural History Papers* 1 (1960): 8.

Bangs, O. "List of Mammals of Labrador." Appendix IV of *Labrador, the Country and the People*, by W.T. Grenfell et al. New York: Macmillan, 1909.

Barbeau, Marius. *The Language of Canada in the Voyages of Jacques Cartier*. Ottawa: 1959.

Belanger, René. *Les basques dans l'estuaire du Saint-Laurent: 1535–1635*. Montreal: Les Press de l'université du Québec, 1971.

Benjaminsen, T. "On the Biology of the Bottlenose Whale." *Norwegian Journal of Zoology* 20 (1972).

Bent, Arthur Cleveland. *Life Histories of North American Birds of Prey*.

Part 1. Smithsonian Institution, United States National Museum Bulletin 167. Washington: Government Printing Office, 1937.

———. *Life Histories of North American Birds of Prey*. Part 2. Smithsonian Institution, United States National Museum Bulletin 170. Washington: Government Printing Office, 1938.

———. *Life Histories of North American Diving Birds*. Smithsonian Institution, United States National Museum Bulletin 107, Washington: Government Printing Office, 1922.

———. *Life Histories of North American Marsh Birds*. Smithsonian Institution, United States National Museum Bulletin 135. Washington: Government Printing Office, 1926.

———. *Life Histories of North American Petrels and Pelicans and Their Allies*. Smithsonian Institution, United States National Museum Bulletin 121. Washington: Government Printing Office, 1922.

———. *Life Histories of North American Shore Birds*. Part 1. Smithsonian Institution, United States National Museum Bulletin 130. Washington: Government Printing Office, 1925.

———. *Life Histories of North American Shore Birds*. Part 2. Smithsonian Institution, United States National Museum Bulletin 146. Washington: Government Printing Office, 1929.

———. *Life Histories of North American Wildfowl*. Smithsonian Institution, United States National Museum Bulletin 126. Washington: Government Printing Office, 1923.

——— "Notes from Labrador." *Bird Lore* 15 (1913): 11–15.

Biggar, H.P. *The Early Trading Companies of New France*. Toronto: University of Toronto, 1901.

Bishop, Morris. *White Men Came to the St. Lawrence*.

Bollan, W. *The Importance and Advantage of Cape Breton.* 1746.

Bonner, W. Nigel. "Man's Impact on Seals." *Mammal Review* 8 (1978).

Bourne, A.G. "Exploitation of Small Whales of the North Atlantic." *Oryx* 8 (1965).

Brodie, Paul F. *The Growth of the White Whale.* Government of the Northwest Territories, Department of Information: 1972.

Cabot, W.B. *Labrador.* Boston: Small, Maynard, 1920.

Cahalane, V.H. *Mammals of North America.* New York: Macmillan, 1947.

———. *A Preliminary Study of Distribution and Numbers of Cougar, Grizzly and Wolf in North America.* New York Zoological Society, 1964.

Cameron, Austin W. *A Guide to Eastern Canadian Mammals.* Ottawa: National Museum of Canada, 1956.

———. "Mammals of the Islands in the Gulf of St. Lawrence." *Bulletin of the National Museum of Canada* 154 (1958).

Cartwright, G. *Journal of Transactions and Events, During a Residence of Nearly Sixteen Years on the Coast of Labrador: Containing Many Interesting Particulars, Both of the Country and Its Inhabitants, Not Hitherto Known.* 3 vols. London: Allen and Ridge, 1792.

Chafe, L.J. *Chafe's Sealing Book: A History of the Newfoundland Seal Fishery from the Earliest Available Records down to and Including the Voyage of 1923.* St. John's: Mosdell, 1923. Reprint, Newfoundland Fisheries Board, 1940.

Champlain, Samuel de. *Works.* 6 vols. Edited by Biggar.

Chappel, E. *Narrative of a Voyage to Hudson's Bay.* London: 1817. Reprint, Coles Canadian Collection.

———. *Voyage of His Majesty's Ship Rosamond to Newfoundland and the Southern Coast of Labrador.* London: Mawman, 1818.

Charlevoix, Pierre de. *Journal of a Voyage to North America.* 1761. Reprint, Readex Microprint, 1966.

Chartraine, P., and J.Y. Cousteau. "Cousteau: 'Plus de capelan, plus de baleines...' " *L'actualité,* mars 1981.

Christensen, G. "The Stocks of Blue Whales in the Northern Atlantic." *Norsk Hvalfangsttid* 44 (1955): 307–15.

Clermont, Norman. "Le contrat avec les animaux bestiaire sélectif des Indiens nomades du Québec au moment du contact." *Recherches amérindiennes au Québec* 10, no. 1–2 (1980): 91–109.

Collard, Edgar Andrew. "Of Many Things... Buffalo Robes." *Montreal Gazette,* 10 May 1980, 2.

Collins, J.W. "Notes on the Habits and Methods of Capture of Various Species of Sea Birds that Occur on the Fishing Banks off the Eastern Coast of North America, and Which Are Used as Bait for Catching Codfish by New England Fishermen." *Smithsonian Miscellaneous Collection* 46, no. 22, 13 (1882): 311–38.

Comeau, Napoleon. *Life and Sport on the North Shore of the Lower St. Lawrence and Gulf...* Quebec: 1909, 1954.

Cormack, W.E. "Narrative of a Journey across the Island of Newfoundland in 1822." *Edinburgh Philosophic Journal* 10 (1823). In Bruton, 1928.

Cowan, Ian McTaggart. "Threatened Species of Mammals in North America." *Proceedings of the 16th International Congress of Zoology,* edited by J.A. Moore. Vol. 8. Washington: 1964.

Crespel, M. *Travels in North America...* London: Sampson Low, 1797; Quebec: A. CÔté, 1884.

Dagg, Anne Innis. *Canadian Wildlife and Man.* Toronto: McClelland and Stewart, 1974.

Davis, R.A., K.J. Finley, and W.J. Richardson. "The Present Status and Future Management of Arctic Marine Mammals in Canada." Science Advisory Board of the N.W.T. *Report* 3 (1980).

Dawson, S.E. *The Saint Lawrence.* New York: Frederick A. Stokes, 1905.

Deane, R. "Audubon's Labrador Trip of 1833." *The Auk* 27 (1910): 42–52.

De Loture, R. *Histoire de la grande pêche de Terre-Neuve.* Paris: Gallimard, 1949. English translation: U.S. Fish and Wildlife Services, *Fisheries Special Scientific Report* 213 (1949).

Denys, Nicolas. *Description géographique et historique des côtes d'Amérique septrionale avec l'histoire naturelle du pais* (Paris: 1672). Edited by W.F. Ganong. Toronto: Champlain Society, 1908.

Dey, Wendy. "The Great White Bear." *Imperial Oil Review 2* (1976).

Diereville, Sieur de. *Relation of the Voyage to Port Royal in Acadia or New France.* Edited by Mr. and Mrs. C. Webster. Toronto: Champlain Society, 1933.

Du Creux, Father François. *The History of Canada or New France.*

Dudley, P. "An Essay upon the Natural History of Whales with a Particular Account of the Ambergris Found in the Sperma Ceti Whale." *Philosophical Transactions of the Royal Society,* ser. B, 33 (1725).

Dunbar, M.J., et al. *The Biogeographic Structure of the Gulf of St. Lawrence.*

Durant, Mary, and Michael Harwood. *On the Road with John James Audubon.* New York: Dodd, Mead, 1980.

Duro, Cesareo Fernandez. *La pesca de los vascongados y el descumbrimiento de Terranova. Arca de Noe. Vol. 6 of Disquisiciones Nauticas.* Madrid: 1881.

Elson, Paul, and H.H.V. Hord. *Fisheries Fact Sheet: The Atlantic Salmon.*

Ottawa: Fisheries and Environment Canada.

Elton, Charles S. "Further Evidence about the Barren-Ground Grizzly Bear in Northeast Labrador and Quebec." *Journal of Mammalogy* 35 (1954): 345–57.

———. "Labrador Barren-Ground Grizzly Bear: State of the Evidence in 1976."

Erskine, J.S. "The Archeology of Some Nova Scotian Indian Campsites." Part 1. *Proceedings of the Nova Scotian Institute of Science* 27 (1970–71): 1–9.

Fisher, H.D. *Seals of the Canadian East Coast*. Fisheries Resource Board of Canada, 1950.

Fisher, J., and H.D. Vevers. "The Breeding, Distribution, History and Population of the North American Gannet." *Journal of Animal Ecology* 12 (1943): 173–213.

Fitzhugh, Bill. "Labrador Grizzly Bear." *Kinatuinamot Illengajuk* (Nain) 1, 9 September 1976, 37.

Fowle, David C. *A Preliminary Report on the Effects of Phosphamidon on Bird Populations in Central New Brunswick*. Canadian Wildlife Service Report Series 16. Ottawa: Information Canada, 1972.

Gabarra, Abbé J.-B. *Anciens marins de Cap Breton*. 1922.

Gagnon, François-Marc. "'Gens du pays' ou 'suiviages': Note sur les designations de l'indines chez Jacques Cartier." *Recherches amérindiennes au Québec* 10, no. 1–2 (1980).

Ganong, W.F. "The Identity of the Animals and Plants Mentioned by the Early Voyagers to Eastern Canada and Newfoundland." *Transactions of the Royal Society of Canada* 3 (1909): 107–242.

———. "The Walrus in New Brunswick." *Bulletin of the Natural History*

Society of New Brunswick 5, no. 22, part 2 (1904).

Gilbertson, Michael, and Lincoln Reynolds. *A Summary of DDT and PCB in Canadian Birds, 1969–1972*. Canadian Wildlife Service Occasional Paper 19. Ottawa: Environment Canada, 1974.

Gilpin, J. Bernard. "On the Seals of Nova Scotia." *Proceedings and Transactions of the Nova Scotian Institute of Natural Science for 1871–1874*. Vol. 2, part 4: 377–384.

―――. "The Walrus." *Proceedings and Transactions of the Nova Scotian Institute of Natural Science for 1867–1870*. Vol. 2: 8–10.

Godfrey, W.E. "Birds of Canada." *Bulletin of the National Museum of Canada* 203 (1966).

―――. "Rare or Endangered Canadian Birds." *Canadian Field Naturalist* (January– February 1970).

Gosling, W.G. *Labrador, Its Discovery, Exploration and Development*. Toronto: Musson, 1910.

Greene, J. Orne. "September among the Game Birds of Miscou Island." *Bulletin of the Natural History Society of New Brunswick* 5, no. 24, part 4 (1906): 553–558.

Greene, W.H. *The Wooden Walls among the Ice floes: Telling the Romance of the Newfoundland Seal Fishery*. London: Hutchinson, 1933.

Greenway, J.C. *Extinct and Vanishing Birds of the World*. New York: Peter Smith, 1967.

Grenfell, W.T., et al. *Labrador, the Country and the People*. New York: Macmillan, 1909; 1922.

Grieve, S. *The Great Auk or Garefowl*. London: T.C. Jack, 1885.

Haig-Brown, Roderick. *The Salmon*. Ottawa: Environment Canada, 1974.

Hakluyt, Richard. *The Principal Navigations, Voyages, Traffiques and*

Discoveries of the English Nation. London: 1599–1600.

Harper, F. "Land and Freshwater Mammals of the Ungava Peninsula." *Miscellaneous Publications of the Museum of Natural History, University of Kansas* 27 (1961).

Harrington, C. Richard. *Denning Habits of the Polar Bear* (Ursus maritimus, *Phipps*). Canadian Wildlife Service Report Series 5. Ottawa: Queen's Printer, 1968.

———. "The Life and Status of the Polar Bear." *Oryx* 8 (1965): 3.

Harrington, Lyn. "Penguins of the North Atlantic." *North/Nord* 25 (November– December 1978): 6.

Harrisse, Henry. *Jean et Sebastien Cabot, leur origine et leurs voyages.* Paris: Ernest Leroux, 1882.

Herbert, H.W. [Frank Forester, pseud.]. *Frank Forester's Field Sports of the United States, and British Provinces, of North America.* New York: Stringer and Townsend, 1849.

Hoffman, B.G. *Cabot to Cartier.* Toronto: 1961.

Howley, James P. *The Beothuks or Red Indians: The Original Inhabitants of Newfoundland.* Cambridge: University Press, 1915.

Innis, Harold A. *The Cod Fisheries: The History of an International Economy.* Toronto: University of Toronto Press, 1940.

———. *The Fur Trade in Canada.* Toronto: 1930.

Jangaard, P.M. *The Capelin* (Mallotus villosus). Fisheries Bulletin 186. Ottawa: Department of the Environment, 1974.

Jenkins, J.T. *A History of the Whale Fisheries: From the Basque Fisheries of the Tenth Century to the Hunting of the Finner Whales at the Present Date.* London: Kennikat Press, 1971.

Jomard, E.F. *Les monuments de la géographie.* Paris: 1854–62.

Josselyn, John. *The Voyages to New England.*

Jukes, J.B. *Excursions in and about Newfoundland During the years 1839 and 1840.* London: Murray, 1842.

King, Maj. W. Ross. *The Sportsman and Naturalist in Canada.* London: Hurst and Blackette, 1866. Reprint, Toronto: Coles, 1974.

Laborde, J. "La pêche à la baleine par les harponneurs basques." *Gurre Herria* (1951).

Lahontan, Baron de. *New Voyages to North America.* 2 vols. (London: 1703). Edited by Reuben Gold Thwaites. Chicago: 1905. Reprint, New York: Burt Franklin, 1970.

Laird, Marshall. *Bibliography of the Natural History of Newfoundland and Labrador.* London: Academic Press, 1980.

Lavigne, D.M., and W.W. Barchard. "Notes, Interpretation and Evaluation of Harp Seal Census Data." *Polar Record* 19, no. 121 (January 1979): 381–385.

LeClercq, Father Chrestien. *New Relations of Gaspesia.*

Lescarbot, Marc. *Histoire de la Nouvelle France* (Paris: 1609–11). Edited by W.L. Grant. Toronto: Champlain Society, 1907.

Levett, Christopher. *Voyage into New England, Begun in 1623 and Ended in 1624.*

Lindroth, C.H. *The Faunal Connections between Europe and North America.* New York: Wiley, 1957.

Lloyd, F.E.J. *Two Years in the Region of Icebergs and What I Saw There.* London: 1886.

Low, A.P. "List of Mammalia in the Labrador Peninsula, with Short Notes on Their Distribution, etc." *Reports of the Geological Survey of Canada,* n.s., 8 (1896).

———. "Report on Explorations in the Labrador Peninsula, along the East Main, etc. etc." *Reports of the Geological Survey of Canada,* n.s., 8 (1896).

Lysaght, A.M. *Joseph Banks in Newfoundland and Labrador, 1766.* London: Faber, 1971.

Mann, K.H. "The Impact of Man on Environmental Systems in the Maritimes." In *Environmental Change in the Maritimes,* edited by J.C. Ogden II and M.J. Harvey. Halifax: Nova Scotian Institute of Science, 1975.

Mansfield, A.W. "The Atlantic Walrus (*Odobenus rosmarus*) in Canada and Greenland." *IUCN Publications*, n.s., supplementary paper 39 (1973): 69–79.

———. "Occurrence of the Bowhead or Greenland Right Whale (*Balaena mysticetus*) in Canadian Arctic Waters."

———. *Seals of Arctic and Eastern Canada.* Fisheries Research Board of Canada Bulletin 137. 2d ed., revised. Ottawa: 1967.

———. "The Walrus in Canada's Arctic." *Canadian Geographic Journal* 72 (1966): 88–95.

Mansfield, A.W., and B. Beck. *The Gray Seal in Eastern Canada.* Fisheries and Marine Services Technical Report 704. Ottawa: Department of Fisheries, 1977.

Marsden, Joshua. *The Narrative of a Mission to Nova Scotia, New Brunswick and the Somers Islands.* 1816.

Mason, John. *A Brief Discourse of the New-Found-Land.* Edinburgh: 1620.

Mathiesson, Peter. *Wildlife in America.* New York: 1959.

Mercer, M.C. "Records of the Atlantic Walrus, *Odobenus rosmarus rosmarus,* from Newfoundland." *Journal of the Fisheries Resource Board of Canada* 24 (1967).

Millais, J.C. *Newfoundland and Its Untrodden Ways.* London: Longmans

Green, 1907.

Milne, L. and M. *The Cougar Doesn't Live Here Anymore.* Englewood Heights, N.J.: Prentice-Hall, 1971.

Montizambert, Edward Louis. *Canada in the Seventeenth Century* (Translation of Pierre Boucher, *True and Genuine Description of New France, Commonly called Canada, and the Manners and Customs and Productions of That Country.* Paris: Florentin Lambert, 1664.) Montreal: George E. Desbarats, 1883.

Moreau, Jean-François. "Réflexions sur les chasseurs-cueilleurs: les montagnais, décrits par Le Jeune en 1634." *Recherches amérindiennes au Québec* 10, no. 1–2 (1980): 48–49.

Nero, Robert W. *The Great White Bears.* Winnipeg: Manitoba Department of Renewable Resources and Transportation Services, 1976.

Nettleship, D.N. "Breeding Success of the Common Puffin... on Different Habitats at Great Island, Newfoundland." *Ecological Monographs* 42 (1972).

Northcott, Tom H. *The Land Mammals of Insular Newfoundland.* St. John's: Newfoundland Department of Tourism (Wildlife Division).

Novakowski, N.S. "Rare or Endangered Canadian Mammals." *Canadian Field Naturalist* (January–March 1970).

Olaus Magnus. *Histoire des lays septentrionaux.* Translated by Plantin, 1560.

Patterson, Rev. George. "The Magdalene Islands." *Proceedings and Transactions of the Nova Scotian Institute of Science for 1890–94.* 2d ser. Vol. 8, part 1: 31–57.

———. "The Portuguese on the North-East coast of America, and the First European Attempt at Colonization There: A Lost Chapter in American

History." *Transactions and Proceedings of the Royal Society of Canada* 8 (1890): 127–73.

———. "Sable Island: Its History and Phenomena." *Transactions and Proceedings of the Royal Society of Canada* 12 (1894): 3–49.

Pearson, Arthur M. *The Northern Interior Grizzly Bear,* Ursus arctos l. Canadian Wildlife Service Report Series 34. Ottawa: Information Canada, 1975.

Pelletier, Gaby. "From Animal Skins to Polyester: Four Hundred Years of Micmac and Maliseet Clothing Styles and Ornamentation." *Papers of the Tenth Algonquin Conference,* 1978.

Peterson, Randolf L. *The Mammals of Canada.* Toronto: Oxford University Press, 1966.

Pichon. *Lettres et mémoires pour servir à l'histoire naturelle, civile et politique du Cap Breton, depuis son établissement jusqu'à la reprise de cette île par les anglais en 1758.*

Pinhorn, A.T. *Living Marine Resources of Newfoundland-Labrador: Status and Potential.* Bulletin 194. Ottawa: Department of the Environment, 1976.

Prance, G.T., and Thomas S. Elias. *Extinction Is Forever.*

Privy Council (G.B.). *In the Matter of the Boundary between the Dominion of Canada and the Colony of Newfoundland in the Labrador Peninsula.* Vol. 3. Courtemanche's memoir and the 1715 anonymous memoir are included.

Prowse, D.W. *A History of Newfoundland from the English, Colonial and Foreign Records.* London: Macmillan, 1895.

Purchas, S. *Hakluytus Posthumus, or Purchas His Pilgrimes: Contayning a History of the World in Sea Voyages and Lande Travells by Englishmen and Others.* London: 1625. Reprint, Glasgow: Maclehose, 1905–7.

Reade, John. "The Basques in North America." *Transactions and Proceedings of the Royal Society of Canada,* 1st ser., 6 (1888): 21–39.

Reeves, R. "White Whales of the St. Lawrence." *Canadian Geographic Journal* 92, no. 2 (March–April 1976).

Reid, John. "The Beginnings of the Maritimes: A Reappraisal." *American Review of Canadian Studies.*

Rostlund, Erhard. "Freshwater Fish and Fishing in Native North America." *University of California Publications in Geography* 9 (1952).

Rowan, John J. *The Emigrant and Sportsman in Canada: Some Experiences of an Old Country Settler with Sketches of Canadian Life, Sporting Adventures and Observations on the Forests and Fauna.* London: Edward Stanford, 1876. Reprint, Toronto: Coles, 1972.

Sagard, Father Gabriel. *The Long Journey to the Country of the Hurons.*

Saint-Cyr, D.N. "The Pinniped Mammalia of the River and Gulf of St. Lawrence." *Quebec Legislature Sessional Papers* 3 (1886): 39–65.

Schmidt, John L., and Douglas L. Gilbert. *Big Game of North America.* Harrisburg, Pa.: Stackpole Books, 1978.

Schorger, A.W. *The Passenger Pigeon.* University of Oklahoma Press, 1977.

Scisco, L.D. "Lescarbot's Baron de Lery." *Transactions of the Royal Society of Canada* (1911).

Scoresby, William. *An Account of the Arctic Regions with a History and Description of the Northern Whale-Fishery.* Vol. 2.

Scott, W.B., and E.J. Crossman. *Freshwater Fishes of Canada.* Fisheries Bulletin 184. Ottawa: Fisheries Research Board of Canada, 1973.

Sergeant, D.E., and P.F. Brodie. *Identity, Abundance, and Present Status of Populations of White Whales,* Delphinapterus leucas, *in North America.* Ottawa: Fisheries Research Board of Canada, 1975.

———. "Current Status of Seals in the Northern Hemisphere." *Seals:*

Proceedings of a Working Meeting of Seal Specialists on Threatened and Depleted Seals of the World, Held under the Auspices of the Survival Service of IUCN: 113–24.

Seton, Ernest Thompson. *Life Histories of Northern Mammals.* New York: 1909.

Slattery, Brian. "French Claims in North America, 1500–59."

Spiess, Arthur. "Labrador Grizzly (*Ursus arctos l.*): First Skeletal Evidence." *Journal of Mammalogy* 57, no. 4 (November 1976).

Spiess, Arthur, and Steven Cox. "Discovery of the Skull of a Grizzly Bear in Labrador." *Arctic* 29, no. 4 (December 1976): 194–200.

Stewart, Darryl. *Canadian Endangered Species.* New York: Gage, 1974.

———. *From the Edge of Extinction.* Toronto: McClelland and Stewart, 1978.

Stirling, E. "The Grizzly Bear in Labrador." *Forest and Stream* 22 (1884).

Swenk, Myron H. "The Eskimo Curlew and Its Disappearance." Smithsonian Institution. *Annual Report* (1915).

Tanner, V. *Outlines of the Geography, Life and Customs of Newfoundland-Labrador.* 2 vols. Cambridge: Cambridge University Press, 1947.

Thevet, André. *Les sinlaritez de la France antarctique, autrement nommé Amérique & de plusieurs terres & îles découvertes de nostre temps.* Paris: 1557.

———. *La cosmographie universelle.* Paris: 1575.

Thwaites, Reuben C. *The Jesuit Relations and Allied Documents.* Vol. 2. Cleveland: Burrow Brothers, 1896.

Tocque, P. *Newfoundland As It Was and As It Is in 1877.* London and Toronto: 1878.

Tuck, J.A. "Basque Whalers in Southern Labrador, Canada." *Proceedings of the International Symposium on Early European Exploitation of the Northern Atlantic:* 800–1700.

Tuck, L.M. The Murres: *Their Distribution, Populations and Biology. A Study of Genus Uria.* Canadian Wildlife Service Monograph Series 1 (1960).

United Nations Working Party on Marine *Mammals. Mammals in the Sea.* Vol. 1. Report of the FAO Advisory Committee on Marine Resources Research. FAO Fisheries Series 5. Rome: Food and Agricultural Organization of the UN, 1978.

Warburton, A.B. "The Sea-Cow Fishery." *Acadiensis* 3 (1902): 116–19.

Waters, J.H., and C.E. Ray. "The Former Range of the Sea Mink." *Journal of Mammalogy* 42: 380–83.

Whitbourne, Richard. *A Discourse and Discovery of New-Found-Land...* London: 1620.

Williamson, C.R. *The Bluefin Tuna in Newfoundland Waters.* St. John's: Newfoundland Tourist Office, 1962.

Wood, Thomas, and Stanley A. Munroe. *Dynamics of Snowshoe Hare Populations in the Maritime Provinces of Canada.* Canadian Wildlife Service Occasional Papers 30. Ottawa: Supply and Services Canada, 1977.

主要物种名对照表

PI

抹香鲸 Sperm Whale

蓝鲸 Blue Whale

PII

瓶鼻鲸 Bottlenose Whale

绒鸭 Eider Duck

黑海番鸭 Scoter Duck

瓣蹼鹬 Phalarope

剑鱼 Swordfish

姥鲨 Basking Shark

PIII

北鲣鸟 Gannet

绿背龙虾 Green-shelled Lobster

虎鲸 Grampus

PIV

海豹 Seal

鲸 Whale

海豚 Porpoise

水獭 Otter

P3

大海雀 Spearbill

极北杓鹬 Eskimo Curlew

P4

侏海雀 Elfin Dovekie

海燕 Petrel

海鸦 Murre

海鹦 Puffin

三趾鸥 Kittiwake

鹱 shearwater

暴风鹱 Fulmar

贼鸥 Skua

P5

矛鸟 Geiifugel

P7

燕鸥 Tern

大海鸥 Larger Gull

P17
象鼻虫 Weevil

P19
黑凫 Scoter
海鸽 Sea Pigeon
冰鸟 Ice Birds

P20
大海鸟 Great Auk
刀嘴海雀 Razorbill
北极燕鸥 Arctic Tern

P33
鸬鹚 Cormorant
煎水鹱 Shearwater

P36
白腰叉尾海燕 Leach's storm petrel

P37
双冠鸬鹚 Double-crested Cormorant

P38
玫瑰燕鸥 Roseate Tern
里海燕鸥 Caspian Tern
黑背海鸥 Black-backed Gull

P39
黑海鸦 Black Guillemot
厚嘴海鸦 Thick-billed Murre

P40
大西洋海鹦 Atlantic Puffin

P41
大西洋鲑鱼 Atlantic Salmon
鳕鱼 Cod

P44
毛鳞鱼 Capelin

P45
哔哔啾 pi-pi-piuk

P46
杓鹬 Curlew

P48
旅鸽 Passenger Pigeon

P52
绣头 Beattle-head
金鸻 Golden Plover
喜泽鹬 Mud Snipe
姬鹬 Jack Snipe

花布鸟 Calico Bird
知更鸟 Redbreast
唧唧鹬 Peep

P53
白蛴螬 White Grub
夜蛾 Cutworm

P59
滨鹬 Sandpiper
长嘴杓鹬 Long-billed Curlew

P60
哈得孙鹬 Hudsonian Curlew

P61
棕塍鹬 Hudsonian Godwit
云斑塍鹬 Marbled Godwit

P62
北美鹬 North American Willet

P63
蛎鹬 Oystercatcher
欧洲蛎鹬 European Oystercatcher

P65
沙锥 Snipes

丘鹬 Woodcock
红背沙锥 Red-backed Sandpiper

P66
细嘴滨鹬 knot
翻石鹬 Turnstone

P67
半蹼鹬 Dowitcher
威尔逊沙锥 Wilson's Snipe
小黄脚鹬 Lesser Yellowlegs

P68
大黄脚鹬 Greater Yellowlegs

P69
半蹼鸻 Semi-palmated Plovers
三趾鹬 Sanderling

P70
金鸻 Golden Plover

P73
黑雁 Brant
黑嘴天鹅 Trumpeter Swan
小天鹅 Whistling Swan
加拿大鹅 Canada Goose
雪雁 Snow Goose

主要物种名对照表　473

P75

林鸳鸯 Wood Duck

小水鸭 the Diminutive Teal

P76

帆背潜鸭 Canvasback Duck

红头潜鸭 Redhead Duck

斑背潜鸭 Scaup Duck

黑背潜鸭 Black Duck

P77

馅饼鸭 Pie Duck

拉布拉多花斑鸭 Labrador Duck

P79

白鹭 Egret

鹮 Ibis

苍鹭 Heron

白鹮 White Ibis

P80

美洲鹤 Whooping Crane

P81

沙丘鹤 Sandhill Crane

P82

野火鸡 Wild Turkey

P83

松鸡 Grous

荒草鸡 Pheysant

欧洲雉鸡 European Pheasant

环颈雉 Ring-necked Pheasant

岩雷鸟 Rock Ptarmigan

柳雷鸟 Willow Ptarmigan

P84

食肉鸟 Birds of Prey

金雕 Golden Eagle

白头海雕 Bald Eagle

P85

鱼鹰 Fish Eagle

䴕 Bute

灰林鸮 Great Forest Owl

食籽雀 Seed-eater

P91

黑熊 Black Bear

北极熊 White Bear

鳟鱼 Trout

P92

棕熊 Brown Bear

P97
竖琴海豹 Harp Seal
冠海豹 Hooded Seal
灰海豹 Grey Seal
斑海豹 Harbour Seal
海象 Walrus
比目鱼 Flatfish

P102
雪兔 Varving Hare
白鼬 Ermine Weasel

P103
弓头鲸 Bow-head Whale
白鲸 Beluga
白狼 White Wolf
北极狐 White Fox

P104
髯海豹 Bearded Seal
环斑海豹 Ring Seal

P107
北美驯鹿 Caribou
麝牛 Musk Ox

P112
灰熊 Grizzled Bear

P124
渔貂 Fish Marten
貂熊 Wolverine
水貂 Mink
貂 Marten
海獭 Maritime Otter

P134
海狸 Beaver
麝鼠 Muskrat

P135
红水獭 Red Otter
海貂 Sea Mink

P138
北美野牛 North American Buffalo
平原野牛 Plains Buffalo
林地野牛 Wood Buffalo
俄勒冈野牛 Oregon Buffalo
东部野牛 Eastern Buffalo

P145
东部麋鹿 Eastern Elk
林地驯鹿 Woodland Caribou

P149
美洲狮 Cougar

狼獾 Carcajou

P152
猞猁狼 Loup Cervier
海狼 Loup Ma
猞猁 Lynx

P154
短尾猫 Stump-tailed Bobcat

P156
雪橇猎犬 Hunting-cum-sled Dog
爱斯基摩犬 Eskimoan Dog

P157
水狗 Water Dog
红狐 Red Fox

P159
郊狼 Coyote
灰狼 Grey Wolf

P174
鲭鱼 Mackerel
鲻鱼 Mullet
海鲈 Sea Bass
大鳗鱼 Large Eel
七鳃鳗 Lamprey

梭子鱼 Pike
殴鳊 Battering
青鲈 Cunner
单鳍鳕 Hake
胡瓜鱼 Smelt
鲟鱼 Sturgeon
鲱鱼 Herring
鲆鱼 Flounder
西鲱 Shad
牡蛎 Oysters
鳐鱼 Skate
白鲑 Whitefish

P181
黑线鳕 Haddock

P182
红鱼 Redfish
大西洋庸鲽 Atlantic Halibut
拟庸鲽 Sole-like Plaice
黄尾鲽 Yellow-tail Flounder
美首鲽 Witch Flounder

P184
海鳟 Sea Trout

P185
大肚鲱 Alewife

P195

北美鲑鱼 North American Salmon

P200

短吻鲟 Short-nosed Sturgeon

P202

条纹鲈鱼 Striped Bass

P204

蓝鳍金枪鱼 Bluefin Tuna

P225

露脊鲸 Black Right Whale

P250

北极露脊鲸 Balaena Mysticetus

P256

大湾鲸 Grand Bay Whale

P266

须鲸 Rorqual

长须鲸 Fin Whale

大须鲸 Sei Whale

小须鲸 Minke

布氏鲸 Bryde's Whale

P283

磷虾 Krill

座头鲸 Humpback

P299

鼠海豚 Harbour Porpoise

P310

一角鲸 Narwhal

P311

切尼·约翰鲸 Chaney John Whale

P317

领航鲸 Pilot Whale

P324

枪乌贼 Squid

P329

鳍足目 Finfeet

译名对照表

序号	原文	译文	页码
1	*Blommersdyk*	"布罗麦斯戴克号"	I
2	Antwerp	安特卫普	I
3	DeWitt	德维特	I
4	Grand Banks	大浅滩	II
5	Virgin Rocks	维京礁	II
6	Strait of Belle Isle	贝尔岛海峡	II
7	Gulf of St. Lawrence	圣劳伦斯湾	II
8	Anticosti Island	安蒂科斯蒂岛	II
9	*Scotch Bonnet*	"苏格兰女帽号"	II
10	St. Lawrence River	圣劳伦斯河	II
11	Cap Tourmente	图门特海角	II
12	Gaspé	加斯佩	II
13	Bonaventure Island	博纳旺蒂尔岛	III
14	Prince Edward Island	爱德华王子岛	III
15	West Point	西角	III
16	Canso Strait	坎索海峡	III
17	Sable Island	塞布尔岛	III

续表

序号	原文	译文	页码
18	Nova Scotia	新斯科舍	III
19	Gulf of Maine	缅因湾	III
20	Long Island Sound	长岛海峡	III
21	Norse	斯堪的纳维亚人	III
22	Newfoundland	纽芬兰	III
23	St. Pierre	圣皮埃尔岛	III
24	Labrador	拉布拉多	III
25	Magdalen Islands	莫德林群岛	IV
26	Cape Breton	布雷顿角	IV
27	The Smithsonian Institution	史密森学会	V
28	Cape Cod	科德角	VI
29	Greenland	格陵兰岛	VI
30	Basque	巴斯克人	VI
31	Audubon	奥杜邦	3
32	Poole	普尔	4
33	Hebrides	赫布里底群岛	6
34	St. Kilda	圣基尔达岛	6
35	Martin	马丁	6
36	Port au Choix Peninsula	苏瓦港半岛	8
37	Disco	迪斯科岛	9
38	Florida	佛罗里达州	9
39	Inuit	因纽特人	9

续表

序号	原文	译文	页码
40	Beothuk	贝奥图克人	9
41	Breton	布列塔尼人	9
42	Saint Malo	圣马洛港	9
43	Jacques Cartier	雅克·卡蒂埃	9
44	La Grande Baie	大海湾	9
45	Cape Bonavista	博纳维斯塔角	9
46	Labrador Current	拉布拉多洋流	9
47	Santa Catalina	圣卡塔利娜岛	10
48	Isle of Birds	鸟岛	10
49	league	里格	10
50	Funk Island	梵克岛	11
51	Belle Isle	贝尔岛	11
52	Grand Bay	格兰德贝	11
53	Bonavista Bay	博纳维斯塔湾	11
54	Stinking Island	臭岛	11
55	Penguin Island	企鹅岛	11
56	Wadham group	瓦德海姆群岛	11
57	Musgrave Harbour	马斯格雷夫港	11
58	Baccalieu	巴卡列岛	11
59	Richard Hakluyt	理查德·哈克路特	12
60	*Principal Navigations... of the English Nation*	《英国主要航海志》	12

续表

序号	原文	译文	页码
61	Hore	霍尔	12
62	Cape La Hune	开普拉许纳	12
63	Isles de Margaulx	北鲣鸟群岛	13
64	Bird Rocks	鸟岩	13
65	Samuel de Champlain	萨缪尔·德·尚普兰	13
66	Charlevoix	沙勒瓦	13
67	Lark Island	云雀岛	14
68	Cow Head	考黑德	14
69	Stearing Island	斯特林岛	14
70	Bay of Islands	群岛湾	14
71	Gregory Island	格雷戈里岛	14
72	Flowers Cove	弗劳尔斯科夫	14
73	Shag Island	沙格岛	14
74	Green Island	格林岛	14
75	Port au Port Bay	波尔港湾	14
76	St. John's Bay	圣约翰斯湾	14
77	Placentia Bay	普拉森舍湾	14
78	St-Pierre et Miquelon	圣皮埃尔和密克隆	14
79	Fortune Bay	福琼湾	14
80	Ramea group	拉米亚群岛	14
81	Burgeo	伯吉奥港	14
82	Micmac	米克马克	15

续表

序号	原文	译文	页码
83	Offer Rock	奥佛尔岛	15
84	*Marigold*	万寿菊号	15
85	Cape Breton Island	布雷顿角岛	15
86	Cabot Strait	卡伯特海峡	15
87	St. Paul Island	圣保罗岛	15
88	Chedabucto Bay	切达巴克托湾	15
89	Sea Wolf Island	海狼岛	15
90	Halifax	哈利法克斯	15
91	Bay of Fundy	芬迪湾	15
92	New Brunswick	新不伦瑞克	15
93	Tusket Island group	塔斯克蒂群岛	15
94	Gannet Rock	北鲣鸟岛	15
95	Noddy Island	洛迪岛	16
96	Devil's Limb	魔鬼山嘴岛	16
97	Machias Seal Island	马凯亚斯海豹岛	16
98	Grand Manan	大马南岛	16
99	George Weymouth	乔治·韦茅斯	16
100	Muscongus Bay	马斯康格斯湾	16
101	Monhegan Island	蒙希根岛	16
102	Manana Island	马纳纳岛	16
103	David Ingram	大卫·英格拉姆	16
104	Gulf of Mexico	墨西哥湾	16

续表

序号	原文	译文	页码
105	Josselyn	乔斯林	16
106	Nahant	纳罕岛	16
107	Anthony Parkhurst	安东尼·帕克赫斯特	18
108	Humphrey Gilbert	汉弗莱·吉尔伯特	18
109	Edward Hayes	爱德华·海斯	18
110	Richard Whitbourne	理查德·维特伯恩	18
111	Lescarbot	莱斯卡伯特	18
112	Courtemanche	库特芒什	18
113	John Mason	约翰·梅森	19
114	Aaron Thomas	亚伦·托马斯	19
115	William Palmer	威廉·帕尔默	20
116	St. John's	圣约翰斯	20
117	*Life Histories of North American Birds*	《北美鸟类生活史》	22
118	Arthur Bent	亚瑟·本特	22
119	Nicolas Denys	尼古拉斯·德尼斯	23
120	Chesapeake Bay	切萨皮克湾	24
121	George Cartwright	乔治·卡特赖特	24
122	Philip Tocque	菲利普·托克	25
123	Fogo Island	福戈岛	25
124	*The English Pilot*	《英国引水员》	26
125	Richard Bonnycastle	理查德·邦尼卡斯尔	26

续表

序号	原文	译文	页码
126	Milne	米尔恩	27
127	J. Steenstrup	J.斯滕斯特鲁普	28
128	Eldey	埃尔德岩	28
129	Cape Reykjaness	雷恰角	28
130	Reykjavik	雷克雅未克	29
131	Siemson	西姆松	29
132	Reykjaness Peninsula	雷恰角半岛	29
133	Stadur	斯塔杜尔	29
134	Hafnir	哈佛里尔	29
135	Sotheby	索斯比	29
136	Alcidae	海雀科	29
137	Leslie Tuck	莱斯利·塔克	29
138	Department of Fisheries and Oceans	渔业海洋部	30
139	Ketil Ketilsson	凯提尔·凯提尔松	30
140	Jon Brandsson	乔恩·布朗得松	30
141	Sigurdur Islefsson	西格杜尔·艾尔福松	30
142	Sambro Island	桑布罗岛	32
143	Cape St. Mary's	圣玛丽斯角	33
144	fathom	英寻	34
145	United States Fish Commission	美国渔业委员会	34
146	quintal	英担	35
147	Canadian Wildlife Service	加拿大野生动物局	36

续表

序号	原文	译文	页码
148	David Nettleship	大卫·内特尔希普	36
149	Baffin Bay	巴芬湾	39
150	Witless Bay	威特利斯湾	40
151	Columbier	哥伦比耶	41
152	Pied Piper	花衣魔笛手	41
153	*Kurdistan*	"库尔德斯坦号"	42
154	Lancaster	兰开斯特	42
155	DDT Investigation	滴滴涕调查	42
156	Røst	勒斯特岛	43
157	David	大卫	44
158	Goliath	歌利亚	44
159	Ungava	昂加瓦	45
160	Nascopie Indian	纳斯科比印第安人	45
161	Patagonian	巴塔哥尼亚	45
162	Bathurst Inlet	巴瑟斯特因莱特	45
163	Kotzebue Sound	科策布湾	45
164	Franklin Bay	富兰克林湾	45
165	Inuk	因努克	45
166	American ornithologists	美国鸟类学家协会	46
167	A. C. Bent	A.C.本特	46
168	Packard	帕卡德	48
169	Lucien Turner	卢西恩·特纳	48

译名对照表 485

续表

序号	原文	译文	页码
170	Davis Inlet	戴维斯因莱特	48
171	Eliot Coues	艾略特·库斯	49
172	Sandwich Bay	桑威奇湾	49
173	Hudson's Bay	哈得孙湾	49
174	Lunenburg	卢嫩堡	49
175	Amazon River	亚马孙河	50
176	Orinoco River	奥里诺科河	50
177	Nantucket Island	楠塔基特岛	51
178	Chatham Hotel	查塔姆旅馆	51
179	James Symington	詹姆斯·赛明顿	52
180	Falkland Islands	福克兰群岛	53
181	Rocky Mountain	落基山	53
182	Wheeler	威勒	53
183	Lawrence Bruner	劳伦斯·布鲁纳	53
184	Myron Swenk	迈伦·斯温克	54
185	Omaha	奥马哈	54
186	Wichita	威奇托市	55
187	Mackenzie Valley	马更些河谷	56
188	Green	格林	56
189	Bay Chaleur	沙勒尔湾	56
190	Miscou Island	米斯库岛	56
191	Charles Townsend	查尔斯·汤森	57

续表

序号	原文	译文	页码
192	William Brewster	威廉·布鲁斯特	57
193	Fred Gieger	弗雷德·吉格尔	57
194	August Eiche	奥古斯特·艾希	57
195	Norfolk	诺福克	57
196	Hoagland	霍格兰德	57
197	Battle Harbour	巴特尔港	58
198	Barbados	巴巴多斯	58
199	Churchill	丘吉尔港	60
200	The Hudson's Bay Company	哈得孙湾公司	60
201	Orkneys	奥克尼	60
202	Mississippi Valley	密西西比河谷	62
203	Cobb Island	科布岛	63
204	H. H. Bailey	H.H.贝利	63
205	Tadoussac	塔杜萨克	65
206	Sagard	萨嘎德	65
207	*Life Histories of North American Shorebirds*	《北美滨鸟生活史》	65
208	Brasher	布拉歇	66
209	George Mackay	乔治·麦凯	66
210	Chatham	查塔姆	66
211	Nauset	纳赛特	66
212	Wellfleet	韦尔弗利特	66

续表

序号	原文	译文	页码
213	Tuckernuck	塔克纳克	66
214	Muskeget Islands	马斯基吉特群岛	66
215	James A. Pringle	詹姆斯·A.普林格尔	67
216	Stuart Danforth	斯图亚特·丹福斯	68
217	Alexander Wetmore	亚历山大·韦特莫尔	68
218	Newport	纽波特	68
219	Newburyport	纽伯里波特	68
220	Edward Forbush	爱德华·福布什	70
221	Robert Roosevelt	罗伯特·罗斯福	71
222	W.H. Hudson	W.H.哈德森	71
223	Manitoba	马尼托巴省	73
224	British Columbia	不列颠哥伦比亚省	73
225	*Migratory Birds Convention Act*	《候鸟保护公约》	76
226	Cape Hatteras	哈特勒斯角	77
227	Penobscot Bay	佩诺布斯科特湾	80
228	Wood Buffalo National Park	伍德布法罗国家公园	81
229	Aransas Refuge	阿兰萨斯保护区	81
230	Michaelmas	密可马斯	81
231	James Yonge	詹姆斯·扬	82
232	Avalon Peninsula	阿瓦隆半岛	82
233	Lahontan	拉翁唐	82
234	Penetanguishene	佩内坦吉申	82

续表

序号	原文	译文	页码
235	Martha's Vineyard	马撒葡萄园岛	83
236	Renews	里纽斯	83
237	Napoleon Comeau	拿破仑·科莫	83
238	Mingan	明根	84
239	Godbout	戈德布	84
240	Rachel Carson	蕾切尔·卡逊	84
241	*Silent Spring*	《寂静的春天》	85
242	Frank Farley	弗兰克·法利	90
243	Ernest Thompson Seton	欧内斯特·汤普森·西顿	91
244	knot	海里	92
245	Ursus maritimus	海熊	92
246	Ursus polaris	极地熊	92
247	Bergen	卑尔根	93
248	Baltic Sea	波罗的海	93
249	Gulf of Bothnia	波的尼亚湾	93
250	Kuril Islands	千岛群岛	93
251	Thorfinn Karlsefni	托尔芬·卡尔塞夫尼	93
252	John Cabot	约翰·卡伯特	93
253	Sebastian	塞巴斯蒂安	94
254	Brion	布利翁	94
255	White Bear Bay	北极熊湾	94
256	Marguerite de La Roche	玛格丽特·德·拉·罗什	94

译名对照表

续表

序号	原文	译文	页码
257	La Rocque de Roberval	拉罗克·德·罗贝瓦尔	95
258	Mecatina group	梅卡蒂娜群岛	95
259	Île des Démons	魔鬼岛	95
260	Saguenay River	萨格奈河	95
261	Lac St-Jean	圣让湖	95
262	Delaware Bay	特拉华湾	95
263	André Thevet	安德烈·塞维特	95
264	Stephen Parmenius	斯蒂芬·帕莫勒斯	96
265	Fort Louis	路易斯堡	97
266	Joseph Banks	约瑟夫·班克斯	98
267	Jens Munk	詹斯·芒克	98
268	Hudson Strait	哈得孙海峡	101
269	James Bay	詹姆斯湾	103
270	Calgary	卡尔加里	103
271	Bedouin	贝都因人	104
272	Cape Churchill	丘吉尔角	104
273	Sea of Okhotsk	鄂霍次克海	105
274	Sakhalin	库页岛	105
275	Kamchatka	堪察加半岛	105
276	Aleutian Islands	阿留申群岛	105
277	Spitzbergen archipelago	斯匹次卑尔根群岛	105
278	Square Island	斯喀尔岛	106

续表

序号	原文	译文	页码
279	Robert Peary	罗伯特·皮里	107
280	Ellesmere Island	埃尔斯米尔岛	107
281	International Scientific Meeting on the Polar Bear	国际北极熊科学研讨会	108
282	Wrangell Island	兰格尔岛	110
283	Rose Blanche	罗斯布兰奇	110
284	New Chelsea	新切尔西	111
285	Heart's Content	哈茨康坦特	111
286	C. Hart Merriam	C.哈特·梅里亚姆	113
287	U.S. Biological Survey	美国生物调查所	113
288	*Preliminary Synopsis of the American Bears*	《美洲熊初步概述》	113
289	C. S. Elton	C.S.埃尔顿	114
290	R. M. Anderson	R.M.安德森	115
291	A. W. F. Banfield	A.W.F.班菲尔德	115
292	*Descelier World Map*	《德塞利耶世界地图》	115
293	John Maclean	约翰·麦克莱恩	116
294	Fort Chimo	希莫堡	116
295	William Kennedy	威廉·肯尼迪	116
296	George River	乔治河	116
297	Mittleberger	米特尔伯格	116
298	Makkovik	马库维克	116

续表

序号	原文	译文	页码
299	Nachvak	纳西瓦克	116
300	L. M. Turner	L.M.特纳	117
301	A.P. Lowe	A.P.洛	117
302	Martin Hunter	马丁·亨特	117
303	Harold Horwood	哈罗德·霍伍德	117
304	Mealy Mountains	米利山	117
305	Goose Bay	古斯贝	117
306	Cartwright	卡特赖特	117
307	Dillon Wallace	狄龙·华莱士	117
308	Hamilton Inlet	哈密尔顿湾	117
309	Peter McKenzie	彼得·麦肯齐	118
310	Ford	福特	118
311	Torngat	托恩盖特山	118
312	Steven Cox	斯蒂文·科克斯	118
313	Okak Bay	奥卡克湾	118
314	Francis Harper	弗朗西斯·哈珀	119
315	Northwest Territories	西北地区	119
316	Chesterfield Inlet	切斯特菲尔德因莱特	120
317	Daniel Boone	丹尼尔·布恩	120
318	Thomas Wright	托马斯·莱特	121
319	St. John River	圣约翰河	121
320	Alberta	艾伯塔省	122

续表

序号	原文	译文	页码
321	Peace River	皮斯河	122
322	Canadian's Jasper Park	加拿大贾斯珀国家公园	123
323	Canadian's Banff Park	加拿大班夫国家公园	123
324	North West River	西北河城	124
325	John Rowan	约翰·罗恩	125
326	Exploits Bay	普洛伊茨湾	127
327	Wildlife Service	野生动物局	127
328	Reindeer Lake	赖恩迪尔湖	131
329	Phipps	菲普斯	133
330	William Wood	威廉·伍德	134
331	Acadia	阿卡迪亚	134
332	livre	里弗	134
333	La Have	拉阿沃	135
334	Hare Bay	黑尔湾	135
335	guinea	基尼	135
336	Jonesport	琼斯波特	136
337	Campobello Island	坎波贝洛岛	136
338	Vasco da Gama	瓦斯科·达·伽马	138
339	Cape of Good Hope	好望角	138
340	Malabar coast	马拉巴尔海岸	138
341	Pedro Menendez	佩德罗·梅内德斯	140
342	Potomac River	波托马克河	140

译名对照表 493

续表

序号	原文	译文	页码
343	Bristol	布里斯托尔	140
344	Thomas James	托马斯·詹姆斯	140
345	John Lok	约翰·洛克	140
346	John Walker	约翰·沃克	140
347	Norumbega	诺兰伯加	140
348	John Hawkins	约翰·霍金斯	141
349	Simon Ferdinando	西蒙·费迪南多	142
350	Etienne Bélanger	艾蒂安·贝朗格	142
351	Lake Champlain	尚普兰湖	142
352	Appalachian Mountains	阿巴拉契亚山脉	142
353	Samuel Argoll	塞缪尔·阿格尔	142
354	Huron	休伦	143
355	Pierre Boucher	皮埃尔·布歇	143
356	La Salle	拉萨莱	143
357	Illinois River	伊利诺伊河	143
358	Cumberland	坎伯兰	143
359	Allegheny	阿勒格尼	143
360	New York Zoological Society	纽约动物协会	143
361	Charleston	查尔斯顿	144
362	Philip Henry Sheridan	菲利普·亨利·谢里登	144
363	James McKay	詹姆斯·麦凯	146
364	Union Pacific Railway	联合太平洋铁路	146

续表

序号	原文	译文	页码
365	Cheyenne	夏延	146
366	Santa Fe Railway	圣达菲铁路	146
367	Carver	卡弗	146
368	Allen	艾伦	147
369	Northern Pacific Railway	北方太平洋铁路	147
370	William Greeb	威廉·格里布	147
371	Canadian Pacific Railway	加拿大太平洋铁路	147
372	William Frederick Cody	威廉·弗雷德里克·科迪	147
373	Kansas Pacific Railway	堪萨斯太平洋铁路公司	147
374	Yukon Territory	育空地区	149
375	Higginson	希金森	149
376	Cape Anne	安妮角	149
377	Sorel	索雷尔	150
378	Northeastern Wildlife Station in New Brunswick	新不伦瑞克省东北野生动物研究所	151
379	Bruce S. Wright	布鲁斯·S.赖特	151
380	Truro	特鲁罗	151
381	LeClercq	勒克莱尔	152
382	Loup Cervier	猞猁狼	152
383	Loup Marin	海狼	152
384	The Corte Real brothers	柯尔特里尔兄弟	153
385	Nova Scotia Department of Lands and Forests	新斯科舍省土地与森林管理局	154

续表

序号	原文	译文	页码
386	Nain	内恩	156
387	John Rose	约翰·罗斯	157
388	Keewatin	基韦廷	158
389	Victor Cahalane	维克多·卡哈兰	159
390	*Mammals of North America*	《北美哺乳动物》	159
391	Pribilof Islands	普里比洛夫群岛	159
392	Alps	阿尔卑斯山	162
393	Denys de La Ronde	德尼斯·德·拉·龙德	162
394	*The Wolf-killing Act*	《杀狼法令》	163
395	Canis lupus beothucus	贝奥图克狼	163
396	Farley Mowatt	法利·莫厄特	164
397	Tony Brummett	托尼·布鲁梅特	165
398	Fort Nelson	纳尔逊堡	165
399	John Elliott	约翰·艾略特	165
400	Canadian Wildlife Federation	加拿大野生动物联合会	165
401	Northern B. C. Guides Association	不列颠哥伦比亚北方导游协会	165
402	Canadian Nature Federation	加拿大自然协会	166
403	Foundation for North American Sheep	北美绵羊基金会	166
404	Social Credit Party	社会信用党	167
405	Victoria	维多利亚	167

续表

序号	原文	译文	页码
406	British Columbia Fish and Wildlife Service	不列颠哥伦比亚渔业及野生动物管理局	168
407	Whitehorse	怀特霍斯	168
408	Alberta's Carnivore Management Unit	艾伯塔省食肉动物管理处	168
409	John Gunson	约翰·冈森	168
410	Minnesota's Department of Natural Resources	明尼苏达州自然资源局	169
411	Jacques Cousteau	雅克·库斯托	173
412	Baccalaos	巴卡拉俄斯	175
413	Peter Martyr	彼得·马特	175
414	*Grace*	"感恩号"	176
415	Charles Leigh	查尔斯·利	176
416	Cape Chidley	奇德利角群岛	178
417	E. J. Sandeman	E.J.桑德曼	182
418	Chappell	查普尔	183
419	de la Tour	德·拉·图尔	185
420	Restigouche	雷斯蒂古什河	185
421	Pleasant Bay	普莱森特贝	185
422	Conception Bay	康塞普申湾	186
423	Newfoundland Industrial Development Service	纽芬兰工业开发局	187
424	Panama Canal	巴拿马运河	187

续表

序号	原文	译文	页码
425	Godbout River	戈德布河	189
426	John Manuel	约翰·曼纽尔	190
427	James Manuel	詹姆斯·曼纽尔	190
428	James Law	詹姆斯·洛	190
429	E.A. Whitehead	E.A.怀特海德	190
430	Leif Eriksson	利夫·埃里克森	191
431	Vinland	文兰	191
432	Miramichi River	米罗米奇河	191
433	Muskware Bay	马斯克维尔湾	192
434	Washikuti Bay	瓦西库提湾	192
435	Etamamu River	伊塔马姆河	192
436	Eskimo River	爱斯基摩河	192
437	Blanc Sablon River	布朗萨布隆河	192
438	Atkins	阿特金斯	192
439	Eagle River	鹰河	192
440	Paradise River	帕拉代斯河	192
441	Exxon	艾克森石油公司	197
442	Casco Bay	卡斯科湾	198
443	Bering Sea	白令海	199
444	Pennant	彭南特	199
445	*Arctic Zoology*	《北极动物学》	199
446	Fabricus	法布里克斯	199

续表

序号	原文	译文	页码
447	Île aux Coudres	库德尔角	199
448	Baie St-Paul	拜-圣保罗	199
449	Brereton	布里尔顿	199
450	Du Creux	杜克勒	199
451	Merrimac	梅里马克	200
452	Delaware River	特拉华河	201
453	Amaganset	阿莫甘西特	201
454	Fredericton	弗雷德里克顿河	203
455	John Cole	约翰·科尔	203
456	*Striper*	《条纹鱼》	203
457	Crete	克里特岛	205
458	Mycenaean	迈锡尼	205
459	*Silver Mink*	"银貂号"	206
460	*Zapata Pathfinder*	"萨帕塔探路者号"	206
461	North Lake	诺斯莱克	207
462	Canada's Department of Fisheries	加拿大渔业部	208
463	St. Margarets Bay	圣玛格丽特湾	208
464	John Teal	约翰·蒂尔	208
465	Mildred Teal	米尔德里德·蒂尔	208
466	*Sargasso Sea*	《马尾藻海》	208
467	Miquelon	密克隆岛	211
468	Port Mulgrave	马尔格雷夫港	211

续表

序号	原文	译文	页码
469	Havre Boucher	布谢港	211
470	Antigonish	安蒂戈尼什	211
471	Pictou	皮克图	211
472	Bras d'Or Lake	布拉多尔湖	212
473	St. Patrick's Channel	圣帕特里克海峡	212
474	Klondike	克朗代克	215
475	Biscay	比斯开湾	221
476	Iberian peninsula	伊比利亚半岛	221
477	Buterus	布特鲁斯	222
478	Guipuzcoa	吉普斯夸省	222
479	Viscaya	比斯开省	222
480	*San Juan*	"圣胡安号"	222
481	Pyrenees	比利牛斯山脉	223
482	strandloper	斯特兰特卢珀人	224
483	Chukchee	楚科奇人	224
484	*otta sotta*	奥塔索塔	224
485	the Norwegian Sea	挪威海	224
486	sarda	萨尔达	225
487	Azores	亚速尔群岛	225
488	*Mayflower*	"五月花号"	226
489	Cape Cod Bay	科德角湾	226
490	Richard Mather	理查德·马瑟	226

续表

序号	原文	译文	页码
491	Massachusetts Bay	马萨诸塞湾	226
492	Hable de la Ballaine	鲸港	228
493	*Karpont*	卡蓬	228
494	Cap Arpont	鱼叉角	228
495	Biarritz	比亚里茨	228
496	Northumberland Strait	诺森伯兰海峡	231
497	Spitzbergen	斯匹次卑尔根岛	232
498	Norman	诺曼人	232
499	Trumpa	抹香鲸	233
500	Amber grease	龙涎香	233
501	Bermuda	百慕大	233
502	Long Island	长岛	234
503	Everett Edward	埃弗里特·爱德华	235
504	*A Pleasure Trip*	《一次愉快的旅行》	235
505	Bert	伯特	235
506	Egypt Beach	依吉布特海滩	235
507	Nepeague Life Saving Station	尼皮格水上救生站	235
508	Felix	菲利克斯	235
509	Promised Land	普罗米斯兰	235
510	Brazil Banks	巴西浅滩	236
511	Tristan da Cunha	特里斯坦·达库尼亚	236
512	East Cape	东海角	236

续表

序号	原文	译文	页码
513	International Whaling Commission	国际捕鲸委员会	237
514	Robert McNally	罗伯特·麦克纳利	238
515	So Remorseless a Havoc	《如此残忍的大浩劫》	238
516	Sierra	"谢拉号"	238
517	Lisbon harbour	里斯本港	238
518	Peter Beamish	彼得·比米什	238
519	Zodiac	"罗迪亚克号"	239
520	Baja California	下加利福尼亚	240
521	Beaufort Sea	波弗特海	240
522	Chukchi Sea	楚科奇海	240
523	U. S. Fish and Wildlife Service	美国渔业及野生动物管理署	241
524	The Life History and Ecology of the Gray Whale	《灰鲸生活史及其生态》	241
525	Zuider Zee	须德海	242
526	Muscovy Company	马斯科韦公司	242
527	Mary Margaret	"玛丽·玛格丽特号"	242
528	St. Jean de Luz	圣让·德吕兹	242
529	Chief Justice	首席大法官	243
530	Paul Dudley	保罗·杜德利	243
531	Fin-back	长须鲸	243
532	Sag Harbour	萨格港	243

续表

序号	原文	译文	页码
533	*Nanticut*	南蒂卡特	243
534	Hunter's Moon	狩猎月	244
535	powdaree	包达尔	244
536	Florida Keys	佛罗里达群岛	245
537	Foxes Basin	福克斯湾	246
538	De Vries	德·弗里斯	247
539	South Bay	南湾	247
540	Thomas Macy	托马斯·梅西	247
541	Obediah Macy	奥贝迪亚·梅西	247
542	*History of Nantucket*	《楠塔基特的历史》	247
543	Samuel Mavericke	塞缪尔·马弗里克	248
544	Southampton	南安普敦	248
545	East Hampton	东汉普顿	248
546	*Boston News-Letter*	《波士顿新闻信札报》	248
547	Baffin Island	巴芬岛	249
548	Pond Inlet	庞德因莱特	249
549	Arveq	阿尔维克	249
550	Balaena mysticetus	北极露脊鲸	250
551	Barents Sea	巴伦支海	251
552	Franz Joseph Land	法兰士约瑟夫地群岛	251
553	Davis Strait	戴维斯海峡	251
554	Arctic archipelago	北极群岛	251

续表

序号	原文	译文	页码
555	Denmark Strait	丹麦海峡	251
556	Gulf Stream	墨西哥湾暖流	251
557	Cape Farewell	法韦尔角	251
558	Greenland Sea	格陵兰海	251
559	Labrador Sea	拉布拉多海	251
560	Fury and Hecla Strait	弗里和赫克拉海峡	251
561	*Mammals of Canada*	《加拿大哺乳动物》	252
562	Chateau Bay	沙托湾	254
563	Henry Hudson	亨利·哈得孙	255
564	Hudson's Touches	哈得孙停靠地	255
565	Jan Mayen Island	扬马延岛	255
566	Novaya Zemlya	新地岛	255
567	*Smeerenburg*	史密伦堡	256
568	Blubbertown	鲸脂镇	256
569	Petit Nord peninsula	小北半岛	257
570	New Bedford	新贝德福德	257
571	Curtis	柯蒂斯	258
572	Cape Thaddeus	萨迪斯角	260
573	Hull	赫尔公司	260
574	*Cherub*	"小天使号"	260
575	Jackson	杰克逊	260
576	West Land	西部陆地	261

续表

序号	原文	译文	页码
577	*Cumbrian*	"坎布宁号"	261
578	Marble Island	马步尔岛	262
579	Cape Fullerton	富勒顿角	262
580	Moodie	穆迪	262
581	Magadan	马加丹	263
582	Aleut	阿留申人	263
583	Floyd Durham	弗洛伊德·杜拉姆	264
584	*Torrey Canyon*	"托利·坎宁号"	264
585	Meincke	明克	267
586	Cunard	丘纳德公司	267
587	Hermitage Bay	赫米蒂奇湾	270
588	Jersey company	泽西公司	270
589	Sven Foyn	斯文·福恩	270
590	F. D. Ommanney	F.D.翁曼尼	271
591	Finnmark	芬马克郡	272
592	Cabot Whaling Company	卡伯特捕鲸公司	272
593	J. G. Millais	J. G. 米莱	272
594	Burin Peninsula	比林半岛	273
595	St. Lawrence Whaling Company	圣劳伦斯捕鲸公司	273
596	*St. Lawrence*	"圣劳伦斯号"	273
597	Neilsen	尼尔森	273
598	Christian Johanessen	克里斯蒂安·约翰森	273

续表

序号	原文	译文	页码
599	Greenbank	格林班克	273
600	*Puma*	"美洲狮号"	277
601	Cape St. Mary	圣玛丽角	278
602	Stokken	斯托肯	279
603	Tay	泰河	280
604	Hans Andersen	汉斯·安德森	281
605	*A Whale for the Killing*	《被捕杀的困鲸》	282
606	Moloch	摩洛神	283
607	South Orkney Islands	南奥克尼群岛	283
608	South Shetlands	南设得兰群岛	284
609	Deception Harbour	迪塞普申港	284
610	South Georgia	南乔治亚岛	284
611	Herman Melville	赫尔曼·麦尔维尔	284
612	*Moby Dick*	《白鲸》	284
613	Vestfold	西福尔郡	284
614	Sorlle	索利	284
615	*Sir James Clark Ross*	"詹姆斯·克拉克·罗斯爵士号"	286
616	Hawkes Harbour	霍克斯港	287
617	*St. John's Evening Telegram*	《圣约翰傍晚电讯报》	287
618	*Queen Elizabeth*	"伊丽莎白女王号"	287
619	Art Baggs	阿特·巴格斯	290
620	Penguin Islands	企鹅群岛	290

续表

序号	原文	译文	页码
621	Arthur	亚瑟	290
622	Olsen Whaling and Sealing Company	奥尔森鲸与海豹猎捕公司	293
623	Williamsport	威廉斯波特	293
624	*Thorarinn*	"索瑞伦号"	293
625	Blandford	布兰福德	293
626	Karlsen Shipping Company	卡尔森航运公司	294
627	Karl Karlsen	卡尔·卡尔森	294
628	Dildo	迪尔多镇	294
629	Kyokuyo Hogei	日本极洋捕鲸公司	294
630	Japanese Taiyo Gyogyo Company	日本大洋渔业公司	294
631	Fisheries Products Limited	渔业制品有限公司	294
632	Maximum Sustainable Yield	最大可持续产量	295
633	Operation Jonah	约拿行动	296
634	Jack Davis	杰克·戴维斯	296
635	Passamaquoddy Bay	帕萨马科迪湾	301
636	Rivière Ouelle	里韦耶尔韦勒	304
637	Pointe aux Iroquois	伊罗奎斯湾	305
638	Pointe des Monts	戴蒙特角	305
639	Blackpoint-Harbour	布莱克波因特港	306
640	Jean Laurin	让·劳林	307
641	Churchill River	丘吉尔河	308

续表

序号	原文	译文	页码
642	Edward Schreyer	爱德华·施赖尔	309
643	Leone Pippard	莱昂内·皮帕德	309
644	Heather Malcolm	希瑟·马尔科姆	309
645	Committee on the Status of Endangered Wildlife in Canada	加拿大濒危野生动物状况委员会	310
646	Narwhal	一角鲸	310
647	Chaney John	切尼·约翰鲸	311
648	Fridtjof Nansen	弗里乔夫·南森	311
649	Markussen	马库森	312
650	*Viking*	"海盗号"	313
651	*Vega*	"织女号"	313
652	David Gray	戴维·格雷	314
653	*Eclipse*	"日食号"	314
654	Faeroes	法罗群岛	315
655	Thurso	瑟索港	315
656	Trinity Bay	特里尼蒂湾	317
657	South Dildo	南迪尔多村	317
658	Arctic Fisheries	北极渔业	317
659	Petrus Plancius	皮特鲁斯·普兰修斯	318
660	Joseph Smallwood	约瑟夫·斯莫尔伍德	320
661	New Harbour	新港	321
662	Chapel Arm	查珀尔阿姆	321

续表

序号	原文	译文	页码
663	Old Shop	老肖普	321
664	*Colonel Blimp*	《毕林普上校》	330
665	Queen Charlotte Islands	夏洛特皇后群岛	331
666	Arctic and Antarctic Institute	南北极研究所	331
667	Astrakhan	阿斯特拉罕	332
668	*morse*	莫尔斯	332
669	Bjarni Herjolfsson	比亚德尼·和卓复松	333
670	*Knorr*	"诺尔号"	333
671	North Sea	北海	333
672	Shetland Islands	设得兰群岛	333
673	Octher	奥克瑟	333
674	North Cape	北角	333
675	Scythians	斯基泰人	334
676	Thule	图勒岛	334
677	Gaspar	加斯帕尔	334
678	Pedro Reinal	佩德罗·雷纳尔	334
679	Santa Cruz	圣克鲁斯	334
680	Bear Island	熊岛	336
681	Jonas Poole	乔纳斯·普尔	336
682	Jean Ango	让·安格	338
683	Le Havre	勒阿弗尔	338

续表

序号	原文	译文	页码
684	João Alvares Fagundes	若昂·阿尔瓦雷斯·法贡德斯	338
685	Roche-Mesgouez	罗什－梅斯古埃雷斯	338
686	Chefd'ostel	谢弗·奥斯特尔	338
687	Navarre	纳瓦拉	338
688	*écu*	埃居	339
689	Gaspé Peninsula	加斯佩半岛	340
690	Shippegan	希皮根	342
691	Vianna	维安纳	342
692	Île Madame	马达姆群岛	342
693	La Court	拉考特	343
694	*Pleasure*	"快乐号"	343
695	Scilly Isles	锡利群岛	343
696	Plymouth	普利茅斯	343
697	*Bonaventure*	"博纳旺蒂尔号"	343
698	groat	格罗特	344
699	Alexander Woodson	亚历山大·伍德森	344
700	Stevan de Bocall	斯特万·德·博卡尔	344
701	Saint John de Luz	圣约翰·德鲁兹	344
702	*Chancewell*	"机遇号"	345
703	*Hopewell*	"希望号"	345
704	Leigh	利	345

续表

序号	原文	译文	页码
705	Island of Birds	鸟岛	345
706	Halobalino	哈罗巴利诺	345
707	Sibiburo	西比布洛	345
708	Port au Choix	苏瓦港	346
709	St. George's Bay	圣乔治湾	346
710	Mingan Islands	明根群岛	346
711	Seven Islands Bay	七岛湾	346
712	Haldiman	哈尔迪曼	347
713	Echouries	艾柯里斯	347
714	Thompson	汤普森	350
715	Gridley	格里德利	350
716	Molineux Shuldan	莫里诺克斯·舒尔丹	350
717	Crofton	克罗夫顿	352
718	La Bassin	拉巴辛	352
719	Oliver Goldsmith	奥利弗·哥德史密斯	353
720	*Animated Nature*	《动物世界》	353
721	Baker	贝克	354
722	U. S. Federal Wildlife Service	美国联邦野生动物管理局	355
723	East Siberian Sea	东西伯利亚海	355
724	Coffin Island	科芬岛	355
725	Old Harry	老哈里村	355

续表

序号	原文	译文	页码
726	Sea Cow Path	海象道	355
727	La Grande	拉格兰德	356
728	Dean Fisher	迪恩·费希尔	357
729	dotar	多塔，斑海豹	358
730	Cape Vincent	文森特角	358
731	Moisie River	穆瓦西河	358
732	Rivière de Chevaulx	切瓦克斯河	359
733	Pentecost River	彭蒂科斯特河	359
734	Aunay	奥纳伊	360
735	Port Royal	罗亚尔港	360
736	Diereville	迪尔维尔	360
737	Ashnotogun	阿什诺特贡	361
738	Caribou River	卡里布河	362
739	Netagamu River	勒托加姆河	362
740	Grand Mescatina	大麦斯卡蒂娜	362
741	Ha Ha Bay	哈哈湾	362
742	Haywood Harbour	海伍德港	363
743	Jupiter Harbour	朱庇特港	363
744	Jesse Lawrence	杰西·劳伦斯	363
745	Thomas Haliburton	托马斯·哈里伯顿	363
746	Deadman Island	戴德曼岛	364
747	Farquhar	法夸尔	365

续表

序号	原文	译文	页码
748	Conservation and Protection Branch	环境保护处	368
749	Amet Island	阿梅特岛	368
750	Camp Island	坎普岛	368
751	Hut Island	哈特岛	368
752	Arthur Mansfield	亚瑟·曼斯菲尔德	371
753	Brian Beck	布莱恩·贝克	371
754	*Technical Report of the Fisheries Research Board of Canada*	《加拿大渔业研究委员会技术报告》	371
755	Marine Mammal Committee of the International Council for the Exploration of the Sea	国际勘探理事会海洋哺乳动物委员会	372
756	Roméo LeBlanc	罗密欧·勒布朗	374
757	*International Convention on Trade in Endangered Species*	《濒危物种贸易国际公约》	374
758	Canadian Atlantic Fisheries Scientific Advisory Committee	加拿大大西洋渔业科学咨询委员会	374
759	Grand Barachois	格朗港	375
760	*Globe and Mail*	《环球邮报》	376
761	Wayne Stobo	韦恩·斯托博	376
762	Dan Goodman	丹·古德曼	376
763	Parliamentary Committee on Seals and Sealing	海豹和海豹捕猎议员委员会	377

续表

序号	原文	译文	页码
764	Pierre de Bané	皮埃尔·德巴内	377
765	John Leefe	约翰·利弗	378
766	Snorri	斯诺里	379
767	Skraelings	斯克林斯人	379
768	Freydis Eriksdottir	弗雷迪斯·埃里克斯多蒂尔	379
769	Englee	恩格利	380
770	Cape Ray	雷角	380
771	White Sea	白海	381
772	Hall Basin	霍尔海盆	381
773	Front	"前方"	383
774	Fogo	福戈	386
775	Notre Dame Bay	圣母湾	386
776	J. B. Jukes	J.B.朱克斯	390
777	*Topaz*	"托帕斯号"	390
778	Abraham Kean	亚伯拉罕·基恩	392
779	Harry Lilie	哈里·利利	392
780	*Erik*	"艾瑞克号"	394
781	Wilfred Grenfell	威尔弗雷德·格伦费尔	395
782	Jones	琼斯	396
783	West Ice	西部冰原	397
784	*Orion*	"猎户座号"	397

续表

序号	原文	译文	页码
785	*Diana*	"戴安娜号"	400
786	*Camperdown*	"坎伯当号"	400
787	*Polynia*	"波莉尼亚号"	400
788	David Sergeant	大卫·萨金特	405
789	*Tragedy on the Whelping Ice*	《冰上的悲剧》	405
790	Charlottetown	夏洛特敦	407
791	Artek	阿尔泰克	409
792	Human Society	人道协会	410
793	Society for the Prevention of Cruelty to Animals	防止虐待动物协会	410
794	Bernard Grzimek	伯纳德·格奇梅克	410
795	H. R. Robichaud	H.R. 罗比肖	411
796	Brian Davies	布莱恩·戴维斯	412
797	St. Francis of Assisi	阿西西的圣弗朗西斯	412
798	Douglas Pimlott	道格拉斯·平洛特	413
799	Elizabeth Simpson	伊丽莎白·辛普森	413
800	International Commission for the North Atlantic Fishery	北大西洋渔业国际委员会	414
801	John de Visser	约翰·德·维瑟	414
802	Ontario Humane Society	安大略省人道协会	415
803	Tom Hughes	汤姆·休斯	415
804	Robert Shaw	罗伯特·肖	416

续表

序号	原文	译文	页码
805	International Fund for Animal Welfare	国际爱护动物基金会	416
806	House of Commons Advisory Committee on Seals and Sealing	众议院海豹与海豹捕猎咨询委员会	417
807	*Harp and Hood Seal Protocol*	《竖琴海豹和冠海豹保护议定书》	418
808	Food and Agriculture Organization of the United Nations	联合国粮农组织	418
809	David Lavigne	大卫·拉维涅	419
810	*Weekend Magazine*	《周末杂志》	419
811	Silver Don Cameron	西尔弗·唐·卡梅伦	419
812	*The Seal Hunt: A Morality Play*	《猎杀海豹：道德的游戏》	419
813	*Arctic Explorer*	"北极探险号"	420
814	Lisa	丽莎	421
815	*Seal Protection Regulations*	《海豹保护条例》	422
816	Greenpeace	绿色和平组织	422
817	M. C. Mercer	M.C.默瑟	423
818	Liberal Party	自由党	424
819	North Atlantic Fisheries Organization	北大西洋渔业组织	425
820	W. D. Bowen	W.D.鲍恩	426
821	U. S. Marine Mammals Commission	美国海洋哺乳动物委员会	426

续表

序号	原文	译文	页码
822	John Beddington	约翰·贝丁顿	426
823	H. A. Williams	H.A.威廉姆斯	426
824	Statistics Canada	加拿大统计局	427
825	Barry Kent MacKay	巴里·肯特·麦凯	428
826	*Toronto Star*	《多伦多星报》	428
827	Strasbourg	斯特拉斯堡	430
828	EEC Commissioners	欧共体特派员	430
829	Council of Ministers	部长会议	430
830	Gallup Poll	盖洛普民意测验	430
831	Pierre Trudeau	皮埃尔·特鲁多	430
832	Karl-Heinz Narjes	卡尔-海因茨·纳杰斯	431
833	Europgroup for Anima Welfare	欧洲动物保护组织	431
834	Friends of the Earth	地球之友	431
835	People's Trust for Endangered Species	人民保护濒危物种基金会	431
836	World Society for the Protection of Animals	世界动物保护协会	431
837	Royal Society for the Prevention of Cruelty to Animals	英国皇家防止虐待动物协会	431
838	EEC Enviromental Council	欧共体环境委员会	431
839	Christian Rieber	克里斯蒂安·里伯	431
840	Carino	卡林诺公司	431

续表

序号	原文	译文	页码
841	Jim Morgan	吉姆·摩根	432
842	Savage Harbour	萨维奇港	432
843	*Chester*	"切斯特号"	432
844	*Technoventure*	"特克温切号"	432
845	*Sea Shepherd II*	"海洋守护者2号"	432
846	Sea Shepherd Conservation Society	海洋守护者协会	432
847	Paul Watson	保罗·沃森	433
848	*John A. Macdonald*	"约翰·A.麦克唐纳号"	433
849	Cape Aux Meules	默莱斯角	434
850	*Sir William Alexander*	"威廉·亚历山大爵士号"	434
851	Yvon Meicier	伊冯·梅西埃	434
852	Tesco	特易购	437
853	Canadian Sealers Association	加拿大捕海豹猎人协会	438
854	Yvon Bureau	伊冯·比罗	438
855	Allan MacEachen	阿伦·麦克依陈	438
856	British Columbia Fishing Association	不列颠哥伦比亚省渔业协会	440
857	Fisheries Council of Canada	加拿大渔业理事会	442
858	Ron Bulmer	罗恩·布尔默	442
859	Royal Commission	皇家调查委员会	443
860	Quebec Court of Appeals	魁北克上诉法院	444
861	Albert Malouf	艾伯特·马洛弗	444

续表

序号	原文	译文	页码
862	James Morgan	詹姆斯·摩根	444
863	Sydney Holt	西德尼·霍尔特	444
864	Fisheries Resource Division	渔业资源司	444
865	Mowat Environmental Institute	莫厄特环境研究所	448
866	Deborah MacKenzie	黛博拉·麦肯齐	450